创业时代

付遥◎著

中信出版集团·CHINACITICPRESS·北京

图书在版编目（CIP）数据

创业时代.2 / 付遥著.—北京：中信出版社，
2016.4（2018.10 重印）
ISBN 978-7-5086-5706-6

I.①创… II.①付… III.①长篇小说–中国–当代
IV.①I247.5

中国版本图书馆CIP数据核字（2015）第280090号

创业时代.2

著　者：付　遥
策划推广：中信出版社（China CITIC Press）
出版发行：中信出版集团股份有限公司
　　　　　（北京市朝阳区惠新东街甲4号富盛大厦2座　邮编　100029）
　　　　　（CITIC Publishing Group）
承　印　者：中国电影出版社印刷厂

开　本：787mm×1092mm　1/16　　　　印　张：24　　　　字　数：353千字
版　次：2016年4月第1版　　　　　　　印　次：2018年10月第3次印刷
广告经营许可证：京朝工商广字第8087号
书　号：ISBN 978-7-5086-5706-6 / I · 717
定　价：39.80元

本故事纯属虚构，
如有雷同，纯属巧合

楔 子

——

　　创业，就像上山打野猪，一枪打出去，野猪没死冲了过来。把枪一扔，往山上跑的，是职业经理人。子弹打完了，把枪一扔，从腰上拔出柴刀和野猪拼命的，是创业者。创业者逃无可逃，只能血拼。

——马云

上部梗概

香港人郭鑫年来到北京创业，获得车库咖啡的天使投资，历经千辛万苦，开发出手机上的对讲机，起名魔盒。产品上线，三天之间下载量达到一百万。跨国金融巨头高摩经过谨慎评估，投资两千万美元。

高摩投资人那蓝在产品开发期间，帮助郭鑫年出谋划策，两人渐渐心灵相吸。那蓝的同事温迪利用郭鑫年搞错两人的机会，抛弃创业失败的罗维，转投郭鑫年怀抱，并促成郭鑫年作为主题演讲嘉宾登上互联网论坛的讲台。在互联网论坛上，互联网英雄群集，郭鑫年的一段演讲让他们如梦初醒，移动互联网时代已经来临，如果不能抢到手机入口，过往的商业模式将不复存在。

罗维与魔盒竞争失败，意识到自己的问题，开始卧薪尝胆，脚踏实地，发誓东山再起。

那蓝的前男友少爷与电信运营商合作，开发出飞讯，借助强大家族背景，联合三大运营商，试图将魔盒扼杀在摇篮之中。小模特菲菲的父母和前男友，发誓要将车祸的原因查个水落石出，为菲菲讨个说法。

目 录

罗维不想再看，他被这场大战吓呆了。可是，移动互联时代网扑面而来，谁能躲开？产品迭代要像海浪一般，一波波顽强地进攻，持续不断地冲击，直到将对手淹没。这是残酷的市场竞争，你不偷袭珍珠港，他也会扔原子弹！

我们已经打通了入口，大家便是后续的作战舰队，将通过入口抢占每个细分市场，游戏、社交、支付、搜索和购物。这将是奠定未来互联网格局的决战，我们的对手将是前所未有的强敌。我们必须趁他们还没有醒悟过来的时候，快速突击，在天亮之前，将战刀架在他们的脖子上。

一个时代有一个时代的英雄。移动互联网大浪袭来，玩法完全不同，规则彻底颠覆。当年的成功都是未来的绊马索，他为变化而迷惘，市场却总是无情地遵循着残酷的丛林法则。消费者们喜新厌旧，一旦失去兴趣，立即散去，从不因任何人而停下脚步。

少爷被激怒了，全力向前一推。他身体竟那么轻，像木桩一样向后栽倒。少爷不罢休，绕过桌子，狠狠在老钱脸上补了一拳。工作人员这才缓过神儿来，抢上几步将他按回座位。老钱慢悠悠爬起来，拍掉灰尘，抹去嘴角鲜血，目光仍然和蔼。

"我们是完全不同的人，拥有不同的精神世界，我理性和逻辑，她感性并且充满艺术气息。在那段时间，我们的两个世界被打通了。"他喜欢历史，懂得技术趋势，注重逻辑，粗线条；她热爱艺术，具有极佳的审美和细腻的情感。

大宝，你学业那么好，因为放不下爸妈而放弃出国留学，我们常常为此难过。世界很精彩，你应该去看看。大宝，爸妈永远为你保留一个舒服和安全的房间，等待你回来。所以，你就和爱的人，爱你的人，一起去探索这个奇妙的世界吧。

第一章

唯快不破

01

惊破霓裳羽衣曲

温迪渐渐喜欢上了郭鑫年。他单纯善良，又披上创业成功的光环，鲤鱼跃龙门。他行程爆满，白天穿梭于论坛和媒体之间，晚上尽情缠绵，沉醉在成功之中。公司规模扩大，即将搬入CBD（中央商务区）的高级写字楼。北京交通堵成一锅粥，租房就成了当务之急。温迪一手张罗，在公司的步行距离内租来公寓，还特别装饰了落地窗旁的卧椅。她喜欢在夜晚托着一杯红酒，歪在这里，欣赏东三环的璀璨夜景。红色和黄色的车灯交织，缓缓流淌。此时此刻，整个北京仿佛已经被她征服，匍匐在她的脚下，她喜欢这种感觉。

家具也一应俱全，只欠各种摆设。温迪拖着郭鑫年去逛家具城，兴致勃勃地挑选。郭鑫年完全没有概念，全听温迪的，她常来这边过夜，也算半个主人。

买完家具，两人回家。温迪把后背转向郭鑫年，让他为自己拉开长裙的拉链。踢掉高跟鞋，走进大大的衣帽间，换上居家的连衣裙，倒了一杯红酒，她就腻入那个舒适的卧椅，看着窗外，十分钟之后，才慢慢说道："亲爱的，我很担心。"

什么？郭鑫年搞不明白，刚才还撒娇的温迪，转眼间就忧心忡忡。

"安卓版本。"温迪精心挑选着时机。魔盒的苹果版本是卢卡一手开发出来的，他却不精通安卓平台，无论产品设计还是研发速度，都不尽如人意。他又极为固执，坚持苹果优先。他们只好从外面招聘，组建安卓团队，两个团队磨合有严重问题。"问题在哪里？"温迪不愿意抛出答案，先问郭鑫年。

"我和卢卡谈谈。"郭鑫年头痛，安卓手机在中国市场高歌猛进，份额达到百分之八十以上。

"谈不通怎么办？"温迪渐渐引出答案，对手已经开始行动，落后就是死路一条。

郭鑫年抬头看着温迪，判断着她的动机。她却时而看看酒杯，时而去看夜景，目光难以捕捉。"他是你的好朋友，我不方便说。"温迪入股魔盒，小心地处理着创始人之间的关系。

"你说。"郭鑫年看着温迪，神情紧张，他不想温迪和卢卡之间发生冲突。

"CTO（首席技术官）应该带领整个研发团队。如果他不想管，应该有人负责。"温迪耸耸肩膀，背影迷人又优雅。

"换掉卢卡？不行！"郭鑫年断然拒绝，温迪这是挑拨离间，他绝不容忍。

"你误会了，亲爱的。"温迪笑了，她已经试探出了结果，没人能够破坏三个创始人之间的友谊，精明如她绝不会贸然行事。她拿出了久经思索的建议："你亲自负责安卓平台。"

郭鑫年不想替代卢卡，可是安卓产品的开发进度极其缓慢，根源的确在于卢卡。他正在犹豫的时候，温迪已经放下了酒杯，胳膊盘上了郭鑫年的脖子，抹了蜜的嘴唇凑上来。郭鑫年拉着她要去卧室，温迪却摇头，指指躺椅："这里，我在上。"

妖娆的后背，抛在空中的尖叫，温迪跨坐在灯火辉煌的城市之巅，仿佛骑在北京城的身上。她双手透过玻璃窗按住这座城市的胸膛，感受北京渐渐雄壮，进入身体。她深深呼吸一声，容纳并包裹着，目光迷离俯视着街道和路灯，身体缓缓扭动，润滑在这座城市里。一阵闪电，水滴坠落，大雨倾盆，溪流哗啦流淌。这座城市不再伟岸，而是与她的身体融合在一起，温迪掌握着节奏。这座城市疯狂起来，无数烟花冲天而起，她才恍然想起，新年就要到了。脚下的火树银花让她达到兴奋的极致。忽然，郭鑫年怒吼一声，在她身下轰然坍塌，变得那么渺小和无力。温迪仍然肆意扭动，直到身体炸开，才缓缓瘫在郭鑫年的肩膀上。

大屏幕上显示着一幅图，横轴的左边写着"个人家庭"四个字，右边是"企业机构"，中间显示着"价值"两个字。很明显，这意味着采购能力从个人家庭向企业和机构延伸。纵轴分成很多种颜色的彩虹条，最底下是通信，再向上是社交、娱乐、餐饮、交通、能源、医疗、金融服务等等。中间有一道分界线，左侧的蓝色意味着已经被互联网的潮水占领，右侧显示成黄色，如同陆地。猛的一眼看去，蓝色的海洋只占据了图的左下角，没被互联网占据的陆地反而面积更大。

那蓝靠在墙上仔细看着这幅图。自从退出魔盒的小组之后，她没有闲着，而是深入研究互联网，顿觉汗颜。以往他们像在大海里撒网，其实没有章法，能够捞到小鱼小虾就算幸运。

"将主要的产品和服务标出来。"那蓝指着图，这是一片浩瀚的海洋，显示着互联网经济与传统经济相互依存和竞争的格局。一名分析师开始在电脑上填入主要互联网产品的名字，在"通信"那一栏写上魔盒和幂聊，"社交"那栏是新浪微博，餐饮是大众点评网。

与企业和机构相比，普通消费者更加感性，采购金额更小，购买时间更短。很多行业已经被互联网彻底颠覆，比如传统的电话业务被魔盒和幂聊取代，餐饮有大众点评网，购物被电猫和购物网替代。中关村的电脑城早就辉煌不再，传统商场也大受打击，反而那些购物中心正在崛起。分析师说完，在图上蓝黄交界的地方做了一个手势："很明显，互联网正在沿着这条线，切割和颠覆传统行业。"

"可是，很多行业并不能被互联网替代，比如看电影和旅游，还有谈恋爱。"另一名分析师坐在桌子上，反驳前面那位。

"所以？"那蓝很少长篇大论，而是提问和倾听。

"应该是线上和线下的结合，这就是O2O（线上到线下），比如大众点评网，不是取代餐饮，而是让我们有更好的选择。"第二位分析师说道。

"这是中国的炒作概念，其实在国外就是本地生活服务，没什么大不了。"第一名分析师刚从国外回来。在高摩这种投行，哈佛等名校的毕业生比比皆是。

第二名分析师显然没有那么资深，嘴巴扁扁，没有反驳。那蓝却看出来他有话说："在O2O，或者国外的生活服务领域，是不是互联网下一波进攻的缺口？"

那蓝在互联网行业越浸越深，渐渐找到了方向。入口大战已经爆发，那么下一战将发生在哪里？互联网极其聪明，绝不会硬来，像潮水一样寻找着突破口。那蓝要做的，是在那个节骨眼儿投下巨资，助互联网浪潮一臂之力，打破传统行业的桎梏。

"我不同意，O2O太广泛，战线太长，我们没法在那么多领域投资。"第二名分析师继续反对。

那蓝认可他的说法："那你觉得互联网将在哪里突破？"

"互联网金融，或者教育，还看不清楚。这是未来，谁也不知道。"第二名分析师缓慢地摇头。

"我们是投资人，要掌握浪潮的趋势。"那蓝回想着郭鑫年创业的经过。互联网极其聪明，其实关键是在那些领域的创业者。每个浪潮之巅都有他们，他们勇于尝试，不断向传统行业发起冲击。那蓝想了片刻，说道："这张图非常好，给了我们很棒的指引，但是远远不够。我们要深入进去，找出每个领域最顶尖的创业者，看看他们能做到什么程度，谁将会取得突破。"

投资魔盒的经验，对于那蓝是一次很好的学习。大多数人遇到挫折就会受伤，怨天怪地，龟缩回去再也不敢尝试，还有些人会忘记伤痛，继续磨炼。只有少数人懂得，没有人生而伟大，都要在失败中摸爬滚打。失败是世人皆有的修炼，那蓝学会咀嚼败果，这是苦却最有嚼头的食粮。

下午三四点钟，郭鑫年黑着眼圈，经过明亮高挑的写字楼大堂，进入宽敞的电梯厅，直达二十五层的办公室，坐进舒坦柔软的大靠背椅。一切都那么美妙。没等他好好享受咖啡，杨洋阳匆匆进来说："大熊猫，来了？"

郭鑫年挺喜欢这个外号，这是国宝。杨洋阳不纠缠他的外号，讲的内容竟与温迪所说相似，眼下的当务之急是完善安卓版本。乔布斯去世之后，安卓阵营不断推出新产品，吸引用户，尤其在中国，千元智能手机在二三线城市大受欢迎，安卓的市场份额攀升。卢卡是果粉，拒绝开发安卓版本，让人头痛。

"卢卡态度怎么样？"郭鑫年想起温迪的提醒，更加头疼。

"大愚，你是创始人，应该和研发团队在一起。他们需要你的直觉、判断和决定，否则就会变成一盘散沙，思路一团乱麻。"杨洋阳直言不讳，办公室里越来越难见到郭鑫年。

走！郭鑫年冲入卢卡的办公室，空无一人。卢卡不喜欢宽敞的私人办公室，仍然和工程师们挤在一起，这里就变成了会议室。果然，卢卡如同往常一样，躲在角落里敲键盘，被杨洋阳拖进办公室。卢卡猜到了动机，不等两人开口，直接谈出想法："我不想做安卓版本。第一，我喜欢苹果。乔布斯才是真正的创新，谷歌是无耻的抄袭者，只知道剽窃。第二，苹果和安卓的开发语言和工具完全不一样。每家公司都有两个开发团队，没人能够通吃。第三，我不喜欢管人。管理苹果开发团队已经够了，别强迫我管那么多事。"

"乔布斯去世之后，苹果还在创新吗？自从 iPad（苹果公司的平板电脑）发布之后，苹果还有什么伟大的新产品？谷歌的创新能力已经超越了苹果。"郭鑫年就事论事，坐下来争辩。这就是他们的说话方式，顺着技术聊，很快就忘记了原先谈话的目的。

"我的第二条和第三条呢？"卢卡赞同郭鑫年的部分结论，推推眼镜腿儿，很认真。

郭鑫年想了半天，跳跃回来说："你是CTO，应该将研发都管起来。你不管，只能让别人管。"

杨洋阳没料到他这个态度，坐下来："大愚，你什么意思？"

"我兼。"郭鑫年本来无心这么做，自从听了温迪的建议，越来越觉得有道理。

这等于给卢卡降职，杨洋阳质疑道："卸磨杀驴？"

"安卓手机在中国的占有率是 86%，大势所趋。"郭鑫年毫不退让，互联网发展速度极快，稍一疏忽便永远落后，关键时刻必须决断。

"怎么能把卢卡一脚踢开？"杨洋阳的角度完全不一样，争辩着。

"大愚没错儿。"卢卡意识到问题的严重性，如果不肯管安卓产品的研发，这个CTO的职位确实名不副实。安卓发展迅猛，这是趋势，卢卡心里充满悲哀。程序员如美人，不许人间见白发。互联网是年轻人的世界，不断有新技术和开发工具，年纪越大反而越难生存，只有走向管理一条路。

"卢卡，别编程了，做真正的CTO吧。"郭鑫年劝说，他理解卢卡的悲哀。

"呵呵，我管不好人。"卢卡的拒绝十分明确。

"你技术那么好，谁不服你？"郭鑫年很少这么苦口婆心，劝说卢卡已经破例。

"招聘一个人，需要看一百份简历，面试七八个人，判断哪个人更厉害，比写程序复杂多了，我不是那块料。"魔盒是卢卡的绝唱，再也不能超越的巅峰，"CTO我不做，大愚你替我做，我谢谢你。"他说完头也不回地离开，扎进工程师之间。三人创业初期，吃、住、工作都在一起，亲密无间，如今产生一道裂痕。杨洋阳没了主意："大愚，你不能剥夺卢卡CTO的职务。"

郭鑫年摇头叹气，他何尝想做CTO？"事情总得有人干，要不然你来。"

一般人不能做管理是没有那个能力，卢卡却想通了，不喜欢的事情坚决不碰，看似笨拙，其实是返璞归真，少了许多烦扰，只是又有几人能够看透名利？杨洋阳分辨不清谁对谁错，可是自己根本忙不过来。郭鑫年成天和温迪在各种高大上的场合出双入对，总不在办公室，他真能担起来吗？

郭鑫年很久没有在办公室里通宵达旦了，以往奋战的日子那么充实，现在每晚都和温迪缠绵，疯狂之后却是不安。魔盒提示音忽然响起，他打开魔盒，听到懒洋洋的声音："亲爱的，上班了吗？昨晚累死了，你好坏。"

郭鑫年想起昨晚的疯魔，忍不住脸红，贴近魔盒压低声音："我也累死了。你休息好了吗？"

温迪躲进公司的会议室，悄悄说道："嗯，今晚给你补补身子，有一家做甲鱼的地方。"

郭鑫年看看杨洋阳，再看看手表，事情还没有谈完，犹豫起来："今晚加班。"

温迪极为聪明，不与郭鑫年对着干："那你晚点儿来，不急的，我先逛商场。"

郭鑫年在公司里积攒了好多事情，却还是答应温迪："好的，我八点前赶到。"他挂了电话，觉得心虚，对杨洋阳说："订pizza（比萨），边吃边开会。"

杨洋阳是人精，早就看透了郭鑫年："有约会？"郭鑫年面露难色，承认："我七点半离开。"

杨洋阳指着椅子让郭鑫年坐下，绕了一圈又回到他前面，开口道："大愚重色思倾国，创业多年求不得。温家有女初长成，养在高摩人皆识。天生丽质难自弃，一朝选在大愚侧。回眸一笑百媚生，创业伙伴无颜色。"杨洋阳改头换面，轻声慢语说出《长恨歌》的第一段。这是白居易的名篇，描述唐玄宗李隆基和杨玉环的爱情故事。郭鑫年很懂历史，知她讽刺，辩解道："说这个干吗？我哪比得上的李隆基？"

杨洋阳抑扬顿挫地继续说下去，颇有韵味："春宵苦短日高起，从此大愚不早朝。"郭鑫年听出嘲讽味道："别，温迪也不是杨贵妃。"

杨洋阳哼了一声，话音一转，跳过几句，念出安禄山造反那一段："企鹅鼙鼓动地来，惊破霓裳羽衣曲。九重城阙烟尘生，千乘万骑西南行。"

"谁是安禄山？"郭鑫年如同醉卧长生殿的唐玄宗，完全不知道即将来临的暴风骤雨。

杨洋阳用手机打开新闻：天使投资人再创业，瞄准手机语音聊天产品。郭鑫年一目十行看完，如受重击，宇泰来要进入即时通信市场！杨洋阳版的《长恨歌》还在继续，唐军发动兵变，杨玉环在马嵬坡被迫自杀。她动情地说着："六军不发无奈何，宛转蛾眉马前死。哎，希望你们不要重演《长恨歌》的结局。"

杨洋阳又把一篇报道放在郭鑫年眼前，标题是"企鹅技术筹划入局，即时语音通信将成为战场"。企鹅技术实力远比宇泰来可怕，郭鑫年觉得夸张，笑着说："哪有这么惨？我不是唐玄宗，温迪也不是杨玉环。"

杨洋阳走到郭鑫年背后，学着他当初敲打温迪的样子敲着他的脑袋："想当唐玄宗？温迪才不干呢，恐怕你是杨玉环！她是唐明皇，就不知道哪里是你的马嵬坡！我还有另外一首李商隐的诗送给你，更贴切。"

两人关系非同一般，杨洋阳借用古诗讽刺和挖苦，郭鑫年听得进去。"一笑相倾国便亡，何劳荆棘始堪伤？温迪玉体横陈夜，企鹅已报入安卓！"杨洋阳说完，静静地看着郭鑫年。

这是李商隐所做《北齐》的两首小诗之一，原文是"小怜玉体横陈夜，已报周师入晋阳"。南北朝末期，周齐对峙。北周武帝宇文邕卧薪尝胆，北齐后主高纬沉迷酒色美人，与爱妃冯小怜颠鸾倒凤之时，北周军队攻入北齐的大本营晋阳。这是当年神武帝高欢的龙兴之地，北齐旋即灭亡。杨洋阳还不罢休，笑吟吟地说："李商隐还有一首诗的最后两句，挺适合你的。魔盒已陷休回顾，更请君王猎一围。约会愉快！"

北周军队猛攻晋州，高纬正在率领大军围猎，闻讯驰援。冯小怜玩兴正浓，请再围猎，高纬欣然同意。等到游猎结束，晋阳已破，北齐拼命反攻，要夺回抵挡周军的关键堡垒。将士乘胜欲入之际，高纬传旨暂停，请爱妃观战。冯小怜对镜顾影自怜，磨磨蹭蹭，等她到来时，周军修好塌垮的城墙，功亏一篑。

郭鑫年听过这首诗，冷汗勃发！

杨洋阳并非普通女孩儿，对历史极为熟悉，那冯小怜虽然误国，对高纬却情深意长。北齐国灭，高纬也被诛杀，她被赐予北周勋贵。有一日，琴弦断了，她吟出一首诗：虽蒙今日宠，犹忆昔时怜。欲知心断绝，应看膝上弦。杨洋阳再次刺激郭鑫年："你蒙难的时候，温迪恐怕不是冯小怜，而像胡太后！"

这句话极为难听，一百人却没几人能听得出来。她早想提醒郭鑫年，一旦开口，便引经据典，毫不含糊，用郭鑫年喜欢的历史典故来打动他。郭鑫年认输，举起电话拨给温迪："晚上加班，不能见面了。"

温迪没有不高兴，笑着说："啊，辛苦啦，晚上来陪你加班。"

郭鑫年放下电话，替温迪辩解："你看，说她不是杨玉环吧，多通情达理。"

杨洋阳"切"了一声，嘴巴撇到太平洋，快速溜掉。

胡太后是高湛皇后，高纬之母，北齐灭亡之后，被掳掠到长安城，走投无路，竟操起皮肉生意，乐此不疲。王朝覆灭，皇后成为妓女的独此一家。郭鑫年越琢磨越怒，这比喻实在过分，杨洋阳最会拐弯抹角骂人。等郭鑫年回过味来，她早已不知道躲到哪里去了。

02

复仇的世界

卢卡对车库咖啡依依不舍，却不得不离开。

今天是他在车库咖啡办公的最后一天，明天就要搬到东三环的高档写字楼，公司规模越来越大，实在没法挤在这里。可以收拾的东西很少，文具和办公设备都属于车库咖啡，一个背包就能装下他的全部家当。他双手揣进裤兜四处看着，郭鑫年不在，杨洋阳张罗着搬家。郭鑫年不在，肯定和高摩那个美女投资人泡在一起。忽然，电话响起，卢卡接起来听到一个声音："我是小树，想和你谈谈。"

小模特菲菲的前男友？卢卡差不多已经忘记这个名字，他把那封信交给陈小树，尽到义务，希望一切到此为止。陈小树在电话里不给卢卡选择："我现在出发，十五分钟到，苏州街星巴克，等我。"

卢卡想拒绝的时候，对方已经挂了电话。他心神不安地在办公室坐了一会儿，时间差不多的时候离开车库咖啡，出了海淀图书城。苏州街边的星巴克，陈小树已经坐在角落，卢卡买了一杯咖啡走过去坐下。

"几件事，我想问问。"陈小树的眼圈黑沉沉的，他们都是"程序猿"，说话直来直去，不绕弯子。

"菲菲什么时候把这个U盘和信件给你朋友的？"陈小树很紧张，仿佛要做什么决定。

卢卡计算着时间，应该是上月月底的一个晚上。车祸就发生在那段时间，菲菲很少独自来海淀，来了就出车祸，U盘肯定与车祸存在着某种联系。卢卡知道，杨洋阳曾经用电话通知过老钱，这与车祸有什么关系？卢卡不想回答，斩钉截铁地反问："信里写了什么？"

陈小树从电脑包里掏出一张纸，封口整整齐齐地剪开，里面有两页纸，手写字体。菲菲的字很幼稚，软绵绵好像要躺在纸上。

小树：

希望你没有收到这封信，如果收到，我已经躲在没人能找到的地方，这辈子再也见不到你了。

去年夏天，为了那个男人，我们大吵了一架，再也没有联系。你不来看我，不给我煮面，连电话都不打。我伤透了你的心，可是我不得不给你写信，请你帮我做几件事。除了你，我再也找不到可以相信的人了。

纸条上的数字是我银行的账号和密码，这是我这几年的积蓄，本来想攒钱买房，和你好好过日子。可是，出了这事，没法好好过日子了。把这些钱取出来，寄给我爸妈。他们老了，就我一个独生女儿，我不能在身边照顾他们，这笔钱应该够他们养老了。

我近期应该不能回国。爸爸心脏和血管不好，喷剂和硝酸甘油都在家里，他出门的时候不喜欢带在身边，我特别害怕。你要转告妈妈，这药是救命的，不要怕花钱，多准备几份，家里冰箱、床头和身上一定都要有，去老家探亲的时候要随身携带。这件事，我最不放心，你一定想办法把这件事说清楚。

还有，代我向杨洋阳道歉，我无意中看见了她的资料。我害怕，就用她的名字投出了那些资料，也通过她将这封信和密码给你。她是清白的，那些人不会拿她怎么样。

小树，我最对不起的人是你。你在网通，那么好的公司，慢慢发展总会越来越好，我配不上你的。忘掉我吧，我爱你，小树！

菲菲

真相大白，菲菲显然对意外有了预感。她本来要躲到国外去，却命丧苏州街，是杨洋阳的那通电话惹的祸。卢卡很为陈小树遗憾："事情已经这样了，应该按照她的嘱托，办完那两件事。"

陈小树"嗯"了一声："两件事都办完了，可是，她爸妈不相信车祸是意外，要为菲菲讨个说法。"

菲菲之死充满谜团，卢卡心知肚明，却不想告诉陈小树："你又能怎么样？"

陈小树听出了自己判断不错，说道："我知道那个人是谁，也只有他才能害死菲菲。"

卢卡摇头，其实下手的是老钱，而不是少爷："另有其人。"

"你怎么知道？"陈小树惊讶地看着卢卡。

卢卡不想蹚这浑水，劝说道："我们都是做技术的，那才是我们的世界。事情过去了就过去了，你不松手，会把一切都毁了。"

陈小树点头，他是工程师，不该做这些。可是菲菲走了，他全部的世界已经没有了。"我不在乎。"他向旁边示意，一对老夫妻从旁边的桌子前颤巍巍地站起来，满脸悲容。

卢卡脑筋一转，他们肯定是菲菲的爸妈，扭头看着陈小树问："你，真要为菲菲讨个说法？"不等陈小树回答，卢卡打开文件夹，取出一张照片，菲菲和少爷疯狂做爱的照片。陈小树把目光移开不想去看。第二张照片放在圆桌上，这是一张合影，中间坐着一对夫妻，前面站着一个十岁左右的男孩，眉目间依稀与少爷相似，正是二十多年前的少爷。中间坐着的那个男人如今声名赫赫，无人不识。那女人想必是少爷妈妈。他们三人之后还站着一个三四十岁的干巴瘦小的中年人，他是谁？

卢卡将第三张彩色照片摊在桌面，老爷子外出视察，一个将近五十的瘦小男子跟在他身边，此人被画着红圈。陈小树的注意力渐渐转移到他身上，抬头问道："为什么给我看这些？"

卢卡取出第四张照片，一张微博截图，重型卡车仓皇逃走。他在网上搜索出来的照片，有人见到载重卡车肇事，抢拍下来发到网上，这辆车撞死了菲菲。卢卡取出第五张照片，为了寻找这张照片，他费了不少力气。他在网上搜索到数百张图片，一一分辨，终于找到这张。载重卡车正在拐弯，透过玻璃隐约看见副驾驶位置上的一个面孔，卢卡在他头像上画着醒目的红圈。他将两张照片紧紧排列在一起，这就是陪同老爷子视察的瘦小男人。

五张照片显示出一个简单的逻辑，揭示了菲菲、少爷、老爷子和那个阴鸷老头之间的关系：小模特菲菲和少爷做爱，那老头与少爷家族有几十年的关系，又在苏州街开车撞死菲菲。陈小树是菲菲的男友，今天仍然深爱着她，他会完成她的遗愿，并讨回公道。他不再多说一句话，捧起照片走到菲菲父母身边，毫无隐瞒地摊开，三人头顶在一起，商量着。他们随后站起来，头也不回地向门外走去，步伐缓慢而又坚定，显示出他们为菲菲付出一切的决心。

陈小树本是沉浸在技术世界中的工程师，现在进入一个完全陌生的世界，复仇的世界！

卢卡完成了这个任务，慢腾腾地向办公室走去。他的思路已经切换，开始考虑另外一个问题，安卓版本怎么办？按照郭鑫年的建议，他应该放弃编程工作，去担任CTO，他却舍不得放弃那份编程的工作。

伏在窗口编写代码，进行编译，别人的程序都会被挑出上百个bug（漏洞），卢卡的却能一次通过，装载在手机中，弹出神奇的窗口。这个过程真的像孕育孩子一样，痛苦却快乐着。难道我去做个代孕的母亲，将精子交给另外一个人？让自己的想法在他人的子宫中成长？技术日新月异，大规模协作是趋势，卢卡却更想当一个工匠，亲手制作出一流的艺术品。

这是一种情怀，工程师情怀，投资人永远不懂，甚至连郭鑫年也不懂。

杨洋阳等在门口，拉开会议室的门："卢卡，我们虽然领先一步，却没有资格等待，很快就会有人山寨我们的想法。不出三个月，他们就会拿出产品，我们必须加快开发进度。"

杨洋阳猜到了开头，却没有料到结果。他们更快，根本不用三个月。

03

七个老男人

12月10日，雪夜，燕山酒店闪亮的大堂。

这是一个简单的生日聚会，被围在中间的寿星是穿着牛仔裤的高个子中年男人，很瘦，神情谦和。忽然，一位敦实的小个子举起大杯子，说道："宇总，生日快乐，四十大寿开心。"

敬酒的是向顽强，寿星正是宇泰来。宇泰来从八里桥飞驰回北京，花了几天时间整理思路，越想越兴奋。既然思维模式已经跳出传统，为什么不再次踏上创业的旅程？宇泰来先找到向顽强，向顽强十几年来忠心耿耿，跟宇泰来合作默契，具备超强的执行能力，成为这次他的第一个创业伙伴。

宇泰来左侧的沙发上坐着一个瘦高的戴着白框眼镜、文质彬彬的中年男人，这人是宇泰来拉进来的第二个创业伙伴。林宾貌不惊人，却有非同寻常的背景。他曾是谷歌研究院副院长，兼任全球技术总监，中国互联网领域数一数二的人物。他本想做个互联网音乐的创业项目，宇泰来极力反对：投点儿钱，音乐让别人干就可以了，咱们做点儿更大的！他们在盘古大观酒店的咖啡厅谋划大事，各自掏出几部手机，在咖啡桌上排成排，逐个拆机来看，一聊就是半天。服务员吃惊地问："你们是卖手机的吗？够有钱的啊，在这儿喝咖啡。"

宇泰来右侧是个香港人，名叫黄吉吉，拥有卡通动漫人物般的大眼睛。他不到三十岁的时候就成为微软中国工程院的首席工程师，与宇泰来和林宾在知春路翠宫饭店的豹王咖啡厅第一次见面。三人聊电子产品，从手机到电脑，从 iPad 到电子书。黄吉吉震惊了，他自以为是亚马逊 Kindle（一款电子书阅读器）的粉丝，没想到宇泰来更了解，他甚至把一个 Kindle 拆开，看里面的构造。聊了四个半小时之后，黄吉吉判断出来，宇泰来要做些疯狂而伟大的事情。临走的时候黄吉吉说："你要做的事情，算我一个。"于是，他出现在这场生日聚会中。

林宾左侧是洪风。宇泰来的创业伙伴们都很聪明，洪风是最聪明的一个。他在谷歌工作的时候，用业余时间做了 3D 街景的原型，现在是谷歌地图中的杀手级应用。在他办公室里，放着一台他亲手做的机器人，洗菜篮子做的脑袋，两个白色垃圾桶变成机器人的双腿，中间一块屏幕，下面有个吸尘器转盘。洪风常在家里远程操控机器人，跟同事开会，让与会者抓狂。宇泰来组建创业团队的时候，有心面试他，却成了被面试者。洪风想知道宇泰来是不是好老板，准备了上百个问题，越问越细致，越问越难，宇泰来根本无法回答，心想糟糕，人家肯定看不上我。面试结束，洪风却答应了，宇泰来问为什么。他说："你的想法太不靠谱，疯狂的技术天才对靠谱的事情没有兴趣，他们天生疯狂。"

洪风身边是一位戴着眼镜的中年人，名叫刘的，是宇泰来想认识却无法认识，想请却请不起的人。他毕业于美国艺术设计中心学院，拿到多项国际设计大奖，在美国大别墅里过着优哉游哉的生活。宇泰来急需工业设计师，苦于在国内找不到顶级人才。刚巧，洪风太太认识刘的太太，听说他要回国，请来聊天。宇泰来、向顽强、林宾、黄吉吉和刘的五个人聊了八个小时。宇泰来当晚失眠了，我的设计水平差距太大，根本做不到世界的顶级水准。宇泰来不敢请刘的，人家不可能放弃美国的事业和舒适生活，正在苦闷。没想到，刘的回到美国也失眠了，主动给宇泰来电话："这么多年来我都是自己干，非常累，找到一个好团队太难了，我想加入！"宇泰来后来说，刘的幸福不幸福我不知道，反正有了他，我非常幸福。男人通常能让女人幸福，能够让另外一个男人觉得幸福，他就不是一般的男人，这就是刘的。

坐在宇泰来对面的人最后加入，是他寻找时间最长的人，也是将要带领创业团队完成登顶的那个人，必须完美。为了找到这个人，宇泰来至少面试了一百个人。他曾和同一个人在七天时间深谈五次，每次十个小时，仍然没有达成共识。宇泰来不妥协，多次面试无果，正在绝望的时候，有人介绍了在摩托罗拉做手机设计二十多年的周不平博士。宇泰来约老先生来谈，本来要谈两个小时，结果从中午聊到深夜十二点，连吃饭时间都舍不得浪费，叫了两次盒饭。周博士把话说明白：如果这件事做不成，我这辈子就完了，不为别的，真做不动了。这次创业，他当作这辈子的最后一件大事。宇泰来听了这话，当即拍板，就他了。

创业团队的拼图终于完成，忠心耿耿、有超强执行能力的老部下向顽强，谷歌全球技术总监、中国互联网产品技术的领头羊林宾，拥有卡通形象的微软中国工程院的首席工程师黄吉吉，做出谷歌 3D 地图的疯狂的绝顶天才洪风，世界级设计大师刘的，拥有在摩托罗拉二十年手机设计经验的周不平博士。

他们七个不是人，而是神！中老年技术男神！

如果你认为世界上没有神，他们至少是神一级的存在！

"今天我四十，感谢朋友们举办这次生日聚会，我说几句。"宇泰来站起来，举着酒杯喝一口："我出生在湖北仙桃的教师家庭，当年仙桃还是小县城。我十八岁考入武汉大学计算机系，二十三岁进入孤山软件，二十九岁担任总经理。我三十八的时候，孤山上市。少年成名，不缺钱不缺朋友，人生完美，大可自由淡定，想干啥干啥。可是，我有深刻的挫败感，孤山从办公软件到词霸，从词霸到毒霸，从毒霸到游戏，一个个产品出来，总跟不上时代的脚步。顽强，你说是不是？"

向顽强点头，忆起当年峥嵘往事："是啊，有一次拓展训练，你说，我不容易，大家不容易，活得太窝囊，说到动情处，潸然泪下。我们二十几个副总裁和部门经理拥上去，团团围住你号啕大哭，如丧考妣！"

"如丧考妣"这个词很夸张，却是实情实景。向顽强是宇泰来旧部，最知道他的悲伤和痛苦。宇泰来是生而伟大的人，绝不甘做一个凡人。

宇泰来痛定思痛，仍不放弃，在四十岁生日的时候，追随梦想再次出发，要像乔布斯那样，创办一家伟大的公司。他换了个口气说道："我在孤山十六年，学到一个教训，不要在盐碱地里种庄稼，必须在台风里放风筝！站在台风中心，猪都能飞上天，何况我宇泰来！我离开孤山之后，成为天使投资人，背着钱袋子找投资项目，看似悠闲，其实却面朝大海等台风，逆风飞扬！今天，台风终于要来了，将席卷一切，看到树叶在颤动了吗？看见细沙在空中掠过了吗？那是台风的信号，我们一辈子等不到几场台风，这场超级风暴终于来了。有人躲到安全的地方，所谓的三大互联网巨头将在台风中瑟瑟发抖。我却要闯出这片避风港，迎风狂啸，直挂云帆济沧海！"宇泰来举起酒杯弯着腰，好像要在沙发间寻找风的迹象，问道："无与伦比的台风是什么？大家都知道吧？"

"移动互联网！"洪风是最聪明的一个，他说话了，别人就不用说了。

"在互联网论坛上，我上了一课，当年，别人的杀毒软件免费，我为什么想不到？等我跟进的时候，一切都来不及了。有人说他是乱来，我不同意。每次技术浪潮和商业革命都会打破旧秩序，能说这是搅屎棍吗？我前几天去了一趟八里桥，那是清军在第二次鸦片战争中抵御英法联军的战场，蒙古骑兵勇猛，无畏死亡，连英法联军都钦佩。可是，僧格林沁战死数万人，英法联军呢？只死了十二个！清军输在哪里？输在这里！"宇泰来指着脑袋说道："我们既然要在移动互联网的风口浪尖争风逐浪，就必须改变思维模式。我是一个被软件行业放逐的人，干脆就换成互联网思维模式，来颠覆这个行业。"

宇泰来说到尽兴处，在沙发旁边转来转去，就像乔布斯的经典动作一样："周星驰的《功夫》里面有一句话，天下武功，唯快不破。我们聚焦在好产品上，快速推出去，用户今天一百，明天一千，后天一万，像滚雪球一样发展壮大。什么样的产品有这种滚雪球的魔力？有一款叫作魔盒的产品，上线三天突破百万用户。美国有一款即时通信软件，名为Kik，推出两个月获取了三百万用户。这就是'天下武功，唯快不破'的道理。我们推出免费软件，靠互联网来拓展用户，获得一份无限增长的客户名录，里面有姓名和手机号码！这不就是互联网模式吗？不赚钱没关系，电猫开始挣钱了吗？奔狼开始挣钱了吗？企鹅技术开始挣钱了吗？都不挣钱！一旦有了大量用户和品牌，就有可能推出产品，找出各种各样的办法来挣钱，这就是我的蓝图。"

绚丽的未来如同一幅卷轴，创业方向从朦朦胧胧变得清晰：推广手机App（应用程序）、锻炼团队、提升品牌、积累粉丝，推出真正的产品。宇泰来喜欢下围棋，这次采用"宇宙流"布局，布了一个很大的局，没人能够看懂。

他说到这里坐下来，看着周不平博士，山寨了他的话："今天我四十，这是我不能输的一件事，要是输了，这辈子就踏实了。"宇泰来是一个脚踏实地、志存高远的人，说了就一定会做，没人会怀疑。

郭鑫年在温迪的鼓励下，在互联网论坛大张旗鼓地宣传，引起了对手的注意。他没想到的是，宇泰来的速度竟然这么快，队伍这么强！让郭鑫年更想不到的是，在遥远的南方，一个比宇泰来体量大万倍的巨兽从睡梦中惊醒，缓缓爬起，擦亮眼睛，甩开步伐，顿时天塌地陷。

04

创业精神

深圳，企鹅技术总部。

深南大道横贯深圳东西，早在八十年代改革开放之初，已经成为这座城市的动脉。在深南大道两侧，有数家大型企业的总部大厦，包括招商银行和中兴通讯。企鹅大厦以其年轻的姿态矗立其中，毫不逊色。然而，互联网风起云涌，新浪微博兴起，开心网铩羽，互联网格局为之一变。新浪风头无二，力压其他门户网站，给予投资人无限遐想，股票连连上涨，俨然占据这轮技术革命的有利位置。

互联网企业难以抗拒这股洪流，狐扑老板与娱乐圈关系极深，找来明星助阵，公共汽车上布满广告，声嘶力竭，没人买账，不敢继续烧钱，开始撤退。网通极为精明，正面打不过，转而培养细分市场，时尚、股市、八卦、纵向拓展，路数似乎也不对，声音渐小。

三大巨头之中，受到冲击最小的是电猫和奔狼，电猫独吃电子商务，人人都在模仿，谁都无法超越，风生水起，自得其乐。奔狼依靠搜索赚钱，强在营销体系，核心业务不动如山，静观其变。唯有企鹅技术必须正面对抗，这是无奈之举。企鹅技术依靠即时通信起家，业务都建立在用户黏性之上，一旦用户流失，皮之不存，毛将焉附？公司的基础就将凭空消失，巍峨壮观的大厦将有什么结局？然而晚一步，处处被动，支撑不住，却不敢稍退半步。

谁知，新浪微博的冲击还没有消退，又冒出一个魔盒。

马幻城在互联网论坛之后，匆匆赶回深圳。第二天，他早早来到办公室，蹲在地面研究幕墙上的数字。这是他每天必做的功课，他对数字的痴迷无人能及。助理端咖啡进来，不小心被绊了一下，摇晃欲倒。她年过四十，一直忠心耿耿，一流老板的秘书往往是四五十岁的女士，二流企业才会用年轻貌美的女秘书，这是判断老板水平和志向的简单尺度。马幻城笑笑，取来咖啡喝一口，走回办公桌。桌面极大，左侧是一部手机，显示着魔盒的界面，右侧是罗维的名片，桌面中间摆着十几部手机："有个叫作魔盒的产品，每部手机都下载安装。"

他常下载各种应用，大都当天删去，即便这样，这些手机也无法满足他的要求。秘书对下载流程熟练无比，手指触控，安装完毕，把手机递给马幻城。他走出七八步，在魔盒上发出了指令："三天之内，不用电话和短信，只用这个。"没等秘书回话，下一条指令从魔盒中冒出来："召集会议，全体高管放下一切工作，立即参加。"他思路已成，速度就是一切。

宽阔的会议室的桌子中间摆着一个蓝牙无线BOSE（一款美国扬声器品牌）扬声器。

这次临时会议十分反常，更反常的是，会议室中看不见马幻城。他一向准时，即便出差也会按时通过视频会议系统接入。高管们狐疑地看着，这是什么意思？十点整，秘书举起手机放在嘴边，用一种前所未有的奇怪姿势说道："Pony，到齐了。"

Pony 是英文"小马"的意思，马幻城的英文名字。秘书这样称呼，公司以外的人觉得不可思议,在企鹅技术却正常无比。这是他们的文化,马幻城对抗官僚文化的坚持。

忽然,一个语音条出现在手机屏幕上,秘书手指一碰,音响放出马幻城的声音:"今天,我们尝试用一种全新的方式开会,可能让人不舒服,技术总会颠覆你的习惯,必须与时俱进。"

众位高管不知道怎么回答,也不适应,秘书通过麦克风回答:"好的,Pony。"

马幻城的声音从扬声器飘出来:"移动技术的大潮在排山倒海而来,我们怎么面对这种挑战?"

这个问题没头没尾,极为宽泛,高管们不知道如何去接,再次静静等待。扬声器又传出他的声音:"最近 App Store(苹果应用商店)上最新、最热的应用是什么?"

"游戏类应该是鳄鱼洗澡,商用类应该还是 Evernote 吧。"其中一人回答,马幻城问题中肯定有玄虚。

"中国呢?"马幻城的声音听不出来喜怒哀乐,反而更让人紧张。

秘书操作手机,通过屏幕投射出来,排名第一的是名不见经传的产品,魔盒。这是什么?高管们常关注苹果商店的排行榜,找到好想法集成到公司的产品舰队之中。大多数人事情繁多,看得不认真。一名高管惊讶地问道:"魔盒昨晚还在十名之外,今天就成了第一。"

砰——门被推开。马幻城的手机举在嘴边,这是一个之前未有的、即将流行起来的姿势。他走到会议室最前方:"或许,它下周就消失在浩瀚的应用之中,是不是?"

这种情况十分常见,高管们被猜中心思,一起点头。马幻城的手机扔给秘书,双手撑在桌子上,如同大山一般俯身下来:"我们处在一个巨变的时代,竞争按天来算,我们却在等待下一周,梦想对手突然从排行榜上消失?醒醒吧,今天晚上,敌军就会冲入大本营,战刀架在你脖子上,毫不留情地占有你的地盘。你刚娶回来一个好女人,打算好好过日子,娶回家被窝还没有热,就被别人抢走了。我不是危言耸听,公司越大,越是如履薄冰,我每天晚上都睡不着!连市场的动态都不知道,就去打仗,找死!"

接连竞争失利,根源在于高管们的倨傲自满。马幻城出言警醒:"开心网,我们错过了。微博,我们也错过了。为什么我们麻木不仁?一而再再而三地错过机会?如果再错过这次移动浪潮,我可以肯定,我们就将如烟散去,消失不见。"

马幻城回忆着互联网论坛上受到的冲击,举起手机说道:"互联网论坛上冒出一个魔盒，手机上的即时通信，一个杀手级应用，连中通电信、中国电联和中国电讯那些高傲的运营商也受到威胁。这必是一次颠覆，引爆前所未有的混战。互联网血雨腥风的竞争，唯有魏晋南北朝的大混乱时期才可堪相比。乱世出英雄，盛世出奴才。在颠覆一切的时代中，曾经呼风唤雨的霸主，与默默无闻的年轻人站在一条起跑线上，要拿性命来拼！活下来的才是英雄。美人自古如名将，不许人间见白头。自古英雄出少年，我们却英雄迟暮，步履蹒跚！"

马幻城不罢休，一股脑儿地发泄说："在这个剧烈变化的时代，企业生死变成常态。长江后浪推前浪，前浪死在沙滩上。我们怎么办？第一，我宁可死在改革路上，也不躺在过去的辉煌中睡大觉！第二，我不怕死，尤其不怕产品的生生死死。产品有生命周期，与其让竞争对手搞死，不如我们亲手终结它。产品不是你的儿子，是你养的猪，养肥了就要宰了吃肉。所以，我不是扣扣之父！我只是产品经理。第三，缺什么东西就去抢。喜欢女孩就去追，追不上是运气不够，不追一辈子后悔。这个世界上百分之九十五的事情，只要有勇气和胆量就能成功！第四，紧跟时代。谁也挡不住发展的洪流，这是生死时速。我们如果停下队伍等落伍者，必将全军覆没！"

马幻城大谈生死观，天马行空，充满叛逆和挑战，高管们一时消化不了。他再次点醒："别以为我们有多么牛，真正伟大的是那些创业者。他们狗屁都没有，只有梦想和坚持，思想没有被禁锢，不用墨守成规，这就是创业精神。"

创业精神！这是我们错失机会的根本原因。马幻城渐渐醒悟，公司家大业大，什么都有了，却在不知不觉中失去了最原始的精神动力。他大声质问："在这生死存亡的关键时刻，我们的创业精神去了哪里？"

马幻城无缘无故说出这样一段话，众位高管都不知道该怎么回答，会议室陷入沉默。马幻城闷声坐下，思路回到了自己的创业生涯。他一九九三年从深圳大学毕业，进入润讯通信，工资是一千一百元，二十世纪九十年代是传呼业辉煌的特殊时代，企业过着天堂般的日子。润讯每年有二十亿的收入，这家企业给了马幻城视野和管理上的启蒙。一九九八年，他提出了即时通信产品的建议，没有引起公司兴趣，这小东西看起来没有一丝前景，根本不可能赚钱。马幻城的提议被否决之后，他的身影便在润讯消失。他创办了企鹅技术。

"对讲机功能不错，应该加进去。"打破沉默的是张至冬，企鹅技术的另一个创始人。

他个子不高，圆脸，熟悉他的人叫他"冬瓜"。随着公司成长，他位高权重，大家开始叫他"瓜哥"，以示尊敬。他说话总带微笑，对于技术却极端偏执，常常激动得脸红脖子粗。张至冬是工作狂，兴趣是下象棋，工作空隙会上网杀上一盘。他是马幻城的大学同学中技术最拔尖的一个，即便放到深圳计算机发烧友的圈子里，都是翘楚级人物。据说，他亲手设计扣扣架构是在一九九八年，十年过去了，用户数从百万级上升到数以亿计，这个架构仍然适用，让人觉得不可思议。对此，张至冬很谦逊地否认了，他从来不是居功自傲的人。

"没什么难的，非常简单。"曾梨青说，他是企鹅技术的第三位创始人，在马幻城和张至冬创建公司一个月之后加入。他毕业于西安电子科技大学，简称西电。这所大学名气不如清华北大，在专业领域却不次于这些名校。曾梨青在一次同学聚会中哀叹：哎，我有个人大毕业的朋友，他的同学都有五六个被"双规"了，我们系怎么一个都没有？西电就是这么踏实的一所大学。柳传志从这所大学毕业。清华北大的学生可以当上国家领导人，却没有一人能创建像联想这么伟大的企业。曾梨青毕业后被分到深圳电信，后来成为互联网的开拓人物之一，是深圳乃至全国第一个宽带小区的推动者。在当年的一个会议上，网络断线，一桌子人都在着急，曾梨青猫腰钻到桌子底下，把线路调通。

曾梨青是个实在人，只有实在人才能做大事。

他们成立公司的时候，做了简单的分工，马幻城负责战略和产品，张至冬管技术，曾梨青做市场。曾梨青还是几个创始人中最好玩、最开放、最具激情和感召力的一个，与温和的马幻城和技术狂张至冬不同，他是另一种类型。在讨论过程中，曾梨青更有攻击性，更像拿主意的人。他身体富态，懂得打扮会说话。他和马幻城出去，常被误认为老板，而外表清秀的马幻城总被认成他的助理。

"我们还等什么？"许晨叶立即赞同。企鹅技术创立的那个年底，许晨叶和陈丹加入进来。许晨叶也是马幻城的大学同窗，又是曾梨青在深圳电信的同事，他像清晨的树叶一般，让创业团队中充满芬芳，又像叶子一样随和。

"对！"陈丹是企鹅技术的第五位合伙人，马幻城的中学同学，拥有律师执照，严谨又有个性。

马幻城没有单枪匹马创业，他们凑了五十万注册资金，马幻城占百分之四十七点五，张至冬拥有百分之二十，曾梨青百分之十二点五，许晨叶和陈丹各占百分之十。马幻城选择性格不同、各有特长的人组成创业团队，他还很好地设计了创业团队的责权利。马幻城一开始就注定了并非池中之物，终有一天要鲤鱼跃龙门。

"散会吧，我再想想。"马幻城挥手，宣布会议结束，内心充满遗憾。他大谈企业和产品的生死，就是要抛开扣扣另起炉灶，几个创始人却听不懂，仍然抱着扣扣不放。

这个世界最遥远的距离是，对方明明在你面前，却听不懂你的话。几位创始人集体错愕，马幻城从互联网论坛回来，说了一些莫名其妙的话。当他们要采取行动的时候，他又如同泄了气的皮球，停下脚步。他到底是要搞哪样？

马幻城创业十多年，更多专业人士加入进来，团队越来越大。除了五位创始人，总裁拥有美国密歇根大学电子工程学士学位、斯坦福大学电子工程硕士学位以及西北大学凯洛格管理学院工商管理硕士学位，曾在麦肯锡从事管理咨询工作，后来在高摩担任执行董事。财务总监是香港人，美国西北大学凯洛格管理学院毕业，是香港会计师公会资深会员和皇家特许管理会计师公会会员。首席战略官就是一个彻头彻尾的美国人。创业元老和高管们西装革履，坐享名车，身处豪宅，享独立大办公室、私人秘书，锦衣玉食。

他们都是精英中的精英，还能吃糠咽菜，通宵苦干吗？

企鹅技术错过以开心网和新浪微博为代表的社交网络，产品只是表面原因，归根结底，高管们正在丧失创业精神。如果真是这样，公司只能走向腐朽和没落。马幻城烦躁无比，猛然站起来，走到落地窗边看着大鹏湾，看着一波波的潮水。他从潮水中悟出了经营企业的秘诀，什么时候才会有人明白这个道理？那个人才会是我的接班人，他在心里想。

一周之后，高管们再次汇报的时候，马幻城掩饰不住深深的失望。

"在扣扣中加入对讲机功能，与魔盒一模一样。"张至冬主管产品研发，将对讲机功能嵌入即时聊天软件中，并不困难。

"瓜哥，魔盒为什么吸引了那么多用户？"马幻城保持耐心，不厌其烦地启发着。

"界面简洁，用户体验好，抓住了核心。"高管们七嘴八舌，停留在技术层面。

"魔盒的体验为什么好？"马幻城自问自答，"什么是用户体验？简单易用是第一位。功能那么多，操作起来慢得急死人，绝不是好体验。魔盒做了减法，化繁为简，去掉不需要的功能，灵活易用。我们把对讲机放入扣扣的各种功能中，看似十全十美，其实却本末倒置。"马幻城心里急出火来。他说过，不要怕产品的生生死死，意思十分明显，砍掉扣扣另起炉灶。他们没有领会，反而越陷越深。他还说，缺什么就去抢，看见喜欢的女孩就去追。别以为我们多么牛，真正伟大的是那些创业者。这句话的意思更清晰，不要自视太高，我们缺了魔盒，直接并购过来，不用自己开发。他还说过，如果停下队伍等落伍者，必将全军覆灭。这是明显的警告，不赶快行动，没人会管你。

这番话，他们都没有听懂！

打下江山之后，高管们太舒服了，在澳大利亚买别墅开游艇，团购宝马，挥金如土。马幻城却怀念过去热血沸腾的一无所有。如今头顶成功的光环，躺在荣耀中睡大觉，不为梦想只为争权夺利！我创造了企鹅技术，却无力对抗他们的腐败。怎样避免无可奈何的堕落，让我的帝国重新焕发青春，恢复创业精神？

"我们错过社交网络，错过微博，其实不是大事，只是两个机会，是不是？"马幻城气极反笑，说着反话，"你们的产品很好，我很满意，继续研发，尽快推向市场，会议到这里，散会！"

高管们鸟兽散去，唯有一人留在办公室，不用看就知道是张至冬，四年的大学同窗，十六年的创业伙伴，亲手设计了扣扣的架构，这是了不起的成就，只有高瞻远瞩的人才能做到。他在公司的股份仅次于马幻城，个人财富超百亿，在胡润的中国百富榜排名第八十五位，在《福布斯》全球富豪排行榜也有一席之地，他却始终开着一辆二十多万的中档车。他身居高位，拼在一线，口头禅是，"说再多，都不如亲自做"。加班到凌晨两三点钟是家常便饭，每天晚上，他办公室的灯光照耀员工们下班的路。

张至冬是最伟大的创业者，马幻城常常这样认为。

"Pony，不满意？"张至冬看出了他的沮丧。

"瓜哥，思路不对，我们总做加法，这次还是这样。"马幻城仰望天花板，看到了危机的本质。

"你的意思是？"张至冬不理解做加法有什么不好。扣扣不断增加功能，越来越完善和强大，做减法是从未有过的事情。

"另起炉灶。"马幻城的想法由来已久，这是第一次提出来。

"放弃扣扣？"张至冬难以想象，没有扣扣还是企鹅技术吗？

"我们错失良机，就是因为抱残守缺，故步自封。移动互联网是手机的革命，如果还抱着PC（个人电脑）上的扣扣不放，必然死路一条。"马幻城的心里话只能和张至冬说，得到他的支持，才能进行大刀阔斧的改革。

"Pony，要想清楚！"张至冬不认同。企鹅技术所有的业务都基于扣扣，竞争对手羡慕不已，欲除之而后快，怎么能自己动手砍掉它？

马幻城内心惆怅，如果连张至冬都不能说服，怎能推动公司变革？公司守着过去的成功经验和产品，有太多的瓶瓶罐罐，谁也不敢冒险。我需要一个叛逆者，炮打司令部，敢把皇帝拉下马，颠覆我的帝国！

张至冬离开，马幻城孤单地走到落地玻璃之前，看着大鹏湾的潮起潮落。怎么办？他无力对抗公司的腐化，就像中国历史上的王朝，崛起时开天辟地，无可抵挡，一旦失去那种劲头，便堕入无可避免的腐朽。企鹅技术也终不能免吗？他沉思着，日头划过天空，向西边坠落，大海一浪推一浪。他下意识地握着从互联网论坛带回的两张名片，温迪和罗维，他们或许就是颠覆的支点。嗯，直截了当并购魔盒队伍是最现实的方案。他把名片递给秘书："约她谈谈。"

温迪是魔盒的投资人，是最佳人选。秘书用办公桌的电话拨出，接通说了几句，又放下电话："Pony，温迪下周能来。"

速度就是一切，马幻城根本等不及，说道："约高摩的彭先生，和他通电话。"

彭祖武是高摩中国总裁，企鹅技术十年前在香港挂牌上市，高摩是全球协调人及保荐人。在香港发行的股票获得六十七亿股认购申请，成功筹集十五亿港元，企鹅技术完成了资本跳跃，高摩获得巨大的价值，双方合作愉快。如今，马幻城已经是中国互联网巨头，和彭祖武既是朋友，又是商业伙伴，不可谓不熟。几分钟之后，铃声响起。他接起电话笑着说道："彭总，好久没见，十分想念，什么时候来深圳？"

马幻城是中国互联网教父级的人物，他没说去北京拜访，而让彭祖武来深圳见他，看似不礼貌。彭祖武欣然接受："是啊，北京已经是初冬，球场关闭了，我正想去南方打球。"

马幻城寒暄完毕，直接说出正题："我上周在北京参加互联网论坛，遇到高摩的一位投资人，名叫温迪，您认识吗？"

"当然，她在风投部门。"彭祖武知无不言，没有保留。

"她有眼力，慧眼识金，我想和她谈谈。"马幻城言下之意十分明显，收购魔盒最为直截了当，高摩是最好的桥梁。

"Pony，等一下。"彭祖武按下静音键，让秘书去查航班信息，拨通另外一个电话："你在哪里？好的，别问为什么，放下工作，出发去机场。"

温迪立即答应，她是聪明人，知道什么时候应该不折不扣地执行。彭祖武抬头的时候，航班信息呈现在眼前，他拿着平板电脑，回到马幻城的电话上："Pony，下午三点十五的航班起飞，给您带了些北京怀柔的板栗，很适合煲汤进补。"仅仅三两分钟，温迪已经走出了车库咖啡，赶赴机场。

人生就像滑铁卢战役，往往迟到几分钟就意味着战局的巨变。

05

愿者上钩

温迪常在车库咖啡陪郭鑫年加班，好像成为创业团队的一员，她喜欢这种感觉。她用了拖延战术，并不着急回复马幻城秘书的电话。郭鑫年不解，企鹅技术和我们谈，为什么不去？

"当然要去，但是需要看看他们的诚意。"温迪知道放长线钓大鱼的道理，如果马幻城打了一个电话就不再打来，说明他根本不愿意认真对待。谁知，彭祖武的电话随即跟来，温迪终于钓到了大鱼，板起面孔说道："电影取消。"

郭鑫年一脸无辜和委屈，这是他期待已久的电影："生活重要还是工作重要？"

温迪看着郭鑫年，笑着反问："电影重要，还是马幻城重要？"

"马幻城！他要见你？"郭鑫年惊呆了，自从魔盒崛起之后，一切都是奇迹。

"他要收购。"温迪喜上眉梢，在互联网论坛上与马幻城交换名片，是先见之明："我现在去机场，帮我接通所有股东，电话会议。"

在郭鑫年眼中，温迪不是杨玉环，更不是冯小怜，她是武则天！

魔盒崛起，势不可当，却有致命的危险。魔盒没有赢利模式，用户的爆发增长需要更多的服务器和带宽，要烧越来越多的资金，这是始终制约魔盒发展的难题。而且对讲机功能不难实现，其他人一旦看出机会，快马加鞭，很快就能拿出产品。最稳妥并且快速的方式就是将魔盒卖出，有实力的接盘对象就是互联网三大巨头，马幻城是最顺理成章的收购方。

转眼之间，投资就是十倍以上的获利！

马幻城透露出收购意向，温迪却有自己的小九九，只是不知道其他股东的想法。她搭上出租车，用手机接通其他人，在电话里简单介绍前因后果，说道："我猜测马幻城可能并购魔盒，请大家谈谈看法。大愚，你是创始人，你讲了，别人就不好说什么，你最后。"

卢卡对这种会议不屑一顾，根本不参加。杨洋阳看看身边的苏莤："苏大哥，你先说。"

车库咖啡的股份少于郭鑫年和高摩，却比杨洋阳和卢卡多一些，是至关重要的一方。苏莤不想扩大战线，极力赞同："我们是天使投资人，耗下去，快变成投行了。我们欢迎新的投资，希望逐渐淡出。"

天使投资人常常选择在未来的融资中逐渐减持，兑现资金，再去寻找新的种子孵化，很少将股份保留到上市。温迪摸清了苏莤的底牌，说道："洋阳，该你了。"

杨洋阳和卢卡的股份加在一起，谁也不敢忽略。她看出了潜在的威胁，企鹅技术随便拔出一根汗毛就比杨洋阳的腰身粗十倍："如果拒绝卖出，企鹅技术会不会变成我们的对手？我们能不能打过？"

杨洋阳倾向卖出，与车库咖啡加在一起，赞同的股份超过了三分之一，温迪心中有数："大愚，你说。"

高摩投资的两千万美元刚入账，郭鑫年正要大干一场，不急于卖出："现在卖出不是好时机，企鹅技术拿出产品至少要六个月。那时候，魔盒的用户数量达到数千万，未必不可以竞争。"

"他们根本不用六个月。"杨洋阳用半年时间研发出产品，企鹅技术财力和技术力量远超自己，又可以参考魔盒，少走很多弯路。

"放心，那些大公司内部流程复杂，六个月能不能立项都不一定。"郭鑫年笑着，他曾经在香港的上市公司工作过，知道那些大公司的速度。

卖给企鹅技术获利了结，还是继续发展获得更大的增值？贪婪还是占据了上风，温迪说道："我代表高摩，说说我们的观点。我们的当务之急是快速扩大用户数量，现在不是寻找新一轮投资的好时机。然而，魔盒没有找到赢利模式，未来要有两手准备，上市是最佳方案。如果上不了，企鹅技术实力雄厚，是最佳收购方，不能得罪，应该保持联系。总之，不拒绝，不主动，愿者上钩。"

温迪和郭鑫年都希望继续发展魔盒，原因不同，结论却是一样。郭鑫年和高摩占据绝对控制权，杨洋阳和苏荫便不坚持，使得他们错过这次并购。郭鑫年后来反思，与企鹅技术为敌，是他创业过程中最大的失误之一。温迪利用企鹅技术的投资意向，摸清了每个股东的态度，她收了电话，眼前已是首都机场航站楼。

波音777落地深圳宝安机场，一辆轿车接上温迪，飞驰进入市区，到达企鹅技术总部的时候，已经是晚上八点。马幻城在办公室中恭候多时，看着风尘仆仆的温迪，钦佩高摩的执行能力。扪心自问，我的高管们能不能做到招之即来？恐怕不会。他破例起身，与温迪握手："欢迎，你的速度让我惊讶。"

温迪见过不少大场面，拜访马幻城却是从来没有的经历。她平静下来回答："在互联网时代，速度便是一切。很高兴见到Pony，我的荣幸。"

她张口Pony，看似冒险，其实做了深入的研究。马幻城为保持创业文化，打破官僚作风，坚持下属称呼他英文名字。马幻城果然露出笑容，请温迪坐下，咨之以计谋而观其识，掂量她的分量："高摩这么大的跨国投行，保持这样的速度，我十分钦佩。你们怎么做到的？"

温迪从郭鑫年那里学来时间管理，现学现卖："人生重要的事情并不多，学会做减法，便能提高速度。"

马幻城对答案很满意，思维跳跃："什么是创业精神？"

艰苦奋斗、充满改变世界的理想、执行能力等等都是创业精神的核心。温迪换了一种说法："创业就像上山打野猪，一枪打出去，野猪没死，冲了过来。把枪一扔，往山上跑的是职业经理人。子弹打完了，把枪一扔，从腰上拔出柴刀和野猪拼命的，是创业者。创业者逃无可逃，只能血拼。"

这是云沧海的名言。马幻城心思一顿，很明显，她值得花上半个小时："我想听听你对魔盒的看法。"

温迪开门见山，坦率直言："有几个假设，您想听吗？"见马幻城点头，她说出第一条:"随着智能手机的普及,移动互联网浪潮正在到来,接入方式将从PC延伸到手机,将颠覆传统互联网的格局,您同意吗?"

这是非常明显的趋势,马幻城十分赞同:"百分之百。"

温迪获得肯定,讲述第二个假设:"春江水暖鸭先知。传统互联网巨头被以往的产品、技术和成功经验绑架,一无所有的创业者才是最敏感的一群人,他们将最先发现未来趋势,握有通往移动互联网的船票。"

马幻城摇头,反问:"何以见得?"

温迪理清了思路,侃侃而谈:"这是历史规律。微软终止了IBM公司的霸权,那时比尔·盖茨还是一个辍学的哈佛学生。迈克尔·戴尔在大学创业的时候,谁也想不到他将终结康柏。道理很简单,大公司看起来实力强大,但是创业者无处不在,防不胜防。即便大企业的个别员工发现了趋势,产生了伟大的想法,往往也不会贡献给企业,而是跳出来创业。"

马幻城以往在寻呼公司,那些官僚们根本不明白扣扣的价值,他修正了判断:"好吧,百分之六十同意。"

温迪举起三根手指,认真说道:"第三个假设是,互联网巨头必然为抢占这张移动互联网的船票大打出手,先下手为强,越晚就要付出越大的代价。"

"船票?"马幻城第一次听到这个说法,想搞清楚温迪的理解。

温迪摊开手掌露出手机,手指轻触,清晰地展现了移动互联网船票的概念:"一个手机屏幕上大约有二十几个图标,电话、短信、照相机、地图、天气、本地服务、音乐、搜索,每个图标就是一张船票,通往移动互联网的入口。"

马幻城抬抬眼镜腿,她果然有些见解,便抛出关键的问题:"开门见山吧,我有兴趣收购魔盒。"他停在这里,观察着温迪的态度,见她不语,继续说道:"我想看看魔盒的财务报表。"

魔盒每天烧钱,一分钱收入都没有,马幻城要看财务报表,其实是在打压魔盒的估值。温迪持有魔盒百分之十的股份,绝不在这方面含糊:"魔盒是一张船票,票面也许价值不高,可是如果这张船票可以救命,您说它价值多少?"

魔盒是一张船票,虽然不值钱却能搭载企鹅技术每年销售数百亿的全线产品。温迪非常聪明,不谈魔盒估值,而大谈移动互联网对企鹅技术的冲击,言下之意很明显,您先别管魔盒的估值，先抢来船票活命再说。马幻城明白了，温迪不是容易对付的谈判对手："温小姐旅途劳顿，非常辛苦，该休息了。"

温迪绝不纠缠，握手道别："我男友是您的粉丝，也是魔盒的创始人。如果能和您合影一张，他一定非常兴奋。"

马幻城请秘书"咔嚓"一声留下照片，他坐回座位，没有送温迪出门的意思，与欢迎温迪进门的态度已经有了差异。秘书将温迪送出门，轻轻提醒："请尽快提供一份魔盒的估值。"

马幻城心中有了遗憾，温迪是个商人，而非创业者。她说得没错，魔盒的确是船票，马幻城的打算却远远不止于此。他不仅要一张船票，他要找到的是勇敢无畏的水手，一起扬帆出海，而温迪似乎只想卖出魔盒，拿钱走人。

06

估值

温迪回到酒店发出电子邮件，抄送所有风投小组成员，介绍马幻城的收购意向，表明自己的看法：企鹅技术是最好的买家，现在却不是卖出的好时机，其他股东也不太可能同意卖出。如果用户扩展十倍，价格便不可同日而语。温迪打算采用拖延战术，一边扩大用户基础。一边与企鹅技术讨价还价。彭祖武的邮件很快回来，马幻城绝非普通，哪能看不透你的战术？他在邮件中赞扬温迪和那蓝慧眼识金，挖到金矿，在邮件的最后提醒温迪：我非常尊敬马幻城先生，你一定要实心实意。彭祖武特别把邮件转给那蓝，对温迪，他总有难以看透的感觉。

温迪看完邮件，拨通车库咖啡的电话，苏芮和郭鑫年都在会议室中等候消息。郭鑫年拍着手说道："你下回去见马幻城，我给你拎包，他是我偶像。"和马幻城相比，郭鑫年就像一个小屁孩儿，温迪笑笑。

苏芮支持卖出股份，问道："既然企鹅技术要买，卖不卖？"

温迪打算待价而沽，笑着说："我在等待合理的收购条件。"马幻城是如来佛，自己连猪八戒的本事都没有。

杨洋阳提醒："别和人家斗心眼儿，要卖就卖，暂时不卖就直接说。"

温迪嗤之以鼻，这是商场，合理合法抢钱的地方，嘴里却不否定："企鹅技术让我们提供估值。"

分歧都汇集到一点，估值是实打实的，电话中十分安静。温迪早已想好，轻轻说道："我说说想法，好吗？"每个股东都有不同立场和利益，有冲突很正常，万一处理不好，会导致极大的隐忧。她慢慢说出心中的数字，"四亿美元"。她用一百五十万人民币获得魔盒百分之十的股份，意味着她的投资在短短的一个月内，增值到四千万美元！

疯了！杨洋阳睁大眼睛，魔盒只有三百多万用户，每个用户不可能价值一百美元！

"如果用户达到三千万，这个价格就很公道。"温迪对魔盒充满信心，魔盒上线三天用户数量就达到一百万，冲破千万指日可待。

"企鹅技术不会坐等我们的用户达到千万。"杨洋阳极为聪慧，一眼看出温迪是待价而沽。

"不要班门弄斧，要卖就卖，不想卖就不卖，马幻城一眼就能看透我们的想法。"苏茵赞同卖出，四亿美元的估值根本没有成交的基础。

"这是商场，实力决定一切。一旦用户数量达到千万，就变成马幻城求我们了。"温迪不以为然，香饽饽岂能轻易出手？

"我不同意四亿美元，狮子大开口会把企鹅技术推向对立。"杨洋阳反对，与企鹅技术为敌是找死。

"兵以诈立，商场诡道。企鹅技术不是唯一选择，我们应该稳坐钓鱼船。"这是温迪的真实想法。为什么一定要卖给企鹅技术？奔狼和电猫也是很好的收购对象。

"我不是商人和投机客，而是创业者。"杨洋阳反唇相讥，这是她第一次和温迪发生争执。

"不如估值降一些，先出让给企鹅技术较少的股份，这样也有后手。"苏茵提出妥协方案，只要企鹅技术买走百分之十的股份，便不会成为敌人。

"我可以这样提议，但是马幻城的胃口很大。"温迪不以为然，企鹅技术肯定要控制魔盒，绝不会只购买一点点股份。

"不管怎么样，我们有足够的资金，当务之急是发展用户。如果企鹅技术嫌估值高，那就等等。"郭鑫年的心思在产品上，不急于要钱，拍板定论。杨洋阳无可奈何，高摩握有百分之二十的股份，又得到郭鑫年的支持，多说无益。

第二天上午，四亿美元的估值传真过来。马幻城眯起眼睛，举起咖啡深思片刻，回忆着温迪的样子问秘书："怎么看那个温迪？"

"聪明，好看。"秘书吐出两个评价，这是难得的结论。

哼！待价而沽，马幻城看穿了她的图谋。他坐回座位，拿起罗维的名片，温迪有两手准备，自己也该货比三家，说道："打电话给罗维，让他来深圳。"

"为什么不自己开发？"秘书不懂，在她看来，购买魔盒是上策，自主开发是中策，收购罗维是下策。

"他们要在扣扣做加法，我却想颠覆。"马幻城难得向别人诉说心事，秘书是其中之一。

"为什么要抛弃扣扣？"秘书问道，其实却在帮助马幻城整理思路。

手机屏幕四五英寸，笔记本电脑屏幕十三四英寸，PC机二十英寸都很常见，屏幕尺寸相差大，内存和处理能力差别更大。马幻城简短说道："PC是PC，手机是手机。"

"我们自己也可以做减法，为什么要找外面的团队？"秘书仍然不理解。

"并行不悖。"马幻城没有排除任何选项。他敏锐地意识到，改变互联网的时刻即将到来，必须全力以赴。他不肯冒险，三箭齐发，先谋求收购魔盒主宰市场，然而温迪待价而沽，将会久拖不决。自己开发本是不错的选项，可是高管们丧失创业精神，抱残守缺，不肯颠覆自己，马幻城不把全部赌注都押到这里，下策是并购一家小公司，投石问路。

马幻城来到落地窗边，看着远处的大鹏湾，思忖着三个思路的利弊。他常常独立窗边，一站就是半天。这么多年，外面景色应该看够了，千篇一律的海水又有什么看头？他手指大鹏湾："再过一阵儿，潮水就要涨起来。海水很聪明，沿着低洼绕过山头，包围起来，慢慢侵蚀，轻松占领。海水看似柔弱，却最善于进攻，防线再密集，也挡不住水流。商场竞争也是这个策略，不用着急，像水流一样绕过去，等对手发现的时候，已经四面楚歌。"

与企鹅技术相比，魔盒是小得不能再小的蚂蚁，不需如此费心。秘书问道："那座山头是谁？"

马幻城大笑，这才是好的秘书，远非花瓶可比："魔盒充其量只是山头前面的一块礁石，我要包围的是大猎物。"

"那是什么？"秘书想不通这局棋。

"手机端的每个用户，如果一定要说出一个数字，大概是八亿。"八亿是中国手机用户的数量，马幻城赞同温迪的船票之说。在PC时代，无论奔狼、电猫还是企鹅技术三大巨头，还是购物网、大众点评网或者去哪儿网，都基于浏览器，这个入口不归属于任何人。手机的规则完全不同，每个App就是一个入口，我要像海水一样，吞噬和抢占这些入口。一旦大战爆发，游戏、电子商务、会员服务、广告、新闻，企鹅技术的每个产品，都像一艘艘战舰通过这个入口，向竞争对手发动潮水般的攻击！

魔盒就是船票，就是入口，这是第一战，要么夺取，要么摧毁，绝不能让别人得到。

马幻城走回办公桌，将温迪的名片抓起来揉成一团，扔进垃圾桶："虚与委蛇，让战略投资部门接触高摩，公事公办。"他拿起罗维的名片，尽力回忆那个胡子拉碴、落魄的罗维展示出来的界面。产品很粗糙，难登大雅之堂，马幻城却从他勇敢的目光中看出了异样。这人不卑不亢，神情自若，他值得再见一面谈谈吗？企鹅技术有投资部门，投出数亿美元都不用马幻城出面，可是，罗维的样子却在他面前晃来晃去。马幻城拨通了名片上的电话。

马幻城与罗维的相遇，就像刘备与诸葛亮的茅庐会，即将颠覆整个世界！可是，在那个时候，罗维正在千方百计摆脱创业带来的噩梦。

07

逼上梁山

罗维变成了屌丝，在黑马创业训练营的初赛现场钻来混去。这里挤满年轻的创业者们，嘈杂的呼喊声音中弥漫着汗味儿。

为了拿到投资，罗维尝试了所有可能的办法，一口气注册了36氪、天使汇、创业家，将项目信息发布出去，可巧遇到《创业家》杂志举办创业黑马大赛。他投出商业计划书，被挑出来参加第一轮的路演。

罗维走上讲台，好像以前在IBM的时候向客户讲方案。环境有极大不同，上千人挤在一起，五名投资人一溜排开，他只有五分钟。刚讲了创业历程、产品设计理念，还没来得及说商业模式，一个女孩子晃着硅胶大胸挡在面前，时间到！

"再给我一分钟！"罗维试图推开那个女孩子，前面不少创业者都获得了额外的一分钟。

不行！硅胶女孩背对罗维，坚定地拒绝，不是每个人都可以得到额外的一分钟，这要看她的心情。"山寨魔盒，人家甩出你一条街，你凭什么追？"一名IDG评委举着大号铅笔，抛出一个问题。IDG是顶尖的创业投资公司，会场立即安静。这些观众其实根本不是来听罗维介绍的，而是踮着脚尖看这些有名的投资人。

罗维摆出以往招标投标的架势，笑着说："您的问题很专业，十分关键。其实我们与魔盒之间存在着极大的差异。"罗维正要详谈，那位IDG投资人举手回答："我懂了，不用讲了。"

投资人的路数与常人真是不同，时间到。罗维糊里糊涂被赶下讲台，也不知道表现如何，擦擦额头汗水。这场淘汰赛从一百个创业者中选出二十几家，再安排创业导师，进入下一轮。罗维越来越觉得这是一个噱头，拉赞助和广告才是主办单位的目标。忽然，何小芒从人群中挤过来，在罗维耳边喊他出来。

等等结果，罗维跳着脚去看五位评委。何小芒不由分说，拉着一身臭汗的罗维挤出来问："罗维，我们不是要继续创业吗？"

"是啊，继续创业。"罗维仍然伸着脖子去看大赛现场。

"那你还要卖公司？"何小芒费了好大力气才找到罗维，他参加黑马大赛没有告诉何小芒。

"资金怎么办？必须找到钱。"罗维三番两次打退堂鼓，找人接盘。

"咱们破釜沉舟，做出好产品，投资人自然找我们。"何小芒迈步向外走，罗维却原地不动。何小芒只好快步回来说道："说句心里话，不能总给自己留后路，当时指望高摩，现在指望投资人。既然创业，就像举旗造反，不能畏首畏尾。"

罗维的确就像《水浒传》里的及时雨宋江，当初被温迪拉上梁山，现在一心求招安，苦笑着说："不瞒你说，钱花完怎么办？"没等何小芒答话，就看见里面正在公布结果，罗维转身就向回冲去。何小芒苦笑着摇摇头，耸肩离开。

创业真的和造反一样，罗维受不了这种刺激，一心解套。一位红杉资本的投资人看到了魔盒的火爆，约了罗维，在旁边的咖啡厅谈起来。罗维没指望收回投资，能拿回多少就多少。他山穷水尽，没时间周旋，现金流到了崩溃的边缘，眼前的投资人是救命稻草，必须紧紧握住，就像迷失在大漠中的旅客，只想拼命抓住眼前那瓢水，无论远处还有多么诱人的湖泊，都不动心。他全力以赴谈判，对方不好打交道，寸步不让。关键时刻，投资人总会说，这种条件，还不如我找新团队开发，这是他的筹码。罗维要么卖出公司，要么资金流断裂。他顽强地抗争，舌剑唇枪，孤独地奋战，筋疲力尽。每每在崩溃边缘，罗维就会想起温迪，心头苦楚，于是坚定起信念，不能一蹶不振。

罗维被抓住软肋，一切答应，终于大体敲定意向。罗维怅然若失，估值还不如当初投资的一半，创业绕了一个大圈回到起点。他长长吐口气，担子终于可以交出去了。他打开手机，向温迪发出短信：公司要卖了，打算好好睡一觉。

温迪的短信迟迟没有回来。她拿走现金，公司股份全部归属罗维，卖出公司不需要她的同意，只是罗维潜意识里总觉得这是他们两人的公司。在他准备签字的刹那，手机铃声响起，来自深圳的陌生号码。他不想耽误签字，正要挂断。投资人一脸轻松，以为大局已定，说道："罗总接电话，我出去抽根烟。"

世界就是奇妙，一根烟的时间，一切都改变了。如果投资人知道电话来自哪里，一定会用头撞墙。

"是罗维先生吗？我是马先生的秘书。"秘书站在马幻城身边，打开免提。

"哪位马先生？"罗维大脑还是晕的，哪里会想到马幻城。

"马幻城先生想请您来深圳面谈。"秘书直截了当说出请求。

电话中沉寂了几秒钟，听得出来罗维的犹豫：吃掉嘴里的肥肉，还是追逐空中的鸭子？罗维决定还是先吃饱再说："后天，可以吗？"

为什么不是明天？偏偏要后天，秘书皱起眉头问："罗先生很忙吗？"

"哦，有些。"罗维担心眼前的投资人变卦。

秘书谨慎又坚决地试探他的言外之意："我可以冒昧地问一句吗？罗先生在忙什么？"

"我正在和投资人开会。"罗维看看对面，轻轻回答，万一眼前的投资人跑掉，天就塌了。

"我和他讲。"马幻城从来不是被动等待的人，几分钟决定输赢胜负，很多事情都是这样。拎起电话说道："我是马幻城，罗先生方便吗？"

"啊？马总！"罗维脑中一阵晕眩，电话另一端竟是马幻城！

"我有诚意与您尽快聊聊，关于你们的产品。"马幻城直接说明意图，他没必要绕来绕去。

罗维不屑于说谎，答道："我正在与投资人接触。"

"罗先生，我也是投资人。"马幻城的语气不用质疑，IDG、北极光和红杉虽是投资界巨头，却没法和互联网三大巨头相比，企鹅技术要钱有钱，要用户有用户，还有无人不知的品牌。罗维看看外面抽烟的红杉投资人，她年纪轻轻就染上抽烟的习惯？罗维的思维跳跃着。

"罗先生有什么顾虑吗？"马幻城正好赶上节骨眼儿，猜透了罗维的想法，"告诉我，你在和谁谈？"罗维却没法拒绝马幻城，无奈说出红杉。

"入资多少，持有多少股份？"马幻城直截了当，毫不拖泥带水地追问。

"三百万，百分之三十。"罗维的心理防线已经被突破，对方出得起任何价格。

"我出两千万，控股。"马幻城第一次出价，也是最后一次，如果罗维还价，就是不知轻重。

即便红杉投资进来，几百万现金也支撑不了多久，又要继续稀释股份寻找投资。企鹅技术不一样，他们有雄厚的资源，这比金钱更重要。可是，企鹅技术谋求控股，罗维不得不变成企鹅技术的员工，再也不能回到心爱的IBM。罗维虽然想不明白，却掂得出马幻城的分量，咬牙摒弃杂念："好，我答应。"

"成交！多谢罗先生，期待再见。"马幻城站起来，将电话交给秘书。出资两千万元人民币收购，不需要董事会的许可，他自己就能拍板。

秘书十分精明，替马幻城完成谈判，在电话中问道："红杉听说我们出价，很可能抬价，您怎么办？"

这句话十分关键，等于堵死对方退路。罗维思索一阵儿，他以前肯定两边讨价还价，获得最大收益。现在他放弃了这个打算，断然承诺："请放心，马总一句话足够，我罗维不是斤斤计较的人。"

马幻城笑了，派人去北京与罗维见面，然后走到落地窗边。罗维只是他攻势中的一朵浪花，没人注意。或许，这朵浪花就能从一个意想不到的角度找到入口，谁也挡不住海水。

红杉的投资人抽烟回来，罗维收起签字笔，将空白文件原封不动地还回去："对不起，不卖了。"

"怎么能这样？所有的条款都谈好了。"一根烟的时间，形势却变了。

"马幻城先生刚才打电话给我，收购了我的公司。"罗维说明缘由，说完收拾手提包，离开咖啡厅。

08

浴火重生

第二天，企鹅技术的投资人就从深圳飞到北京，双方不纠缠细节。他们本以为可以很容易达成一致，谁知道，却出现意想不到的情况：企鹅技术要求罗维将公司搬到广东。

罗维愣了一下，他舍不得北京，这里有太多的回忆。这是他父母所在的城市，这里也是他和温迪初恋的地方，这是他眷恋的城市。罗维要求中断谈判，独自来到窗前，破例抽了一根烟。香烟缭绕散去，此时此刻，他没有任何讨价还价的能力。

可是一旦去了广东，就更难挽回她，他拨通温迪的手机："是我。"

温迪与罗维相恋数年，谈婚论嫁，心里仍然牵挂着他，创业导致分开，错不完全在他。可是，她已经与郭鑫年展开一段新感情，便很难再与罗维在一起。"你好吗？"

"嗯，还好，企鹅技术想买我的公司，我想听听你的意见。"罗维从来不瞒温迪，没有想到温迪也正在与企鹅技术洽谈并购。

温迪心中一动，看来马幻城多路齐进，魔盒并非他的唯一选择，坦然相告："企鹅技术也在跟我接洽，要购买魔盒。罗维，如果要卖，就尽快。"

"那你怎么办？"罗维心中欣慰，温迪完全可以隐藏这个消息，她实言相告，说明罗维的地位远远高于工作。他也为温迪担忧，虽然不知道她在魔盒中有股份。

"罗维，你卖，我就不卖。"温迪还爱着罗维，这算是为他的一次牺牲。

罗维感动，说出难处："他们要求我们搬到广东。"

温迪有了新恋情，罗维离开北京去广州倒是一个两全其美的办法。她极其聪明，不暴露自己的想法："你怎么想？"

"呵呵，只要你一句话，我就停了公司，留在北京，IBM的范老大还是愿意收留我的。"这是罗维的真实想法，他早想和温迪踏踏实实地过日子。

"罗维，你是男子汉，怎么总想着老婆孩子热炕头？"温迪与罗维争执几次，才说服他离开 IBM 创业，战战兢兢走上这条道路，他却总想回头。

"我们条件不错，结了婚，把妈妈接来，再生两个宝宝，那才开心不是？"罗维鼓足勇气，再次劝说温迪。

温迪早就听腻了这种话，断然拒绝："上次说得很清楚，我们已经分开了。如果你再说这样的话，就再也不要联系了。"

这是温迪以往从来没有的态度，罗维吓得不敢再说。温迪心中残存着对罗维的感情，缓和了口气："罗维，你从小都在父母身边，没有经历过磨砺。我相信你，肯定能够做出一些事情来。"

罗维不敢啰唆，挂了电话，点燃一根烟，慢吞吞抽完，掐灭烟头回到会议室，咬着牙向企鹅技术的投资人确认："可以，公司搬到广东。"

协议签署一周，投资到位，企鹅技术的效率奇高。

账户上的资金到位，被企鹅技术收购已经是板上钉钉，罗维才召集创业团队到大会议室，说道："创业是开天辟地，从来都不容易，要经历万般磨难。"他话锋一转："我们就像五次反'围剿'势力的红军，踏上漫漫的长征路，筋疲力尽，伤痕累累，却在最黑暗的时候找到了圣地。"

工程师们埋头开发新版本，憋一口气再和魔盒较量，对寻找投资的事情一知半解。罗维断然宣布："我们将被企鹅技术并购，成为这家伟大的互联网公司的一部分。"

并购？不是投资？工程师们咀嚼着这条消息，没有掌声和庆祝。罗维继续说："福利和待遇都不会下降，专注在现有的产品，只是需要搬迁到广东。"

创业团队大都是北方人，换一个城市工作和生活，抛家舍业去两千公里之外，不是一件容易的事情。如果团队保不住，罗维孤身一人投奔企鹅技术就没有任何价值："搬迁费用条件，我懒得讲，大家创业不是为了钱。"罗维虽然不讲，却把协议传给他们，这是一笔不菲的费用。等他们看完，罗维说道："我是被女朋友逼上梁山，失败了想当逃兵，兄弟们把我拉回来。失败也是一笔财富，我们没有浪费时间、心血和激情，这是我们交的学费。"工程师们无动于衷，罗维抬高了声调："既然交了学费，就不能放弃。我们从头再来！"

"我跟你走。"一名工程师站起来，是罗维从 IBM 研究院招来的工程师，原先待遇十分优厚，他是最不该留下的一个。北京和广州也没啥区别，北京土生土长的罗维都愿意去广州，他们更没有话说。

"我也去。"工程师们纷纷表态，并购的最后一个障碍已经被消除。

"我可能不行，小如不接受异地恋。"看着其他人表态，何小芒低头。

"小芒，男子汉大丈夫志在四方，何患无妻？"罗维希望说服他。

"我想想。"何小芒低头避开他们的目光，他和小如如胶似漆，一旦去了广州，恋情就要告吹。

当着这么多人，罗维不继续说服何小芒，开始介绍搬家的计划。然而，他们并没有搬进深圳总部，而是被安置到了企鹅技术广州研究所。罗维留了心眼儿，这里面有什么玄虚？五天之后，罗维的队伍到达广州。当人力资源宣布了人员安排之后，工程师们就炸了锅，他们被拆开分到各个部门之中。

"怎么会这样？"

"我们还怎么开发产品？"

"散伙，回北京！"

工程师们围住人力资源部门的小职员，咆哮着，吓得她惊慌失色。罗维的并购条件比起郭鑫年，天差地别，他失去了控制权，创业惨败，如果连团队也被打散，真的不如解散了创业团队，回去打工。他走到前面止住众人说道："如果这样安排，我们就没办法开发新产品。"

"这是总部的安排，要不您和总部沟通？"小助理做不了决定，被这群工程师的气势汹汹压住了。

"好！我去趟深圳。"罗维豁出去了，既然什么都失去了，就不再害怕失去。

他坐着穿梭巴士来到深圳总部，没来得及见马幻城，便被秘书带进会议室，没人将他介绍给与会者。他只是一个失败者，这样的人在外面一抓一大把。罗维憋着心头火坐在门口，会议室里有企鹅技术赫赫有名的创始人，充满技术气质的马幻城、朴实无华的张至冬、富态和蔼的曾梨青。他们功成名就，自己距离他们的成就十万八千里。马幻城的目光朝这边一撇，带着神秘莫测的笑容。

这是一次内部的产品会议，张至冬先介绍扣扣的对讲机新功能，在对话窗口加了一个小小的麦克风标志。罗维立即明白，企鹅技术要将语音对讲功能集成进去，就像他曾经做过的那样，却证明是一次失败。

"很好，既然做完，就发布产品吧，希望你们再接再厉，散会。"马幻城脸上一点表情都没有，这是他在会议上的第一句话，也是最后一句。

这句话莫名其妙，让人摸不着头脑，会议才开始，很多高管都是从外地赶回来的，对讲机功能还没有演示完毕，会议怎么就结束了？"Pony，你有意见就请直接说。"张至冬不需要客套，不退缩地看着马幻城。

马幻城极为不满，他们仍然故步自封，抱着原有瓶瓶罐罐，根本听不进去自己的话，怎么指望他们老树开新花？叛逆才是创业精神的核心，是企业生生不息的生命源泉，他大失所望。马幻城虽然是创始人，却身单势孤，目光找到罗维，这个年轻人能够改变现状吗？他问道："罗维，你怎么看？"

"我犯过这样的错误，就像杂技演员，试图抓住空中越来越多的火把，到头来什么都抓不住。"罗维经历了挫折之后，十分清醒，直言不讳，做减法的观点与马幻城的想法颇为一致。

高管们都不认识罗维，却又不敢抢在马幻城之前讲话。

"如果你来做，怎么办？"马幻城得到了同盟，十分痛快。

"极简。"罗维经历挫折，学会了做减法。他知道要聚焦核心需求，化繁为简，才能做出艺术级的产品。

"你来做一版，好不好？"马幻城仍然不敢下决心推翻扣扣，高管们面面相觑，这本来是讨论新版本的扣扣，现在完全不是那么回事。

"好！"罗维沉思一会儿，提出条件，"但是不能打散我的团队。"

"是吗？你的团队那么容易被打散吗？"马幻城不答反问，"李自成被打散了多少次？十八骑跑到商洛山，不是东山再起了？南昌起义和广州起义不也失败了吗？共产党还不是打下了天下？创业者是打不散的，被打散的一定不是创业者！"

罗维被问懵了，团队被分散到了广研所，有各自不同的主管、任务和目标，怎么开发产品？开发产品和共产党打江山完全是另外一回事，这是哪儿跟哪儿啊？他想争辩，却张口结舌。

更懵懂的是高管们，这次会议不是应该讨论在扣扣上增加对讲机功能吗？怎么变成由这个陌生人开发一款简化的产品，可是马幻城放行了新版扣扣，想反对也没办法，而且张至冬根本不怕内部竞争，毕竟扣扣有了好几亿用户，这就是底气。

马幻城要的是灵活快速的小团队，笑了笑，走出会议室。他要的不仅是一款产品，更是一个支点。他要从这里发力，掀翻内部的官僚习气，恢复创业精神。

罗维傻了，追出会议室："Pony，你不给我人，我怎么做产品？"

马幻城停住脚步，决定给罗维一个提醒："为什么让你在广州，你明白吗？"

"天高皇帝远，海阔天空多自由？"马幻城笑了，广州和深圳很近，可以随时碰面；广州又够远，他们不会受到总部的官僚文化传染，丧失创业精神。他要借助罗维小团队的创业精神，对抗和颠覆公司的官僚体系，横扫腐朽的文化和气息。他贴近罗维："记住，要想颠覆世界，必须先颠覆自己！"

他们三言两语达成默契。罗维知道，自己还没有得到马幻城的信任，所以，他一手放行带有语音对讲功能的扣扣，又让自己做全新的产品，进行内部竞争。

罗维刚转身离开，张至冬也追出来，跟着马幻城进了电梯："Pony，扣扣是我们的全部啊，不能自己砍了自己的招牌！"张至冬恳求。扣扣与其说是产品，不如说是他的儿子。

09

严防死守

随着魔盒的崛起，飞讯的用户基础开始崩塌。

路向东做了该做的一切，市场推广不遗余力，每部新出售的手机都内置飞讯，结账也痛快，少爷口袋中得到了几千万的现金。这却不是少爷的目标，他要打出一片新天地，让家族刮目相看。可是，魔盒旭日东升，势不可当。用户不是傻瓜，拿到手机立即删去飞讯，安装魔盒。

如今，只有路向东的三条对策了。

上策是借口互联网公司没有电信运营牌照，强行取缔。路向东联合另外两家运营商向电信部的政策法规司打了报告，毫无动静，显然被压了下来。他稍稍修改措辞，绕开政策法规司，直接交给上面的领导。少爷私下沟通，副部长画了圈，批示政策法规司研究，又石沉大海，明显被卡在那蓝爸爸那里。少爷犹豫起来，要是别人，他就登堂入室，强压下来。可是那蓝的婚事还没解决，此事为大。少爷左右为难，政策法规司是拦路虎，绕也绕不开。

天没黑，少爷回家吃饭。妈妈吃了一惊，儿子胡子拉碴，脸也没洗干净，居然戴上一副眼镜，与以往形象大变："萧卷，你怎么了？"

少爷和妈妈说不到一起，言简意赅地说道："别提了，天天泡办公室。"说话间，老爷子从里面出来，看了少爷一眼，坐在饭桌正中。少爷不想和妈妈啰唆，取出一部新苹果手机丢过去："这是我的东西，您试着用用。"

少爷妈妈欣喜异常，儿子难得做正经事，连连鼓励："不错不错，把苹果都收购了。嗯，中国人就是要有志气。"

少爷鼻子差点儿被这句话憋歪，他即使有钱，也买不起富可敌国的苹果公司，连忙打开手机中内置的飞讯，按下按钮："您试试，下回找我发飞讯。"

少爷妈妈从兜里掏出一部手机："我也有，互粉下？"绿莹莹的图标正是魔盒，少爷气得吐血，家里话费国家报销，老百姓掏钱，她怎么会用免费的产品？"您也装这个？也图省那一条一块钱？"

少爷妈妈不明就里，说道："她们都用这个，我用你这个飞讯，能和她们聊天吗？"

哎，得屌丝者得天下，果然如此！少爷越想觉得越可怕，老百姓使用免费的魔盒，为了沟通，其他人只能卸掉飞讯，安装魔盒。这是一个被屌丝绑架的市场，有钱人跟着穷人跑，真不像话，利用人际关系绑架用户！他义愤填膺，在老爷子面前不敢放肆，没吃几口就放下筷子。

老爷子讲究养生，喝了几口汤，吃八成饱，起来招呼少爷，走进庭院。四合院中间面积极大，沿着屋檐搭了一间玻璃房，常年温度在二十多度，种着奇花异草，四季如春。老爷子舒服地坐下，问道："说说，怎么样？"

老爷子避开妈妈，肯定有话要说，少爷立即回答："是啊，还是那两件事，特别为难。"

"哦？说说。"老爷子心知肚明，但还是要让儿子先讲。

"和那蓝的婚事，我实心诚意，不怕丢脸亲自上门赔罪，被拒了，真没办法了。"少爷没说谎话，他的确诚心后悔，也尽力挽回，做了最大的努力。

"第二件事？"老爷子笑了一声，继续问道。

"飞讯是新商业模式，非常成功，拓展了好几百万用户。我不能打着您的旗号做不合法的事情，遵纪守法地找运营商合作运营。可是极少数互联网公司不守规矩，没有牌照，偏要运营电信业务，对我们冲击很大。运营商向电信部抗议，政策法规司压着不办，对那蓝爸爸，我总不能强压吧？"这两件事纠结在一起，让少爷苦恼万分。

老爷子皱起眉头，两件事分开看都不严重，合在一起却有问题。他晒着暖暖的阳光，眯了十几分钟才睁开眼睛说道："婚礼的请柬发出去了，大家都知道你和那蓝的关系，那厅长应该是咱们这边的人。其实呢，到了我这个位置，下面多个厅长少个厅长，无所谓。我帮他说句话，提个副部没问题，不用窝在马连道，可以住进长安街的部长楼了嘛！当官都想升官，可是老那的反应不对啊！那蓝不肯和你复合，那是你犯浑在先，不怪人家。可飞讯是你的项目，他至少要表态支持吧，缓和一下关系。他反而把报告压下来了，奇怪啊，他还想不想再向上走半步了？果真要和我对着干吗？"

这是少爷没有想到的事情，仔细听听也有道理："您的意思是，那蓝爸爸想和咱们撇清关系？"

老爷子没到树倒猢狲散的时候，那蓝爸爸也不是落井下石的人，副部级乌纱帽是个充满诱惑的大萝卜，他为什么不去咬呢？除非乌纱帽后面隐藏着危险。老爷子搞了一辈子政治，所谓政治就是朋友和敌人之间的游戏，当他把这两件事上升到政治层面的时候，忽然明白，有人在挖自己的墙脚。婚事变卦已经变成了笑柄，大家议论纷纷。那蓝爸爸把儿子的报告驳回，是风雨欲来的先兆，流言蜚语马上传出，阵营动摇，对头将乘隙而入。两军对垒，最核心的阵地露出被攻破的迹象，必须严防死守！

这些话不能跟儿子说，老爷子闭目沉思看出了严重性，挥手说："按照正规流程走，你合理合法地继续做飞讯，一切照旧，其他的你就不用管了。"

"那些乱来的互联网公司怎么办？"少爷没有达到目标，一定要问个明白。

"没有牌照的公司绝不能运营电信业务，把老钱叫来。"老爷子决心一战，只有降服那蓝爸爸才能稳住阵脚，全身而退。

10

照片中的故事

菲菲从鞍山来北京之后，陈小树租了一套两居室，打造了一个小小的二人世界。尽管租房占他收入的很大部分，他仍然毫不犹豫。菲菲充满幻想，也把家里装饰得温馨浪漫：粉色的床，毛绒玩具，小碎花、桃红色的蕾丝装饰，她的各种好看的照片，一丝一毫没有男主人的气息。陈小树一度极不适应，不好意思带朋友来玩。菲菲刚来北京的那个月，是他最开心的时光。他们总是腻在一起，即便她参加各种活动，拍照、品牌活动、车展，不管多晚都回家。陈小树肯定在家等着，煮碗面，她喝光汤汁，然后拍着肚子说：老好吃了，咋这么好吃呢？这辈子吃到的最棒的一碗。她每次都这么说，陈小树问：每次都最好吃？菲菲说：真的每次都最好吃，因为你的手艺在进步啊！

然后，他们开始缠绵，沙发上、床上、窗前、浴室里，尽情地相爱。陈小树的同事们羡慕极了，都说他找到了真女神。

那时，陈小树常对着存折发呆，加上父母的支持，将近一百万了，很快就可以在回龙观分期买到八十平方米的两居室。陈小树争分夺秒，菲菲太漂亮，太出众，尽快娶回家才安心。他有时觉得自己很自私，却坚信自己能够给她带来幸福，等她美丽不再，他仍然一心一意，一生一世，这样就扯平了。

青春易逝，真爱永恒！

菲菲不久上了《男人装》，一切都改变了，应酬、工作和金钱蜂拥而至。她认识了越来越多的有钱人，很快买了一辆Mini轿车，迅捷地搬到东四环。她在那里租了一套房子，就在郭美美公寓的旁边。她的工作大多在东边，往返回龙观要三四个小时，限行的时候，菲菲在地铁里被挤得苦不堪言。陈小树开始不同意她搬走。直到有一次，菲菲说，夏天到了，秋天我就能怀上。陈小树诧异，菲菲说夏天穿得薄，地铁里人挤人，后面总有男人顶着我，上下班挤北京的地铁真的会怀孕的。话说到这个份儿上，陈小树只好同意。菲菲回家的次数越来越少，陈小树去东边找她，那里更宽敞更舒适。他仍然给菲菲煮面，滚床单做爱，他却没有了自信。这是菲菲的家，有大大的步入式衣帽间，鞋柜里有几十双鞋。陈小树发现，他一个月的薪水只能买其中的一双，他没有能力照顾她，她越来越出色。

车祸之后，陈小树恍恍惚惚觉得，他和菲菲都没有错，夺走他们幸福的是房价和拥堵的交通。

直到今天，卧室一切都没有变化，仿佛菲菲还在。陈小树跳起来，将墙上的照片取下，腾出一片空间，挂上白板，取出菲菲和少爷做爱的照片。第二张是少爷一家人的照片，第三张是老爷子和那个阴鸷老头的合影，第四张是这个老头在载重卡车副驾驶座上的头像，第五张是载重卡车逃离苏州街的照片。第六张是他刚从网上搜索出来的，菲菲躺在路面，一地鲜血衬托出她天使般的面容。

我要复仇！

菲菲是陈小树梦想生活在一起的人，毁了菲菲就毁了他。为讨回公道，陈小树可以做任何事。无论你是谁，都不能摧毁我的一辈子。陈小树就是这样的人，几年前，他没放过那几个拦截菲菲的小混混。鞍山很小，他小心地打听，知道了他们的名字和住址。渐渐地，他被打的事情已经平息，没人会记得那次打架。终于有一天，他们打完台球，去酒吧喝得酩酊大醉，各自骑车回家。陈小树躲在黑夜中，后腰别着一把从家里找到的剔骨刀，双手横握擀面杖，头戴雷锋帽，嘴巴上捂着大口罩。夜深人静，自行车铃声响起的时候，陈小树从黑暗中窜出，将自行车踹翻，那个带头的小混混已经喝多，扑通栽倒在地。陈小树如同雄鹰一样扑上去。四下无人，擀面杖抡圆砸向小混混头顶，砸出了血浆，脖子、胸口、肚子，从头顶到脚下，都没有漏掉。

几天之后，寒假结束，他上大学报到去了。

第二章

创业精神

11

小米粥锅

北京，海淀区，北四环，银网中心，凌晨五点三十。

走廊里横着几张行军床，横七竖八地躺着工程师们。他们不分白天黑夜，困了睡，饿了吃，其他时间都在赶工。几位创始人也夜以继日，连续奋战。把他们召唤在一起的是梦想，这是人世间无可匹敌的神圣力量。黄吉吉担纲产品经理，规划和督阵。魔盒指明了方向，研发进展顺利。拂晓时分，宇泰来推开门，进入灯火辉煌的办公室。工程师们正埋头在电脑前编程和测试，他将黑咖啡递上去，跳到椅子上，敲敲玻璃杯，把注意力吸引过来。

宇泰来放下投资人的身份，重新成为创业者，电流般的激情在体内涌动。他声音激昂："兄弟们，大伙儿连续十天没有出门，辛苦了。我们为什么争分夺秒？周星驰的《功夫》里有句话，天下武功，唯快不破！我们憋着这口气，冲到移动互联网的风暴中心，乘风而行，翱翔天空！这是生死关头，闯过去就打下江山，闯不过去，在古代就是身死国灭，现在就是倒闭破产！"

有人在狂风暴雨前颤抖，宇泰来偏向风雷行！向顽强举起胳膊，应声大喊："痛快！人生难得几回搏！"

工程师们喝下黑苦的咖啡，振奋精神，揉揉眼睛，继续赶工。

"儿子，我儿子呢？"办公室大门砰地被推开，一个老人冲进办公室。

宇泰来认得，老人是向顽强的父亲。他快步走到老人身边："老爷子，天都快亮了，怎么不歇着，跑这儿来了？"

向顽强躲在桌椅后，老爷子一时半会儿找不到，抗议道："宇泰来小子，顽强说加班，晚点儿回家。我等啊等啊，十几天了还没回家，连老子都敢骗！"

宇泰来扶他坐下，目光去找向顽强，嘴里说："顽强在加班呢，一步都没有离开办公室。"

"一步都没离开，吃住在这里？"向顽强父亲站起来，看着蓬头垢面、衣衫不整的工程师们，再看看走道里的行军床，渐渐相信了宇泰来的话。

"我们赶进度，没空回家，我的错。"宇泰来深感不安，很多工程师都有家有口，封闭集中研发，确实不人道。

"你忙你的，我看看。"向顽强的父亲在办公室里转着，办公桌上堆满巧克力纸盒、冰冷的汉堡包、留有残羹剩饭的快餐盒。写字楼里不方便洗漱，他们和衣而睡，共用行军床，被褥发出恶臭的味道。他绕着办公室走了几圈，顾不上找儿子，甩门而去。

向顽强小心翼翼地钻出来问："我爸走了？"

"走了，老人家好像生气了。"宇泰来于心不忍，向大家问道，是不是放个假，回家看看？

"不用，赶完这个版本再说。"向顽强摇头。

"宇总你四十了，周博士快六十，你们都在这里，我们哪好意思回家？再说我们这些'程序猿'连女朋友都没有，回家干吗？有这个够了。"一名工程师指着屏保上的苍井空，笑哈哈地说。

向顽强夹着一卷图片过来，先问大家困不困，累不累，然后双手一抖，苍井空的各种撩人海报展现。他叫了几名工程师："创业自有黄金屋，创业自有苍井空。来，贴在墙上，解困！"

"好！一鼓作气，直捣黄龙！"宇泰来是做大事的人，绝不婆婆妈妈。他把此情此景记在心中，唯有创业成功，才能涌泉相报。

工程师们埋头编程，偶尔抬头看看苍井空解困，打满鸡血继续干。转眼间天色放亮，肚子咕咕叫，他们连续熬夜，吃饭的时间都被打乱。宇泰来又蹦到椅子上："兄弟们，我十分惭愧，不管加班多忙，也要吃饭睡觉。现在大家放下工作，去吃早饭，这是命令！"

"饿是真饿，想想楼下那早餐，算了吧，实在不爱吃！哎，怀念爸爸的小米粥，配上两碟小咸菜，一小碗豆腐乳，雪白喷香的大馒头。"向顽强捂着肚子，舔着嘴巴说。

"别做梦了，干活儿，今天测试完毕，下周上线，就能回家喝粥。"洪风走出来，驱散众人。喝碗粥，洗个澡，是他们此时此刻最大的渴望，宇泰来鼻子发酸。

"来喽！臭小子们！"一个声音从走廊里传出来，声音耳熟，正是向顽强的父亲。他拖着行李车在门口喘口气。上面是一口大锅，把手上挂着几个塑料袋。他实在扛不动，冲里面喊道："顽强小子出来搭把手，这锅忒沉，我费了牛劲儿才扛上来，你妈手都烫个大包。"

向顽强颠颠地跑过去，卸下大锅放在桌子上，两个老人能把这锅运到这来，真是奇迹。宇泰来掀开一看，一锅热气腾腾的小米粥。老人解开塑料袋，金黄的浸着醋汁和辣椒的苤蓝丝，肉末炒的榨菜丝，切成丁儿的泡菜萝卜。老人解下背包，里面是几十个雪白的馒头："这么冷的天儿，也没凉。"他向工程师们招手："孩子们，我不知道你们干吗，只知道这是正经事儿，不能回家吃饭就别回，给你们送来，一样好吃！来，趁热吃。"

工程师们噙着泪水看着。他又从塑料袋中取出一次性碗筷："哎哟，忘记带勺子啦，这怎么办？"

宇泰来和向顽强抬起粥锅，将小米粥分入碗中："兄弟们，趁热喝，不能辜负老人家的这份儿心。"

向顽强的父亲计算过分量，二十几名工程师都能喝上。他们端着碗，呼呼啦啦喝起来。很多年后，宇泰来回忆当时的场景都热泪盈眶。他还记得，向顽强的父亲把行军床上的床单和被罩都收起来，拿回家清洗，工程师们加班之后就能钻进新洗的带着清香的被窝。

后来，坊间有了一个有意思的趣闻，这家公司的名字就源自这锅金灿灿的小米粥，产品也以此命名。传言中更逗的是，宇泰来把这口装满金黄小米的黑锅供起来，悬挂在墙上，周围贴着各种挑逗的苍老师图片，新员工上班第一天都要来感受和膜拜。宇泰来说，这口锅象征着创业精神，无论公司多么成功，这口锅都必须供着。后来有人请书法大师写下"天下武功，唯快不破"的条幅，贴在粥锅的两侧。

宇泰来集合了七个最顶尖的人物，通宵苦干，用极限的速度进行开发测试，仅仅领先一小步的郭鑫年完全无知无觉。

12

卧薪尝胆

罗维无功而返，工程师们还在等待说法。"我见到了Pony，心情很复杂，我有什么资格提条件？独立办公区间，薪水，度假，我开不了口。失败者有两条路，第一条路是散伙，另一条路是舔舔伤口爬起来，继续奋斗。"罗维长长吐了一口气，"我们应该是灵活快速的小团队，不该是像IBM那种官僚机构。"

"可是，我们哪有时间来搞产品？"一名工程师说道。

"我白天做公司的事情，晚上做自己想做的事情。我一个人在广州，父母爱人都不在，我就是来创业的！六点钟下班到第二天九点还有十五个小时，我交了学费，我不认输，不放弃！还要再拼一次！"罗维想到了办法。

"好！"工程师们跟着罗维来到广州，虽然被打散，心却在一起。

后来罗维发现，马幻城此举充满智慧。队伍被打散之后，罗维依靠的是个人魅力来带领这支小小的工程师队伍。他们不为工资，不为老板，只为他们内心的想法，那才是他们最根本的动力。他们彻底割裂了大公司的官僚体系，成为一支真正灵活快速的小团队！

第二天，罗维带着队伍搬进企鹅技术广州研究中心。他本以为这里是人挤人的格子间，没想到，扑鼻而来的是悠悠的木香。这片办公区域由六栋老旧的机械厂房改造而成，充满工业与艺术的LOFT①风格，窗外就是珠江边的"小蛮腰"，是罗维最喜欢的闹中取静之地。他进了大门，建筑是红砖水泥结构，空中走廊将办公楼连接起来。地面的墙壁是工作之余的涂鸦墙，为办公环境增添了趣味。会议室好像居家的客厅，各种木雕手感极佳，带着原木的香气。罗维心情愉悦地穿过办公区域，进入休息区。阳台走道摆着桌椅，滑梯

---

① LOFT，原意为在屋顶之下存放东西的阁楼，现在指那些由旧工厂或旧仓库改造而成的、少有内墙隔断的高挑宽敞空间。——编者注

让罗维眼前一亮，这里的工程师多么有童心！

罗维开心地跳上滑梯，一溜烟滑下来，失败的烦恼，离开北京的痛苦烟消云散。健身区！这里有跑步机、舞蹈室和各种锻炼的器材。罗维酷爱健身，上去跑跑跳跳，略微出汗，依依不舍地下来。信步进了餐厅，砂锅粥，这是罗维的最爱，他隔着玻璃贪婪地看着。

日啖百碗砂锅粥，不辞长做岭南人！

然而，罗维不争气地想起温迪，一阵酸楚。从此，他开始了新的历程，夜以继日，投入紧张的研发之中。让罗维备感遗憾的是何小芒，他为了小如留在了北京，重回外企打工。

不知几天之后的深夜两点，胡子拉碴的罗维揉揉眼睛，发现竟然在跑步机上睡着了。这是他新发掘的睡觉宝地，尺寸正好。自从他来到广州，就一直住在办公室。他抬头看着灯火辉煌的办公区域，小部分是他的旧部，大多是企鹅技术的精英。经过连续突击，精简后的框架已经完成，产品面目一新，明天就进入测试。有本事的拼不过不要命的，互联网就是不要命的行业。他过去自以为是高手，脚不沾地地创业，失败是咎由自取。失败让他收获极多，他开始感谢郭鑫年。很多时候，成就取决于对手。罗维又想起了温迪，那才是他创业的根源和动力。

温迪，等我！你让我创业，我为你东山再起！

罗维心思一动，用电脑开始搜寻，找到一张图片，那是宇航员在登月飞船上拍摄的图片。他拍醒一名美工，指指点点，图片渐渐成形：一个孤独的小人面对巨大的星球。罗维满意地将图片导入手机，点击发给温迪。

"这是什么？"温迪的消息很快回来，她也对罗维念念不忘。

"我喜欢的一张图片，能认出来吗？"罗维启发着。

图片上的星球暴露出部分地貌特征，温迪回答："地球！好像是非洲大陆东北角，狭长的红海，东南是不是马达加斯加岛？"

罗维笑了，温迪果然懂他："对的。"

"如果这是地球，这小人站在哪里？"温迪心里惦着创业失败的罗维，耐心地问道。

"这张照片拍摄于一九七二年十二月七日，阿波罗飞船执行最后一次登月任务，距离地球四万五千公里，美国宇航员用一台八十毫米镜头的哈苏照相机，拍下了完整的地球照片。此后，人类再也没有乘坐飞船抵达月球对地球进行拍照。"罗维的手指飞快地在键盘上敲着，他很享受与温迪聊天的机会，每个细胞好像都被激情填满了。

温迪懂了，这小人如此孤独，带着尚存的希望，眺望着地球，正如同身在广州的罗维。她拭去泪水，试图开个轻松的玩笑："他好像看着非洲，为什么不对着中国？"

"因为他在等待，随着地球自转，心爱的姑娘转回来。"罗维敲出文字，等待着温迪的肯定和鼓励。

温迪心里不是滋味儿，自己撺掇罗维创业，高摩的投资却给了郭鑫年，导致罗维经历了巨大挫折。她轻轻举起手机说道："罗维，加油，别放弃。"

"我不会认输的。"罗维如愿以偿地得到鼓励，他输了上半场，幸好还有下半场。嗯！温迪笑了，她的罗维改变了，这是她希望的方向。

"挺晚的了，休息吧，明天还要上班。"罗维收了魔盒。他抓住了最后的稻草，还有机会反败为胜。罗维将手机连接到投影机，将这张图片投射出来。他的身影就像那个小人，面对着巨大的蓝色地球，等待着温迪的回归。他高声宣布："就用这幅，做开机画面！"

罗维做减法，砍掉多余功能，就像割自己的肉一样。

"东方不败为什么天下无敌？为什么横扫武林，就是因为做了减法。这不容易，每个功能都是我们心血浇筑的结晶，我们的心头肉，曾经的骄傲和追求。但是，不做减法则不能专注，就不能达到极致。易用性是体验的核心，功能太多，一定不会好用。"罗维必须说服工程师们，他们是这款产品的亲生父母。

"东方不败怎么做减法了？"一名工程师小声说道。

"若练此功，必先自宫！自宫就是做减法，最痛苦的减法！"罗维沉浸在技术中，说话极为跳跃，"东方不败挥刀自宫的时候多么难过？可是岳不群自宫了，林平之自宫了，为了传说中的极致武功，脱胎换骨！"

工程师们开怀大笑，东方不败就是我们的榜样！我们踏着他的脚步前进！人人都喜欢做加法，其实做减法才不容易，无论工作还是生活都是这样。

"哎，要是小芒在就好了。"一名工程师叹气。何小芒是团队中唯一的业务拓展，与各大应用商店的小编们混得极熟。

"我试试。"罗维相信何小芒，他们曾经是共同创业的伙伴，拥有这个时代最伟大的友情。他打开手机，用相机拍了新产品的界面和功能，扫一扫，晃一晃，海水瓶，拍完这些还不满足，边走边拍又绕回来，叫起工程师们："来，大家摆个pose（姿势），给小芒看！"拍完这张照片，罗维打开魔盒，点击发送。

13

创业与激情

何小芒无聊地看着客户。他回归外企，正在向一家银行销售几百万美元一套的磁盘阵列。在罗维的调教下，他销售技巧纯熟，很快就打入国家银行。公司上下极为重视这个项目，中国区的大老板亲自参与。他的直接主管是位四十岁的女士，在大老板面前精神抖擞，越过何小芒，掌控着谈话的主题。客户却非常难缠，寸步不让。

忽然，手机震动，女主管抛来不满的目光。何小芒笑笑，将手机收在桌下，目光一瞥，来自罗维的信息。他们在广州怎么样？新产品什么时候上线？我不在，谁来推广？

"小芒，价值建议书。"女主管手摊在何小芒眼前，对他没有及时响应颇为不满。

哦，何小芒翻出资料，递到她手中，又拿出一份挡住手机屏幕，悄悄打开。啊！新界面！心脏扑通扑通狂跳。滑梯？办公室里还有滑梯？跳床！跑步机！健身房！小蛮腰！何小芒张口结舌，最后一张照片是合影，每人都举着一块白板，上面的文字组合在一起是：小芒，想你！

何小芒难以呼吸，我到底在忙什么？像猎犬一样寻找新客户，客户把钱给公司，和我有狗屁关系！客户居高临下端着架子，自以为是上帝。女主管谄媚的笑容和刺耳的奉承，刺入何小芒耳朵。这肯定不是我的梦想！

"小芒，认真点儿。"女主管贴近何小芒，感受到了他在走神儿。

"谢谢你们的介绍，我们再研究一下。"客户已经榨取到足够的信息。

"好的，您有任何要求，随时通知我们。"女主管本期望这次能够签下合同，心中极为失望却不敢流露，整理着桌面的资料。旁边的大老板露出难以察觉的不满。

"且慢。"何小芒突然打断，三十万的年薪，就算工作三十年，我的价值就是一千万人民币，听起来挺多，连北京三环一套好房子都买不到，一辈子的价值不如一堆钢筋水泥！

"你还有事？"客户愣住了，这年轻人还有什么话说？

"我一年薪水三十万。这些磁盘阵列比我还值钱，是不是？"何小芒站起来，挺直胸膛。

这句话没头没尾，客户跷起二郎腿，看着何小芒："你要说什么？"

何小芒脱下西服外套，办公室内暖气充足，热得他额头冒汗。他又扯下领带，将领扣敞开。女主管大惊失色，西装革履是严格的规定，不可逾越。何小芒不管这些，双手揣到裤兜里站起来，他本来就帅，这样更有模有样："您还要研究，我想告诉您一件事。"

"什么？"客户看何小芒神色有异，似乎哪里不对劲儿。

"小芒，你干吗？"女主管悄悄使着眼色。

"您的数据安全和我有毛关系？我在这里叨逼叨，为了您那几百万美元？这钱跟我有狗屁关系，有一毛钱进入我的口袋吗？"何小芒烦闷至极，今天一吐为快。

"你们或许以为我为了业绩，我告诉你，我不干了，辞职，我去广州创业！"何小芒将领带揉成一团，扔进垃圾桶，被压抑和折磨的日子到头了，我要创业，那才是我的梦想。

"小芒，别说了！"女主管不明白他为什么发飙，急忙去劝。

"我说句实话，你们的数据库早就破得跟老爷车一样了，不支持新功能，响应越来越慢，还用最原始的备份方式。说句实话，一旦出事，后果很严重！我不是吓唬您。现在纪委查央企，在这个节骨眼儿上，系统随时宕机，还不赶紧更新，头上顶着雷，您还要考虑？您不怕丢乌纱帽？丢乌纱帽也无所谓，您不担心老婆孩子没人管吗？"何小芒走到客户身边，把资料向桌上一摔："您有什么顾虑，不妨直接告诉我，我保证一条，能做到就尽力，做不到也不浪费您的时间，您的时间真的浪费不起了。"

客户瞪着何小芒，猜不透他是什么心思。何小芒"嘿嘿"笑了一下，办公室如同囚狱，我却一而再再而三地回到这里，怎样才能断去归路？他咧嘴笑着说："我不和您开玩笑，我在IBM的时候，咱们就认识，您知道我何小芒的人品，这是我在外企给您的最后一个建议。看着，我真不干了。"

何小芒走到会议室正中间，双手飞快解开纽扣，将衬衣向地面一扔，露出结实的上半身。女主管四十左右，工作太忙没有时间谈恋爱，冷不丁见到半裸的何小芒，吃惊地嘴巴可以塞进去三个鸡蛋。何小芒偏不罢休,解开腰带,双腿伸缩,西裤也被抓在手中,露出本命年的红短裤,上面还绣着大嘴猴。何小芒一脸无邪的笑容:"您相信了吧,在客户办公室脱光,我是外企第一人,他们肯定不能留我了。"

何小芒转身,面对女主管,说道:"还有您,多久没做爱了?内分泌失调了吧?工作是您全部的自信所在吧?是您这辈子的全部指望吧?我告诉您,男人比这份工作重要!"

何小芒又走到客户面前,抓起方案:"话已经说到这儿了,我啥都没穿,现在很冷,您给我一句话,您有什么顾虑请直说,我大老板就在这儿。"

客户被何小芒搞得莫名其妙,嘀嘀咕咕说道:"数据迁移很复杂,绝对不能出差错。"

何小芒哈哈一笑,也不征得老板同意,直接承诺:"这样好不好,我给您先拿套磁盘阵列,把数据都备份出来,万一出问题,再切换回去。"

客户仍然摇头,似乎顾虑未消。何小芒取来协议,大笔一画:"这么谨慎我理解。一旦出问题,我们认罚。延迟一天上线,罚我们万分之一!公平吗?"

何小芒不等客户点头,提起电脑包,丢下满地的西服衬衣,扬长而去,断去退路!他赤身裸体地刚一出门,就被一群保安包围。他们不知道从哪里弄来一个床单,渔网一样向空中一抛,将何小芒包裹起来。

像姑娘一样被裹出去,何小芒丢不起这个人。他推开保安,裹床单进了车库。他断去了回外企打工的退路,却被一份情感所羁绊,小如!他这辈子注定在一起的人,绝不可以像衣服一样抛弃,可是她不接受异地恋!他开车驶向朝阳门外的悠唐,吃饭、逛街、唱歌、看电影,这里一站搞定,也是她最爱的地方之一。

何小芒剥下床单,喷了香水,换上牛仔裤,身披短款夹克。如果她知道自己要去广州创业,会有什么反应?何小芒不寒而栗。她是典型的北京女孩,从小到大都生活在爸妈身边,即便有几段恋情,也单纯得像水一样,偏偏对感情极其苛刻,又十分敏感,样子和学历都出众,身边不乏追求者,何小芒算是高攀。

"没有了万年卖萌刘海儿,好看吗?"小如在悠唐门口见到何小芒,发型变了,依然砰砰地砸着何小芒的心脏。

"一秒变我姐姐。"何小芒看着她,不能呼吸。

"弟弟,走。"小如微微笑着,好像哪里不对,而且好端端为什么改了发型?两人进了商场,何小芒不敢说出去广州的打算,帮她拎包挨个店地逛。她从试衣间出来,笑吟吟问，这个怎么样？何小芒回答，挺好。她又问，哪儿好？何小芒说，哪都好。小如生气，一点儿建议都没有？何小芒摇头说，没刘海儿也好看。她噘起小嘴指着何小芒说，你说我有刘海儿不好看？何小芒冤枉极了，真心觉得她怎么都好看。小如气不打一处来，质问：其实啊，买什么衣服啊？光着逛街最好看，是不是？

何小芒听见"光着逛"，心里一沉，不可能！自己在客户那里脱光的消息不可能传得这么快，他满身冒汗，乖乖赔礼道歉。他敢质问女主管多久没有做爱，却不敢向小如呲牙。逛完街去吃饭，何小芒不敢把菜单给她。她有选择困难症，必须摸准她的爱好，按照荤素搭配的原则，每种口味报出三个菜，让她最终决定。比如说："这三道不错，沸腾鱼、酸汤鱼和水煮鱼，酸汤鱼是招牌，咱们点哪个？今天她很反常，何小芒连报几个菜，她都说不爱吃，搞得何小芒紧张得被汗打湿了衬衣。服务员直翻白眼，一个菜也没有点出来。

何小芒快疯了，再汇报一遍，问道："这样行吗？"

她又轻轻摇头，何小芒放下菜单，让服务员上一扎鲜榨苹果汁，深情地说道："亲爱的，你想吃什么都行，哪怕想吃月亮，我也可以想办法。"

"月亮好吃吗？"

"月亮好吃不好吃，我不知道，可是逛街一天了，您得吃点儿。"何小芒的语气充满关心，绝对没的挑。

"哦，我有选择困难症。"她笑着说道。

何小芒差点脱口而出，挑男朋友也有困难症，张张嘴没敢说，低声下气说："换一家？"

"可是我好饿，走不动。"她笑容如花，根本不像饿的样子。

何小芒彻底没辙，先关照服务员离开，问道："既然不想点菜，就不点，今天忙吗？"

"小忙（芒）。"她笑着说，笑容神秘莫测。

何小芒崩溃，不知道这是工作有点儿忙的意思，还是叫自己："嗯，看这个。"他从背包里掏出一部新的苹果手机，送到她面前，说道："你那手机都摔坏了，赶紧换一部。"

"呵呵。"她看了一眼，根本没有接来的意思。

何小芒被折磨疯了，鼓足勇气："我是不是哪里做错了，惹你不高兴。"

"哦，你哪儿错了，为什么问我？"小如好像故意惹何小芒生气。

何小芒被呛得一句话都说不出来，涨红脸回忆说："陪你看衣服的时候，我没有意见给你？"

"就是啊，不给意见，陪我逛什么？小芒，你为什么对我漠不关心？"她却不像生气的样子。

"哪有啊？我到底哪里惹你不高兴啦？"何小芒都疯了。

"自己想。"她莫测高深，何小芒就吃这套，反而难舍难分。

何小芒又交代了好几件事，早上起来没有发短信问安，进餐厅门的时候没有帮她推门……每说一条，她就开心地拍着巴掌追问几句，笑呵呵地说道："哈哈，你有这么多错啊，难怪我烦你。"

何小芒脸红脖子粗，猛然站起来，转一圈又坐下。她无理取闹，偏偏自己一点儿办法都没有，他在客户办公室可以脱光，在她面前不敢造次。

"关键的怎么不说呢？"小如轻声提醒。

"什么关键的，已经搜肠刮肚了，真没什么错事了。"何小芒听她提问，心思稍安。

"好吧，我就喜欢无理取闹呗。"小如看过一个笑话，有人插队，别人指责他，那人笑着说：我素质低呗。小如从这个故事中学会了自黑，常常说，"我智商低，因为我是单细胞草履虫呗"，顿时人际交往顺利很多，尤其用在何小芒身上，屡试不爽。果然她说完这句，何小芒就不知道该怎么接了。

"小芒，你在那个银行做了什么？"小如板起面孔，这才说出关键。谁多嘴？何小芒魂飞魄散，一句话也说不出来。"我希望这辈子，有个人能够在人海茫茫中伸手抓住我，从此再也不分开，这个愿望是不是太天真了？"小如轻轻问道。

"不天真，很好啊。"何小芒完全抓不住小如的想法。

"可是，你很牛啊。"小如话语之间完全没有逻辑。

"我牛什么了？"

"敢在客户办公室脱光，敢问你主管几年没做爱，不算牛吗？你是我见过的最牛的爷们儿。"她打开手机，摊在桌面上，不知道谁在客户办公室录了视频发给她，何小芒发飙的视频清清楚楚。她看看时间，起来找服务员要来遥控器，调到北京本地新闻，主持人正在播放领导视察危房改造。

何小芒恍然大悟，女人真狠啊，早想拿你开刀，却不动声色憋了三个小时。想到这里，何小芒反而不怕了，坐下说道："是啊，我想和你商量。"

"我先吃饭，才有力气吵架。"她抓起菜单，招来服务员，一口气报完菜名。

小如生气有绝对的理由，何小芒埋头吃饭，偶尔抬头看看她的神色，想着怎么解释。忽然，电视画面一跳，主持人开始播报："今日，一位外企精英在金融街国家银行总部突然发飙，脱光衣服，视频在网上被无数人疯传。我们想知道，他是谁？为什么会有这样的举动？"

小如不仅看见了这段视频，还知道新闻将要重播。她抬起头来说："播过一次，有朋友看见，告诉我的。"

何小芒慌张摸出手机，滑开一看，数百条消息，都是亲朋好友发来的：爸妈让他赶紧回家，同事问他怎么了，朋友说他有种。罗维也发来一条消息：小芒，好样的，我把这视频在广研所放了，大家都说你最牛掰。

"我的手机也爆了，大家都问我，小芒怎么了？"她把手机放在何小芒眼前。

新闻引起轰动，餐厅里的食客们都快笑瘫，点菜的服务员认出何小芒，指指点点，目光像聚光灯一样罩过来，何小芒全身不对劲儿。电视屏幕上，从何小芒开始发飙、脱光、质问主管、呵斥客户、光溜溜离开客户办公室、被保安用床单包裹，全程记录下来，最后的背影是何小芒披着床单消失在电梯里。

主持人的画面闪现，莞尔说道："国家银行经过闭门磋商，受到这个小伙子的影响，最终选择了他的产品。在这里，我们呼吁观众朋友们一起寻找这个小伙子，提供更多新闻线索。"

这下更热闹了，餐厅的食客们发现了何小芒，有人拨打新闻热线，有人举起手机拍照。何小芒急了，这么一折腾，不但外企回不去，恐怕连北京也回不来了。桌面的手机跳动，是妈妈的号码，接起来也不用听，就说道："妈，我没事儿，正在和小如吃饭，晚上回去跟您详细说。"

何小芒放下手机，被周围的食客们指点，心头烦乱，早晚都要过这一关，还不如大大方方。他走到电视机旁边关上电视机，说道："大家别猜了，就是我。"

餐厅里至少举起了八九十部手机，连服务员也在拍摄。何小芒叹气，肯定又要被拍下来传到网上，弄不好还要上电视，他觉得丧气："想知道为什么，是吧？因为我想去创业，这么做是为了断去后路。"

"为什么要创业？在外企打工不也挺好？"一名九〇后年轻人问道，旁边坐着他的爸妈。

"该怎么形容？知道做奴隶的感觉吗？把自己卖给公司，拿钱必须为人家工作。有自己的想法，却不能去做，因为你必须做老板喜欢的事情，就像行尸走肉一样。"何小芒诉说着心事，偷偷看着小如，她一言不发地看着自己。

"男人生来就该开天辟地，勇敢，坚强，奋斗！我要断退路去创业，不管成功还是失败，我都无怨无悔。工作无所谓，我害怕失去最珍贵的她，我希望让她明白：你就是我的归宿，无论我在哪里，心都在你身边。"何小芒走回餐桌，埋头吃菜，心里七上八下，不知道她的反应。

"所以，你要去广州？"小如等食客们的掌声平息，问道。

"嗯。"

"你知道我不接受异地恋？"

"知道的，我会常常回来看你。你也可以去广州，只要我们在一起，我什么都不怕。"何小芒早已想好很多办法来维持这段感情，"待我创业成功，伴你周游四海，你不是喜欢爱琴海吗？"

"呵呵，待你创业成功，我已从夫而嫁！"小如边吃边说，神情可爱至极。

"待我创业成功，与你花前月下。"何小芒继续用准备好的套话。

"待你创业成功，我已花好月圆。"小如接得利落，两句话将何小芒打落尘埃，这是真心话，她只怕数年匆匆，已无相安年华，红颜枯骨成沙，不见十里桃花。

何小芒不能放弃小如，手机放在嘴边用魔盒说道："罗维，去广州的事情，我再想想。"他在客户面前脱光，没了后路，明天还能去公司上班吗？何小芒埋头吃饭，心思全乱。忽然，电话响起，小如看一眼说是罗维。

罗维在电话中只说了一句：我和小如聊聊。罗维能说服她吗？小如拿起电话，轻声打个招呼，开始倾听。罗维没有劝说，只是讲述自己和温迪的故事，从他们认识、求婚、被温迪拉上创业的道路，到他创业失败，两人分开。那幅新产品的开机画面发送到何小芒的手机，放在小如眼前，罗维说道："相爱的人，希望一生一世在一起，却需要距离的考验。这种四万公里之外，仍然魂牵梦萦，才是颠扑不破的情感。"

小如能够感受到开机画面上小人的孤独感，问道："你还能挽回她吗？"

"能，当这幅画面出现在每个人的手机上，世界都知道我对她的爱，她就会回来。"罗维真的相信，既然温迪将自己推上创业的轨道，创业成功的时候，她便会回来。

"那你答应我，要将地球转过来，让他们永远在一起。"小如被这个故事感动，将手机还给何小芒，"去吧，你走吧。"

"小如，我不想分开。"这是何小芒最害怕的结局。

"除了勇敢、坚强和奋斗，创业者还有两个特别的品质，责任和专注。我要一个泡在身边陪我逛街吃饭的懦弱的男人，还是要一个勇敢、坚强、奋斗、有责任心和专注的男人？像罗维大哥一样！"小如轻轻说道，做出了决定："小芒，我被罗大哥说服了。"

何小芒欣喜异常，鼻子发酸。"但是要约法三章。"小如短短时间想出约束条件，她也是人大毕业，后来去了香港中文大学读研究生，绝对聪慧："第一，每月至少要回来看我一次。"何小芒拼命点头答应。"第二条，你在广州不能搞暧昧。"小如认真地看着何小芒，她已经定好了暧昧的界限。"好，必需的。"何小芒答应。

"这些必须摆在办公桌，衣服天天换着穿，这是第二条的附属要求。"她取出各种小东西，印着两人亲吻头像的咖啡杯，亲密的合影相框，印着"我爱小如"的T恤。

"第三条，不管创业成功与否，一年后你必须回来。"小如举起三根细细的手指，这是她的约法三章。

"嗯！我全答应。"何小芒心情激动，她竟能做出这么大的妥协和让步。

"好的，埋单。"小如慢慢喝着水，明天何小芒就要离开北京，心里也不好受，抬头看着小服务员，"不要录了，好吗？"这段视频明天肯定又要进入本地新闻。

他们离开餐厅，缓缓地走在路边。小如拭去眼眶的泪滴，抚摸着何小芒的胸口："小芒，我舍不得你，我真不想你离开，我想天天见到你。"

何小芒低头亲吻着她的秀发，离别这么匆忙，又是这么痛苦。"小如，我也是。"小如牵着何小芒的手向前走："可是，我不能那么自私，你有梦想，我该高兴。"

何小芒点头，抬头才意识到走到一个豪华的酒店门口："小如，走错了。"

"没有走错，你明天要去广州了，今天晚上，不许你离开我。快打电话给妈妈，告诉她今晚不回家了。"小如笑含泪水，他们以前只是亲吻，今晚小如要把一切交给他。

约何小芒逛街、吃饭、定好酒店客房，小如早就安排了这一切。何小芒剜心般痛苦，将她搂在怀中，像孩子一样哇哇痛哭。这是一个分别的夜晚，充满不舍和难过。两年之后，小芒和小如躺在爱琴海白色的沙滩上，望着繁星点点，她非常庆幸，在两年前那个夜晚，她做出了人生之中的重要选择：创业者坚忍不拔，专一投入，是最值得爱的人。

14

八字秘诀

就在罗维聚集旧部的时候，对手也没有闲着。

煮粥的黑锅挂在办公室正中，两边的条幅写着刚劲的八个大字"天下武功，唯快不破。"墙壁上贴满苍井空的撩人海报。工程师们和市场人员聚集在一起，随着最后的界面演示结束，爆发出激烈的掌声，一款完美的产品已经诞生！

宇泰来用投影机将产品的标识投射出来，说道："今天，我们完成了产品开发和测试，只是开始。在移动互联网时代，伟大的想法、技术、资金、团队和品牌都不是核心竞争力，速度才是！魔盒冲在前面，领先一大截，就像飞速奔跑的蚂蚁。在我们身后一步之遥，聚集着互联网巨头们，奔狼、电猫和企鹅技术，是蓄势待发的猛兽。与他们相比，我们是一只小老鼠，慢一步就会被踏成肉泥！"

宇泰来突然中断，拍着自己的脑袋说："还有一件事，我忘记说了，产品的名字。"他转身从桌子后面举起一个牌子，上面写着两个大字：幂聊。

"为什么叫幂聊？"一名工程师小心翼翼地问道。

"呵呵，因为宇总是杨幂的粉丝呗！"一个女孩子悄声说道，惹来一片笑声。

"幂，这是速度的源泉，互联网思维模式的核心！"宇泰来兴奋地跳下桌子，左手揣兜在会议室中走来走去："迄今为止我是个失败者，一个被互联网颠覆的人。我在孤山软件二十年，遇到的最大危机就是互联网。本来我觉得自己搞的是高科技，知识型经济。互联网来了，孤山瞬间变成了传统产业，快速落伍。我们给大学毕业生每月两千块钱的薪水，互联网企业给两万，我彻底蒙了。我觉得互联网是泡沫，虚拟经济，不长久的，没戏！我当时就是这么对待大趋势的，傲慢、漠视、顽固！可是，一家家传统企业被互联网颠覆和毁灭，孤山就是其中之一。当我看清这一点的时候，开始探索，否定自己，创办卓越网，二〇〇四年卖给亚马逊。我那时认为，互联网就是一个工具，和蒸汽机一样，一次技术革命，带来了生产力提升。我很长时间都是这么理解互联网的。后来，我又思考了两三年，发现还是停留在表面，后来的后来，很多伟大的公司也败下阵来。诺基亚CEO（首席执行官）约玛·奥利拉在记者招待会上说，我们没有做错什么，不知道为什么，我们输了，说完泪洒当场。诺基亚是一家值得钦佩的公司，但是，他们真没有做错什么吗？世界变化太快，自己不变，就要被别人变掉。我在孤山也没有错，但是思维跟不上这个时代，就会被淘汰！互联网是一种全新的思维模式，用完全不同的角度来看待市场。我不断地总结和实践，提炼出互联网思维的八个字。基于这八个字，我们七个老男人创建了这家公司，无论对手多么强，我都不畏惧，因为有这八个字。"

宇泰来用麦克风挡在嘴边，继续阐述自己的理论。他以前只言片语地说过，今天第一次在所有员工前讲出来。他抬高语调，开始阐述八字秘诀："诺基亚败在哪里？他们每年都制造数百款手机，好像给客户更多选择，其实客户根本记不住，反正我记不住。诺基亚把自己和用户都搞晕了，生产、制造、库存管理都有问题。苹果每年只推出一款产品，乔布斯为了测试iPhone手机屏幕，将一串钥匙和手机放在裤兜里，整整一个星期。所以iPhone是一款艺术品，而不是粗制滥造的工业品。当你专注的时候，才能认真注重品质，公司上上下下都关心。互联网之前是工业时代，流水线大规模生产，现在必须'专注'，我们要艺术品！所以诺基亚虽然有上百种产品，却被打败了，输在不专注！"

大家被他的理论吸引，伸长脖子倾听。宇泰来继续说："然后是'极致'，体验的极致。什么是体验？就像你找男朋友，既要人品好，又要高富帅，还要家世好，学历高。这样好不好？这么好，就是不对你好，你的体验是好还是糟糕？所以条件不重要，重要的是足够爱你宠你，宠到极致，你就是幸福的女人，面面俱到不如一个爱字。什么是爱？是忠诚，是唯一，说来说去还是做减法，化繁为简才是真正的体验。我们不追求广度，而追求深度！"

宇泰来讲得兴起，精彩语录接连不断："接下来是'口碑'。互联网的本质是信息革命。我们以前在电视上砸广告，说自己的产品好，消费者越来越不信广告了。在互联网时代，口碑已经量化了，比如你去购物网购物，看厂家的自吹自擂吗？你只看评论，尤其是差评！在互联网上的传播如此容易，口碑快速传达到每一个消费者。如果产品有瑕疵，坏事传千里，分秒之间，负面口碑就形成了。在这个时代，你不能忽悠用户，好产品是口口相传做起来的，一个传一个。如果产品不过硬，就靠吹牛、靠营销，是靠不住的。就像魔盒一样，不宣传自己，一百人、两百人、四百人、八百人……像滚雪球一样滚动到四百万用户。可是，好产品不一定有口碑，便宜的不一定有，又好又便宜的有时候也没有口碑，必须超过用户预期。这方面来说，海底捞教育了我。服务员真心笑，他们为什么高兴，不就打一份工吗？他说，您知道吗，我四十来岁一个下岗工人，在海底捞每个月可以拿到四千多，我睡觉都可以笑醒。我停车的时候前面被其他车挡住了，我本来以为他们会广播通知那个坏司机，结果呢？人家叫来十几个服务员，当场就把那辆乱停的车抬走了。我看傻了，惊呆了，这才是口碑，这就超过了我的预期。当产品和服务超过预期，就能够被口口相传。"

宇泰来即将公布第一款产品，它既是互联网思维的试验田，也是获取粉丝的核心，被寄予厚望。他却仍然大谈互联网思维："还有一条是什么？也就是第七个字是什么？'快'！就像《功夫》里说的，天下武功，唯快不破！我喜欢历史。明末的时候，袁崇焕在宁远用红衣大炮重创清军。皇太极一生征战，鲜有此败，又怒又气。可是没多久，清军入关建立政权。我就在想，为什么明朝用红衣大炮打不过八旗骑兵？明军的红衣大炮难以运动，清军是骑兵，打不过你，总能跑吧？明军速度慢，胜不能追，败不能逃！那么大的一支军队就败在速度上。胜能追，败能逃，这就是'天下武功，唯快不破'的意思。所以，兄弟姐妹们，打赢此战的秘诀只有一个！"

向顽强率领工程师一起高喊："天下武功，唯快不破！"

"在以往的工业时代，大鱼吃小鱼；在互联网时代，快鱼吃慢鱼！"宇泰来双手交叉，后背微弯，一边走一边思索，像足了乔布斯，"可是，这样就出来一个问题，怎样才能更快？"

宇泰来走来走去，显见答案还没有完全在心里成形。他举起手机，显示出"幂聊"两个字："我讲个故事给大家听，《一千零一夜》里面的故事。有个国王非常昏庸，国家全靠贤良的宰相支撑，可是国王不喜欢宰相，欲除之而后快。国王喜欢下象棋，叫来宰相下一盘，宰相同意。国王阴险地笑着问，你输了怎么办？输了说明你无能，无能的宰相要杀头！宰相也笑了，万一陛下输了呢？您看，这是棋盘，总共六十四格。如果您输了，只要在第一格给我一粒麦子，第二格两粒，第三格四粒，以此类推就行。几粒麦子而已！国王立即答应，最后，他果然惨败，结局是什么？"

"国王破产了。"一名工程师快速回答。

"哦，为毛？"宇泰来明知故问。

"填满第六十四格是二的六十四次方，大概是四十三亿。"这名工程师喘了一口气说道。

"在数学上，我们把六十四称为什么？"宇泰来越想越清楚，语速越来越快。

"幂！"

"对，就是幂。如果我们每年改进一点点，就是一次方，幂是一。每月改进一点点，幂是十二。如果每周改进，幂是五十二。如果每天都改进百分之一，幂就是三百六十五，一年下来是多少？"宇泰来计算不清楚了。

"三十七点七八。"这名工程师直接喊出答案。

"这就是'幂'的力量，就像核裂变一样，一生二，二生四……我们每天与客户密集沟通，听取他们的意见，快速迭代产品，缩短迭代周期，确保每天进步一点点！持之以恒，我们就能保持极速！"宇泰来举起手机，展示出幂聊："我把这个小小的语音产品称为幂聊，这是互联网思维的第八个字，这是不外传的'幂'诀！"

"我们每天进步一点点，昂扬向上的幂，是什么？"宇泰来问道。

"扬（杨）幂！"

"千万不要退步一点点，这是什么？"

"缩幂！"

"你们知道杨幂为什么这么红了吧？"宇泰来哈哈笑起来。他想通了一个关键，让他的互联网思维落地的第八个字，幂，快速迭代的频度。他说完坐下来，打开电脑，向苹果商店上传文件，蓝色滚动条终于满格，意味着上传完毕，经过审批就可以提供下载。他站起来把键盘推开，扫一眼会议室，发布命令："产品即将上线，不能懈怠。从现在开始，每人想出三条市场宣传的建议，详尽计划，列出可用的媒体资源，下班前发到我的邮箱！全体市场人员一个月内禁止休假，进入作战状态。每人两倍薪水，今天打到银行账户，保持速度的关键在于幂，半天检查一次。"

宇泰来仍然心事重重，与其他六个老男人进入会议室，打开电视机，播放周星驰的《功夫》。他们看了几十遍，七个老男人一起对着屏幕发呆。"唯快不破"意味着，你必须一拳快似一拳，一拳强过一拳，快速迭代，就像无尽的浪潮冲向对手，直到把他淹没！那时，最致命的产品才横空出世！

"天下武功，唯快不破。"执行力超强的向顽强说，心里却在琢磨。

"源源不绝，一波胜似一波，一波更比一波强，生生不息。"宇泰来说道。

"幂聊是第一波，第二波是什么？"向顽强问道。

"我本以为那是第二波。"卡通形象的黄吉吉说。

"绝美线条，弯月弧线，丝绸般的触觉，湖面般的晶莹，水乳交融，浑然天成！我还在寻找。"设计大师刘的说。

"宁等完美无瑕，也不要临时拼凑。"宇泰来点头。

"那是我们至关重要的一步，不容有失。"文质彬彬的林宾说，他们三言两语之间，排除了那个选项。

"那么，UI（界面设计）？"有二十年手机设计经验的周博士说。

"同意。"聪明绝顶的洪风说道。

"一千万，再打第三拳！"向顽强也赞同。

七个老男人天天泡在一起，讨论过无数遍，思想高度统一，对话简洁，不需主语和谓语，更不需要一个完整的句子，就能够心灵相通。他们对话的大意是，向顽强问幂聊上线之后，下一步做什么？黄吉吉说，应该推出那个秘密产品。林宾说时机不到。刘的说，我还没有找到最完美的设计。宇泰来同意推迟。最聪明的洪风提了一个建议，谷歌的安卓系统其实是一个半成品，需要二次开发。周博士确认了他的想法。向顽强说，幂聊和新手机操作系统的用户数达到一千万的时候，再推出决定性的伟大产品。

很多人说的时候还没有做，优秀的人说的时候，其实已经开始做了。洪风不仅绝顶聪明，而且非常优秀，他说出来的时候，往往已经做完了。果然，他拿出手机连接到电视屏幕上："我在谷歌的时候就有一个想法，完美的手机界面，立方体的滚屏，易于操作的文件夹功能，精选的应用，预装软件产品的平台。"

洪风开始演示这个界面，未来产品的面纱，朦胧的绝美身影。七个老男人如同石化一般，久久不语，仿佛将陈年佳酿含入口腔，不舍得立即吞掉，在舌齿间流转和品味。

这是完美的第二拳，七个老男人还有藏于实验室的第三拳。

"这是不能输的一件事，我无数次想过怎么输，要真是输了，这辈子就踏实了。"宇泰来尽管早已成为宇泰来，但尚未成为最想成为的那个人。现在，他面前的机会越来越清晰，他要打造中国第三家市值百亿美元级别的公司。

这不仅是宇泰来成就梦想的机会，也是治愈心结的药。

不能输，输了这辈子就踏实了。

这个梦想不仅属于宇泰来，也属于另外六个老男人。

这个机会，他们不会放过。

这是七个老男人的宿命！

宇泰来每天都这么想，很多遍。他有足够的钱，可以环球旅游，出国游学，购买游艇豪车，混娱乐圈。但他都没有兴趣，他只想成为梦想中的那个人，一个开天辟地的创业者！

15

引而不发

何小芒飞到广州，创业团队全部回归，士气如虹。

也有人离开，罗维并不在乎，他们不是志同道合的伙伴。这是一次大浪淘沙，留下的才是金子。每天下班之后，他们就聚集在一起交流想法，开始研发，累了就去跑步，精神疲了就去珠江边，点杯啤酒，对着"小蛮腰"欢唱高歌。然后，他们就返回办公室。他们心中的想法很简单：

> 我们是一群失败的人
>
> 被放逐到广州
>
> 这里没有家，没有父母，没有爱人，没有什么可以输掉
>
> 我们知耻而后勇，绝不放弃
>
> 谁也不能将我们打散！

困的时候，罗维会打开何小芒的两段视频，反复在办公室播放，乐颠颠地说，这就是最伟大的创业精神。小伙伴们笑得东倒西歪，女同事嘿嘿笑着说小如真好看。何小芒多次抗议，让罗维停止播放，可是他只要困了累了，就拿出来看，看着就会流出泪水，开始是欢笑，后来是悲笑。罗维心里想，要是温迪也这样该多好。

罗维彻底与过去道别，穿着大短裤圆领衫，没空打理头发，胡子懒得刮，全身心地投入，产品终于成形。他也不是一味做减法，在核心功能上增加了自己的想法，"扫一扫"和"晃一晃"功能，打破魔盒的熟人交往圈子，拓展到陌生人交往。在他见到产品雏形的

一刹那，恍如看着自己的孩子，简洁精练如同艺术品，而非大杂烩的工业品，做了减法才能做加法，做加法是为了做减法，这是罗维的新感悟。就像恋爱一样，当你做了减法，去掉乱七八糟的关系，聚焦到一个人身上，感情才能更深一步，发展共同的兴趣，寻找到更深层的精神空间。

如今，只待马幻城一声令下，新产品便可上线，与魔盒一争高下！凭借企鹅技术拥有的数亿用户，罗维有把握反败为胜。想到这里，罗维拎起背包下楼去找公司的穿梭巴士，说走就走，不管时间和地点。巴士穿行在广深高速上，他不再是过去的西装革履，也不是落魄时的屌丝，牛仔裤加T恤，完全是互联网风格。车窗外灯火阑珊，高楼大厦中的人家如同天庭，罗维孤身在广州，饱尝挫折，心里泛出了压不住的孤独。温迪，如果不折腾，我们已经有了一个温暖的家。可是我踏上创业的征程，就不可能回头，失败让我突然长大，我必须忍受孤单，经历磨难。

温迪，你是我的过去，也是我的未来。

深夜，大巴停进企鹅技术总部，罗维敲门直入马幻城办公室："Pony，产品出来了。"

马幻城无动于衷地看着罗维，宇泰来的幂聊上线了，功能和魔盒一模一样。他显示出下载数据，幂聊迈步追赶，与魔盒差距仍然极大。

什么？罗维难以置信，宇泰来速度真快，产品研发要经过需求分析、架构、编程、测试和上线，每个步骤正常情况都需要一个月，宇泰来竟然在一个多月内产品上线？！罗维打开手机，孤独小人面对地球的图片一闪而过，展示给马幻城："我们的，我想尽快上线运营。"

扣扣部门正在全力研发新版本，如果罗维发布新产品，就会成为众矢之的。马幻城转身在白板上写出一个数字，六亿，这是中国智能手机的总数。他在旁边写了一个公式，乘以百分之一等于六百万，意味着魔盒占据了百分之一的份额。这种病毒传播速度极快，我还有时间吗？时间不等人！罗维想得到马幻城的同意，连夜返回广州上线产品，不懈追根问底："Pony，对产品不满意吗？"

"有几个问题我还没有想清楚。"马幻城拍拍沙发，做出长谈的架势，再走到墙角，双手翻出一架折叠行军床，纯熟地展开，说道："这是我当年创业的装备，那时二十四小时不离办公室，又苦又累又无聊，我却怀念那段时光。在人生中，有人追求权力、金钱和美色，我们却追寻梦想，做梦也要在办公室做喽！"

"罗维，你别走了，好好聊聊。"马幻城倒在行军床上，月色透入落地窗。要不是罗维亲眼看见，绝不相信马幻城竟然睡在办公室中。自己是一个刚刚被收购的失败者，竟能和中国互联网的传奇人物抵足而眠！罗维取出手机，笑着问马幻城："Pony，我想拍张照片给女朋友看，好吗？"

"哈哈，汇报吗？把我也拍进来。"马幻城英雄本色，不拘泥小节，坐在罗维身边，两个男人裹着毯子。

罗维连续自拍几张，收好手机："Pony，其实我也有问题没想清楚，我说出来，你先听听。"

提议很合马幻城的胃口，自己从互联网论坛捡回来的这个小伙子是不是人才？罗维盘腿坐在简易床上，说出第一个困惑："把用户吸引过来之后怎么办？服务器和带宽都是成本，虽然我们家大业大，钱烧下去总不是办法。我们有很多产品要从移动端这个入口冲入手机端，不过，我仍然没有想好，用什么样的方式连接进来。"

英雄所见略同，这是马幻城不急于上线的一个原因。新浪微博聚集数亿的用户，却不能赢利，他不想重蹈覆辙。马幻城追求速度，却不盲动，就像下围棋一样，想好后着才能落子如飞！

罗维停了一会儿，问道："Pony，你好像还有顾虑。"

"今天收到电信部的通知，让我们参加座谈会，即时通信动了运营商的蛋糕，山雨欲来风满楼啊。"这是马幻城的第二个顾虑。运营商每年的短信收入数百亿元，语音业务十倍于此，难怪运营商杀气腾腾。

罗维想起路向东在互联网论坛上的表现，担忧起来："电信部会不会封杀语音业务？"

"不是没有可能，我们树大招风，竞争对手不少，很多人要落井下石，我不想蹚这个雷。"马幻城在互联网论坛上看到了运营商和互联网公司之间的冲突，胳膊拧不过大腿，必须消除政策壁垒，企鹅技术才能入局。移动互联网是未来的技术趋势，电信部没有规章制度，小公司可以不管，做了再说；企鹅技术是上市公司，不能大意。赢利模式和政策法规困扰着马幻城，宇泰来又突然杀入市场。马幻城把三道题目交给罗维，检测他是否合格："这三件事，你来负责。你先去一趟北京，参加电信部的听证会，看看风向。"

马幻城打开抽屉，将温迪那份四亿美元估值的文件推给罗维。罗维看见传真上温迪的名字，十分吃惊，他不想用"狮子大开口"这个词来形容，可是这个数字太离谱。

"在北京和她谈谈。"马幻城不放弃并购这条路，内部竞争极其重要。

"我们的底线是……"罗维这句话其实是替温迪问的。

"不超过这个。"马幻城伸出食指，表示一亿美元。

这是一个合情合理的数字，如果能够说服温迪，是两全其美的方案。罗维离开马幻城办公室，小跑着下楼，即将回到北京，牙齿都兴奋得上下碰撞。他既兴奋又为难，温迪和那个郭鑫年到底怎么回事？罗维摇头压下对温迪的渴望，这次参加电信部会议绝不轻松。

他出了总部大厦，此时是凌晨两点。他打车来到长途汽车站，挤上时间最近的大巴，托着下巴陷入思索。电信部的政策法规绝不是企业可以掌控的，赢利模式更是难上加难，怎么和宇泰来竞争？一个多小时，大巴进入广州市区。罗维毫无头绪，大脑却异常兴奋，打开手机向温迪发出消息："猜猜我在和谁睡觉？"

"什么时候变得这么二？"温迪没有休息，罗维这样说话的方式像足了郭鑫年。

罗维不答话，将与马幻城的合影发过去。"啊？马幻城！这么牛的人还睡办公室？"温迪惊呆了。

"创业精神，我终于见到了。"罗维在跨国公司要什么有什么，却常打不过国内企业，现在才知道原因。

"嗯，你变了。"温迪感慨，罗维经历挫折，成长起来了。

"我降落地面，踏实了。"罗维以往顺风顺水，遇事却着急忙慌，顾虑重重。他现在心态很踏实，也不太担心马幻城的三个题目，事情总要一件件地做，多想无益，反而惦记温迪多些："温迪，我明天去北京，一直在想你。"

温迪不知道该怎么应，她陪同郭鑫年出席互联网论坛，多次抛头露面，很多人知道她和郭鑫年之间的恋人关系，罗维会不会听说？这肯定瞒不过他，温迪也不想脚踩两只船。那么我该怎么办？最重要的，我到底爱的是谁？

16

指间沙

感情像沙子一样，你以为抓住了，其实正在指缝中流淌消失。

魔盒团队搬走，苏茵留守在车库咖啡，对着林佳玲的自行车发呆。在那天高摩的会议上，他见到了彭祖武，感觉到林佳玲异样的神情，他们两人落在最后，不知道说些什么。苏茵不想打听，更不想绞尽脑汁去猜测。林佳玲知道自己要什么，谁也改变不了她的选择。

苏茵回到车库咖啡，慢吞吞地喝着咖啡。这里挤满创业者，不因为魔盒团队的搬走而冷落。这里有原汁原味的创业精神和白手起家的劲头，苏茵不喜欢高楼大厦，那里和腐朽没落的大公司有什么区别？循规蹈矩，每天为股东赚钱，非他心中所爱，他要的就是这份简单和质朴。车库咖啡名声越来越大，有人寻求连锁合作，开设分支机构，愿意提供更好的免费场地，苏茵都拒绝了。他相信，很多事情值得坚守，不为别人，而为自己。

杨洋阳和卢卡急匆匆进来，神态与往常不同，将手机塞给苏茵，显示出与魔盒一模一样的界面，只是颜色变成蓝色，幂聊！苏茵不寒而栗，打了几个电话，明白了事态的严重性："快，给大愚打电话！"

"联络不上，电话不通。"杨洋阳欲言又止犹豫着，实际上，郭鑫年每天中午才来办公室，下午五六点就跑掉，有的时候还会消失两三天。

"安卓版本做得怎么样？"

"一团乱麻。"杨洋阳既担心卢卡的固执，也讽刺过郭鑫年的懈怠。

"幂聊融资两千万美元，宇泰来亲自出马，创业团队分别来自谷歌、微软、摩托罗拉和孤山。"苏茵汇总了各方面的消息。宇泰来用顶尖的人才和雄厚的财力，最短的时间内拿出了产品，自己这边却在睡大觉，被胜利冲昏了头脑。

卢卡对照着苹果版本和安卓版本做出了判断："苹果的和我们一样好，安卓更好一些。"

这是对产品的盖棺定论，宇泰来的七个创始人都是顶尖人才，产品毫不逊色。三人沉默下来，等到郭鑫年才能最终拿出对策，卢卡着急上火："大愚去哪儿了？电话也打不通。"

苏茵最近与郭鑫年走得远些，不太明白："以前大愚总是二十四小时开机的。"他直觉不妙，在团队中替代了林佳玲的角色，"必须提速，才能不被追上。"

"春宵苦短，只争朝夕。"杨洋阳苦笑一下，郭鑫年肯定与温迪在一起。

他们只好等，郭鑫年赶到车库咖啡的时候，时间接近中午，摆弄着幂聊，不屑一顾：

"抄袭，赤裸裸的抄袭。"他不信山寨产品能够超过原创，跷着二郎腿，心中笃定，头脑空白。他只有隐约的线索，魔盒还是赔钱的买卖，解决赢利的问题才能笑到最后。对于幂聊，他束手无策，唯有加快新产品的研发步伐。可是，无论从技术实力还是推广能力，他都远不如宇泰来。

幂聊加入战团，挑战魔盒，其实最终的赢家还没有上场。

17

抢先一步

狼，猫，还是企鹅？

它们不是三只小小的动物，而是互联网世界最顶尖的存在！郭鑫年在互联网论坛上惊醒了三大巨头，它们体量巨大，资金雄厚，一旦启动，谁也无法拦住它们的脚步。三家之中，那蓝担忧那只企鹅。魔盒是即时通信产品，这是企鹅技术的生命线，人家不反击才怪。双方实力差距之大，那蓝不敢想象。

可是，魔盒是那蓝的孩子，她绝不能让自己的孩子被掐死在摇篮中。

那蓝不会坐以待毙，她要和每个人沟通，为魔盒找到出路。整整一个月，从上午九点到晚上十点，她与每个移动互联网创业者交谈。

大众点评网、去哪儿、携程、豌豆荚、购物网、喜马拉雅、咕咚、猫眼电影、掌阅、一嗨租车、高德地图、美图秀秀、滴滴打车等只是一般人听说过的，她还接触了很多创业团队。在聊天的过程中，那个分割互联网和传统经济的浪潮之巅清晰展现出来，移动互联网正在蓄势，将要发动一波波冲击，谁也无法预计攻势的角度和方向。但那蓝知道，那就是未来决战的关键。

突然，她发出一连串咳嗽，如同铁骑进出，持续十几分钟。她强忍咽喉疼痛，举起电话向分析师说道："我想明天再约十家创业者到公司。"

"那蓝，是你吗？我听不见你的声音。"分析师急切地喊道。

那蓝惊讶地看着手机，自己的嘴巴在张合，却没有任何声音发出来。

18

风雨欲来

郭鑫年受到幂聊冲击，又收到了电信部的听证会通知，想来想去，肯定还是为了电信牌照的事情，想到这里，心脏就怦怦跳起来，是不是意味着停止运营？他不敢想。

电信部在西长安街，是黄金宝地。郭鑫年出地铁进大门上楼来到简朴大方的会议室，这里颇有二十世纪八九十年代风格。郭鑫年好奇地看了几眼，溜到边上坐着，拿出手机刷看新闻，偶尔抬头看看进出的各色人等。参加听证会的有不少运营商，成群结队进来，与电信部领导握手寒暄，说话声音震得窗户直响。互联网公司来的零散与会者不太聊天、打招呼，贴墙坐着。忽然，郭鑫年认出一人，什么地方见过？罗维！那蓝和温迪都说起过他，听说他创业失败，去了广州，怎么也来了？

罗维的目光也碰到郭鑫年，涌出各种复杂的感觉。这个幸运的家伙抢走了高摩的投资，成了互联网行业的明星。他长长呼一口气，驱走不愉快的感觉，唯有自强不息，才能走出低谷。

电信部主持听证会的是一位处长，三十多岁，一副政府官员的样子。公务员一层层向上爬，一层就是一层天。大家都是聪明人，绞尽脑汁，精心布局，运筹帷幄，党同伐异，各显神通。能够爬上去的大都磨砺出了两面人格，人前道貌岸然，人后就是另外一副嘴脸。当然也有胸怀大志、经天纬地之才，隐忍不发，一待上位便雷霆万钧，展现大英雄本色。这种人毕竟是少数。

这处长三十几岁就升到这个级别，十分了得，练得极为世故，显得不偏不倚地说道："欢迎各位参加听证会，在座的有运营商代表，也有互联网公司，为节省时间，我就不一一介绍了。为什么请大家来？企业都需要一个公正公平的商业环境，是不是？这就必须有规矩。可是呢，互联网发展速度太快，新技术新产品层出不穷，政策法规跑到你们后面了。我直言不讳，个别互联网公司没有牌照运营电信业务。这事大家怎么看？我代表电信部听听意见。"

这话明显是冲着互联网公司说的，运营商自然都不开口。互联网公司之间是竞争关系，见面恨不得互相咬几口，哪肯先替大家出头，一起低头不语。正在此时，一位面色和蔼、穿着夹克的五十多岁男人推门进来，向处长摆摆手坐在门口。处长见他示意，不起身应酬，点将说道："魔盒的创始人也在，我也是你的用户，要不您说几句？"

郭鑫年靠在墙边，前面一排座位没人，很明显被暴露出来。他放下记事本站起来，回答："互联网是新生事物，的确没有法规说互联网公司可以运营电信业务，同样也没有一条法规说不可以。既然没说不可以，我们就没有违法，是不是这个道理？"

这句话代表互联网公司的意见，处长经验老到，记录下来："还有吗？"

他不反驳，也不让运营商说话。郭鑫年的拳头打到棉花上毫无反应，只好补充："在过去，互联网上跑数据，电信公司运营语音和短信。可是，运营商向数据业务转移，抢互联网公司的生意了，政府不能捆着我们的手脚让别人揍。"

郭鑫年这段话其实并不完全在理，电信公司的确一直在向数据转移，做出很多产品，大多数都无声无息，并没有成气候。处长依旧只记录不表态，不断询问意见，然后转向中间的几位："也请中立的科研机构的代表说说。"

果然有几位男女与运营商坐在一起，让人很难区分。一名坐在长桌正中的女士举起手来，说道："我来自电信研究院，中立科研单位。说句公道话，国家既然规定运营电信业务要有牌照，没有牌照就不能运营，不存在所谓没有规定就没有禁止的说法，这是强词夺理。比如，国家也没有哪条法律说，互联网公司不许开妓院，你搞个网络妓院，行不行？肯定不行！"

电信研究院的科研项目都要找运营商拿钱，运营商是他们的衣食父母，有着千丝万缕的关系，中立之说是无稽之谈。而且，妓院的比喻虽然恰当，却上不了台面。处长皱眉头看着运营商，你们怎么找了个这么二的专家？

郭鑫年不看众人神态，立即反驳："比喻很形象，如果语音业务是妓院，那么三大运营商是什么？三大妓院？如果这样比喻，用户又是什么？嫖客吗？你们电信研究院研究什么？嫖娼技术？！女同志怎么能这样说话？"

郭鑫年说话毫无顾忌，香港口音很怪异，众人掩嘴偷笑。女专家被抓住把柄，脸色通红，瞠目结舌：你，你胡说！处长正襟危坐，咳嗽一声："郭总，这是严肃会议，说话请自重！中通电信、中国电联、中国电讯的代表，有什么话说？"

运营商众口一词，道理就是一条，没有牌照就不能运营电信业务。大多数互联网公司依靠运营商，比如彩铃业务，用户从网站上下载，互联网公司从手机用户每个月扣除五块十块的，与运营商七三分成。它们就是运营商养着的小鸡娃，运营商的桩脚。郭鑫年一个人孤掌难鸣。

一名互联网公司年长的代表拍着郭鑫年的肩膀，语重心长："老弟，说句心里话，我们做了语音业务十年，有一个绕不过的坎儿，就是赢利的问题。魔盒需要多少服务器和带宽？我知道你有投资，但是拿了别人的投资就欠了债，是不是？我不问也能猜到，你还在烧钱。我问你三个问题：第一，钱能烧多久？第二，烧完之后怎么办？第三，除了和运营商分成，你还能找到什么赢利模式？"

郭鑫年无话可说，赢利始终是他心中之痛。这问题解决不了，不需要运营商出头，资金断裂，只有关门一途。他忽然脑中一闪，不对啊，这是讨论牌照的问题，怎么变成让我和运营商分成了？再向四周一看，处长一语不发，运营商众口一词，小互联网公司为运营商说话。糟糕，被算计了，这听证会根本就是人家设好的局，只要将听证会记录上报，结果极其不利，自己难以翻身。他眼珠转动，看见靠近门口的长者，他是谁？为什么一语不发？

会议开了一个多小时，处长稳重地点头，总结道："这是第一轮听证会，我稍晚把记录发给大家，然后提交领导。这是一次成功的交流，争论激烈是好事，各抒己见，听证会才有意义，对不对？"

忽然，女专家举手："那个，神马妓院那段能不能删掉？"

处长和蔼客气，答应："和主题无关的内容，我就删去了，大家同意吗？"

会议就要结束，郭鑫年心中火起，要是这样报上去，魔盒非被封杀不可，可是他孤掌难鸣，根本辩不过这么多人。忽然，一直没有说话的罗维举手说道："我是企鹅技术的罗维，想补充几句，不知道是否影响会议？"

企鹅技术的代表还没有发言，处长暗暗觉得疏忽，立即赞同："当然，非常欢迎。"

罗维站起来，目光一扫，向门口的老者点点头，说道："大家肯定知道Skype，微软的产品，在互联网上提供电信业务。我查了资料，二○○四年底，Skype与TOM在线成立合资公司，在中国经营语音业务。根据他们披露的公告，在合资公司成立的一个月内，中国用户从三百四十万猛增到了五百二十万。我的理解是，现有政策法规并不排除互联网公司运营语音业务。当然，政策法规的最终解读，我们还是听电信部的。"

罗维代表企鹅技术，分量极重，此话一出，局面改变。Skype的例子尽人皆知，TOM

在线是李嘉诚旗下的互联网公司，与大家族合作进入中国市场，背景极深，电信部拿人家毫无办法。处长听到这里，不动声色地点头："好的，我记录下了。如果没有其他观点，会议就到这里。"

郭鑫年有了同盟，主动打招呼。罗维却不理他，径直走向门口，向那位老者双手奉上名片："那厅长，我是罗维，很高兴能够见到您。"

这位老者正是那蓝的父亲，他收了名片，对罗维印象颇佳，不多说离开会议室。表面看来，今天的听证会牵扯政策法规，其实是少爷家族的利益所在。大家族拥有巨大权利，也需要规模浩瀚的资金来支撑。然而树大招风，贪污受贿获取的资金有限，是让人不齿的小吏所为。大家族偏好在垄断性企业安插亲信，占据巨大的财富宝库，然后打开缺口，源源不断的现金流入囊中，进行利益输送，合理又合法。那蓝爸爸心里跟明镜一样，不封杀互联网公司，便得罪少爷家族，后果不堪设想。强行封杀有难度，良心也有愧，故此下来旁听，看看动向。

那蓝爸爸心事重重，慢悠悠走回办公室。桌上摆着一份报告，题目是"关于互联网公司运营语音业务的现状"，几位部领导在名字上画了圈，表示已阅。其中一位副部长写道：电信业务关乎国计民生，望政策法规司提出明确意见。在报告的后面，三大运营商列出了提供语音服务的互联网公司名单，质疑它们没有电信牌照，让运营商遭受重大经济损失，导致国有资产流失。那位分管副部长没有肯定或者否定，却说一句电信业务关乎国计民生，有了些许倾向性，只是政策法规司避不开，报告终于还是绕回那司长桌面。

那蓝爸爸下午听取听证会的汇报，又抛出这份文件，让大家议议，电信部与三大运营商关系密切，为它们说话的占了大多数。可是出台条例限制互联网的语音业务并不容易，即便定出条例也难以执行，没人敢去封了李嘉诚的TOM在线和Skype，会议不了了之。那蓝爸爸心中有数，政治高于一切，这份报告的背后是少爷家族势力，在冥冥之中是老爷子深邃的目光，谁也逃不出他的法眼。那蓝爸爸按兵不动，在会议上不动声色地布置调研：互联网公司运营语音业务的规模多大？对运营商有什么冲击？用户反应是什么？会议结束已经是下班时间，他带走文件，应该和女儿聊聊，她好像正涉足互联网行业的投资。哎，女儿最近状态特别不好，半夜连续咳嗽。

那蓝下班之后没有回家，和宁佳佳在楼下的苏浙汇吃饭。宁佳佳父母都是军人，和那蓝在大院的时候就认识。那蓝小时候和父母在外面吃了烤鱼，味道好极了，便从自家鱼缸里捞了三条金鱼，宁佳佳带了盐末，少爷取来火柴点燃，将可怜的金鱼涂了盐架在上面烤，很快冒出焦煳的味道。少爷把小鱼塞进嘴巴里，立即跑到墙边呕吐，那蓝揪着焦黑的小鱼，难过得一塌糊涂，满脸泪水将小鱼埋葬在大院树下，从此再也不吃烤鱼了。

自从与温迪有了芥蒂，那蓝与宁佳佳见面频繁起来，少爷和郭鑫年的事情，那蓝都不瞒着她。宁佳佳支持少爷，毕竟知根知底儿，对郭鑫年反而看不上眼："那个大愚，要说以前分不清你和温迪，我信，要说现在还分不清，我不信！"

"应该肯定分清了，我只是不明白，他和温迪发展怎么那么快？"那蓝心里空落落的，她曾经习惯每天晚上和郭鑫年聊天。

"你，喜欢他吗？"宁佳佳看着愁眉不展的那蓝，她似乎很在意郭鑫年。

"我们没有恋爱，只是心灵相通，就是那种所谓的灵魂伴侣。"那蓝困惑地摇头否认。郭鑫年一直把她称作花瓶小姐，根本不知道那蓝是谁，更没有一起吃饭看电影约会，肯定不是恋爱。

宁佳佳极为惊讶，心灵相通是恋爱的最高阶段，偏偏那蓝又说没有恋爱，她到底有没有动心？"你应该告诉这个大愚，你是谁温迪是谁，看他反应。"宁佳佳将饭菜放在一边，专心陪那蓝聊天。

"嗯，应该讲清楚的。"那蓝答应。

"如果喜欢他，就不能糊里糊涂地被抢走。"宁佳佳见过温迪，虽然不反感，也没有当作朋友。

"我喜欢他？"那蓝重复着。我没有可能喜欢他的，可是为什么心里这么空荡荡的？

"那蓝，你必须去趟医院了。"宁佳佳却在担心那蓝的身体，她声音开始还好，然后就不断地咳嗽，渐渐声音越来越小。

那蓝吃完饭到家已经九点，爸爸趁老伴儿洗碗，招呼女儿出门遛弯儿，两人慢悠悠走到城墙根儿。那蓝从爸爸兜里掏出手机，安装魔盒，说道："这是我们投资的项目，您试试。"

那蓝爸爸想说年轻人的东西，自己这个年纪哪会用？他话未出口，看见屏幕上的麦克风，轻轻一按，这是什么？那蓝手指一送，语音放了出来："您听。"

很简单，那蓝爸爸笑起来，故意问道："这种语音业务没有牌照，恐怕不能运营吧？"

那蓝说法与郭鑫年如出一辙："这种新兴的互联网产品，也没有哪条规定说不行。"

爸爸叹口气，说起今天会议上互联网公司和运营商的争论。那蓝不问内容，反而先问："互联网公司，有谁？"

爸爸笑着说出几个名字，那蓝都没听过，最后才说出郭鑫年和罗维的名字。那蓝极想知道爸爸对两人的评价，又问："他们说了什么？"

"郭鑫年二极了，抓住女专家的一个漏洞，说妓院什么的，不像一个大名鼎鼎的创始人。那个罗维很懂礼貌，我只是在门口听听，还是让他认出来了，他的话也在理。"那蓝爸爸不知道女儿与罗维和郭鑫年有感情纠葛，边说边想着心事。

"哦，魔盒应该不会被您封杀吧？"那蓝很关心魔盒的命运，咳嗽几声才说话。

"难说啊，飞讯是大家族的利益所在，顺之者昌，逆之者亡。咱们是前清遗老遗少，有些贵族气，不愿意味着良心做事。所以啊，我就做到厅长，要抱着大腿向上爬，早就不是今天的位置了。"那蓝爸爸难得吐露心声，极为委婉。当官哪有不想向上爬的？他经历过剧烈的内心矛盾和纠结，尤其是那蓝和少爷恋爱之后，他希望大盛，趁着老爷子在位，解决一个部级位置易如反掌。

"嗯，没意思的，咱们家一百年前是亲王贝勒，还在乎一个部长？"那蓝安慰爸爸，她生在官员家中，其实厅长在北京真不算什么官。

"我挡住了人家的家族利益，必须谨小慎微。这个厅长啊，在人家眼中狗屁不是。"那蓝爸爸知道女儿与少爷复婚无望，才说这些话，自己这个三口之家根本经不起人家折腾。那蓝与少爷分手才导致今天的局面，心里沉重，爸爸看出来了："哎，分手是对的，不能总是背靠大树好乘凉。大家族斗起来你死我活，很多人成为炮灰，还是独善其身吧。"

"爸爸，别硬来，我们惹不起。"那蓝担心，爸爸身体不好，不要惹上祸端。

"你的事情，你做主，爸爸支持你。"婚前就乱七八糟，以后肯定好不了，那蓝爸爸决心不干涉女儿的婚事。电信牌照仍然在他心里沉甸甸的，实在得罪不起老爷子啊。

那蓝走到爸爸身边，挽着他的胳膊慢慢向家里走。他的胳膊从前强壮有力，轻轻一挥，自己就能挽着他的胳膊转个圈，今天却这么虚弱。年纪不饶人，爸妈都老了，我不再是孩子，应该承担照顾他们的责任。在少爷的事情上，我却让他们万分为难，可是我有选择吗？

那蓝爸爸听着女儿的咳嗽，少爷的事情让她大受打击，工作是不是也不顺心？她年纪渐长，自己这个做父亲的，很多事情也帮不上忙啊。

19

久别重逢

罗维从小生长在北京，对这里充满感情。他喜欢五道营的小胡同，还有首都剧场的《茶馆》。他从来没有想过离开这座城市，挫败却把他打出北京，逃到广州。他感慨万分，半年起伏，心路经历沧桑巨变，渐渐成长。在艰难时刻，他时时想起那蓝的鼓励：临危而不惧，途穷而志存；苦难能自立，责任揽自身；怨恨能德报，美丑辨分明；名利甘居后，为理愿驰骋；仁厚纳知己，开明扩胸襟；当机能立断，遇乱能慎行；忍辱能负重，坚忍能守恒；功高不自傲，事后常反省；举止终如一，立言必有行。

政策法规、赢利模式、市场竞争，是罗维面前的拦路虎。这是马幻城考察自己的三道题目，应该向那蓝打听一下，毕竟她爸爸是主管的厅长。高摩还是魔盒股东，还可以试探高摩对于未来竞争的看法。罗维下了出租车，从复兴门外的百盛商场走到金融街七号的珈蓝国际，见到那蓝的那一刻，罗维眼睛忍不住发酸，心中却坚定如铁。雄关漫道真如铁，而今迈步从头越！

那蓝看着眼前这个人，蓬松的头发，胡子拉碴，舒适的灰色外套，朴实无华，与以往那个西装革履的形象完全不同。他真的改变了，那蓝忍不住轻轻叫出他的名字：罗维。

"我想道歉，过去给你带来了麻烦。"罗维坐下，坦然说道，道歉但不后悔。哦，那蓝不知道他要为哪件事道歉，与温迪合谋获得高摩投资？抄袭魔盒？还能责备他什么？他被迫卖出公司，下场已经够惨了。

罗维将新名片放在桌面上："难得来北京，来看你。"

名片上的职务是产品经理，创业失败当然是悲剧，他从失败中走出来了吗？那蓝安慰道："嗯，企鹅技术是不错的公司，开心吧？"

罗维远没有从低谷中爬出来，反思自己："我正在学习做减法，把可有可无、占用太多存储空间和处理能力的功能删掉。我过去像一个孩子，拼命去抓所有能够抓到的玩具，现在明白了，真正珍贵的人和事并不多。"罗维说到存储空间的时候，指指自己的大脑，说到处理能力的时候指着自己的心脏。

"我来高摩，一为私，看看你；二为公，我想问问，高摩如何看待魔盒与幂聊的竞争？"罗维抬起头来，目光缓和下来，难以透视。

那蓝从不敢小视竞争，直接说道："有三种可能。第一，魔盒打败幂聊，仍然是语音通信产品的领导者；第二，魔盒与微讯相持不下，长期竞争；第三是被幂聊打败。"

这句话看似全面，罗维却摇头："还有一种可能。"

"什么？"那蓝心中一动，罗维绝不仅仅是来看自己，喝杯咖啡。

罗维嘴角露出笑容，说道："新的一方加入竞争，将魔盒和幂聊打败。"

那蓝恍然明白了罗维的动机，企鹅技术才是即时通信的王者，必然加入战局。幂聊的实力十倍于魔盒，企鹅技术的实力百倍于幂聊，绝对有可能出现罗维描述的结局，唯一的变量是时间。

"如果发生这样的情况，作为拥有魔盒百分之二十股份的投行，高摩怎么办？"罗维追问。

对于投行，最理想方案是投资对象上市，那是百倍的回报。可是魔盒没有赢利模式，上市希望渺茫，卖出是更现实的选择，至少赚到十倍，这种并购不胜枚举。最糟糕的结局是不能上市也不能出手，投资彻底烂掉，这是极力避免的情形。能够拿出数亿美元收购的公司不多，三大互联网巨头是最有实力的收购对象。那蓝极为聪慧，猜到了罗维的意图："所以，你希望？"

如果企鹅技术收购魔盒，肯定从高摩下手。罗维试探那蓝的意图："那时，可否化敌为友？"

那蓝一语双关地说道："既然分手了，就再也不能做朋友。我不喜欢那种感觉。"

罗维笑了，指着写字楼的楼顶说道："对不起，我说的不是感情，在商言商。"

如果魔盒被击败，高摩必然卖出，这是纯粹的商业行为，是否应该为企鹅技术牵线搭桥？可是，魔盒是郭鑫年的亲儿子，不是他养的猪，他绝不会同意卖出。那蓝陷入理智与情感的纠结，还好，现在远远不到那一步。

她一动不动地思索，那么美好。罗维辨别着自己的感受，他欣赏那蓝，被她吸引，那却不是爱。他心里只有温迪，他极力平静心绪："当然这是假设，我们还不需要为此操心。"

　　两人极为聪明，猜到对方的意图，时机不到，多说无益。罗维喝完咖啡，起身告辞。那蓝没有直接拒绝，只要战胜魔盒，就有可能说服高摩。罗维心中笃定，话题一转："那蓝，我想重新赢回温迪，能帮我吗？"

　　那蓝笑而不语，罗维以前暧昧不清，今天终于表明了态度。如果他们破镜重圆，未尝不是好事。可是温迪正与郭鑫年打得火热，那蓝不想八卦，这种事情她肯定不会说出来。

　　罗维来到采蝶轩，点了温迪喜欢的饭菜，取出手机："温迪，我。"

　　"罗维，消失到哪里了？"时光如烟飘过，听到罗维的声音，温迪柔肠百结。采蝶轩，罗维简单回答。他退回了温迪的投资，问心无愧地回到这里。他有各种各样的缺点，却始终是一个骄傲的人，一个有情有义的人。

　　半小时之后，温迪容光焕发地进来，还是那么美丽。罗维心里的滋味很难描述，差一步就进入婚姻殿堂。他曾经憧憬那样的日子，一切却被创业打破。受挫之后，情感也画上句号，这不怪她，怪我。他第一次见到那蓝的情景，像昨日般清晰，这或许才是导致分手的关键。

　　那蓝是一个可以让任何男人动心的女人。

　　很多人将失败归咎于外因，罗维却认为成功或者失败都有内外两方面的原因，归咎于外因很容易，反省则要困难很多，可是，只能通过改变自己来改变。

　　温迪看见罗维的落魄，忍不住心酸。她走到罗维身边，轻轻拍着他的胳膊："亲爱的，你好吗？"

　　"很好。"罗维眼中放射出炙热的光芒。他感激温迪，不然他还在外企的大船上得意扬扬地当着水手。如今跃入大海，小舢板被撞得粉碎，他却开始学习在大海中搏击巨浪的本领。他稍退，与温迪保持一步的距离："你呢，很好吧？"

　　"嗯，我还好。"温迪选中了郭鑫年，成为挖掘魔盒的投资人，在投资行业内声名卓著。而且，她的一百五十万投进魔盒，即将产生巨大的回报，这一切都拜罗维所赐。两人相视一笑，他们之间有过痛苦和争执，却凭着不屈和努力度过艰难的阶段，迎来了崭新的心灵世界，寻找各自的精彩。

　　罗维指着饭桌："都是你爱吃的，趁热吃吧。"温迪非常乖地吃着每道菜，品尝失去的幸福，然后擦擦嘴，轻轻拍着肚子，真好吃。罗维低头喝几口汤，将名片递给温迪："让我直言不讳吧，如果魔盒竞争失利，高摩怎么办？"

"投行买卖公司，绝不会运营公司。"温迪隐约猜到什么。罗维加入企鹅技术，看来是个转机。

"好的，我们谈谈魔盒的估值。"罗维比任何人都了解温迪，她很灵活，绝非一棵树上吊死的人。

"是不是太早？"温迪谨慎起来，说服郭鑫年几乎不可能，竞争才刚刚开始。

"当魔盒被彻底击败的时候，就一文不值了。"罗维展现出强大的自信，他目光坚毅沉稳，再也不是以前那个西装革履、飘飘然的北京少爷。

温迪短短几分钟就发现了他的变化，扑哧笑了出来："罗维，我真开心。"

罗维身在变化之中，并不明白自己的改变："为什么？"

温迪举手挡住湿润的眼睛："你曾经追求太多，我以为你无可救药，我错了。失败和挫折没有把你打垮，反而你成长起来了，你不再完美，却越来越强大。我替你高兴。"

"不完美，所以能够专注。"罗维意有所指，他想恢复昔日的感情。

温迪抽出纸巾抹了抹眼睛，恢复了精明："我们曾经爱过，你对我那么好。但在商言商，我会尽力帮助魔盒，毫不留情。"

"这是你的本分。"罗维没指望通过温迪搞垮魔盒，那是异想天开的不入流。

"但是，如果你打败魔盒，我便心甘情愿地输给你，说服高摩将魔盒卖给企鹅技术。"温迪站起来要冲出包间，转身的瞬间泪流满面。我失去了罗维，可是我心底还爱着他。

"温迪！"罗维拦住她，用手托起她的下巴，看着她眼中噙满的泪水，"你让我踏上创业的道路，我感谢你，希望给我一些时间找回自信，等我。"

"嗯。"温迪点头，心里却挣扎万分。我和郭鑫年在一起，怎么能再等罗维？

"你和那个郭鑫年是怎么回事？"罗维在互联网论坛上见过温迪和郭鑫年在一起，关系亲昵。这个问题压在心中许久，想问不敢问，又不得不问。

"哦，没什么，只是投资人和创业者的关系。"温迪没料到这个问题，慌张答道。她本想说，咱们已经分开，你有什么资格管我？却无法说出口，心里似乎有什么东西，让她无法斩断和罗维的这段感情纠葛。

第三章

竞争格局

20

语音广告

　　宇泰来曾带领孤山上市，其余六个老男人在各自领域也都是顶级的存在，创业团队储备了巨大的资金和资源，实力远超郭鑫年。幂聊高歌猛进，迅速追上魔盒的步伐。

　　郭鑫年实力存在巨大不足，互联网论坛过了一个多月，宣传效果逐渐衰落，用户增长进入停滞期。魔盒的唯一优势是时间，郭鑫年本来以为至少三到六个月才能出现强劲的对手，没想到只一个月，幂聊就强势登场。人人都处在震惊中，想不到形势变化这么快，如同被狠狠打了一棒，晕头转向。

　　杨洋阳提议召开股东会议，讨论形势和对策。当郭鑫年进入高摩会议室的时候，意外看见那蓝，立即不知所措。他第一次见那蓝，称呼她为花瓶小姐，她一点儿都不胖。从拉萨带回来的减肥茶应该送给她还是温迪？那蓝才是那个与我心灵相通的人，我为什么和温迪在一起？他看看那蓝又看看温迪。我骑行唐古拉山的时候，和谁商量出了魔盒？应该是那蓝，温迪说谎了吗？

　　温迪心思透亮，自己和郭鑫年的恋情嫁接自那蓝。郭鑫年和那蓝见面充满风险，她伸手一按，关掉会议室灯光，拦截住郭鑫年的目光。她按开投影机，显示出图形，魔盒用户增长趋平，幂聊高速跳跃。

"这是山寨货，控告他们抄袭。"郭鑫年大声嚷嚷，避开那蓝的眼睛，他真的害怕了。

"可以试试，他们也会请律师。"温迪不喜欢这个做法，侧面否定着。

"好，就这么做。"郭鑫年没有听出来她的反对，反而下了决定。

"法庭需要很长的时间，这期间，我们做什么？"杨洋阳听出了温迪的意思，少见地赞同她的主张。

"我们不是律师，总该做些其他的。"温迪绕开打官司的话题，其实给郭鑫年浇了一盆冷水。

"谁会用那山寨货？"郭鑫年被幂聊的用户数增长速度所震惊，继续强词夺理。

"我用了，朋友们把我拉进去的。"苏荷代表车库咖啡，地位十分重要。

"加大宣传力度，推广魔盒。"郭鑫年拿出另外一个方案，他阵脚已乱。

"宣传已经做得很好，你在互联网论坛上的发言，让媒体都很兴奋。那段时间，我们每天都增长十几万用户。"杨洋阳的语气中有一丝挖苦。郭鑫年一鸣惊人，惊醒了宇泰来，幂聊崛起，竞争迫在眉睫，或许更加危险的对手还在潜伏，伺机出击。

"烧钱宣传，得不偿失。"那蓝也否定了郭鑫年的提议。罗维正在秘密开发，更可怕的对手还没有入场。她不能暴露罗维的商业秘密，又不能抛下魔盒不管，说道："万一新的竞争对手入局，情况就会更加复杂。"

"必须加快新功能开发，找到新的杀手级应用。"温迪看着郭鑫年。

这是最佳方案，却需要灵感和天才的想法。郭鑫年摇头，他沉浸在成功之中，与温迪夜夜笙歌，再也没有新的灵感。杨洋阳轻轻叹气一声，自从郭鑫年和温迪在一起，就很少泡在办公室了，恐怕心思也不在这里了，哪里还拿得出灵感？

"那么，我们需要其他方案。"温迪暗示着，公司上市能获得百倍收益，退而求其次，卖出去可以获得十倍的利润，最糟糕的是烂在手里，一文不值。温迪必须极力避免第三种情况。好在，她的企图与高摩异曲同工，不需要暴露心迹，便可以为自己好好打算。

"魔盒有数百万用户，很值钱。"苏荷提醒众人，温迪提出四亿美元的估值，企鹅技术一直没有回信。

这句话的潜台词大家都心知肚明，唯独郭鑫年难以接受。苏荷仍然不直接说出卖出的意愿，分析形势说道："宇泰来非同一般，他全力出击，我们难以抵挡。"

"三个臭裨将赛过诸葛亮。我们这么多人，还怕宇泰来？"郭鑫年喜欢历史，不屑于用错误的成语，裨将本来是军中的副将。这句话以讹传讹，变成了三个臭皮匠。

苏荷做过调查，摇头苦笑："幂聊总共七个创始人，宇泰来只是其中之一。其他六个人包括忠心耿耿且有超强执行能力的向顽强，谷歌全球技术总监、中国互联网产品技术领域的领头羊林宾，微软中国工程院的首席工程师黄吉吉，做出谷歌 3D 地图的疯狂的绝顶天才洪风，世界级设计大师刘的，拥有在摩托罗拉二十年手机设计经验的老先生周不平博士。"

一直在旁边写程序的卢卡倒吸口冷气，插话道："这么豪华的阵容？我有一招，足以抵上他们七人。"

"什么？"杨洋阳头皮发麻，追问。

"三十六计走为上！"卢卡不太在乎别人的感受，又不在乎股份和权势，用笑话般的口气说出来，很不合时宜。苏荷听了这话，却很认可："市场无情，应该将魔盒卖出去，回笼投资，才是明智之举。"

温迪的想法与苏荷相仿，放出试探的语气："高摩参与过好几家互联网公司的上市，与他们有联络。"

"我反对，魔盒势头不错，我还有很多想法，不能卖掉。"郭鑫年站起来，恶狠狠地一拍桌子。办公室中陷入沉默，两条路摆在面前，从投资人的角度，卖掉魔盒换取收益是必然选择，可是郭鑫年作为创始人，反对卖出。会议室中山雨欲来风满楼，一场风暴正在酝酿，这是混乱和争执开始的前兆。"我们可以自己活下去，哪怕每年每人收一元钱，也能活下去。"郭鑫年做了稍许退让，他以前一直反对收费。

"这是中国，不是美国。"连卢卡都反驳郭鑫年的想法，美国的 WhatsApp 公司就用会员制收费，数年之后被 Facebook（脸谱网）以一百九十亿美元并购。

"或者，做广告！"这是郭鑫年更抵触的想法，却不得不在现实面前屈服，公司必须赚钱。

"鑫年，现在的问题是怎么和幂聊竞争，不是赢利。"温迪好言相劝，随后看向杨洋阳和卢卡。他们的态度成为关键，如果倒向苏荷和高摩，郭鑫年便孤掌难鸣。杨洋阳沉思很久，慢慢说道："坦率来讲，击败宇泰来的可能性微乎其微，但是你宁可卖掉房子也要给我们遣散费。由于你的坚持，我们才能走到现在，我支持你。我们寻找赢利模式，再创造奇迹。"

　　杨洋阳排除了卖出公司的选项，郭鑫年却背上另外一个包袱，这是他极力避免的：从魔盒用户那里赚钱，他没有选择。当资金枯竭的时候，要么看着魔盒死去，要么把公司卖出。大局已定，温迪不死缠烂打，表态道："好，大愚寻找赢利模式。我建议观察一段时间，再做决定。

　　这句话获得全体的支持，这是妥协的结果。议题结束，大家又聊了几句。郭鑫年时不时地偷看那蓝，有温迪在侧，无法多聊。温迪寸步不离，直到会议结束，那蓝离开。郭鑫年眼巴巴地望着她离去的背影，温迪才松了一口气。这是极有收获的一次会议，温迪摸清了每个人的态度，苏荫同意卖出，郭鑫年反对，杨洋阳和卢卡犹豫，魔盒的股东并非铁板一块。

　　郭鑫年与温迪的约会从来都是充满乐趣，今天第一次发生争执。"大愚，怎么赢利？"温迪点了菜，看着郭鑫年。她以前十分柔顺，今天却很坚持，如果郭鑫年能够找到赢利模式，靠自身发展壮大，最终公司上市，那才是最佳方案，如果不能，就必须快刀斩乱麻。

　　"谷歌和奔狼靠什么赚钱？"郭鑫年举出两个例子都是互联网成功典范，好像极有说服力。

　　"广告。我们怎么做？"温迪不否认这种商业模式。

　　"语音识别。"郭鑫年眼光放亮，这是二十世纪末发展出来的技术，iPhone 推出 Siri 功能之后又焕发出了新的光彩。"假如你来了例假，用魔盒告诉我，大愚，'大姨妈'来了，下班帮我买点儿卫生巾。"

　　温迪扁扁嘴角，她从来没有让郭鑫年买过卫生巾："所以，怎么赚钱？"

　　郭鑫年滑开手机，指着屏幕的空白处："通过语音识别技术，魔盒识别出来'大姨妈'三个字，给用户发去护舒宝的语音广告，还可以弹出网页，甚至支持移动支付！"

　　这好像是个不错的主意，语音功能和广告完美嵌合，未必不是一种极佳的商业模式。温迪贴近郭鑫年："亲爱的，你的身体挺正常，脑袋怎么和别人不一样？我喜欢！"

　　"如果成功了，就不用卖出公司了？"郭鑫年跃跃欲试。

　　"这么好的想法，我完全支持。不过应该转让出一部分股份，拿到资金完善产品，做什么都行。"温迪没这么容易被说服，她不想拿自己的钱冒险，兑现一部分才是最稳妥的选择，她费力地劝说着。

"这不需要很久，先做产品。"郭鑫年来自香港的中等家庭，从没有缺衣少食，对金钱看得并不重。

"如果用户流失到幂聊那边怎么办？公司一文不值，连研发的资金都没有。"温迪预见到了魔盒的没落，转让一部分股份，对谁都是不错的选择。

郭鑫年放下筷子，明白她劝自己卖掉公司，温迪却摇头笑着说："我支持你开发新功能，但是必须有一个期限。"

"三个月。"郭鑫年想也不想说出一个期限。

"不行，一个月。"温迪注视着郭鑫年，等待他的答案。她绝不让用户流失殆尽。

"好的。"郭鑫年低头吃饭，忽然露出得意的笑容："你以为卢卡在闲着吗？"

"你的意思是？"温迪看着郭鑫年，又产生了希望。他创造了一次奇迹，为什么不会有第二次？

"语音识别技术和魔盒是绝配，我们很快就能完成研发，加入魔盒。"郭鑫年第一次向卢卡和杨洋阳之外的人说出这个杀手级应用。

"亲爱的，去酒吧。"温迪喜欢上了简单直接的郭鑫年，更重要的是，她的投资就握在郭鑫年手中。他们已经捆绑在一起，就像她以前和罗维那样。

"今晚要加班。"郭鑫年拒绝了，去完酒吧之后就是后半夜床上的疯狂，他累了。

"我陪你，想试试办公室的沙发。"温迪倏地放心，郭鑫年没有追问那蓝的事情，这才是最难面对的难题。

"什么？"郭鑫年一时没有反应过来，随后拒绝，他确实累了，也感觉到巨大的压力。

深夜，郭鑫年加班之后孤身回家，被工作和温迪搞得身心俱疲，打开电脑，那蓝在线。自从和温迪在一起，很久没有和那蓝聊天了，这是巧合吗？白天见面之后又在网上遇到，他点开对话窗口，犹豫着敲下文字：没休息吗？

那蓝在被窝里，回到电脑边，看着屏幕回复：马上。

郭鑫年充满矛盾和纠结，坐在电脑前却不知道该说什么：可以聊一会儿吗？

　　可以。

　　今天的会议，有什么想法？

站在投资人角度，应该趁魔盒还有几百万用户，获利了结。

没有输，为什么投降？

你有赢的把握吗？

郭鑫年把语音广告的想法简述一遍，手机自动识别对话中的词，如果遇到企业选定的关键词，弹出广告窗口并发出语音。那蓝觉得有趣，又有些担心：好玩的想法，风险太大。

郭鑫年全力劝说：为什么不试试？不想留下遗憾。

那蓝提醒：高摩是投行，看中投资回报，永远要获得最大利益，不会看着你失败。

郭鑫年坚持问道：你的意见？

"我支持你试试，却不看好。"那蓝的文字很快回来，郭鑫年感到一丝欣慰。

"为什么？"郭鑫年不明白。

"我能够感觉到，你枯萎了。"那蓝回忆着过去那种心灵的碰撞，许久未有了。

"有人询问巩俐和张艺谋的关系，猜她怎么回答？"只要和那蓝在一起，郭鑫年的脑细胞就开始跳舞。"她说，衡量一对男女，最关键的是他们在一起有没有互相激发，并创造出高水准的作品。其余指标，都太庸俗，对，太庸俗！"那蓝几乎笑喷，差点儿把咖啡喷在屏幕上。这一瞬间，和郭鑫年虽然中断了几个月，没想到那种感觉又回来了。

郭鑫年也是一样，这种对话太熟悉了，魂牵梦绕的就是那蓝，而不是温迪。他们有说不完的话，没完没了的心灵碰撞，可以聊个通宵，直到笑着进入梦乡。可是此时，那蓝礼貌地转了话题："哦，还有一件事，电信牌照的事情，要小心。"

郭鑫年刚要回复，那蓝已经下线，他只好望着电脑发呆。在网络的那一端，那蓝也在生自己的闷气，为什么不把我和温迪之间的事情说清楚，开不了口。哎，我为什么这么心神不宁？

21

大姨妈

语音识别是卢卡极感兴趣的领域，早就开始研究和开发，与郭鑫年的语音广告一拍即合。推销却是他们不喜欢却不得不做的，他们四处奔波寻找，第一位潜在的客户来自河南。郭鑫年在北京太久了，兴致勃勃地出差到郑州，坐进客户的办公室，对面是一位黑眼镜黑胡须的市场总监。

"这是方案？"胖胖的市场总监的眼睛如同死鱼眼一样看着他们。

郭鑫年心里发慌，低三下四地说道："我们采用语音识别技术，只要提到您的产品，就语音播放广告，弹出网站链接，用户甚至可以在线实时购买，多好的商业模式！"

"嘿嘿好，俺试试。"市场总监伸出肥胖巨手，对着魔盒吼道："俺大姨妈来了！"然后把手机拿到眼前看着，困惑地问道："嗯？没有语音广告，也没有广告页，俺大姨妈真来了！"

卢卡嘿嘿笑着说："那个，您是男声，魔盒觉得您来不了。"

"这么智能？"市场总监晃着脑袋辩驳，"谁说男生不能买卫生巾？根据我们的统计，百分之二十二的卫生巾是老公给买的。我们的广告语是，买卫生巾的男人才是体贴的好男人。男性用户会和女朋友说，小甜甜，大姨妈还没来吗？晚了二十天了，要不先买一箱给您备着。"

卢卡"哦"了一声。他是工程师性格，喜欢数据，听说百分之二十二的卫生巾是男人买的，便觉得理由充分。郭鑫年搓搓手，紧张地说道："对不起，我们把例假、月经、卫生巾这些放进关键词，大姨妈没放。"

市场总监更不满意，直摇头说："不人性。据统计，女孩子在百分之二十二点二的情况下，会说'我大姨妈来了'。只有百分之三点八的概率，正式请假的时候才会说，'老师，我来例假了'。只有在百分之二点二的情况下会用'月经'这个词，一般在医院，医生会开止痛药，不会让她买卫生巾。"

卢卡扳着指头算，几个数加在一起不是百分之百："这个只有百分之二十八点二啊，其余七十一点八说什么？"

郭鑫年止住卢卡，对客户的需求百依百顺："您说得对，这就在关键词上加上'大姨妈'，您看行吗？"

市场总监打开魔盒界面，柔声细语地尝试："小乖乖，我月经来了。"仍然没有广告弹出，他把手机向郭鑫年眼前一推："怎么还没来？"

"您用普通话试试，别用河南话。"郭鑫年生怕伤了客户的感情，小心翼翼地提醒。

"不人性。我们百分之七十八的市场在河南，凭恁都让他们说普通话？"市场总监再次爆发，将方案向郭鑫年怀里一扔，"俺们河南地居中原，全国人口第一大省，怎么不考虑俺们河南人的需求？"

百分之七十八？那么除了河南就是百分之二十二！郭鑫年连忙告饶，香港口音被拐成河南腔调："不是歧视，俺们只开发了普通话，没有方言版本，山东话、东北话、广东话、上海话。我香港人，香港口音都没有。"

营销总监"哼"了一声，站起来说道："产品不成熟，我们不当白老鼠！做实验的，明白吗？"

郭鑫年和卢卡悻悻地离开客户的办公室，垂头丧气，对着魔盒用河南话喊道："俺要吃烩面，烩面！"附近的烩面馆全都显示出来了，卢卡抢来手机，兴奋地指着屏幕，："多好的功能，没人识货？"

不对吧？百分之二十二的卫生巾是男人买的？百分之二十二的会说大姨妈？百分之二点二在医院用'月经'这个词，全是二，这么巧？卢卡侧头想，难道他编数据？为神马？郭鑫年指着卢卡说，他看出来你是工程师，相信数字，用这种方法说服我们。卢卡回头看着这家公司，感慨万分："聪明啊，会看人，佩服。中原人民厉害，见识了。"

第二天清晨，他们在嵩山路边吃了招牌的萧记烩面，打车到了火车站，在人群中挤来挤去。郭鑫年苦笑着对卢卡说："你做技术还行，销售就不行了，净乱说话。"

"嘿嘿，你也一样。"卢卡承认。

"咱俩合计合计，还做吗？"郭鑫年喜欢把想法变成产品的过程，却不喜欢推销产品。

"其实让别人进来一些，公司还是咱们的。"卢卡突然变成有钱人，也怕钱跑了。

"公司不能卖，咱们自己做不了销售，可以发展代理。"郭鑫年又想到一条出路。

"行是行，找代理比找客户还复杂吧？"卢卡一头雾水，完全没有概念，"以后这种事情别叫我，纯浪费时间。"广告是互联网上早就验证行得通的商业模式，郭鑫年之后招聘了五六名销售人员，到处寻找客户，虽然拿到一些广告费，但内心越来越煎熬，这是我想要的创业吗？

22

李鸿章的绝招

郭鑫年回到北京已经傍晚，温迪不在，回到家里打开电脑，习惯地看看那蓝，她在线，敲出一个Hi（你好），过了十几分钟，她的回复回来。今天郭鑫年有心事，直接说道："我去了郑州，见客户。"

那蓝很关心他的进展，问道："怎么样？"

语音识别是趋势，可是这条路并不容易："靠语音识别赢利，很难。"

"我说过的。"那蓝淡淡说道。

"怎么看出来的？"郭鑫年不解，当时每个人都说是好主意，唯独那蓝不赞同。

"原因你可能不喜欢，美国还没有这样的商业模式。"那蓝在投资的时候一定要找最佳借鉴，美国互联网技术比中国发达一些，如果没有探索出来，在中国很可能也会碰壁。何况，苹果的Siri只是辅助功能，并没有靠这个赚钱。郭鑫年的实力与苹果的差距极大，难度可想而知，但是他极其倔强，只有碰壁才能明白。那蓝不想继续这个话题，问道："听证会怎么样？"

郭鑫年嫌网络聊天太慢，打开魔盒说："我们动了运营商的蛋糕，他们很生气。可是，技术进步是利国利民的好事，怎么能因为运营商的利益限制新技术？就好像你们家在大清的时候阻拦修铁路一样。"

"我们家拦着修铁路？"那蓝爸爸是叶赫那拉后裔，妈妈姓金，更是爱新觉罗之后，却不知道郭鑫年在说什么。他俩总是这样，互相之间总有不同，又形成极大的吸引力。

"你姑奶奶慈禧啊。当年中法战争，清军补给不利，差点儿战败。李鸿章提议修建铁路，那些守旧大臣激烈反对。"郭鑫年总能在历史中找到与现实相通之处。在历史教科书中，李鸿章被形容为卖国贼，就删掉了他做的好事。

论起辈分，慈禧应该是那蓝姥爷的姑奶奶。那蓝不去计较，灵机一闪："后来怎么样？"

郭鑫年依稀看过这一段，回答："李鸿章想到一招，说服了你姑奶奶。"

宇泰来遵循"天下武功，唯快不破"的互联网思维，发动了一波波的攻势，第一版上线时极简，只有文字短信功能。郭鑫年下载之后大声嘲笑。然而，第二波攻势很快到来，增加语音对讲功能，功能与魔盒完全重合，体验一点儿都不差，用户数毫不费力攀升到数百万的级别。一个月时间之后，幂聊的用户数便达到三百万，发展速度与魔盒相比，毫不逊色。

郭鑫年再也笑不出来了，再也不敢和温迪夜夜笙歌。

市场竞争进入相持阶段，像拔河一样，静止注定是暂时的，此消彼长，转折点会突然到来，用户基础分崩离析。魔盒在安卓平台的迭代速度缓慢，安卓手机占据中国市场的百分之八十，大量用户转去幂聊。在管理和运营上，杨洋阳也难以与宇泰来的明星创业团队抗衡。向顽强负责实施和推进，林宾设计产品架构，黄吉吉全力运营和推广，世界级大师刘的设计和美工，形成了完美的团队配合。

兴奋和热情消失，取而代之的是紧张和不安全感。杨洋阳不得不考虑最坏的情况，虽然有了高摩的投资，花钱如流水，写字楼、日渐扩大的研发团队，各种宣传和推广，没有收入难以为继。郭鑫年不管这些，仍在想办法解决语音广告的缺陷，绘出草图，贴在白板上，与卢卡确认。他们两人的大脑好像有个开关，当他们掉入技术世界的时候，便能把其他干扰排除出去，包括喜怒哀乐、吃饭喝水、爱恨情仇。唯有杨洋阳才有办法把他们拉回现实世界，这连温迪都做不到，她只是在晚上下班之后，才能拖走郭鑫年。

电话铃声响起，杨洋阳扫了一眼，温迪为什么打我的手机？

竞争炙热，温迪十分着急。她在魔盒的股份比杨洋阳和卢卡还多，而且是真金白银的投入。她屡次试图说服郭鑫年卖出股份，都没有成功。如今广告语音业务拓展不利，魔盒拖下去就像夏天的桃子，烂在手里。温迪有些后悔，不该向马幻城报出四亿美元的估值，再想想也不后悔，马幻城买了罗维，拯救了他，让他走出低谷。如果再来一次，她遇到罗维，还是会为他牺牲。温迪不再后悔，重新改了路数，像砍树一样，不去砍伐主干，而先清理旁枝。杨洋阳是魔盒创业团队中头脑最清醒的一个，是最好的入手对象，她的精明不在自己之下，与其被她看破，不如直截了当。她约好杨洋阳之后，便在附近的咖啡馆静静等待。

杨洋阳预感到了她的动机，偷偷看看会议室中的郭鑫年和卢卡，悄悄溜出去。十分钟后，她便坐在咖啡厅面对温迪。两人智商和情商不相上下，相貌各有千秋，只是温迪身材的火辣远超杨洋阳。杨洋阳曾经骄傲地说，漂亮的没有她聪明，比她聪明的没她漂亮。

初次遇到温迪这样的谈话对象，杨洋阳收敛气场说："怎么不上楼坐？"

"喝杯咖啡再上去。"温迪对付郭鑫年的时候，向来挖坑等他跳，他根本看不出来，兴高采烈顺着话题走，再一脚把他踢进圈套里，他还感激万分。温迪对杨洋阳正好相反，不七绕八绕，直截了当："我直接说吧，郭鑫年和卢卡是一头扎进技术和梦想的人，像鸵鸟一样把脑袋埋进沙里，好像残酷的世界不存在。你和我都是女人，敏感，多疑，却不畏惧，是不是？"

杨洋阳猜测着她的动机，不与她争辩，点头承认："的确，他们过于理想化了。"

温迪喜欢和聪明人讲话，说话直截了当："魔盒有没有机会打败幂聊？"

"你觉得？"杨洋阳反问。

"五五开。"温迪很坦白，"万一竞争失败，用户数下降，日益贬值，我不能坐视不管。"

"很合理。"杨洋阳同意她的判断。

"企鹅技术很快要进入这个市场。"温迪抛出了干货，这个消息可以打动杨洋阳。

"你确定？"杨洋阳第一次听说这个消息，心里一震。企鹅帝国是即时通信的王者，有数亿用户，实力远超宇泰来。

"他们产品已经开发出来，就等政策明朗。"温迪抛出这个消息，果然占了上风。杨洋阳皱眉沉思，如果魔盒是一只小老鼠，幂聊就是一只紧追不舍的猎犬，企鹅技术却是恐龙般的存在，老鼠和小猎犬一定会被吞噬。

"怎么办？"温迪追问道。

"我不反对卖出。"杨洋阳答非所问，表达了自己的意思。她不喜欢温迪，却欣赏她直截了当的态度。

"这就可以了，我和大愚谈。"温迪戛然而止。杨洋阳是明白人，不需多说。她说服了杨洋阳，事情便有十足把握。

温迪和杨洋阳一起上楼，办公室中的气氛紧张得要爆炸一般，郭鑫年慌慌张张："电信部下文了，禁止没有牌照的互联网公司运营电信业务。"他面容僵硬，声嘶力竭地喊着："不管他们，继续运营，平台上有几百万用户，谁敢随便封我？"

如果政策不允许，魔盒属于违法运营，一文不值，温迪脸色刷白。她撺掇罗维创业，转身又投资魔盒，婚姻和感情也被投资绑架，难道竟是一场空吗？

23

李鸿章和慈禧

一家三口晚餐之后，爸爸把一份文件递给那蓝，打开电视看《新闻联播》，正好是国际新闻，有滋有味儿地看起来。那蓝蜷在沙发里一目十行地看完，惊愕地抬起头来："爸爸，怎么会这样？"

《新闻联播》播完，那蓝爸爸取来厚厚的羽绒服，指着门外："出去遛遛，消食儿。"

父女出了小区，拐到路口，左侧是西客站，右边便是城墙遗址。深冬时分，仍然有不少人锻炼身体。那蓝爸爸极其羡慕，再过几年退休之后，无官一身轻多好，遗憾是，还没有抱上外孙。那蓝感受到了爸爸的情绪和压力："爸爸，怎么了？"

"有人为了拍大家族的马屁，压制新技术，要断绝这个国家的前途啊！"那蓝爸爸长叹一声，部里领导拐弯抹角讲过几次，要封杀魔盒和幂聊，都被他顶住。今天，他们竟绕过政策法规司，下文禁止互联网公司运营电信业务，上面对他极度不满和失望。利益集团和大家族联手，利用垄断资源，建立竞争屏障，将普通的企业拦在外面，攫取超大的利益，完成利益输送。结局是价格飞涨，老百姓倒霉，利益集团将财富开采殆尽之后，抹抹淌油的嘴巴，再去寻找新的垄断机遇。

"是啊，难道要重蹈大清的覆辙吗？"那蓝也随着爸爸叹气，想起慈禧修铁路的故事。

"这和大清朝有什么关系？"那蓝爸爸的思维跟不上。

"我讲个故事。"那蓝名校毕业，在顶级投行工作，见识广博超越一般人，经郭鑫年无意中一说，查找到资料，引经据典说道："光绪十三年，李鸿章奏请修建京津铁路，引起轩然大波。守旧的王公大臣纷纷反对，车驾步辇悉有古制，以定尊卑，火车为祖制所无，岂可枉然打破。难道听洋人的，不听祖宗的？"

那蓝爸爸哈哈大笑，此情此景与当年相仿，女儿以古讽今，意思十分明显，新生事物不断涌现，不应该用过去的规矩来限制技术的发展。魔盒代表着最先进的移动互联网技术，现有的政策法规没有涵盖也没有禁止，他心情畅快："哈哈，我差点儿成了咱们姑奶奶。"那蓝一家出自慈禧的叶赫那拉氏，祖父是慈禧侄子，慈禧的确是高了几辈的正宗的姑奶奶，他笑完又叹气一声。此事复杂万分，运营商越过政策法规司，从上面压下来，来头不小，背后不简单。

"不对，您必须是李鸿章。"那蓝无拘无束，她走到明清城墙的断壁残垣边，停下来说道："爸爸，猜猜李鸿章是怎么做的？"

那蓝爸爸十分惊讶，女儿向来喜欢音乐和美食，怎么变得博古通今？那蓝笑着解释："爸爸，我有一个好朋友，很懂历史，所以就学了一些。"

"哦，他是谁啊？"那蓝爸爸对女儿的动向十分敏感，猜出两人绝非泛泛之交。

"就是这个魔盒的创始人。"那蓝承认。

"有空让他来见见我。"那蓝爸爸在听证会上见过郭鑫年，印象一般，忍不住问道："李鸿章怎么办？"

"这件事的关键在咱们的姑奶奶。"那蓝在城墙边缘转个圈，天气渐凉，该回去了。

那蓝爸爸知道利害，皱眉头："这不能硬来，违反祖制是杀头之罪！"那蓝早已想好办法，只是不知道能不能解魔盒的困局。"李鸿章的这个主意，爸爸您可以学学。"那蓝爸爸惊讶，女儿何时学会了以古为鉴？

"李鸿章制作了容纳二十八人的丹特型机车，陈设华美，制作精良，器具材质光洁，向慈禧进献。姑奶奶颇为惊喜，在皇城御苑中建筑铁路，起点在中海的瀛秀园，终点在北海镜清斋，全长一点五公里，第二年竣工。慈禧从紫光阁乘坐小火车游览北海，到镜清斋休息。官员们哪敢反对，铁路建设飞速发展，京汉铁路、京奉铁路、京张铁路和京浦铁路陆续竣工。"那蓝述说这段历史往事，是郭鑫年提到过的，正好用来给爸爸支着儿。

那蓝爸爸恍然大悟，与其与运营商争辩，不如让决策层意识到移动互联网是关系国运的大事，那些人便折腾不出什么花样。他仔细想想，心中已有谋划。

那蓝爸爸出门时紧皱眉头，回来时眉目慈祥，都是因为那蓝的缘故。他对女儿极为溺爱，舍不得骂舍不得说。那蓝小时候，爸爸每晚偷偷潜到她的房间，看她睡觉的样子，直到有一天那蓝突然长大，爸爸才放弃这个习惯。在家里，妈妈扮演严父的角色，严加管教，爸爸常常嫌她管得太严。有一次那蓝被妈妈说了之后，爸爸又来劝说，那蓝很严肃地说：爸爸你不对，带孩子不认真，不负责，不能这样！惹得妈妈笑得把茶水喷出来。

那蓝爸爸一直都是这样，为了女儿，愿意做任何事。

24

奇怪的同盟

郭鑫年愈挫愈勇，办公室里贴满草图，通宵灯火通明。

"这样不行。"卢卡推开键盘说道。语音识别技术不断发展，苹果把这种功能移植到手机上。中国的情况却不一样，英文的二十六个字母构成了常用的五六千单词，很容易分辨。中文有常见的五六千汉字，组成了数以万计的词语，同音字如同绕口令，根据上下文才能判断，手机常被搞得七荤八素。中国还有几十种常见的方言，广东话、上海话、东北话……在南方翻过一个山包，口音就不一样，人都听不懂，手机怎么能明白？

"只管普通话。"郭鑫年被方言折磨得死去活来，断然做了减法。

"我歇会儿。"卢卡反复折腾太多遍，留下这句话，离开办公室。

"哎，还没做完。"郭鑫年大叫，冲到门口拦住卢卡。他试图煽情，这着儿用的次数太多，卢卡无动于衷，从后门离开。正在此时，杨洋阳推门进来，发现气氛不对，盘着胳膊观察着事态。郭鑫年极速奔跑到后门，拦住卢卡，两人像捉迷藏一样奔来跑去。卢卡躲不开，终于被激出怒火，指着郭鑫年说："我要睡觉。"

"每日事每日毕，工作做完，陪你睡。"郭鑫年盯着卢卡，半步不退。

"没兴趣。"卢卡梗着脖子，呼吸急促地对峙着。

"她陪你睡。"郭鑫年指着杨洋阳。杨洋阳想起那天陪卢卡睡觉的情景，不禁脸红到脖子。

卢卡似乎动心，看着杨洋阳，嘴里毫不退让："先睡，再工作。"

"睡我？"杨洋阳走到两人之间，看着卢卡。

"不是那意思。"卢卡想想刚才说的话，乖乖地低头。

"那就睡他？"杨洋阳先压住卢卡，再面对郭鑫年说："让卢卡睡觉，我陪你。"

卢卡如愿以偿，郭鑫年的要求也被满足。杨洋阳总能在两人的分歧之间找到第三条道路，成为团队中举足轻重的一员。卢卡从前门离开，杨洋阳坐下："卢卡每天都通宵，知道吗？"

"知道。"郭鑫年梗着脖子，仍然为刚才生气。

"你在哪里？"杨洋阳好像郭鑫年的老板，直到他低头服输，"和她在一起，我猜对了吗？"杨洋阳每句话都来自细心的观察，每一句都恰巧击中郭鑫年的软肋："有一件事，我要告诉你。"

"什么？"郭鑫年终于抬头。

"温迪正在劝说股东将公司卖掉。"杨洋阳内心矛盾许久，决定向郭鑫年讲清楚，竞争日趋激烈，随时都会崩盘。

"什么？"郭鑫年常与温迪腻在一起，没想到她背着自己做这种事。

"她和我谈过。"杨洋阳不容置疑地说道。

"卖掉公司？"郭鑫年固执己见，公司账上还有资金。

"大愚，该考虑了。"杨洋阳思考很久，温迪的提议不无道理，语音广告难以突破，赢利毫无基础，并购是明智之举。如果卖出，必须在用户流失之前，越早越好。"世界很大，创业并非全部。"杨洋阳展现出立场，她越来越倾向于卖出。

"我们还有钱，为什么不坚持？"郭鑫年意识到团队内部出现了一道危险的鸿沟，稍有不慎，便会将创业团队撕裂。

"一旦用户流失殆尽，现金没有意义。"杨洋阳取出一页表格，幂聊用户大约三百万，魔盒的用户数停滞在四百万左右，距离如此接近。她又抽出另外一页文件，魔盒的用户流失正在放大，这是极其不利的预兆。杨洋阳的第三份文件是用户活跃度报告，一个月前，每个用户每天发送三十多条消息，今天却降到二十条，平均在线时间也跌去一半。这意味着长时间未登录的僵尸用户越来越多，有些可能投入幂聊的怀抱。面对四张表格，只要稍有逻辑能力，便能判断出来，竞争形势越来越白热化。"明智一些，不要感情用事。"杨洋阳本来视温迪为威胁，现在却结成同盟，一起劝说郭鑫年卖出公司。

杨洋阳离开办公室去找卢卡，他并没有睡觉，执拗地对着电脑屏幕，头也不回："他变了。"杨洋阳双臂盘在一起，命令道："和我说话的时候，别用屁股对着我。"

卢卡双臂一抖，乖乖地转过身来。杨洋阳扑哧笑出来，严肃地问道："他还能带领研发团队吗？"

这句话十分严重，听起来像是政变的前奏，卢卡反问："什么意思？"

"语音广告这个想法彻底错了，公司被带入错误的轨道，必须转换车道。"杨洋阳嗅觉很敏感，以前是隐隐不安，现在看见郭鑫年和卢卡的争执，有了明确的判断。

"找大愚谈谈。"卢卡认同杨洋阳，他越来越不喜欢语音广告这个想法。

"没用的。"杨洋阳一语道破，郭鑫年肯定不同意，只会陷入僵局和冲突，无济于事。时间不等人，不能等着火越烧越大，摧毁全部的基础。

温迪渐渐建立起了同盟，包括本来就想卖出股份的苏荺、立场越来越接近的杨洋阳和卢卡，只要说服郭鑫年就可以了。来到他办公室，温迪关上门钻进他的怀抱。郭鑫年却向后稍退，坐回办公桌后面的大沙发，摆出公事公办的架势，对面只有一个连扶手都没有的小圆椅。以往温迪来的时候，郭鑫年总会锁上门，拉下百叶窗，腻乎地挤在长条沙发上，这是从未有过的待遇。郭鑫年摆出创业者和投资人的关系，预示着今天话题的不同。

温迪玲珑剔透，精明万分，猜出了郭鑫年的用意，顺从地乖乖坐下："您好，创始人先生。"

她的委曲求全反让郭鑫年心软，却不退让："想听听你对于公司发展的判断。"

"个人观点还是代表高摩？"温迪极为聪明，她要卖掉公司，只好在夹缝中玩着平衡，我是不是要重蹈罗维的覆辙？

这句话问住了郭鑫年，摆手说："先说高摩的观点。"

温迪在圆椅上晃晃身体，既显得不舒服，又用细微的动作暴露了完美的身体本钱："高摩是投行，其实就是买入和卖出公司，获取利润。魔盒的用户一旦流失，高摩肯定卖出，不会坐等贬值。"

道理十分明显，郭鑫年无可反驳，只好问："你个人的意见呢？"

温迪眼眶一闪，似有泪花，眉眼之间充满委屈和不安："人都是你的了，还要问我的意见！"

郭鑫年心动，克制心里的柔情蜜意，截取着她的只言片语："如果高摩卖出魔盒，怎么办？"

温迪早就做好准备，坦率承认："其他股东的意见就极为重要，苏荺不反对卖出，杨洋阳如果不是为了你，肯定赞同卖出。"

如果高摩、苏荺和杨洋阳都支持卖出，郭鑫年即便是最大股东，也无能为力。他霍地站起，高摩的态度在预料之内，更可怕的是，创业团队内部有了分歧。

忽然，门被砰地推开，杨洋阳慌慌张张地冲进办公室，看办公室的情形，吃惊地问道："你们，这么客套？"

杨洋阳向来敲门进来，冒冒失失完全不是她的风格。郭鑫年问："谈公事当然这么坐，怎么了？"

杨洋阳深深呼吸一下，略微平静："服务中断了！"

魔盒中断？郭鑫年脑筋蹦起，冲出办公室。工程师们正不知所措，几分钟之前，有用户发现魔盒无法登录，网上很快议论纷纷。工程师们跟踪论坛上的留言，全国各地的用户都在抱怨，卢卡直奔机房。政府出手了？郭鑫年心思一动，幂聊能用吗？

杨洋阳为了测试和比较，在手机上装了幂聊，打开界面，运行畅通。如果电信部封闭互联网公司的语音业务，幂聊也在禁止范围，为什么只有魔盒？现在正值此消彼长的关键时刻，用户很可能卸载魔盒，安装幂聊。温迪看见这种情况，更加担心，系统平白无故断掉，绝非好兆头，不能再姑息郭鑫年了，必须当机立断，卖出魔盒！

电话响起，卢卡在机房交涉完毕，网络中断三十分钟后恢复正常。对方给出的解释是，网络故障。这个原因十分牵强，魔盒在全国布置了数百台服务器，怎么可能同时出现故障？如果电信部封杀魔盒，必然正式通知，不会借口网络故障，到底是怎么回事？郭鑫年和杨洋阳百思不得其解。手机铃声响起，杨洋阳瞥见了屏幕上的名字，老钱！

"我在楼下，想和你们谈谈。"他淡淡地在电话中说道。

25

双重身份

杨洋阳忐忑不安，小模特的U盘在家中被搜走，他们如果发现文件被复制过，绝不会善罢甘休。可是老钱就像人间蒸发般消失了许久，此时此刻明目张胆地来办公室，而且指明郭鑫年在场，到底是什么目的？幸好卢卡不在，否则一定起冲突。

十分钟之后，老钱一身中式打扮走进来，脸上挂着从来没见过的笑容，主动握手："没想到，还能在商场上见面，希望我们能成为朋友。"

听他的口气，好像不是要谈小模特的事情，郭鑫年不解其意："是啊，那事本来就和我们无关。"

老钱不答话，目光一转看见温迪，端起茶杯闭口不语。杨洋阳冰雪聪明，猜到他不愿意在陌生人面前说话，介绍道："这是温迪，高摩的投资人。"

老钱听过这个名字，不由得多打量几眼："那蓝的同学和同事？"

温迪看出老钱分量极重，坦承："我是那蓝的同事，也是好朋友。你们谈，我出去一下。"

"温小姐既然代表高摩，不妨一起聊。"老钱张罗少爷的婚礼，温迪本来应该是那蓝的伴娘，此时细看她样貌，容貌上佳，肌肤胜雪，言谈举止十分得宜，略微点头，取出名片递给三人。卡片与几个月前在公安局的那张完全不同，金泰投资管理公司，董事局主席。他笑着说："我们主业是房地产开发，进军移动互联网，希望找到合作伙伴，立即想起了你们。"

房地产公司也搞互联网了？郭鑫年思路一时半会儿没转换过来，好在温迪和杨洋阳既聪明又可信赖，让他省心不少，他自然闭嘴不说。温迪隐约听过，金泰与少爷家族关系密切，实力雄厚。这个老钱言语似乎要与魔盒合作，未尝不是机会，仔细倾听和观察，却不多说。杨洋阳头脑中有了一幅拼图，少爷、飞讯、运营商、网络故障和小模特的车祸。她的语气出奇平淡："能为您做些什么？"

老钱慢悠悠喝了一口茶水："听说魔盒中断了，怎么会发生这种事？"

郭鑫年更摸不着头脑，一脸真诚地回答："是啊，电信部门说是网络故障。"

老钱借此事敲打三个人，郭鑫年一脸茫然，似乎没有听出来，他又不好挑明此事和自己有关，苦笑着直指他们的困境："魔盒没有电信运营牌照，也没有赢利模式，如今网络瘫痪，又有幂聊的竞争，处境很不好啊。"

"所以呢？"杨洋阳继续追问，猜到了老钱的动机。

"为什么不找一家有实力和赢利模式的合作伙伴，众人拾柴火焰高嘛。"老钱不绕弯，直截了当地说出意图。少爷树大招风，不便出面，老钱是管家，小模特的事没了结，杨洋阳始终是隐患，不如利用并购，用钱堵住她的嘴巴。他和少爷商量后，先通过运营商中断魔盒服务，再登门拜访。

"愿闻其详。"郭鑫年醒悟过来，好奇心大增。

"我们与三大运营商沟通，每部手机中内置魔盒，深度捆绑，无法卸载。"老钱轻松说道，郭鑫年惊呼一声，他竟有此等能量！这等于垄断整个市场。老钱又说："我们和运营商三七分成，我们七，他们三，彻底解决魔盒赢利模式的问题。"

魔盒每天收发近亿条语音消息，即便每条一毛钱也有千万收入，郭鑫年吐出舌头："那您有什么条件？"

老钱打动了郭鑫年，更加慢条斯理："好说，有钱大家赚，分成或者入股都可以考虑。"

"我们想想。"杨洋阳阻止郭鑫年，她对老钱印象极差。

"想想吧，魔盒一天到晚总出故障，用户多不方便啊？"老钱嘿嘿笑着，拂袖而去。

杨洋阳心里透亮，却束手无策，老钱将魔盒服务中断，再找自己谈判，如果谈不拢，莫名其妙的故障就会越来越多，这将是致命打击。温迪慢悠悠地将老钱的名片摆在会议桌上，老钱与少爷家关系密切，实力雄厚，又有这么好的赢利模式，这是天作之合。只是，老钱是董事局主席，冒冒失失地来谈收购，似乎很反常，除非他与郭鑫年和杨洋阳早就认识，这中间又有什么玄虚？

26

别跟好朋友开公司

温迪再次召集会议，商讨未来发展方向。

魔盒经过三轮融资，股份结构趋向复杂。三名创始人拥有的股份降到百分之四十九，没有绝对控制的能力，而且杨洋阳和卢卡态度摇摆，不反对卖出，车库咖啡和高摩拥有显而易见的发言权，温迪有把握在董事会上压倒郭鑫年，征得股东一致同意，引进新的投资人，无论企鹅技术还是金泰，都是极佳的选择。

长桌左侧只有郭鑫年和杨洋阳两人，卢卡照例懒得参加，对面是那蓝。彭祖武将邮件转发那蓝，指定让她参加。那蓝的工作级别高于温迪，风头却被她抢去，静静地坐在侧面。苏茵代替林佳玲参加会议，隔着几个座位坐在长桌拐角，显示出车库咖啡的独立性，会议室中形成三足鼎立的格局。数据充分证明了魔盒的糟糕趋势，郭鑫年感到前所未有的压力，预料到了会议不愉快，沉默着，静静观察着每个人的反应。

"大愚，你创造了奇迹，吸引了数百万用户。"会议室气氛冷淡，温迪没心情多做寒暄，展示了报表上的数据，话音一转："摆在面前的有两条路。第一，找到商业模式，继续经营和发展这家公司。或者第二条路，借助合作伙伴的成熟商业模式，创造销售收入。按照上次会议的结论，寻找赢利模式有进展吗？"

语音广告毫无进展，郭鑫年摇头。互联网行业基本存在三种赢利模式，新浪和狐扑等门户网站依靠广告赢利，奔狼的竞价排名也是如此，企鹅技术的赢利模式是游戏和会员服务，电猫的核心业务是电子商务。几家巨头用了十几年时间才找到赢利模式，让郭鑫年在短短一个月内做到，完全不现实。

苏苪抬头，他总早早表明立场："明智一些，不该什么事情都自己做，应该采取合作的态度。"这句话的言下之意就是并购，车库咖啡是第三大股东，倾向性至关重要，支持卖出的力量立即占据上风。苏苪咳嗽一声说下去说："长此以往，即便用户不流失，运营成本也会越来越高，谁都扛不起。"他唱着独角戏，又补充说："现在是最好的卖出时机，一旦用户流失，魔盒就一文不值了。"这是没人挑破的大实话，他转向郭鑫年："如果还想创业，可以转让股份后拿着钱二次创业。"

苏苪立场一直如此，这番话滴水不漏，无论商业逻辑还是判断都合情合理，谁也没法反驳。一直沉默的那蓝问道："苏大哥，这是你的个人意见，还是代表车库咖啡？"

苏苪低头想了一会儿："个人的想法。"

郭鑫年眼前一亮，只看他低头姿势，便能猜出他与林佳玲之间的分歧，不由得抬头去看那蓝，只得到一个冷寂的目光回应。那蓝真厉害，一个提问就破去了苏苪的滔滔雄辩。郭鑫年见到转机，站起来说道："开公司就像养猪一样，把猪养肥，就拉到市场上卖掉，是吗？"

把魔盒比作猪很难听，却也恰当，众人都知道他在说反话，没人接茬儿，让他继续说下去："魔盒不是猪，是我儿子。"他走到中间位置，气势更盛，"儿子生病，拉到市场上卖掉吗？肯定不会！我们会精心呵护和治疗，看他苗壮成长。他是你的心血，你的希望，你的一切，甚至为了孩子，牺牲自己的性命也在所不惜。"

这话说得极狠，郭鑫年动了感情，眼眶湿润："请再给我们的孩子一些时间！"

会议室中陷入沉默，温迪算准了苏苪那一票，没想到被那蓝一句话破去，问道："孩子生病，你有治疗方案吗？"

"没有。"郭鑫年自从语音广告业务受挫，又回到原点，仍不服输，"再给我一个月。"

"我们还能支持一个月吗？会流失多少用户？魔盒贬值多少？有没有考虑这个问题？"苏苪坚持车库咖啡纵向发展，本就不支持参与投资，希望尽快出手。

温迪静观局势，不想再做犹豫，提议道："既然有分歧，我建议表决。"

"我反对卖出。"郭鑫年第一个举起手来，看着杨洋阳。

"我也反对。"杨洋阳内心赞同卖出，只不想出卖郭鑫年，举手支持郭鑫年。然而，三个创始人加在一起也只有百分之四十九的股份，不能达到绝对的控制权，高摩的决定至为关键。

那蓝低头沉思，在整个投资过程中，温迪十分反常，前期她和罗维密谋，现在又为什么？两人都试图通过目光猜测出对方的意图，却陷入了目光的对峙。如果强行推动，达不到目的，反而暴露出意图，温迪脑子极快："那蓝，你的意见？"

两人本是无话不说的好友，那蓝饱尝被欺骗的滋味儿，这次并不轻易妥协，看着郭鑫年说："一个月时间太长，两周时间。"

温迪怒火中烧，企鹅技术就要发布即时通信产品，那时候想卖都卖不出去了，不由得站起来，双手支撑桌面："我得到了明确的消息，企鹅技术就要进入市场，我们却在这里浪费时间。我警告大家，这是最后一次让步，一周之后必须表决。"

延迟表决的折中方案避免了摊牌，郭鑫年点头同意，会议气氛仍然绷着，那蓝告辞离去。苏苪走到郭鑫年身边："晚上吃烤串，聊聊。"

苏苪说，人生的境界就是，当你深夜想吃烤串的时候，一堆朋友响应，光着膀子拎啤酒瓶痛饮。今晚就是这样，他们就蹲在路边摊儿上撸串喝酒。郭鑫年提着啤酒，脱口说道："要是佳玲也在，就好了。"

苏苪仰望星空，惆怅不已。他守在车库咖啡本以为能够守住这段感情，林佳玲来的次数越来越少，他只能把这份感情压在心底。他不想多说这些，喝口啤酒说："哦，说件事，下周有领导来车库咖啡视察。你们搬出去了，却是在这里孵化的，请你们回来坐坐。"

车库咖啡日益发展，在创业圈影响力巨大。海淀区政府大力扶植，银行工商入住，海淀图书城被正式命名为创业街，为创业者提供服务。来视察的领导也越来越多，央视新闻报道了好几次，苏茚还上过《新闻联播》。这次级别却是前所未有，作为车库咖啡孕育出来的最成功的公司，他们回来支持理所当然。

"好。"杨洋阳对车库咖啡充满感情，抢先答应。

谈完此事，他们坐在马路牙上边喝边聊，话题转移到公司上。苏茚苦笑着说："《中国合伙人》里面有三句话，千万别跟丈母娘打麻将，千万别跟想法比你多的女人上床，千万别跟好朋友合伙开公司。"

那个时候《中国合伙人》正在热映，苏茚的言外之意是第三条，借着电影台词说起，又不伤人，是深思熟虑之后的做法。郭鑫年叹气一声："朋友之间两肋插刀，开公司却为利益，不容易。"

"思路不一样，就要演变成路线斗争，拉帮结派，你死我活，父子都要相残，何况朋友？"苏茚喝着闷酒，说不出的压抑。汉武帝的巫蛊之祸，唐太宗废太子承乾，康熙两废皇太子，这种例子数不胜数，未尝没有路线之争的味道。

"大家都想把公司做好，不必搞得血流成河。"杨洋阳赞同苏茚，无论内部分歧多大，都应该正大光明地好好协商，不要鬼鬼祟祟。

"这是我的本意，大家同意吗？"苏茚举起酒杯，目光中燃起火花。

同意，郭鑫年和卢卡都不是背后搞鬼的人，大家把话说开，心情好了很多，举杯碰撞。说完这件事，大家陷入沉默，今晚其实是摊牌和表态。"核心问题是没有赢利模式，依靠高摩的资金生存。"苏茚一针见血，不解决这个问题，魔盒早晚都要卖出。

"大愚，卖出吧，不可能在短时间内找到赢利模式。既然难免被收购，不如找个好时机。"杨洋阳在会上支持郭鑫年，私下把想法说出来。她不像郭鑫年和卢卡那么沉浸在梦想中，最早看清现实。

"我再试试。"郭鑫年用可怕的目光看着杨洋阳，以往的分歧都以郭鑫年认输求饶告终。

"自古创业，开天辟地，需要长期坚忍不拔，不可能一炮而红。"杨洋阳熟知历史，知道用历史典故最能打动郭鑫年。卢卡很不恰当地补充一句："对，一炮而红只能在娱乐圈。"

杨洋阳伸手在桌底下使劲儿拧了卢卡的大腿肉，冲他努努鼻子，继续说道："唐高祖李渊和太宗李世民创建大唐，好像两代人。其实李渊生来就是唐国公，如果没有他的北周八柱国的祖父李虎，他岂能得了天下？就连号称得江山最易的隋文帝杨坚，其实也依靠父子二代。他自己先平定尉迟迥的北周的保皇派系的叛乱，平灭陈国，击败突厥，消除中原威胁，才能统一中国。我们也不可能通过魔盒一战定江山。"

杨洋阳说隋文帝杨坚父子两代，指的不是大脑袋的隋炀帝杨广，而是北周上柱国，被追谥为武元皇帝的隋太祖杨忠。此人颠沛流离一生，身世传奇，可惜几乎被人忘光，郭鑫年却知道这个典故，低头沉思。

"必须现实一些。"杨洋阳家境不错，跟父母要钱却不是滋味儿。如果按照高摩当初的估值卖出，她百分之七的股份价值数百万美元，一旦魔盒竞争失利，这笔钱就难以指望。

郭鑫年抱着啤酒，事情的发展出乎他的预料。他一直寻找杀手级应用，乐此不疲，可是赢利是绕不开的坎儿，要么解决这个问题，要么卖掉公司，让别人利用这几百万用户来赚钱。杨洋阳用啤酒瓶指着郭鑫年和卢卡："你们两个怪人，大家拼命赚钱，你们偏没这根弦儿。现在好了，二十几名员工每月开支几十万，你们想办法吧。"她取出一本书，扔在郭鑫年面前，"喏，你的偶像，人家可是赚钱的高手，不但公司市值全球第一，每年赢利也是第一。你好好学，别学偏了。"

这是一本《史蒂夫·乔布斯传》[①]，郭鑫年的圣经，他苦笑着："其实，我和卢卡还不一样。"

"有什么不一样？"苏菂问道。

"卢卡掉进技术里，大愚梦想太大，对赚到千万美元没兴趣，他想改变世界。"杨洋阳看透了两人的区别，委婉地说出来，一语中的。郭鑫年的个性就像年轻时候的乔布斯，野心勃勃，叛逆、藐视权威。卢卡更像沃兹尼亚克，专注于技术，醉心于此，十分谦和。

"梦想和野心只有一线之隔，大愚。"苏菂明白了杨洋阳的意思，更加坚定了卖出公司的看法。

"喝了这杯，听我说。"杨洋阳连番不停地举杯，酒精下肚，气氛越来越活跃，说出重话："大愚，你走了狗屎运，拿到苏大哥的天使投资，又融到高摩的A轮，不要得陇望蜀。大家都在这小舢板上，你偏要出海，遇到风浪肯定翻船，咱们都得掉进水里。"

[①] 《史蒂夫·乔布斯传》中文版已于2011年10月由中信出版社出版，以下简称《乔布斯传》。——编者注

"不是还有一周吗?"郭鑫年推开啤酒瓶,满脑子只有这个问题:怎么找到赢利模式?广告?游戏?还是电商?有没有其他出路?杨洋阳说得没错,任何公司都必须赚钱,不赚钱只能卖出公司,让别人利用这几百万魔盒的粉丝赚钱。

"现在要钱有钱,要人有人,缴械投降,我做不出来。"郭鑫年醉醺醺地站起来,被冷风一激,哗啦吐了一地。杨洋阳扶起他,不指望郭鑫年和卢卡能找到解决方案,那时只能靠投票来说话,她的意见已经表达充分,下次投票她将支持卖出。

27

下一场战争

温迪电子邮件中透露出来的信息,表明她隐秘地操作着什么,很可能正在物色魔盒买家,这一切没有逃出那蓝的直觉。有能力收购魔盒的公司,无非奔狼、电猫和企鹅技术三家巨头,她必会多方比较,获取最大利益。那蓝打出几个电话,消息传回来。奔狼主战场是人工智能,对于语音产品犹豫不决。电猫表示出浓厚的兴趣,这家依靠电子商务发展起来的公司,急需大量用户直通电猫进行交易的手机入口。

那蓝抬头看着那幅移动互联网趋势的图片,她已经请人打印挂在办公室里。魔盒和幂聊是入口之战,企鹅技术即将加入,马幻城是即时通信的王者,即便奔狼和电猫都无法与之抗衡。换句话说,魔盒和幂聊终究是为他人作嫁衣,没人敢在这个领域捋虎须。

这是一场必输的滑铁卢。

那蓝仔细看着这幅图片,既然这是一场入口之战,下一个战场在哪里?通信、餐饮、交通、地图、娱乐、教育,还是金融?所有战争一起爆发,还是打完一场再打下一场?

互联网潮水向传统经济包围,真正的主力军是那些创业者。他们冲在第一线,寻找机会,虽然大多数攻击以失败告终,不少创业者战死沙场,永远有一波波的创业者踏着失败向前猛冲。

那蓝忽然意识到了自己的职责:寻找创业者,竭尽所能,给予帮助。她站起来,取下这张挂图,来到彭祖武办公室门外,敲门进入:"彭先生。"

彭祖武摘下眼镜，看着那蓝："怎么样？"

那蓝将这幅图片展现在彭祖武眼前，最底层是通信功能，一旦打开这扇大门，餐饮、交通、地图、娱乐、教育、金融就会成为新的战场。那蓝找到了投资方向："彭先生，移动互联网是前所未有的技术浪潮，将带来空前的机会，我想申请加大投资力度。"

彭祖武站起来，入口之战的硝烟还没有散去，就在未来的战场上布局，会不会太早了？那蓝猜到了他的疑虑，将一份报告送到彭祖武眼前，这是她这段时间约谈的创业团队，都是每个领域的前两名。彭祖武低头看去，吃了一惊，大众点评网、去哪儿、携程、豌豆荚、购物网、喜马拉雅、咕咚、猫眼电影、掌阅、一嗨租车、高德地图、美图秀秀、滴滴打车，甚至连陌陌都在名单之上。

"你估了没有，大约需要多少资金？"彭祖武却不含糊，飞快地向下推进。

"一百亿美元。"那蓝知道这个数字绝对是惊人的。

这么多？彭祖武果然吃惊，按照他的设想，高摩只是试探性开展风投业务。按照那蓝的计划，风投反而变成了主业。他抬起头来，认真说道："太多，先给你五十亿，但我先要向总部汇报。"

那蓝灿然笑起来，她没打算拿到百亿美元，使用了小小的谈判技巧便能得到一半，也算满意。其实五十亿美元并不算多，电猫、奔狼和企鹅技术都是千亿美元的体量，但这笔投资足够她收购创业者，与三大巨头周旋一番。

彭祖武仍然思索着那蓝的提议，明白了她背后的建议："所以，你建议高摩将投资重点从PE（私募股权基金）转向互联网？"

高摩是投行，业务重点是推动极有潜力的企业上市，这其实是投资的晚期，基本不参与最早期的风险投资、A轮、B轮和C轮。如果真拿出五十亿美元投资初创的互联网企业，这就是巨大的转型。

"彭总，传统行业和互联网，应该选择哪个行业投资？"那蓝取出一份文件，这是明年将在美国上市的中国公司的名单：电猫集团很可能成为有史以来规模最大的IPO（首次公开募股）交易；梦创天地，这是一家手机游戏发行公司；迅雷、智联招聘、购物网、聚美优品、途牛网、猎豹移动、新浪微博、新浪乐居、爱康国宾、达内科技。在这十二家即将赴美上市的企业中，互联网公司竟然占据了十席。

彭祖武预见到了这个趋势，互联网公司崛起极快，已经不能用传统的投资思路来指导，所以他让那蓝组建风投团队，专注互联网投资。想到这里，他忽然笑了："既然温迪专注在魔盒，你就好好分析一下互联网公司的投资策略，找出值得投资的创业团队。"

28

另外一个故事

郭鑫年的希望寄托在林佳玲身上，她既是股东也是创业导师。他打电话约了时间，来到她说的地点，鸿鹄设计，一家建筑设计公司。她在这里做什么？前台无人，巨大的办公室空空荡荡，郭鑫年向里面走了几十步。办公室如同被打劫一般，办公桌椅散乱，文件跌落一地，偶尔有员工心事重重地走过。郭鑫年向门外看看，才确定这里还是北京，而不是在被外星人毁掉的劫后地球。

一名戴着胸卡的女孩子拦住郭鑫年，问道："你是郭先生吗？"

"嗯，我是。"郭鑫年打量这个女孩子，短发，目光柔和而又坚定。

"跟我来。"她走向电梯下了一层，左右拐了几次，来到一间大会议室，四周挂满彩图。五六个人西装革履，佩戴胸卡，看着投影机。林佳玲穿着套装，长发盘起，向郭鑫年努嘴，示意他坐下。

四面挂满彩图，第一张图显然是组织架构图，最上方赫然是一个五六十岁的官员，第二层是五个人的头像，向下还有第三层，密密麻麻的文字。后面的彩图分别写着"痛点和影响""价值建议书""竞争矩阵""屏蔽对手""风险和顾虑"，填满五颜六色的文字和彩条。他们好像在做一个极大的项目，这些挂图应该是战略战术。郭鑫年东张西望，视线越过敞开的大门，里面摆着一溜简易床，几人蒙头睡觉。郭鑫年拍拍脑袋，这帮人在干吗？这种情景仿佛是美国大片中，恐怖分子策划袭击之前的场景。

一个三十出头的男人站起来，走到第一幅挂图前："周一就要交标书了，现在还没拿到评分细则，无的放矢，死路一条，思思，有什么办法？"

思思就是接郭鑫年进来的女孩，看似柔弱，却有静谧的气场，如同夜空中的弯月，照亮郭鑫年的眼睛。她走到挂图旁边说道："标书分成商务、技术和服务三类，分别由基建、采购中心和总务三个部门负责，打分规则极为机密，谁也不敢冒险把文件给我们。"

"招投标文件在哪里？"方威眼中闪耀着火花，凝思片刻。

"不能用非法手段，我们不是间谍。"林佳玲猜测出他的意图。

思思缓缓走到挂图旁边向中间一指，她好像有极大的顾虑："方威，我宁可不要这个项目。"

那幅挂图的头像下面写着赵颖的名字，美丽无以复加。郭鑫年慢慢明白，这个叫作赵颖的美女应该是关键，负责保管打分规则的文件，事关成败。连郭鑫年这个情商极低的人也看得出来，思思、赵颖和这个叫方威的小伙子间关系可疑。

方威走到思思面前："爸爸还在病房里，等着我们的消息。"

思思矛盾极了："我不想你见她。"

方威握住她的双手，好像传递能量："如果拿不到评分规则，全部努力都毁于一旦。"

思思目光避开，摇头拒绝提议："她不会把文件给你，这是违法的。"

方威在会议室来回走了几遍，回到思思身边："事到如今，唯有破釜沉舟。我尽快回来。"

别扯了，如果在电影里，男主角一定不会回来，郭鑫年"哼"了一声。好的，思思点头同意，方威看一眼郭鑫年，宣布会议结束，众人离开，把会议室留给林佳玲和目瞪口呆的郭鑫年。他去干吗？从那个挂图美女的身边盗出文件？太夸张了！

林佳玲拖过一把椅子，坐下："苏茚说了，你不同意卖出魔盒？"

"我想再坚持一下。"郭鑫年说完自己的观点，又将每个人的意见叙述一遍，只要她站在自己这边，魔盒就不会被卖掉。林佳玲似乎还在想着刚才的会议，看看手表说："我认为，你很难找到赢利模式。"

林佳玲简练地下了结论，比苏茚和杨洋阳还直接和彻底。是啊，我能找到赢利模式吗？各种尝试失败了，连思路都没有，郭鑫年拿不出对策。林佳玲站起来，指着四周的挂图："那个女孩子名叫思思，与方威深深相爱。她父亲重病缠身，被最亲近的人背叛，亲手创建的公司四分五裂，这个项目是最后一战。如果输了，老人家一辈子的心血就保不住了。方威是我的朋友，我必须帮他。"

这段话是什么意思？顾不上魔盒？林佳玲轻轻问道："记得我们第一次在高摩开会的情景吗？"

那是大半年之前的事情了。郭鑫年回忆着，他大谈手机上的对讲机，林佳玲谈了对互联网的设想，完全驴唇不对马嘴："你说移动互联网代表着未来，空间无限广阔，手机支付、电子钱包、社交网络、家庭娱乐中心，都要通过移动互联网连接在一起。"

"这是一条没人走过的路，谁也不知道方向，没人给你清晰的建议，但总会有人蹚出一条路来。"林佳玲认真地说道，将郭鑫年送到门口，拥抱道别。郭鑫年摸不着头脑，在路边拨通温迪的号码，转述了林佳玲所说。

"大愚，你不是想去冰岛吗？我们卖掉公司，我治好妈妈的病，去那里流浪，只有我们两人，从全新的角度发现这个世界，好不好？"温迪深情地说着，这是心里话，她想弥补与郭鑫年产生的隔阂，毕竟自己的资金全部在魔盒之中。温迪与罗维分开，心里总惦记着他，又渐渐发现郭鑫年的愚笨和专注的可爱之处。她自己都有些搞不明白自己的心意，是被投资绑架了感情，还是感情绑架了投资？

"我想想。"郭鑫年挂了电话，愈加迷茫。

29

科技兴则民族兴

为欢迎领导视察，郭鑫年和杨洋阳重回车库咖啡，他们被当作凯旋的英雄，受到了极大的欢迎，俨然成为创业者的骄傲。郭鑫年却无心应酬，和苏芮跑到会议室中聊天："苏大哥，哪位领导？"

苏芮困惑地摇头："不瞒你说，我也不知道。"

怎么可能？主人连客人是谁都不知道，郭鑫年露出不相信的表情。苏芮没有撒谎，解释说："车库咖啡接待过不少领导，这回架势不一样，安保严密，口风特别紧。"

郭鑫年信了苏芮，在纸上写了一个字，做出手势："估计是这个。"

苏芮取来火机，把这张纸烧掉，郭鑫年"哼哼"笑着，觉得他大惊小怪。苏芮拿出一张时间表："我们有五个项目给他看，第一个是3D打印。你们是第二个，你在展台恭候，以备领导垂询。然后是座谈会，你也参加，别放炮，坚决不能乱说，别惹领导不高兴，要哄着，你乱说话，人家回头把车库咖啡灭了，灭门惨案啊。"苏芮不放心郭鑫年，更不放心卢卡，四周找着。郭鑫年和杨洋阳不知道卢卡去了哪里，很反常。

他们离开会议室，就在门口遇到卢卡。他十分紧张，他身边工程师模样的小伙子很镇静："哦，我是卢卡的朋友，想创业，他约我一起来看看。"

车库咖啡到处都是寻求创业梦想的年轻人，那人又取出名片递过来："我在网通数码频道，负责产品评测，想做一期即时通信产品的评测，把魔盒和幂聊做个深入的测评。"

网通数码频道在业界很有影响，他们还做了一部《数码贱男》的微电影，极其有趣。郭鑫年一直在追。他侧头认出陈小树来，怀疑顿消，兴趣大增，带他向会议室走去："聊聊，你们那节目绝了。"

陈小树哪有心思谈这个，正巧门口涌进一群人，好几个平头穿着黑夹克，从人群中挤出道路。第二波是新闻记者，长枪短炮架好。郭鑫年想起苏荷叮嘱，顾不上聊天，拉着卢卡挤到展台，叮嘱："一会儿领导来了，别乱讲话！"

卢卡依然紧张，问道："架势这么大，哪个领导？"

郭鑫年指指天，做个手势。卢卡呆了半天，脸色雪白，拉着陈小树向外走，对方坚持不动。卢卡急得额头蹦筋，推他出去。郭鑫年在背后喊："卢卡，回来。"

杨洋阳看出卢卡反常，走过来问道："他今天不对劲儿啊，那人是谁？"

郭鑫年掏出陈小树的名片，杨洋阳大吃一惊，趴在郭鑫年耳边："他是菲菲的男朋友。"

糟糕，要出事！他来这里做什么？再一细想，此领导非彼领导，和少爷八竿子也打不着，陈小树来干吗？郭鑫年收好名片，来不及去追，陈小树和卢卡消失在视线之外。忽然，大门推开，领导神采奕奕地出现在车库咖啡，人群涌动，更难寻找卢卡和陈小树。郭鑫年不放心，对杨洋阳说："去找卢卡，让他千万不要乱来。"

大领导亲切地向创业的年轻人摆摆手，在苏荷引导下来到展台，兴致勃勃看了 3D 打印，接着走到郭鑫年身边，微笑着说："你在互联网论坛的发言非常精彩，中国有你这样的创业者，大有希望！"

郭鑫年收敛张狂，点头："谢谢鼓励，一定再接再厉。"

大领导极有兴致，指指展台上的手机："这是你的产品吗？看看。"

郭鑫年双手抓起手机，说道："我在香港开车发短信，发生车祸，产生了一个想法，把对讲机移植到手机上。来到北京创业，有了五百万用户，每天收发数千万条信息。大大，您试试，非常方便。"

"大大"是网络语言，郭鑫年这样称呼大领导，苏菂惊出了一身汗，好在领导不介意，轻轻说一句："王主任，把手机拿来，我们试试。"

主任取出一部手机递给郭鑫年，他极为熟练地安装好之后说："必须有联系人才能使用，加我？"他也不等领导点头，两三下加好自己，用自己的手机说道："大大，您好，我是魔盒的创始人郭鑫年，欢迎您加入！"

大领导举到耳边，笑着点头："很清晰。"

"谢谢鼓励。"郭鑫年牢记苏菂嘱托，说话严谨，不是平常模样，

大领导把手机交还工作人员，问郭鑫年："你们创业有什么困难吗？"

要不是苏菂拦着，郭鑫年早说出电信牌照和网络中断的事情，现在却昂头挺胸说："工商税务和银行在车库咖啡一站到位，非常方便。"

领导听了这话，笑笑走向下一个展台，郭鑫年才松了一口气，远远看见苏菂竖大拇指，知道过了这关。忽然，远处人影一闪，正是陈小树，转眼又消失在人群中。郭鑫年正要追，大领导看完展台，向会议室走去，人群四散，再也难找陈小树。郭鑫年注意到，杨洋阳和卢卡在十几步之外争论着，卢卡一向对杨洋阳唯命是从，怎么敢和她吵架？郭鑫年正要过去，被苏菂拉往会议室，参加座谈。

郭鑫年百般不情愿地来到会议室，被指定在中间偏右的位置，有杨洋阳在，卢卡应该出不了乱子。忽然，人群中有个熟悉的面孔，名牌下写着"政策法规司"，那蓝爸爸？郭鑫年第一次在互联网论坛见到过他，第二次在电信部的听证会上。郭鑫年一向马虎，此时此刻忽然意识到他的重要性。他主管政策法规，正好与互联网对口。他来也合理，那蓝爸爸的目光也向这边看来，笑着点头。魔盒与运营商因为牌照的事争执不下，那蓝爸爸在此时出现，有没有背后的含义？郭鑫年正在琢磨的时候，苏菂开始讲话，简单地介绍了车库咖啡的发展历史。他明智地将时间控制在十分钟左右，迅速打住，结束发言。

大领导兴致很高，即兴说道："大家下午好，科技创新是我国立足全局、面向未来的重大战略，是加快转变经济发展方式，增强经济发展内生动力的根本措施。车库咖啡带了个好头，为创新人才提供了良好的土壤。今天我来调研，请大家畅所欲言，提出建议。"

海淀区领导和工商税务的官员就和群众挤在一起，当着这么大的领导，谁敢乱说？苏菂虽然见多识广，这么大的顶层领导却是头一回见。见无人说话，自己这个主人不能沉

默，开始叙述海淀区、工商、税务各个部门对车库咖啡的大力支持。他说完一段正要歇口气，领导低头看表，陪同他身边的主任立即说道："小苏，别光唱赞歌，你们发展过程中遇到了什么困难？"

大领导不指望苏荫说出真心话，看着郭鑫年说："你在互联网论坛上的讲话很好，很有想法嘛，客套话就不要讲了，说说实际的。"

那蓝爸爸在人群中看着郭鑫年，微微点头，好像鼓励自己发言。郭鑫年心一横，硬着头皮说道："您提到互联网论坛，其实会上有场辩论，互联网是新技术，很多规定不完善，比如，能不能在互联网上运营语音业务，我们和运营商有不同看法。"

大领导认真听着，显示出浓厚的兴趣。郭鑫年鼓足勇气说："我们创业者，希望政策法规鼓励创新，扶持创新，而不是制约创新。"

郭鑫年放了一炮，就事论事，没有伤及无辜。大领导点头："这个建议好。科技兴则民族兴，科技强则国家强。我们要创造大众创业、万众创新的局面，有些人短视和守旧，限制新生事物。我看呢，关键要处理好政府和市场的关系，让市场真正成为配置创新资源的力量，让企业真正成为技术创新的主体，政府不要横加阻拦，也不要到处伸手，不该管的坚决不要管，靠市场嘛！你们说，对不对？"

车库咖啡的创业者们衷心欢迎这个表态，一起鼓掌。郭鑫年疑惑地看着那蓝爸爸，今天这个调研背后肯定有文章。大领导如此发言，对自己十分有利，政府不限制创新，明显就是让电信部对魔盒放行，背后一定有高人的安排。郭鑫年根本想不到，他向那蓝讲了李鸿章修铁路的故事，那蓝又告诉爸爸，巧妙安排大领导到车库咖啡调研，促成此事。

电信牌照本来是头顶的一把利剑，随时都会砍下来。今天大领导有这么一段话，应该高枕无忧了。他正在沉思，忽然看见随行主任在大领导耳边说了几句，起来向外走去。郭鑫年目光随着他移动，缝隙之间，那不是陈小树吗？小模特菲菲车祸身亡的背后是老钱和少爷的家族，郭鑫年倒吸口冷气。陈小树突然来到车库咖啡，不会是要做什么吧？这不是要捅破天的节奏吗？

30

春江水暖

政策法规、竞争、赢利模式，是困扰罗维的三大难题。

滴滴，手机响起。罗维抓起来一看，来自温迪，转发了一份内参的图片。这种红头文件都是机密，温迪竟用手机拍摄出来发给自己。大领导视察车库咖啡的报道，罗维立即品出话里话外的味道，抓起电话向电信部的内线打听消息。果然电信运营牌照的事情被打入冷宫，政策法规障碍凭空消弭，三大难题消除一个。

魔盒上市三个多月，拥有五百万用户，幂聊紧追不舍，自己的产品迟迟不发布，怎么能不心焦？罗维拿起手机来到马幻城办公室，将内参图片展示出来。马幻城看一眼，走向窗口，眺望大鹏湾："政策法规的障碍消除了，你打算怎么办？"

罗维走到他身边，指着海水说道："海水无穷无尽，生生不息，产品线也该如此。我规划了六波攻势：产品上线是第一波，第二波启动语音对讲功能，第三波开通'扫一扫'，针对熟人交友，第四波'晃一晃'，第五波'漂流瓶'主打陌生人交友，第六波就是导入扣扣好友，组合拳一口气打败魔盒和幂聊。"

"魔盒和幂聊不是真正的对手。"马幻城看着海湾，这是入口之战，然后就要与电猫和奔狼正面作战。

"必须在他们出手前，彻底垄断这个市场。"罗维明白，魔盒和幂聊只是小角色，另外两大巨头随时都可能觉醒，那时就变成了血战。

"必须快，快非快，非常快，那两家还没有明白的时候，我们已经赢了。"在马幻城看来，这六波攻势并非革命性的规划，不能承载公司巨大的产品舰队，"六波攻势却远远不够，我们还需蓄势待发，攻势如同潮水，版本迭代，源源不断，生生不息。"

罗维怔住了，他的团队绞尽脑汁规划出了六波攻势，还不够吗？马幻城看着罗维，神色严厉。这六波攻势足以迎战魔盒和幂聊，罗维却没有与奔狼和电猫作战的计划，他是将企鹅技术带入移动互联网的领军人物吗？从PC跳跃到手机平台，是一次充满风险的颠覆，修补原有的旗舰，还是重新打造旗舰？这需要准确的判断和精准的时机，稍有不慎便会落入汪洋大海。或许，只有乔布斯那种伟大的人物才具备洞悉未来趋势的能力，那是一种天赋，与生俱来，就像春江水暖鸭先知，罗维是那只鸭子吗？

"如果不颠覆自己，还不如去养猪。"罗维直言不讳，超越和颠覆具有极大的风险。

即便国家领导人见到马幻城也好言慰藉，赞赏有加。他怒极反笑："好，新产品下周上会。"既然要颠覆，就来吧！

31

互联网地图

作为全球最强大的投资银行，高摩正悄然成为最具影响力的创业投资者。那蓝发现，自二〇〇九年以来，高摩在全球参与了一百三十二笔互联网创业投资，包括优泊、Pinterest、Dropbox，获得了极大收益。以优泊为例，在短短几年时间里，估值从零飙涨到了惊人的五百亿美元。这种火箭式的价值飙升对于高摩这种华尔街巨头，是难以抵挡的。

以往，高摩要等到企业快上市的时候才会投资它们，然而，私募资本充裕，创业者不像过去那么需要发行股票。优泊完成了六十亿美元的股权融资和债务融资，至今没有宣布上市计划。当创业公司以几百亿美元市值IPO的时候，投资的时机已然过去，高摩便错过了爆发式增长的阶段。

其实，像高摩这样一家市值高达九百五十亿美元，总资产达八千六百亿美元的投行来说，涉足风投不仅为了追逐回报，接触最前沿技术比以往任何时候都来得重要。"我们是一家科技公司。"高摩CEO罗伊德·布兰克芬公开说。他甚至专门选择在旧金山召开高摩的年度股东大会，向世人说明自己是硅谷的一分子。"你最好在那里花上很多的时间，我们的确这么做了。"这也是他的表态。高摩的目标不仅是投资科技公司，它还希望向它们学习，效仿它们。"我们在试图颠覆自己。"布兰克芬说。

那蓝研究着内部的电子邮件，这证明了自己的想法，高摩在全球正在向创业者转身。那蓝打开分析师提供的清单，他们列出了在中国领先的互联网企业，在各自的领域突破着传统领域、餐饮、交通、金融服务、地图服务。那么多的创业者正在拼搏：有些已实现突破取得成功，比如大众点评网、高德地图、58同城；有些正在奋进，豌豆荚、凌步打车、喜马拉雅，美图秀秀。那蓝欣喜地发现，很多创始人都是从互联网三大巨头跳出来，开始了创业的历程，他们才是生生不息的力量。

那蓝起身，面对那张互联网包围传统行业的地图，认真地将每个领域的前三名填入图中，并且写下每家公司的估值。她心中忽然充满力量，在冲击传统行业的浪潮中，三大巨头只是迟迟到来的巨舰，冲在一线的是那些势单力孤的创业者。他们不眠不休，屡遭挫折，却仍然如同波浪一样前进，无可阻挡。

那蓝站在一个关键的位置，用高摩的投资帮助这些顽强的创业者，在他们弹尽粮绝的时刻，在他们丧失希望的时刻，在鲜血和泪水掉落的地方，给予他们支持，帮助他们站起来，再次向传统行业发动无休无止的攻击。

她看准方向，得到彭祖武的认可，开始密集地与创业者联络，看看他们有什么困难，又有什么可以帮助的地方。她要像林佳玲那样，成为很棒的创业导师，不仅给予金钱，还有鼓励和经验。投资魔盒让那蓝进入移动互联网充满速度和激情的精彩世界。当她退出魔盒项目小组的时候，又踏出一步，从魔盒走向更广阔的天地。高摩是华尔街巨头，曾经帮助大量的企业在美国上市，具有巨大的优势，当那蓝头顶光环与这些创业者接触的时候，得到了热烈的欢迎。

购物网、豌豆荚、聚美优品、大众点评网、凌步打车……

第四章

灵魂伴侣

32

叛逆和颠覆

　　罗维的处境愈加困难，新产品不能上线，研发小组陷入停顿，身边气氛压抑。工程师们无所事事地走来走去，目光中都是困惑，罗维无法解释。他迟迟等不到马幻城的上线许可，却得到通知，参加产品战略会议，他立即意识到，这将是被围攻的会议。他在广研所的秘密研发，瞒得住外人，却不可能瞒住企鹅技术内部。他进入总部大楼，敌意从四面八方笼罩过来。果然，罗维刚刚上会，介绍完产品，就成为攻击的焦点。

　　"你的产品和扣扣是什么关系？"张至冬极为偏执，激动得脸红脖子粗。

　　"瓜哥，我们想做减法。"罗维解释着。

　　"竞争对手千方百计想打掉扣扣都做不到，要我们自己动手吗？"曾梨青负责市场营销，所有的产品线都基于扣扣，这等同于废掉这些现金牛，他挖苦中带着严厉的指责。

　　"扣扣基于PC，新产品基于手机，生态环境完全不同，手机屏幕就巴掌这么大，不可能增加那么多功能。我的设想是，新产品永远基于手机，不会进入桌面PC端，当然不会废掉扣扣。"罗维反复解释，口干舌燥。这几位创始人共同创造了扣扣，充满感情。

　　"扣扣完全可以集成对讲机功能，我想不明白，你到底要干什么？"陈丹拥有律师执照，虽然变成不折不扣的互联网人士，却一直保留着严谨的习惯。

"体验不一样，新产品把对讲机当作核心功能，抓起来就能用。"罗维再次叙述研发理念，用户体验并非线条、美工、色彩和界面，这都是锦上添花。体验的核心是易用性，易用性又来自极简，极简又必须学会做减法，满足核心需求，而不提供完整的解决方案，这就是新产品的定位。

"总之，不能导入扣扣联系人。"许晨叶懒得辩论，直接说出结论。

四位创始人都说话了，唯独马幻城一语不发，他观察着形势。扣扣是他们的孩子，也是他们一辈子的骄傲，扣扣也是企鹅的成功基石。然而，时代在改变，互联网正在移动化，他们躲在总部大厦之中，高高在上不接地气。功成名就，百亿身家、宝马、别墅、游艇、美女环绕，还能理解普通用户的心理吗？罗维做出了一款不错的产品，却找不到商业模式，无法承载企鹅技术的产品舰队，更不能带领这支舰队出海征战。他能够成为企鹅技术未来的领军人物吗？重担能够交给他吗？他只是一个年轻人，分量远比不过创业元老。

"另起炉灶多此一举。我建议，这个产品团队并入总部产品基地。"张至冬恼怒之下，提出最终的解决方案。罗维在广州偷偷研发，早已激起很多人不满，将广州那些人收编起来，才能一劳永逸。

"我同意。"曾梨青举手支持。

"早该这样。"陈丹说道。

"同意瓜哥。"许晨叶看看马幻城，并购罗维的团队，放在广州秘密研发，是他的主意。

马幻城充满担心，他心里只有模糊的方向，没有把握，能够看出未来趋势的人，才能成为未来的领军人物。可是四位创始人死守PC思维，罗维似乎也没有完全吃透。可是时间不等人，难道要我亲自上阵？

创业团队危在旦夕，一旦被并入总部，产品还怎么研发？罗维俯身取出电脑，连接投影机说道："我想请大家看段视频。"

张至冬看了开头，认出何小芒，怒气冲冲："这视频和产品会议有什么关系？"

笑声却打断了他的怒斥，他坐下去，也忍不住笑出声来："这个何小芒，有种！"

在视频中，何小芒向客户说了一大段话，毅然脱掉西服和衬衣，直到被保安裹进床单。画面一闪，视频进入何小芒在餐厅向小如表白的情景，直到屏幕一黑，视频结束。几位创始人沉浸其中，深受感染，品味着视频的含义。罗维关掉电脑，缓缓说道："这女孩名叫小如，美丽聪明又可爱，不用我说，你们都看见了，小如不喜欢异地恋，不让何小芒来广州。我做了她的工作，她同意给何小芒一年时间创业，然后就必须回到她身边。她在何小芒来北京的前夜，把第一次献给了他。这就是我的创业团队，我们抛弃一切，来到广州，因为我们不服输，不放弃，排除万难也要把产品做出来！

"我们就像十几年前的你们，我们害怕、彷徨，可能犯错和失败。我们永远不退却，我们就像何小芒一样，砸掉了曾经最珍贵的宝贝，我们一往无前！"罗维一向温文尔雅，在这个关头终于爆发。

"移动互联网大潮即将袭来，没人能够看得清清楚楚，谁都可能看错，但是我们必须勇敢向前。我们可能跌落海中，呛口水，甚至还要牺牲几个兄弟，可是我们永远不会后退！"罗维被逼到绝境爆发，气势已经压过了几位创始人。

"你们可以将我们并入总部。"罗维慢慢坐下，双手放在桌上，让步之快不可思议，"我们这些人是没有家的，有了想法，即便凌晨三点，也跑到电脑旁边工作。我们没空剪发，懒得洗头，睡在办公室的行军床。我们没有豪华汽车，只有自行车。我们沉浸在互联网世界，乐在其中。你们肯定理解，因为你们创业的时候也是这样。如果要把我们并入总部，请和我们一样。"这是罗维脱胎换骨的一天，积蓄许久的痛苦和悲伤化为勇气，一吐为快。在这之前，他常想回到 IBM 打工。从这天起，他断去了这种想法，义无反顾地踏上创业之路。

张至冬愣住了，他十几年前也做过同样的事情，这才是原汁原味的创业精神。他有老婆孩子，身体又不好，像十几年前一样吃住在办公室，我可以做到吗？其他几位创始人事业有成，再也不像过去那样艰苦奋斗，面面相觑，谁也不敢答应罗维。

马幻城心中为罗维喝彩，这正是他要千方百计找回来的创业精神。产品是人做出来的，只有创业者才能做出颠覆性的伟大产品，看不清未来又算什么，只要我们努力探索！

正在主管们不知所措的时候，手机滴滴响起，来自温迪的短信。罗维看完说道："Pony，魔盒股东正在开会，打算卖出。"

"魔盒卖出？"马幻城正在从 PC 战船跳到新战舰上，罗维的新产品是一艘，魔盒是另外一艘，时机稍纵即逝，不能耽误。会议陷入僵局，暂时不可能达成一致。马幻城当机立断："你去北京，和他们谈。"

"好的，我去机场。"罗维毫不拖泥带水，机票也不订，说走就走。几个创始人目瞪口呆，他们出差总要和老婆孩子打个招呼，的确做不到罗维这样毫无牵挂。

罗维离开会议室，在出租车上缓缓情绪，拨通温迪电话："快到机场了，北京天气怎么样？"

室外乌云滚滚，此时正值北京雷雨季节，温迪极为忧虑："可能要有雷雨。"

33

上天会给你一扇窗

那蓝走在微雨的创业街边，这是一条极短又不起眼的小路。自从车库咖啡火爆，创业者聚集而来，十几家创投机构纷纷效仿，更多更先进的创业孵化基地在这里落户，天使汇、3W咖啡、黑马会。街中间还有一家采用互联网思维的西少爷肉夹馍，街道顶头是即将开业的纪念霸道总裁爱情的奶茶店。那蓝偷笑，现在肉夹馍和爱情都有了互联网模式。她不顾形象，举着一个肉夹馍和一瓶冰峰汽水，味道对了。啊，时间到了！那蓝逛得忘记了时间，才想起今天的创业论坛，急匆匆向3W咖啡走去。二楼的交流大厅中挤满听众，见到那蓝便知非凡，齐刷刷让出一条通道，直通第一排的投资人座位。

"创业的时候，我告诉自己专心做公司，不出来分享所谓的经验，还在创业就出来讲，都是吹牛。这次出来，是因为我处境艰难，需要你们的帮助。"凌步创始人程啸虎站在讲台上，看着第一排的投资人。他毕业于北京化工大学，二〇〇五年进入电猫集团，很快晋升为交易宝事业部副总经理。他前段时间离职创业，做出一款打车软件，名叫凌步，正在寻求资金："我们生活在伟大的创业时代，也活在三大巨头的阴影里，杭州的猫、北京的狼和深圳的那只企鹅。我就奇怪了，企鹅应该待在南极，跑到深圳那么热的地方，还活得挺好，不能不让人佩服。我不怕，因为是狂啸的老虎！有人说，如果三大巨头盯上你，找你谈，这是好事，说明你引起了他们的重视，你就二话不说赶紧卖给他们。如果他们没来找你，说明你做得还不够大，没引起他们重视，这是巨头的时代。"

台下一片哄笑。旁听讲座的还有全国各地的创业者，他们或许有一个小小的想法，即将开始创业的历程。那蓝作为投资人坐在第一排，这是不错的经验和财富，如果早些听到，魔盒也不至于被企鹅技术打得满地找牙。她举起手，会场鸦雀无声，其他投资人心甘情愿收回举起的手，谁不愿意听这个优雅无比的投资人说句话？哪怕听听声音都是好的。"在细分领域，三大巨头并没有太大优势，比如游戏、购物、交通、餐饮服务。"

"说得对，在细分领域做到最好，就能够打败巨头！"程啸虎握紧拳头，赞同那蓝的说法，"比如我自己，我在电猫做交易宝的时候，有了做打车软件的想法。这不是我的工作范围，老板当然不让我做！我只好自己创业，就这么简单。巨头们有严密的组织结构和分工，你不能按照自己的想法做事，必须听从老板的，听命于 KPI（关键绩效指标）。你连想法都不能坚持，怎么做出新的业务？"

"你的最大困难是什么？"另外一名投资人问道，他们正在筛选创业项目，需要了解资金用途。

"创业是一个过程，我不知道哪个最大，只是不停地补齐短板。"程啸虎急需资金支持，开发产品并组建线下队伍，发展司机和乘客，"我在电猫集团做地推（地面推广）出身，缺乏技术合伙人做产品，现在的产品是外包方式。坦率来讲，我完全不懂技术分 iOS（苹果公司开发的移动操作系统）端、安卓端、前端、后端，外包团队做了两个月，交付的产品完全不能用。"程啸虎创业的每一步都异常艰难。"我需要资金，组建技术团队。人总要为不了解的领域付出代价，创业没有侥幸，我正在补短板。但我相信，看准方向，努力到无路可走，上天也会给我打开一扇窗！"

程啸虎的时间用尽，轮到投资人提问。主持人不问程啸虎，反问那蓝："作为高摩的投资人，你会投资给他吗？"这个问题毫不含蓄，其实是问凌步打车的商业模式，既考验程啸虎又掂量那蓝。

"我们在美国投资了优泊。"那蓝简单回答，给出了肯定的答案，在手里的约谈表格上画了一个对勾，起来交给程啸虎。这是路演中好玩的安排，创业者介绍完毕之后，有兴趣的投资人可以发出邀约，继续洽谈。

这意味着路演的成功，照例爆发出掌声。那蓝默默收好记事本，走出 3W 咖啡。向北五十米就是车库咖啡，魔盒的创业团队搬到了逼格更高的 CBD。她被温迪取代，便安心按图索骥，寻找新的投资对象。还能找到像魔盒那么耀眼的明星吗？她走进车库咖啡，买了一杯饮料，坐在靠窗的位置，静而寡欢。我的情感中竟与这里血脉相连。坐了许久，她又想起今天遇到的程啸虎，与郭鑫年有相似的地方，又有很大的不同，就像他的名字，他是一只狂啸的老虎。他真的能够打败北京、深圳和杭州的那三只动物吗？

34

利益和分歧

夜晚寒冷，一场北风将树叶扫落地面，如同厚厚的地毯。气温剧降，北京寒冷的初春。下午一点，郭鑫年从温暖的被窝里爬出来，揉揉被酒精刺激疼痛的太阳穴，打开魔盒，看见一条来自杨洋阳的信息：下午两点在高摩召开临时股东会议，准时参加。郭鑫年伸个懒腰起床打开窗帘，买了说不清楚是早餐还是午餐的食物，拎着上了出租车。

郭鑫年来到高摩，推开会议室，大家西装革履，他却穿着运动裤和套头衫，尴尬笑笑：不好意思，迟到了。卢卡照例没有参加会议，杨洋阳全权代表。她做了对郭鑫年不利的决定，心里不好受，板着脸说："谢谢你的迟到。"

郭鑫年大刺刺坐在中间，摆出创始人的架势："奇怪了，迟到也要谢。"

"在你迟到的时间里，我们做了决定。"温迪不想拖延，幂聊高歌猛进，魔盒进入了痛苦的衰落期，这次会议将是一次对峙和表决。"用户增长势头停滞，从财务报表上，我们还是一家纯粹烧钱的公司。此时此刻，我们需要一个正确的方向。"温迪不看郭鑫年，拿出十足的商业派头，必须决断。

"我们有广告客户，看。"郭鑫年把一份销售报表推到温迪面前。

"这是多少？我没看错的话，零！"温迪直接找到报表最后一栏的结果。

"春天播种，夏天锄草，秋天收获，我们广告业务的销售周期至少三个月，我们已经有了十几条销售线索，签下来就可以持平。我们人不多，每月几十万就能养活。"郭鑫年讨好地解释，为了不被卖掉。

高摩根本不在乎每月几十万的收入，何况这是画饼充饥。温迪打断郭鑫年："我提议组织结构调整。"

"愿闻其详。"郭鑫年一时怔住，如堕雾中。

"卢卡担任副总经理兼研发总监，负责产品研发，我负责市场和运营。"杨洋阳简简单单回答。

这等于将郭鑫年这个总经理架空，他疾声问道："为什么？这是宫廷政变。"

"你可以保留意见。"温迪表明态度，和杨洋阳保持了一致。

"洋阳，我们是好兄弟，怎么能这样！"郭鑫年难以置信，他势单力孤，只好恳求，"别赶我走，我端茶倒水。"

温迪看一眼其他股东，发出第二个提议："公司不能赢利，我建议引入战略投资人。"

战略投资人？在郭鑫年的印象中，或者被收购或者自己发展，没有中间的概念。"把客户拿出来，让有赢利能力的公司来拓展，这就是战略投资人的价值。"温迪含糊不清地解释，又取出来一份资料，"这是战略投资人的简介和条件。我建议休息一个小时，大家有时间消化。"

郭鑫年没搞明白战略投资人的含义，十几页的文件就呈现在眼前。他渐渐看出最关键的两点，战略投资人取得控股权之后，有权使用魔盒的用户数据经营语音业务、广告、游戏和电子商务活动。他拿着文件站起来，说道："等等，我需要消化一下。"

郭鑫年向杨洋阳打个手势，一起来到隔壁的小会议室："对于高摩，当然是不错的交易。"高摩卖出一些保留些股份，获得几千万现金，进可攻，退可守。杨洋阳头脑清醒，点着郭鑫年说："你也不错，按照这份投资协议，魔盒估值一亿美元。你稀释之后的股份是百分之十七点五，身家是一千七百五十万美元，过亿人民币。"

"洋阳，不能卖。"郭鑫年不关心这些数字，他有几万元的薪水，足够生活。

"大愚，推销广告是你的创业梦想吗？不如卖掉公司，你喜欢创业，我们就重新开始。"杨洋阳看透本质，一针见血说出来，"而且，我们只能被世界改变，谁能改变世界？再坚持就是自私自利！"杨洋阳忍让许久，语气一步步加重。

我是为了改变世界，还是为了名利？郭鑫年想不通。

"活下去才能做梦，请原谅我现实，我想卖出股份买套房子。"杨洋阳在北京还没有房子，郭鑫年曾经有，现在也没了。五环内的房价涨到了每平方米四五万，靠工资不吃不喝也要四五十年才凑出首付房款，何况还要刨除不断上涨的各种费用。"但是，你如果能够找到赢利模式，我就同意不卖出。"杨洋阳看着郭鑫年，等待答复。

很多创业者不是被对手击败，而是败在不断暴涨的房价和税收上。郭鑫年低头，他不能给出保证。创业本身就是冒险，魔盒用户开始流失，这种势头不停止，公司股份就会一文不值。他即使失去百分之七的股份支持，也不想失去杨洋阳的友情。他拉开门，让杨洋阳先出去，喝光咖啡，才回到会议室。

温迪继续主导会议，提醒道："时间不等人，如果不尽早出手，别说回报，投资也不一定能够收回来。郭鑫年，你考虑得怎么样？广告业务真能起死回生吗？"

郭鑫年拿不出什么好办法，坦率承认："语音广告业务不行。"

温迪点头："期限已到，我提议表决。"

"我需要更长时间。"郭鑫年这样说的时候，底气不足。

"你可以不参与，理解为弃权。"温迪紧紧看着郭鑫年，他在无理取闹。

"我反对卖出公司。"郭鑫年大声抗议。

"高摩建议寻找合适的投资对象，卖出。"温迪举手，然后问杨洋阳，"你的意见？"

杨洋阳看一眼郭鑫年，声音低下来，举手说："同意卖出。"停了一会儿又说："我还代表卢卡，他委托我表态。"

郭鑫年不放弃任何机会，坚决反对："这么重要的表决，我反对委托，我和卢卡再谈谈。"

"鑫年，我们先谈。"温迪终于忍不住火气，她保持了足够的耐心，这已经足够了。说完她冲出大会议室，进入隔壁的小会议室，抱着胳膊等待。

郭鑫年慢吞吞进来，坐下抬头看着温迪："一定要卖出吗？"

温迪走到他身边坐下："大愚，知道为什么？"

"卖出公司，过上喜欢的生活。"郭鑫年答道，她说过很多次，卖出公司治好妈妈的病然后去旅游。

"我讲个真实的故事给你听。"温迪从来没有向别人说过自己的身世，罗维也只是大概知道一点点。

"都什么时候了，你还要讲故事？"郭鑫年火急火燎，情绪已乱。

温迪打开平板电脑，搜出一张图片放在郭鑫年面前，见不到边的河流吞噬了桥梁，桥头还有一辆小小的自行车。手指滑动，更多触目惊心的图片出现，她的述说让人难以呼吸："一九八三年，汉江暴涨，堤坝多处决口，安康顿成泽国。汉江年年涨，没人怕水。水来了打开窗户，敞开木板门，把被褥架到房顶，用长绳把桌椅板凳系在一起，将涌进街道的水淘出去，背起小包袱卷儿，啪嗒啪嗒踩着水，到高处避上一阵子。我从小就会唱：洪水来了不用愁，老小先走青年留，东西捆好搬上楼，坐在房顶看水流，一包旱烟一瓶酒，等到水退再下楼。"

温迪轻轻唱着这首歌，泪水缓缓流下，郭鑫年脑子一闪："那时候，还没有你。"

已经有了，温迪泪滴坠落，悲伤逆流成河。"那年七月三十一日是星期天，暴雨弥天。我爸妈很恩爱，在电影院里看《大闹天宫》。"

温迪是一九八四年初的摩羯座，郭鑫年猛然惊觉，七月三十一日的确有了她，只是还在妈妈的肚子里。她流着泪说："汉江翻滚，十几米高的恶浪涌进来，汉江就像站起来的巨人。爸爸觉得不对，从电影院出来到西门去看看，暗叫不好，先把妈妈送到新城的爷爷奶奶家里，又想起家里的被褥衣物和一筐鸡蛋，回家收拾。那天下午六点，洪水从西、北、东三面灌入老城。安康就像一艘船，翻在汉江中，爸爸再也没有回来。"

郭鑫年忘记了眼前的一切，沉浸在一幅幅图片中。温迪擦干泪水："半年后，我出生了。爸爸是家里的顶梁柱，没有爸爸，妈妈的日子实在过不下去。妈妈带我改嫁，只有一个条件，必须供我读书。可是，她改嫁之后生了弟弟，重病瘫痪在床上。那男人脾气不好，不想养这个外来的女儿，妈妈以泪洗面之余，千方百计保护我，从来不敢大声出气。"

郭鑫年看着温迪眼中的泪珠闪动，升起同情。温迪抹去泪水，挺直腰梁，舒缓口气："那个小女孩很争气，考进很好的大学，有了很棒的工作。她希望治好妈妈的病，让她能走出那个穷乡僻壤，来北京和她一起生活。可是即便她在高摩，有极高的薪水，却治不好妈妈的病，也买不起北京的房子。大愚，你的梦想是改变世界，可是我的梦想不一样，只想能够和爱的人在一起，求你，别让我的梦想落空。"

"我想想。"郭鑫年为她拭去泪水，她的请求合情合理。我这么坚持，是太自私了吗？可是，温迪曾经说过一次假话，未必不会有第二次。

会议一波三折，温迪给郭鑫年足够的时间，让他尽情与每个人沟通。杨洋阳又回到郭鑫年身边，拨通卢卡的电话，打开免提，话机推到郭鑫年面前："大愚想和你聊聊，我们一起打拼，没有什么不能商量。"

郭鑫年开门见山说道："我们正在开会，想听你意见。"

话音未落，卢卡抢先说："人家都说，好兄弟不能一起创业，这句话对吗？"

不妙的感觉立即升起，郭鑫年反问："刘关张桃园结义，一起打天下。我们为什么不可以？"

"好兄弟的思路可能不一样，你要向东，我偏觉得应该向西，好兄弟也会分手。"卢卡从来都直接说结果，很少这么绕弯。郭鑫年明白了他的答案。"你要向东，我们陪你走一程，希望你发现这条路是错的。什么迷惑了你的眼睛？看不到这是一条绝路吗？该回头了。"卢卡今天的说话风格完全不同，充满诗意。

"创业这么久，我累了，不想天天泡在办公室，想去旅游，坐在巴黎的咖啡馆里吹吹风，和闺密们逛街。我今年二十九岁，不该泡在办公室里加班，大愚，卖出吧。"杨洋阳请求，她不想决裂。

"卢卡，你的意见？"郭鑫年说不过杨洋阳，烦躁地摊牌。

"洋阳全权代表我。"卢卡脱口而出，毫无挽回余地。

郭鑫年一语不发地离开会议室。他无法说服任何人，他们没有错，错的是自己，我在追逐不该有的梦想。他离开茶水间，在格子间看见熟悉的背影，那蓝！她也抬头，留下如画的笑容："来，喝一杯。"

那蓝打开咖啡机，咖啡豆渐渐变成粉末："我喜欢磨豆，而不是速溶一杯。过程才是奖励，这是乔布斯的话。可我们大多时候都去买杯咖啡，不自己磨，知道为什么吗？"那蓝借用磨咖啡的故事来暗喻。

"我们没有时间磨每一杯咖啡。"这是郭鑫年第一次一对一与那蓝聊天，浮躁和烦恼都被轻轻的声音压下来，他找到了过去的美妙的感觉。一年多前，他深夜加班时，在网上与那蓝聊天，心情单纯而又快乐。

"创业也这样，我们不能亲自磨每一杯，咖啡往往是别人磨的。"那蓝的思路跳跃极快，看着郭鑫年的眼睛问道，"野心为自己，梦想却为了他人。回想一下，你研发魔盒的动机是什么？"

郭鑫年摇头表示不懂。"如果只为自己，买个对讲机就行了，为什么要千辛万苦开发魔盒？因为你心里装着所有的司机和骑行者。"那蓝热烈地看着，期待他能够明白："坚持梦想，却不要掉进野心的桎梏！"

郭鑫年闭上眼睛回忆，笑着说："这个问题应该问你。"

"哦，为什么？"那蓝睁大眼睛，眼神像彩虹一般美丽。

"魔盒其实是我们一起想出的主意。"郭鑫年来到她身边，从她的目光中得到全身心的宁静。啊！她现实中真人带来的静谧而快乐的气场远超过网上。

那蓝轻轻抿着咖啡说："我刹那间产生一个想法，为那个想法兴奋，没有想到赚钱和名利。"

"赚钱为了能够开发更好的产品，我不是金钱的奴隶。"郭鑫年看着那蓝，也不知道谁说服了谁。

那蓝也不明白答案："卖出公司，寻找新的想法。"郭鑫年反对："我们有足够的现金，为什么要卖出？"

那蓝没法说服郭鑫年，却意识到两人找到共同点。他们都不做钱的奴隶，那蓝却很遗憾："高摩却为金钱而生，投资是高摩的，我只能投票支持卖出。"

"我骑行唐古拉山口的时候，我们一起想出魔盒的，对吧？"郭鑫年一直困惑，温迪和那蓝中肯定有一个人说了谎话。

"当然。"那蓝也想把事情搞清楚，他为什么和温迪走得这么近，突飞猛进？

"温迪怎么知道？"郭鑫年可以确定，和自己心灵相通的是眼前的那蓝，温迪说了谎话。

"她可能看了我们在微博上的对话。"那蓝猜测着，这是唯一的可能。

"她为什么这样？"

"或许，因为她喜欢你。"

"或许，还有其他的原因。"

"什么？"

"投资。"

什么？那蓝知道温迪和罗维之间的交易，却不知道和郭鑫年之间也有，她不该这么不择手段。郭鑫年向温迪让出百分之十的股份，如今看来，她并非正大光明。如果说出这件事，温迪犯了高摩的天条，便会害死她。郭鑫年不愿意伤害，踌躇不语。那蓝看他神色有异，温迪与罗维合谋，又投入郭鑫年怀抱，怎么可能没有金钱的原因？那蓝猜出了大概："温迪拿走你多少股份？"

郭鑫年惊慌失措，她如此神奇，什么都能猜到。那蓝从他神态中看出答案："既然答应人家，你只能兑现。"那蓝又气又恨，对郭鑫年极度失望，反而笑笑，准备离开。

"等等，你为什么突然退出投资小组？"郭鑫年有太多的问题，如果她是那蓝。

"去问你的温迪。"那蓝不想解释，继续向外走。

"讲清楚。"郭鑫年拦住那蓝。

"现在不是时候。"那蓝躲开这个问题，她和郭鑫年一样，都想为她保留一些隐私。

那蓝在门口停住脚步，回头看着郭鑫年："你和温迪是什么关系？"

郭鑫年愣住了，该怎么回答？那蓝才是与自己心灵相通的人，声音、眼神和说话方式都对。那蓝眼睛里不揉沙子，追问："你们上床了，是吗？"

郭鑫年心里一百个不愿意承认，却不愿意撒谎，只好闭嘴。那蓝一眼看透，伤心欲绝，说声"好运"，匆匆转身离开茶水间，低头拭去眼角的泪水。

郭鑫年还没缓过来，苏芮就像约好一样，与那蓝擦肩进入茶水间，惊讶地问："她怎么了？"

"怎么了？"郭鑫年还在震惊中，原样复述这个问题。我爱的是那蓝，为什么和温迪搞在了一起？

"她哭了。"苏芮不明白，郭鑫年和温迪如胶似漆，怎么又和那蓝纠结不清？"她哭了？"郭鑫年机械地重复，百感交集。他刚被温迪的身世感动，又发现爱的是另外一个人。

苏芮无心纠结情感，车库咖啡作为天使投资，卖出股份是唯一选择，否则资金不能周转，就变成长期持有了。他坐下说："坦率来讲，我不看好语音广告业务，在商言商，应该卖掉。"郭鑫年"哼"了一声：他一向只想搞好车库咖啡。企业发展壮大需要天时地利，并非仅仅努力就可以成功。苏芮再劝最后一次："现实一些，你必须为团队的生计考虑，如果公司垮了，他们怎么办？"

那蓝离开茶水间，来到洗手间，泪水不住坠落，对着镜子整理容颜，心情刚好些，温迪走到那蓝旁边洗净双手："今天的会议不顺利。"

那蓝心中五味杂陈，温迪本是她最好的朋友，现在却变了味道："嗯，也是常有的事情。"

"在这个关键时刻，我们应该站在公司立场，不要把个人情感带入工作之中。"温迪不想再拖下去，力图影响那蓝。

那蓝心脏一突，温迪三番五次劝说自己不要感情用事，恰恰是她为了私利，将感情和投资搅在一起。那蓝侧身面对温迪："我一直分得清楚感情和投资，从没有逾越。可是你先与罗维合谋，又借着与郭鑫年恋爱入股魔盒，谁把感情带入工作？又是谁为了利益利用感情？"

　　那蓝一向温文尔雅，这种直接的质问，温迪还没有遇到，顿时乱了阵脚。她不能否认和罗维的合谋，又不敢触及私下向郭鑫年投资的事情，挑选着话题："我和郭鑫年恋爱，听谁说的？"

　　那蓝极为聪慧，只是被友情蒙住眼睛，现在看清温迪的所作所为，跳出圈套，迅速反击出去："你对其他两件默认了？"

　　与罗维合谋，入股魔盒，与郭鑫年恋爱，是刚才那蓝所说的三件事。温迪否认与郭鑫年恋爱，的确没有应对其他两件。温迪顿时惊慌，在公司入股之前抢先投资，犯了极大的忌讳，一旦传扬出去，自己不但必须离开高摩，甚至在投资圈都无法立足："那蓝，没有。"

　　"是吗？你们上床了吗？"真相大白，那蓝毫不客气地看着温迪追问。

　　"当然没有！有什么证据？"温迪慌张地否认。

　　郭鑫年承认，温迪否认，印证了她的谎言。那蓝看透了温迪："你曾经说过，罗维就像一个孩子，要抓住眼前所有的玩具，可是，他至少不说谎。"

　　温迪彻底被揭穿，气冲冲地冲出洗手间，镇定，镇定，必须等到罗维。还好，她已经掌握了会议的节奏，可以随时中断，等待罗维的到来。

35

意外选择

　　第二天，凌步的创始人程啸虎按邀约函打电话给那蓝，相约见面。

　　上地位于海淀区，南临圆明园遗址不远。地势微有岗丘，比周边略高，故称上地。相传是清末慈禧太后身边一位姓苏的太监在这里置有农田百顷，取"永远风调雨顺"之意，村子被称为永顺庄。百年时光弹指飞逝，这里已经成为互联网时代的科技重镇。由于上地距离中关村极近，当年的高科技企业发展壮大，向南是三环，东西两个方向是清华、北大这些大学，唯有向北发展，自然而然地选择上地作为总部基地。先有联想，后有奔狼，纷纷入驻，这里成为创业者的热土。

　　初夏的傍晚，在上地的一家小餐馆，程啸虎约了那蓝共进晚餐。由于高摩总部投资了优泊，彭祖武特别看好商业模式类似的凌步，这也是那蓝出国游学前的一件大事。凌步聚集了电猫的人、奔狼的技术，虽然遇到很多困难，在那蓝眼中却是移动互联网浪潮中的明星公司。

那蓝将翠绿的 Lamy（凌美）笔和记事本放在榻榻米上，从最老套的聊起："说说你的创业历程吧。"

程啸虎在论坛上讲过一些，他有事要与那蓝商量，又不敢唐突说出来，灵光一现："别人都说我很成功，其实都是侥幸。"

"所以？"那蓝不明白他要说什么。

"我的意思是，有些事情，我们常常不能理解。"程啸虎说得委婉，又把话题扯开，"您是投资人有兴趣和我谈，可是我们要钱做什么？不是为了找人吗？找人做出好产品，扩大地推队伍，发展司机和乘客。但是我相信，有些人真的跟你有缘。"

他为什么谈起找人？那蓝突然明白了，问道："你的意思是，我帮你找人？"

罗啸虎眼芒一闪，不再笑嘻嘻，正色说道："我知道我的要求很过分，但我们的确有短板。我需要找到技术合伙人，帮我们解决产品的问题，这是融资的目的之一。"

"我明白了。"那蓝终于找到了他的动机，他不仅要钱还要人。

"帮我找到技术合伙人，未来我们还需要CEO。"程啸虎真的很贪心，他不仅缺钱还缺人。

36

乔布斯的颠覆

罗维前往北京，企鹅技术的会议室中气氛反而轻松起来。

"Pony，罗维的团队理应纳入公司研发体系，为什么要让他们独立在外？"张至冬早就耿耿于怀，这次一起问出来。

"对呀，他们在广研所下班就在一起，水泼不进，完全是一个自由王国。"曾梨青也说。

四个合伙人要彻底摧毁罗维的团队，其实还是为了保护扣扣。马幻城苦口婆心说了这么多遍，会议开了这么久，他们还是不懂。他叹气一声，换了方式说道："大家肯定知道沃兹尼亚克吧？"此人是苹果公司的另一位创始人，父亲是一名工程师，从小就对电子学有浓厚的兴趣。他从加州大学伯克利分校毕业后进入惠普，偶然见到一个粗糙的线路板，激发出研发电脑的想法，将芯片、屏幕和键盘集成起来，做出一台电脑。乔布斯见到之后怦然心动，提议开公司销售电脑，用一句话打动了沃兹尼亚克：就算赔钱，至少我们这辈子拥有过一家公司。沃兹尼亚克被说服了。

每个人都对这段往事耳熟能详，虽然企鹅技术的创业道路与苹果不同，拥有公司的兴奋感却是一样。马幻城借用苹果公司的发展历程述说自己的思路："第一代产品成功之后，沃兹开始设计新产品，这就是赫赫有名的 Apple Ⅱ（第二代苹果电脑），产品上市后销量大幅度增长，每月都可以卖出一万台。苹果公司凭借这款产品在纳斯达克上市，跻身《财富》五百强企业排行榜。当乔布斯在施乐公司的研究室见到图形界面和鼠标的时候，他意识到，新的技术即将到来，他面临选择。"

Apple Ⅱ 是乔布斯和沃兹尼亚克的心血结晶，就像扣扣对于企鹅技术的创始人一样。"继续推出字符界面的 Apple Ⅱ？还是采用全新图形界面的 Mac（麦金托什电脑）？两人产生了巨大的分歧，董事会不想冒险，不想颠覆已有的产品，最终导致乔布斯被驱逐，苹果失去了整整十年，直到他的重归。"马幻城态度渐渐明晰，他坚持颠覆而非完善扣扣："乔布斯用 Mac 革了 Apple Ⅱ 的命。他永远在颠覆自己，来，听我念一段《乔布斯传》。"

《乔布斯传》是马幻城的精神食粮，会议室和办公室都有它的身影。他甚至记得每段话，随便别人说出一句，他就能指出出处，大概多少页。他翻开书，缓缓念道："自 2001年推向市场，iPod（苹果公司的一款数字多媒体播放器）以不可阻挡之势形成热浪，并成为一大社会现象。这款出自一个简单想法的产品，在世界范围内疯狂售出七千万部，占苹果当年销售收入的百分之四十五。iPod 还带动了 Mac 系列产品的销售，为苹果公司塑造出时髦的企业形象。"

马幻城举着书本看着几位创始人，iPod 是苹果起死回生的产品，重要性不亚于企鹅技术的扣扣。他继续念下去："这是乔布斯担忧的地方。他得出结论，能抢我们饭碗的设备是手机。手机开始配备摄像头，数码相机市场急剧萎缩，同样的情况也可能发生在 iPod身上。如果制造商在手机中内置音乐播放器，人人随身带手机，就没必要买 iPod 了。乔布斯最初的设想是在 iPod 的基础上制作一款手机，让使用者用滚轮选择手机功能，不用键盘就能输入。这样的设计并不自然，乔布斯面临的问题是，继续沿用iPod的设计，还是另起炉灶？"

马幻城和几位创始人面临类似的选项，继续沿用扣扣，还是另起炉灶？他放下书本："后面的故事大家都知道，乔布斯用iPhone终结了iPod，这是什么精神？"

张至冬听进去了这个故事，明白关键所在："颠覆和叛逆精神，乔布斯生来就是一个颠覆者。"

"我们是创业者，打江山的人，不是墨守成规的八旗子弟。任何产品都有生命周期，与其被竞争对手终结，不如自己动手。开心网来了，我们有扣扣，微博来了，我们还是扣扣。互联网时代急速变迁，我们偏偏原地不动！我们还有叛逆精神吗？如果连自己都不能改变，拿什么来改变世界？"马幻城情绪激动，这是他长时间的思考，第一次从心底里爆发。

"Pony，公司越来越大，我们年纪渐长，体力和精力比不上从前，像罗维那样泡在办公室几个月，肯定不可能。"曾梨青没有听进去，说着让人泄气的话。

"医生对我说，瓜哥，你要想再活二十年，就必须放下工作，否则说不定哪天你就倒在电脑前，再也醒不过来了。我无所谓，可我很想看着儿子大学毕业。我怀念以前创业时每天通宵加班的日子，可是我回不去了。"张至冬叹口气，他身体不好，早已不是秘密。

"转眼十几年，我们都奔四十了，生活不能被工作绑架。你什么都有，却天天泡在公司，睡觉都在行军床，甚至老婆都是在扣扣上泡来的，你应该学会享受生活。"陈丹是个爱生活的人，这些话压在心里许久，今天是一个不错的机会，向马幻城说出来。

"创业难，守业更难。现在家大业大，该坐下来好好商量怎么守业了。"许晨叶说出关键，说完又补充一句："这是我们四个人的意见。"

守业？马幻城警醒，我千方百计要恢复创业精神，他们却大谈守业，南辕北辙，彻头彻尾的两个方向。我们从什么时候开始有了这么大的鸿沟？如果他们放弃创业精神，资金用于分红而不是开发新产品，通宵加班就会被悠闲的假期替代。他们换掉旧车，坐享豪车和游艇，抛弃糟糠之妻，踏入混乱不堪的娱乐圈，这家公司必然腐败下去。马幻城忽然笑了："好好讨论一下，继续创业，还是转向守业？"

曾梨青缓缓站起，代表四个创始人说道："我们讨论过了，应该守业。"

这是一场政变，如果不答应他们的要求，马幻城就将成为被驱逐的乔布斯。

一九九五年，苹果董事会发动政变，沃兹尼亚克、被乔布斯视若师友的苹果CEO斯卡利、如同父亲般的天使投资人马库拉联手发动政变，驱除了乔布斯。

"会议到这里吧，我想想。"马幻城累极了，挥手要结束这个会议。

"我们开了一个通宵的会议，罗维的事情还没有结论。"几位创始人早已商议过，必须废掉罗维，才能保证扣扣的平安。

"给我些时间！"马幻城勃然大怒，砰地拍在桌上，震得茶杯蹦跳。他们创业成功，再也不愿意过苦日子了。可是，互联网瞬息万变，移动浪潮磅礴而来，怎么能守江山？这是死路一条！可是，张至冬的身体大不如前，我有资格逼着他拖着病体在公司通宵加班吗？有资格让他放弃陪伴儿子吗？

37

意外的嘉宾

天色将黑，乌云密布。

会议重新开始，郭鑫年仍然要拼命一搏，第一个举手："我能说几句吗？"他的陈词滥调，每个人都清楚，温迪还是板着脸让他发言。他站起来问道："知道创业者和职业经理人的区别吗？"

没人愿意回答，郭鑫年苦笑一下，揭开答案："上山打野猪，一枪打出去，野猪没死，冲了过来。把枪一扔，往山上跑的，是职业经理人。子弹打完了，把枪一扔，从腰上拔出柴刀和野猪拼命的，是创业者。"

这是云沧海的一段话，郭鑫年还是从温迪那里听来的。每个人也都知道他所指，他们都是逃跑的，唯独郭鑫年坚持创业，百折不挠。"创业者逃无可逃，只能血拼。"郭鑫年洋洋洒洒地自问自答："面对野猪，我们要仔细观察，找到弱点。我在前面找，你们殿后，别在这最危急的时刻转身就跑。"

这句话打动了杨洋阳，卢卡不来参加会议是明智的做法，她处在两难之间。或许我错了，他未必就不能找到出路。郭鑫年走过来，晓之以情："我们一年前弹尽粮绝，都咬牙挺过来了，现在条件好多了，怎能放弃？"

郭鑫年又走到苏莳身边："苏大哥，帮助年轻人创业是你的初衷，难道要在创业者最危险的时刻落井下石？肯定不会。"

苏莳低头沉思，似被打动。温迪忽然打断："鑫年，我理解你也支持你，我想拉进来一支同盟军，一起打野猪。"

会议室形势一变，郭鑫年不知道该怎么反驳。温迪站起来宣布："我建议，邀请战略投资人加入会议，听听他的意见。"提议合情合理，没人反对。温迪走到门前，轻轻一拉，一人推门进来，竟是少爷。他见温迪占了居中位置，不甘心坐在下首，干脆盘腿坐在窗台上，笑对那蓝。老钱跟在他后面，面无表情地坐下。杨洋阳和郭鑫年只好移开，让他霸占了长桌的一边。会议室中形势一变，少爷盘腿据窗在后，老钱占据桌边居前。他们左侧是那蓝和温迪，右侧是杨洋阳、郭鑫年和苏莳，形成三方对峙、鼎足而立的格局。

那蓝内心惊慌，咬紧嘴唇。温迪必有周密安排，这一着儿不仅用来对付郭鑫年，还让那蓝尴尬万分。他如果弄出什么办公室求婚的桥段，那蓝只能弃会议逃跑。郭鑫年和杨洋阳也暗暗吃惊，大家族实力真不一般，黑道、白道、央企、投行，关系网无处不在！

"我在创业，这不是你喜欢的吗？"少爷眼中只有那蓝，一往情深，语气讨好。他试图收购魔盒，便联络高摩。温迪急于出手股份，金泰掌握好几家上市公司，实力雄厚，又可以与运营商合作赚钱，实在是最佳选择，立即答应。

"金泰有诚意成为我们的战略合作伙伴，他们在外面十分低调，却很有实力，不妨请钱总讲几句。"温迪知道少爷身份绝密，便请老钱说话。

老钱正要讲话，少爷从窗台上跳下来，先走到那蓝身边："蓝儿，我可以先讲吗？"

"蓝儿"这个称呼让那蓝肉麻得要钻到桌子底下，这句话意在尊重，也是多此一举。那蓝哭笑不得，说来也奇怪，她与少爷青梅竹马，也算情投意合，自从他出轨之后，就觉得他处处别扭。少爷什么都不缺，唯独得不到那蓝，偏激出了他的固执，眼中无限柔情："我站着讲，还是坐着讲？"

郭鑫年心中还有那蓝，这公子哥儿一味纠缠，肉麻得腻乎，忍不住打断："怎么讲都行。"

温迪是郭鑫年的正牌女友，怎能视而不见？"哼"了一声，故意找碴儿："躺着讲也行吗？"

四人醋意泛滥，酸得老钱够呛，用手捂嘴，咳嗽几声。少爷难得见到那蓝，不理老钱示意，一往情深地说道："我想通了，只要愿意复合，一辈子都听你的，愿效犬马之劳，肝脑涂地在所不辞！"

少爷向那蓝道歉，各种语言都用遍了，才冒出这种奇怪的说法。他不是酒囊饭袋，也还记得今天会议的目的，走回中间，脸色扳回正常："郭鑫年、杨洋阳和卢卡，哦，卢卡不在，请代我转达，你们是伟大的创始人，一小步带动了互联网的一大步，你们的故事必将载入史册。然而，一个好汉三个帮，桃园结义的刘关张，也需要三顾茅庐的诸葛亮！"

少爷在国外留学，其实挺有才华，出口成章，句句押韵，十分好听。他身份在古代也是王子爵爷，自比诸葛亮也不算过分。他回国之后有了老爷子的招牌，做什么事都容易，才华反而施展不开，自从创业之后才找到些许感觉，说道："魔盒发展迅速，也遇到严峻的挑战，请原谅我直言不讳！第一是赢利模式，要多致命有多致命。第二是政策法规，据我所知，电信部已经下文，禁止没有牌照的互联网公司经营电信业务，魔盒非法运营。你们三位可能不在乎，但是高摩却不能不顾忌，投行巴结政府都来不及，怎么能得罪？第三是运营的稳定性。魔盒有数百万用户，以后上千万，甚至上亿，就像水、电、煤气一样不能暂停服务，中断了，用户就跑了！如果每个月都中断一次，魔盒怎么生存？"

少爷的第三条充满威胁，那次服务中断十分奇怪。魔盒的服务器和网络设备全在运营商机房，运营商事后以网络故障回答，他们毫无办法。现在看来肯定是少爷所为，如果时不时断网，魔盒就会被搞残。可见他们早有预谋，先中断网络把自己打疼，再来谈收购。少爷回到窗口坐下，缓缓说道："我诚心诚意成为魔盒的合作伙伴，帮助你们解决这三个问题，而且我郑重承诺，三年内推动魔盒上市！"

少爷直指魔盒的三个燃眉之急，再抛出上市的愿景，不可谓不动人，在商言商，这是最佳方案。温迪带头鼓掌："萧卷言简意赅，非常有诚意。坦率来讲，我们内部还有分歧，多谢你们参加会议，是否允许我们闭门讨论？"

少爷坐在窗台上，脚不落地看着那蓝，大有你不送、我不走的架势。他身份尊贵，态度极好，不能打不能骂，躲也躲不掉，谁都不愿意驳他面子。那蓝不想送他，谁知道他会变出什么花样？忽然，少爷伸手从口袋中掏出一个狭长精美的盒子，那蓝头疼，看来他又要送钻戒求婚，只好站起来说："萧卷，我送你。"

少爷笑着伸出手来，打开却是一朵含苞待放的玫瑰。他用各种花样求复合，众人见多不怪。那蓝不想争执，接过玫瑰拿在手中，到门口停住脚步，伸出手来："谢谢参加会议，也谢谢这朵玫瑰。"

少爷握着那蓝的手，不愿意松开："我在外面等你，会议结束，送你回家，好吗？"

郭鑫年怒火中烧，冲到少爷面前："你是什么人，凭什么送她回家？"

少爷与郭鑫年不熟，得意扬扬地宣布："我们两家世交，从小在计委大院一起玩大。她穿开裆裤我们就认识，青梅竹马，两小无猜，天作之合。我们去年订婚，她是我正牌未婚妻，我不能送她回家吗？"

少爷连穿开裆裤都说得出口，真是在国外待脑残了，不过这种交情的确过硬。郭鑫年却不服输，看着那蓝："你怎能脚踩两只船？"

温迪十分不满，看着郭鑫年："鑫年，谁在脚踩两只船？"

郭鑫年责备那蓝，他自己何尝不是如此？同时喜欢上了温迪的外表和那蓝的心灵，可是那蓝外表也很好看，我难道不喜欢她的外表？我不是还叫她"花瓶小姐"吗？那么我喜欢那蓝的心灵，也喜欢外表，和温迪又有什么关系？郭鑫年脑中混乱，细想又不是脚踩两只船。他彻底糊涂，左看看温迪，右看看那蓝，只好闭嘴。

那蓝只想少爷快走，礼貌性地与他轻轻一抱，迅即分开，拒绝了少爷的请求："今晚我要陪爸妈去海边过周末，爸爸的司机在楼下等我了。"这理由十分充分，少爷只好悻悻离开。

"时间不早，尽快表决吧。"郭鑫年坚信，杨洋阳肯定不会同意将公司卖给金泰，这是难得的机会。

"等等，还有一位战略投资人。"温迪焦急万分，现在是深夜，罗维能赶来吗？这次必须一锤定音，企鹅技术才是重中之重。

38

釜底抽薪

温迪暂停会议，走到小会议室，避开纷争，找到罗维的号码，心里有说不出的渴望。忽然门外走廊脚步声响起，她忽生预感，开门出来，正是罗维，两人有段时间未见，罗维在广州好像完成了突破，器宇轩昂，散发着奇绝的魅力。温迪差点儿扑进他怀抱，想想会议室内的郭鑫年忍住冲动，以平静的语气说："罗维，你来了。"

"你瘦了。"罗维看着温迪，她从来没有这么憔悴。

"没关系的。"温迪犹豫一下，在罗维面颊轻轻一吻，才返回会议室，定定心神，向众人说道："我还邀请了另外一家有意向的公司，他已经到了。"

温迪拉开大门，一位腰板挺拔的男人走进会议室，那蓝"啊"了一声。她在一年前第一次见到罗维的时候，他貌似气场强大，内核却是空的，一口气就可以吹散。罗维后来争取投资失败，气场烟消云散，那蓝能看出来，那只是向内收敛，被压至无形。今天，气场在罗维体内完成了变异，重新凝结，自然而然地散发，挥洒自如。他用目光操控着气场，向每个人发射。

罗维摒弃了浮夸的亮晶晶的袖扣和领结，用笑容和每个人打招呼，目光停留在郭鑫年身上，压制住内心的不痛快，伸出手来："我是罗维，你的粉丝，非常荣幸能够见到你。"

郭鑫年握手后茫然地坐下来，抬头之际，看见那蓝疑惑的神情，心中怪异。罗维是温迪前任，他们还藕断丝连吗？我又算什么？罗维走到那蓝身边，双臂做出拥抱的姿态。这是一个奇怪的动作，他与别人握手，偏偏要拥抱那蓝。那蓝与罗维轻轻一碰，迅速坐下，果然，郭鑫年目光严厉，仿佛逼问原因。

那蓝困惑，在股东没有达成一致的情况下，温迪为什么邀请企鹅技术加入？创造出金泰和企鹅技术之间的竞争气氛，以便卖出个好价格吗？企鹅技术是显而易见的最佳收购对象，温迪此举逻辑也算合理。只是，罗维是她前任，郭鑫年是她的现任，她又在密谋什么？

"这位是企鹅技术的产品经理罗维，他对魔盒非常有兴趣，多次请求与我们的创业团队认识。"温迪做了简单的介绍，把发言的位置让给罗维。

罗维脱下西服外套，里面是简单的T恤。他已经不再西装革履了，那是给别人看的铠甲，T恤才是追寻内心的选择。罗维不落座，打算站着讲完就退出："我一年多前开始创业，产品刚上线的时候，用户暴涨，形势喜人。好景不长，用户增长陷入停滞，开始流失，我们进入了迷茫和痛苦的阶段。"

罗维没有精心准备，也没有设计过台词，完全自然而然，描述的场景与魔盒的状况相似。他抓住众人的注意力，继续描述当时的心情："我不知道怎么办，不停尝试却仍然没有起色，用户活跃度明显下降，流失速度加快，就像流血一样。产品就是我的亲生孩子，他病了，我束手无策，理解我那时的心情吗？"

那蓝暗暗诧异，不能卖掉孩子是郭鑫年拒绝卖出股份的原因，罗维这么巧说出这些话来？罗维好像掌握了读心术，处处攻心。他目光中隐隐有了泪花，吸一口气："怎么办？自己治还是把孩子送到医院？郭鑫年，你是魔盒的父亲，你说。"

"医院。"郭鑫年被问住了，面无表情地回答。

"孩子渐渐长大，到了上学的年纪。我们爱他，每时每刻都想和他在一起，要不要送他去学校？"罗维以其人之道还治其人之身，不断追问郭鑫年。"孩子聪明好学，被世界一流大学录取，让他远渡重洋，展翅高飞，还是把他留在身边？"罗维移动脚步，走到郭鑫年身边。

"如果女儿就留下，儿子，就让他走。"郭鑫年的逻辑被罗维彻底驳倒。

"儿子在美国找了一个洋妞谈恋爱，要不要阻止他们结婚？只因为你想把他留在身边。"罗维距离郭鑫年只有一步之遥，俯视着他。

"不行，中国人不能找洋妞。"郭鑫年又反驳了一句。

"孩子听你劝，放弃洋妞。他长大了，不再属于父母，必须让他追寻自己的梦想，他们必然与另外一个毫不相关的女人相爱。父母看着他幼时的照片垂泪，这就是父母的伟大！父母可以为孩子做任何事，却不求回报！"罗维动情地说着，充满言外之意，转身面对大家。

会议室中沉默，这段话击中郭鑫年心灵中最脆弱的部分，摧毁了他的理论基础。温迪判断着众人的情绪，轻轻鼓掌，搅动着会议室中的气氛。这是明显的信号，鼓掌表示认可罗维的说法，同意卖出。温迪加大力度，再拍一次，似乎催促着大家的掌声。杨洋阳明白掌声的含义，转头看着郭鑫年。他皱着眉头，似在思索罗维话中的含义。是啊，魔盒是我的孩子，但是孩子有病，要不要送到医院？要不要他去学校，要不要让他娶妻生子？难道一辈子把孩子留在身边？他举起双手轻轻一碰，苏茵和杨洋阳看见他的动作，心里放下一块大石头，掌声越来越响。

温迪看着罗维，他从年轻幼稚的年轻人，历尽苦难和折磨成长起来，现在充满魔力，三言两语便打动了郭鑫年。他本来是我的，我却失去了他，在他挫败的时候，我应该留在他身边，不离不弃，相信和鼓励他，可是现在还能挽回吗？忽然，温迪注意到，那蓝抱着双臂，眼中充满困惑，莫非她看出了什么？

罗维并非矫揉造作，这是他内心的真实写照。掌声停歇，他回忆往事："我创业失败，卖出公司就像卖出了自己的孩子。我痛不欲生，我还是个男人吗？那个晚上，我也同时失去恋人。我曾向她求婚，她收下婚戒，拒绝求婚，劝我创业。在失败的刹那，我恨她，她把我拉到这条不归路。创业就像造反，要拼命的。我在外企混得不错，为什么放着舒舒服服的日子不过，偏要走这条路？那天晚上，我一个人坐在路边，吃着从来不碰的脏串，喝了数不清的啤酒，跑到西客站后面的一条小街，找人倾诉。"

那天晚上，罗维突然出现在自己的楼下，的确是他的人生低谷，那蓝回忆着。

"她陪我喝酒，开导我，鼓励我，让我不要放弃。她说，男人应该临危而不惧，途穷而志存；苦难能自立，责任揽自身；怨恨能德报，美丑辨分明；名利甘居后，为理愿驰骋；仁厚纳知己，开明扩胸襟；当机能立断，遇乱能慎行；忍辱能负重，坚忍能守恒；功高不自傲，事后常反省；举止终如一，立言必有行。我永远记得那一天。作为创业者，想法、产品，甚至公司都不是我们自己的，创业是为了用我们的想法点亮世界，而非为了名利！我想通了这个道理，过了这个坎儿。"罗维炙热地将目光转向那蓝，她却低下头。

罗维不避讳他人，动情地说道："她告诉我，云沧海在电猫只有百分之七点七四的股份，柳传志拥有联想集团的百分之三点四。任正非呢？这是我佩服的最伟大的创业者，只有百分之一点四二股份。是不是好的创业者，不用你有多少股份来衡量，而是百折不挠的精神和高瞻远瞩的眼光。如果斤斤计较于股份，你只是井底之蛙！或者说，一个自私自利的浑蛋！"

罗维一语双关，目光转向温迪："钱财和股份是身外之物，唯有梦想和幸福才属于自己！"罗维从心底打击了郭鑫年的坚持，将他逼到角落，毫无反击之力。掌声停歇，温迪站起来，伸出双臂，给罗维一个深深的拥抱，轻轻在他耳边说道："亲爱的，为你自豪！"

这是一个自然而然的礼节，她从罗维怀抱中脱身："请暂时回避一下，我们需要一段时间来讨论。"

罗维礼貌地退出会议室。温迪主导会议，一切按照预期发展，关上门说道："我们与两家战略投资人都进行了沟通，现在请大家发表各自的见解。"

"我要和罗维谈谈，如果把孩子交给别人，至少要确保他值得信赖。"郭鑫年举手，提出一个合情合理的请求。他知道罗维的秘密，只有摧毁他的并购欲望，才能保住公司。

罗维被再次请回来，其他人退出会议室，郭鑫年严阵以待地坐着："为什么买魔盒？"

"这是通往移动互联网的门票。"罗维很坦然，他有足够的筹码，胜券在握，十分放松。

"是吗？这是台面上的理由。"郭鑫年则俯身，上半身几乎压在会议桌上。

"哦，那是什么？"罗维仍然一脸轻松。

"你为那蓝。"郭鑫年听过罗维的声音，那天晚上，他用那蓝的魔盒留言，郭鑫年有了深深的醋意。

"不对。"罗维不承认，购买魔盒其实是马幻城的主意，自己拥有了足以击败魔盒的产品。

"为赢回温迪？"郭鑫年隐约知道罗维和温迪的过去。

罗维心底的怒火被拱了出来，他不甘心失去温迪，发愤图强，要在她面前扳回来，却不愿意在郭鑫年面前承认，反唇相讥："你就是所谓的成功人士吗？其实脚踩两只船，其实狗屎不如！"

"罗维，我看过你的产品，华而不实，到处抄袭的垃圾。我即便卖出魔盒，也不会卖给你。"郭鑫年眼睛冒火，他要彻底击垮企鹅技术的购买欲望，并购才会无疾而终。

罗维怒火直冒，眼前这个胡言乱语的家伙抢走了投资，抢走了我的未婚妻，还惦记着那蓝，什么都想要。罗维指着他的鼻子："别自以为是，你其实是一个走了狗屎运的笨蛋。"

"哦，为什么？"郭鑫年向后一靠。

"你只有一个想法，手机上的对讲机，多么伟大的想法？你改变了人类的沟通方式，手机对讲机之父！哈哈，多么荒唐！其实你只是一个骗子！"罗维十分冷静，他必须击垮郭鑫年。

"哦，为什么？"郭鑫年用一模一样的口气和姿势回答罗维。

"对讲机是那蓝的想法，根本不是你的！卢卡编程，杨洋阳设计，你只是一个在唐古拉山口迷路的笨蛋！你什么都没有做，欺世盗名的骗子！"罗维猛然爆发，起来盯着郭鑫年。

他怎么也知道这些事？郭鑫年惊呆了。罗维心头滴血，反击才刚开始："高摩的说明会本来没有你，那蓝坚持让你参加。在那次会议上，你根本没有通过审核，那蓝把商业计划书从垃圾桶中捡起，高摩已经选择投资我们，那蓝又给你机会。你这个笨蛋，什么都不知道！你甚至搞不清那蓝和温迪。你爱那蓝，却和温迪上床，是吗？你这个极品的二货！"

郭鑫年目瞪口呆，这是他不知道的内情。如果这是真的，我爱那蓝，怎么会和温迪上床？和温迪上床只是罗维的猜测，郭鑫年的表情证明猜测不虚。他义愤填膺，挑衅地拍着他的肩膀："大愚，你这个让人羡慕的傻瓜。"

郭鑫年大脑一片混乱，我竟糊涂到这种程度？他本想击溃罗维，崩溃的反而是自己。他坐在座位上发呆，一句话也说不出来。罗维拉门出了会议室，请众人返回，自己扬长而去。温迪心中翻滚着疼痛，罗维曾经是我的男人，我的未婚夫，他那么优秀，还能重新开始吗？她依依不舍地送罗维进入电梯，陪他走到大门口。罗维停下脚步，脸上一丝笑容都没有："你该回去了，会议在等你。"

温迪抚摸着罗维的西服。我们互相伤害那么深，我为什么依然念念不忘？可是，我已经有了郭鑫年。她幽怨地看着罗维说道："回广州之前，我们吃顿饭。"

罗维不答应不拒绝，挥手招来出租车，扬长而去："师傅，机场！"

北京的战争告一段落，罗维大展风头，其实毫无进展。他内心压抑，找不到赢利模式来承载企鹅技术的产品舰队。魔盒和幂聊高歌猛进，时间窗口越来越窄。罗维痛苦不堪，新产品威胁着扣扣，成为公司高管团队的眼中钉肉中刺，必除之而后快！他痛快地发泄之后，冷静下来，发现自己仍然腹背受敌。

郭鑫年在会议室舔了十分钟伤口，突然跳起来，找不到温迪，青着脸把那蓝叫到茶水间，关上门："那蓝，想出魔盒主意的是你，给魔盒起名的也是你，半年来陪我共度每个夜晚的也是你，三番五次支持魔盒，帮助我拿到高摩投资的也是你，对不对？"

早晚都要摊牌，看来就在今晚，那蓝点头承认。郭鑫年暴跳如雷，语不成声："我给你减肥茶，却给了温迪。那时你就明白了，对不对？"

"可是我不胖。"那蓝不想那么直截了当，缓和着气氛。

郭鑫年又晕了，他的确是看见丰满肥美的温迪才买了减肥茶，忽然想起这是另外一码事儿："你早知道我搞错人了，是不是？"

那蓝不答反问："你和温迪怎么样了？"

郭鑫年不答："先回答我。"

那蓝也不退让，追问："你和温迪在谈恋爱？是吗？"

郭鑫年晕头转向，执拗地说道："我爱的是你，我以为那是你，我和你谈恋爱！"

那蓝努嘴。郭鑫年回头一看，温迪送罗维回来，虚弱地靠在门边，满脸哀伤："大愚，我告诉过你，你把我和那蓝搞错了，你明明知道，现在还装无辜！"

郭鑫年跳进黄河洗不清，质问温迪："你怎么知道魔盒的来历？怎么知道我和那蓝之间的每一句话？"

温迪已经失去罗维，不想失去郭鑫年，避开这个话题反问："大愚，你那时根本没有见过那蓝，她只是你的想象，我才是真实的，活生生的，你不明白吗？我们在一起这么长时间，一点儿感情都没有？我们一起参加互联网论坛，在车库咖啡加班，这是我虚构的吗？你第一次见的是谁？你把减肥茶给了谁？她需要减肥吗？你爱的不是我吗？"温迪拭去脸上泪水，此时此刻，股份更加重要，必须趁热打铁卖出公司，说道："苏茵和杨洋阳在等我们开会，感情的事情今天一定要说清楚吗？"

"说清楚，必须说清楚！我们三人都在的时候。"郭鑫年怀疑很久，怒吼着。

"对不起，你们谈吧。"那蓝离开茶水间，避开这摊狗血。很多事情都是这样，你知道该离开，就是感情上难以割舍。

说服男人的不是逻辑和道理，而是泪水。温迪是这方面的高手，泪水如同瀑布一般流淌，什么话也不说。郭鑫年拿她没有办法，她的样子那么可怜，怎能继续伤害她？他叹气一声，说道："开会吧。"

这次会议很不顺利，从上午一直开到通宵。少爷和罗维的出现，彻底搅乱了局面。那蓝、温迪和郭鑫年三个人纠缠不清的感情爆发出来，神态都不自然。郭鑫年在情感中不能自拔，又不得不强迫自己去想收购的事情，与企鹅技术合作，可以获得大量用户和一大笔现金，但要失去控制权。与金泰合作，依然主导产品开发和营销，获得明显的商业模式和上市的希望，欲理还乱，头脑好像要爆炸。

温迪眼圈通红，手捂胸口，心中极为清醒："对不起，我有些失态。但是会议应该继续下去，是吗？"她擦擦眼睛，幽怨地看一眼郭鑫年："魔盒有难以克服的赢利问题，寻求合作伙伴是明智的做法。我们今天不用决定合作伙伴，只需要确认售出股份的意向。我建议每人用十分钟阐述想法，然后表决。"

温迪十分明智地设定时限，不让郭鑫年的长篇大论耽误时间。苏茴是会议室中最清醒的一个，首先举手："车库咖啡是天使投资，希望尽早了结退出。好了，我说完了。"

杨洋阳经过这么长时间，早已准备好了发言："大愚，谢谢你带领我们创业，这是一段难忘的历程。然而，我想结束这段旅程，环游世界，去看看爱琴海雪白的街道、大英博物馆、巴黎街边的咖啡屋、罗马古角斗场。你也许说我太文艺，这就是我的梦想。这也没有几年时间，然后我会结婚，生两个宝宝，抚育他们成长。等他们上小学之后，如果你愿意，我还会回来创业，看看能否再次改造世界！至于卢卡，我会拉着他陪我，如果他不高兴，就归你，这样公平吗？"她脸上流淌着泪水："大愚，对不起，我卖出股份，只想在北京买套房子支付首付，不要怨恨我。"

郭鑫年不说话，每人都有自己的梦想。他没有理由要求杨洋阳改变。他看看温迪，再看那蓝，如今苏茴和杨洋阳同意卖出，高摩就成为关键。温迪策划了一切，形势极其有利，她当着那蓝挑明关系："大愚，我爱你。可是此时此刻，我代表的高摩是投行，买入公司卖出公司，追求投资回报率，这是投资银行的天性和本能，这是一架无情的商业机器，即便我辞职和你在一起，也不能改变高摩。分析师们已经做出了科学的报告，决定卖出！"温迪换了称呼，提醒道："鑫年，该你了。"

大势已去，郭鑫年孤掌难鸣，回想充满艰辛的创业历程，如今丧失公司，挫败感达到顶点。他环顾会议室，只有那蓝一个人没有发言，向她一指："你说！"

那蓝退出项目小组，本来不打算多说，既然郭鑫年点名，便不退缩："你曾经有了一个简单的想法，手机上的对讲机，开始了创业历程。你是灵光一现，还是能够像乔布斯那样做出 Apple 电脑、iMac、iPod、iPhone 和 iPad（苹果平板电脑），他永远地站在科技和艺术的交叉点，不断创新，产生新的想法。你呢？晚上还在加班吗？身上还有过去的坚持吗？你的简单和单纯去了哪里？你被胜利冲昏头脑，你住豪华公寓，请来司机，人模狗样，与投行的美女出双入对。你已经不是创业者，而是一个所谓的成功人士，彻头彻尾的腐败，成了自己最痛恨的那类人！现在，你要继续创业，其实已经失去了梦想和创业精神，你坚持的是自己的控制权！"

这段话刺激了郭鑫年，摧毁着他的精神世界。郭鑫年回忆着骑行唐古拉山口的情形，每天每夜与那蓝的交谈，在车库咖啡的坚持和努力，那才是我灵感的来源。自从和温迪在一起，我就被欲望控制，沉湎于成功，享受互联网论坛的掌声和荣耀，我开始腐朽和发臭。如果丧失了创业精神，还有什么资格创业！

"卖出吧，随便。"郭鑫年被驳得体无完肤，红着眼睛站起来，转身离开会议室。他想逃离和放逐，就像他曾经做过的那样。温迪匆匆追出来，此时是凌晨时分："大愚，去哪里？"

"不知道。"郭鑫年一片茫然，不知道身归何处。

39

东临碣石

珈蓝国际中心楼下，司机惊慌地看着远去的奥迪。郭鑫年从高摩办公室出来，唤来司机，要来车钥匙，一溜烟从西二环奔上三环。他久未驾驶，车技却不生疏，从三环拐到四环和五环，沿着京津塘高速一路奔驰，车窗大开，音乐震耳，他陶醉在速度的快感之中。

无照驾驶已经是大错，超速更罪加一等。郭鑫年不管这些，他心如刀割，只想逃离这个世界，就像那次骑行唐古拉山口一样，放弃一切才能驱开眼前的乌云。

一无所有，才能从头开始。

云暗风低，奥迪离开北京地界，汽车渐少。奥迪向海边疾驰，郭鑫年脚踏油门，继续冲向东北。一阵猛风扫来，车身如同小船一样左右摇摆。他不减速，偏向疾风行。骤然间，豆大的雨滴噼里啪啦砸在挡风玻璃上，什么都看不见。他摇上车窗，音乐声震耳欲聋。他将雨刷打到最大，劈风裂雨，加速向前。手机屏幕闪动，郭鑫年将麦克风塞入耳中。温迪在电话中叫道："大愚，你去哪里？"

郭鑫年只想去海边，看着雨天一色，神灵仿佛出窍："观沧海。"

"喂，把音乐关上。"温迪在电话中喊道，郭鑫年没有驾照，雨又这么大。

郭鑫年没关音乐，沿着京沈高速公路疾驰。这是当年曹操出征乌桓的路线，他凯旋班师途中，登山望海，写下《观沧海》这首诗。郭鑫年被雄壮的诗意笼罩，忘记了失败和遗憾，胸口反而充满激昂向上的情绪。他一口气开了两百多公里，也不管有没有超速，雨中看不清前方的路牌，估摸着差不多，方向盘一转离开高速公路。他打开一道车窗缝，新鲜湿润的空气清洗着肺和心灵，浓郁而润滑。这里便是曹孟德观沧海之处，眼前渐渐开阔，高楼大厦消失不见，只有低矮的田地和树木。他辨别出方向，奥迪沿着海边行驶。周围出现小屋，道路变宽，迎面出现一块路牌，显示鸽子窝公园就在几公里之外。他驱车到达，钻出车来迎着风雨，奔向悬崖峭壁的尽头，眼前只有海天一色。他耳边刹那间响起曹操的著名诗篇，叙述着诗人的志向，十足的英雄本色。

人这么渺小，何须瞻前顾后，犹豫不决？电话铃声再起，郭鑫年接起来，也不管温迪说什么，急急说道："我站在悬崖峭壁边，前面只有大海和天空。我放下一切，没有所谓的成功和失败，如同曹操所说，人生几何，对酒当歌，就该放手实现梦想。"

"你已经实现了梦想，再向前一步就是野心，万丈悬崖！"温迪放不下郭鑫年，一再打来电话。

"东临碣石，以观沧海。水何澹澹，山岛竦峙。树木丛生，百草丰茂。秋风萧瑟，洪波涌起。日月之行，若出其中。星汉灿烂，若出其里。幸甚至哉，歌以咏志。"郭鑫年念出这首诗，感受到曹操的精神力量，说道："人生在世，不该把自己看得太重，如果瞻前顾后，曹操怎么可能在陈留起兵创业？自古成大事者都要冒险。"

"不说这些，为什么去北戴河，你是不是去找那蓝？"温迪打电话另有原因，那蓝告诉少爷，周末要去海边度周末。这让温迪极为担忧，那蓝家在北戴河有座四合院。

"那蓝在北戴河？"郭鑫年这才忆起，那蓝好像说过这句话。

温迪听他语气真挚，绝无谎言，收了话题："早些回来，别让我担心，你连驾照都没有。"

那蓝曾经说过，父母喜欢海边，在这里有个农家院，周末偶尔来这里度假。郭鑫年苦笑一下，心中充满复杂的感觉，失意的时候想到那蓝，得意的时候就投向了温迪。他越来越肯定自己爱的是那蓝，而非温迪，可是又能怎么样？他从车上找到一个棒球帽遮住手机，顾不上全身浸湿，打开那蓝的微博，空空如也。

要不要和她联系？郭鑫年犹豫不决，返回自己主页，留下一段文字：大雨落幽燕，白浪滔天，秦皇岛外打鱼船。一片汪洋都不见，知向谁边？站在海边悬崖，梦想和野心只是一线之隔，该止步于此吗？

他从鸽子窝公园出来，不知道是深夜几点，胃饿得贴了肚皮，开车沿着海边向热闹的地方去寻找食肆。十几公里之后，海边出现一溜餐馆，此时不是夏天旺季，只有星星点点的餐馆营业。郭鑫年在一家海鲜馆旁边停车，要不要给那蓝一个电话？哎，已经有了温迪，见面又能怎么样？

一旦受挫便放下，寻找真正的自己，这就是郭鑫年的疗伤之法。他追古思今，融入曹操诗意之中，放下负担，十分畅快。鲜鱼肥蟹上桌，郭鑫年酒兴大动，点了两瓶啤酒，双手并用，嘴巴仿佛是无底洞，盘中的春笋和海鲜消失不见。店员正在惊愕之时，他又喊："再来两只肥蟹，两瓶啤酒。看什么，别担心，我只剩钱啦！"

"螃蟹没了，只有炸鸡。"服务员说道。

"炸鸡啤酒。"郭鑫年等待之际，滑开手机屏幕，一条评论！点击进去，是那蓝的评论：抄袭。郭鑫年微博的前半句借用毛泽东的《秦皇岛》，抄袭就是指这个。自从那蓝删除了所有微博，今天是头一遭在这里聊天，看来她还在默默地关注自己。郭鑫年快速回复：往事越千年，萧瑟秋风今又是，人生七十年，弹指如梦。两只肥蟹两瓶酒，醉卧海风中，梦中见大爷。

见大爷？那蓝的评论回来。

哦，建大业。郭鑫年在酒醉状态下，输错了字。此时，炸鸡和啤酒堆满餐桌，郭鑫年拍张照片，发给那蓝：第二顿了。

错别字这么多，乱七八糟的。那蓝回复。

手机拼音啊。郭鑫年勉强解释，炸鸡又消失了一半。

"知道年羹尧吗？"散会后，那蓝即与爸妈出发，按既定计划到海边度周末，与郭鑫年把话都说清楚，心情大好，"他在奏折上有'朝乾夕惕'四个字，误写为'夕惕朝乾'。雍正大怒，打回奏折。年羹尧说，那是奴才的拼音输入法所致，结果你也知道了。"那蓝开玩笑，年羹尧被连降好多级，最终被赐死杭州城。她刚看了《甄嬛传》，记忆犹新。

罪臣知罪。郭鑫年知道那蓝的性子，一旦揪起小辫子，就没完没了。

还有一件事，你在北戴河？那蓝搞不明白，郭鑫年为什么也来到这里？

是啊，郭鑫年故意不解释，其实他分不清楚，自己是不是为了寻找那蓝而来。

怎么来的？那蓝犹豫不定，他会不会和温迪在一起？

一个人开车来的。

疯了，驾照还没有恢复。

人生在世，不需瞻前顾后，想做就做，知道织田信长吗？他是日本战国时代的一个大名。骏河国的大名今川义元实力雄厚，进军京师，连连取胜。兵临城下之际，织田信长深夜起舞，高唱《敦盛》：人世五十年，去事恍如梦，有生亦有死，壮士复何憾。唱完这首歌，他率领几名近侍出城，沿途召集人马，在风雨大作之际，强袭敌军，阵斩今川义元，奠定统一日本的基础。男人就该像织田信长一样，抱着舍我其谁的万丈雄心，才能不愧平生！他俩以往总这样聊天，那蓝说驾照，郭鑫年讲创业，不是一码事儿，道理却有相通之处。

少来，人家是统一日本的豪杰，织田信长冒险为了江山，你是醉酒驾车，只是酒徒。那蓝很担心，他会不会醉酒无照开回北京，立即抓起电话打过去。郭鑫年接起电话："别管我，我回北京。"

那蓝问："你在哪里？"

郭鑫年也不知道这小店的名字，随手打开手机发出一个定位：这里。

那蓝害怕他醉驾，说道："不许开车！危险！"

"哈哈，我失去了创业精神，至少还敢冒险！嘿嘿，我先吃！"郭鑫年放下手机，炸鸡啤酒川流不息入肚，起来摇摇晃晃地结账，发现没带钱，跑到车里找出行驶本押在收银台，也不管服务员叉腰数落，脚下高低不平地走进车中，双眼朦胧，醉了！他启动汽车，马达轰鸣，汽车也像喝足了二锅头一样，在公路上摇摇晃晃向前驶去。郭鑫年醉得一塌糊涂，汽车向前一窜，砰地撞在护栏上，他嘴里唠叨着，歪歪扭扭地倒车，五六下挪出停车位。他辨别不清方向，开车四处兜圈，摇头想甩去酒意。忽然，一辆大货车驶过，灯光晃过，让他几近失明，惊出一身冷汗。他跳下汽车，绕到车前，车头被撞得稀烂。他猛踢两脚，仰望天空，雨流如注！他再回到车里，怎么也启动不了奥迪。他头痛欲裂，一阵恶心，推开车门，向外呕吐。

背后汽车喇叭极响，远光灯反复闪亮。郭鑫年擦擦面孔，倾盆暴雨忽然变小。一顶花伞遮在头顶。他看到一双精致的凉鞋和雪白的脚丫，再向上是细细修长的小腿、连衣长裙和纤细的腰肢。

"你来了？"郭鑫年酒醉，想不通她怎么找到自己？

"哼！"那蓝看看天空，大风带雨横扫，伞没有任何用途，何况郭鑫年早已淋透，她收了伞，扶他上车。

40

联合创始人

马幻城在会议结束之后留下张至冬，他不是搞阴谋的人，很多事情都应该当面谈清楚："瓜哥，告诉我，你们是不是想让我辞职？"

如果四个创始人联合起来，的确能够逼迫马幻城辞职。张至冬却从来没有这个想法，能够与马幻城一起创业是他这辈子最珍贵的财富之一，像儿子一样珍贵。"Pony，你误会了，我只想保住扣扣。"企鹅技术的五个创始人共同孕育了扣扣，张至冬才是受孕怀胎生育的母亲，这是他心血的结晶。

"这不是产品的问题，而是关于创业精神。"马幻城来到落地窗边，眺望大鹏湾。他们并肩战斗十几年，拥有共同的回忆和辉煌，无论多么困难，他们都能一起面对："瓜哥，他们坐拥豪车别墅游艇，谁挤公交和地铁上班？他们每天加班到凌晨吗？谁写过一段代码？谁亲自接听客户的电话，倾听需求和投诉？他们做得多还是说得多？他们还有创业精神吗？"公司的奢侈之风已经刹不住了，张至冬孤单地开着二十万的旧车，却挡不住越来越多的豪车开进公司地库，螳臂当车无能为力，只有固执地坚守自己的精神。

"如果我们失去了创业精神，凭什么做出伟大的产品？公司只会走向腐朽和没落！"马幻城质问，这是他心底的忧虑，一股脑儿地倾泻出来。

"他们说创业难，守业更难。移动互联网时代即将来临，风暴到了家门口，我们还大谈守业？我们的规模比得上电猫吗？开心网和新浪微博差点儿把我们击垮，我们在中国都不是老大，放眼全球，苹果、谷歌和Facebook才是真正的老大。我们算老几，凭什么守业？瓜哥，逆水行舟，不进则退。"马幻城千方百计要恢复创业精神，其他人却要守业，他寒心不已。

"我们功成名就，身家百亿，足够三辈子花，为什么天天泡在办公室，睡行军床，不去享受生活？为什么守着自己的黄脸婆？瓜哥你身体不好，我有什么资格让你通宵加班？

我孤掌难鸣，势单力孤。我名为这家公司的创始人，却无力对抗腐败！早晚有一天，我会像乔布斯一样被董事会驱逐，因为大家要享受美好的生活，我有什么资格拦着大家！"马幻城情不自已，黯然落泪，"好吧，我辞职，你们守业吧！"

"Pony不要，我不是那个意思！"张至冬哪想要逼迫他辞职？急忙摇头。

"这里已经被腐败的文化占领，这就是我不让罗维并入总部的原因。"马幻城绕了一圈又回到起点。

张至冬被连串的质问撕扯，马幻城收购罗维并非仅仅为了产品，也为获得新鲜的创业精神。他沉重地离开落地窗，坐在沙发上，他二十七岁时与马幻城一起创建企鹅技术，如今已经四十三岁，经历了十六年高强度的创业，身体越来越差，精力也跟不上。在传统行业，姜是老的辣，互联网行业必须全心投入，否则就会脱节，不了解年轻人的想法，丧失触觉，连倚老卖老的资格都没有。他认识到现实，痛苦地向马幻城坦承心迹："我不年轻了，身体不行只能服老。我或许真的失去了创业精神，再也找不回来了。"他眼眶充满泪水，创办企鹅技术的十六年是他最重要的人生经历，难以割舍。

"乔布斯四十一岁重返苹果，四十五岁设计iPod，五十二岁推出iPhone，五十五岁发明iPad。身体可以衰老，但是创业精神永远不死！"马幻城鼓励着，心里绝望至极。创始人们都背离了创业精神，何况其他人？如果掀起一场革命，掀翻腐朽的文化，恢复创业精神，恐怕被赶走的就是我。

"乔布斯英年早逝，我不想这样，我想看着儿子结婚生子，老了能抱抱孙子。"张至冬痛苦不堪，他曾经是伟大的创业者，现在却再也不是了。

"或许你们是对的，我还是辞职吧。"马幻城充满无力感，他可以面对任何商业对手，却无法挑战腐朽的黑暗力量，那是人性的必然。

41

精神伴侣

那蓝一家子常躲避京城喧杂，在北戴河小住。那蓝开完会议，搭着爸爸的奥迪前往北戴河。她仍有查看郭鑫年微博的习惯，看见他在鸽子窝公园发的微博，本不想搭理，可是想到他很可能醉酒开车要返回北京，再也坐不住了。按照他发出的定位，开车找到郭鑫年，然后从海边拐入街巷，来到小小的四合院门前，推门进院。中央是一棵大树，古色古香的正厢房灯光熄灭。那蓝的父母早已休息，他们进入偏厢，床和沙发上摆着玩偶，桌子上架着一台 iPad，外面看像是大家闺秀的闺房，里面却是现代的白领设施。

"醒醒酒。"那蓝端来一碗荔枝冰茶，他爸爸偶尔也会喝些红酒，这是必备的醒酒之物。郭鑫年一口喝下去，看看四周再看那蓝，她换了睡衣，头发湿漉漉滴着水珠。她并非温迪那种浓眉大眼，胸鼓臀翘的美女。她有细长的眼睛，尖尖的下巴，高挑的身材。温迪让人血脉贲张，那蓝让人宁静。

那蓝不想解释，抱来一身衣服："冲澡，换衣服，都湿透了。"

郭鑫年乖乖听话，冲澡出来神清气爽。那蓝抱着一条厚毛毯给他披上，指指沙发："挺晚了，这里能休息吗？"

"能。"天快亮了，郭鑫年不坚持回北京，爬上沙发，倒头就睡。也不知什么时候，电话爆响，他揉揉眼睛接起电话，听到温迪的声音："大愚，你在哪里？担心死了。"

郭鑫年伸脖子向里面看看，这是一个套间，与卧室只有一道门，那蓝发出均匀的呼吸声音。他不知道该怎么解释，希望糊弄过去："还在北戴河。"

"找那蓝了，是吧？"温迪验证着怀疑，那蓝在北戴河度假，郭鑫年也正好去到北戴河，难道是巧合？

"没有。"郭鑫年勉强招架，难道我不知不觉想着那蓝，才来到这里？

"看看你的微博，聊得多腻乎？"温迪早就掌握了证据，不依不饶，根本不信。

"我想散心。"郭鑫年压低声音，这种农村的四合院好像不太隔音。

"哼，信你一回。你在哪儿？"温迪放他一马，关心起来。

"那个，还在北戴河，没回北京。"郭鑫年嘴里打起绊来，总不能说自己和那蓝睡在一个屋檐下。

温迪是多么精明的一个人，听出语气不对："在北戴河住哪里？"

事情怎么会变成这样？郭鑫年不喜欢撒谎，支支吾吾，温迪猜到他犹豫的原因："和那蓝在一起？"

"不是你想象的那样。"郭鑫年不肯撒谎，言语中已经承认。

"哼，郭鑫年，开心快乐！"温迪对此极为忌讳，她的感情嫁接自那蓝，现在他们又在一起，会发生什么？她不知道怎么处理，恨恨地挂了电话。

郭鑫年慌乱起来，这事怪谁？自己喝酒不能开车，那蓝把自己接来，她也没错。温迪生气也应该，男朋友住在曾经暧昧的好友兼同事家中，还是一个房间，任谁都会不高兴。他披衣走到院落中，拨通温迪电话："别生气，我的错，我灌了几瓶啤酒，糊里糊涂就跑到这里来了。"

温迪详细询问原委，确认郭鑫年事先没有约好那蓝，只是偶然遇到。她迅疾发出两条指令："以前的事我就不追究了，只有两条：第一，在微博上把那蓝拉黑；第二，立刻返回北京。"

"拉黑，不是绝交吗？"郭鑫年崩溃。

"我不想男友和前任搞暧昧。"温迪语气不容置疑。

"那蓝是我前任？都没有约会过，哪有暧昧？"郭鑫年更疯狂了，女人都是什么逻辑？

"哼，看看你们的聊天记录，就知道是不是前任了。你在她家里过夜，算不算暧昧？"温迪防微杜渐，严防死守，极为坚持。

郭鑫年反倒糊涂了，杨洋阳说过自己和那蓝恋爱，温迪说那蓝是自己前任，这场恋爱真是谈得糊里糊涂。他勉强答应下来："好，我一会儿回北京。"

"北京见。"温迪不强求，郭鑫年能够答应回来就是收获。

42

携手抗敌

与此同时，在深圳企鹅技术的总部，马幻城无力对抗腐败，张至冬陷入深深的沉思。时间飞快地流逝，很久很久之后，张至冬抬起头来："Pony，我知道该做什么了。"他想到一个残酷的办法，牺牲自己换回企鹅技术的创业精神。

"什么？"马幻城不知道答案，任何机构都会腐败下去，这是历史规律。

"公司肌体已经被癌细胞占领，必须割下来，让健康的肌体焕发生命力。"张至冬痛苦万分，他自己就是被癌细胞占领的那一部分。他明白了东方不败的痛苦，挥刀自宫绝不是纸面上那么简单。

"怎么做？"马幻城内心煎熬，他真的找不到办法。

"培养有创业精神的接班人，延续公司的创业文化，这是我的使命。"张至冬和马幻城同窗四年，十六年并肩开创企鹅技术。他们有过分歧、争执和误会，此时此刻，他们又站在一起，对抗最邪恶的对手。张至冬找到内心的方向，马幻城将不再孤单地战斗。"如果我们摧毁了公司的管理团队，真正有创业精神的接班人在哪里？"他想到了下一个问题。

"没有，还看不见。"马幻城摇头，这是严重的问题。

"不是水中望月吗？"张至冬哈哈笑起来，这就像做完器官切除手术，却发现没有可以移植的器官。

"挥刀下去，自然就有人冒出头来，既是颠覆和冒险，就没有十足的把握。"马幻城想不明白，只能凭借直觉决断。

"好！豁出去了！"张至冬答应。

一个潮州人，一个东莞人，企鹅技术的两个联合创始人，做出了他们人生的第二个重要决定，第一个是共同创建一家公司，第二个就是保护这家公司不被腐败吞噬。他们并肩伫立在落地窗前，看着大鹏湾的潮起潮落。他曾经的对手，通信工具ICQ、微软的MSN，曾经那么不可一世，最终一个个倒在他们脚下。这次完全不一样，对手不是人，也不是企业，而是充满邪恶力量的腐败势力，曾经吞噬过无数伟大的王朝，腐朽和没落的气息正在吞噬企鹅技术。任何公司，甚至伟大的王朝都不能逃脱灭亡，不可避免地腐败下去，直到大厦倾覆。马幻城和张至冬却毫无退缩之意，将携手发起一场风暴，横扫腐败气息，恢复伟大的创业精神。

43

心灵碰撞

清晨，海风清新，空气像有营养。郭鑫年一骨碌爬起来，才看见自己光着膀子，睡相不雅，肯定逃不过那蓝的视线，还好她不在房间，他快速刷牙洗脸出门。厨房已经备好早餐，花卷、咸菜、小米粥还有两个茶鸡蛋，桌面上留着一张纸条，只有一个娟秀的字：

吃！郭鑫年昨晚没吃主食，肚腹早就空荡荡，坐下开吃，眼睛看着那蓝的字条，她练过书法？简简单单一个"吃"字，写得这么有味道。他很少正经吃早饭，往往到咖啡厅买个汉堡，或者在楼下买俩包子，今天的早餐分外可口，吃完意犹未尽。哎，这才是生活！

他举起手机，花卷、小米粥和咸菜被摄入镜头，发在微博感叹，暗叫糟糕，这不是惹温迪生气吗？想删又舍不得。那蓝的私信进来：吃完了？来海边。四合院距离海边极近，郭鑫年步行十几分钟就到，人不多。沙滩上有一张藤椅，那蓝穿着厚厚的羽绒服，里面穿着一件毛衫，头戴毛线帽子，手里举着一本书，淡淡的素妆，格外清新。

郭鑫年坐在沙滩上，二了吧唧地笑着说："真好吃啊，若得妻如此，夫复何求？"

那蓝苦笑，坦白说："我都不知道怎么接了，这是夸我吗？"

郭鑫年有正牌女友，这么说确实轻浮。他看着那蓝，她才是我喜欢的女人，怎么就变成了温迪？可是木已成舟，嫁鸡随鸡嫁狗随狗，郭鑫年有说不出的苦闷，谁让自己第一次参加高摩说明会的时候，中途喝咖啡拿错名片？他就是这样的性格，凡事反思自己，如果在一件事中自己错了十分之一，对方错了十分之九，他也会归罪自己。他答应温迪今天离开，尴尬地说："谢谢啊，昨晚醉成那样。我想，一会儿就走了。"

"陪我走走。"那蓝收起书本站起来，转了话题："怎么打算？卖不卖魔盒？"

"股东都坚持卖出，即便我不卖，也找不到赢利模式，没有路。"郭鑫年一片迷茫，不知道方向。

那蓝打开手机，触控屏幕，放出一首歌来，正是当年郭鑫年鼓励她的歌曲，《路一直都在》，每次不知道该怎么办的时候，她就会听这首歌，那蓝在海边轻轻哼唱起来。郭鑫年随着她的声音，渐渐被带入节奏之中："路一直都在，看不清的路又算什么，就算走到尽头又能算什么？这就是生活，寻找梦里的未来，笑对现实的无奈。不能后退的时候，不再彷徨的时候，永远向前，路一直都在。"郭鑫年的声音渐渐大起来，与那蓝在无人的海滩上，激昂万分，冲到海边，喊出最后一句歌词："没有选择的时候，不能选择的时候，永远向前，路一直都在！"

歌曲结束，两人意犹未尽，坐下来望着大海，烦恼一扫而空。郭鑫年好像看见模糊的未来，看不清晰却舍不得放弃："移动互联网将像潮水一样吞噬传统互联网，广告、游戏、社交、电子商务都会从电脑转到手机上。魔盒掌握着移动互联网的入口，我们困在门外，门内就是无限的机会。"

"好像缺失了关键的一环，使我们不能打开这扇门。"郭鑫年仿佛又回到骑行唐古拉山的状态，而且那蓝就在身边，他们处在平静的心态和思维风暴的中心。

"记得林佳玲的介绍吗？微博越来越臃肿，变成了公众平台。"那蓝对微博又爱又恨，这里可以与朋友分享心声，却时时担心隐私泄露，她后来干脆删除了全部的内容。

"是啊，微博上的对话全都泄露了，才会有误会。"郭鑫年深有感悟，就像揭开新娘的盖头，发现新娘子是另外一个人。

"什么样的误会？"那蓝停住脚步，看着郭鑫年，继续这个话题。

"啊，这个……"郭鑫年眼神慌乱，那蓝极为聪明，总能从话中揣度人心。

那蓝再次试探："你和温迪很幸福吧？"

郭鑫年有苦说不出，摆手不想说，又怕错过这个机会，犹豫再三："那段时间，我们没有见过，没有约会过，我习惯和你聊着聊着就睡着了，很香很甜。现在不是这样，我像丢了灵魂，情感很不单纯。我常常搞不清楚，她和我在一起到底是为了什么。"

那蓝也怀念那段时间，她与少爷分手，正在难过，郭鑫年遭遇困难，放下一切骑行拉萨，返回北京之后，百折不挠，义无反顾追求梦想，终于获得高摩投资，自己还困在格子间。他的精神世界震撼了那蓝的心灵，积极向上，自强不息，勇于冒险，我远不如他。那蓝叹气一声，思绪回到情感上，但是他没几天却和温迪搅在一起，这里面有很多不清楚的地方："你和她发展好快。"

郭鑫年也觉得此事别扭，早想一吐为快："我第一次见到温迪拿了你的名片，有些误会，可是我没有糊涂到那种程度。我与温迪见面的时候，称呼她为那蓝，她说英文名字是温迪，让我这样叫她。"

"你总是这样，沉浸在自己的想法中，忽略他人。"那蓝记得清楚，第一次说明会的时候，应该自己主持会议，临时让温迪接替了。

"好吧，这我承认，不过临时出去喝杯咖啡不是大错，是不是？"郭鑫年渐渐明白，这件事自己三分糊涂，七分被利用了。

"不是大错，后果很严重。"那蓝确定，温迪利用了郭鑫年的糊涂。

"别上纲上线，会议结束的时候我索要名片，温迪给了一张你的名片。"郭鑫年详细地叙说着。

"她也没错，那个会议本来应该由我主持。"那蓝想着那个下午的少爷出轨，如果没有那个意外，她会过上完全不同的生活。

"然后我去敦煌和西藏，按照那个名片和你联系，为了那本书，记得吗？"

"《冰岛攻略》。"

"那一直是你，那种心灵相通的感觉，我们都能感受到。"郭鑫年确认着，试图把中断的感情接回来。

"心灵相通，怎么做到？"那蓝也喜欢那种感觉，详细确认。

"只要不知道你在哪里，就去看你的微博，或者发个消息，从语气就能判断出你的喜怒哀乐。"

"你以为那是温迪。"那蓝也懂得那种感觉，现在又能怎么样？时间不能倒流。

郭鑫年既然开口，就想把事情说清楚："我以为她是你，后来才知道我搞错了。"那蓝心里明白，温迪极有心计，郭鑫年大半被耍了。可是他要不是迷恋温迪，怎么会将错就错？

"嗨，这算什么事儿？"郭鑫年骂着，他和那蓝谈恋爱，却被温迪抢了胜利果实。他停住脚步，看着大海，却恨不起来温迪。他不能说自己对温迪全无迷恋和感情，更不能说自己自始至终全然不知："都是新浪微博惹的祸，评论和回复任何人都可以看见！"

抢回来不是那蓝的风格，徒增烦恼，她默默踩着海水，让心情平复下来。一切都暴露出来，太可怕了，不知道谁在暗中窥视。那蓝望向大海，自从郭美美东窗事发，"表哥""房姐"和"房叔"陆续在微博上被曝光，很多人看中网络的力量，煽风点火，语出惊人，达到出名获利的目的。那蓝生在官员之家，耳濡目染，猜测着说："网络上负面和虚假的信息太多，很多大V有上千万粉丝，呼风唤雨，卧榻之侧岂容他人酣睡？政府不会任由微博发展，早晚都会出手，如果这些大V被打掉，我们还会留在微博上吗？"

"如果用户不喜欢微博，将流向哪里？"郭鑫年豁然开朗，对讲机吸引用户，再用社交功能留住用户。

"社交功能？好友之间的圈子。"那蓝常常受到郭鑫年的感染，思维活跃。

郭鑫年坐在沙滩上，画了三个箭头，左边写上"吸引用户，对讲机"，中间写上"保留，社交"，右边的圆圈内写上"赢利"。他用树枝指着最后一个圆圈，这是最关键的问题："有个想法，有些疯狂。"

"什么？"那蓝看着郭鑫年，他们总能碰出无尽的火花。

"生态系统。那蓝，这大海就是一个天然的生态系统，水和土壤、海草和各种各样的生活构成了生生不息的生态系统。"郭鑫年望着大海，海水中的生物在他眼前一一闪现，海水和土壤滋生微生物，微生物是海藻和各种植物的食物，海藻又滋生鱼虾，鱼虾又成为鲸鲨的猎物，当鲸鲨生老病死之后，又分解为海底的养料。那么，魔盒是手机入口，通过免费的通信功能吸纳海量的用户，利用通信录再建立社交关系，接着就是游戏、支付、交易、搜索和新闻，成为一个移动互联网的生态系统。到了那个时候，便没人是我们的对手！"郭鑫年目光燃起火焰，看着那蓝，是个好主意吗？

"哈哈，你真的要颠覆互联网吗？"那蓝惊讶地看着郭鑫年，这的确是一个疯狂的想法。

郭鑫年需要她的支持和鼓励，就像以前一样："不可行？"

那蓝忽然笑了，如同璀璨的阳光照射："就是这种感觉，你骑行唐古拉山那天的感觉。"

"跟我来。"郭鑫年不由分说拉起那蓝的手，飞速地向四合院跑去。他要把想法整理出来，那蓝却在沙滩边缘停住脚步，提醒："知道吗？这并不容易。"

郭鑫年是个懂得感恩并且知足的人，他神采飞扬，使劲儿将那蓝拥在怀中。这是一种兴奋的表达："我不在乎，我得到了这么多，不再害怕失去。"

温迪让郭鑫年回北京的叮嘱已经被他忘到了爪哇国。

郭鑫年和那蓝盘腿坐在厢房中间，用各种各样的笔在白纸上描述新的想法。社交网络的概念起源于哈佛校园，扎克伯格创建了Facebook，开心网在中国模仿这个概念，倏然兴起。抢车位和偷菜，让开心网尝到甜头，向游戏领域发展，希望尽快赢利。其实用户并不是真的喜欢偷菜，这只是朋友之间的恶作剧，社交才是本质。新浪微博崛起，开心网走错一步，丧失霸主地位，瞬间没落。郭鑫年眉飞色舞地讲述想法："为什么微博的黏性越来越小？人有五伦，君臣、父子、兄弟、夫妻、朋友，而后有忠孝悌忍信，对领导忠心耿耿，对父母要孝顺，对老婆要能忍，兄弟要亲近和睦，对朋友要有信用。"

"对女朋友呢？"那蓝开起玩笑，这样感觉就对了。郭鑫年创业的那段时间，那蓝迫于公司规定，不能与他见面，只是在网上与郭鑫年碰撞想法，即便与罗维去听《妈妈咪呀》歌剧，心也与骑行唐古拉山口的郭鑫年连在一起，现在两个人面对面，心灵碰撞出耀眼的火花。

"应该能挨打吧？"郭鑫年哈哈笑着，话题怎么扯到这里？他继续说："新浪把不同类型的关系拉入同一个微博中，对于悲催的八〇后来讲，最怕父母和老板关注自己的微博，一旦被关注，就开始装腔作势。"

挨打？那蓝抓住话题的另外一头，把枕头砸在他身上："我打过你吗？快说，谁经常打你？"

"哪敢？喜欢都不够。"郭鑫年看着那蓝，忍不住在她长发上轻轻一吻，思路又转回来："我想在魔盒上增加开发好友圈功能，父母、老板、朋友、恋人、同事、生意伙伴，互不干扰，构建和谐社会，科学发展。"

"还有一件事，有一个创业者名叫程啸虎，在做打车软件。他们遇到一个技术问题，呼叫接通率很低，急需投资来寻找技术合伙人，我想请卢卡和他聊聊。"那蓝此时此刻只是按图索骥，寻找未来的投资对象，尽心尽力帮助创业者，她根本不知道，这张投资地图将会指引她走向入口之战后面的另一场硝烟。郭鑫年就是创业者，深知没有技术合伙人之苦。这种事情不用那蓝张口，他都义无反顾，这就是创业者之间的惺惺相惜。

44

新的方向

地面上铺满白纸，郭鑫年和那蓝光脚踩在上面，讨论着好友圈的细节。他们把想象中的手机界面画出来，不满意就撕掉，想清楚再来。他们两人饱受微博信息泄露之苦，在设想中，魔盒的通信录自然而然形成了好友间的社交关系，分享照片和心得，互相评论，一切都限制在熟人之间，构建一个封闭的空间，拦住各种暗中窥视。封闭和隐私就是好友圈的差异，新浪微博是陌生人之间的社交网络，好友圈存在熟人之间。

电话响起，郭鑫年心思全在白纸上，看也不看就接起来："喂，温迪，我还在。"

温迪火冒三丈："你答应我今天离开，还算数吗？"

时间已经中午，郭鑫年安慰温迪："我们有一个很好的想法，把魔盒生态系统化，社交、游戏、支付都可以在魔盒上完成，就能解决赢利的问题。"

"我们？"温迪怔怔地抓着电话，猜到另外一人是那蓝，驳斥郭鑫年："社交功能？我们连幂聊都勉强应付，你还要和新浪开战？"

"新浪微博的用户正在流失，没发现吗？我们不吸引他们，他们就会流失到其他地方。"郭鑫年据理力争，他和温迪一谈到公司和产品，就泾渭分明。

"不说这个，什么时候回北京？我要看电影。"温迪不想争论，当务之急是把郭鑫年和那蓝分开。

郭鑫年回头看看那蓝和满地的白纸，担心想法转瞬即逝："我要把这些想法都抓住，画出来。"

温迪和郭鑫年的感情发展这么迅速，其实是那蓝打好了基础，他俩在一起就是干柴烈火，什么事情都可能发生。温迪不得不放低语气请求："大愚，你回北京，我给你做饭做菜，红酒香槟，我陪你工作，陪你讨论，回来吧。"

郭鑫年为难起来，看看天花板拒绝道："温迪，我这几天要好好想想。"

温迪不想再失去郭鑫年，这是最后一次抓住他的机会："你工作的时候，我会很乖的，肯定不打扰你。我只是不想你和她在一起，我好怕，怕失去你。"

郭鑫年抬头，缓缓说道："我完成这些想法就回北京。"

"好的，我等你。今晚做菜给你吃，好不好？"温迪退让了，这是她的底线。

郭鑫年放下电话，走到那蓝身边，抓起笔，却失去了灵感："刚才到哪里了？"

"忘了。"那蓝听见了他的电话，咬着嘴唇，心里不是滋味儿。

郭鑫年拍着脑袋，看看外面："算了，中午吃什么？"

那蓝的眼泪蹦出，走到门口拉开门："没人留你吃午饭，你不是要回北京吗？有人在等你！"

她为什么流泪？女人真奇怪，郭鑫年小心翼翼地问道："你怎么了？"

蠢笨如牛，那蓝拉开梳妆台，从抽屉中拿出一本书，塞给郭鑫年，正是他丢失在高摩的那本《冰岛攻略》："记得这本书吗？你丢在会议室里，让我去找。"郭鑫年曾经的梦想破裂在这本书的字里行间，那蓝指着桌上的相框，这是郭鑫年发给她的照片："你骑行拉萨，在布达拉宫门口，拉着这个条幅，还记得吗？"

这是郭鑫年亲手制作出来的条幅，上面写着：拉萨不是终点，那蓝，北京见，把我们的想法变成现实！我想你。记忆如此清晰，雪域高原的骑行，唐古拉山口的兵站，让人惊喜的想法，那蓝时时相伴，讨论和分享，那是一段开心难忘的旅程。这些记忆都属于那蓝，我却和温迪搅在一起，好像在梦幻中，床上的缠绵，股份和投资、互联网论坛的荣耀？哪个才是我想要的？

那蓝走到床头，枕间是那个熟悉的绿色的毛绒兔兔："这是谁给我的？我每天抱着睡觉，我用兔兔的照片当作微博的头像，你不明白我的感情吗？"

郭鑫年看着眼前一切，彻底清醒，抬头反问："我拿错名片搞错人，可我回北京之后，你为什么不见我？"

那蓝心事淤积很久，今日一吐为快："我们是投资人和创业者的关系，如果感情和创业纠结在一起，就分不清楚爱的是人还是钱！"那蓝不想背后攻击温迪，轻声提醒："你呀，其实很多事情都不知道。"

郭鑫年以往肯定会遗漏那蓝的言外之意，这次却没有："我不知道什么？"

那蓝欲言又止，温迪那时是罗维的未婚妻，根本不可能爱上郭鑫年，婉转说道："你既然和她在一起，至少应该了解人家有没有男朋友。"

郭鑫年隐约知道温迪的感情纠葛，他想到这里，终于说出关键："我以为温迪是你，魔盒是我们一起的想法，所以转让了百分之十的股份给她。"

果然这样！那蓝和郭鑫年面对面坐着，详细地互相补充，说出更多真相，温迪与罗维合谋取得高摩的投资，试图阻止郭鑫年参加高摩的说明会，那蓝屡次支持魔盒，直到拆穿他们的图谋。罗维没有拿到投资，温迪与他分手后转投郭鑫年怀抱。郭鑫年心惊肉跳，一切竟然是这样！他们拼凑出完整的答案，郭鑫年一心一意却爱上两个人，原因真的不全怪他，温迪的精心设计和那蓝的矜持都导致了这种局面。

不知不觉之间，他们的话题跳跃出来，谈起了产品设计，又聊起了那蓝的音乐和郭鑫年的历史。他们曾在网上没完没了地聊天，后来因为温迪的出现而停止。今天，他们坐在白纸上面对面，话题不知道被扯到哪里。郭鑫年心里畅快无比，每个细胞都在跳跃，总能产生绝妙的想法，上次是对讲机，这次是好友圈。他忽然明白："没有你的时候，我就失去了灵感。啊，知道原因了。"

"为什么？"那蓝有同样的感觉，却没有想过原因。

乔布斯的天赋可以归结于一点，站在科技和艺术的交叉点，才能不断地颠覆世界。郭鑫年熟读《乔布斯传》，说道："你喜欢音乐和艺术，我喜欢科技和历史，我们各自远比不上乔布斯，但我们加在一起，就站在了艺术和科技的交叉点，像他一样。"

"切，吹牛。"那蓝不认可这个比喻，自己哪敢跟乔布斯比？细细一想又不无道理，这正好可以解释他们在一起时思如泉涌的状态。他们互相汲取养分，精神世界共同成长。郭鑫年牵她起来，看着一地的白纸上画满好友圈的功能，说道："我最喜欢南北朝的历史。一位南朝将军名叫陈庆之，率领七千士卒北伐，凡四十七战皆捷，克三十二城，攻占北魏的首都洛阳。北魏天柱大将军尔朱荣率领三十万人马倾巢来攻，他绝对是中国历史上一位军事大家，曾经以数千骑兵，冲入几十万河北义军背后，前后夹击，阵擒葛荣。别的不说，李渊的祖父李虎，北周的实际开国帝王宇文泰都在其麾下，战力可想而知。陈庆之坚守洛阳六十天，全军覆没，逃回南朝。他手下一名年轻的将领杨忠留在北方，改变了中国历史。"

郭鑫年前言不搭后语，却常常带来思路碰撞的惊喜。那蓝对这段历史极为陌生，好奇地听着。"杨忠做了一件很简单的事情，像我们一样。"郭鑫年借用历史开着玩笑，她睁着大眼睛掉进了小小的圈套，"什么？"那蓝的好奇心被调动起来。

"他生了一个儿子。"郭鑫年没有开玩笑，非常认真。

"什么！"那蓝掩口却笑不出来，郭鑫年二极了，这话放在职场就是性骚扰。

"他的儿子名叫杨坚，继承隋国公，西逐突厥，南平陈国，一统中国，结束了二百八十年的大分裂和大黑暗的时代。"郭鑫年眼中闪出熠熠光芒，"我们也有一个孩子，魔盒改变了世界，现在我们正在孕育新的孩子。"

"你这家伙成天乱说话。"那蓝扑哧笑喷，不与他计较，却也没法接下去。他们两人在网上这样肆无忌惮惯了，郭鑫年从大历史的角度看待技术和产品的发展走势，洞察未来的趋势和变化，大处着眼，小处入手，这是他的优势。他们又聊了一阵儿，郭鑫年埋头完善白纸上的图形，那蓝悄悄溜出去，将午餐端到偏厢房中的方桌上，唤他过来。两人举着花卷，捧着粥碗，夹着小菜放在口中，沉浸在精神的和谐世界中。那蓝已经与爸爸、妈妈简单说明情况，他们在另一厢房，并不过来打扰。

手机突然响起，温迪不舍不弃地打来电话："大愚，你在干吗？你还在那蓝家吗？为什么不接电话？"

"我想冷静一下，先不要联系，好不好？"郭鑫年不解释，挂了电话，看着那蓝笑笑。他和那蓝都不是追求金钱和权势的人，创业只是为了一个小小的想法，而开发出好玩的产品。温迪不一样，她基于商业利益，关心的是收入和估值，所以，郭鑫年永远没办法和她碰撞出好的产品。

夕阳西沉，他们不约而同地抬头望向窗外，日落！唯有这种天地交合的景色能够将他们从产品设计思路中拉出来，他们冲出四合院，迎着夕阳向沙滩奔跑。那蓝的情感难以抑制，勇敢地把右手滑进郭鑫年手掌之中，温暖和安全的感觉。他们手拉手相依在海边，听着涛声，看着夕阳渐渐沉入大海。

郭鑫年当天没有回北京，他沉浸在产品的世界中。他们用了几百张大白纸，把想法归纳，魔盒是通信平台，第二步要成为社交平台，第三步发展成游戏平台，第四步与信用卡绑定变成支付平台，最后将企业账号变成交易平台。他们完善功能，梳理流程，画出界面。那蓝第一次参与研发的美妙过程，从一个简单的想法衍生出越来越多的产品功能，归纳合并，做减法。每到这个时候，他们会停下工作，骑车去海边探索。郭鑫年说这是沉淀，忘记所有思路，以用户的角度体验。如此反复，既有好主意诞生的快乐，又有割爱的痛苦，就像孕育孩子一样，萌芽茁壮成长，日趋完善。三天之后，厢房四周挂满白纸，一幅幅界面图形被清晰地绘制出来，那蓝体会到了母亲与胎儿之间的联结，卖出魔盒就像卖出孩子，是残忍的割舍。

那蓝光着脚小心地踩在白纸上，简单的长裙和舒服的圆领，手腕上有精致的手镯，雪白的颈间戴着好看的挂饰，她认真地调整灯光和相机的角度。从西藏带回来的兔兔摆在床头，梳妆台上自己在布达拉宫前打着条幅的照片，这一切都述说着她的感情。

那蓝拍完一张，举着相机跑过来让郭鑫年看，蓝花的味道扑鼻而入，郭鑫年沉醉其间。啊，和那蓝一起开发产品，就像生孩子一样美妙！当他向那蓝说出这句话的时候，她脸蛋羞红如晚霞。她全部拍完，把图片导入笔记本电脑，投影在墙壁上，两人靠在榻上，一张张仔细研究。那蓝的掌心湿润和细腻，暴露出她的紧张和慌乱，气氛变得怪异。郭鑫年缓缓接近她的嘴唇，看见她目光中的犹豫。这么做对吗？他犹豫起来，当他要后退的时候，那蓝闭上眼睛，将自己交了出去，长长的睫毛和细细的眼睛，郭鑫年将她拥入怀抱，嘴唇紧紧压上，理智消失，只有她的温柔和细腻。

忽然，郭鑫年感受到唇间的一片冰凉，那蓝使劲儿把他推开："你走吧，回北京，有人在等你。"

45

决裂

郭鑫年在北戴河住了三天，温迪起初不停打来电话，第三天电话安静下来，暴露出她的绝望。其实最了解郭鑫年和那蓝感情的不是他们自己，而是温迪。她最担心的事情终于发生，他们心灵相通，一旦相遇，谁都挡不住。

果然，当郭鑫年回到北京的公寓，温迪已经将她的东西全部搬空，恋情恐怕到此为止了，可是魔盒怎么办？难道真的任由她卖出去？他安安静静待了一天，冷静下来，第二天才约她见面。下午两人在咖啡馆面对面的时候，没人提起北戴河发生的事情，却都知道一切已经变了。郭鑫年用公事公办的口气说道："关于并购，再听我说一句。"

温迪将文件打印出来，摊在桌面："我们表决过了。"

"给我三分钟。"郭鑫年摊开平板电脑，将那蓝的图片展现出来，"关于赢利，我想到了解决方案。"

"什么？"温迪想尽快获利了结，无心多听。

"先是好友圈，留住用户，然后魔盒是生态系统化，连接社交平台、游戏平台、支付平台、新闻平台。"郭鑫年经过深思熟虑，充满信心。

"这真的是你的想法？"温迪惊讶地看着郭鑫年。

"是的。"郭鑫年心中燃起希望，或许她也喜欢。

"烂得不能再烂，拾人牙慧，开心网和新浪微博早就玩烂了社交功能，没有任何创新，只是嚼烂的甘蔗渣，消化过的山珍海味，被吴三桂抢回去的陈圆圆。"温迪毫不客气地批驳，这种技术层面的沟通，郭鑫年是不忌讳的。

"消化过的山珍海味？"郭鑫年怔怔地问道。

"Shit."温迪用英文回答，多么好的山珍海味被消化之后都变成狗屎。

"被吴三桂抢回去的陈圆圆又是什么意思？"郭鑫年思路一时转不过来，问完"哦"了一声，摆手表示明白了。陈圆圆本是秦淮八艳，后来被养在吴三桂深闺。李自成攻入北京的时候，陈圆圆被部将刘宗敏霸占，转宿军营。吴三桂重新抢回来的时候，陈圆圆已经不复当年的模样。

"被玩烂的！社交网络最早是Facebook的发明，然后是开心网和新浪微博，你说幂聊山寨了魔盒，你怎能反过来模仿别人？鑫年，我以为你暂时受挫，对你仍然寄予厚望，现在只有失望。"温迪毫不容情，她一直忍受郭鑫年，从未暴露出这样的面孔，这次终于放开情绪："你两面作战，知道对手是谁吗？新浪微博有五亿用户，这样不能挽救公司，只会把奄奄一息的魔盒拖入泥潭。"

温迪几句话轰住郭鑫年，把协议推到他面前："现在，签署协议。"

郭鑫年执拗地坚持，将笔扔进垃圾桶："不签。"

百分之六十五的股东已经同意，他即便不签也不影响并购，温迪忽然笑了："随便。"

两人彻底决裂，郭鑫年直视她："为什么一定要卖出魔盒？"

"作为投资人，这是我的责任。"温迪收拾手提包，准备离开。

"你不仅是投资人，还曾是我的女朋友，也是魔盒的股东，你扮演了三个角色。"郭鑫年看清了她的动机，她只想获利退出。

"你却投向那蓝的怀抱，你们在北戴河泡了三天三夜。我怎么求你，你都不回来，有什么资格这么说我？"温迪眼中带泪，她在各种角色中变换，非常不容易。

郭鑫年不想指责她，摇头："你的做法太危险。"

温迪仍然希望挽回情感，恳求："大愚，别离开我，无论在北戴河发生了什么，我都不追究。"

郭鑫年看着泪流满面的温迪，她和那蓝只能选择一个，拒绝道："温迪，对不起。"

那蓝，为什么要抢走我的男友？温迪擦去眼泪，坚强站起来，我不会放弃！无论是投资还是感情。她略微平静心情，通知郭鑫年："明天上午九点，高摩十七层，华山会议室，对战略合作伙伴进行讨论和投票，缺席者视为弃权。"温迪抢先入股魔盒，转手卖出，一切都是她的谋划。

第五章

企鹅起舞

46

敲山震虎

阳光照射进暖房，温度适宜，这是壁炉燃烧的热力。老爷子闭着眼睛靠在椅子上，手里握着一本《德川家康》，这套书记载着德川家康与织田信长和丰臣秀吉争锋天下的故事。年底退位，他毫无怨言也不恋栈，只是家族盘踞着巨大的商业利益，兄弟姐妹、儿子女婿、亲家、司机和秘书，他们不会心甘情愿地把吃到嘴里的肥肉吐出来。自己是大家长，必须保护好这个家族，他们哪里知道世道的险恶！

进退自如，才能纵横天下，可是进易退难。老爷子熟读世界各国历史，在日本战国时代，这种退却叫作"切"，敌强我弱之际，必须干净利落地撤退，不能拖泥带水，否则就万劫不复。老爷子展开书本，在丰臣秀吉统一日本的关键的贱岳之战中，对手柴田胜家派遣军队攻入制高点，丰臣秀吉率领大军反击，柴田军队留恋阵地，迟迟不肯下山入本阵，耽搁了时机，被丰臣秀吉的军队追击，彻底打败消灭。柴田胜家兵败之后举起大火，全家自燃！老爷子摇头，没人知道这些典故，儿子更是听不懂，却一而再、再而三地重蹈前人覆辙。

进如山稳，退如闪电，这向来是老爷子的风格。

少爷推门进来，春风得意。飞讯上线五个月，轻松赚到几千万，如果收购魔盒，制定收费标准，这是多么大的生意！他叫声"爸爸"坐在旁边，老爷子心里感慨。这孩子不像自己，无论长相还是性格，环境更是完全不同。自己生于贫寒，努力奋斗，平步青云，后来主政一方，没时间照顾家庭；儿子长于妇人之手，备受呵护，哪知道外面的风雨？他欠缺艰苦的磨炼，后来去美国求学，我想让他吃吃苦头，他妈妈偏不放心，租好别墅，安排好管家、厨师、司机和保安，锦衣玉食。大学假期，她甚至和老钱一起去照顾，老爷子常常后悔。我连儿子都管教不好，又有什么资格管理国家？男子汉应该顶天立地，风餐露宿，不该娇生惯养，养成好高骛远的性子。

老爷子打开《德川家康》，向儿子讲了一遍贱岳之战。少爷完全不懂日本战国时候的背景，老爷子不得不从头讲述起丰臣秀吉、柴田胜家和织田信长之间的关系。少爷终于听懂了，笑着说："我懂，贼偷完东西，赶紧跑，别恋栈。"

话糙理不糙，老爷子琢磨着就是这么回事。少爷不笨，为什么净做傻事？事已至此，又能如何？两人正在交谈之际，老钱进来，肃立一边。老爷子摆手让他坐下，将一份内参递给少爷说，看看。

这是一篇新华社的内部报道，大领导在海淀区调研，多次谈到创新，其中一段话吸引了少爷的视线：有些人短视和守旧，限制新生事物。我看呢，关键要处理好政府和市场的关系，让市场真正成为配置创新资源的力量，让企业真正成为技术创新的主体，政府不要横加阻拦，也不要到处伸手，不该管的坚决不要管，靠市场嘛！

这段话意味浓厚，少爷仔细品着，老爷子问道："说说读后感吧。"

少爷凭借政策法规力压魔盒，限制互联网企业经营语音业务，再中断魔盒网络，趁机收购。如今，大领导亲临车库咖啡，与创业者座谈，说出这番话，意图明显。可是，中通电信向来是家族势力范围，何必畏首畏尾？少爷不敢这么说，轻轻回答："金泰也是企业，凭什么不能竞争？"

"老钱，你说说。"老爷子向来判断清楚每个人的想法之后再表态。

"您要退了，该收手了。"老钱直言不讳，意图与少爷相反。

"这是正经生意，凭什么退？"少爷据理力争，不肯放弃。

"里面有玄虚。"老爷子皱眉沉思，无论商场、官场抑或经济还是政治，没有无缘无故的巧合，任何事情发生，必有对手的捣鼓，这是老爷子积累多年的智慧。

"怎么可能，魔盒那几个屌丝，不可能走动到这个级别。"少爷一口否定这种可能。

儿子没有政治智慧，老爷子只希望把家族从危险中带出来，赶紧上岸。权利、垄断资源、土地和资金，这都是大家族争夺的焦点，退位后没有了保护伞，如果不吐出这些肥肉，弄不好身家性命都会被吞噬。他慢腾腾站起，从身后书架上拿了一本书，递给少爷："萧卷，看看此人的传记，学学。"

这是袁家骝的传记，袁世凯的孙子，他妻子吴健雄有"东方居里夫人"之称。袁家骝在普林斯顿大学任教期间，研究高能物理，证明了地球上的中子来自宇宙产生的次级粒子，设计并建造了全世界能量最高的质子加速器，两获美国科技大奖，是著名的物理学家。物理学家？少爷笑了，我哪儿是那块料？

少爷一点儿都不领会，老爷子不禁失望："希望你能够学学袁家骝，不要从政也不要从商，干干净净，至少收心养性，不要当个纨绔子弟。"

少爷不敢作声，老爷子这个话题告一段落，向老钱问道："视察的时候，谁在场？"

老钱做过调查，将名单呈上，老爷子哈哈笑了："看看，咱们的那厅长也在。"

少爷大惊，还是老爷子老辣，总能看出事件背后的关联和动机。老爷子怒极反笑："我没想到啊。"

此事关乎少爷婚事，少爷不想与那蓝决裂："那厅长在电信部，陪同调研也是分内之事，应该没有和我们作对吧？"

老爷子暗笑儿子单纯，那蓝爸爸即便出于工作原因陪同考察，也该事先打个招呼，至少事后也要说一声。他沉思许久说道："第一，不要再通过电信部施压；第二，你和那蓝断绝联系。"

少爷既舍不得飞讯，又放不下那蓝："爸爸，那蓝不是您一直看好的儿媳妇吗？"

老爷下了决心，必须打好最后一仗，证明自己不好欺负，否则对方就会穷追不舍。老钱明白老爷子的想法，劝说少爷："婚礼的请柬都发出去了，婚礼取消，别人都说咱们失势了。那蓝爸爸不识好歹，竟然陪同调研，明显不给我们面子，别人又会怎么议论？树倒猢狲散，还是墙倒众人推？"

少爷哪儿想到婚事牵扯这么大，更痛恨自己一时冲动带菲菲回家，不仅失去了那蓝，也产生了政治斗争中的一道裂痕。老钱还怕少爷不明白，再次出言提醒："这是退位前的最后一战，必须敲山震虎，绝不能让别人以为我们软弱可欺！"

少爷恳求着："爸爸，我再和那蓝谈一次。"

老爷子叹气一声，默不作声，儿子政治智慧实在太低，必须尽快退出，否则必出大事。老钱仍然苦口婆心劝说："少爷，还不明白吗？这是让那蓝回心转意的唯一办法。"

"不联系那蓝，怎么让她回心转意？"少爷想不清这之间的关联。

老爷子点头，老钱才说道："拿下那蓝爸爸，才可以让她回心转意。"

老爷子不愿意在少爷面前多说这种下三烂的打法，挥挥手："你走吧，记得我说的话。"老爷子常常怀疑自己，每次有些不好的事情都打发少爷走，这是不是导致少爷幼稚的原因？哎，不想这些。少爷将信将疑，离开暖房。老爷子看一眼少爷背影，问老钱："上次说到你的接班人，可有进展？"

老钱心中一动，老爷子对自己退位似乎非常迫切，对我不放心了？他看出什么？他恭敬回答："这个人不好选啊。"

"事不宜迟，须早些选好，带来见我。"老爷子不由分说，口气却十分客气。

老钱辅佐家族几十年，黑道白道通吃，老爷子能够成功上位，也有他运筹帷幄的功劳。老爷子都要退了，我还恋栈什么？少爷年轻，未必与自己合得来，还是早早让贤为好。老爷子让自己物色人选，还是极其信任的，如今局面错综复杂，什么人才能接掌这个管家之职？她行吗？在这瞬间，老钱想起一个人来。

47

强行表决

引入新的战略投资人，其实就是卖出股份，股东们陆续签字确认，温迪紧锣密鼓地催促金泰和企鹅技术开出收购条件。这并不容易，需要对魔盒的用户数据进行分析和估值。一周之后，温迪邀请魔盒的股东们参加会议，讨论并购事宜。

那蓝又出现在会议室中，温迪皱眉，无论是投资还是感情，绝不容她插手。她稍一示意，胡须分析师说道："今天是项目小组会议。"

这是明显的对那蓝的蔑视，郭鑫年站起来说道："我们创业团队邀请那蓝参加，想听她的意见，苏大哥不反对吧？"

苏苘始终都是郭鑫年的好朋友，对那蓝印象极佳，当然不会反对。他们占有大多数股份，温迪不想大动干戈，只好避开那蓝的目光宣布："金泰和企鹅技术都提出并购条件，请各位股东审核和讨论。"

"等等，如果你们坚持卖出，我退出。"郭鑫年抢先说道，他在北戴河有了新想法，更加坚决反对。

"我同意。"温迪快刀斩乱麻，不想节外生枝，不理郭鑫年的挑战。两人处于一种奇怪的状态，是分是合没有明说，又不得不在工作中碰面。

"大愚，不妨听听收购条件。"杨洋阳无法支持郭鑫年，只好寻求妥协。

苏荺将文件推到郭鑫年面前，企鹅技术为魔盒估值一亿美元，金泰的估值略高一些，更大的区别在于企鹅技术寻求控股，金泰只收购百分之三十的股份。郭鑫年看也不看，退回文件，强硬地说道："我反对卖出，魔盒可以从通信平台转型为社交平台，然后是游戏平台和支付平台。"

"我们做过表决，决定卖出股份，如果你不愿意参加会议，可以退出，请不要节外生枝。"温迪几乎气疯，夜长梦多，她不想拖延。她本来给企鹅技术的估值是四亿美元，由于幂聊的崛起，魔盒疲于应付，估值降到一亿美元。如果用户继续流失，贬值更快，她在投行不是白混的。

"企鹅技术有完善的产品线和用户基础，魔盒一旦并进去，定然可以发展壮大。金泰资金充沛，却想榨取魔盒用户资源来赢利，我们很可能拿到钱，却丧失了魔盒的生命力。"苏荺在互联网圈，对企鹅技术的实力非常了解。

"企鹅技术要控制魔盒，将我们的团队纳入他们的体系之中消化掉，魔盒恐怕连生路都没有。"温迪更倾向于卖给金泰，原因很简单，当然谁出价高就转让给谁，而且金泰拿出来的是真金白银，企鹅技术却是一半股票一半现金，意在套牢魔盒创始人。而且在金泰的运作下，魔盒与运营商达成分成协议，还会带来更多的现金流，甚至上市。

"你的态度？"苏荺转身询问杨洋阳。

与老钱合作是与虎谋皮，杨洋阳间接表明立场说道："如果为了钱，就与金泰合作；如果希望发展好魔盒，就该在企鹅技术的平台上。"

杨洋阳和苏荺希望卖给企鹅技术，温迪要卖给金泰，股东陷入僵持。温迪精心布局，不急在一时，耐心游说："鑫年，你的意见？"

"你们聊吧，和我无关，我退出。"郭鑫年听不下去，他不想卖给任何人。

"那蓝，你的意见？"杨洋阳忽然问道。温迪代表高摩，那蓝其实没有任何发言权。可是杨洋阳请她发言，就意味着承认她的影响，温迪无法阻止。

那蓝本来赞同卖出，在北戴河的三天三夜之后，她改变了想法，她把厚厚的《乔布斯传》翻到第一百九十二页，念道："一九八五年五月，苹果公司获得向中国出口电脑的许可，CEO斯卡利收到邀请，准备动身去中国签署协议。乔布斯打算利用这个机会，发动政变，驱逐斯卡利。这个消息被他信赖的朋友泄露，斯卡利取消中国之行，在周末的董事会议上与乔布斯对峙。在那个关键的周末，乔布斯糊里糊涂地迟到。当他来到会场的时候，斯卡利与股东合谋，镇压了乔布斯预谋的政变，将他逐出亲自创建的公司。"

这有可比性吗？太扯了，温迪向天花板翻着白眼，又来了，那蓝和郭鑫年连番五次地拿着《乔布斯传》絮叨，简直当成了红宝书。那蓝将书合上，看着每位股东："当时，所有股东都认为逐走乔布斯是最佳决定，包括苹果公司的另外一个创始人沃兹尼亚克，以及乔布斯的天使投资人，情同父子的马库拉。任何有基本商业常识的人都会这样做，因为乔布斯的想法太疯狂。"那蓝看着每个人质问："结果怎么样？苹果失去了整整十年，濒于破产。"

"我们正在重蹈苹果董事会犯下的错误，把创始人赶出公司。"那蓝从没有这么激动，指着郭鑫年："这人糊里糊涂，甚至分不清我和温迪，和她上了床，还以为是我。"

郭鑫年是极品二货，也不敢在公开场合这么说话。那蓝向来文静，今天说话却是石破天惊，引起轩然大波。温迪脸色苍白："那蓝，你说什么？"

杨洋阳知道怎么回事，苏荫和高摩的分析师们相顾失色。在投资界，投资人与创业者发生情感纠葛不少见，却极少放在台面上。那蓝不怕彻底得罪温迪，缓缓说道："郭鑫年只想做出一个好产品，这是他的梦想。现在卖出魔盒，高摩的确可以赚到一些，这有什么意义？我们是投行，推动创业公司发展是我们的职责。只要提供一点点资金，就可以帮助魔盒成长，这个过程不会一帆风顺，就像孩子成长一样。但是我相信，当梦想开花结果的时候，回报将远远大于卖出去的价格。"

郭鑫年惊讶地看着那蓝，三天在北戴河的相处，她坚定地站在自己一方，反对卖出。温迪被当众揭穿秘密，恨得咬牙切齿，外表极为镇静。她其实预知到了这样的结局，她冒充那蓝的时候，就想到被拆穿的可能，当什么都没听见，冷冷地分发着财务报表："在商言商，高摩是投行，使命是为股东创造价值，不仅更多，而且更快，股东大概等不了三

171

年。这是魔盒的财务报表，现金流能支持到什么时候？"

这是温迪的撒手锏，魔盒的现金快速流失，如果高摩不追加投资，只能卖出股份换取现金。温迪胜券在握，不慌不忙地说道："金泰和企鹅将会提供第二轮并购条件，下午继续。"

"我退出。"郭鑫年站起来，扬长而去。

温迪语气平静地说道："没关系，我们仍然可以表决。"

"我退出。"那蓝推开椅子，扭头离开。

温迪耸耸肩膀，笑笑："大家午饭吧，下午两点就会有消息。"

48

底线和交易

温迪匆匆赶到采蝶轩，点了罗维最喜欢的饭菜。

她怀念那段感情，甜蜜和完美，却不后悔。接受求婚然后就是生儿育女，我不要那种普普通通、平平淡淡的日子，这世界还有太多美好，我还不曾体验。我和那蓝不一样，大学暑假的时候，我在麦当劳打工，那蓝去香港购物，我在食堂吃饭，她和少爷去吃大餐。她有家庭的支持，我却要供养卧床不起的妈妈，没人可以倚靠，只能靠自己。

那蓝、郭鑫年和罗维大谈创业精神，温迪嗤之以鼻。我才是最有创业精神的人，因为我一无所有！一切都是我自己努力得来的，即便失去罗维和郭鑫年的感情和那蓝的友情，我也不害怕！

罗维推门进来，他往返于深圳和北京，耐力达到极限。岁月沉淀耗费时日，唯有失败才能够让人迅速成熟。不是人人都能面对失败，很多人会认命，苟且终生，只有胸怀梦想，志向远大的人才百折不挠，凤凰涅槃，罗维属于后者。他脱胎换骨，眼神中投射出自信和成熟，温迪抑制呼吸，平息心跳，预见到他未来的光明灿烂。可是，陪在他身边的人却不是我。想到这里，她心里酸楚。

"不高兴？"罗维关心温迪，五年的感情，怎么能说忘就忘？

温迪擦去泪水看着罗维，说道："亲爱的，我为你骄傲和自豪，你会改变世界。而我，那个时候，不管能不能陪在你身边一同享受荣耀和快乐，我都会为你衷心祝福，因为我们深深爱过。"

罗维看着温迪，我曾经像一个杂耍艺人，要抓住空中的每个火把，我也像孩子，贪婪地要保住每个玩具，那时脚不沾地，狂妄无知，失去了她，那是我的错。罗维轻轻抚摸她的秀发，她拒绝了求婚，让我走上创业的道路，我经历了刻骨铭心的失败，背井离乡，走入人生的低谷。我不怨恨，反而深深地感谢她，创业是一条艰辛的道路，也是最激动人心的旅程。走过低谷，经历磨难，在迷茫中摸索，才能攀登巅峰，欣赏美妙的景色，创业才是人生的极致，没有自信、不敢冒险、安于现状的人不敢走上这条路。

两个人互相看着，都明白对方的心意。他们不是敌人，而是同盟，他们会互相帮助，互相支持，打破情感的桎梏，不再背叛对方。这是一种感情的升华，战壕间的生死友情远远胜于恋人之间的感情。温迪取出文件，摊在罗维面前："这是金泰的意向，希望你们重新估值。"

罗维不看，反而提醒温迪："我们的产品随时上线，不一定购买魔盒。"

温迪开诚布公，说道："我有股份，想卖出。"

罗维愿意帮温迪这个忙，说道："要有两手准备，收购必须马幻城拍板，我很难影响，他没有想好。"

"没想好什么？"温迪极善倾听，立即追问。"赢利模式。"罗维坦率直言。

时至今日，人人都知道企鹅技术怎么赚钱，可是在三年前，这还是一个巨大的难题。当初新浪微博拥有数亿用户，也无法赢利，不得不卖给电猫集团。郭鑫年自称找到了解决方案，要不要告诉罗维？温迪试探着问道："我有些想法，或许可以试试。"

罗维抬起头，他急需答案："什么？"

温迪判断着他的表情，说道："生态系统。"

生态系统？罗维脑中火花一闪，思索着这个词背后的含义。这是他苦思冥想的难题，必须突破这一关，产品才能上线。怎样摸到企鹅技术的底牌，获取最大的利益？温迪轻轻问道："记得吗？光大银行的那次谈判。"

在五年前的那次谈判中，罗维被疲劳战术折磨，在谈判桌上睡着。温迪奉命羞辱，把商务文件扔出门外，自己跟出去，将罗维送到客房休息，然后就是昏天黑地的一吻。温迪情迷之下吐露关键的价格信息，罗维据此让步，完成谈判。罗维当然记得："你说出光大银行的底线，我们反而双赢。"

这笔交易值得做，温迪提议："为什么不再试一次，你说出底线，我告诉你生态系统的策略。"

罗维怦然心动，还记得五年前她的眼神、目光和那深深的一吻。那是非常划算的交易，不仅赢了生意还赢得了温迪，这次也没有理由拒绝，他答应："好的，谁先？"

温迪取出U盘，里面有郭鑫年的文档，那是他和那蓝在北戴河三天的结果，交给罗维："全在这里。"

罗维收好，靠近温迪的耳朵说："企鹅技术不会再抬高价格了，尽快与金泰成交，获利了结。我们就要发布产品，一旦出手，雷霆万钧，无人能挡！"

温迪大吃一惊，罗维的消息极有价值，企鹅技术是互联网霸主，实力百倍于幂聊，千倍于魔盒！一旦产品上线，魔盒必将再次快速贬值，金泰是唯一的救命稻草，必须抓住！

温迪得到罗维的底牌，忧心忡忡，她本来想左右逢源，其实金泰才是唯一的出路。她匆匆吃完饭，返回高摩。罗维留在采蝶轩，打开U盘中的文件，瞳孔立即放大。他迅速结账来到路边，招手拦了一辆出租车："快，机场！"

他登上飞机仔细阅读，郭鑫年能够想出魔盒，绝非偶然，也只有他才能想到魔盒的未来。对讲机吸引用户，下一步留住用户，郭鑫年的解决方案是生态系统。这个设想十分独特，好友圈是具有私密性的熟人社交平台，与新浪微博和开心网有巨大的不同。罗维向后翻，魔盒成为游戏入口。他手指滑动屏幕，支付平台，他竟要与电猫开战，抢夺交易宝的地盘，将信用卡与魔盒绑定，资金在账户中停留几天，就可以拿到数亿的现金流，即便不去投资，放在银行吃利息，每天都有几百万净收入！搜索平台对垒奔狼，天哪！罗维大吃一惊，郭鑫年狂妄至极，想常人之不敢想，抢了企鹅技术的即时通信的生意，还要用好友圈对垒新浪，再与电猫为敌，搜索业务对决奔狼！用游戏业务，与网通、狐扑、盛大，与所有的互联网公司决战！其实这只是一件事，生态系统化。

郭鑫年就像陈胜、吴广，揭竿而起，要挑战世界上最强大的帝国！

罗维啪地合上电脑，温迪的U盘为他打开了全新的天空，入口的争夺只是前哨战，生态系统才是最终的决战！这才是席卷互联网行业的对决，把家底儿都要博进去，成则定鼎天下，笑傲江湖，败则粉身碎骨！他不敢再看，害怕自己陷进去，必须抵制这个诱惑！不能冒那么大的风险，不能把企鹅技术拖入这场浩瀚的战争。现在互联网三大巨头鼎立，互不侵犯，轮流坐庄，各领风骚，各有闲情逸致，为什么要全面开战？这是重大的决定，我没有宣战的权利，来挑起互联网世界大战。

罗维起来，将电脑塞入行李箱中，他不想再看，他被这场大战吓呆了。

可是，移动互联网时代扑面而来，谁能躲开？产品迭代要像海浪一般，一波波顽强地进攻，持续不断地冲击，直到将对手淹没。这是残酷的市场竞争，你不发动珍珠港之战，他也会扔原子弹！罗维又忍不住取出U盘，放在面前，这只粉色的迪士尼米老鼠U盘充满诱惑，罗维终于忍不住打开电脑细看，直到飞机降落。

罗维回到广研所，工程师们无所事事，在身边晃来晃去，偷偷研发？或者听听马幻城的意见？嗯，应该再仔细看看。罗维无法逃脱诱惑，猛然起来，将U盘再次塞入电脑，贪婪地看着。郭鑫年已经把想法变成功能，又在白纸上描述出来，数百张图片呈现在电脑屏幕上，罗维贪婪地吸收着，没日没夜。办公室、大巴、酒店，吃饭的时候，他不知道用了多久才看完，又用几天才消化完毕。文件中蕴含着无边无涯的攻势，这才是真正的颠覆。罗维规划的六波攻势就像小儿科，社交、游戏、支付，搜索全都进入一个生态系统中，永无止息的力量，掀起狂风骇浪，席卷整个互联网世界！当罗维吃透的时候，他推开办公室的大门，走到庭院中间，呼吸着新鲜的空气。

远处，小蛮腰七彩斑斓，刺破苍穹！

凌晨三点十分，罗维突然走回办公室，里面是沉睡的工程师们。他大声敲响门板，就像擂起战鼓，大声发出指令："大家起来，我有些疯狂的想法，非常疯狂！"

49

原型图

"这是垃圾！"卢卡仔仔细细地研究了程啸虎的打车软件，扔在一边。那蓝从北戴河返回北京，将程啸虎约到车库咖啡。她不只是给钱的投资人，凌步更缺技术合伙人，卢卡认识一堆这样的人。

"给我们些鼓励，好不好？"程啸虎一脸不快，他花了两个月和外包团队沟通，原始设计、页面图、反复测试，唯一的问题只是接通率。

"哪个App还要注册？"卢卡戴着棒球帽，他一向都很酷。

这一下问住了程啸虎，不由得他不服，只好问卢卡："你看怎么办？"

"推倒重来。"卢卡抿着咖啡，看出程啸虎不服，"这种垃圾代码，没人愿意接手。"这是实情，读别人的代码，如果写得好就像心旷神怡的好诗，如果代码不好，如同嚼蜡。对卢卡来讲，很难遇到让他心旷神怡的代码。

程啸虎犯了难，资金捉襟见肘，再找外包团队不一定就能做好。那蓝看出了他的为难，将球踢回给卢卡："你看怎么办？"

"这样吧，我帮你做份原型图，你拿着去找技术团队，不会出错。"卢卡一眼就看透了产品逻辑。坦率来说，产品没做好不完全是外包公司的问题，很多逻辑程啸虎就没想明白。

"这怎么好意思？要不我付钱吧。"程啸虎腼腆起来。

"不用，我这么贵的人，估计你也付不起。"卢卡站起来，向里面会议室指指，示意程啸虎跟来。车库咖啡的设施还是随便让他用，他转身向那蓝说："你别来了，帮不上忙，大愚找你。"

人人都在那蓝面前极有礼貌，卢卡生硬地让她离开，那蓝很少遇到。卢卡和郭鑫年都不是八面玲珑的人，只是痴迷于自己的一方天地，这是专注的结果。卢卡和程啸虎在会议室里泡了整整一下午，碰撞了产品的每个细节，程啸虎将信将疑。在过去，他把想法做成PPT（幻灯片）文件，交给外包团队研发，卢卡偏要先做原型图，到底有没有必要？

50

老爷子出手

雍和宫，五道营，茶馆的二层，阳光房。

没有那么多游客，工作日的下午更是空旷。那蓝没有预订，居然可以霸占茶馆顶层的阳光房。一壶上好的红茶，宽敞的大床，从玻璃窗外可以看见北二环的车流，高高的柳树，起伏不断如同波浪的屋脊。一只懒洋洋的猫咪伸着懒腰走过去，引得那蓝打个哈欠，闭上眼睛舒服地躺在那里，甜蜜又温暖，放松地进入睡眠状态。真是奇妙的经历，从北戴河回来只有几天时间，感情快速升温，自然而然地牵手，点着对方爱吃的饭菜，听着共同喜欢的音乐。那蓝靠在他身边，毫无戒心地酣睡，彼此的熟悉和信赖达到了惊人的程度，他们曾经那么长时间的互相吸引。

此次相遇，其实是久别重逢。

温迪是熊熊烈火，燃烧热血和欲望，那蓝是婉婉细水，滋润心田。郭鑫年明白了精神伴侣的含义，那蓝给他安静的力量，让他排除杂念，专注在一个点上。他抓起笔开始工作，用一张张白纸记录和描述，想法成形之后，勾勒着界面，下周就可以开始编程。好友圈功能尽快上线，这是巩固根据地的妙着，稳住用户就有胜无败。幂聊至少一段时间才能跟进，这个时候，郭鑫年的拳头又飞到了宇泰来的眼前，一招快似一招，足够决定胜负。

无论他怎么模仿，我总要领先一步。

忽然，那蓝的手机跳起来。郭鑫年抓起来放在耳边，就像是自己的电话："阿姨，我是郭鑫年，她在。"

电话中传出慌乱的声音，那蓝妈妈尖叫着说道："叫她接电话，立即！"

郭鑫年拍拍那蓝，她睡得不沉，睁开眼睛，手捂着嘴巴，眼睛迷离地接起电话："妈妈，找我？"

那蓝妈妈的语气大不相同，这是一种慌乱："同仁医院，爸爸病了。"

那蓝细问几句，放下电话起身说道："鑫年，我要走了。"

温迪与郭鑫年熟悉之后，叫他大愚，那蓝却从大愚改称鑫年，郭鑫年能够品出味道的不同。出租车路过什刹海，那蓝买了烧饼夹肉，这是爸爸最爱的一口，然后直奔同仁医院。她预感到了什么，脚步不停地到了病房门口，看见妈妈被两名工作人员拦在门口，禁止入内。一切是那么怪异，为什么不能见爸爸？

工作人员很客气，态度却坚决，那蓝爸爸要暂时隔离一段时间，任何人都不能探望。那蓝问不出原因，只好举起烧饼夹肉，要求送给爸爸。工作人员商量一下，一人检查烧饼，确认里面没有夹带纸条，才拿进去，另一人守在门口，森严守卫。那蓝与妈妈相对无言，开始漫长的等待，整整一晚，无法见到爸爸。妈妈没遇到这种事情，和工作人员争论了一个下午，急怒攻心，血压迅猛蹿上去。那蓝只好陪她回家，弄些吃的，让她上床休息，仔细整理经过，却想不通原因。

爸爸被限制在医院，拒绝亲友探视，这意味着什么？下一步就是在规定的时间和地点交代问题，那是极其严重的后果。那蓝不寒而栗，必须尽快把爸爸拯救出来。

为了爸爸，我不惜代价。

企鹅技术一旦收购魔盒，就会彻底毁灭飞讯的赢利模式。少爷紧张极了，以他的家族背景，在央企一言九鼎，民企和私企却不吃这一套，很难对付企鹅技术，必须抢先下手。

如果少爷久经商场，便会顺势而为，放弃并购魔盒。可是他年轻气盛，手里又有大把现金，一定要拿下魔盒，正中温迪的谋划。温迪是强硬的谈判对手，高摩的分析师依据数学模型，对魔盒的估值做了精准的分析和计算。少爷在美国读过 MBA（工商管理硕士），一知半解，不能认怂又拿不出更好的公式，只好在高摩的框架里妥协和交换。经过几轮协商，魔盒的估值被压缩到一亿美元，少爷满意了，争执的焦点在于持股比例。少爷不想控股，他做过一段时间研发，几个月封闭在办公室里已是极限，从今往后每天都这样，他绝对做不到。赚钱为了生活，要是把生活都搭进去，人生还有什么意义？有钱大家赚！好在老钱也参与谈判，与少爷并肩作战，为他分析形势，安抚情绪。

温迪另有心思，金泰是唯一的买家，企鹅技术只是虚假的筹码，幸好少爷不知道这一点。她力争得到更多的现金，她几个月前入股的时候，魔盒估值一千五百万人民币，如果按照一亿美元达成协议，投资就升值五十倍。然而，一旦企鹅技术进入市场，魔盒就会瞬间贬值。

既不能投怀送抱，又不能拒人千里，温迪很擅长。经过几轮艰苦的妥协，金泰用三千万美元收购魔盒百分之三十的股份，高摩的投资翻了三倍，温迪也可以兑现千万人民币的现金，还保留一些股份，皆大欢喜。在谈判过程中，唯一让少爷遗憾的是，对手是温迪而不是那蓝。少爷又劝慰自己，还是那蓝不参与谈判的好，免得一家人为了商场的利益争执。

少爷刚结束谈判，就接到了那蓝的电话，要求见面。

还是老爷子厉害！不佩服不行，自己不够老辣，也没这个手段。我百般请求，低三下四，那蓝就是不答应。老爷子一出手，她立即服软，看来我还是要向老爹虚心求教。他确定了见面的时间地点，放下手机，再看一遍协议，向温迪伸出手来："就这么定了，我拿回公司审核，预祝合作愉快！"

少爷急着去见那蓝，这得瞒着老爷子和老钱，他答应不联络那蓝。他放下笔站起来，对温迪说："魔盒创始人和我有些误会，要是谈不拢，我可以帮你。"

温迪不知道小模特菲菲的事情，困惑地看着少爷，忽然笑了，给了少爷一个消息："嗯，我也有一件事要告诉你，那蓝好像和郭鑫年正在交往。"

"什么？那蓝是我的未婚妻！"少爷暴跳如雷。

51

魔盒再生

卢卡用了一个通宵就做好了原型图，跳过那蓝，直接联络程啸虎，这是他的风格，他不喜欢多余的没必要的周折和客套。当程啸虎来到车库咖啡的时候，意外遇到了杨洋阳，卢卡介绍说："她是我未来的女朋友，正在追。"

"加油。"程啸虎坐下，一摞原型图已经打印出来放在他眼前，埋头去看，卢卡和杨洋阳递杯咖啡过来就不知道消失到了哪里。他越看越头疼，卢卡刀削斧凿，原来满满的功能只剩了一幅地图和一个对讲机界面，这么简单？程啸虎本想解决接通率的问题，现在是彻底的颠覆。

他刚抬头的时候，卢卡和杨洋阳像连体人一样走了过来，程啸虎问道："真的全部推翻？"

"你担心什么？"杨洋阳不答反问，如果是卢卡，肯定会说，垃圾必须倒掉。

"时间。地推团队已经到位，月底在北京和深圳同时启动。"程啸虎曾是电猫集团的地推高手，一环扣一环，早已安排妥当。如果产品推倒重来，筛选外包团队、谈判签约估计就到月底了，开发两个月，测试一个月，已经是最保守的时间表。他不能这么长时间养着整个地推团队，养不起。

卢卡已经技痒，说道："对讲机功能，我们有现成的。地图也不难，调用奔狼或者高德的接口就行，比较麻烦的是支付功能。"

"也很简单，只要调用接口。"程啸虎这句话暴露出了不懂技术的缺点。

"只要支付，每个细节都必须特别严密，防止漏洞被刷单，测试就要反反复复测好几遍。"杨洋阳一说话，卢卡就不开口了。他有自知之明，他只在写程序方面比杨洋阳强，其他万万不敢比。

程啸虎以前在交易宝，听说过这个说法，原先的开发团队没有在这方面下太多功夫。也就是说，现在的打车软件中可能存在致命的缺陷，暂时看不见，一旦全面推开，很可能有人利用其中的缺陷去刷单，直到将公司的现金流刷光，不由地呆了起来，创业真是一步一个坑，随时都吞人。

"我可以帮你。"卢卡在凌步上看到了魔盒的影子，将语音对讲嵌入移动互联网的产品中，比在魔盒上用语音广告卖卫生巾好很多。程啸虎的出现，让魔盒找到了一条不同道路，乘客寻找司机的时候，不用敲出文字，只要轻轻说一句话就可以了。杨洋阳也立即看出了其中的商业价值，魔盒没法赢利，打车软件却可以。

52

入口之战

罗维想通了生态系统的概念，马幻城的三大难题迎刃而解。他赶到总部，直入马幻城的办公室，将政策法规的情况汇报一遍："不用再担心政策法规了，我们可以大举入市。"

电视播出领导视察创业街的新闻，电信部再也不提牌照的事情。马幻城点头认可，问出第二个问题："经营模式的问题想好了吗？"

罗维坐下，看着马幻城的眼睛说："Pony，中国的互联网格局三足鼎立，将来会怎么样？"

马幻城也想掂量罗维，看他有没有颠覆世界的能力，反问："你觉得？"

罗维还不确定，要不要发动全面的战争，委婉地描绘心目中的蓝图："北有奔狼，经营搜索业务；东有电猫，建立起电商体系；南有我们企鹅技术，占领即时通信市场。三家之中，我们的赢利模式最不清晰，扣扣是我们的基础。随着移动互联网时代的到来，扣扣岌岌可危，如果不绝地反击，将会沉沦，如同狐扑和网通一般。"

马幻城故意笑着说："或者我可以去养猪,要不去养马?"

罗维不接马幻城的玩笑,鼓足勇气说道："移动互联网大潮正在扑面而至,如果跃上浪潮之巅,就能重新奠定中国互联网未来十年的格局。"

"哦?说说。"马幻城正在抢夺移动互联网的桥头堡,没想到罗维还有这么远的构思。

罗维将电脑连接到投影机,一页页讲述蓝图,即时通信、社交、游戏、支付、搜索和购物,打造一个基于通信的生态系统。他讲了三个小时,马幻城被这个胆大的设想惊呆了,这不是一场入口之战,而是互联网行业的世界大战,横扫六合八荒,虎视天下!马幻城手掌颤动,杯中茶水波澜环动。他一口饮干来到窗边,看着远处的大鹏湾,心潮起伏!

罗维不满足打赢入口之战,还要布局天下!马幻城背对罗维,考验他的决心:"我们三分天下有其一,舒舒服服,何须如此?"

"秦王嬴政雄踞函谷关,称霸诸侯。他又何须破六国而一统天下?"罗维既然一无所有,反而无所顾忌,坚定地说道:"天下一统是大势,不是秦国灭亡六国,就是被六国灭亡。"

不是秦亡六国,就是六国亡秦!马幻城被这句话打动,这是一场你死我活的战争。罗维走到白板前,画出一幅路线图,说道:"我计划先发布新产品,以月为周期,先导入扣扣用户,再用晃一晃和海水瓶吸引陌生用户,将魔盒和幂聊的用户摇过来,独霸即时通信市场。"

罗维连发四拳,一个月一个周期,一拳快似一拳。马幻城点头,然后?罗维画出第二个波浪,说道:"如果不出我所料,我们将聚集上亿用户,此时发布好友圈功能,这是一个私密的熟人社交网络,杜绝新浪微博的缺陷,一年时间终结新浪微博。"

新浪微博外强中干,郭美美、表哥、表叔,早已天下大乱。不用企鹅技术出手,自然会有人修理,马幻城笑了。"接着,立即发布3.0版本,加入游戏功能,开始赢利。"罗维翻开白纸,描绘设想中的游戏接口。他日夜不息地在广研所千思万虑,一一呈现出来。

这是一场外围战,经营游戏业务的公司包括盛大、巨人、孤山、狐扑和网通,都是小诸侯。马幻城对这一战并不担忧,点头认可:"嗯,这一仗可以打。"

下一仗才是硬仗,罗维却问道:"第四波挑战谁?奔狼还是电猫?"

马幻城一惊,罗维果然要挑起全面战争,同属三大巨头,奔狼实力稍逊:"先挑软柿子捏?"

"与人打架，先打伤几个弱的，还是出手就干掉那个最凶悍的？"罗维风格已变，雷厉风行。

"伤其十指，不如断其一指！"马幻城慢吞吞说道，心里极为担忧。电猫绝对是如日中天的电子商务老大，光棍节一天的销售额，净远超过美国的黑色星期五。我真的要和云沧海开战吗？

"他既金盆洗手，我们何不兵临城下！"罗维参加了互联网论坛，对天下大势了如指掌。他指着路线图上的第五波攻势，说道："当我们打垮电猫，本有一战之力的奔狼大势已去，只能俯首称臣！"

好啊，成大事者，罗维也！马幻城退后一步，看着投影机的产品路线图，心情起伏。

"定鼎中原之后，还要逐鹿天下！"罗维开始描绘终极的攻击，"海外有大量华人，他们必定与国内的亲朋好友沟通。我们借船出海，用意想不到的方式和角度，与Facebook决一雌雄。"罗维的设想极为大胆，他竟要跨出国门，挑战世界巨擘。

马幻城笑出声，既为罗维的狂妄而开心，又想到Facebook被政府拦在国外，自己进可攻退可守，真的立于不败之地。

罗维擦去白板上的文字，不想任何人看透他的战略意图："必须尽快打赢入口之战，拿下魔盒和幂聊。"

马幻城点头赞许，战略模糊，速战速决，等世人明白过来的时候，大势已定！他期望罗维颠覆扣扣，没想到他竟要颠覆整个互联网世界。马幻城终于可以反击了，说道："那个郭鑫年号称懂得时间管理，我倒想和他比比速度。"

"好的，就比速度！"罗维曾经惨败，现在也要反败为胜，不仅为了企鹅技术，也为夺回自信。

这是互联网世界大战的第一仗，不容有失。罗维胸怀梦想却踏实地，与团队同甘共苦又充满冒险和叛逆精神，正是久久寻觅的创业者。马幻城当即下了决断："我调五百名工程师给你，三天后到达广州。"魔盒的研发团队只有十人左右，宇泰来只有几十名工程师，马幻城一次派出五百人，声势浩大。

"Pony，我爱小团队，也喜欢指挥大部队。"罗维现在的团队如臂使指，配合默契，大战在即，他没有拒绝支援，韩信点兵，多多益善。

"总部市场团队也派给你，交给那小伙子，何小芒！"马幻城心中有股莫名的激动，补充道，"还有，给他一亿的市场推广资金，这个时候不能手软。"

"好的。"罗维不想烧钱宣传，却不会拒绝现金。

"新产品有名字了吗？"马幻城思路连转，继续问道。

"想了几个，都不满意。"罗维以前的产品叫作龙邮，他不想再用这个名字。

"叫微讯。"马幻城早已想好。

"微讯，好！"罗维赞同，这名字很普通，却符合企鹅技术一贯的平实风格，"这是开机画面。"罗维连接投影机，巨大的图片投影到幕布上：一个孤独的小人面对蓝色的星球，星球被云团笼罩，只露出部分地貌特征，狭长的红海和马达加斯加，应该是非洲大陆东北角。马幻城越看越不解："这说明什么？"

这张照片寄托着罗维对温迪的渴望，希望她回心转意。他向马幻城解释了这张图片的来源："这是宇航员在'阿波罗'飞船上在太空远眺地球，用八十毫米镜头的哈苏照相机，拍下了完整的地球照片，表达出我们内心的独孤，以及对沟通的渴望。"

绝望的孤独，马幻城认出了地形，问道："为什么背对中国？"

"因为等待着她转过来。"罗维从北京回来，得知温迪和郭鑫午的恋情，痛苦不堪。

"她是谁？"

"我的未婚妻，你见过的，温迪。"罗维还是放不下温迪。

"很不错的女孩子，你想她？"

"对。"

"为什么不去找她？"

"我在等她回心转意。"

"如果需要帮忙，告诉我。"马幻城适时打住话题："我喜欢这张图片，每次打开微讯都能看见，虽然没人知道这幅图片背后的爱情故事。"

"魔盒怎么办？他们让我们尽快重新估值？"罗维不想多谈这幅图片。

"以前估值是一亿美元？"

"是的。"

"五千万。"马幻城看着罗维，温迪是他女友，他会不会偏袒？

"为什么不升反降？"罗维不解。

"第一仗的对手是谁？"马幻城的思路回到商业竞争上。

"魔盒和幂聊。"

"谁更强？"

"幂聊。"

"如果一定要并购，应该买谁？"马幻城思路深远，不仅想好"微讯"这个名字，也定好了竞争策略。那七个老男人，才是马幻城的并购对象，废掉实力更强的幂聊，胜负便没有悬念。

微讯发布之日，便是开战之时。马幻城和罗维联手发动这场战争，他们互为补充，缺谁都不行。罗维在战术层面，规划了一波波的攻势，马幻城站在更高的战略层，指引方向。

罗维从内心感激温迪，她提供U盘指明了作战方向，马幻城才决心发动这场战役。他离开马幻城办公室，打开手机将这张星球小人的照片发出去，问道："记得吗？"

"记得的。"温迪的消息很快回来，这张图片述说着罗维的孤独和思念，并等待自己回心转意。

"将会成为微讯的开机图片。"罗维说道。

"微讯？"温迪心头一跳，如果这样，说明罗维的新产品发布在即。

"对，新产品叫作微讯，很快就要发布，赶紧和金泰达成协议。"罗维时时为温迪着想，她在魔盒中有股份，他必须尽最大可能帮助她脱离泥潭。

"你们的估值？"温迪一直在等待企鹅技术的消息。

"五千万美元。"罗维说出这个数字，他在温迪面前没有商业秘密。

"啊！我知道了。"温迪知道五千万美元背后的含义，企鹅技术不升反降，显然已经要和魔盒开战。

"赶紧从魔盒撤出资金，越快越好。"罗维补充一句，企鹅技术一旦火力全开，魔盒绝不是对手。

53

柳暗花明

程啸虎已经走投无路了。

外包做出的软件被证明存在巨大的缺陷，叫车呼叫常常丢失。他还发现，眼花缭乱的复杂界面也搞晕了司机和乘客。卢卡是对的，必须做减法，将所有的功能压缩到最简单的一个界面。还有，现在的App极不严谨，一旦向司机收费并提供补贴，被人抓住漏洞刷单，就会赔死。

可是，他已经组建了几十个人的地推团队，不管职务高低，每人都月薪五千块，如果延迟几个月上线，团队就要解散。钱还不是最严重的问题，竞争对手拿到更多的投资，招到了更多人马，产品即将上线，时间窗口就要关闭。

"不管他，硬上！"程啸虎必须用这款不合格的产品来赌，他开始了产品培训："兄弟们，产品就要上线，我们眼前只有三关，埋头向前冲！第一关是出租汽车公司。北京有一百八十九家，咱们不分周六日，两个月内争取扫一遍。第二关是司机。别管那些功能机的司机，只管有智能机的，尽量抓到一起，集中安装和培训，免费送车载充电器。大家悠着点，数量有限，一枪一颗子弹，一颗子弹一个敌人，弹无虚发！争取两个月发展一千个司机。第三个是乘客。这不用担心，只要产品放到网上，哗啦啦地就来了。出租车必须跟上，要是乘客叫不到车，第一时间就删。"

"产品不行啊，司机拿着眼晕，讲半天也不懂。"一个小兄弟正在邀请司机内部测试，忧心忡忡。

"是啊，产品至少七十分才能推，现在根本不及格！"

"接通率这么低，乘客在那儿等，结果根本没发出去，永远等不到出租车！"

"强推这个产品是找死。"

程啸虎面前站着十几个下属，有些是他从电猫带出来的，有些是新近加入的。这个产品让他们抓狂。程啸虎为难极了，拍拍脑袋想起那蓝，拿出手机走到一边："是我，那个产品不行，帮帮我。"他向来坚强，实在没路才这么恳求，没有钱，没有技术团队，产品不合格，那蓝是唯一的希望。

"等我。"那蓝抓起桌面电话打给卢卡,他是绝对靠谱的人。片刻工夫,那蓝换回手机向程啸虎说道:"明天上午,车库咖啡,带上你的兄弟们。"

第二天上午,当程啸虎来到车库咖啡的时候,他的兄弟们整整齐齐坐在最大的会议室中。卢卡反戴着棒球帽,左手举着咖啡,右手拿着手机,夹着一台 iPad 进来。连寒暄都没有,示意程啸虎打开手机,甩给他一个链接。卢卡坐下噼里啪啦敲起键盘:"看看,能用吗?"

程啸虎把链接转给兄弟们,点击打开,居中是一张地图,显示着七八辆出租车。这是卢卡模拟出来的数据,地图上显示着出租车司机的名字、好评度星级、车牌号码,地图下面是一个明显的麦克风标志。他按下去说道:"我去交管局,多谢!"

"我是〇五四五司机,您等着,秒到。"一个地推小伙子最快抢到这个单子,抬起头来一脸茫然:"这么简单!"这是与他们想象中完全不一样的产品,简单到了极致,易用到了极致。

"你做完了?"程啸虎嘴巴没法合拢,外包团队做了两个月,卢卡只用了一周。

"是五百六十个小时。"这对于卢卡来讲是小事一桩,魔盒功能完善,他们暂时没有开发计划,语音对讲功能又是现成的,和地图功能合并在一起就行了。卢卡用了五个工程师和美工,每天干十六个小时,做出了这个产品。"你们现在就测,每个功能都测三遍,我回去睡一觉,回来一口气改完。"

"好好,来,你们模拟乘客,你们模拟司机,叫车、付款,设置都测试三遍。"程啸虎从椅子上弹起,开始张罗。他常说只要努力到极限,老天就会为你打开一扇窗。在他看来,那蓝和卢卡就是老天。

54

化敌为友

一旦企鹅技术发布产品,金泰肯定改变主意,必须尽快达成协议。温迪迅速让步,先把微讯发布的消息传递给杨洋阳和苏茚。这是关键时刻,如果此时不出手,可能就永远不能出手了，他们毫不犹豫，签字画押。然后，温迪答应金泰的收购条件，在高摩内部走流程。

老钱似乎看出了什么，提出了新条件：郭鑫年、杨洋阳和卢卡只出让少部分股份，没有丧失控制权，创业团队不能散伙，必须保留核心人员，而且有了大家族撑腰，钱途无量，这个要求合情合理。

杨洋阳想结束创业，开始另一段人生旅程，旅行和游学。这是她多年的憧憬，如果再干几年，她就会错过婚前的一切设想。卢卡喜欢生态系统的设想，兴致勃勃，说给杨洋阳的时候，遇到冷脸。很明显，必须在创业和杨洋阳之间做个选择，这是他这辈子最难的选择。当杨洋阳连续三天不理他之后，他只好选择了投降。

郭鑫年看完协议，放下签字笔："我退出，放弃期权。"

金泰最终用一半现金和一半股票并购，股票在五年之内慢慢释放。如果郭鑫年不留下来，就要损失一半收益，这是一个极难的决定，也是鱼死网破的做法。温迪看着他："你确定？"

郭鑫年点头："确定。"温迪沮丧不已，三个创始人没有一个愿意留下来，只好再找金泰协商。老钱在电话里笑了："我和他们谈谈，或许有办法。"

老钱猜出了原因，小模特菲菲的车祸吓住了杨洋阳。在旁人看来，少爷家族是高枝，攀上便一辈子呼风唤雨。这却不是杨洋阳的想法，她想离这个家族越远越好。老钱不和郭鑫年和卢卡谈，只找了杨洋阳和温迪，约在苏州街的星巴克，充满威胁的味道。杨洋阳第一次被拦截就在这里，小模特菲菲也在这里车祸身亡。老钱早早到达，让司机在门外候着，选择一个安静的角落，没人可以听到他的谈话，然后点了杯红茶，直到杨洋阳和温迪进入咖啡厅。

老钱看出杨洋阳的紧张，露出笑容："不打不相识，没有过不去的坎儿，是吧？"

杨洋阳点头，温迪摸不着头脑，他们之间有什么过节？老钱抿了一口茶水："看着你们这些年轻人，我感慨万分啊，时代完全不同了。你们喝着星巴克，左手平板电脑，右手智能手机，我小时候哪有这些？我们是江南世家，我依稀记得，爷爷是有头有脸的人物，带我去上海，周围是绅士小姐，洋楼和租界，咖啡馆和LV（路易威登），和你们差不多。可是好景不长，天翻地覆，换了人间。我大概七八岁的一个晚上，全家十几口被赶到茅草房，土地和房子被分得一干二净。我养了一只大狗，名叫白狼，成天跟我在村子里转悠，威风凛凛。他们说，白狼是地主家的狗腿子，一定要扑杀。白狼跑得快又聪明，冲进茅草房，缩在墙角看着我，以为我能保护他。一伙长工冲进来，在干部的指引下，要拉走白狼打死。我冲出去问为什么，他们说，白狼是地主家的狗腿子，欺负老百姓，必须斩草除根。我抱着白狼，不让他们打，他们就冲我来，打得我的腿上胳膊上全是血。我爸爸拼了命，扑在我身上挡着。最后，白狼在我面前被活活打死。我爸爸皮开肉绽，算给干部一个交代。我们家一个没死，算幸运的了。后来我想通了，自古打天下都是这样，打仗要军饷吧？穷人哪有，只能打土豪分田地了，既能充作军饷又给你田地，穷人就得当兵打仗。比起那些被炸断胳膊断腿的呼天唤地的穷人，我们地主还算有福气的了。"

在互联网时代，老钱对这两个并不算熟悉的年轻女孩突然说起这些六十年前的亲身经历。杨洋阳听得真切，问道："后来呢？"

老钱回忆着苦笑："'出身'这个词，你不熟悉吧？上了年纪的都知道。我是地主出身，去学校被骂作狗崽子，见人就堆笑，不敢露出半点儿不服气。我爸爸被打之后，不能干活儿，我就退学和兄弟们担下了养家糊口的担子。家里常常揭不开锅，幸亏那老长工，我们家过不下去的时候，他让儿子给端几碗稀粥，我们一家人才能挺过去。老长工在北方也是大户人家，耕读传家，家学源远，因战乱逃到南方，反而变成了贫农。他儿子比我大几岁，我叫他大长兄。他知道我喜欢读书，我退学后偷偷趴在教室门口偷听，不敢让别人发现。他放学之后，把书给我看，手把手地教我读书写字。江南学风极盛，我是地主出身，不甘心，偷偷把身份改成富农，混到县城去读书。我毕业的时候，又把身份改了，改成中农，才能进厂当工人。我心里怕啊，被发现就是现行反革命，就是反攻倒算，没有改造好的黑五类！你们可能没听说过这些词，这是要命的罪过！我每次填写资料的时候都胆战心惊，害怕被别人发现。我不敢入党，不敢提干。后来，我喜欢上了干部家庭的女人，恋得死去活来，可我不敢向她提亲，也不敢告诉她原因，我害怕政审！只好躲着她。"

老钱目光空幽，他难得说出多年前的往事，记忆清晰。他看杨洋阳和温迪在认真听，又说下去："后来，好像是一九八三年，我听广播，三中全会取消家庭成分，再也不用填那些乱七八糟的表格。我乐坏了，乐疯了，提着彩礼去提亲，却晚了一步。她伤心欲绝，嫁与他人！到现在我都是一个人过，我就是这种性格，认准了就不变心，哪怕明知道错了。"

杨洋阳是八〇后，吃麦当劳长大，哪有这种经历？听得呆了，那是一个并不遥远的悲惨年代。老钱笑了说："其实，有钱人也不都是坏人，很多人辛辛苦苦，勤俭节约，外加一些运气和聪明，赚到了钱，怎么可能都是坏人？"

老钱的往事十分真切，杨洋阳听得入迷，对他印象大变："后来呢？"老钱还在怀念深爱的女人，深深叹气说："我为女人想不通，自怨自艾，一个人跑到上海在街上摆摊儿钉鞋。几年过去，爸爸去世，我想妈妈，回家找不到，听说她被大长兄接到省城，平平安安，情形好极了。大长兄有出息，进了官场，官儿越做越大。我想不通，大长兄家也是地主，因为战乱逃到南方，就变成了贫农。

"大长兄没有兄弟只有姐妹，我跟着他也是造化。他以前是我家长工，我家救过他们。解放后，我给他管家，主仆颠倒，我没怨言。这就是时代，谁都不能对抗。我妈去世前，把我拉在床头，嘱托我忠心耿耿，我做到了。大长兄的事情，我一定办到，他不好说出口的事情，我能猜到做好，还是那句话，认准了就不变了。在我们那个时代，没有对错，说你是对的，就是对的，不对也是对的。现在世道变了吗？没有，还一样，对错根本不重要，关键是你跟着谁，为谁干活儿，你得认。"

老钱说到这里，终于绕到正题上，含糊其词地暗示说："比如，你男人答应送你生日礼物，结果人家变卦了，你可以继续要，不能报复。对吧？认准了跟着他，哪怕他错了，你也得认，不能反咬一口，这是做人的基本道理。"

老钱绕了这么大一个弯儿说到小模特，果然要解释这件事情。杨洋阳静静等着，老钱很机警，笑着说："温小姐，麻烦帮我添些水。"

温迪知道他们有些不希望其他人知道的秘密，乖巧地拿着老钱的杯子去加水，然后坐在窗边，看着人来人往的苏州街。老钱支开温迪，向杨洋阳说道："知道我为什么要说这些吗？"

这都是死无对证的事情，本来可以不用去说。杨洋阳摇头，老钱自有动机，渐渐引出话题："一旦金泰入股魔盒，我们就是合作伙伴。我希望化敌为友，开诚布公，我们本来就不是敌人嘛。所以，对你们创始人提出了优厚的补偿条款，看看。"

老钱不谈小模特，却拿出补偿条款，这是胡萝卜加大棒，一旦杨洋阳接受条件，拿人家好处替人消灾，至少不能添乱，以前的事情一笔勾销。杨洋阳不想和老钱对着干，点头说道："我明白您的意思，我拿回去和他们商量。"

老钱点头，挑明来意："我相信，你能够说服他们。"

高摩拥有优先转让权，创始人的股权很难套现退出。老钱的条款十分有利，杨洋阳缓和口气："我不想当女强人，也不想再没日没夜地加班。"

老钱指向一个条款，一部分资金用于收购创始人的股票，这些钱用来堵杨洋阳的嘴巴。老钱把文件放在她面前："签字吧，两清了。"

魔盒经过几轮投资，创始人的股份不断稀释，没有绝对控制权，渐渐转变为职业经理人。他们本来是造反者，如今被收编，就该解甲归田，不该再打打杀杀。与飞讯合并，魔盒成为中通电信的内置软件，更不是他们的创业初衷。而且，少爷和老钱不是普通的商人，绝对不是一路人，少惹为好。杨洋阳实在没有不签的理由，再看看协议中的数字，提笔签字退出。其实，当高摩不追加投资的时候，魔盒就注定了卖出的命运。

老钱用手一点保密条款，杨洋阳明白，自己和老钱两清了，小模特菲菲，愿你在天之灵原谅我的选择。

在温迪的强力推动下，签约仪式很快在高摩的会议室中举行，彭祖武、杨洋阳、卢卡和林佳玲都没有来，那蓝也没有收到邀请。苏荫和郭鑫年代表创业团队，温迪代表高摩，参加了签约仪式。老钱皱眉头，颇为不满："人这么少？"

"是啊人少，少爷怎么没来？"温迪不管人数，只要投资能兑现就行。她的钱本来投给了罗维，这导致两人分手，她又用这笔钱投资了魔盒，如今两段感情都丢失了，唯有金钱才能带来安全感。这笔钱将要翻个几十倍，从此财务自由了，哼，那蓝没有体会过贫穷，所以很多事情她根本不懂。

少爷不能在公开场合露面，这是大家族的铁则，不能破例。这女孩子不简单，老钱反问过去："为什么共赢基金的代表也没来？"

这是温迪控制的基金，也是见不得光的秘密。温迪瞬间明白，老钱查过自己的底细，立即让步："没来就没来吧，有什么吩咐我就行，我一定办好。"

还算识相，老钱点头："我想去魔盒的办公室看看，每个人都要在。"这个要求合情合理，就像购买之前的验货一样，温迪答应。签约仪式只有十五分钟，郭鑫年和温迪懒得发表激动人心的宣言，老钱本来就沉默寡言。众人一起落座，郭鑫年代表魔盒，老钱代表金泰正式签约，寥寥的掌声。

55

不战而屈人之兵

万事俱备，微讯蓄势待发，罗维准备正面对决。没想到马幻城在这个节骨眼儿去北京，拜访宇泰来。罗维百思不得其解，他难道要上门宣战？宇泰来更吃惊，孤山市值几亿港元，企鹅技术市值千亿美元，两家公司是完全不同级别的存在，只有自己登门的份儿，怎么能让人家上门？他亲自接出银网中心，公司还在草创，没有像样的贵宾室，请马幻城进到简朴的办公室："我们刚创业，一切简单，请见谅。"

马幻城不喜奢华，不在意这些："宇总不用客气，你四十岁创业，我佩服你的激情。这位是罗维，非常好的产品经理。"马幻城的介绍十分简单，罗维在互联网论坛见过宇泰来，点头示意，坐在一边。

宇泰来猜不透对方目的，虚来虚往："上次在互联网论坛听了马总的创业经历，非常难忘。"

马幻城哈哈笑了，想起宇泰来在互联网论坛上受到的羞辱，说道："对宇总的儒雅，我也很钦佩。"

企鹅技术的实力百倍于宇泰来，马幻城不缺自己这个小伙伴。宇泰来不指望抱别人大腿求生，语气平淡："我好好做产品，不靠骂人吵架，不诋毁抹黑上位，不控制入口强推软件，更不窃取用户信息。如果产品真的过硬，不用天天靠嘴巴到处骂人活着了。"

"人家是演员，剧情、套路和表情每次都差不多，宇总看透了，就陪着练到底吧。"飞虎依靠免费杀毒软件将孤山杀个人仰马翻，马幻城与宇泰来同仇敌忾。他无事不登三宝殿，迅速切换了话题："我有两个问题，专程向宇总请教。"

宇泰来立即摆出低姿态："不敢，马总请讲。"

马幻城向后一靠，淡然问道："宇总投资了这么多企业，凡客、多玩、卓越、乐淘、UCWEB、长城会、7K7K、尚品网，每家企业都名列三甲，总资产二百亿美元，号称宇泰来系。您意欲何为？"

宇泰来在孤山时按照传统的软件思维模式，老牛犁地，十分缓慢。他退出传统产业，成为投资人换了思路，扛着一麻袋现金到处投资，一心一意往暴风中心冲，投资增值这么多倍也在他意料之外，连忙说道："无心插柳，没什么目的。"

马幻城不答话，罗维替他抛出第二个问题："您凭借幂聊进军即时通信领域，累积数百万用户，意图何在？难道要进入我们的地盘，与企鹅技术为敌？"

卧榻之侧岂容他人鼾睡！即时通信市场谁都不能染指，这才是马幻城真正的动机。宇泰来一惊，企鹅技术的人力财力百倍于己，万万敌不过："我们假道伐虢，另有目标，保证与你们的业务不重合。"

"不瞒宇总，我们的产品即将上线，希望我们之间不是你死我活，而是惺惺相惜的竞争。"罗维说话气势逼人。

宇泰来顿时明白了他们的来意，幂聊动了企鹅技术的蛋糕，人家在反击之前来拜访自己，表示出了十足的诚意，当即承诺："好的，我们不用搅屎棍的手段，干干净净地竞争。"

"我们何不携手？孤山有很好的产品。"马幻城并不满意，突然打出另一张牌，孤山拥有十四年杀毒产品的经验，积累丰厚，他很感兴趣。

被迫离开孤山是宇泰来一生之痛，他叹气说道："我彻底退出，此事和我无关。"

马幻城早有准备，做足功课："我已经收购了孤山。"

不但宇泰来大吃一惊，连罗维也吓了一跳，马幻城如此长谋，让人匪夷所思。果然，马幻城开出一个宇泰来无法拒绝的条件："我想请你回归，担任董事长。"

宇泰来虽在孤山摔得鼻青脸肿，却有深厚的感情，他为什么送我这么大礼包？帮我从摔倒的地方爬起来，转念一想，顿时明白，企鹅技术进军杀毒市场，与飞虎打得难解难分，收购孤山便拿到毒霸，与飞虎抗衡，同时送给自己一个大人情，换取在幂聊上的让步。而且，孤山被并入企鹅体系，自己这个董事长便在人家旗下，此人真是霸王之才，合纵连横，看似帮自己一个大忙，其实要通吃杀毒和即时通信市场！宇泰来竟没有本钱来讨价还价，他枭雄本色，既然势单力孤，无力与企鹅技术对抗，不如甘拜下风，立即拱手："我宇泰来以前只佩服乔布斯，今天又服了一个人。"

罗维第一次听说这个计划，立即领悟，追问宇泰来："宇总的幂聊怎么办？"

"悉听尊便，其实这个市场本来就是马总的。"宇泰来知道自己的实力，硬与企鹅技术对抗，无异于鸡蛋碰石头，与找死无异。

"魔盒预计今年发展多少用户？"罗维摸准了两人心思，便冲上一线，如果这时候还不出头，自己就一文不值。

"一千万。"宇泰来坦然回答。

"可否君子协定？幂聊不能超过一千万！"罗维斩钉截铁，迫使宇泰来订下城下之盟。

"好的，我答应。"宇泰来当机立断，幂聊是山寨来的想法，换来孤山董事长的位置和十亿现金，岂不划算。而且宇泰来根本没有能力抵抗企鹅技术，人家才是即时通信的王者。何况我还有更大的图谋！宇泰来心里笑了。

马幻城用十亿现金控制孤山股份，将宇泰来送上董事长宝座，换取幂聊的让步，三言两语打掉最致命的对手，又得到孤山毒霸产品，开展对飞虎的围剿。企鹅技术没有损失，反要通吃即时通信和杀毒两大市场，的确比用几亿元购入魔盒划算得多。罗维踌躇满志，政策法规迎刃而解，温迪提供的U盘指明生态系统的方向，马幻城收购孤山，间接废了幂聊。三大障碍烟消云散，魔盒就像笼中的小鱼，只待企鹅手到擒来。

马幻城看出了罗维的好心情，出门后笑着提醒："对手不是魔盒，知道吗？"

罗维悚然一惊，企鹅技术和宇泰来结成同盟，实力不知道是魔盒几千倍，这场竞争毫无悬念。可是我的对手并非魔盒，内有扣扣，外有电猫和奔狼，他们都是要和我拼命的。

56

屈服

墙壁上挂着一家三口的相框，小那蓝笑得没心没肺。爸爸妈妈一左一右，各自握着她一只肉乎乎的小手，一起向左侧倾斜，那是无意的动作，显出全家的心意相通。爸爸笑容含蓄，却有着由衷的开心和幸福，他和我在一起的时候，总是这样笑。那蓝收好衣物，又看见床头柜上的另一张照片，爸爸拉着自己的双手站在海水中，粗壮结实的手臂支撑着我，天地大海好像不存在，他眼中只有自己。抽屉里面是一本相册，那蓝拿出来一页页翻看，我不知不觉间长大，比妈妈还高了。他们年轻的样子只存在相册之中，成长的画面历历在目。

爸爸说我是他的最爱，他生命中最珍贵的宝贝，只盼着我健康幸福地长大。那蓝擦干泪水。我有最好的爸爸，现在我大了，该照顾您了。她将相册放回抽屉，下楼搭上出租车："司机，北三环。"

那蓝取出手机，泪水沾湿眼眶，点击郭鑫年发出消息：鑫年，对不起。然后把他拉进黑名单，拨通少爷的电话："萧卷，你在哪儿？我想见你。"

那蓝不能成为家族的诺曼底！

少爷渐渐理解了政治，对手从那蓝家入手，试图撼动整个家族，如果任由其发展，家族必定威风扫地，树倒猢狲散，墙倒众人推，被对手鲸吞家族的庞大利益。老爷子轻轻一招反击，就将对手的攻击遏止。那蓝爸爸身体不好，如果真出什么事，她绝不会原谅自己，性质比睡小模特严重十倍。当他面对那蓝的时候，这种想法更加强烈，怜惜地说道："你瘦了。"

那蓝不否认："这几天都在医院，看不见爸爸，我和妈妈特别担心。"

少爷一心一意和那蓝过一辈子，不想乘人之危："爸爸的事就是我的事，我这就问问。"

只有老爷子才能救爸爸，那蓝抬头说："那件事让我很伤心，知道吗？"

少爷当然知道她说的是小模特菲菲，后悔莫及，点头："全是我的错，我后悔死了。"

"既然知道错了，以后就不能再这样子了。你既然爱我，就不该再和别人在一起，暧昧也不行。"那蓝知道他做不到，仍然要说。

"当然，你是打着灯笼都找不到的好老婆，我怎么能再犯糊涂？"事情有转机，少爷毫不犹豫地答应。

"好的，我还想见你爸爸。"那蓝不放心爸爸的身体，必须尽快把他解救出来，只有见到老爷子，两家订下婚礼，爸爸才可能出来。

少爷满口答应，马上就是一家人，那蓝爸爸成为家族的核心成员，不但要网开一面，而且要趁着父亲在位，帮他再上一层楼。少爷从口袋里掏出钻戒，半跪在地请求："经过这件事，我才知道你有多重要。我曾经非常绝望，哪怕和别人在一起，心里也放不下你，梦里都是你，我这辈子离不开你了。"

少爷的道歉中有漏洞，说明他分手期间又和其他女人在一起。那蓝心酸不已，拒绝钻戒："现在爸爸在医院，我怎么能订婚？而且，这个退回去，我还要原先那个。"

"好的。"少爷开开心心收回钻戒，只要她答应就好。

少爷兴高采烈，满脸春风地回家进暖房。老爷子歪着打盹儿，显得十分苍老，睁眼就看出儿子的开心："小子，那蓝答应你了？"

老爷子料事如神，少爷立即答道："同意啦，以后就是一家人了。"

老爷子当然听出来言外之意，放下茶杯说："那蓝说话还不行，必须老那说句话。"

少爷觉得不在话下，得寸进尺说道："论资历和能力，那蓝爸爸早该上去了，这次能不能一起解决了？"

"他只要改了这个性子，事情就好办。"老爷子对那蓝爸爸还算了解，那蓝家是大清朝的遗老遗少，身上有股贵族劲儿，脖子硬，不服软，不屑于拉帮派，一直没上来。

"那蓝爸爸一辈子都这么固执，您就别计较啦。"少爷仍然担心，不知道老爷子是不是真心办。

"老那没打算往上爬，你就不用瞎操心了。"老爷子对那蓝爸爸还有不满，不情愿解决他乌纱帽的事情。

"好。"少爷知足，先保出来再说，那蓝也没提爸爸升官的事，从头到尾都是自己张罗。

对头想在那蓝爸爸这儿撕个口子，现在堵上了，他们弄个自讨没趣儿，碰了一鼻子灰。老爷子心情不错，叮嘱儿子："我要退了，你呀，别在商场混了，树大招风。生意即便做得好，人家也会说你是靠家里。你干脆进科研单位，有权力也有资源，要钱干吗？没用！你看我，两袖清风，不用一分钱，要什么有什么，对不对？我带过钱吗？有铜臭！"

少爷心说您当然不用花钱，都是我们纳税人养着您。他不敢顶撞，只是生意做得起劲儿，哪肯退出来？笑着说："爸爸，您说得对，眼下还有一个当务之急，其他事我都没心情。"

"哦，什么？"老爷子板起脸来，儿子又有什么非分之想？

"成婚生子啊。您快退了，我都三十出头了，还没个一儿半女的，争取您退下来之后，子孙环绕。"少爷不想从政，结婚生子至少一两年，拖拖再说。

"就等你这句话了。婚礼宜早不宜迟，什么时候办？"老爷子心里乐开花，露出慈祥的笑容，儿子懂事了长大了。

"要和那蓝商量一下。"少爷迟疑了一阵儿，他恨不得立即和那蓝进洞房。

"别瞻前顾后，快刀斩乱麻，生米做成熟饭。"老爷子不放心，叮嘱儿子。

"好，就去办。"少爷理解歪了，既然老爷子这么说，我还不如霸王硬上弓。

"婚礼在今年'十一'，结婚证赶紧。"老爷子板起脸，换届在即，形势难测，订婚这些形式上的东西可有可无，不是关键。

"那蓝爸爸还没出来。"少爷这才说起这件最基本的事情。

"先把证领了，就打电话放人。"老爷子摆手不想多说。

"是不是有点儿乘人之危？"少爷品性不坏，就是一副纨绔子弟的习性，夹在那蓝和老爷子中间，两头都得罪不起。

"这个不能商量，你去告诉那蓝。"老爷子确定他听进去后，难得详细地叮嘱："做生意要分个时候，现在是火中取栗，弄不好就惹火烧身。赶紧了结生意，给我生孙子去，不要惹是生非，授人以柄，挣钱还有个尽头吗？"

"家族生意怎么办？"少爷正在热火朝天地创业，哪能说退就退？

"老钱正在物色新管家，家族中人一律退出。"老爷子知道政治险恶，而且家族财富足够子孙十辈子花了。

57

创业精神

罗维本来要订经济舱，却被马幻城留在头等舱："这不是矫情，这里安静可以谈话，节约一些时间。"

马幻城是首屈一指的富豪，即便在全球也名列前茅。成龙和赵本山都堂而皇之地买了私人飞机，他却连坐头等舱都要解释一下。华为的创始人任正非，一个人拎着行李在摆渡巴士中晃晃悠悠，这些伟大的创业者的确不同寻常。

"对外都准备妥当，对内怎么办？"马幻城精神极佳，看来对这次北京之行十分满意。

"入口之战必定雷霆万钧，全力以赴，速战速决，要让北京和杭州那两家还在梦中。"

罗维言下之意是要将扣扣用户导入微讯，其他创始人一味抱残守缺，必然全力反对。

飞机轰鸣，冲入云天。马幻城望着大地，想了许久："有人说，扣扣是我们的亲生孩子，总不能亲手掐死自己的孩子！怎么看？"

"PC不死，扣扣还在，我们也可以把用户分享给扣扣。"罗维尽力劝慰，说这种话的人不怀好意。

马幻城哈哈大笑，指点着罗维："真会做买卖，你的用户是零，扣扣却有好几亿。"

"国家都要开放二孩政策了，是不是？"罗维开个玩笑又摇头苦笑："兄弟之间帮个忙嘛，微讯在手机端，扣扣在PC端，两个儿子互为犄角，哪有亲手掐死孩子的说法？"这个说法很巧妙，马幻城同意，埋头想心事。

"Pony，微讯应该尽快发布，魔盒正在突飞猛进。"罗维心急如焚，产品早就就绪。

马幻城的目标不仅仅是击败魔盒，他想一劳永逸地解决高管团队的问题，铲除官僚体系，让创业者占据领导岗位。他很难向罗维讲清楚，苦笑一下："微讯发布之日，你会成为众矢之的，要有心理准备。"罗维历经起伏，不在乎这些。马幻城自己想起何小芒的视频："哦，你们赤条条一无所有，不在乎别人议论。"

"魔盒是互联网的小角色，其实我更担心杭州和北京的那两家。"马幻城看出了潜在的危险，北京那家是奔狼，杭州那家是电猫。马幻城难得倾吐想法："在PC时代，用户使用浏览器上网，互联网企业都是平等的。在移动时代，App成为入口，手机常用的就是那二三十个功能，吃喝玩乐、社交、通信、天气、新闻、安全等等。通信功能是重中之重，皇冠上的明珠。"马幻城深深体会到移动互联网的冲击，用户习惯必然从最底层颠覆互联网行业的格局。他并购罗维的创业团队，既是为了对抗企鹅技术内部的腐败，也是为了抢占手机入口，奠定未来移动互联网的新格局。"当我们打赢入口之战，如你所说，便是生态系统的竞争，后面的局势会怎么样？"

互联网的格局本来三足鼎立，互不相干，一旦微讯发布，另外两家意识到手机入口的重要性，进入战局，就会爆发前所未有的大战。如果把互联网三巨头比作魏蜀吴三国，企鹅技术就是偏居一隅的蜀汉，与东吴半斤八两，实力比不上曹魏。"一旦打赢入口之战，必须狂飙猛进，绝不能松懈。"马幻城判断着，微讯是这场战役的诺曼底。这是一场登陆战，作战力量必须从这里源源不断涌入下一个战场。他已经参透了未来竞争的格局，说道："当年开心网崛起，吓我一跳。我为什么没有看到这个机会？谁知开心网自己犯错，放弃社交功能，醉心于挪车位和偷菜。我刚松口气，新浪微博崛起，我奋起直追，拍马都追不上了，我都不敢回家睡觉。互联网变化太快，不能只想一步，必须推算五六步。如果挑起入口之战，魔盒却被其他两家收购，那才是噩梦。"马幻城仍不放心，他只比罗维大几岁，竟然如此老辣，说道："拖住魔盒，千方百计阻止他们卖给其他两家。"

"魔盒正在洽谈投资，对象是运营飞讯的金泰投资。"罗维期盼微讯上线，打败魔盒。他曾经败得体无完肤，贱价卖出公司，远走广州再次创业，经历人生的低谷，幸运地遇到马幻城。马幻城在战略层面，罗维负责战术和执行，联手完成了对魔盒的包围。围城必阙，给魔盒一个出路，防止对手负隅顽抗，避免杀敌一千自损八百，其实唯一的退路已经布好陷阱，静静地等候着猎物。这场漂亮的反攻即将发动，罗维将重新回到温迪面前，还有比这更好的翻身方式吗？

飞机平飞，空乘送上食物和饮料。马幻城点了凉茶，说："再看看小芒的视频。"

自从罗维秀出何小芒脱光的视频之后，马幻城就乐此不疲，时不时要求看看。罗维从行李架上取出电脑，放在他面前。马幻城百看不厌，笑得东倒西歪，忽然叹气一声："罗维，你从外面来，视角不一样。为什么我们一而再、再而三地错过机会，问题到底出在哪里？"

"产品是表面问题，产品是由人做出来的。"罗维刚加入企鹅技术，比较隐晦地说出想法。

"人出了什么问题？"马幻城赞同这个观点，这也是他的观察。

"丧失了创业精神。"罗维准确地把握住了马幻城的心理。

"对，创业精神才是灵感的源泉，好产品只是种瓜得瓜种豆得豆。"马幻城敞露心怀，这是他担心的根源。任何光芒四射的伟大帝国，都会无可避免地腐朽和衰落，秦皇汉武、唐宗宋祖都不能让王朝长盛不衰，我能做到吗？抑或是，基业长青只是梦想，企业和王朝都难免先腐败后灭亡的命运？可是，为什么有的企业坚持百年仍然焕发青春？互联网企业的兴衰周期更短，创业精神敌不过名车、别墅和美女。创业者发展壮大之后冲昏头脑，丧失了创业精神，便会走向没落。他缓缓问道："什么是创业精神？"

罗维深有体会："我觉得，创业精神第一条就是坚持改变世界的梦想。"

坚持梦想是重要的品质，罗维偏偏又加上改变世界。他解释道："我有两个朋友，十几年前在一家小公司做工程师，出差住在几十块钱的招待所，非常羡慕那些能住进五星级酒店的外企白领。其中一人辞职跳到思科，实现了梦想。另外一位工程师也有这个梦想，实现的方式却完全不一样。"

"哦，他做了什么？"马幻城很有兴致。

"他认为，应该让每个旅客用合理的价格，享受五星级酒店的服务。他秉持这个理想，创办了如家快捷酒店，他的名字叫作季琦。"罗维说完了这个故事。

"改变世界而非改变自己，才能找到那个撬动世界的支点。"马幻城沉思，大多数人为改变自己而奋斗。创业者却是另类，他们找到自己和世界的交汇点，作为支点来撬动世界。

"创业者还应该同甘共苦。很多人创业的时候能够吃苦，成功之后便享受生活，大别墅，豪华汽车，办起会所，混迹娱乐圈，这是丧失创业精神的先兆。"罗维经过失败和沉淀，想了很多。

企鹅技术也有这种情况，高管们功成名就，就要享受生活了。马幻城哈哈一笑，赞同罗维的观点。罗维不是老顽固，不反对享受生活："人生应该充满激情，没必要成为苦行僧，同甘共苦就好了。人生当为霍去病，何须妄作焦裕禄！"

霍去病生于王侯之家，既会在长安享受，又能与士卒同甘共苦横扫大漠数千里，常人向往美好生活，而非个个都要成为苦行僧。艰苦奋斗并不符合人性，往往是人为树立的典型，欺世盗名，不值得提倡。故此，罗维认为创业者应该同甘共苦，而不该一味地艰苦奋斗。"败则拼死相救，胜则举杯相庆！不能自己住大房子、开跑车、打高尔夫，却让团队每天加班。"

对那些既得利益阶层，马幻城深恶痛绝："对，谁也不能躺在过去的功劳簿上睡大觉。"

罗维难得与马幻城畅谈，不愿意过多牵扯进入企鹅技术的政治纷争，对创业精神知无不言："第三条是脚踏实地。很多企业发展壮大之后，创业者高高在上，远离一线，就像功成名就的将军，不上战场，听不到炮火，看不见硝烟，负责所谓的战略和队伍建设，其实失去了创业的心态。企业必须打破传统的金字塔格局，创业者才能脚踏实地。"

传统企业是金字塔结构，从CEO到总经理、总监、主管和一线这样排下来，就像公务员从科员到科长、处长、局长、部长这样，官大一级压死人，这往往培养出一个巨大的官僚阶层。马幻城深有同感："处在金字塔尖的那些人，早就脚不沾地了，像神仙一样。"

很多人看过《乔布斯传》，理解各不相同。罗维说出自己的理解："乔布斯从不高高在上，在研发 iPhone 的时候，他将 iPhone 和钥匙放在裤兜，测试屏幕玻璃是否被钥匙划花。他还负责设计、生产，选择供应商，亲自上台推广产品，甚至设计了苹果专卖店的斜梯。乔布斯横跨几个小团队，打破了金字塔架构，保持小团队文化，灵活快速，驱动着苹果的发展。"管理者都希望队伍越大越好，罗维刚好相反："我在广研所，千方百计避免团队陷入官僚化和流程化，禁止使用 PPT，这是彻头彻尾的形式。我竭力限制招聘，只招聘最优秀的，少比多好。"

马幻城痛恨官僚文化，深深赞同，一拍座位扶手，为罗维叫好："不要金字塔的组织结构，保持小团队，当痛饮三杯。"他兴奋地站起来，到前舱要来啤酒。几个空姐一脸惊慌："马总，您怎么亲自来了？有什么事按呼唤铃就行。"

马幻城想着创业精神，笑着说："领导者须亲力亲为，不能高高在上，才能灵活快速，否则都变成官老爷了，怎么进行市场竞争？"

空姐们面面相觑，目瞪口呆。一名刚毕业的小空姐头脑灵活："您说得对，您按呼唤铃，我去问您要什么，回来拿果汁，送去再跑回来，总共四趟，您自己过来就跑两趟。"

这比喻也算恰当，在团队内部，老板亲力亲为，就会节省团队的折腾；如果高高在上，便大大增加沟通成本和业务流程。马幻城看着小空姐："人才，比我们的很多高管强！"他取来啤酒回座位，与罗维对饮，反复琢磨这句话：不要高高在上的金字塔，而要脚踏实地灵活快速的小团队。

"我常讲一个笑话，IBM 每年都参加龙舟比赛。选手臂力惊人，受过专业训练，却输了比赛。赛后划手分析出原因，其他队伍是一人指挥，十人划船。我们是十人指挥，就我一人划船。第二年，IBM 找到原因，对症下药，应该能赢吧？结果怎么样？还是输了，那个划手由于找到失败的原因，被晋升为指挥，结果可想而知。"罗维适时讲起笑话，讲明了小团队的价值。

"公司越来越大，创业者变成官僚，不冲在一线，员工变成表哥表妹或者 PPT 高手，这种队伍怎么能打赢？我真心希望，每个员工面向客户，屁股对着老板，这才是以客户为中心。"马幻城与罗维越聊越投机，他真的是创业者。

"我有一名叫柏翔的朋友，以前是我 IBM 的同事，做这方面研究，帮助很多大企业恢复过去的创业精神，我常和他聊。"罗维喝完啤酒，抹抹嘴巴。

航班在空中平稳滑翔，马幻城没有聊够："还有吗？关于创业精神。"

"叛逆和颠覆。"罗维把最想说的一部分留到最后。他绕了这么大一圈，就是想促使马幻城下决心用微讯颠覆扣扣："您十六年前在润迅提出扣扣，没人能理解，您当时是怎么办的？"

"不管三七二十一，搞了再说。"马幻城猜到罗维的下一步，像孩子般笑起来。那是他人生的关键转折，他不管公司的清规戒律，搞了服务器和软件，把扣扣上线。

58

父女情深

在一般人眼中，即便郭鑫年声名赫赫，也远配不上那蓝。可是那种心意相通的感觉，是那蓝从来没有感受过的，她相信这是真爱。郭鑫年又傻又二，没有自己的帮助，怎么去应付越来越激烈的竞争？可是爸爸一旦掉下官场的黑暗深渊，就会直坠万丈，与少爷结婚才能拯救爸爸。那蓝心里五味杂陈，唯有叹息，登上少爷的越野车，一溜烟向医院驶去。

"那蓝，我不该乘人之危，不过既然复合了，是不是商量一下婚礼的安排？"少爷诺诺说着。他性格并不强势，要不是老爷子逼着，他不敢提这事。

"你说吧。"那蓝听见这句话，眼泪在眼眶里打转。

"我们的婚礼本来在去年'十一'，要不然还是'十一'。"少爷提议。

"好的。"那蓝趁着少爷开车看路，悄悄擦去泪水。

"是不是把证领了？爸爸才好出面搭救叔叔，咱俩两小无猜这么多年……"少爷手心沾满汗水，慌张得不敢看那蓝。

"好的。"那蓝不敢多说，害怕自己会放声大哭。

"看，这是什么？"少爷按动按钮，储物盒轻轻滑开，一个袋子呈现在眼前。那蓝伸手打开，里面是两个鲜红的本子，取出来看见硬壳，她猜到了那是什么。按照正常流程，应该拿着户口本，共同前往民政局登记，经过审查和批准，才能颁发结婚证。少爷手眼通天，跳过婚姻登记机关，直接拿到结婚证。那蓝泪水立即涌出，心里哭泣起来，鑫年，我爱你！

当那蓝翻转过小红本，正是两本结婚证！她的心碎了。

病房门口仍有人守着，少爷打个电话，工作人员立即让他们进去。那蓝稍微放心，爸爸的监控结束了。

爸爸正在睡觉，鬓角被霜打了一层，下巴松弛，嘴角紧绷，皱纹爬满额头。年轻时光不再有，爸爸渐渐老迈，他身体本来不好，经历连续的打击，终于病倒。人生什么最重要？对于爸妈而言，那蓝一点儿都不怀疑，她就是他们最珍惜的宝贝。她年轻，羡慕外面的世界，可是当爸妈日渐苍老的时候，筑起一个小家，陪在他们身边才是最重要的。她认为爸爸遭受的磨难是她造成的，她与少爷分手的时候，有没有想过爸爸的感受？有没有顾及造成的影响？那蓝轻触爸爸的手背，肌肉枯瘦、干涩和松弛。泪水润湿了那蓝的眼眶，少爷轻声劝道："别哭，爸爸看见多不好。"

那蓝擦干泪水，为爸爸削个苹果。少爷识趣儿，知道给他们留些父女之间的空间，努努嘴说："我出去打个电话。"他刚离开，门板一撞，爸爸眼皮一动，睁开眼睛，缓缓撑起来，皱起眉头："大宝，来了？"

那蓝百感交集，眼眶湿润，嘴角却是笑："爸爸，接您回家。"

那蓝爸爸略一沉思，猜出其中的不对："怎么回事？"

那蓝不想说，可又瞒不住："我去找了萧卷。"

爸爸心里明镜似的，那蓝与少爷取消婚礼，等于打了老爷子的脸，他当时就有不好的预感。他快六十即将退休，不能为仕途牺牲女儿的婚姻！接着是电信牌照的事情，互联网公司运营语音业务，这是大势所趋，爱奇艺、狐扑和土豆这些视频网站大行其道，没听说哪个电视台要封杀。电信牌照其实就是一个局，老爷子设的局，封杀不可行，不封杀就得罪老爷子。那蓝爸爸识破了圈套，用李鸿章修铁路的故事，利用大领导调研的机会，在车库咖啡考察时发了话，没人再提牌照。这一仗看似赢了，却彻底得罪了老爷子。果然，停职审查和隔离接踵而至。那蓝爸爸干干净净，女儿一向优秀，没做过见不得人的事情。他只担心女儿妥协，坐直身体问道："那蓝，你答应他什么了？"

爸爸从来都叫自己大宝，第一次称呼名字，那蓝惊慌失措："我想复合。"

那蓝爸爸琢磨着这个用词，确认："答应和他结婚？"

那蓝瞒不住，可是爸爸身体这么糟糕，缓和说道："我再想想。"

那蓝爸爸甩开女儿的胳膊，指着门口："你走，我不出去。"

那蓝流淌着泪水："爸爸，回家吧。"

那蓝爸爸急怒攻心，指着女儿："你好糊涂，知道我的罪名是什么？"

那蓝愣住了，她没想到这个问题，一般官员出事都是行贿受贿这些，爸爸会是什么？

"公车私用！"那蓝爸爸气不打一处来，这算什么狗屁罪名，哪个官员没有做过这事？他担心女儿打不到车的时候，让司机接她下班而已。这却是坐实的，不算冤枉，可这算什么事儿啊？少爷拿公车私用来逼着成亲？难怪不让见爸爸。可是结婚证都领了，反悔也来不及了。那蓝爸爸痛不欲生："我老了，无所谓了。我最大的愿望就是你能幸福，你好糊涂！"

少爷听见病房内的声音，转了回来。那蓝爸爸登时脸若冰霜："你们走！我的事情，组织自有结论，我还是相信党的，不用你们关心！"

那蓝爸爸不肯出院，还会复合吗？少爷跟着那蓝走到病房外，搂住她肩膀："我们再去劝劝，都是我的错，我赔礼道歉，怎么都行。"

这件事不是道歉能够解决的，那蓝却也不反对："你去吧，我在外面等着。"

少爷单腿跪地，从兜里掏出一个小盒子，送到那蓝面前："这是第一次订婚的钻戒，收下吧。"

在医院里求婚极为鲜见，立即围拢来一堆人。少爷毫无征照地时不时求婚，那蓝心烦意乱："萧卷，求婚是特别神圣和浪漫的事情。可是你不在乎我的感受，爸爸还在病床上，我怎能接受求婚？时间和地点都不对，我难堪极了。"那蓝极有涵养，从来不说难听的话，只是表达感受，少爷生不出来气，仍然苦求："八克拉呢，我当初花了将近一千万。"

"萧卷，起来。"那蓝哭笑不得，少爷这是什么逻辑？对的人没有钻戒也要嫁，不对的人，钻戒再大又能怎么样？

少爷讪讪站起，钻戒放回口袋，对那蓝更加敬重。他从小娇生惯养，没有得不到的，在那蓝身上吃够了苦头，反而激起了执着本性。她越拒绝，他反而越喜爱，觉得她不可多得。"我再去劝爸爸。"少爷将那蓝送到外面，转身回了病房。

那蓝爸爸看见少爷进来，猜到他的来意，干脆闭眼睡觉，将他晒在一边。少爷苦等一会儿，开始劝说，好说歹说，那蓝爸爸就是不开口。他终于大怒，绕开打盹儿的那蓝，噔噔噔跑到停车库，取了结婚证，回来摊在那蓝爸爸面前："爸爸，我确实不对。可我认准那蓝了，这是结婚证，您自己看着办吧。"

那蓝爸爸怒火攻心，指着少爷："你，你，你这个浑蛋！"

那蓝爸爸不惜豁出仕途，也要保全那蓝的幸福，没想到他们竟领了结婚证，急怒攻心，眼前一黑。他本就血管堵塞严重，血压又高，急怒之下心脏怦怦跳动，激荡血液，热血在脑后一冲，不省人事。那蓝心力交瘁，正在病床边打盹儿，听见走廊喧闹，睁开眼睛，无数医生护士向病房涌去。她恍恍惚惚走到门口，少爷无精打采站在一边，爸爸被白大褂包围，淹没在各种仪器仪表之中。

第六章

入口之战

59

叛逆和颠覆

红砖绿竹，窗含小蛮腰，外边是滑梯和各种木雕，工程师们聚集在身边，罗维深深喜欢上了这片土地。他连接投影机，何小芒站起来，按住他的手："如果再放那段录像，我立即回北京找小如。"

工程师们一起摇头，何小芒耸耸肩膀："你看，人家都吐了，还放个没完没了。"

一名工程师笑着说："虽然吐了还想看，小芒，为毛穿个大嘴猴裤衩？是不是小如买的？"

何小芒欲哭无泪，他被问了无数个这样的问题。罗维合上电脑，不放那段视频，站起来说道："既然小芒不让，那就不放，哎，八块腹肌，难怪小如那么喜欢。"

何小芒沮丧地趴在桌子上，罗维不开玩笑，坐上桌面："兄弟们，我带回来几个消息。第一，政策法规亮了绿灯，这障碍算是消除了。"

何小芒坐直身体，一拍桌子："早该这样，大公司瞻前顾后，一点儿都不痛快。"

罗维竖起第二根手指："后续的迭代也想通了，这是入口之战，也是我们的诺曼底，通往未来移动市场的桥头堡，也是生态系统的土壤和水，好友圈、游戏、移动支付、搜索、购物，产品舰队都要从这里驶向战场，成为生态系统的一部分。这已经获得了公司高层的认可！"

上线的三大障碍中两个已经消除，工程师们精神振奋起来，掌声响起。罗维又举起一根手指："公司即将入股孤山，宇泰来重新担任董事长，幂聊淡出即时通信市场。我们的对手只有一个：魔盒。"

工程师们欢呼，那七个老男人的实力远远大于魔盒，如今他们退出，形势极为有利。何小芒振奋地再拍了一下桌子："可以发布微讯了吗？"

"眼前还有一个障碍，扣扣。"罗维从桌面跳下来，来回走几步："公司某些位高权重的人对扣扣充满感情，他们排斥微讯，说我们是一群落魄的失败者。他们接纳我们，给我们一口饭吃，我们却要拆了人家的房子。我说，微讯不替代扣扣，不进入桌面，他们不答应。可是时间不等人，再不上线，时间窗口就过了，用户被魔盒都抢走了。"

这段话非常刺耳，无异于自揭伤疤。刻骨铭心的失败，是他们集体的痛苦回忆，罗维哼哼冷笑："我们的确是一群失败者，自我放逐到这里。但是，我们是一群卧薪尝胆的失败者，不服输的失败者，从失败中学习的失败者，我们是把父母和女朋友抛在千里之外的失败者，我们绝不会失败一辈子！"

工程师们感同身受，何小芒想起远隔两千公里的小如，眼含泪花："我们怎么办？等待那些高高在上的官僚们点头？卑微地恳求，直到丧失良机？"

擅自上线，是一个极为冒险的决定，必将引起轩然大波，他们很可能再次被驱离。可是时机稍纵即逝，罗维再不是过去那个公子哥儿，一挥胳膊，下了决心："我们一无所有，何须瞻前顾后，患得患失。与其在等待中死亡，不如冒险求生！叛逆是创业者的天性，我们先颠覆自己，再颠覆这家公司，然后颠覆世界！"他猛然站起大声宣布："不管三七二十一，微讯上线！"

何小芒挥手："哼，有什么了不起，大不了回家卖红薯！"

罗维打开电脑，准备就绪，上传条滚动，微讯极简，飞快满格。罗维合上电脑，抬头时饱含热泪："兄弟姐妹们，我本不想创业，是女朋友把我引上这条道路。我们曾经失败，彷徨，将要放弃，大家还是坚持下来。我从心里感谢经历过的失败，让我们脱胎换骨，浴火重生。我们聚集在这里，憋着一把火。"罗维说到这里，指向何小芒："我希望，你一年后回到北京，让小如发现，同意你来广州创业是她这辈子最美妙的决定！"工程师们笑起来，何小芒想起小如，眼中噙满泪水。罗维指着自己的心口，继续说道："我希望，当我们老去的时候，回首这段时光，没有虚度。我希望，我们无愧于这个伟大的时代，这是创业的时代！我们不是任何人的奴隶，不为名不为利，只遵从自己的内心！老天从不高高在上，而在我们心间，就是这么简单！"

罗维说完推开大门，率领十几名工程师走出会议室，沿着台阶走到二层的中间。下方的大堂中竟然聚集了无数的人头，竟有几百人。何小芒看晕了头，问他们是谁。罗维不回答，走到中间放大声音说道："大家好，我是罗维，欢迎你们来到广研所。"

这些工程师是马幻城从全国各地聚集来的精兵强将，他们却不知道自己的任务，正在困惑，一起向上抬头看。罗维心情激动，语气颤抖："请大家拿起手机。"

几百名工程师一起低头看手机，场面颇为壮观。罗维说道："互联网正在从桌面的 PC 转向手机，这就是未来互联网的入口，这是一场不能输的诺曼底。我身边的微迅小组，已经打通了入口，大家便是后续的作战舰队，将通过入口抢占每个细分市场，游戏、社交、支付、搜索和购物。这将是奠定未来互联网格局的决战，我们的对手将是前所未有的强敌。我们必须趁他们还没有醒悟过来的时候，快速突击，在天亮之前，将战刀架在他们的脖子上。"

60

情非所以

办公室四壁挂满贴图，工程师们激动极了。卢卡如鱼得水："兄弟们加把油，我们已经吸引了数百万用户，好友圈要把他们留下来，互动和聊天，安全的隐私空间，魔盒的用户基础滚雪球一般越来越大。"

新功能的架构设计完毕，就等编程和测试，一个月之后可以上线。工程师们走出困惑，振奋不已，士气如虹。幂聊偃旗息鼓，很久没有新版本更新，连宣传都似乎停止，原地不动。宇泰来先声夺人，这么快就一泄如注？不管怎样，这是好事，对魔盒极其有利。

"保持速度，不管对手。"温迪忧心忡忡，微讯即将发布，这是比幂聊更可怕的对手。

郭鑫年闷在一边，好友圈的功能界面，是他和那蓝在北戴河的四合院亲手所绘。她架好灯光，用相机拍摄，巨幅打印出来。他睹图思人，神情黯伤。她删除了所有微博，在魔盒上拉黑自己，无论电话还是短信一律不回，到底发生了什么？

"这是金泰的提议。"温迪请股东们来到会议室，打开文件夹，她既代表高摩又代表金泰，掌握了充足的话语权。

收费？郭鑫年大吃一惊，提议非常简单，魔盒打通和运营商的接口，收取五元包月费，从手机代扣。

"魔盒仍然免费，飞讯向运营商收费。"温迪解释，这是金泰投资的前提，这并不过分。

"我靠。"郭鑫年在内地待久了，也学会了这边的口语，推开椅子，冲出会议室。

"卢卡，你的意见？"温迪有十足的把握，高摩和金泰控制了公司。

"我靠。"卢卡学着郭鑫年离开会议室，他是技术天才和极客，最讨厌收费。

"洋阳，我好为难，金泰资金没到位，这是他们的要求。"温迪心里没底儿，没有把握说服她。

"协议里没这条。"杨洋阳无法推门而去，判断着这件事背后的动机。

"这种技术层面的产品规划，不用放入投资协议吧？"温迪反问，她虽然拥有绝对的话语权，却不能命令三个创始人。

"大愚是你男朋友，和他沟通吧。"杨洋阳站起来，她不甘心被温迪摆布。

温迪气得够呛，一动不动地坐在会议室中。老钱不是傻瓜，在注资之前突然提出这个条件，温迪为了免增波折，答应下来。如果召开董事会，双方争吵起来，金泰的要求得不得满足，就会影响注资。温迪离开会议室，来到郭鑫年办公室。他们曾拉上窗帘，挤在沙发上腻乎，如今，他抬眼看看，连招呼都不打。

"周末有空吗？"温迪走到长沙发上坐下。

"什么事？"郭鑫年摆出公事公办的样子，摆明拒绝任何吃饭看电影的约会。

"你答应过，陪我回趟家乡，还算数吗？"温迪知道怎么对付郭鑫年，他极重信用，说出的话一定兑现。

"当然。"郭鑫年果然中计，立即答应。

"周五飞回去，妈妈病重，想看看我的男朋友，我好害怕。"温迪捂着嘴哭出声来，这不是假装的。

"别难过，我在。"郭鑫年说完立即住嘴。我已经和她分开，怎么还能说这种话？

温迪在泪水中笑笑，不提魔盒收费的事情，离开办公室。郭鑫年脑袋顿时大了，我怎么向那蓝解释？啊，她已经把我拉黑。郭鑫年打开短信，发出消息：最近好吗？

还好，魔盒拉黑，短信还是通的。她的短信飞快回来：以后不要联系了。

郭鑫年完全不知道原因，追问：为毛？

那蓝的信息很快传回来：我和前任复合，领了结婚证。

什么？！郭鑫年顿时疯了，捂着胸口来消化这个消息，抓起电话拨过去："那蓝，你说什么？"

那蓝难过得如同刀绞一般，无心细讲："我们认识十几年了，分分合合，我打算定下来了。"

"怎么会这样，我们之间那么好，心有灵犀，心心相印，我每时每刻都想着你，心和你是通的。你和那个男人也有这样的感觉吗？"郭鑫年情绪彻底崩溃，歇斯底里。

"鑫年，对不起。"那蓝没有选择。

"那蓝，不要这样。"郭鑫年心口堵得难受，在办公室中痛哭起来。

"你要好好过，等到命中注定的那个人，别学我，不要妥协。"那蓝的泪水如同断线的泪珠。

61

狗改不了吃屎

少爷十分烦恼，那蓝爸爸像茅坑里的石头一般，不肯妥协，看样子，只有老爷子才有办法。他掏出钻戒，这是他求婚的第二枚钻戒，花了好几百万，那蓝够实在的，要原先的钻戒当然没错，但也可以兼收并蓄嘛。怎么处理？哎，我忙着创业，又一心和那蓝复合，好久没有出去玩了。他看着手机通信录，小模特菲菲不在了，还有谁？就她吧，虽比少爷大了三五岁，但漂亮又懂得烧菜。哎，婚前再荒唐一次，少爷拨通她的电话："星星，是我。"

"哼，少爷，您没打错电话吗？"星星长袖善舞，结识商界政界人士无数，深知留住男人要先抓住他的胃。

"上次临时有事，没去成，还生气吗？"少爷理直气壮，那次被那蓝碰到，急于留在北京灭火，没去香港完全可以理解。

"您也不说一声，害得我一直等你。"星星娇嗔地说着。

"怪我，这就飞去看你，看看这是什么？五克拉！"少爷拍张钻戒的照片发出去，既然那蓝不要，为什么不能循环利用？

"啊！蒂芙尼！"星星看了图片，五克拉价值数百万，怒火烟消云散。

"等我，今晚就到。"少爷挂了电话，美人如花度良宵，一桌美味佳肴，流着口水驱车直奔机场。他在各地都有情人，常瞒着那蓝探望，第二天再飞回北京。他轻车熟路开进机场停车场，买了头等舱机票，没多久便登上航班，直冲云霄。

星星的香闺位于香港九龙塘高槐路翡翠阁，少爷在路边买了鲜花，来到门前。这套公寓市值两千多万港币，是少爷的首付。剩下的房款谁来支付？他才不相信星星自己月供，多想无益就不去想，至少此时此刻，她属于自己。

少爷掏出钥匙开门，挂好衣服，踮脚尖进门，穿过客厅，厨房中吱吱啦啦的油炸烹饪声，星星围着围裙，亲自料理。少爷本就是半个主人，取出巨钻绕到她背后，从后面搂过星星的纤细身材。她惊叫一声，看见了眼前的巨钻。

漂亮的黄钻，婚钻！星星识货，少爷要求婚？我老大不小了，早该找个人家，上岸从良。少爷家世和身家都是一时之选，年纪虽然小几岁，现在不流行姐弟恋吗？她芳心暗喜，却表现得不动声色。她哪儿知道这是少爷下血本向那蓝求婚的钻戒，她运气好，正好撞到。美厨娘笑容更盛，放下炒锅将少爷推进客厅，从冰箱中取出杨枝甘露，在他怀抱里缠绵一阵儿，深深一吻，罗衫半退，在少爷欲火难耐的节骨眼儿挣脱出来，继续下厨，暗想一会儿少爷求婚的时候，怎样才显得既心甘情愿又不像没人要的猴急。走神之际，错把胡椒当咸盐，娇嗔一声，才专心烧菜。她真心喜欢厨艺，做得一手好菜，连碗碟盘盆儿都是一流，不一会儿，色香味俱全摆满一桌。她醒好红酒，为少爷斟满，举杯用幽怨的眼神看着他说："我又学会了好几道菜，男主人一年才来一次，做给谁人吃？"

少爷低头看看饭菜，心猿意马，讪讪一笑，大口痛饮："好啊，得妻如此，足慰平生！"

得妻？他真要求婚啦？星星见少爷喝酒脸红，先滑进他怀抱，解开他领口，自己偷偷露出半截雪白酥胸："知道吗？我这辈子最大的福分就是给你生个孩子。"

少爷顿时头大，如果在香港生个孩子，让那蓝知道还得了？心里又觉得星星实心实意，感动得不知道该说什么，手伸进她细腻之处，轻轻抚摸："好好，一会儿就生。"

这完全是求婚的路数，美厨娘感动得要流泪，深深一吻，整理发髻，等待那决定性的时刻。忽然，手机响起，她关机扔到一边："我孤身在香港，常盼着你看我，手拉手在海边散步，那些不三不四的男人，才会死心。"

少爷这种身份哪能招摇？他不想扫兴，附和着："我也想这样，哎，老爷子严于律己，正直无私，一心只为百姓，也得为他老人家考虑，是不是？"

"哼，我们私下里做坏事，不让老百姓知道。"美厨娘说的是指床上之事，她一心想着少爷求婚，只要正大光明成婚生子，出头露面就不是问题。

叮咚，门铃响起，星星脸色一变。刚才来电之人是一有名富商，靠关系拿到经营牌照，开了几家豪车4S店，身家上亿，在一次慈善活动中遇到星星，狂追不止。她耐不住寂寞，频送秋波，珠宝首饰名牌包包就流水一般送来。富商今天备好礼物，约会佳人，谁知星星不接电话也不回消息，索性上来敲门。星星脑袋轰隆一下，少爷的求婚是苦求的机会，富商偏偏闯来，不是要坏事吗？她向少爷勉强笑笑说："你看，总有人来我这里纠缠。"

单纯的少爷不疑有他，拿出手机："虽然这是香港，咱们也有人，叫人办了他！"

星星不想事情变大，劝说少爷不要生气，铁门坚固，富商闹完自然安静，连给少爷夹菜，然后拿着手机到卫生间，发出信息：我不在家。

外面的富商看见短信，气不打一处来，既然不在家，怎知我来了？还敢诓我！他把铁门砸得咚咚更响，惹得少爷心烦意乱，要是他闹一个晚上，花烛夜就要泡汤。星星趴在卫生间门缝看看少爷，又发出一条短信给富商：今晚去酒店休息好不好，明天陪你。她从洗手间出来，陪少爷吃几口，外面没了动静，稍微松口气，忽然听见院内扑通一声，接着是沉重的脚步声，哗啦，落地窗粉碎，一个男人跨进室内！

砸门没人应，香闺内灯光闪耀，星星偏不来开门，反而发短信说明天见面，富商经历商海浮沉，转眼就猜出原因。他在星星身上花了上千万，算下了血本，怒火中烧。围墙不高，富商从汽车后备厢取出一支警棍，翻身而入，透过落地窗看见星星正在款待一个年轻人，警棍恶狠狠指着少爷："你是什么人？"

少爷暗叫晦气，上次把小模特菲菲带回家被那蓝撞破，这次跑到香港，又被陌生男人捣乱，嚷嚷道："这是我家，你什么人？"

"你家？"富商傻了眼，用警棍指着星星问："你，不是没结婚吗？"

星星不知怎么解释，这公寓是少爷出的首付，说是他家也没错。这种事情越描越黑，她只想赶紧平息，将那富商向外推搡："王总，您先走，有什么话，改天再说。"

"我特意来看你，凭什么让我走？我在你身上花了上千万！"王姓富商的怒气一股脑儿都撒出来。

"我去，他在你身上花钱？"少爷觉得不对，如果星星收了上千万的东西，事情就不那么简单。

女人一旦争名夺利，就要在男人圈中打滚。星星经历复杂，各种男人见多了，又比少爷年长，一直将他蒙在鼓里，耍得他团团转，没想到在他将要求婚的关键时刻，竟在香闺里发生这么狗血的事情，一辈子的归宿就要被破坏，急得梨花带雨，指着富商哭着说："再不走，我叫警察了，你私闯民宅！"

"私闯民宅？我每月都专程来私闯一次？你怎么不告我强奸呢？"富商怒极，他花了血本才得到星星的青睐。

少爷更加觉得不对，富商常来这里私会，两人勾搭成奸，这是什么事儿？太扯了！娱乐圈不能混了，出淤泥而不染？稀奇得跟大熊猫一样。还是那蓝家世干净，知根知底儿，人大毕业清华研究生，在投行上班，晚上听歌钻研厨艺，闲来书法为伴，在生活中的细微处寻找乐趣，不像这些人沉迷于乱七八糟的交际圈和奢侈品。少爷发誓不在娱乐圈厮混，拎起衣服向外走，说道："对不起，是我不对，不打扰你们约会，我走！"他刚好看见桌上的巨钻，抓起来塞进口袋，要去机场买当天的机票回北京，陪在那蓝身边。

天哪，钻戒！一旦少爷离开，再也不会回头。富商有家有室，哪里比得上少爷？星星分得出轻重，动了真怒，指着大门喊道："王总，请你立即出去！"

富商恼怒达到顶点，她竟这般翻脸无情。他咬牙切齿，抡起胳膊正要动粗。门砰地被砸开，几名警察涌进来，黑洞洞的枪口指向富商，喝令住手。怎么回事儿？蛇蝎冷血，真叫了警察！富商七窍生烟。

"交出警棍。"一名香港警察指着富商，他就用这个砸烂了落地窗的玻璃。

富商扔下警棍，指着星星喊："算你狠，我瞎了眼睛。"

警察给富商戴上手铐，向美厨娘和少爷说道："你们也走一趟。"

少爷只想赶紧脱离这狗血闹剧，返回北京，今生今世也不乱来，极不愿意去警察局。香港到处都是狗仔队，一旦传扬出去，名声太不好听，要是让老爷子知道，肯定要被重罚，弄不好赶到国外，过那无聊日子。万一传到那蓝耳中，婚礼彻底泡汤，一辈子幸福就算毁了。他和颜悦色地说："警察同志，这事儿和我半毛钱关系都没有。"

"你是目击者，请遵守香港法律。"警察很客气，这里的访客身份都不一般，非富即贵，不像扫荡街边的发廊小姐和嫖客。

如果动用香港关系，少爷一个电话就能解决，却难免传到老爷子耳中。算了吧，去趟警署做个证，赶紧回北京。真是的，老天都站在那蓝这边，以后一定要修身养性。他们三人扣上头罩，出门遇到一群记者，长枪短炮架在门口，狗仔队的消息如此灵通？莫非这是个圈套？少爷冷汗直流。警车到了九龙警局，少爷被单独带到一间审讯室，门一开，进来几个穿着便服的男人。他们关上门，坐在少爷对面，中间那人拿着一个牛皮文件袋，很客气地询问少爷的姓名，开始询问细节。

他操着一口流利的普通话？少爷大惊，大脑短路，也没有什么好瞒的，知无不言，一五一十将刚才的经过讲个清楚。那男人听完面无表情，伸手进入文件袋："请你看几张照片，认识就回答认识，不认识就说不认识，明白吗？"

少爷不知道这是什么把戏，只希望这件事早些过去，点头答应。那人掏出第一张照片，正是那富商，少爷挠挠头说道："这算不算认识？刚才第一次见，不知道他名字。"

警察做了记录，取出另一张，这是一个二十多岁的平头小伙子，少爷从来没有见过："不认识。"对方并不回答，抽出第三张照片，少爷觉得不妙："钱汉，他和这事有什么关系？"

第四张照片被推送到少爷面前，菲菲！怎么惹出了她？今天处处蹊跷，香港警察为什么突然来到星星的香闺？记者来得那么快？调解小小的争执怎么会这么大动作？少爷瞬间脑筋百转，惊出一身冷汗，强作镇静："你们这是做什么？这事和她有什么关系？"

"回答我，认识她吗？"对方毫不松口。

"不认识！"少爷极其愤怒，他们知道我的身份吗？在这里盘问我。

"看这张。"对方取出第五张照片，少爷曾经见过，只是这张没经过处理，摄像头清晰地将小模特菲菲的面孔拍出来，翘臀后面就是气喘如牛的少爷。

少爷强作镇静，拍桌子站起来："你们是什么人？"

那人不理，将照片推向少爷："认识吗？"

"知道我是谁吗？"少爷怒极反问，拒不配合。

"我警告你，请你进来是有准备的。"对方并不惊慌，他们一路跟踪少爷，正好碰上在美厨娘香闺发生的狗血意外，以此为借口，毫不费力地把少爷请进警局。

"我打个电话。"少爷不愿多说，去掏手机。那人挥手，旁边两人不由分说夺了手机，那里面有太多机密信息，少爷后悔不及，跳起来大喊："你们有什么权力抓我？我控告你！"

"你涉嫌谋杀，香港警方将你移交给我们，这是拘留证，签字。"那人取出文件，放在少爷面前，旁边两人咔嚓给少爷戴上冰冷的手铐。

"敢惹我，真是吃了熊心豹子胆！"少爷怒吼起来，一旦消息传到那蓝耳中，婚事又要泡汤。

62

秦楚古道

安康市在陕西东南，古称上庸，北依秦岭，南靠巴山，汉水横贯东西，河谷盆地居中，正值中国南北分界，传说中补天的女娲就出自这里。秦岭有羚牛、朱鹮、大熊猫、云豹、大鲵，林中又有茶叶、蚕茧、油桐和生漆，物产极为丰富。

郭鑫年莫名其妙和那蓝分开，再也打不通电话，发去短信，得到的回复都差不多：不要再联系了。郭鑫年去高摩，才知道她请假筹备婚礼。他正在烦恼的时候，温迪也不提前打招呼，出租车来到郭鑫年公寓楼下，带着他驶向机场。温迪得知那蓝结婚的消息，燃起复合的希望，晓之以理不如动之以情。她很期待，或许这是心灵复活的一段旅程。

飞机在咸阳机场落地，温迪预订了一辆越野车，郭鑫年坐进副驾驶位置，她驱车一路向南，五十公里之后驶进秦岭。两人初时默默无语，温迪谨慎地挑选用词，小心说道："我小的时候，从安康到西安大巴要走六七个小时的山路，两边都是悬崖峭壁，害怕极了，现在两个小时就可以到达。"

温迪挑选的话题很明智，自然而然地展开。郭鑫年打开手机查找附近的地图，这条高速公路沿着秦楚古道修建，汉高祖刘邦明修栈道，暗度陈仓，与项羽争霸天下，就发生在这里。"太乙近天都，连山接海隅。白云回望合，青霭入看无。分野中峰变，阴晴众壑殊。欲投人处宿，隔水问樵夫。"王维这首诗正是描写秦楚古道的景色。温迪事先查过，随口念出，与四周景色吻合。

旅行是催化剂，促进情感的快速发展，又有疗伤的效果。天高云淡，情感的事情便是沧海横流，郭鑫年被崇山峻岭和历史往事打开心扉。越野车拐进柞水县城，他们吃了顿面条。郭鑫年本吃不惯北方面食，和温迪谈了半年恋爱，渐渐喜欢上各种面条。一碗油泼扯面下肚，浑身都是力气。当年秦兵横扫六国，肚子里装的肯定是硬爽爽的面条，而不是软塌塌的米饭。

温迪家在安康市郊，随着城市拓展，已被并入市区。狭窄的街道，灰尘飞扬，纸盒般的灰色楼房，路面横行的自行车，很难想象，天生丽质的温迪在这种地方成长。她亲生父亲早逝，母亲改嫁之后，后爸对她不好，见面又是什么情形?

汽车驶进一个小门，楼下有几棵没有修剪的柳树，草坪像被狗啃过。一个六十岁左右驼背的男人，紧张地搓着双手，左边是一个衣衫不整的小伙子，想必是温迪同母异父的弟弟。右边是头发如同鸟窝般的妇人，搂抱着一个婴儿，这应该就是温迪后爸一家。

那老人使劲儿推着温迪的弟弟，让他过来拉开车门，脸上带着谄媚的笑容。温迪的客气显出十足的距离，她给每个人带了礼物，鼓囊囊的红包塞给孩子。那弟媳妇摸摸红包，脸上泛出兴奋，捅捅老公，从后备厢拖出行李，将郭鑫年和温迪迎进家门。

这是两居室，温迪的弟弟一家也挤在这里。她妈妈久病在床，占了一个房间，老老少少把这套房子挤得满满当当。他们认真地打扫了房间，却与郭鑫年在北京的公寓天差地别。温迪随便聊了几句，问问妈妈病情。郭鑫年隐约听到几个不好的医学名词，然后两人推门进了卧室。她妈妈枯卧病榻多年，身材瘦小在被子中难以看见，脸色因为女儿的归来，带上一抹红光。她挣扎几下无法从病床上坐起，在温迪的扶持下重新躺好，目光落在郭鑫年身上。温迪立即介绍："他就是鑫年。"

"您好，我是郭鑫年，香港人在北京。"郭鑫年担心老人听不见，放大嗓门儿。他仿佛来到一个完全不同的世界，他从没有这么贴近三线城市的底层生活。

"嗯，在北京做什么工作？"温迪妈妈很想了解郭鑫年，没和女儿说几句就开始询问。

"移动互联网，就是手机上的通信软件。"郭鑫年觉得她不一定能够听懂，详尽解释。

"我知道的，我用这个和小迪聊天。"温迪妈妈伸手从枕头底下取出一部手机，轻轻触控，弹出魔盒的界面。

"好用吗？"郭鑫年十分欣慰，越来越多的人开始使用对讲机功能，魔盒的确改变了人们沟通的方式。

"好用的，都不用打长途电话了。哎，鑫年，温迪吃了不少苦，我想想就心窝子痛。"温迪妈妈不善言谈，思维又很跳跃，这些话并不太合时宜。

"妈妈，现在好了，要舍得吃舍得喝。给您寄的药都按时吃了吗？"温迪扯开话题，聊些日常吃喝，温迪的后爸一家都没有进来，似乎不想打扰。

温迪妈妈时不时看看鑫年，忍不住说道："你们过几天一走，也不知道什么时候才能回来，有的话我还想说。"她拉着女儿的手轻声说："我性子弱，有些事情知道不对，却不敢说，不能护着小迪。鑫年，你是男人，肩膀子比我硬。我要有个三长两短，温迪总得有个亲人，照顾她，帮助她，饿了给她煮碗面，病了带她去医院。小迪身边的朋友，我一个都没见过，这次你能来，我特别高兴，能答应我照顾她吗？"

"妈妈，你的病我能治好。"温迪听出了妈妈的悲观，抢在郭鑫年前。

"阿姨，您应该为她骄傲。她在北京很好，不用担心。"郭鑫年看着老人恳求的目光，不忍拒绝。

"小迪有出息，可是一个人再坚强，也要有人不离不弃，病了扶一把，没意思了吵个架，老了说几句话，是不是这个道理？"老人很坚定，似乎认准了郭鑫年，一定要他答应。

"好的，我会照顾她，关心她。"郭鑫年不想和病重的人辩解，点头答应。

妈妈脸色红润起来，呼吸有些跟不上心跳，大声咳起来。温迪为她盖上被子，又聊一阵儿，与郭鑫年出来，无心和其他人多说，离开家门，开车去找酒店。郭鑫年犹豫许久，还是问道："妈妈病得严重吗？"

"肝癌。"温迪擦擦泪水，"妈妈的那些话，或许不该讲，请原谅。"

郭鑫年叹气，她妈妈重病，自知时日无多，向女儿的男朋友嘱托几句，没什么不对，自己虽然和温迪分开，毕竟有过一段感情，还能说什么？两人开车到达安康最好的酒店，温迪也没问，各自定了房间，安顿下来。天色已黑，温迪终于露出笑容："大愚，去夜市吧，早想带你来的。"

喝酒，会不会出事？郭鑫年不好逆着温迪，步行来到灯火通明的夜市。她果然点了四瓶啤酒，举起一碰，喝了一大口："小时候，我常看着夜市，咽口水回家，大学时候寒暑假回家也舍不得吃。所以啊，我是特别特别馋呢。"

郭鑫年品尝着安康的烧烤，孜然的味道更浓重一些，大口吃着："你多吃些，反正没开车。"

"妈妈今天特别开心，谢谢你。"温迪放下酒杯，目光晶晶闪亮，"我不放弃，一定要治好妈妈。"

"治好？"郭鑫年看得出温迪妈妈极为虚弱，又是不治之症。

"有些医院可以给妈妈换肝，我正在联络。一定要治好妈妈，把她接来北京，让她享福。"温迪说过好几次这样的话，郭鑫年并不相信，这病很难治。温迪把大半瓶啤酒灌进肚中，眼含泪水："妈妈治病需要很多钱，这是我投资魔盒的原因。"

郭鑫年脑袋轰的一下，他和温迪分手有两个原因，一是冒充那蓝，二是利用恋情拿到魔盒的股份。如果为给妈妈治病，我有什么资格责备她？温迪放下啤酒杯说："我做过错的事情，可是我看着妈妈的病历，抚摸着她的双手，难过极了。救妈妈要有足够的钱才行，为了妈妈，我可以牺牲很多，但是，我真的不想失去你。我每晚都痛哭，因为妈妈，也因为你。"温迪回到故乡，触景伤怀，想起妈妈的病情，看着郭鑫年，各种惆怅涌上心田，又喝了啤酒，泪水像瀑布一样流淌。

郭鑫年体会着她的难处，治病肯定耗费了她大量的金钱，却仍然不能原谅她："为什么假冒那蓝？"

"你怎么能这么说？"温迪擦干泪水反问："你初遇的不是我吗？那蓝那么瘦，怎么需要减肥茶？你不是把那个难看的塑料袋递给我了吗？是你搞错了人，还是我冒充那蓝？或者那蓝冒充了我？"

郭鑫年登时脑袋一大，此事纠缠不清，温迪有做得不对的地方，自己糊里糊涂也是一个原因，那蓝没有及时讲清楚，也有责任，不能完全怪温迪。如果这样说来，温迪错了一半，自己有四分责任，那蓝也有一分过错。郭鑫年是个逻辑性很强的人，连感情都用数学来分析。或许她只是为了妈妈，才不择手段，郭鑫年看到了她真实的内心，从小缺乏家庭温暖，不得不强大起来，其实她只是那个双手冻得通红、在除夕夜的冰天雪地中洗碗的小姑娘。她没有责怪当年伤害她的继父和弟弟，反而照顾他们，给他们的孩子厚厚的红包，因为她需要亲人。

手机猛地响起，屏幕上显示出那蓝的名字。郭鑫年接起电话，看着温迪说道："那蓝。"

"我想见你。"那蓝在电话那头，语气紧张。

"我不在北京。"郭鑫年没想到那蓝打来电话，她前几天刚和少爷领证，拒绝联系。

"金泰的资金到位了吗？"那蓝急匆匆追问。

"没有。"郭鑫年听出了异常。

"金泰出事了，投资可能变化。"那蓝联系不到少爷，从侧面打听出山雨欲来风满楼的气氛。公司花钱如流水，如果资金不到位，研发和推广就要停止，在竞争正酣的节骨眼儿上哪能缺钱？"你在哪儿？"那蓝发现了异常，他为什么不在北京？

"我，在安康。"郭鑫年是宁可死也不说谎的性格，实话实说。

"去那里做什么？"那蓝心脏突突直跳，两人刚分开，他就去找温迪，太出乎她的预料。

"她妈妈病了，我来看望，听我说……"郭鑫年脱口而出，他害怕那蓝再逃走，试图解释。

"哦，照顾好老人家，再见。"那蓝挂电话，伤心欲绝。我看错了人，他在感情方面这么随便。

郭鑫年举着电话，茫然若失。那蓝会不会生气？转向温迪说："金泰投资的事情可能变卦。"

"什么？"温迪站起来，此事不容有失，必须赶回北京处理。

郭鑫年愣了一会儿神，他不想卖出公司，不那么担心投资。他更害怕那蓝误解，他到一边拨回去："那蓝，听我解释，温迪妈妈病了，我来看望，千万别多想。"那蓝在电话那边一声不吭，郭鑫年又问："你什么时候领了证，为什么不事先告诉我？"那蓝不作声，郭鑫年知道她还在线，"我们那么好，怎么能说分就分，至少要负责一些吧。"

"自己一身毛儿，还说别人是妖怪。"那蓝忍住后半句没说，她认为郭鑫年和温迪复合，用从来没有的语气挖苦。

郭鑫年万分苦恼，再三解释："温迪妈妈病重，很可能是老人家最后一个愿望，我不能不来。"

那蓝松口气，他们没有复合，想想说道："立即回北京，我要见你。"郭鑫年又惊又喜，看来那蓝不生气了，可她领了结婚证，见面又能如何？他没有想到，在安康这几天，北京正在掀起巨大的风暴。

63

突然袭击

路向东是中通电信排名第一的副总经理，上届领导出事之后，位置悬空。无论资历、能力和威望，他都足以胜任，就缺上面有人能够拉一把。老爷子只要说句话，路向东就能上位，可是人家犯不着为自己出头露面，只能通过他身边的人运作。少爷引荐路向东与老爷子的秘书搭上线，几次饭局下来，请人家出谋划策，要再上一层楼。

他在权贵面前俯首听命，在通信和互联网行业却是了不起的枭雄。

他二〇〇〇年从福建调到中通电信总部，主管市场营销，启动梦网创业计划，吸引众多互联网公司参与。中通电信应用商店的开发者数十万，下载量上亿次。他打造了数百亿元的产业链，还一手制定电信增值业务的游戏规则，是公认的移动互联网的奠基人。也有人私下说，这种模式为大家族攫取财富打开大门，路向东置之一笑，哪个央企不为大家族打工？

移动互联网时代突然到来，手机用户通过应用商店直接购买，绕开了运营商的收费渠道，语音业务正在被魔盒等互联网产品掠夺，运营商彻底沦落为出卖数据网络的公司。这是生死存亡的关键一战，路向东全力以赴斗，这一仗不能输，否则语音业务将全军覆没，这是运营商的命根子。

"老路，开个碰头会。"一名处长敲门，从门口一闪而过。

这处长归属集团办公室，负责迎来送往，与自己的业务没有交集，应该是行政方面的事情。路向东起身搭电梯来到会议室，情形不对！里面的人大都不认识，只有一位集团纪委的女同志。那处长像完成任务一样，从门口溜走，路向东伸手去拉他："什么会议？"

处长向里面努努嘴，挣脱出来。路向东想逃，后路已被挡住，工作人员两边一架，将他半推半送带进会议室，砰地关门。一名中年男人四平八稳地坐在对面，示意他坐下，拿出文件放在桌面："我们是吉林检察院的，你涉嫌经济问题，请协助我们调查。"

路向东懵了，应该纪委出面，然后才是司法机关，检察院的手怎么能伸这么长？他怒吼："你们有什么资格在北京抓人？"

检察官谋定而后动，不向路向东解释："乖乖自己走出去，还是戴手铐出去？"

如果戴手铐出去，这辈子的名声就毁尽了，路向东摇头苦笑，背着双手，跟他们走出会议室。中通电信正在风口浪尖，前有电联和电讯，背后还有数不清的互联网公司，自己是指挥作战的主帅，在这个节骨眼儿上被检察机关带走，路向东难以置信。到底怎么回事？能搭救自己的只有大靠山，怎么通知少爷？他默默走过一楼大堂，检察院的工作人员将他夹紧，出了大门。一辆没有警灯的越野车停在门口，路向东呼吸了最后一口自由的空气，被推进车中，直奔京沈高速公路。他心里渐凉，吉林检察院到中通电信总部抓人，能够打通吉林检察院、北京警方和中通电信总部三个风马牛不相及的部门，出手的肯定是高层。

他叹气一声，万念俱灰。

64

命运

老钱得知少爷失踪，觉得情形不妙。他常去外地私会情人，一般一两天，从不过多滞留，更不会不接听电话。三天没有消息，十分可疑。按理说，他那么高的身份，谁能拿他怎么样？刑不上大夫嘛！老钱全力打听，消息越来越不妙。路向东被吉林检察院带走，被定性为窝案，中通电信总经理李春华被判处死缓，四川电信爆出巨额腐败案，中通电信的高管不断落马，集团数据部副总经理马力以及数据部总经理叶兵一一被收押。对手就像砍伐大树一样，将家族根基一点点铲除。老钱不寒而栗，对手的斧子已经指向树干。

老钱匆匆赶回深宅大院，如今的局面，只有老爷子才能决断。他闭着眼睛在暖房中等候，嘴角肌肉轻微颤动，这是蕴藏的怒火。老钱轻轻坐下，说道："大长兄，萧卷有消息了吗？"

老爷子努嘴，桌上有个文件袋，老钱拿起来。白色细绳一圈圈绕开，里面现出七张照片：第一张，少爷和小模特做爱；第二张，是老爷子一家的黑白照片；第三张，老钱和老爷子一起视察；第四张，一辆大卡车从街道仓皇而逃；第五张，老钱从大卡车的副驾驶露出一张面孔；第六张是小模特鲜血横流倒在地面。老钱脸上血色尽退，这些照片无声地将真相清清楚楚地展现在眼前。

老爷子一拍桌子，怒吼："钱汉，怎么能做出这种事情？"

老钱沉默不语，他们之间有默契，老爷子堂堂正正做好事，自己偷偷摸摸干坏事，老爷子爬得越高，老钱坏事做得越多。他常跪在佛祖面前祈求保佑，佛祖说过，放下屠刀立地成佛！

老爷子动了真怒，指着老钱："打着我的旗号，做下令人发指的罪行，如今牵连了萧卷，还有脸见我。"

"我是地主娃和修鞋匠，死不足惜，您救了我，这条命都是您的。"老钱挺直胸板，老爷子擅长演戏，装模作样而已，官当久了都会这一套。他不卑不亢地问道："萧卷在哪里？"

老爷子睁开眼睛，看向老钱："深圳，涉嫌谋杀。"

"您放心，萧卷和这件事无关。"老钱拍胸脯保证，让老爷子放心，然后问道："照片从哪里来的？"

"组织。"老爷子不想多说，这件事曝光，对他形成了极大的压力。

路向东被吉林检察院带走，少爷在香港被拘捕，组织和老爷子谈话，四面八方同时出手，已经撒下大网，谋定后动，要将家族一网打尽。老钱笑笑说："您放心，我会处理。"

老爷子怒火仿佛平地消失，给老钱倒了一杯茶："我们两家是世交，你爷爷照顾我们家，后来我们家接济你们。这些往事不算，你跟我三十几年，忠心耿耿，我们是一家人。"

"大长兄，您客气了。我们家只是土财主，名声出不了县城。您是大富大贵之人，名满天下，跟着您是我的福气。我小时候赶上大饥荒，天寒地冻，我披着满是破洞的老棉袄，光脚板捡狗粪，烧火取暖。多亏您端来两碗大米，我们一家老小没被冻死，熬过那个冬天，我才能活到现在。您放心，我从小带着萧卷长大。他小时候喜欢玩捉迷藏，我啊，陪着他到处疯玩，开心幸福极了。"

后半句突兀，其实是说他老钱不会抛下少爷不管，他会报这几十年的恩。老爷子摆手叹气："哎，别说了，都过去了。"

"大长兄，我该退了，接班人有些眉目了。我本想再考察一下，但是时间紧急，我想这几天就引荐您认识。"老钱心神安稳之后，开始尽心安排后事。

"什么人？"老爷子也认可，这件事的确是当务之急。

老钱从手包中取出一摞文件，递给老爷子："您先看看。"老爷子皱起眉头，他心里有选管家的准则，第一不能是家族直系成员，第二忠心耿耿，第三长袖善舞，周旋于政商两界。她明显不符合后面两条。

"大长兄，我仔细思量过，除了那三条，又想出两条：其一，这人最好年纪不大，才好和少爷搭班子；第二，这人应精通投资理财。至于周旋政商两界，我看未必，没有您罩着，家族资产应以打理为上，不要再进商场了。"老钱推翻一条又提出两条，其实是对号入座。

老爷子认同老钱的第二条，失去了自己这个大靠山，周旋在政商两界无异于找死，仍对这个人选疑虑重重，说道："忠心耿耿这条最重要。"

"知人知面不知心，画龙画虎难画骨，这是最难也是最重要的一条。我绞尽脑汁，想出一个办法。"老钱指着资料上的照片说道，"她条件极佳，未尝不可以成为家族一员。"

老爷子明白了老钱的心思，嫁入家族，的确可保忠心："嗯，老三的儿子未娶。"

"大长兄，外人毕竟是外人。"老钱缓和语气，看着老爷子，若论亲疏，资产转移到老三家里，不知道会惹出什么麻烦。

"萧卷和那蓝领了证的。"老爷子从心底里喜欢那蓝，有些不舍。

"现在这种情况，少爷和那蓝的婚礼，不知道能不能办了。"老钱提醒，少爷喜欢那蓝，人家却不喜欢萧卷，即便乘人之危，强迫那蓝嫁给少爷，两人也不一定幸福。

老爷子摆摆手，居然笑了："这小子找老婆，我们在这里瞎操心。"

"我惭愧啊，对少爷太溺爱，不舍得打，不舍得骂，惹出这么大的麻烦。他是个聪明孩子，却不知道这个世界的艰难。"老钱诚心诚意说道，少爷闯祸，他擦屁股，两人一起捅了这么大个娄子。

"来，喝顿酒吧，好久没有尽兴了。"老爷子站起来，不想听下去，他心里大半怪在老钱身上。

好的，老钱起身找厨师，却被老爷子按住，挥手吩咐工作人员，家里厨师是长城饭店的大厨，特供的食材做出的菜是外面比不了的。他安排好，看着老钱说："你一辈子照顾我们家，今天你是客人。"

"您放心，我是这个家族的最后一道防线，很结实。"老钱知道这顿饭意味着什么，对手拿下少爷，意味着宣战。他们布局许久，出手便雷霆万钧，势必将家族连根拔去，自己唯有一死，才能守护这个家族。

老钱酒后孤单万分，叹气一声，造化弄人，为什么老天对我如此不公？
幸好还有萧卷！

老钱回公司开始安排，金泰是投资公司，没有实体，只有三五十号员工。他请来财务总监，商量资金去向，家族的钱优先转走。然后叫来人力资源经理，商量离职补偿，有孩子的家庭一律补发三个月的薪水，其余再按照年头补偿，大人受苦没关系，不能委屈了孩子。

员工安排好了，老钱叫来身边人，首先贴身保镖，曾经在苏州街的小巷子里拦截过杨洋阳，退伍后跟着老钱。老钱先问了他家人状况，拍着他肩膀说："人生聚散无常，你这么多年保护我，我钱汉非常感谢。你回广东老家，我和茂名的领导打了招呼，进监狱系统。里面关着几个省部级官员和十几个市长，一堆厅局级，人人都是上亿的大金矿，立功减刑和保外就医都归你管，该办的办，不该办的坚决不办，每年办几个，够你置房买车，娶妻生子，宽裕生活了。还有，别赌了，赚多少都不够你向澳门赌场送钱，明白吗？"

保镖哭得像孩子一样，跪在老钱脚下，磕头离去。

接着，老钱又请进厨师："张师傅，你年纪大了，煎炒烹炸这些事需要体力，喜欢炒菜，回家伺候孙子去。我打好招呼了，在你儿子家的街道挂个职，那片的五百多个停车位都归你，每个车位每天收个几十块，够你养老了。"

傍晚，老钱在门口看着员工们离开办公室，一一打着招呼。除了亲信，没人知道公司即将歇业。他们大都二三十岁，和少爷年纪相仿，老钱把他们当作孩子。当办公室空无一人的时候，他打开那道暗门进去，从箱底取出萧卷幼时的照片，泪水横流，拿出笔纸，留下一封信，写给少爷。写完折叠起来收好，跪在佛龛前，抬头看见菲菲的双眼，这么年轻，你可以原谅我吗？事到如今，我一人做事一人当，一命换你一命！拜了三拜，走出密室，站在落地窗前，外面车水马龙，喧嚣不已。

然后，他静静坐在办公桌后，等待一个人，她肯定会来。

65

黑暗之门

温迪下飞机，取了行李，面对郭鑫年："去哪里？"

郭鑫年还是不能原谅她，硬起心肠说："回家。"

他们之间存在着难以克服的硬伤，难以挽回。温迪伤心难抑，不得不坚强起来："我打车，你呢？"

郭鑫年看着楚楚可怜的眼前人，心中一软，她一切都是为了妈妈，不可以原谅吗？而且那蓝和别人领了结婚证。她要见我，难道会有什么转机？他正在犹豫的时候，温迪轻轻一笑："不勉强你，大愚。第一次见面的时候，对你没有特别深的印象，反对你拿到高摩的投资。渐渐地，我开始了解你，你这么单纯，简单，直接和执着。记得你在互联网论坛上的发言吗？那么智慧和幽默，我爱上了你。谢谢你的陪伴，我自己做错了事情，说过谎话。你如果能原谅我，只要一个电话，我就会回到你的身边。"

温迪抱了抱郭鑫年，在他面颊轻轻一吻，转身而去，留下郭鑫年独自站在人来人往的机场。郭鑫年想挥手叫她回来，又觉得难以做到，直到她背影消失在人群之中。好几年之后，郭鑫年的头脑中还常常闪回这幅画面，感情真的没有对错。

温迪回到家中，茫然坐下。她合租的小小房间只有半截窗户露在地面，冬天湿寒，夏天酷热，她都可以忍受。房中只有一张小床和一个简易的衣柜，里面有几件衣服和包包。无论那蓝、罗维还是郭鑫年，都没有来过，这是自己的另一面，没人想到她竟住在这样的地方。在外面，她是投行的顶级白领，拿着名牌包包，穿着大牌衣服。谁会知道，这都是在动物园服装市场买来的廉价货。当温迪穿出去的时候，没人质疑这是冒牌货。

郭鑫年和罗维号称自己是创业者，他们说自己一无所有，所以不害怕失去。温迪笑了，她轻轻举起小房间中唯一的饰品，与妈妈的合影，我不是一无所有，还有妈妈，我只怕失去她。看着照片，想起妈妈久卧病床的枯萎，温迪擦擦泪水，为了妈妈，我不会放弃。忽然手机响起，这是罗维的号码，她心中一暖："我刚到家，刚回安康看了妈妈。"

"妈妈身体怎么样？"

"不太好。"

"嗯，照顾好妈妈。"罗维语气很急，"和金泰的投资进展怎么样？"

"已经谈好了。"

"资金到账了吗？"

"没有。"

"抓紧时间，我们五月十号发布。"罗维不瞒温迪，微讯正在苹果商店审核，下一步就进入安卓手机。

温迪挂了电话，必须在这千钧一发的时刻拿到金泰的资金。按照协议，金泰应在一周内注资，时间一天天过去，今天是付款的时间底线，一旦微讯进入市场，魔盒平添对手，竞争格局大变，金泰很可能要赖，拒绝支付，谁都无可奈何。为了这笔投资，温迪失去了罗维，和郭鑫年有了一段感情，又为此产生隔阂，导致分手，付出了太多代价。这条路快走到了终点，绝不能竹篮打水一场空。

为了妈妈，不能放弃！

温迪无法等待，出租车驶向嘉里中心的金泰总部。她拎着旅行箱踏入电梯到达楼层，就感觉到异样的气氛。金泰的玻璃门紧闭，里面灯光全熄，一个人影都没有，虽然过了下班时间，办公室也不该如此空荡，难道事情有变？再打少爷电话，无人接听。

并购又有变故，温迪顿时天旋地转。

必须完成交易，温迪打开墙上的消防设施，拎出灭火器，走到玻璃门前，向下砸去，砰砰砰巨响，玻璃碴儿横飞，直到砸出一个圆洞，她伸手进去，从内侧打开门锁，推门进去。借助外面高楼大厦的灯光，她慢慢摸索，办公室如此空荡，看来金泰遣散了员工，资金肯定转移，温迪心越来越凉。她左转右拐，总裁办公室隐隐约约还有灯光，屏风一样的书架被旋转了九十度，露出一个黑黢黢的暗门。她摸进去，打开灯光，一个黑影背对着她，一动不动地坐在密室中的太师椅上。老钱慢悠悠转过来，膝盖上放着一件黑漆漆的东西，温迪心中狂跳，那是一支手枪！

郭鑫年从机场回家换了衣服，出门来到对面的凤凰汇。这里是新开辟的购物中心，电影院、商店和咖啡馆一应俱全。他上了三层，看见那蓝站在电影院旁边的巧克力店。她今天一身套头衫，好像一个学生。他慢慢走过，心里有无尽的话又不知道如何开口。如果她领了结婚证，就是别人的妻子，自己还能说些什么。他忍不住问出来："你怎么就突然领了结婚证？"

少爷手眼通天，有门路走通关系拿到结婚证，那蓝毫无办法。也不知道他在医院说了什么，爸爸心肌梗死突发，做了心脏支架手术，还在重症监护。然后，少爷突然消失，发消息不回，电话打不通，处处蹊跷。那蓝通过各种渠道打听，中通电信的窝案爆发，路向东被检察院带走，金泰受到牵连，风雨欲来。那蓝也不明白出了什么事情，直截了当地将话题转移到工作上："金泰的投资可能有变故。"

哦，郭鑫年低头，心里生疼，那蓝这么回答，再次确认了领证的事情。

"你怎么办？"那蓝心中掀起波涛，少爷不是要一辈子相守的那个人，眼前这个人才是。

"投资的事情，我心里很乱，听不进去。一周前是我这辈子最开心的时光，我们在五道营的茶馆，你躺在我身边睡着。我设计新的产品，累时看你睡觉的样子，感觉对了，心是踏实的。我思如泉涌，不怕任何对手，得到你，就拥有了这个世界，不再害怕失去其他。我相信，你也有同样感觉，这才几天？你就成了别人的老婆？即便领结婚证也有个过程吧？为什么把我蒙在鼓中？知道我有多伤心吗？"郭鑫年不管周围的环境，爆发出来。

那蓝委屈极了，自己为了爸爸无法选择，面对郭鑫年的指责，一句话也说不出来，泪珠顺脸颊流淌，她轻轻擦去，收拾包包站起来："非常抱歉，我要去公司了。"

"那蓝，有什么不能告诉我吗？"郭鑫年拦住那蓝，不让她离开。

"有的事情，说了也没用。"那蓝甩开郭鑫年离开，眼泪如同珍珠般滴落，把金泰的消息通知了郭鑫年，这就足够了。

66

胜能追，败能逃

自从企鹅技术入股，宇泰来重返孤山担任董事长，就好久没有来银网中心了。办公室内死气沉沉，工程师们看不透资本的谜团。难道宇泰来用幂聊做了交易，换取了孤山董事长和十亿现金？新版本研发暂缓，幂聊正与魔盒对峙的关键时刻，为什么缴械投降？

今天，宇泰来突然返回银网中心，工程师们聚集过来，他们要讨个说法。

宇泰来身后跟着六个老男人，林宾端着一个托盘，覆盖着红色绸缎，小心翼翼地摆在桌子中间。宇泰来跳上讲台，用目光与每个员工交流，传递着自信，缓缓举起麦克风："马幻城一个月前来过这里。他告诉我，企鹅技术即将进军即时语音通信市场。我痛苦很久，能不能打过这只企鹅？要不要拼命？是不是送死？"

这段话印证了工程师们的怀疑，打不过就卖出去，换取最大的利益，这是商场铁则。

"我的判断是打不过。企鹅技术是即时通信的王者，拥有数亿的用户，一旦推出产品，无人能够与之争锋。而且，企鹅帝国组建了产品舰队，游戏、微博、会员服务，都要借助这个口出海。他们必然全力以赴，没人是他们的对手，我不是不知死活的人。我们做出幂聊很容易，做出完整的产品却很难，那是企鹅技术十几年的积累。"宇泰来声音沉重，缓缓说道，"所以，企鹅帝国兵临城下，我开门纳降，不做无谓的抵抗！"

宇泰来的话印证了工程师的怀疑，他是创业者也是投资人，还是个商人，绝不会死磕。

"记得八字秘诀吗？"宇泰来笑了，"专注、极致、口碑、快和幂"是他的新思维模式，他声音高扬起来说，"做大做强是工业时代的法则，在互联网时代，灵活快速才是一切。即便对手大兵压境，我也不怕，因为我们已经踏上了另一个战场，他们永远没法追上。我们将宣布一款伟大的产品，这是企鹅技术不会触及的领域！他们永远无法夺取的战场！"

宇泰来掀开绸缎，一个晶莹剔透的产品现出真身。这是七个老男人的谋划。幂聊拥有四百万粉丝，形成口碑，却只是攻入移动互联网的桥头堡和试验田，手机才是真正的大生意，他梦想中的生意！

小幂手机！

"我们不会抛弃幂聊，幂聊是我们的第一款产品，带来了几百万用户。"宇泰来举起这部尚未问世的产品，大声说道，"创业不是坦途，更不是一马平川，我们虚晃一枪再异军突起。其实我们没有栽倒，也没有失败，更没有头破血流。我们只是换了一个跑道，向下一个战场冲杀过去，这才是聪明的创业者！"

67

拦路虎

在入口之战爆发的时候，程啸虎不停地用头撞墙。他时不时来找卢卡，有时候杨洋阳在，有时候不在，有时在西少爷门口，有时候在大槐树下，更多的时候在车库咖啡，他请卢卡帮忙找臭虫。臭虫就是bug，每个软件都包含成千上万行代码，说不准哪里有错误，这就是臭虫。一些臭虫在测试的时候找出来，还有一些更隐蔽，随着使用量的扩大，才会渐渐暴露。卢卡突击七天做出凌步软件，更隐藏了不少的臭虫。比如说，卢卡是在苹果四英寸屏幕手机上做出来的，后来到了小幂的五英寸屏幕，可能就有问题。臭虫必须立即被铲除，否则数量巨大的小幂手机的用户就会删除凌步，用户流失。

不仅是臭虫，还有迭代，产品研发就像在黑暗中摸索，找到新的思路和方向，这时候就需要改进。打车市场涌现出一堆玩家，产品必须不断进步，与对手拉开距离，原地踏步就是找死。

无论是找臭虫还是迭代，程啸虎都需要卢卡。

卢卡手很快，对于臭虫，常常是程啸虎提出来，然后到北边的奶茶店坐会儿，臭虫就被找出来，程啸虎回来测试一下，没问题就立即上传更新。迭代的时间长一些，两人跑到路边摊儿，边撸串边聊。卢卡先问一堆问题，把程啸虎问得张口结舌，比如说：这是你的想法还是乘客的，其他乘客真的需要吗？不做这个功能会死吗？经过反复的讨论，程啸虎的要求一般都不会得到满足。

程啸虎总要做加法，得到的却是减法。

卢卡坚持所有功能都必须在一个界面内完成，这种坚持达到了痴迷的程度。程啸虎永远都争不赢，他拿卢卡没办法，因为人家义务给你做的，你还能要求什么？直到有一天，他做梦之后就再也不和卢卡争执了。他梦见自己娶了卢卡，两人幸福快乐地在一起生活，却被杨洋阳堵在门口，搞得自己灰头土脸。他醒来记不清楚，谁是男的谁是女的。程啸虎没敢把这个梦告诉卢卡，他肯定说自己变态。程啸虎当然不是gay（同性恋），他不喜欢男人，却对卢卡梦寐以求。

他想让卢卡加盟，却不敢提出来，一是怕卢卡看不上，二是他还有逾越不了的障碍。

他每天和小伙伴们信心满满地出发，晚上灰心丧气地回来，每次都会被问同一个问题：有没有交通委员会的红头文件。他出生于江西的普通家庭，没有任何关系能够拿到政府的红头文件。

他的兄弟们围着他，七嘴八舌讨论，有人说绕开出租汽车公司，有人说换个小城市试试，有人甚至说伪造一个。程啸虎来者不拒，每个招数都去试，唯独拒绝了伪造的提议。他正色看着那个小兄弟说："宁可饿死，也不乱来，这件事再也不许提，再提咱们就不是兄弟！"

程啸虎站起来，发表了一段话，几年之后都是创业团队的精神指路灯："创业不是做梦，也不是嘉年华，注定不会一帆风顺，我们注定遇到各种困难。这个时候，有人躺倒大嚷大叫，前面有拦路虎啊，很厉害的，要吃人的，困难变成退缩的理由和失败的借口。也有人动脑筋想办法，很多困难都是纸老虎，总有办法解决。但是，我们也有无能为力的时候，束手无策的时候，连办法都没有，有办法也不知道能不能行得通，比如红头文件。你我不是官二代，爸妈都是普通人，不是公安局长，也不是政法委书记，真的拿不到红头文件。但是我相信，当我们走投无路的时候，必须出发，必须努力，必须加油。只要足够努力，上天就会看到，就会给我们开一扇窗！"

此时此刻，程啸虎的兄弟们不相信上天开窗的说法，以为只是一个比喻。但是没有多久，他们将亲眼看到，上天真的打开了窗户，拯救了他们。

68

家族规则

老钱在等温迪，今天是注资的最后一天。她果然来了，从阴暗中转过身，来了？温迪为了投资毫无退路，直接说道："今天是注资的最后一天。"老钱将茶杯放在桌面，笑了："恐怕要泡汤。"

"协议签了。"温迪不想放弃，妈妈的病越来越重。

"我爱莫能助，你走吧。"老钱摆手，让温迪离开。

"为什么？"温迪不懈追问。

"这么敬业？"老钱很有兴趣与温迪深聊。

"魔盒里有我的投资。"温迪毫不隐瞒，老钱早就知道。

"哦，说说。"老钱放下手枪，走出密室来到酒柜旁边，掂着酒瓶酒杯回来，为温迪倒满："那家共赢基金是你的吧？"

温迪不打算隐瞒，点头承认。老钱笑着说："一百五十万进去，翻个几十倍回来，不愧是投行高手。"

温迪不想碰这个话题，只想拿到投资，尽快离开："我有困难，急需那笔钱。"

"为了妈妈？"老钱喝了一口酒。

"你知道？"温迪困惑地看着老钱。大学的时候，那蓝和少爷恋爱，温迪和他们出去玩过好多次，见过几次老钱，却连招呼都没有打过，印象中他眼里只有少爷，照顾无微不至。

"你妈妈身体还好吧？"老钱继续问道，显示出对温迪的了解，话题一转，"钱很容易，可以谈。"

"谈什么？"温迪很惊讶，他竟然知道妈妈的事情，处处透着怪异。

"我成立了一家基金，正在物色基金经理。"老钱看着温迪，她在投行工作，有足够的金融经验。

"哦，多大规模？"温迪心中一动，他是什么目的？

"规模与金泰相仿。"老钱暗示着，这些钱本来就是来自金泰的家族资产。

温迪调查过金泰，知道这家公司的实力，那是很强大的基金："我做什么？"

老钱看着温迪，她能不能通过老爷子那一关？语气放得缓一些："饿了，边吃边谈。"

温迪从安康返回北京，午饭晚饭都没吃，点头答应。

老钱亲自开车，来到什刹海附近的一个会所。中式庭院中有一个开满荷花的池塘，正中是个亭子，灯火四射，服务员摆好一桌美味。温迪仿佛梦游，我竟然进入这个大管家的生活中，奢侈却又无奈。她随着老钱走过廊桥，对着一桌子饮食，饿得快直不起腰。她忍着饥饿，听老钱津津有味地介绍这些江浙美食，讲完一道品尝一味，这顿饭足花了两个小时。喝了茶水，老钱屏退服务员，拿出一个文件袋，放在眼前："我俩也算有缘。"

温迪琢磨着这句话的意义，用目光征求老钱意见，见他点头，打开细看桌面的协议，内容是金泰收购温迪的共赢基金。老钱等一会儿，估计她已经看懂，说道："我打算先收购你在魔盒的股份。"

即便金泰履行协议，注入资金，兑现也遥遥无期，但是老钱先收购自己的基金，就能立即兑现，拿到救命钱。她十分震惊："您为什么这么做？"

老钱又拿出第二份文件，说道："看看这个。"

温迪接来文件，一家特殊医院的入院证明和肝脏移植手术流程，竟然还有妈妈在安康医院的病历复印件，他调查得这么清晰。老钱品着茶，说道："人生在世，最亏欠的就是母亲，怀胎十月，辛辛苦苦抚育我们长大成人。尤其你没有父亲，她更不容易，更难得你不念旧恶，每月都拿出上万元来接济那一家子，让人感动。我已经找好肝脏，办好手续，下周把妈妈接来手术。我能帮你就这么多了，你妈妈的病能不能治好，只有老天保佑了。"

"找到肝脏了？"温迪难以抑制激动，钱容易，找到合适的肝脏难。

"明天要枪毙一个犯人，肝脏很好。那人用菜刀杀了一家子，包括三个月的婴儿，死有余辜！"老钱握有足够的筹码来说服温迪。

老钱说得轻描淡写，仰望星空想想自己的母亲，可惜她不能活到现在，叹息着拿出第三份文件，内容是温迪担任家族基金的基金经理："三份协议，你看看，要签一起签。"

只有签署三文件，才能兑现投资，还有机会治好妈妈的病，温迪抓起笔。老钱恶作剧般地把协议收回来："还有几个口头条件。"

"什么？"温迪茫然点头，我真能治好妈妈吗？她本已绝望。

"即刻从高摩辞职，一心一意打理家族生意。"老钱又缓缓为自己倒了一杯红酒，这一条很容易。

"好的。"温迪答应。

"恪守基金和家族的秘密，不能告诉任何人。"家族资产极为庞大，绝不能泄露出去。

"保密条款是业界惯例，同意。"温迪毫不犹豫，她听出家族二字，这绝不是普通的基金。

"资产记在你名下，却不是你的，只能打理，不能动。"老钱说出第三条，家族将提供丰厚的补偿。

"同意。"温迪知道老钱是什么身份，不该问的绝不问。忽然，她意识到一切将要改变，她将辞职，做一份全新的工作，接触完全不同的人，是福是祸，谁也看不清。

"最后，照顾好少爷。"老钱说出了最后一个条件。

"为什么？"温迪不懂，自己只是基金经理而已。

"答应吗？"老钱的秘密不能告诉任何人，那是绝密的隐私。

"怎么照顾？"温迪真的不明白，"少爷已经和那蓝领了证，哪需要我来照顾？"

"强扭的瓜不甜。"老钱摆手，不让她继续问下去，与那蓝相比，他更欣赏温迪。那蓝没有经历苦难和折磨，就像温室中的娇美花朵。温迪不一样，就像三十年前的自己，出身贫寒，为妈妈拼尽全力。少爷需要这样的人，她才能照顾少爷一生一世。老钱想到这里，眼神变得十分慈祥："你考虑一下，我带你去见一个人，他想见你。"

69

互联网英雄

该来的暴风骤雨，就来吧！

微讯上线的消息传遍公司，罗维被紧急召到总部。他不想逃避，微讯成功了，自己就成功了，命运和微讯绑在一起。他昂起头进来，没人和他打招呼。他坐下，身边凋零，无人近于三尺之内。这是明显的敌意，最基本的礼仪都被抛弃。

马幻城准时进来，远远看一眼罗维，然后与每位高管说笑。运营官先介绍了近期的运营数据，马幻城照例鼓励几句，然后听每个高管发言，语言很简短。风平浪静，大家都没有心思提问。

硝烟爆发之前，往往是平静。

很快轮到罗维，自己既然是靶子，不如明显一些。他用简洁的语句，说出了众人等候已久的消息："上周，新产品上传苹果商店，等待审核。"

张至冬率先问道："详细讲讲。"

罗维打开手机，开机界面闪现，孤单的小人面对地球，在四万五千公里之外等待她的回心转意。他每次看这张照片都有感动，温迪能够体会我的心情吗？他摇头摆脱惆怅说："我创业失败，离开未婚妻来到广州，心情就如同这个孤单的小人，距离她越远，渴望越强烈。每个人都一样，我们渴望与人沟通，渴望和最心爱的人在一起。她就在那边，可是就是不能和她在一起，我们每个人都是孤独的。"

罗维大谈孤独，高管们如坠云雾，曾梨青双腿搭在椅子上："这是开机界面，谁会懂得这些？"

"我们都是孤独的，微讯把相爱的人连接在一起。"罗维第一次说出微讯这个名字。

"微讯，是什么？"陈丹没有听过这个名字。

"通过移动互联网的入口。"罗维答道，这句话将引起轩然大波。

"有完没完？"许晨叶怒了，罗维的团队没有并入总部，还敢擅自上线产品。

"你在浪费大家的时间。"曾梨青怒不可遏，罗维就像是踩不死的蟑螂。罗维没有招架之力，干脆就不反击，自顾自地坐下。

"简直胡闹。"陈丹早就不耐烦，罗维太肆无忌惮。

"谁同意你上线的？你怎能越权？"曾梨青抓住了罗维致命的缺陷。

"这是辞职信，擅自上线产品，罪大恶极，罪无可恕。"罗维掏出一个信封，走到马幻城身边，双手奉上，解释徒劳无益，罗维回来把目光投向手机的开机画面。马幻城嘴角向上一挑，露出难以察觉的笑容，头一偏看向张至冬。辞职？这么简单，几位高管愣住了，他们本要打击罗维的嚣张气焰，可是人家直接交了辞职信，还有什么好责备的？善良的陈丹和许晨叶甚至觉得自己过分了。

马幻城取来辞职信，看到落款的日期，忍不住笑了，不是今天而是两周之后。罗维想用十四天击败魔盒，他心情好极了，将辞职信向桌上一扣："我想想，两周之后再碰。"

70

进军手机

晴空万里，七九八艺术中心是京城艺术重镇，一队队游客在举着黄旗的导游带领下，逛完故宫和天安门广场之后，来这里观光。今天，一群群与游客们格格不入的年轻人，穿过上世纪五十年代的古老厂房进入东北角落。巨大的厂房被改造成为会议中心，数千疯狂的年轻人聚集到这里，等待一款独一无二的产品。

竞争正酣的时候，幂聊偃旗息鼓，不争长短，任由用户缓慢地流失。直到有一天，传出宇泰来将要发布新产品的消息，大家才记起幂聊曾经的存在。在阵阵激动人心的音乐中，宇泰来身穿黑色T恤和蓝色牛仔跳上讲台，举着麦克风，用独特的南方口音说道："欢迎大家，今天是个不同的日子。我来到这里，内心被深深震撼。我看到了支持我们的人，我向外面排队的粉丝说声对不起，没有想到来这么多人，谢谢大家。"

宇泰来挥手，六位创始人逐一上台："我们七个老男人为今天努力了一年多，秘密都将在这里揭晓，东西就这样，随便大家批评，随便大家玩。到今天为止，我宇泰来没有退路了，我们七个老男人也没有退路了！"

"这是神马？"一名瘦小的服务员摆好桌子，看着大屏幕中央的神秘盒子。他在这里服务过无数的产品发布会，汽车、电脑和服装，模特云集，在舞台变幻的空间，戏剧般推出产品，七个老男人跑到舞台中间，这种风格却是第一次见。

六个老男人像护法一样，分立两厢，宇泰来走到舞台中间："这十几年，我用了五十多部手机。我一直在想，我要一部什么样的手机？我萌生了一个小小的想法，做一款软硬一体的手机。我们去年四月创办了这家公司，这是我们七个老男人的梦想。今天，我们有了二百四十九位兄弟姐妹，一半来自谷歌、微软、摩托和孤山，经过四百多天的煎熬，没日没夜的努力，我们可以出来见人了。"

粉丝们欢声雷动，要把屋顶掀翻。小服务员嘿嘿笑着："哪来的托儿？太敬业了！"

小幂粉回答："俺们都是自己来的，一个都不认识。"

"说了半天，只有七个老男人，杨幂呢？"小服务员问道，他今天唯一的兴趣，就是看杨幂一眼。

"切，小幂手机！和杨幂半毛钱关系都没有。"幂粉答道。

小服务员参加过太多发布会，见多识广，根本不信，做完手中活儿，站在一边儿翘着脚尖看屏幕。屏幕一刷，出现一个处理器的图片。宇泰来手持麦克风爬上桌子，这是他的习惯："先看看iPhone，处理器是单核一G，市场上大部分手机都是这配置。猜猜，小幂的心脏是什么？二点五G，比苹果快百分之五十。等等，没说完，我们是四核的！比苹果快多少？"

小服务员难以置信，问小粉丝："真的假的，中国手机比美国的还先进？"

小幂粉白他一眼，说道："土不土？芯儿都是美国的。"

宇泰来手一挥，切换成小幂的屏幕："iPhone是三点五英寸屏，小幂五点七英寸大屏，很大但握着正舒服，关键是显示效果。请看，这是三星手机，太阳底下什么都看不见，小幂呢？这么强的阳光，肯定能看见。还有电池，你用安卓手机，肯定是好男人，每天都得回家充电。小幂联网待机四百五十个小时，连续通话十五个小时，播放歌曲四十五个小时，观看视频十二个小时，大型游戏六个小时！不用每天回家充电，你终于可以变成坏男人了，但要对女朋友好，是不是？"

这么牛！双核大屏耐力好！样子怎么样？小服务员被米粉的热情吸引，听得认真。宇泰来在舞台上来回走动，十足的乔布斯范儿。他从裤兜里摸出手机高高举起："我们强调内涵，也注重外表，秀外慧中，不仅好看还有三围，长一百五十五、宽七十七、厚六点九五，重量一百六十克！五点七英寸屏幕的手机，几乎与iPhone一样重量！多一分则嫌沉，轻一分则嫌飘，手感最佳！"

小服务员摇头，这手机外观基本就是抄袭苹果，心里嘀咕不知道价格多少。宇泰来又开始煽情："大家还记得我们的配置吗？再回顾一下。"

"四核二点五G！"

"三G内存！"

"三千毫安电池！"

"五点七英寸屏幕！"

"前置一千三百万像素，后置四百万的相机！"

"大家说说，比苹果强大多少倍？无数倍！"

"手机中的战斗机！代号叫米格机！"

群情激越，小服务员被吓了一跳，向身边的小粉丝说："我真服了U（你），你们比花钱的托儿还敬业。"

屏幕上显示出一溜手机，宇泰来逐个指着说："这是市场上最新的双核手机，HTC、MOTO、LG，它们卖多少钱？三星四千九百九十九元，MOTO四千二百九十八元，HTC水货三千五百七十五元。小幂到底卖多少？为了降低价格，我们不在市场宣传上投钱，不在店面零售降低销售成本，但必须支付海关税、增值税、教育附加费、城市附加费，还有专利费。我真心想跟大家说，我们七个老男人一心一意想给大家个物美价廉的产品！完成这个价格，无异于跳悬崖！"

"您跳吧。"小服务员喊了一嗓子，引来无数米粉怒目而视，吐吐舌头再不敢造次。

"一千九百九十九元！"宇泰来高声喊出价格，音乐暴起，喇叭中爆发出雷鸣般的掌声。哇，比苹果牛的配置，价格只有三分之一，小服务员动心了。忽然台上一阵疯狂，一群中年男人冲上舞台。小服务员不认识，问旁边的小粉丝："他们是，神马人？"

小粉丝指着台上说：我告诉你，那个戴眼镜的胖子是UC董事长，一脸福相的是YY的创始人，那个也牛，凡客的CEO，哎，你手机上也有幂聊？神了！小服务员使劲儿点头："当然啦！女朋友让俺装的。"

幂粉正在琢磨诺基亚手机怎么跑幂聊的时候，台上响起一阵扑通扑通的声音。小服务员抬头一眼，这帮大佬同时转身，七八部手机画着弧线砸向地面，集体砸了苹果手机，换上小幂。小服务员惊讶地说："闹了半天，幂聊还有手机啊？我得来一部！"

宇泰来发布了小幂，完成了华丽的转身。幂聊是他进军移动互联网的第一枪，他用互联网思维做出了一款极致的产品，获得了四百多万粉丝，建立品牌，完善了队伍。当企鹅技术重兵压境之际，他与马幻城达成妥协，获得十亿现金，重返孤山网络担任董事长，与马幻城携手对抗杀毒市场的共同敌人。与此同时，小幂突入手机市场，凭借产品体验和性价比，以四百万幂聊粉丝为基础，把对手杀得人仰马翻。宇泰来完成了一连串令人眼花缭乱的表演，凭借的就是互联网思维：

专注、极致、口碑、快、幂。天下武功，唯快不破，胜能追，败能逃！

第七章

心无所恃

71

微讯发布

五月十日，微讯的新版本通过苹果商店审核，正式发布，增加语音对讲功能，这是改变中国互联网命运的一天。孤独小人面对着四万五千公里之外的地球，郭鑫年茫然不解，图片一闪而过，主界面呈现，和魔盒极像。郭鑫年坐不住了："山寨，彻头彻尾的抄袭！我要控告。"

"告诉我，微讯怎么样？"杨洋阳的思路不被郭鑫年牵走。

"我们开山造路，他们沿着我们的路跑，算什么本事？"郭鑫年意识到问题的严重性。

杨洋阳手指触动，屏幕挑出一个崭新的界面，附近的人，这是什么？郭鑫年嘟囔说：烂俗的功能，恶劣的抄袭，他们要研发一个约炮的工具吗？

杨洋阳展示出新功能，导入扣扣联系人。这一瞬间，郭鑫年突然被击中。企鹅技术有数以亿计的用户，如果导进来，魔盒的区区几百万便不值一提，他紧张起来："他们有多少用户？"

"今天才发布，周围有人开始用了。"杨洋阳的消息不妙，企鹅技术有那么多用户，可能一瞬间已经超越了魔盒。

"必须抓紧时间开发新功能，拉开距离。"郭鑫年预计到这一天的到来，他规划出了产品的发展路线图，这是比拼速度的时候，唯有更快才能存活。创业就像造反，大都像陈胜吴广、黄巢、李自成和太平天国一样揭竿而起，轰轰烈烈地失败。郭鑫年不怕，人生什么都带不走，为什么不放手一搏？这辈子再也遇不到移动互联网这种机会了，如果放弃，就会后悔一辈子。

然而，钱的确能够买到速度。

企鹅技术速度更快，微讯上线只是开始，新功能如同潮水一般，产品不断迭代，借助导入扣扣联系人功能，用户很快达到一千五百万。微讯又推出晃一晃和海水瓶功能，主打陌生人交友，所谓得屌丝者得天下，躺在床上拼命晃动手机，捕捞漂流瓶，满足交友愿望。微讯的用户超过五千万，超过魔盒十倍。微讯的下一波攻势是扫一扫，互扫二维码，迅速成为好友，这是针对熟人间增加粉丝的妙着。郭鑫年感叹，魔盒的用户就是被微讯这么晃一晃、扫一扫、漂一漂给弄走的。

在巨大人力和财力的支持下，微讯如同潮水，一浪高过一浪，铺天盖地涌来，没人能够阻挡。魔盒的用户数止步于五百万，难以增长。郭鑫年拼命追赶，却受制于资金，无法扩大研发团队，只能一个功能一个功能地开发，从架构设计、编程、测试、运营上线，最快的周期是三个月。企鹅技术在广研所聚集了数百工程师，数路并进，多个功能同时开发，潮水般涌来，让魔盒应接不暇。魔盒和幂聊本来像一对激烈对战的拳击手，筋疲力尽打得正酣，新对手上场，魔盒挥舞双拳自以为能够较量一番，却被一拳放倒，再也爬不起来。很快，地球人都看得清楚，企鹅技术即将一统江山。当魔盒被打得鼻青脸肿，躺在地上时，这只霸道的企鹅还有无数的后招，叹气一声，收起拳头，负手而立，恨天下再没对手，求一败而不得！

经此一役，互联网公司谈企鹅技术色变，人人胆寒。投资人后来常常这样吓唬创业者：企鹅技术也要做这个产品了，创业者魂飞魄散，卖出公司，避免与之对抗。

如果没有正面对抗，你根本不知道这只企鹅的可怕。

这只企鹅是推土机，没人能够横在面前。

更可怕的是，这只企鹅不仅有力气，还非常灵活。当这只企鹅翩翩起舞的时候，没人是它的对手。罗维的团队没有官僚，他们是多个灵活快速的小团队，焕发出勃勃生机。凌晨时分，红男绿女从夜店出来的时候，广研所灯火通明，镶嵌在这极具创业精神的城市之中。

郭鑫年根本无心恋战，此时此刻，他拎着酒瓶，坐在大树之下，在为那蓝伤心。他们那么相爱，他以为得到了她，突然晴天霹雳，那蓝忽然结婚，让他意志消沉，无心创业。忽然，地面飘来一张报纸，被郭鑫年一脚踩在脚下。头条醒目位置是一张照片，郭鑫年认识，这人多次在公众场合向那蓝求婚，最终抢走了她。娱乐版！五颜六色的文章和图片都指向一个重磅八卦。"哈哈，天助我也！"郭鑫年看了五分钟跳起来，心花怒放，这个少爷去香港鬼混，自作孽不可活，他和那蓝的婚事肯定告吹！

郭鑫年来到办公室，将报纸塞给杨洋阳和卢卡，然后把他们搂在怀中，一阵乱吻，搞得卢卡莫名其妙，推开郭鑫年："你干吗？"郭鑫年根本没有听见，一溜烟蹦蹦跳跳地向路边跑去："我去找那蓝。"

"别激动，先想好怎么说。"杨洋阳担心他乱来，起步去追。

72

宏图霸业

"现在，我们来讨论一下罗维的辞职信。"马幻城取出辞职信摊在桌上，会议室里是企鹅技术位于金字塔尖的高管们，唯独罗维坐在一个角落。

微讯像病毒一样快速传播，用户突破五千万。曾梨青笑出声来，与扣扣的五六亿用户相比，微讯不算什么。"罗维，我很欣赏你的队伍。但我们是一个团队，你不能在广州另起炉灶。"许晨叶缓和了一下，他不想真的让罗维辞职。

不并入总部的研发体系，不被腐败气息沾染，这是马幻城的主意。罗维不想接这个话题："辞职信就在你们手中，我相信你们的判断。让我兴奋的是，微讯的新版本。"

罗维忽然起来拉黑了灯光，也不征得他们同意，就开始演示新版本。这个想法来自温迪的U盘，罗维的研发速度却超过了郭鑫年。

"好友圈？"高管们看着功能界面，诧异万分。罗维疯了吗？挑战如日中天的新浪微博？

"不行！新浪微博有四五亿用户了。"曾梨青说，议论声音越来越大。

"陌生人不能看？明星肯定不会进来，他们才能带来粉丝！"

"只能发图片？"

"发文字要长按摄像头？谁会知道？"

"没有转发功能？开什么玩笑？"

高管们懵了，罗维搞出一个四不像，不像微博，不像Facebook，不像Twitter（推特）也不像开心网。这个四不像的东西怎么可能迎战微博？

"应该稍微喘喘气了，产品还不成熟。"一直沉默不语的张至冬说，产品发展太快有时不是好事。

"请大家来这里。"罗维走到落地窗边，掀开窗帘，不远处就是大鹏湾，波浪翻滚，无边无涯。企鹅技术的十几名高管沿着落地窗一溜排开，唯独马幻城一动不动，乐得让罗维来讲。他看了这海水十几年，现在终于有另外一个人能够参透海水的秘密。

"海水生生不息，浪潮看似柔弱，却无可阻挡。"罗维规划了无穷无尽的版本迭代，"瓜哥说得对，新版本还不成熟，就像每道波浪，它们成熟吗？不成熟没关系，产品迭代如同潮水，晃一晃、海水瓶、查找附近的人主打陌生人交友、扫描二维码、雷达加好友拓展熟人社交，我们的用户突飞猛进，很快就将突破一个亿。"

"攻势要停止吗？"罗维指着窗外，"谁曾看见大海静止？谁看见波浪停下脚步？潮水可以退去，可以受挫，失败，却绝不停止！"

曾梨青拉上窗帘，打开灯，坐回座位，沉思许久："Pony，要和新浪开战吗？"

终于有人找到了关键，马幻城点头承认："战争已经开始，只是我们一直没有取胜。"

"好，假设我们打赢了新浪微博，下一步向谁开战？"曾梨青的思维版图渐渐成形，马幻城竟想通过移动入口之战，猎取天下，志向极大。

"没想好。"马幻城继续点头，他没有想好先挑战奔狼还是电猫。

"我明白了，这是重要的决定，希望慎重一些。"曾梨青极为严肃。

高管们注意到了两个人之间的对话，各自思索。经过十几年的残酷竞争，互联网行业形成了三大巨头主宰的局面，各自相安无事，如今马幻城竟要通过移动入口之战，打破这种格局。这不是普通的商业竞争，而是席卷整个行业的大战，一切都将被颠覆。

"应该慎重一些，现在的局面来之不易。"许晨叶赞同曾梨青的观点。

"应该停下脚步，看清楚再出发。"陈丹赞同守江山的思路，换种方式说出来。

企鹅技术的五位创始人中，只有马幻城坚持发起入口之战。张至冬没有表态，这次争论仍然是创业守业之争，只是换了一种形式。马幻城有敏锐的政治头脑，高层思想不统一，市场瞬息万变，分歧难免加大到无可调和的程度，做出任何一个决定都要大费口舌，必须调整管理团队了。他不回答三人的问题，而将目光转向了张至冬。

"我说说。"从来嘻嘻哈哈的张至冬表情严肃，稳如泰山，一开口，会议室立即安静："我是CTO，却喜欢金字塔的最底层，做些很小的事情。十六年前我开始做扣扣，理念很简单，就是不让用户掉线。互联网这个行业很苦，越是节假日，大家越喜欢上网。故障一出，我拦辆出租车回公司，大家碰一碰，无论什么问题，拉个群讨论，拿出解决方案。我们不需要复杂的管理体系，就像自己的孩子摔跤了，不会想这件事该谁做，必定第一时间冲上前去把孩子扶起来。公司越来越大，问题越复杂，我们必须保持这种精神，不让用户失望。我相信，只有让这种精神延续，我们才有能力面对未来的挑战。

"可是，年纪渐渐增长，身体越来越糟糕，精力越来越差，我没办法全身心地泡在办公室，动作越来越迟缓。我落伍了，这是自然规律，没人能够抗拒。我们一而再、再而三地错失机会，我有责任。如果让我这个失去创业精神和能力的人占据着CTO的位置，公司走向何方？我们这些失去创业精神的创业者怎么能够把最有创业精神的队伍管起来！我们变成了官僚，我们曾经最痛恨的人，浑身发霉的人！"张至冬不想多谈身体，话锋一转："这几天，我和Pony谈到了创业精神。我痛苦和悲伤，当我不能作为创业者奋战在一线的时候，该怎么办？恋栈？用老资格骑在创业者肩膀上指手画脚？我决不倚老卖老，如果那样，还不如去跳楼！想想新浪，程炳浩有了开心网的想法，在内部得不到支持，出来创业，差点儿摧毁新浪。这种例子不胜枚举。无论国家还是企业，一旦被那些高高在上的官僚们掌控，就开始了无可避免的腐败！"

张至冬谈至此处，越来越动容："我们要人才代出，必须文化接棒，把我们的创业精神一代代地传下去。作为创始人，我必须善始善终，起到第一棒的作用，把接力棒交给渐渐成长起来的团队，他们必须认同创业精神，愿意传承这种文化，我们还要培养第三棒和第四棒。"

这是产品战略会议，高管们正在讨论微讯，怎么变了味道？这是什么状况？炮火本来对准罗维，罗维却完全不接招，攻势全数落空。当张至冬说完这些的时候，众人完全糊涂了，会议的味道完全不对。张至冬深呼吸，动了感情："十六年前，我们五人用五十万创建这家公司，如今功成名就，大家应该不忘初心，怀抱理想。我们这辈子不缺钱了，而是渴望用技术去改变世界，我们希望培养出一代又一代这样的人。有了创业精神，我们的公司才会源源不断地产生动力，才能在互联网大潮中，做出无愧时代的贡献，给社会带来更多正能量，让生活更美好。"

张至冬说到这里，停顿一会儿转换语气，转向马幻城："我辞职，请把我派到公司学院做一名普通讲师，帮助团队成长，讲述我们五人成立这家公司的故事，培养第三代和第四代的创业者，还有什么比这更有意义？"

张至冬说出"辞职"这两个字，不禁泪如雨下，回想着十六年的创业历程，多少欢笑和骄傲，多少没日没夜的加班。他为了挽救这家公司的创业精神，毅然牺牲自己，成全这家公司的创业文化。他如同孩子一般抹去泪水说道："我退出，也为给第二棒腾出位置，必须把我们的公司交给真正的创业者。"

他们五人奋战十九年，感情至深，其他几人眼圈发红。"我还有一个提议。"张至冬看着高管们，缓缓说出打算，"除了Pony，我们四人一起辞职。"

高管们大惊失色，瓜哥竟有这么深的打算，把全体高管拉下马，横扫企鹅技术的官僚体系，偏偏还没有人能够反驳。张至冬是企鹅技术的第二号人物，如果他因为失去创业精神而退出，其他人便没有理由恋栈。

企鹅技术首席技术官，PC时代的英雄张至冬要走了。

一个时代有一个时代的英雄，张至冬离去的身影难免落寞。他身为企鹅技术的首席技术官，十六年兢兢业业，白煞鬓角。然而，移动互联网大浪袭来，玩法完全不同，规则彻底颠覆，他在浪潮面前身心俱疲。当年的成功都是未来的绊马索，他为变化而迷惘，市场却总是无情地遵循着残酷的丛林法则。消费者们喜新厌旧，一旦失去兴趣，立即散去，从不因任何人而停下脚步。

时来天地皆同力，运去英雄不自由！

张至冬没有束手无策，他用尽全力，做出了最后的奉献，斩断了企鹅技术的官僚体系，为真正的创业者腾出位置。他去了，互联网的PC时代落幕了。

"当然也可以在岗位上，必须签署创业者协议。"张至冬取出准备好的文件，让秘书传递下去。

高管们埋头去看，这是一份纲领性文件，第一条是改变世界而非改变自己，第二条是同甘共苦，第三条是脚踏实地，第四条是小团队精神，第五条是叛逆和颠覆，正是马幻城和罗维所谈的创业精神。这对于高管们是艰难的选择，他们功成名就，还要没日没夜地泡在办公室中二次创业吗？

"创业难，且行且珍惜。"这是张至冬作为CTO的最后一句，他退出的背影让人仰慕。进当作人杰，退亦为鬼雄，至今思至冬，不肯恋高位！

高管们被张至冬的退位震慑，我要退出吗？这是十六年的骄傲和心血，我们的一切。

移动互联网大潮将至，有人在打盹儿，有人沉思对策。马幻城的谋划最为深远，为迎接挑战，他彻底斩断了公司的官僚体系，从组织上做好了大战的准备。他慢吞吞站起，扶扶眼镜框说道："兄弟们，我们奋斗了十六年，创造了这家公司，走到今天，我想有两个原因。第一是互联网思维。这一点外面的人讲得很多，其实没什么了不起，我不多讲。第二条就是创业精神。就像瓜哥刚才说的，我们家大业大，还要不要这种精神？我们还在创业，还在高速发展，现在的形势远不是天下大定，从春秋变成战国。移动互联网风云再起，现在是大战的前夜。瓜哥身体不好，将CTO这个位置让出来。有朝一日，我也要把CEO这个位置让出来，这是必然的历史规律。谁来继任？谁坚持创业精神，并能够带领这家公司摸索出一条道路来，谁就坐在这个位置上。天降大任于斯人也，天命也，非人力可致。

"我们铸造了这家公司，不能扔下不管。每个创始人都要寻找自己的位置，瓜哥找到自己喜欢的事去做，不用高高在上，高处不胜寒！我希望大家留下来，无论在什么位置，都可以有个小小的想法，开始二次创业。"马幻城言下之意很明显，创始人退出高层管理岗位，寻找各自的位置。产品会议出人预料地变成这个局面，张至冬是创业的第二元老，毅然退位，做出表率，其他人不得不低头。

"好友圈功能，上吧。"马幻城见大局已定，话题一转，突然拍板。这就是浪潮中蕴含的力量，产品的好坏不再重要，就像海水一样，不是每次波浪都能吞噬沙滩，只要持续不断地快速迭代，便无可阻挡！

会议结束，马幻城心情久久不能平静。公司将不再争论是创业还是守业，创业精神暂时击垮了公司内部的腐朽势力。然而，管理层虚位以待，必须有新的领军人物来填补这些位置。天降大任，新的领导者必须开天辟地，带领公司杀出一条血路，才能胜任。

罗维一语不发，他对创始人们只有钦佩和感恩。他们改变了世界，我是一个失败者，被他们收留，还将精神和希望传递给我，我唯有用行动来证明。他心潮起伏，创业旅程屡遭磨难，而今迈步从头越，此时此刻，他没有过往的张扬和兴奋，只觉重担千钧。这是我的诺曼底，打响移动互联网战役的第一枪，必将唤起那些沉睡的巨人，踏上漫长而广阔的战场，开辟新的征程。

这也是爱的诺曼底，她将我带入战场，我就要打赢这一战！

73

当头棒喝

那蓝忽然出现在郭鑫年的办公室，这里也是魔盒的家。就像郭鑫年所说，她提供了最初的想法，甚至起了名字，她是魔盒的父亲，郭鑫年、杨洋阳和卢卡是母亲，他们共同孕育出这个产品。那蓝自然而然地和工程师们打着招呼，聊几句，看着那些界面，这是她和郭鑫年在北戴河心灵碰撞的结晶。

工程师们极为吃惊，没人认识这个突然闯入的精灵。女工程师惊讶于她的气质，男工程师呆滞于她举手投足间的美丽。她对产品了如指掌，一切细节都在她脑海之中，她甚至能够指出小小的缺陷，那个按钮应该在屏幕右上角，美工翻出最原始的设计图纸，果然与她指出的位置丝毫不差。当她在白板上描述出一个想法，字迹与图片上一模一样。他们虽然初次见面，却在产品上碰撞了多次，激起前所未有的灵感。

虽是初遇，却是久别重逢！

郭鑫年进入办公室的时候，就看到这样的景象。那蓝被工程师们围在中间，就像熟识的一家人。她虽然被温迪排除在外，却不能阻挡他们之间心灵的沟通。他们孕育共同的想法，如同血缘般持久。她就像孩子的父亲，虽然无法见到自己的孩子，却有奇异的连接。

不仅郭鑫年吃惊，连杨洋阳都惊讶不已。她是众人中唯一见过那蓝的人，她就像进入产房的父亲，好奇地看着一切。当她看见孕育中的孩子的时候，忍不住热泪盈眶，那是人间最真挚的情感。"大愚，你是骗子！"杨洋阳倒来一杯咖啡，打断了这种奇妙的精神状态，"你和罗维没有区别，和宇泰来也没有区别。"

没人明白她在说什么，那蓝也不解："洋阳，为什么这么说？"

杨洋阳笑着说："我们以为，手机上的对讲机、好友圈、游戏入口、熟人社交，都是他想出来的，所以佩服得五体投地，心甘情愿跟着他创业，今天才明白，那是你的主意。"

"哦，这是我俩一起碰撞出来的想法。"那蓝情商不比杨洋阳低，心态却如同孩子一般单纯。

"大愚和我们在一起的时候，从来没有讨论出这些想法？"杨洋阳心灵透彻，诱导着那蓝。

"我们之间不一样，就像孕育生命一样，心灵相通，共同孕育，你很难分清楚，这个孩子是我的还是他的。那时，好像世界只有我们两人，即便远在天边，也能感受彼此的精神联系，最细微的情感都在对方心灵中被放大一百倍。甚至那个时候，他的情绪也会受到影响，明白吗？"那蓝说到最后一句的时候，在杨洋阳耳边轻轻说道，脸颊通红。

"你的意思是说，魔盒是你们相爱的结晶？"杨洋阳嘴角露出一丝丝笑容，这是她的目的，那蓝在众人面前承认与郭鑫年的爱。

那蓝变色，她中了杨洋阳的圈套，这个又漂亮又高智商的美女！可我和别人领了结婚证，有什么资格承认自己的爱，却和另外一个人结婚？心中酸楚，想逃却不能。那蓝眼泪弥漫："对不起，你搞错了，我只是在谈产品，和爱情无关。"

那蓝冲进会议室，拭去泪水，将记事本向桌面一放："微讯上市，我们应该商量一下。"

"温迪去了哪里？"杨洋阳跟进来，直接问道。

"她辞职了。"那蓝很简单地通报。

目光都转向郭鑫年，他应该是最先知道消息的那个人。"我们分开了。"郭鑫年目光灼热看着那蓝。

"金泰的投资有消息了吗？"杨洋阳心里扑通一下，继续问。

"不知道。"郭鑫年答道。那蓝突然回归，让他充满希望，或许领结婚证只是玩笑。

"大愚，账上只有一百多万了。"杨洋阳知道问题的严重性，投资凭空消失，公司生存面临挑战。

"还不少。"郭鑫年低下头来，他的目光得不到回应，那蓝不理他。

"每个月的薪水就要六七十万，五险一金还有三十多万，房租水电煤气和税费？你有没有仔细算过？"杨洋阳真的生气了，不当家不知柴米油盐贵，"大愚，现金只够维持一个多月。"

"再去和金泰谈。"卢卡最后来到会议室，仍然有一线希望。

"金泰已经关门，员工全部遣散。"那蓝非常简单地否定了这种可能性。

"温迪怎么能这样？"卢卡十分不满，大家都困惑地看着郭鑫年。

那蓝不想纠结温迪和郭鑫年之间的过去，问道："现在的局面，怎么办？"大势已去，微讯如同旋风般崛起，席卷手机用户，魔盒停止了增长的势头，金泰倒闭，温迪在关键时刻离开，打击接连而至，形势雪上加霜。

"没什么，总比一年前强多了，大可继续创业。"郭鑫年陈词滥调，惹得众人一起皱眉。

"Stop it。"（"住口"。）那蓝忍不住了，当头棒喝："你的确比去年的状况好多了，车库咖啡和高摩呢？它们的投资是升值了还是贬值了？"

温迪百依百顺，其实阳奉阴违，卢卡不参与决策，杨洋阳碍于情面，常常委婉地冲中，郭鑫年掌握着绝对的话语权。今天，那蓝重新回来，站在股东立场，直指郭鑫年，一句话夺回发言权，重新建立权威。

"我们输掉了这场战争，我只希望让魔盒活下来。"那蓝心急如焚，形势陡变固然有外界的竞争，也有监督不力的原因。投资人除了拿钱，还要监督资金用途，为战略发展提供建议，温迪却只关心自己的投资能不能兑现。

"很难。"杨洋阳很肯定，微讯用户突破五千万，魔盒只有五百万，没人在手机上保留两个差不多的App。

郭鑫年不像往常那般倔强，低着头嘟囔一句："他们山寨。"

"你可以打官司，寻找律师和证据，花上两三年泡在法院，得到一个难以预料的结果。可如果魔盒死了，官司还有什么意义？"那蓝有独立的判断和见解，杨洋阳感慨，要是她在，魔盒不会走错路，沦落到如此地步。

杨洋阳没了主意："那蓝，有什么办法？"

"我想想。"那蓝代表高摩通知魔盒团队，温迪辞职，她来负责，现在物是人非，她也没有办法，只好转身离开。她在办公室只是惊鸿一现，却让工程师们回味了几个月。

郭鑫年匆匆追出去，在电梯追上那蓝："温迪去了哪里？"郭鑫年没头没脑地问，气死人不商量。

"你应该问她。"那蓝不喜欢这个问题，拒绝回答。

"怎么变成这样？我们那么好，记得在五道营的下午吗？北戴河的时光，我做错了什么？你突然离开，也不解释。"郭鑫年反复唠叨，其实他反复问过这些，只是他难得面对那蓝，怀着满腹的不解。

解释就是掩饰，那蓝向来不喜欢，而且怎么能讲清楚？讲清楚又能怎么样？我已经领了结婚证！最好的办法就是逃离和放空，像郭鑫年曾经骑行唐古拉山口，寻找生命真正的意义。她轻轻回答："我想辞职，过一段时间的游学时光，缓慢地寻找答案。"

"我不明白。"郭鑫年不知道她的想法，完全摸不着头脑。

"面对无可改变的命运，我们应该放弃抵抗，顺从命运。"那蓝没头没尾地说道。

"那蓝，知道我们的区别吗？"郭鑫年忽然牵住她的手。

"你说。"那蓝停住脚步，甩开郭鑫年，现在不同以往，她和别人领了结婚证。

"我相信，命运可以改变。"郭鑫年目光坚定。

"所以你是创业者，我不是。"那蓝无力对抗命运，离开电梯，迅速冲到路边，切换话题："先不管这些，当务之急是魔盒，那是我们的结晶。"

往常，郭鑫年肯定中招，顺着这个话题跑下去。现在他心里只有那蓝，大声爆发："别扯魔盒！我爱你，没法不想你，每晚睁着眼睛看着天花板，不能入眠。你这么干脆地切断感情，我做不到，没有你我根本活不下去！"

那蓝的挡箭牌被扯得干干净净，流着泪水说："我不能和你在一起，原谅我。"她说完捂脸跑开，泪滴坠落。郭鑫年大步追上，近得可以听见呼吸："那蓝，你到底为什么要和少爷领结婚证？"

"我说过了。"那蓝不想重复，这也是她避免和郭鑫年争吵的办法。

"看这个。"郭鑫年取出手机，刷开屏幕，少爷在香港被拘禁的消息，"这就是你的未婚夫？跑到香港去幽会，嫁给这样的人，因为他有钱？"

那蓝被戳中伤口，心头滴血，埋头要走。郭鑫年不罢休，拦在前面："在我心中，你那么美好，其实却这么低级，嫁给这种烂人，你执迷不悟，还是眼睛瞎了？"

那蓝抬头勇敢地看着郭鑫年："自以为是的倔驴！如果胆敢再乱说一气，我就对你不客气。"

"对我不客气？哈哈，我真想不通，除了贪图他钱财，为什么要嫁给这个烂人！"郭鑫年仰头大笑，忽然想起那蓝说过，她练过对付色狼的防身术。没等他收敛笑容，眼前一阵烟雾，右脚几乎被高跟鞋洞穿，想起那蓝防身术的第三招。他曾笑这招心狠手辣，魂飞魄散，夹紧裆部，扭屁股就跑。果然，那蓝的膝盖撞了上来，他转身之际，被踢在屁股，火辣辣的疼痛。

郭鑫年被喷雾剂喷射得泪水迸发，扭头跑回写字楼，在卫生间用水清洗，一瘸一拐走出来。那蓝笑吟吟地在男卫生间门外等着："佩服，佩服。"

郭鑫年不敢靠近："我都被打成这样了，佩服神马？"

"还记得第三招。"那蓝暴揍郭鑫年之后，心情竟是出奇畅快，"怎么样，还乱说话吗？"

"被你打，我很开心。我真的不明白，我们之间的那种感觉，你和他也有吗？"郭鑫年不能忍受再次失去那蓝，仍然坚持不懈。

"真服了你，再见。"那蓝没办法，只好逃离。

郭鑫年发疯一样追出大门，也不管周围人来人往："那蓝，不要离开，请至少告诉我原因。"

"好，告诉你，我可以失去你，但不能失去爸爸！"那蓝坠落的泪水挡住了郭鑫年的脚步。

74

第六条家规

今天是一个重要的日子。

老钱准备了一套崭新的中式对襟唐装，修剪了头发，然后到私人牙医诊所，重新镶嵌了牙齿。他做完这些，走出高楼大厦，一辆劳斯莱斯等候在门口。老钱停下来向温迪介绍："这是小刘，以后跟着你。"小刘有大家族之风，不卑不亢，向温迪点头，拉开车门，让她上来，开车向西边驶去，直达高墙的院落。

一个熟悉的老人等在院落正中，目光如电，在温迪身上一划而过，换上和蔼的笑容："温迪，很好。"

老爷子迎到门口，表明对温迪的重视。老钱走在她身边，轻轻说道："在家族里，只有你可以与老爷子并排走路，你应该将家族的情况说一下。"

温迪向前几步，与这个尊贵无比的大人物并肩向前："我很荣幸。"

老爷子还不认可温迪，只是碍于老钱担任家族管家三十年，根基深厚，在这个危急存亡之秋，还需要他挺身而出。而且，老钱说得对，家族成员应该退出商业运营，资产基金化是家族共识，如此一来，接替老钱的应该是一位基金经理，而非管家。从这个角度看来，出身顶尖投行的温迪，的确是合适的人选。唯一的障碍是，怎么确保温迪对家族绝对的忠诚？温迪似乎深得老钱欢心，他进了院门，径直向后院的暖房走去，向温迪问道："近来可好？"

这是询问自己还是家族，或许是一个测试，温迪虚来虚往："虽然有些意外，但我们已经有了对策。"

她心中放着家族而不是自己，老爷子满意地步入暖房，指着侧面的椅子："坐。老钱，你随意。"

温迪的椅子正是老钱平常所坐，老钱笑着站在一边，卸下这副担子，一身轻松。老爷子向旁边伸手，这是少爷妈妈坐的地方，她一般不参与家族生意，常常空着："坐这儿，我们其实是一家人。"

老钱掸掸衣角，端端正正坐下，向温迪说："你今天见过老爷子，便是这个家族的一员了。"

"知道规矩了吗？"老爷子不满老钱替自己拿主意。

"一心一意打理基金；恪守秘密；打理家族资产，不能动用；协助并照顾好萧卷。"温迪记得清楚，缓缓说出她和老钱之间的协议。

"第五条？"老爷子眉头一皱，看着老钱。

老钱不慌不忙说道："我想改改。"

老爷子长叹一声，抬头想想："为何？"

老钱起来躬身说："我深受其害，良心难安。我不想她承担这么大的压力，这是我最后一个请求，请您务必同意。"

老爷子不愿意在温迪面前争论，又不得不说："可是，事情总得有人做。"

老钱先奉上茶杯，指着温迪说："她以前是高摩的投资人，打理家族生意比我强，可是有些事情，她怎能下手？如果强行让她承担，不但害了她，也会害了家族。"

老钱为什么对我如此呵护？在温迪的印象里，老钱不是什么好人。老钱继续劝说："您退下来了，我们不需要打江山，而是要守业。家族成员务必恪守本分，有些事情绝不能再做了，否则失去了您的庇护，实在是自取其亡，所以我想把第五条改改。"

"怎么改？"老爷子似有所触动，沉思起来。

"一旦家族成员违纪违法，立即逐出，依法办理，绝不庇护。"老钱渐渐明白，爱也要收敛。

"好，依你。"老爷子无可奈何，端起茶杯问道："萧卷的事情，怎么办？"

"我保证，他三天之内就回家。"老钱郑重承诺。

老钱曾经多次谈起温迪，好像有为儿子浅显做媒的意思。老爷子本来认准那蓝，可是在婚前这个节骨眼儿上，儿子跑到香港厮混，满城风雨，肯定传到那蓝耳中，预定十一的婚礼恐怕指望不上了。这温迪和那蓝是同学又是同事，家世虽不如那蓝，其他条件相当不错，如此看来，也是不错人选。可儿子只认那蓝，也不知道事情怎么发展。老爷子苦笑，试着问道："你和那蓝很熟，她和萧卷的婚事，有什么建议？"

没人比温迪更了解那蓝，想想说道："婚礼不急，可以补办。我想安排他们尽快出国，赶紧造人，也避开国内是非之地。"

"哦？"老爷子眉头一舒，听起来是个好主意。

"那蓝会和少爷出国？"老钱不禁担心，温迪第一次见老爷子，必须言出必行，否则就丧失信用。

"我来安排。"温迪心里有了计划，却不想多讲。

"说来听听。"老爷子都毫无对策，温迪能有什么好办法？

"那蓝有游学的梦想，可是舍不得爸妈，一直没有出国。"温迪看着老爷子神色，稍微停顿，不得不说出来："短期培训她不会拒绝，高摩明年在哈佛有高管三个月培训项目，她去年申请过，公司没有批。"

这是绝妙的主意，老爷子只要让秘书打个电话，那蓝就可以得到这个机会，只是现在是夏天还有半年才是冬天。温迪继续说："少爷出了这么档子八卦，最好也不要在国内，应该先出去在美国等。如果他在波士顿三个月都不能挽回那蓝，我也没有办法了。"

这是名正言顺的做法，少爷与那蓝是合法夫妻，如果这样都不能复合，老天都没办法，老爷子对温迪的计划很满意，点头答应。老钱也赞赏温迪的表现，喝了几口茶，起身向老爷子告辞。温迪出了大门才悄悄问道："原先的第五条是什么？"

老钱对此深恶痛绝，冷笑一声："好的事情由家族出面，不好的事情交给管家，家族成员不需要知道，也不用介入。"

老钱替家族擦屁股，双手肮脏，深受其害，在最后关头拼尽余力推翻了这条家规，温迪的管家之路才不会充满风险和不测。她感激老钱，扶着他走下最后一级台阶："谢谢您。"

"别谢我。"老钱慢吞吞上车之后问道："你男朋友在忙什么？"

这是明显的试探，温迪停下脚步，不知道老钱指的是谁，她与郭鑫年的恋情本来就有硬伤，她没抱太大指望，郭鑫年从北戴河回来之后，两人恋情已经告吹。罗维在广州不弃不离，等待自己回心转意，情感正在十字关头，欲理还乱。

"为家族服务，忠诚至关重要，同意吗？"老钱反问。

"当然。"温迪不与老钱争辩，内心不以为然。

"你理当成为家族成员。"老钱说出来，这是为温迪定制的条件。

"什么？"温迪侧头看着老钱。

"你应该嫁给家族成员。"老钱慢吞吞说道。

"少爷会娶那蓝。"温迪强调，她在尽力撮合。

"如果没有呢？"老钱盯着温迪，这是他能为少爷做的最后一件事了。

"我们虽然吵架分开，但我的心没变。"温迪忽然意识到，在潜意识里仍然把罗维当作未婚夫！

"掂量一下妈妈的病情，自己决定吧。"老钱有十足的把握。

75

游学梦想

爸爸经过抢救，总算没有大碍，却让那蓝和妈妈异常紧张。那蓝请假在医院，爸爸恼怒异常，不愿意和女儿说话，第三天他指着门口说："那蓝，走，去和他办离婚，不办好就别来。"

那蓝找不到少爷，自己去了一趟民政局，人家说这事必须得两个人一起来，那蓝不敢再去医院惹爸爸生气，只好来办公室上班。她泡了杯锡兰红茶，想筛选新的投资项目。在这段时间，她完成了聚美优品的评估，这是一家采用团购模式的网上化妆品特卖商城。那蓝在魔盒学到的经验并没有浪费，这家互联网企业蒸蒸日上，正在全力冲刺，准备在纽交所上市。

忽然屏幕一闪，一封来自人力资源的邮件。参加哈佛大学为期三个月的领导力训练！这是那蓝渴望的机会，尤其这个时刻，一切都糟糕透顶，出国学习既是夙愿，又可以避开烦恼。她击打键盘，回复邮件："我很期待，可是，谁来接替我负责这个部门？谁继续跟踪这些投资机会？需要确定下来。"

邮件刚刚发出三分钟，电话铃声响起，彭祖武说道："那蓝，来见我。"

那蓝起身来到彭祖武办公室，坐在他对面："彭总，您好。"

"我会寻找接替你的人，交接工作。"彭祖武不抬头，看着电脑屏幕，这种事情本来不需要他过问。

那蓝在人力资源工作过，三个月的哈佛学习并不常见，不可能事先没有一点儿风声："是您提名的？"

彭祖武接到华尔街总部的指令，要求那蓝参加培训。他哪里想到，那个顶天人物的办公室直接跳过中国区，向高摩总部提出了要求。对于这么炙手可热的人物，高摩总部心甘情愿地满足了这个本来也不算什么的要求。彭祖武不知道真相："别问了，总部认为你是合适的人选。"

那蓝常去新加坡的亚太区总部汇报工作，去年接手风投部门的时候去过华尔街总部。她在任何地方都引人瞩目，或许被总部某个大老板看中，作为接班人培养。这种先例有过，总部需要有新兴国家经验和背景的人才，先调入总部培训三个月，再以优渥的待遇成为CEO的助理，为期一年，然后派回中国担任高管。不管怎么样，这都是难得一遇的机会。那蓝不为升迁，只为放空，像郭鑫年骑行拉萨一样，重新审视自己，遇到未知的自己，摆脱糟糕的命运。

"还有，"彭祖武抬头，目光中暴露出内心的困惑和犹豫，"有温迪的消息吗？"

温迪向来谋定而后动，这次辞职十分突然，没有透露出丝毫迹象，那蓝答道："没有。她去了哪里？"

"管理一家基金。"彭祖武只打听出来这个神秘的基金实力极其雄厚，其他一概不知。他不打算多谈温迪："关于魔盒，打算怎么办？"彭祖武不仅关心魔盒，也关心它的投资人，林佳玲。

这个曾经炙手可热的项目，面临无人负责的尴尬。那蓝难过地说道："形势非常不好。"

这是高摩在中国的第一个风投项目，彭祖武很失落，当初不该狮子大开口，企鹅技术本是最好的收购对象，问道："我们为什么错过企鹅技术的并购？"

温迪在魔盒中有投资，掺了私心在里面。那蓝不想讲别人的坏话，毫无益处："可能是因为贪婪，不过我还有一些时间，我会继续负责。"

彭祖武略感欣慰，魔盒是个烫手山芋，那蓝愿意接回来，最好不过："日久见人心，你是好样的。"

"彭总，魔盒就像我的孩子，我会努力的。"那蓝放不下魔盒，这是她和郭鑫年心灵相通的结晶。

"你的方向很好，聚美优品就要在纽交所上市，你要再接再厉，在出国前再确定几个投资项目。"彭祖武终于说出一个好消息，魔盒本来是很好的投资，却不该交给温迪。那蓝退出项目组后成绩斐然，这么短时间就能促成一家公司上市，实在难得："我们在美国投资了优泊，估值从零成长到六百亿美元，中国有没有类似的项目？"

"有的，我和凌步正在磋商。"那蓝做出互联网投资地图之后，按图索骥，在分析师的协助下，已经与各行各业领先的创业公司取得了联络，可是与程啸虎的沟通却遇到困难。

"为什么？"彭祖武对凌步的打车市场的重视程度已经超过魔盒，这里面有明确的商业模式。

"他们没有交管局的红头文件，出租汽车公司都不敢让司机安装，他们正在一家家做工作。"那蓝是投资人，却不仅仅撒钱，而是在力所能及的范围内给予支持和帮助，可是，这次又遇到了郭鑫年曾经遇到的问题，移动互联网是新兴事物，政策法规既没有规定可以，也没有规定不可以。这件事又不是靠钱能够摆平的，让那蓝好生为难。

"想办法，加油！"彭祖武不理细节，既然优泊可以在国外做起来，凌步为什么不能打破中国的清规戒律？他对那蓝寄予厚望，可惜，她就要出国游学。

第八章

舐犊之情

76

绝望挣扎

夏去秋至，城市褪绿着黄。

微讯版本迅速迭代，加快吸引用户，瞬间超越魔盒。郭鑫年信心遭到极大打击，硬着头皮继续开发，对外界不理不睬。可是资金流失如血，唯一的办法是裁员，减少开支，多撑一段时间。杨洋阳多次与他沟通，他自恃账上还有些现金，不肯接受现实。

"你不同意接纳投资，现在投资没有了，你来发工资！"杨洋阳看着郭鑫年，他到了绝路还不开窍。

"要不然再找找投资人？"郭鑫年只想做产品，现在是逼到没有路了才想到这个办法。

"说说你打算怎么找。"杨洋阳不罢休，将他逼迫到墙角。

卢卡替郭鑫年解围："洋阳，他找投资真的不行。"

"没钱了，只好裁员。"杨洋阳不是固执，实在是没办法维持。

"他们都是兄弟姐妹，不能说裁就裁？"郭鑫年一拍桌子站起来。

"大愚，现实一些，你还有房子可以卖吗？"杨洋阳无法姑息，坚持裁员，这样才能活下来。

发展壮大是创业者的梦想，可是规模扩张，员工越来越多。成本和费用与日俱增，花钱如流水，资金告急，创业者才发现，伟大的产品和美妙的想法都抵不过现金流，这才是决定生死存亡的关键。

以前公司规模小，郭鑫年可以卖房子给员工发工资。现在规模大了，几十个人的工资，房租、水电和各种税费，郭鑫年想都不敢想。现金流告罄，金泰的投资意外中止，高摩拒绝追加投资，眼前只有一条路：裁员。减缓血液流失速度，支撑更长时间，直到找到新的投资或者赢利模式，这是没有办法的办法。

郭鑫年如同斗败的公鸡，将员工们召集到会议室。杨洋阳勉强挤出笑容说："魔盒改变了我们的通信方式，我们拥有了数百万用户，创造了奇迹。可是，我们是一艘没有赢利模式的小舢板，漫无目地在汪洋大海上浮沉，只有一点点食物和水，只有先靠岸，将一部分兄弟放在岸边，等我们找到方向，再请大家回来。"工程师们沉默下来，杨洋阳的语气充满无奈："我们与人力资源商量，尽力拿出最优厚的补偿，采取自愿的原则，哪位兄弟愿意申请？"

"你留下来还是离开？"一名美工直截了当地问郭鑫年。她名叫田野，面试的时候不起眼，穿着棕色的登山裤，上身是几十个兜的夹克，不像面试而像徒步。郭鑫年询问她美工经验，在哪家网站做过，有哪些作品。她取出记事本，用牙咬开笔套，轻轻勾勒，笔下的线条就是郭鑫年朝思暮想却不能描绘的样子，那个瞬间就征服了郭鑫年。互联网行业重视技术，轻视艺术，界面常常很别扭。田野在团队中担任了整形医生的角色，只要她稍微改几笔，便焕发出惊人的光芒。

郭鑫年不甘心地抬起头来，说道："我还有很多想法，值得尝试。"大家一起笑出来，这个词已经被他用滥了。

"我们现金流吃紧。"杨洋阳出来制止住他们的对话。

"可以节省费用，搬离这里。"田野反驳。

"等等，你们想清楚。"这是异想天开，人员才是最大的开支，杨洋阳保留着理智。

郭鑫年不想裁员，可是一分钱难倒英雄汉："兄弟们，我不想大家离开。我们曾经创造了奇迹，可是也不知道什么原因，莫名其妙就败了，而且败得这么快。"

"他们山寨！"一名工程师喊道，在他们眼中，幂聊和微讯都是小偷。

"山寨又能怎么样？比尔·盖茨山寨了苹果，官司打了十几年，最后不了了之。我们是工程师，不是律师，应该反思自己败在哪里？"郭鑫年曾经想打官司，接触律师之后就放弃了。

"都要散伙了，反思有什么用？"田野反问。

"我们固然有错，但是实话实说，企鹅技术在即时通信领域积累的产品和经验远远超过我们。他们只是屡次犯错，才错过开心网和新浪微博。如今他们找到方向，便没人是他们的对手，我们只是凑巧抢了他们的奶酪而已。"卢卡渐渐看清现实，竞争失败的根本原因在于实力差距太大，这种差距简直难以形容。

卢卡一语定音，可他们还是难以接受。他们不久之前还大肆庆祝，就像连战皆捷的选手，突然被微讯当头一棒打蒙在地，败得体无完肤，对手的攻势还在涌上来。由于败得太快，众人思想还转不过来。他们固执地坚守，不愿意离开这个无法收复的阵地，没人愿意签遣散协议。

杨洋阳还想继续劝说，郭鑫年悄悄在耳边说道："不要强推裁员了，会出事的。"杨洋阳悚然一惊，公司裁员闹出纠纷的例子很多，一旦激起众怒，失态便不可控制："嗯，大家的意见我们知道了，今天的会议到这里。"

77

红头文件

卢卡的心思不在魔盒，而在凌步。在他看来，魔盒是儿子，可以生孙子。语音对讲的确是杀手级应用，可以衍生或者寄生于各种各样的应用中，凌步就是其中之一。他懒得与杨洋阳和郭鑫年争辩，反而成天与程啸虎泡在一起，找臭虫，搞迭代。

有了卢卡的助力，凌步产品有了质的飞跃，不需要培训司机和乘客，只要下载App，傻瓜都会用。可是程啸虎还是没办法突破红头文件的障碍，他本来计划两个月突破千万用户，现在已经四十几天，只装了寥寥几十位出租司机。乘客在手机上下载了凌步，却找不到出租车，大量投诉之后便是沉寂。乘客们纷纷卸载凌步，再也不用。

程啸虎不再泡在市里那些大型国有出租汽车公司，专门跑到怀柔、昌平和大兴的县城，小公司的门容易进，话容易说。这一天，他跑遍了北京的东西南北，天将黑的时候在昌平的小院里找到一家只有几十辆出租车的公司。一顿演示解说和苦劝，老板还是无动于衷，他只好告辞打算离开。

"天都黑了，撸个串再走。"出租车老板以前在县城做运输，极为好客。

"好。"程啸虎常请出租公司老板吃饭喝酒，人家一般不给面子，被留下还是第一次。他心里感慨，越小的地方越有人情味儿。

矮树小道歪着的电线杆下，有个烤串摊儿。老板大刺刺地坐下，将西装革履的程啸虎按在桌上，自己去提大肉串，回来塞到他手里："你看着也像读书人，干吗来干这一行？水深着呢，没红头文件，小心淹死你。那些大公司都是谁开的，知道吗？"

"哪个红头文件说不能用手机叫车？"程啸虎还想争辩，这是他每次都要争辩的问题。

"哪个红头文件说能用手机叫车？"那老板学着程啸虎的口气，把啤酒盖咬开，推到程啸虎面前。

这是一个悖论，程啸虎都被折磨疯了，老板说了实话："跟你说，必须这么模糊着，一清二白，人家怎么拿好处？你还不懂这个！"老板敞胸露怀看着粗鄙，其实却是混出来的，什么都懂一半，"我给你出个主意，保准管用。"

"什么着儿？"程啸虎在出租公司碰了几十天，第一次有出租公司老板给他出谋划策。

"拎出一千万，砸在交管局毕局长怀里，人家吱个声，放个屁，你这事儿就成了。"老板早就看透了局面，啤酒花在嘴角流淌，边喝边说。

程啸虎哪有一千万？开发软件，招聘地推团队，积攒的几十万早就砸没了，叹息着："移动互联网是利国利民的好事，提高效率，帮司机挣钱省油，难道交管局就讲不通道理吗？"

"你脑袋有病，不说了，喝酒。"老板一脸晦气，跟眼前这书生根本聊不到一块儿。

"喝酒有什么用？"程啸虎放下酒瓶，"咱们再说说道理。"

"靠，和我说道理有屁毛用，你跟领导说去。成天叨逼叨，叨逼叨，我这脑仁儿都炸了。你能把我喝倒，我就给你装！"老板哪有心思说这些，又把一瓶酒推过去。

"好，说话算数！"程啸虎眼睛亮了，豁出这副肠胃，也得把他喝倒。他学着车老板的样子咬开啤酒瓶，抹抹嘴角的鲜血，咕咚咚向肚子里灌下去。他酒量哪儿拼得过车老板，没几瓶就东倒西歪，分不清手指上的一二三，还手脚不停地开啤酒。

他这样子吓坏了车老板，吼道："你丫的，这是喝酒吗？明摆着和我拼命！"

程啸虎将啤酒瓶塞到嘴里，眼泪、嘴角的血水和啤酒花一起泛滥，也分不清是哭是笑："来来，不讲理，咱们拼酒。"

"不喝了！"老板一脚踢翻满地的啤酒瓶，把程啸虎从地上拖起来："怕了你这不要命的，你不容易。我帮你，装机去！"

程啸虎听到这话，一时激动得都蒙了，加上酒力攻头，哇的一下，把啤酒肉串喷出几米之外。他用西服抹抹嘴巴，擦擦眼睛，晃头晃脑向前冲："好，装机去。"他没想到，红头文件是绕不开的拦路虎，竟然被这顿酒给破了。他把胃液都吐出去之后，强撑精神给手机下载了凌步，一头栽倒，还不忘打电话给卢卡："兄弟，我谈成一家。"

"有红头文件了？"卢卡夹在杨洋阳和郭鑫年之间，烦得不得了，总算得到一个好消息。

"哪有？车老板根本都不知道咱们是干吗的，喝酒喝高兴就答应了。"程啸虎歪歪斜斜从小院里走出来，只觉得天旋地转，忍住难受要向卢卡报喜。谁能想到红头文件被一顿酒给破了？所以程啸虎相信，当你努力到无能为力的时候，走投无路的时候，上天就会给你开启一扇窗。

78

山寨精神

企鹅技术广研所如同闹市中的净土，暂时驱走了那蓝长途的劳顿和愁困，她的心情和体力却接近了底线，只是优雅掩盖了她的悲怆，她正在经历巨大的煎熬。她必须坚持，直到为魔盒找到出路。

罗维亲自开车来机场迎接，将那蓝请到广研所，拖着行李箱带她参观之后来到会议室，为她拉开一把椅子，言语之间非常含蓄："芳驾光临，蓬荜生辉。你是我来广州之后，从北京来的第一个好朋友。"

那蓝能感受到他内心的光芒，半年之前，他输得一塌糊涂，终于重新站起来，成为明星人物。她坐下，抬头看见一幅熟悉的条幅：临危而不惧，途穷而志存。竟是自己的字迹，可是我没有给他写过这个条幅。

"你给我的那几句话，临危而不惧，途穷而志存；苦难能自立，责任揽自身；怨恨能德报，美丑辨分明；名利甘居后，为理愿驰骋；仁厚纳知己，开明扩胸襟；当机能立断，遇乱能慎行；忍辱能负重，坚忍能守恒；功高不自傲，事后常反省；举止终如一，立言必有行。"罗维轻轻念着，这是他渡过难关的座右铭，"我从你微博里找到，打印出来。"

那蓝为了静心，常常泡杯茶，临摹碑帖，偶尔也会贴在微博上。她难得展颜一笑："这是南怀瑾先生说的，不是我的原创。"

"谢谢南怀瑾老人家，看！"罗维取出两张演唱会的门票，艾薇儿的广州演唱会，应该是那蓝的最爱。

那蓝一点儿都高兴不起来，直截了当地说道："我想尽快谈完，返回北京。"

"好吧，那蓝，对不起。我还是要说些不相干的，温迪怎么样？"罗维急切地想得到她的消息。

"她在管理一家基金。"那蓝不知道温迪的近况，"你们怎么样？"

罗维与温迪之间感情纠结极深，爱过恨过，却没法忘记："不知道。"

罗维打开微讯，出现那幅四万五千公里之外的图片："我就像这个孤独的小人，在遥远的距离，等待心爱的人回心转意。"

没人知道微讯开机图片背后的痴心，那蓝鼻头一酸，为他的执着感动："相信我，她也爱你。"

罗维隐约听到温迪和郭鑫年之间的事情，这让他痛苦不堪。他不想在办公室里谈这些："晚上，如果你不累，我带你去珠江边。我从珠啤弄到最好的白啤酒，好好聊聊，知道吗？我把你当作亲人。"

那蓝既同情罗维，又为他高兴，她绝对不会拒绝这样一个朋友。她低头取出文件："今晚聊感情，现在谈工作。罗维，我要恭喜你。"

"喜从何来？"罗维看着那蓝精致的眉眼，沉醉其中。

"微讯的用户数就要突破一个亿，你改变了世界，很了不起。"那蓝恭维罗维，心情好像刚刚经历滑铁卢的拿破仑，不得不低头向胜利者致敬，然后抬头提出要求："我代表高摩，请你考虑收购魔盒。"

"收购魔盒？"罗维冷静下来，她代表的是高摩，不好对付的投行。

"魔盒有数百万忠实的用户。"那蓝打出第一张牌,罗维不是感情用事的人,必须商业逻辑合理,他才会考虑收购魔盒。

"每个用户价值三元,价值一千五百万人民币。"罗维提议,这是互联网行业常见的算法,这些钱还不到高摩投资的十分之一。

"魔盒还有潜力,我们正在规划新业务。"这才是那蓝的真正撒手锏,她和郭鑫年在北戴河的规划,入口战略,好友圈、支付、电商形成生态圈。郭鑫年正在埋头开发,只是欠缺资金。

"巧得很,也想请你看看微讯的规划。"罗维从温迪那里得到U盘后,数个团队并行开发,早在实验室中成形,即将潮水般迭代。他打开投影机,一幅幅产品界面出现在屏幕:"微讯用户突破一亿的时候,我们就发布朋友圈功能,短信是强需求,社交稍弱,我想隐藏在二级界面,不像新浪微博那样平铺直叙。如你所说,我们追逐太多,孩子般想抓住每个玩具,一无所获,真正珍贵的人和事,一个足矣,一生一世。"

罗维借着产品功能述说感情,那蓝困惑极了,界面那么眼熟,这不是我们在北戴河画出的图形吗?罗维怎么这么快,已经把想法变成了产品?罗维将手机推到那蓝面前:"试试这个,打飞机,一旦用户突破两个亿,我们就接入游戏。这是第一款,黑白色的回忆,纪念我们的童年。"

企鹅技术拥有数十款经典游戏,魔盒一个都没有,那蓝冷汗渗出。罗维的用户基础和产品线远远领先魔盒,可是他的想法和我们一模一样?罗维轻轻滑动屏幕,翻到下一页:"然后,我们想办法让我们的用户绑定银行卡,将手机变成支付中心,用户可以在微讯上完成银行转账,购买电影票、打车,甚至,我们在春节发起抢红包的游戏,刺激微讯用户绑定银行卡。我们有很多的设想,我提醒自己,必须做减法,不让微讯变得臃肿和缓慢。"

那蓝目瞪口呆,很多设想与郭鑫年一样,只是加上企鹅技术现有的产品和资源,不可能这么巧,肯定有人把这些资料交给了罗维?她低头向郭鑫年发出短信:你把我们的资料给温迪看过?又抬起头来,缓缓对罗维说道:"罗维,你不知道吗?这些文件是我让温迪交给你的。"

那蓝精通技巧,这稍有欺骗的味道,她没有用在亲人朋友身上,只用在商场。

"她没说。"罗维惊讶万分,温迪用这些资料交换了企鹅技术的并购底线,这是那蓝的指使？他抬头的时候，看见那蓝嘲讽的笑容，顿时知道落入圈套。他不屑于狡辩，承认："那蓝，对，这些想法是我从温迪那里拿来的，我告诉她微讯即将发布，她给我这些资料。"

"谢谢你，我知道了你们成功的法宝，所谓的互联网思维和创业精神都是徒有其表，你们的山寨文化才最厉害。"那蓝气极挖苦罗维，收拾文件走到门口，说道："罗维，龙邮抄袭和堆砌各种功能，微讯又抄袭魔盒，现在又山寨我们的想法，什么是你自己的东西？我曾经以为你改变了，谁知你还是寄生虫，依靠别人的想法生存。企鹅技术是一只巨兽，吞噬一切，用强壮强壮的身躯夺取别人的创意，然后让别人走投无路。"

罗维抢到那蓝面前，恳求："这是商场，不要人身攻击。"

"这不是攻击，流行什么，就抄回来，你们一贯如此。"那蓝镇定下来，如果罗维开发出那些功能，肯定不会并购魔盒，"知道库克为什么出柜吗？"

乔布斯去世之后，库克接替他出任苹果CEO的库克，罗维想不通："他和我有什么关系？"

那蓝冷笑："这样你们就没法抄了！"

"郭鑫年夺走温迪，她是我的未婚妻！"罗维的下颚轻轻跳动，目光喷出怒火。

微讯和魔盒之间不仅是一场商业战争，也是罗维和郭鑫年的情感之争，没有底线的战争。他们争夺温迪，我又算什么？少爷刚领结婚证就跑到香港去和情人幽会。那蓝遽然泪下，心情糟糕，加上长途旅行，顿时天旋地转，双脚如同泥巴一样软下去。

79

对质

菲菲车祸那晚，少爷在办公室埋头开发产品，不在现场，很多工程师可以证明。驾驶重型卡车的司机已经被抓获，他从来没有见过少爷。办案人员仍然不相信此事和少爷无关，肯定是他指使。很快，唯一能够指证少爷的老钱投案自首了。当晚，他被带到审讯室与少爷对质。

"菲菲的事情，我跟你说过一句吗？"少爷怒气冲冲，老钱害死菲菲，又害自己身陷图圈，以至于没法和那蓝结婚。

"没有，我从香港的朋友那里得到那些照片，才知道菲菲，和你无关。"老钱承认，这是实话。

"你拿那些照片找我，我怎么说？"少爷重温往事，十分无辜。

"照片的面孔被挡着，你认不出来。"老钱据实回答，将少爷的干系都排除掉。

"那次谈完之后，你又和我谈起这件事了吗？"少爷回忆着，当时老钱说，坏的事情，他来承担，家族成员不要过问。

"再也没有。"老钱神情轻松，他做了应该做的，保护了家族。

少爷看着桌面上菲菲的照片，那么年轻和美丽，曾和自己抵死缠绵，却遭受了那么可怕的结局。他抓起来劈头盖脸扔向老钱，："菲菲只是一个年纪轻轻的女孩，我答应送她生日礼物，我食言了，她很生气，把裸照拿到香港去发表，就是想一炮而红。她只是一个不懂事的小女孩，你怎么能这样对她？"

老钱一语不发，深深地看着少爷："我证明，这件事与你一点关系都没有。你出去之后，收心养性，不要再做荒唐事了。"

少爷怒不可遏，荒唐事？天方夜谭！你谋杀菲菲又算什么，他猛然伸手，隔着桌子紧紧抓住老钱的领子："你这个王八蛋，到底做了多少坏事？"

老钱保持着慈祥的笑容，仿佛这是最开心的时刻："萧卷，出去之后，要对妈妈好。"

少爷被激怒了，全力向前一推，他身体竟那么轻，像木桩一样向后栽倒。少爷不罢休，绕过桌子，狠狠在老钱脸上补了一拳。工作人员这才缓过神来，抢上几步将他按回座位。老钱慢悠悠爬起来，拍掉灰尘，抹去嘴角鲜血，目光仍然和蔼，他的目光从来都是这样。当对质结束的时候，谁都看得出来，害死菲菲都是老钱的主谋，与少爷无关，工作人员将这些问答记录在案，命令少爷："起来，走吧。"

少爷站起来，向老钱怒目而视，就要离开。现在真相大白，自己是无辜的，忍不住去看老钱。他拭去嘴角的血迹，笑着说："萧卷，我可能这辈子都出不去了，有个请求。"

少爷停住脚步，看看工作人员，他们没有反对的意思，问老钱："什么？"

"让我抱抱你。"老钱嘴角的血迹已经擦干，身体却因为撞击而轻轻颤动。

"干吗？"少爷刚才将老钱掀翻，有些后悔，是他从小把自己带大，童年记忆中充满他的身影，带自己去动物园，在北海划船，在学校的门口递来棒棒糖。少爷拍拍衣服，走到老钱身边，向他怀里一探，却被他紧紧抱在怀中。这是一种神使鬼差的力量，少爷不知道为什么，刚才怒火难抑，现在却乖乖拥抱在一起。他抚摸着老钱的后背，单薄和瘦弱，心生怜意，鼻子一酸："钱叔叔，保重好自己。"

"孩子，我太溺爱你了。我好后悔，你以后要好好过。"老钱声音哽咽，后背抽搐着，缓缓脱离少爷的怀抱，用手抚摸着他的身体，咬咬牙推开少爷："走吧，有人在外面等你。你认识，她会替我照顾你。"

老钱的目光和神情让少爷心中生疼，他一步一回头离开审讯室。铁门砰地关上，老钱的目光透过玻璃窗追随着他的背影。少爷后半生常常能够感到，那是充满爱怜和不舍的目光，就像父亲对着自己的儿子。

80

身心俱疲

罗维扶起那蓝，递给她一杯糖水："医生检查过了，血糖过低，要好好休息。"

"嗯，知道。"那蓝睁开眼睛，身在医病房之中，挣扎着要站起来。

"需要静养几天。"罗维很担忧，如果不是先遇到温迪，他肯定会爱上那蓝。

"不行，我要走，明天要去见一个很重要的人。"那蓝头脑一阵晕眩，扶床站一会儿缓过来。

"谁？"罗维有预感，那蓝将要会见大人物。

"这是一场入口之战，巨头之间的战争，魔盒是至关重要的桥头堡。"那蓝暗示着。

"哪个巨头？"罗维机警起来，那蓝很可能要去见那个人。

"李无觅。"那蓝强忍虚弱，看着罗维。在这一刹那，他的目光中充满恐惧。

"等等，我和Pony谈谈。"罗维担心，如果奔狼收购魔盒，巨头之间的战争就要上演。

"我不想变卦。"那蓝不动摇，不能为了没有约到的马幻城，放弃约好的李无觅。这是那蓝的后招，如果奔狼抢到这个入口，便可以与企鹅技术分庭抗议，用几千万美元收购魔盒是极为明智的计划。

"还有，罗维，我见完李无觅之后，就飞杭州，知道我要见谁吗？"那蓝占了上风，电猫也急需一个移动互联网的入口，这是罗维最致命的威胁："我本来想把魔盒卖给你。"

"现在？"罗维紧张得难以呼吸，那蓝去杭州见云沧海，他难以想象。一旦云沧海握有魔盒，凭借电猫的巨大实力，企鹅技术绝难占到上风。

"创新和山寨势不两立！"那蓝明白，罗维和郭鑫年虽然都是创业者，郭鑫年出自对生活的热爱，产生了美妙的想法。罗维不一样，创业是为了名利而征服："你们现在打江山，天下一统之后，就变成了高高在上的帝王，绝不允许再有人能够挑战。你们将利用垄断的资源和能力，扼杀创业者，因为他们将要颠覆你们的王朝。"

"这不是历史规律吗？哪个王朝不是如此？即便我们不想，股东也强迫我们攫取利润，人们渴望权力和金钱。贪嗔痴就是人类本性，你能否认吗？"罗维终于动怒，反驳那蓝，"这世界有圣人吗？你就不做违心的事情吗？为什么偏要嫁给那个人渣？"

那蓝静静地看着罗维，他或许是对的。我太理想主义了，顿了顿才说："罗维，你不适合温迪。"

罗维没想到话题被转到这里，这才是他的软肋，为什么？那蓝笑着说："你们都太强大和不择手段，你们适合找个单纯的人，才不会互相看透。你们需要征服和崇拜，而不是爱。直到有一天有了孩子，你或许会明白，人性不仅是贪嗔痴，还有无可替代的爱。"

罗维停在门口，看着那蓝缓和下来："我们至少还是朋友。"那蓝想也不想，"我们是不一样的人"。

81

基金经理

剃着光头的少爷出来，见到温迪，吃了一惊。温迪摘下墨镜，摇下窗户："少爷，您坐后排。"少爷"切"一声，拉开门，坐进副驾驶位置。坐后排是老钱的规矩，少爷根本听不进去，也从来没有遵守。老钱每次都笑着摇头默认，现在更不理睬这个小丫头，说道："偏坐前排，不行吗？"

温迪拿出手机，看着少爷："如果您坚持坐在前排，我就打电话通知那蓝。"

少爷从看守所出来，就怕那蓝，举手乖乖坐到后排："叫她干吗？"

"那蓝是您夫人，应该她来接。"温迪启动汽车，向深宅大院驶去。

"她都知道了？"少爷担心起来，香港的幽会如果让那蓝知道，婚礼肯定完蛋。

温迪按动按钮，后排座椅滑出储物盒，少爷吓了一跳，自己的新闻成了报纸上最热的八卦，各种小道消息，当事人的口供记录，还有香港狗仔队拍摄的照片，密密麻麻地出现在娱乐版。他再仔细看，还好没有自己的名字，他紧张地问道："那蓝知道吗？"

"想不知道很难，有什么好担心的呢？她是您的合法妻子，又跑不了。"温迪戏弄着少爷。

"别提了，不是没洞房吗？"少爷一脸苦相。

温迪扑哧一乐，他居然还想洞房，老钱的牺牲真不值得！说话间，汽车驶入大院，老爷子坐在暖房正中等着。

少爷闯下大祸，蹑手蹑脚走到他身后说道："爸爸。"

老爷子转身坐下，满脸怒气："发生了什么？"

温迪坐在了老钱的位置？少爷没时间多想，不敢违逆老爷子，和盘托出："去香港出了意外。"

哼！老爷子拍着报纸，怒斥："真风光啊，富商强闯香闺，被警方带走，入幕之宾是谁啊？上了香港各大报纸头条，内地的报纸也连篇累牍，比我的版面都大。你终于超越你老子了，牛掰啊。"

老爷子也会使用这种网络语言？少爷不敢吭声，温迪神态严肃，问道："萧卷，打算怎么善后？"

少爷难以适应温迪的新身份，不服气地说道："关你什么事？"

温迪初任管家，第一次参与家事，当着老爷子和少爷争执，绝不能落了下风，缓缓说道："萧卷，我正在筹备你和那蓝的婚礼，还要不要办了？"

这是少爷的软肋，他低头懊恼万分，支吾一会儿问道："你什么身份？凭什么插手这件事？"

老爷子一言不发，温迪不想用身份压住少爷，淡淡说道："那蓝知道香港的事情了。"她手里握有足够的筹码，不理少爷的质问，坚持谈婚事，必须第一次就降服少爷。少爷心不在此，慌了神："糟糕，谁告诉那蓝的？"

老爷子不怒反笑，儿子此时此刻还纠结这些，如此没有政治才能，在官场和商场必然有死无回。哎，他不像我！我白手起家，一时之枭雄，可惜儿子没有这种翻手为云覆手为雨的政治能力。如果不好好看管，不但毁了他自己，也会毁了这个家族。

温迪不在老爷子面前卖弄，直接通知少爷："那蓝下月去美国学习三个月，你同时在哈佛进修。这是赢回她的最后一线希望，也是家族给你的最后一个机会。"

少爷正要反驳，温迪取出一堆文件，摊在面前："萧卷，签字。"

第一份文件是转让协议，房产、汽车和土地，银行账户和公司的股份，他全部的资产，转给一家陌生的基金。少爷瞪起眼睛："干吗？"

"必须干干净净。"断去少爷的财源，他才不会荒唐。温迪不想解释，他知道得越少越好。

"不签，这是我多年积累，和家族没有关系，凭什么交出去？"少爷勃然大怒，她突然冒出来，迫使自己出国并交出资产，凭什么？

"萧卷，这是家族决定。"老爷子担心温迪镇不住，这是老钱临走之前的对策，每个家族直系成员都要将资产转移到这个基金。

"爸爸，我是成年人，不能一点儿资产都没有。您至少得给我套房子，一辆车吧。"少爷不敢顶撞老爷子，翻翻文件。小金库被调查得极为清楚，交出去真成屌丝了。他虽闯下大祸，仍不知悔改，反复争辩。

老爷子怒从中来："你这逆子！那蓝是打着灯笼都找不到的，你偏要鬼混，跑到香港幽会！不让你经商，你偏打着我的幌子做生意，搞得满城风雨！老钱跟着我们家三十年，忠心耿耿，为你自投罗网，你一点儿都不惭愧吗？"

"那蓝的事我认，我发誓再不乱来了。老钱的事和我有半毛钱关系？对头煽风点火，拿我开刀！我是政治斗争的牺牲品，您不明白吗？您要退了，人家不把您当回事儿了。"少爷不是不懂道理，他的确是政治斗争的牺牲品。

温迪不想这样吵下去，向老爷子说："我和他谈谈，您先歇歇。"

老爷子一拍桌子，向外走去。他这辈子叱咤风云，唯独养了个不成器的儿子，又毫无办法。老爷子刚走，少爷走到他的椅子前，扑通坐下来，伸个懒腰笑着说："温迪，你怎么成了我们的管家了？"

少爷挺聪明，居于上位来压制温迪。温迪当然不会坐在下手，站起来向外："萧卷，跟我来。"必须降服少爷，才能坐稳管家的位置，她早已准备好了着数。

82

停发工资

那蓝从广州返回北京，却被程啸虎一个电话叫到车库咖啡。他遇到过各种各样的困难，现在终于走到了最难的时刻："那蓝，我们开不出工资了。"他创业时得到了一些天使投资，后来在那蓝帮助下拿到 A 轮融资，账上常有些钱，但是谁也预料不到未来，花钱速度惊人，他每天早上和睡觉前都看看银行里有多少钱。终于，资金还是渐渐散去，断了现金流大概只有散伙一途。

"还需要些时间。"那蓝坦率说道，凌步需要的投资额度绝不是高摩能够独力提供，必须拉入战略投资，才能建立足够的现金储备："你打算怎么办？"

"我明白了，开个会吧。"程啸虎点头，转身进入大会议室，里面坐着七八位高管。那蓝悄悄坐下，看样子他们的会议被自己的突然到来打断了。"这有什么？当初大愚断了现金流，把房子卖了发工资。"卢卡天天与程啸虎泡在一起，反正都在车库咖啡，也不太分清楚属于哪个团队。

程啸虎一脸苦笑，他在北京没房子可卖。卢卡笑呵呵说道："我卖魔盒股份还有些钱。"这句话让众人眼睛一亮，以为他要投资进来，却听他说道："钱在我女朋友那儿，我可以不拿工资。"

"你和洋阳说，把钱投进来，你当大股东？"程啸虎半开玩笑，又叹气一声，"我这是开玩笑，咱们创业九死一生，最好别拿亲朋好友的钱。你那钱还是买学区房吧。"程啸虎拿出了不得已的办法，"员工们需要零钱养家糊口，咱们管理层有些积蓄，大家先别领薪水？"其实这是一种态度，给员工也给投资人看的态度。

"通过昌平这件事，我明白了一个道理。朝阳、海淀、东城、西城这些地方比较屌，司机和乘客也忙。咱们学学红军，农村包围城市，打到城乡接合部去。那里打车难，司机难，乘客也难，咱们偏向那里跑。"程啸虎说完薪水的事情，想了一下又补充，"刚才说的薪水的事，有困难的找我说一声，毕竟每人家里情况都不一样。还有，也不能放弃城里，不要乱跑。以前都去地铁站，咱们要改改，我选了一百栋楼。微博上所有大 V（重要人物）所在的写字楼，这些地方人多车少，最难打车，早八点到十点，从地铁站、公交站、出租车下车点到写字楼的路段，每栋楼放十六个人发传单。假定一栋楼三分之一的人收了传单，他们中午吃饭的时候肯定聊凌步。"程啸虎看看手表，已经凌晨一点了，明天还要四点爬起来，带着几个小姑娘去发传单。

83

打飞机！

打飞机，比一比！

罗维兴致勃勃地拿着手机，坐在桌子上。高管们被他眼花缭乱的招数亮瞎了眼睛，看着极简的黑白界面，大脑短路。企鹅技术的会议风格已经被彻底颠覆，没有PPT和西装革履，没人装腔作势。罗维坐在桌子上再正常不过，马幻城甚至自己坐在一个超大号儿童椅上。

"界面太简单了吧？"一名高管说道。几位创始人退出管理岗位之后，更多的年轻人进入决策圈。他们都是干事儿的，没有强烈的政治敏锐性，不会察言观色，有话就说。

"几年前，我和女朋友躲在房间屋里，用古老的小霸王游戏机玩这个游戏。不知道为什么，我就是怀念这个。人是孤单的，也是怀旧的，总想抓住曾经拥有的美好回忆。"罗维又想起了温迪，苦涩地笑笑，抓起手机，将游戏的测试链接转给温迪，说道："我把游戏发给她，再比一下。"

高管们埋头打游戏，紧张万分。罗维点击发送，链接发了出去，温迪的消息很快回来："打飞机！"

"嗯，再比。"罗维眼眶湿润，他渴望回到过去，两人泡碗方便面，躺在床上打飞机。

"罗维，我好感动。"温迪顾不得敲字，直接发来语音。

"我特别想回到那个时候，你呢？"罗维情不自禁，声音颤动。

"你赢了，就都听你的。"温迪的声音传回来。声音如此熟悉，罗维曾用这个小游戏和温迪赌博，输了就脱一件衣服，直到她寸缕不剩；然后关灯无限地缠绵。有时，罗维还会提出更过分的要求，温迪害羞地说句"变态"，然后照办。

"打完了！二十万。"马幻城发出开怀的笑声，他抬起头的时候，看见罗维眼眶湿润。

罗维没办法继续聊下去，抽出纸巾擦拭眼睛，将排行榜投影出来，自己的成绩超过百万，赫然列在第一。这次会议很奇怪，高管们上来就茫然地打了一次游戏，现在才缓过来。他们将手机放在一边，其中一人问道："微讯还要做游戏？"

马幻城从巨大的婴儿座椅上站起来："二次大战，盟军卷土重来，聚集英伦，选择诺曼底登陆。这是一片小小的海滩，却是战局的焦点，盟军冲进战场的入口。他们最终横扫欧洲大陆，直捣柏林！我们也曾经失败、彷徨和摸索，幸好我们有微讯团队，上线之后用户爆发增长，竞争对手被我们粉碎。"

"我们怎么打赢的？放段视频，小芒，你别跑。"马幻城通知何小芒来参加会议，他知道不妙，刚跑到门口就被叫住。

放完视频，会议室一片欢腾。马幻城声音更加激昂："微讯就是我们的诺曼底，一个起点，一个入口，为我们打开大门。我们的全线产品将通过这里涌入，冲向一个无限广阔的移动互联网的天地，逐鹿天下！"

众人敲桌子跺脚，会议室中震天响！罗维热泪盈眶，温迪，这也是我们爱的诺曼底！我曾经失败，我躲到遥远的南方，可是我没有放弃和退缩，我还爱着你。

84

舐犊之情

老爷子离开，暖房里只有温迪和少爷，她向外走去："跟我来。"

少爷晃晃悠悠走出暖房，不以为然。爸妈管我几十年都没用，你一个小丫头能拿我怎么样？他们径直出了大门，一辆轿车停在门口，去哪儿？温迪坐进驾驶位置，向后座示意，少爷却拉门坐进副驾驶："这儿舒服。"

温迪没说话，后排响起一个熟悉的声音："萧卷，坐后面。"

少爷这才发现，妈妈就坐在身后，只好起身乖乖钻进后座，笑着对温迪说："算你狠，拿我妈压我。"

没人回答，少爷妈妈神色黯淡，时不时擦拭眼眶，似乎刚刚哭过，少爷不敢造次，噤声不语。汽车出了环线，向郊外驶去。夕阳如血，头顶却雨气扑面，四周山野翠绿。这里是昌平地界，道路崎岖向上，四周一无所有，不像寻常踏青拜佛，为什么来这里？黄昏如血时分，汽车在土路上呼哧停稳。少爷跳下汽车，一抬头，看见前面一座坟头，顿时愣住。一座汉白玉墓碑高高耸立。他紧走几步，看清石碑上的照片："老钱怎么了？"

"服毒，见你之后。"温迪回答得非常简洁。老钱早有准备，毒药就藏在新镶嵌的牙齿中。温迪将一抱鲜花放在墓碑前，恭恭敬敬三鞠躬，又从车里提出一桶清水，仔细擦洗墓碑。

少爷呆呆站着，墓碑上的老钱含着笑容，目光柔和，画面一幕幕闪回，他的告别，抱着自己时颤抖的身躯，那时他眼中肯定噙满泪水。我将他掀翻在地，他慢吞吞站起，嘴角挂着鲜血，眼角眉梢都是慈爱。几周之前，他陪我在高摩谈判，也是这种目光，就像看着自己的儿子。几年前，我从美国毕业回来，老钱在机场迎接，目光中充满了满足和幸福。十几年前，我刚到美国读高中，不适应那边生活，打电话回家哭诉。他第二天就飞过来，与我在校园里散步，开车去唐人街吃中餐，一切历历在目。我有这么多的回忆与老钱连在一起，幼时放学，他让司机把车开走，牵着自己的小手走路回家，一路欢笑，给我买好吃的冰棍和汽水。记忆快速回放，我骑在他的脖子上，在山野中飞奔，四周是看不见尽头的油菜花。

为什么我的记忆里只有老钱，却看不见父亲？他对视着墓碑上一尘不染的老钱，忽然间泪水盈眶，心中充满悔意。温迪走过来用纸巾拭去他的泪水："我问过他，出事儿了，为什么不走。"

"为什么？"少爷呆呆地看着老钱，心脏狂跳不止。

"他宁可失去自己的生命，也要保护你。"温迪离开少爷，走到远处高地眺望着灯火辉煌的北京城，给少爷母子留下私密的空间。

"萧卷，我还是应该告诉你。"少爷妈妈仰头望着天空，明月洒下的光芒，如同老钱的笑容，"他生来就是做官儿的料，年轻的时候很忙，常不在家，家里一切都是老钱来操持，他的官儿也越来越大。直到有一天，一个很大的电视台的女主持人闹到家门口，我才知道，他在外面也不总是工作。"

"我很伤心，你外公外婆是世家，他本来高攀不上，我和爸妈吵过很多次才嫁给他。我一气之下跑回你外公家，铁了心离婚。可是他不肯，离婚，仕途就毁了。"少爷妈妈述说着三十多年前的往事。在少爷印象里，父母的确客气得过分，相敬如宾。少爷妈妈继续说下去："他口头道歉，在家待不了几天又向外跑。我心里有了怀疑，疑神疑鬼，打听不出消息，天天在家生气。没多久，他高升了，主政一方，干脆把我抛在北京，上任去了，想干吗干吗。后来有了你，才把我们接去，时间长了，我也习惯了。"

少爷呆住了，妈妈为什么一直用"他"来称呼老爷子？啊！少爷回忆着老钱最后的画面，被自己推倒在地，他缓缓爬起，擦去嘴角的鲜血，笑着说：孩子，让我抱抱你。我明白了！少爷看着墓碑，老钱的目光蕴含了复杂的情绪，传达着繁杂的信息。少爷脑中轰的一下，扑通跪在墓碑之前，泪水如珠坠落。幼时、童年、少年、青年的段段回忆渐渐在少爷脑海中拼凑起来，全是老钱的影子，少爷明白了真相。老钱不出逃，拼了性命，只为把我搭救出来！

"你是他的亲生儿子。"少爷妈妈泪水开关突然打开，泪珠断线一般流淌。

"看看吧。"温迪走回来，将一封信送到少爷手上，正是老钱的笔迹。

萧卷：

从出生那一天，你就是我的儿子。

老爷子很忙，我每天陪你在花园里玩。他日理万机，那么辛苦，住着这么大的房子，有那么好的女人，还有这么多厨师、司机和保健人员，却没有时间回来。

我做的那些不好的事情从来没有告诉你，一切和你无关。这是我的提议，我希望你干干净净做人。对于那些事情，你可能愤怒，因为你是好孩子。但是这个世界没有对和错，又哪来的好人和坏人？坏人也有善良的一面，好人也有很坏的一面。我见过太多衣冠楚楚、恶贯满盈的好人，我就是其中的一个。

你什么都有，什么都不缺，不需要你争我抢。你可以帮助别人，大家都会感激你，你就变成了一个好人。孩子，别像我这样，希望你能够听进去我人生的最后一段话。

我是地主出身，这意味着很多，我不能入学、入党、参军和提干。每个人都对我不好，只有这个家族对我好。我曾经痛恨这个世界，有你之后，我变了，你开心，我也笑。你触摸周围的一切，我也开始重新认识世界。伴随你成长，我一点儿都不遗憾。老天很公平，用你补偿了我，这辈子太值了。

你两三岁的时候，生了一场重病。我暗暗发誓，只要能够挽救你，我愿意付出一切，因为你是我的延续，我能够守着你，看着你，一直到你长大，此生足矣！

我只有唯一的遗憾，就是没有听见你叫一声爸爸。你看到这封信的时候，我应该已经离开这个又恨又爱的世界。我只有唯一的愿望，请你在墓碑前喊一声爸爸，我在九泉之下也会笑出声来。

钱汉绝笔

少爷泪水纵横，扑通跪在墓碑之前，撕心裂肺："爸爸！爸爸！为什么不早些告诉我？"

85

小青杏

魔盒就像自己的孩子，那蓝绝不会看着自己的孩子走向死亡，她回到北京就约见李无觅。

上地信息产业园，奔狼的总部大厦位于海淀区北二旗，北至上地，南至西北旺，东至上地村，西至一号路，占据四公顷土地，建筑面积十万平方米。大厦有漂亮的玻璃幕墙和钢筋结构，四周被银杏树包围，被形象地称为"搜索框"。员工常幻想着摘来煮银杏粥，可惜银杏树生长较慢，二十多年之后才能挂果。大厦内部有四个空中花园，分别以"梅、兰、竹、菊"为主题，不知道是巧合还是有意安排，那蓝与李无觅的会面就在兰园。

李无觅是中国互联网行业中最风度翩翩的一位，也是最一帆风顺的。

他大学毕业进入华尔街，三年半之后前往硅谷，加入著名搜索引擎公司Infoseek。他看到国内互联网发展风起云涌，高瞻远瞩，起程回国，在北大资源宾馆租了两间房，八个人创建了奔狼。他很快得到了投资，第一笔一百二十万美元，第二笔是一千万美元。

李无觅向门户网站提供搜索服务，舒服却无法独立成长，便想转型成为独立的搜索网站。这个提议遭到股东们的反对，公司全部收入都来自门户网站，一旦竞价排名模式不赚钱，公司只有死路一条。李无觅在董事会上爆发了，这个一贯的好学生展示了强有力的叛逆精神。他认准的东西，没有人能改变。最终投资人们不得不屈服，李无觅推出"闪电计划"，奔狼上升为全球第二大搜索引擎。2005 年 8 月，这家公司在纳斯达克成功上市，李无觅也成为国内首富。

资料放在桌面，那蓝不需多看。她曾经参与过，那时她大四在高摩实习，还是一枚小青杏，茫然地被派到理想国际大厦，美其名曰是实习生，其实就是端茶倒水、复印资料。可是，她还清晰记得那个晚上，在大厦的环形走道与李无觅不期而遇的刹那。

那晚的结识，是今天重逢的前缘。

李无觅轻手轻脚地走了进来，坐在那蓝对面，露出笑容："小青杏，让我看看，有没有长大？"

那蓝目光中没有了当初的羞涩，嫣然一笑："Robin，你每天都吃防腐剂吗？"

李无觅哈哈笑起来，那蓝总让人如沐春风。他收到高摩的传真，看见她的署名，就答应见面。这让秘书困惑不解，老板绝不是谁都可以见的。那蓝又不是高摩的CEO，即便彭祖武也不见得一个传真就能见到李无觅，这那蓝有什么魔力？李无觅放下她的恭维，长长叹气一声："五年了，只在那次互联网论坛上匆匆一晤。"

"你知道原因的。"那蓝轻轻回答。她五年前实习期经常通宵整理资料，李无觅常加班到凌晨，他们自然而然地在电梯口相遇。那蓝戴着高摩实习生胸卡和奔狼的临时卡，李无觅立即就知道了她的身份。两人都出来找吃的，他们从中关村走到五道口，找到好吃的韩国料理，甚至还到嘈杂的酒吧喝了一杯。那时，李无觅还不曾是中国首富，也不是后来的风云人物，只是一个普通的创业者。他很有礼貌，讲述着自己在美国的遭遇，滋润着小青杏般的年轻的那蓝。

那蓝拼命喝酒，离开酒吧的时候，两条长腿如同细竹竿一样晃来晃去，被李无觅扶着。她拒绝了出租车，坚持从五道口走回理想国际大厦。这是让她如痴如醉的男人，她想拉长这个时间。他有家庭，注定不属于自己。肩膀靠在他身上，在初夏之夜散步，缘分也只能到此了。实习期之后，她进入大秦电力，三年前重新回到高摩。在这期间，那蓝再也没有和他联络，只是默默地关注着他的消息。

"很高兴能够再见到你。"李无觅微微拉远距离，展开传真细看。你邀请奔狼投资魔盒？

"五年飞逝，时间如此神奇，有人一成不变，有人已经创造了历史。"那蓝忽然心中一跳，只有创业者才能创造历史。程啸虎的提议未必不可以考虑，忽然意识到自己正在面对李无觅，想想自己这么说并不肉麻，他值得这样的夸奖，随即语气一转，不再浪费时间，"魔盒对于奔狼，是一个很棒的机会。"

"哦，为什么很棒？"李无觅还不适应那蓝的新身份，五年前，她是端茶送水的实习生。

"坦率地讲，魔盒只有五百万用户，没有收入谈不上投资回报。你们人才济济，也不缺这个小小的创业团队。"那蓝不想推销，脸上带着自信的笑容。

这些话让李无觅莫名其妙，她建议我收购魔盒，又否定自己的提议："小青杏，既然没有任何益处，你为什么来这里？"

那蓝指着桌面的手机："在PC端，我们用你的产品来搜索。手机用户的习惯是什么？"

"有什么不同？"李无觅看着那蓝，她这五年有了翻天覆地的变化。

"移动浪潮突然到来，一场互联网战争即将开始，哪里是决胜之地？"那蓝突然抛出这个问题，诱之以利只是锦上添花，远远比不上雪中送炭。李无觅不答反问："哪里？"

那蓝不想直接说出答案，而要让李无觅自己意识到危机："你们多少流量来自移动端？"

"不高。"李无觅坦率回答，对于那蓝，他没有戒备之心，却也不愿意透露太多的机密。

"怎么获取手机的流量？"那蓝直视李无觅，他是互联网巨头，她的质问无异于顽童质问大学教授。

"你说。"李无觅脸色严肃，那蓝不是那个小青杏了，竟然展现出强大的气场。

"这里。"那蓝摊开细腻的手掌，手机界面上整齐地排列着图标。李无觅点头，这与他思路吻合。"在移动互联网时代，连接用户的是App，而非浏览器，这些入口便是决胜点。"那蓝不等他质疑，再次猛戳他的痛点，"您占据了几个手机入口？"奔狼不断地孵化新业务，拿得出手的只有爱奇艺视频，在移动端斩获不大。那蓝加强语气："如果移动入口被瓜分殆尽，奔狼该怎么办？"

李无觅被戳中痛点，沉默不语。那蓝的打击连番不绝："机会之门还有多久就会关闭？"

"多久？"李无觅看到了完全不同的小青杏。

"顶多半年。"那蓝给出答案，又猛攻痛点，"入口之战的硝烟燃起，奔狼还在睡大觉，是吗？"

李无觅深深呼口气，轻轻一笑，看清了那蓝的招数，开始反攻："你让我收购魔盒，来抢夺这个入口吗？"

如果推销魔盒，更证明刚才只是烟幕弹，如同卖狗皮膏药之前的花拳绣腿。那蓝这五年的历练绝非普通，站在李无觅的立场分析："不一定并购魔盒，还有其他对策。"

"哦？"李无觅再次吃惊，她竟没有推销。

"自己开发是最佳方案，团队之间不存在磨合。"那蓝放出理想方案，有把握再把这个方案推翻。

李无觅笑笑，他怎能没有尝试研发手机端产品？可是公司越大，创新能力越弱。奔狼并非没有人才，他们有了好的想法，就跳出公司创业，自己的孵化往往是应付差事，大多以失败告终："可有中策？"

"并购。"那蓝说出了潜在的意图。如果罗维在场一定大惊失色，他引以为傲的销售技巧被那蓝纯熟应用，其实她并非使用技巧，而是真心为李无觅考虑。

李无觅被激起好战的情绪，不顺着她的思路，跳跃问道："下策是什么？"

"等待。这可能是后发制人，也可能是坐以待毙。"那蓝再次冒险，他会勃然大怒吗？

李无觅对着空中花园沉思，移动互联网时代突然到来，正在摧毁他的商业帝国。企鹅技术发布微讯，占领了桥头堡，我要不要发起冲锋，加入这场入口之战？

"您担心什么？"那蓝看出了他的顾虑。

"我们一直相安无事，你走你的阳关路，我过我的独木桥，井水不犯河水。"李无觅直视那蓝，收购魔盒，便是挑起与企鹅技术的战争，没有人敢和这只彪悍的企鹅开战！

奔狼在三大巨头之中居于末位，体量和实力是企鹅技术的一半，正面对决没有把握。"企鹅技术是强横的对手，与之争锋不易。可是，不战又如何？"那蓝取出一本古香古色的小册子，放在李无觅面前，这是打消他顾虑的一招。

《史记》中的一册？李无觅不由得笑了："记得你喜欢音乐，怎么钻研历史了？"

那蓝撇撇嘴巴，想起郭鑫年，不知不觉之中，她竟看了这么多史书。那蓝不想说这些，指指《史记》，示意李无觅去看下画线的部分。战国末年，秦国攻伐天下，与赵国对峙于长平。赵国请求齐国援助，大臣以唇亡齿寒的道理来说服齐王。然而，齐王田建不敢得罪强秦，不派一兵一卒，看着五国灭亡，直到秦军兵临城下。齐王不战而降，田建被幽禁在山洞中活活饿死。

"与强秦决战，并不容易。"李无觅缓缓站起，收购魔盒便是与企鹅技术为敌，任何人都要三思而行。

"那您再想想。"那蓝有些失望，但绝不纠缠，魔盒的现金流枯竭，濒临崩溃，也没时间等待。她告辞出来，打开手机查询，下午还有航班飞往杭州。云沧海是霸王之才，绝不会害怕与马幻城为敌，或许在那里才能挽回魔盒。那蓝一阵晕眩，她在广州大病一场，见了李无觅又要前往杭州，体力达到极限。

魔盒是我的孩子，我一定要将它救活！

那蓝上了飞机，与李无觅见面的情形反复在脑中播放，优秀如李无觅者，出类拔萃，罕有失手，便不打无把握之仗，常常错失良机。往往那些出自底层之人，本来一无所有，反而乱拳打死师傅，闯出一条路来，做出经天纬地之业。想我自己，身家虽非顶尖，却有父母溺爱，什么都不缺，难得容颜奇美，性格家教俱佳，从来都被众人捧在掌心，其实自己也是另外一个李无觅，被自己的优秀所绑架。或许，我应该放下一切，像郭鑫年那样穿越渺无人烟的雪域高原，才能真正找到自己？想到这里，忽然觉得哈佛游学只是一种贵族的迷失和无意义的逼格，抑或是，抛下所谓高摩的光环，踏上创业的道路？

86

分道扬镳

"我签！"杨洋阳排开众人，在离职协议上签字。创业是伟大的旅程，但不是人生的全部，我们经历过了，收获满满，现在是结束的时候了。她将笔递给卢卡，他们已经订好机票，飞赴欧洲："卢卡，签吧。"

卢卡接来笔，看着郭鑫年，纠结万分。他答应了杨洋阳暂时放下工作去旅游，而且他也不愁工作。由于魔盒，卢卡渐渐为人所知，很多大公司抢着要他入职。而且，随着魔盒的股份稀释，他和杨洋阳也有一笔不错的回报，他将会有非常幸福的小日子，老婆孩子热炕头。

"那蓝还在想办法。"郭鑫年不想卢卡离开，仍然劝说。

"不等了，魔盒交给你，我们放心。"杨洋阳替卢卡回答。

"签吧，好兄弟。你们修成正果，我真的替你们开心。"郭鑫年放弃劝说，过来拍着卢卡，即便离职，他们也会是一辈子的兄弟。

卢卡叹气一声，在离职协议上签字，扭头钻进自己的座位，收拾电脑，准备搬离。杨洋阳知道他心里难过，为他倒一杯茶水，再去收拾自己的房间。

工程师们见两位创始人都签署了离职协议，各自签署，默不作声地开始收拾。写字楼就要退租，散伙就这么简单。郭鑫年走回自己的办公室，窗外是灯火阑珊的东三环，道路被红色的尾灯和黄色的前灯染成红黄两色的巨龙。书架上大多都是历史类的书籍，中间摆着一个相框，在拉萨布达拉宫前广场，自己拉着红色条幅，上面写着：拉萨不是终点，那蓝，北京见，把我们的想法变成现实！回顾一年多的创业历程，大起大落，我失去了那蓝，即将失去公司，该去哪里？

郭鑫年弯腰拖过一个空的包装箱，举起镜框，擦去灰尘，放进包装箱，再放入文件和书籍，用胶带绑紧。凌晨时分，所有摆设都变成了六个纸箱，空空荡荡的办公桌上还有一幅合影，这是一年多前在九华山庄散伙时拍摄的。杨洋阳被郭鑫年和卢卡挤在中间，各自裹着浴袍，举着啤酒。在那最困难的时候，我们熬了过来，现在却放弃了。郭鑫年从冰箱里取出一瓶啤酒，用牙齿咬开瓶盖，向肚里灌去。

杨洋阳已经收拾完毕，推门进来坐在郭鑫年身边，目光落在照片上，伤感的情绪郁积。

"对不起。"郭鑫年说道，由于自己的错误，杨洋阳和卢卡最终一无所获。

"没什么。"杨洋阳站起来，在包装箱上认真地捆绑胶带。

郭鑫年忍住泪水，大局已定，唯有离开，苦笑着说："何必这么傻，应该好好过日子。"

"这张照片给我，好吗？"杨洋阳抓起合影，在泪水掉落之前冲出办公室。

郭鑫年抱起纸箱默默出门，迎面遇到卢卡。他抢来纸箱，用胳膊肘推开郭鑫年，一一将六个纸箱抱上推车，说道："你说过，你绝不放弃，绝不离开。"

"说过。"郭鑫年点头，那是投票时他绝望的表态。

"你说过的话，我帮你兑现，上来！"卢卡指着推车，命令郭鑫年。

郭鑫年哈哈大笑，向纸箱上一坐，挥手说道："出发！"

卢卡拼尽全力，将推车拉出办公室，缓慢前行，穿过呆呆地看着纸箱和推车的工程师们。郭鑫年挥手道别："兄弟们，我们技不如人，被人家打败。这也没什么，毛泽东被胡宗南追出过延安，刘邦在鸿门宴上被项羽吓得屁滚尿流，李自成被打得只有十八骑，跑进商洛山，后来不都咸鱼翻身了？我不能和他们比，却知道愈挫愈勇，我郭鑫年就是打不死的小强。"

推车行至玻璃门，一道坎拦在面前，轮子击打门槛发出铿锵的声音。郭鑫年要跳下来去帮忙，被卢卡推开："你这人二不拉几，只有一点好，说话算数，言出必行。你说过，绝不走出这扇门，我不能让你说话不算数，今天扛也要把你扛出去，上来。"

郭鑫年十分为难："那是气话，没人当真的，何必？"

杨洋阳向员工们挥手："来，把郭总扛出去。"工程师们同声答应，将郭鑫年推上纸箱，七手八脚抬起推车，运送进入电梯。那名叫田野的美工放下推车，一溜烟跑回办公室，抱着纸箱也进了电梯，笑着说："我就一个人，来去自由。"

"等等，还有我。"又有几名工程师抱着纸箱冲进电梯。

脚下堆着十几个纸箱，他们五六个人伫立街边，周围人来人往。一辆货车疾驰而来，几名搬运工人跳下来，七手八脚抱起纸箱，扔进空荡荡的车厢。车门打开，苏茵走出来："大愚，没地儿去了？跟我来。"

"干吗？"郭鑫年正没有去路，苏茵真是及时雨。

"可惜啊，你们卖公司的钱，本来可以在五道口买套房子，老婆孩子热炕头过日子。"苏茵取出一支烟递给郭鑫年，五道口聚集着清华、北大、人大许多名校，中小学质量在北京名列前茅，学区内的房价便扶摇直上，成了生命中不可承受之高。

"没兴趣。"郭鑫年摇头。

"所以？"苏茵故意引诱郭鑫年说出这句话。

"继续！"郭鑫年拉开车门，跳进去大喊："车库咖啡！我又有了一个想法，肯定可以改变世界。"

苏茵大笑，他们做出了艰难的决定，搬出高端大气上档次的写字楼，退回些租金，减缓了失血的速度，回到简陋单纯的车库咖啡。

小货车刚开出，一个人影抱着纸箱，从写字楼里奔跑出来，距离越来越远，向着小货车的尾巴大声喊道："大愚，等我。"

杨洋阳从转门中出来，冲到卢卡身边："你去哪里？"

卢卡不答，将纸箱向杨洋阳脚下一放，甩开大步去追。杨洋阳拉住他："我们说好的。"

卢卡跟着郭鑫年创业，不如说是为了守在杨洋阳身边，以他的技术天分和在魔盒上积累的名声，每家大公司都会敞开大门。他在最后时刻反悔了，喏喏说道："我打过工，朝九晚五，拿人钱财给人干活儿，就像死人。"

"大愚重要，还是我重要？"一般说来，这句话都是赌气，但以杨洋阳的智商和情商，这句话背后包含了很多含义。

"两年前，我应聘的时候，在大愚当初那个商住两用房的门口打了退堂鼓。公司这么小，什么都没有，转身看见了你，只有一定睛的片刻，却是一世的等待。我停止呼吸和思维，没了抵抗的能力，呆呆跟着你去面试。我没见过这么二的老板，那不是面试，而是吹牛比赛。可我根本没听见他在说什么，我的眼里和心里只有你。我留下来了，只为你。"卢卡的回忆十分清晰，他永远忘不掉初遇杨洋阳的那个时刻。他换了语气继续说："我甚至不知道他在干什么，却真心认可你送给他的外号，大愚。他真有病，瞎折腾。但你让我做什么，我就用心去做。你们说，魔盒是那蓝和大愚心灵碰撞的结晶，我就笑了。

"魔盒也是我们的结晶，你画界面，我来编程，就像玩一个游戏，用最简单的操作完成繁杂的功能，极简和纯粹，就像有你，就拥有了世界，其他都是多余。即便大愚又笨又有病，我也忍了，而且渐渐喜欢上了这段旅程，魔盒是我用心做给你的礼物。魔盒上线那天，我彻底傻了，三天一百万下载，大家爱死了这个小东西。大愚挺有本事，这种小玩意儿，我在大公司根本不屑做，我们肯定会做加法。其实魔盒才符合人性，我们身处急剧变幻的时代，却渴望简单和纯粹。我爱上了这段旅程，把一个简单而纯粹的小小的想法变成产品，逐渐完善，直到诞生。"卢卡说到这里，看着杨洋阳："别让我在你和创业之间做选择题，因为你，我爱上创业，又因为创业，更爱你！"

杨洋阳第一次听到他的表白，轻轻将他拥在胸口。这是他们之间的方式，与别人不同："卢卡，我也爱你。你是一个聪明又纯净的人，在这个世界上多么稀少和珍贵，你自己都不知道。"

"洋阳，我们先别走，陪大愚度过这个时刻，好吗？"卢卡动了感情，热烈地看着杨洋阳，他渐渐明白了内心的想法，"旅行什么时候都可以，现在不行。在最艰难的时刻，我要留下来。你想想，我们旅行的时候笑得出来吗？即便走在塞纳河畔，也像行尸走肉一般！"

杨洋阳听出了异味，他似乎要反悔，不能功亏一篑："创业是激动人心的旅程，也是一条没人走过的看不到尽头的路，崎岖难行。你可能赌上一辈子却一无所获，这就像造反一样，你要抛家舍业，拿性命来拼吗？我们经历过，创造了奇迹，该结束这段旅程，回归正常了。难道为了创业，连我也不要了吗？"

"我怎么舍得离开你？我只想陪大愚度过这个最艰难的时刻。"卢卡记得那次九华山庄的散伙，这段时间，他和郭鑫年之间凝结了深厚的兄弟之情。

"卢卡，求你不要走，我爱你。"杨洋阳第一次遇到卢卡的拒绝，又不知道怎么反驳他。

"洋阳，我必须陪在好兄弟身边。"卢卡抱起纸箱，挥手想招租车，一时半会儿哪儿能找到。

"卢卡，这是明天的机票。我们就要前往欧洲，你怎么能在最后一个晚上把我抛下？"杨洋阳向来都是一句话，卢卡就会乖乖听话，这次是极大的意外。

"我不去了。"卢卡抱起行李箱，迈开大步向路口走去。

"卢卡，你要么留下，要么分手！"杨洋阳终于发出了最后通牒，豆大的泪珠从脸上滑下。

卢卡全身一震，他没想到事情竟会发展到这种程度："洋阳，不要逼我。"抹去泪水，他顽强地转身在路灯下拉出长长的背影。他抱着包装箱，走啊走，嘴里不停地喃咕引来行人的注目。

"我有什么错儿？"

"为什么一定要在现在去欧洲？"

"为什么什么都要听你的？听你九百九十九句，听我一句都不行吗？"

"分就分，反正我配不上你。"

"你去你的塞纳河，我去我的车库咖啡！"

他脚步越来越快，开始狂奔，迎面一阵风将他的棒球帽吹翻落地。他停住脚步，那是杨洋阳给他选的礼物，每天他都戴着。可是，分手了，留着帽子还有什么用？他缓缓转身，不管随风滚动的帽子，迈开大步跑得越来越远。一辆公共汽车驶来，将棒球帽卷进车轮，再用力一掀，那棒球帽飞了起来。

87

你既金盆洗手，我便兵临城下

打飞机的游戏火爆之后，更多游戏搭上微讯入口，进入数亿部手机，每天都能创造数亿的现金流，罗维在企鹅技术的地位日趋稳固。尽管如此，当他提出"手机钱包"的时候，高管们仍然大吃一惊。他们害怕一个人，一个对手，一个其貌不扬、没人敢惹的人！他根本不是人，而是神！

"罗维，手机钱包其实就是支付功能，知道吗？"

"知道。"

"你要抢交易宝的生意？知道背后站着谁？"

"云沧海！"

"要和他开战？"

"对。"

"能打赢吗？"

"没有胜算。"罗维实事求是。在中国互联网行业，云沧海绝对是霸主，他连像样的对手都没有。

"你仍然要开战？"

"没有胜算，才要抢先出手！"罗维断定，一旦交易宝抢进移动端，自己一点儿机会都没有。

"为什么蹚这浑水？守住自己的地盘已经很好了。"

"我们是打江山的创业者，不是守业者。"罗维笑了，创业和守业之争在企鹅技术已经有了定论。

"世界很大，为什么偏和云沧海作对？"

"我其实很怕他，怕死了。"罗维钻到桌子底下又爬出来："但是我躲不开！这是必然的一战。"

"我们的电商已经败了。"有人提醒罗维，企鹅技术有很棒的游戏产品，刚好借船出海，可是他们曾经做过电商平台，却在云沧海面前败得一塌糊涂。如果没有电商，又何来支付功能？

"谁也不能和云沧海正面作战，那是死路一条。在电子商务方面，我们是菜鸟，人家一根手指就能把我们推平。"罗维坐在珠江边苦思冥想许久，才想出了一个绝妙的想法。

"怎么打？"

"马上就是春节，人人都喜欢红包。"罗维已开发出来抢红包功能，就等春节时秘密上市，从意想不到的角度，打他一个措手不及。等他们明白的时候，春节假期已过，抢红包的黄金时间已经过了。

他既金盆洗手，我便兵临城下！

没人明白罗维在说什么，抢红包和移动支付有神马关系？罗维却不再多说，极度保密。云沧海纵横互联网江湖多年，用户、资金和经验百倍于我，罗维偏要和云沧海斗一斗，出其不意地攻入你的心脏。

而此时此刻，那蓝正前往西子湖畔，去唤醒云沧海。

88

心灵回归

苏荫的货车回到创业街。他们搬着包装箱，走过大槐树，来到鼎鑫宾馆二层，回到熟悉的地方。一辆自行车斜靠在墙边，林佳玲回来了？门口有一条大大的横幅：欢迎归来。车库咖啡举办过无数次欢送会，庆祝创业成功搬出，这是第一次庆祝创业者回归。

林佳玲果然在，她一身舒适的便装，向郭鑫年伸出双臂："欢迎。"

苏荫安排周全，将所有的人邀请来，欢迎郭鑫年的回归。郭鑫年仍是互联网名人，重返车库咖啡的消息已经传遍，创业者夹道欢迎，有人递来麦克风。郭鑫年经过创业起伏，不再笨嘴结舌，练出了当众说话的本事，在讲台上思如泉涌："我们几个人搬出去，打不过人家巨头，被揍得鼻青脸肿回来，死里逃生摸回来几条真经，和大家分享，想听吗？"

年轻的创业者们都以郭鑫年为榜样，一起鼓掌欢迎。他心中万分感慨，一吐为快："我们创业者一无所有，赤手空拳，这又怎么样？陈胜、吴广揭竿而起，斯巴达克斯孤单地站在罗马角斗场上，人单势孤，没有一刀一枪。可是，陈胜、吴广撼动了大秦帝国，斯巴达克斯摧毁了大半个罗马帝国。势单力孤的创业者，面对无比强大的帝国，总能开天辟地，创造奇迹，这是历史的必然！

"古代帝王希望世世代代坐享江山，基业长青，这是痴心妄想！不可一世的帝国终将被手无寸铁的创业者终结，这是必然，这就是我们的使命。大公司墨守成规，我们充满叛逆的勇气；他们腐朽不堪，我们朝气蓬勃；他们做着股东喜欢的事情，我们永远听命于内心；他们为了工资，我们为了梦想；对于他们工作就是工作，对于我们却是一辈子的事业。创业者必将胜利！"

一位创业者举手问道："可是，你刚被人家打败。"

郭鑫年跳上椅子，并不气馁："人分好几等，最差一等失败了之后怨天怨地，稍好一等人舔舔伤口继续折腾。可是我要说，没有人生而伟大，大家都是在挫折中摸爬滚打，失败是珍贵的精神食粮。反正，我肯定不会去买五道口的学区房。"郭鑫年满脑子新想法，他来不及品尝失败的痛苦，又被新想法点燃，"其实我又有了一个不错的想法。"

"那是什么？"一人问道。

无可奉告，郭鑫年学乖了，不在这种场合暴露想法。他从亢奋状态中平复："挑战这些巨头，你们肯定以为我是疯子，就像三岁小孩儿挑战大人，喊道，我要打了，真的要打了，我打起来很狠的，你不怕吗？我扔块石头就能打下你的飞机，我说到做到。哎呀，给句话啊，你只要向我赔礼道歉，我就饶了你。大人说，没空；小孩儿说，你不是男人！"

这是网络流行的段子，创业者们前仰后合。郭鑫年善于自嘲，把自己打到尘土里，增加了亲和力。他举起麦克风招兵买马："我不认输，我就是这样的人，越败越勇，胜利必将属于我们。哪位愿意一起干？只要你是最棒的，我都需要。不过你要想清楚，为了加快速度，加班是家常便饭。"

郭鑫年这些话听起来十分癫狂，却是互联网带来的机遇，几个屌丝就能颠覆庞大的企业帝国，在以往的世界中根本不可能。林佳玲从始至终都支持郭鑫年创业，现在宽心了。他即将开始一段新征程，尽管荆棘密布，都没关系，重要的是去搏杀和流血，他拥有难得的经验教训和百折不挠的精神。

　　林佳玲接来麦克风，站在车库咖啡的标志之下，为郭鑫年打气："创业者没有钱，租不起写字楼，这有什么关系？我们有一个无可战胜的大本营，一个心灵的港湾，提供源源不尽的精神力量，足以支持我们破釜沉舟，拼死再战。"

　　车库咖啡是郭鑫年诞生的大本营，抚育他成长的地方。他夺回麦克风，充满感激："这里虽然破烂，却是世界上最有创新和冒险精神的地方。就在这里，我们重新起程！"郭鑫年大喊，"有谁愿意加入？"

　　"我有兴趣。你一直没有说做什么，至少有方向吧？"一名背着双肩包的"程序猿"固执地坚持，创业虽说可以一无所有，但至少要有个简单的想法。

　　"我还没想好。"郭鑫年叹气。郭鑫年的好想法就像段誉的六脉神剑一样，时有时没有，有时候好像有了，沉淀一阵儿才发现不是那么好。他耷拉脑袋回到人群中，失去那蓝，他就将失去创造力的来源，世界将一片黑暗。

　　"我有个想法。"一个人抱着包装箱从门口进来，身边还有如同小老虎一般的年轻人，"魔盒是我们的孩子，还可以生孙子！"

　　"卢卡，你来干吗？"郭鑫年指着窗外的座位，走过去。

　　"我有个很好的想法，这是程啸虎，凌步的创始人。"卢卡抱着包装箱狂奔，还不忘给程啸虎打了一个电话，程啸虎开车接他来到车库咖啡。

　　郭鑫年看出情形不对，猜出卢卡和杨洋阳有了争执："你在我这里是因为洋阳，我心里仍然很开心。我捡了大便宜，她聪明、好看，还情商高，外带你这技术天才"程序猿"，我真的赚到了，晚上做梦都开心地笑。"他又拍着卢卡肩膀，催他走，"你机票都订好了，回去陪洋阳。"

　　"我和她分了！"卢卡早已控制住了的泪水，又不自觉地流淌出来。程啸虎已经劝了卢卡很久，他完全不听劝，坚持要来车库咖啡。

　　"是你不对，你先陪她去欧洲旅游一趟，这是她很早就想去的。"郭鑫年拿出手机就要给杨洋阳打电话，被卢卡按住："我不想打工，行尸走肉。"卢卡不善言辞，很难得说出感受。

　　卢卡这样的技术天才，如果遇到那些大公司的官僚，一定互相折磨至疯。郭鑫年坏笑着说："别想那么多，回来再一起干。"

　　"好兄弟应该共渡难关，我不想抛下你们。"卢卡看着身边郭鑫年的残部，还有陆续聚集的程啸虎的地推团队。他在这个时候，最舍不得的不是豪华的办公室，也不是高大上的公寓，而是一起创业的好兄弟。他拿出笔记本电脑："大愚，我和啸虎有个很好的想法，你来听听。"

郭鑫年看到屏幕上的内容，眼前一亮，再也不想其他，对讲机和地图的完美结合，出租车、专车、班车，对每个人出行方式的颠覆。他举起笔记本电脑，向旁边招手："来，兄弟们，我们好好谈谈。"

"这就对了。"林佳玲看着这一幕，欣慰极了。

"是啊，魔盒的延续，完美的团队配合。"苏芮也赞同。虽然杨洋阳退出了，却来了程啸虎。他或许没有杨洋阳的情商，却有坚忍不拔的个性；他文本能力肯定不如杨洋阳，却掌握了强大的地推能力；他肯定无法像杨洋阳那样协调卢卡和郭鑫年，却有远大的梦想和召唤能力。

郭鑫年和卢卡的研发队伍，程啸虎的地推团队，林佳玲和苏芮再也想不到这么完美的组合。

"哎，可惜他们还缺个完美的投资人。"苏芮看着林佳玲，像她一样完美的投资人。

"那蓝，什么时候才能回归？"林佳玲极为欣赏那蓝，如果她回来，这就是一支震天撼地的创业队伍。

89

慢风细雨江南会

重庆北碚，缙云山，绍龙观。

缙云山与青城山、峨眉山并称为蜀中三大宗教名山，古刹中保存着宋太宗诵读过的二十四部梵经，张道陵天师、陈抟老祖和张三丰祖师都曾在此修行。到了现代，此山历经浩劫，满目疮痍，名声一落千丈，直到十几年前，一位名叫李一的年轻道士上山，重整大修，道观焕然一新。

近几日，云沧海在这里闭关。这日，他闭关期满，走出密室，一身轻松。他兴之所至，行云流水打完一套太极，神清气朗。经过十年商场拼搏，云沧海的电猫集团成为行业的翘楚，彻底颠覆了传统的零售模式。如今天下大定，他卸下担子，在互联网论坛金盆洗手。听闻李一道长极有修行，入山闭关，八天下来大有裨益。忽然，山腰转折之处，一辆汽车穿云入雾，盘山到达绍龙观。云沧海的助理跳下后座："云总，客人已到江南会。"

"哪位？"云沧海闲云野鹤，还想在蜀中盘桓几日，然后就要赴英伦猎鹿。

"高摩的一位投资人，名叫那蓝。"助理将传真递上。

"不见！"云沧海将传真还回去，重新步入山门，即便高摩的彭祖武，也不是想见就能见到他。

"她拿了一支江湖令。"助理语气谨慎。

江湖令！云沧海停住脚步，记忆中却没有那蓝这个人："她多大年纪？"

"只是一个小姑娘，不到三十。"助理答道。

"她怎么会有江湖令？"云沧海皱起眉头。

"我们已经确认过了，的确是您发出的江湖令。"助理很相信杭州总部的判断。

"返回杭州，这就走。"云沧海钻进轿车，也不收拾行李，直奔机场。

六月杭州，梅子黄熟，细风慢雨，江南会。

江南会前身名叫先贤堂，始于宋代，临西湖而建，祭祀从先秦至北宋一千多年来出自杭州的名人贤士，包括高士许由，隐居富春山的严光，书法家褚遂良，吴越王钱镠，诗人罗隐、潘阆、林逋等，他们的头像和生平事迹刻在石碑之上，陈列于堂前。

宋灭于崖山，先贤堂废于烈火，千年已逝。

2006年，云沧海联手几位江南巨商在先贤堂旧址筹建江南会，意图传承先贤的光荣与梦想，渐渐成为政商文化娱乐名流的精英聚点。传说中，每名会员拥有一支江湖令，一旦出现紧急状况，出示此令，轮值主席有义务商讨对策，度过危机。然而江湖令只能使用一次，持有者莫不视若珍宝，细心收藏，还没有人用过这支江湖令。

那蓝一袭淡淡长裙，走进江南会。白墙黑瓦，檀木门窗，七栋建筑按北斗七星顺序排列，牌坊和天井被围绕在中间，似古实今，恍然分不清年代。正厅摆放一张古案，上悬西湖烟雨图，背后静静沉睡着一架古筝。几案上的砚台和狼毫抓住了那蓝的目光，古画两边的白墙似乎缺了什么。她从小练字，专学柳体，一时技痒，提笔静立，看着门外的西湖景色，写道：天青色等烟雨，而我在等你，炊烟袅袅升起，隔江千万里，在瓶底书汉隶，仿前朝的飘逸，就当我为遇见你伏笔。

那蓝意犹未尽，干脆坐下，默写柳公权的《玄秘塔碑》，下笔斩钉截铁，干净利落，笔力遒劲峻拔，清劲方正。她正在入神之时，忽觉身后有人，听到一个声音："点如坠石，画如夏云，钩如屈金，戈如发弩，纵横有象，低昂有志。柳公权的《玄秘塔碑》怎么被你写出了颜体的味道？"

那蓝幼时学柳，年纪稍大，反而走上颜真卿的路线，让那蓝爸爸啼笑皆非。她抬头一看，正是云沧海，笑着回答："爸爸也常问我，我自己都想不明白。"

云沧海指着旁边的纸墨："这是谁的碑，怎么没见过？"

那蓝一脸羞红，她即将远赴重洋去美国求学，自觉辜负郭鑫年，随意写了这段话，显得不伦不类："刚才走神儿了，写了周杰伦的歌词。"

"正好适合眼前景色。"云沧海掂起条幅，上下看看，"你既用我笔墨，又写了江南会的景色，我也有一半产权，可否装裱起来以衬此景？看你是一个小女孩子，产权仍然是你的，我只有保管权。"

"电猫的逻辑！"那蓝浅笑，买家与卖家直接交易，电猫为他们保管交易资金，赚得盆满钵满，她哪肯答应，婉拒："我的字挂在这里，不是贻笑大方吗？"

云沧海不理，直接收起那蓝的卷轴，挂起来："看你用笔之道，深有哲理。"

"心正则笔正，笔正则可法。"那蓝一语双关，寓意深刻，看着挂在墙上的《玄秘塔碑》说道，"异宗偏义，孰正孰驳？趣真则滞，涉俗则流。"

云沧海心中一动："这句话怎讲？"

这《玄秘塔碑》大有典故，又与云沧海此时心境大有关系。那蓝说出碑帖的渊源："安史之乱，大唐外有藩镇割据，内有宦官乱政。唐文宗密谋诛杀宦官，却在甘露之变中失败，唯有借助藩镇对抗宦官，干弱枝强，埋下残唐祸根。唐武宗继位，振兴朝政，史称会昌中兴。只可惜，这位极有帝王之才的皇帝仅仅在位六年，三十三岁驾崩，大唐从此步入覆灭之路。"

"哦，英年早逝。"云沧海看着那蓝，她在电猫上开店的年纪，竟谈起历史，让他十分惊讶。

"武宗迷信道教，有位道士名叫赵归真，用李子衣十斤、桃毛十斤、生鸡膜十斤、龟毛十斤和兔角十斤炼仙丹。武宗服食之后，容颜消瘦，性情乖张，难以自拔，终于驾崩，成为唐太宗、宪宗、穆宗和敬宗之后，又一位因为服食仙丹妙药而死的皇帝。"

云沧海金盆洗手，修仙问道，英伦猎鹿，并购影视公司踏足娱乐圈，竟与古时荒唐帝王相似："居于上位者却痴迷神仙之术，无心政务，天下如何？"那蓝唯有一支江湖令，能见一次云沧海，情愿冒险。电猫已经产生了一批神一般的店小二，平均年龄只有二十几岁，掌管着六千亿的电子商务平台，控制着监督管理、组织促销、发布广告、处理投诉等权利，有人便收取利益，帮助商家刷信誉、删差评、违规参加促销活动，获取竞争对手商业信息，掌握着商家生命线。他们渐渐腐化，逆向淘汰，清白的店小二要么退出，要么同流合污，产生法不责众的错觉。每个周末夜晚，杭州的高档娱乐场所，基本上成了店小二的天下，一场饭局三五万极为平常。对商家来说，店小二们是真正的神，推杯换盏，灯红酒绿之间，商家和店小二称兄道弟之时，促销位置的推荐商家就已确定，生意水到渠成，皆大欢喜。那些没有门道或出不起钱的商家，在排几个月队后，仍然苦苦等候上首页的机会。

云沧海陷入沉思。我金盆洗手之后，我的公司会怎么样？云沧海起来在天井间背手沉思片刻，他听得进去这段话，却不满这些话出自那蓝这么个小姑娘，走到江湖令旁边，抓起来端详："这是彭祖武的那支，见我何事？"

江湖令果然大有神益，那蓝说道："我来杭州，向您请教互联网未来的格局。"

"请讲。"云沧海是百年难遇的经营天才，白手起家，打破传统的店面销售，独创电猫，彻底颠覆了千百年的商业模式。那蓝字迹娟秀，不卑不亢，又手持江湖令，云沧海不得不以礼相待。

"互联网时代，诸侯乱战，十数年征伐，渐渐三足鼎立，疆域稳定，虽有摩擦，却无倾国之虞，三大巨头鼎足而立，江湖无事。昔日创业者背影苍莽，管理企业的都是所谓职业经理人，您在互联网论坛上金盆洗手，退出江湖。当时我也在场，心里却在想，这种平静的格局能够持续多久？"那蓝单刀直入，对于云沧海这种层级的存在，不能使用任何技巧。

云沧海开电子商务先河，利润丰厚，无意去抢别人的苦逼生意，奔狼和企鹅技术绝不敢到他的地盘觅食。他笑傲江湖，有十足把握："高摩的判断呢？"云沧海询问高摩，而非那蓝的意见，仍然把她当作一个小姑娘。

那蓝也不介意，缓慢又坚定地说道："一场前所未有的大战，就在眼前。"

"哦，请讲。"云沧海是何等人物，这个小姑娘来历不一般。他反而不着急，让她暴露目标，再判断对策，毕竟她手中握着江湖令。

那蓝坦率说出判断："移动互联网时代突然到来，必将掀起新一轮的竞争，平衡将被打破，秩序将重建，昨日的巨头未必就能笑傲江湖。"

移动技术风起云涌，这个趋势越来越明显。如果大战在即，外有强敌环伺，内部又开始腐败，自己金盆洗手，群龙无首，庞大的集团会不会外强中干，实则不堪一击？云沧海不禁冷汗直冒："你有什么建议？"

那蓝狠狠戳了云沧海的痛点，然后才给出办法："抢占桥头堡。"

"那是什么？"云沧海第一次听到这样的概念。

"手机入口。"那蓝揭开谜底，打开魔盒，展现在云沧海面前。

云沧海双手交叉在背后，抬头从屋脊之上望出去，沉思一会儿："手机入口与我又什么关系？"

"支付。"那蓝说出了和郭鑫年在北戴河碰撞出的想法。

支付体系是电猫的经营核心，听到这两个字，云沧海的眼睛亮了，抓来魔盒仔细研究："这只是一个收发消息的工具，与支付有什么关联？"

那蓝终于切入重点，打开电脑，向云沧海介绍未来魔盒生态化的设想，讲完支付和购物功能，云沧海哈哈笑起来："购物便购物，支付便支付，为什么一定要嵌套到即时通信和打车软件里。小姑娘，我看你谈吐不凡，其实是想得太多啦。"

云沧海从缙云山绍龙观赶回，以为那蓝拿了江湖令有什么大事，没想到却是一个好看的小姑娘，虽写了一手好字，却无端端地教训自己一顿，真是不知天高地厚。他见惯那些出自名校投行的年轻人，眼高手低至极。自己纵横商海，颠覆零售行业，岂能被这个小女孩教训，背起双手说道："小姑娘，我给你一个建议，少读书，多做事。读万卷书不如行一里路啊，多吃饭少吃盐，多走路少过桥。世上没有那么多捷径，往往都是异想天开。"云沧海哈哈大笑，扬长而去。

第九章

冰岛纽约

90

精神世界

　　杨洋阳和卢卡的航班应该在傍晚起飞，从法兰克福前往巴黎。杨洋阳上午早早就打来电话，她已经到了车库咖啡，郭鑫年抓起手机下楼，杨洋阳肯来，说明还是不舍卢卡。

　　"陪我走走。"杨洋阳在车库咖啡实在是待够了，两人路过西少爷肉夹馍和黑马会，缓缓走到那棵大槐树下。过去的日子一幅幅闪现，她又从大槐树折返。由于车库咖啡的火爆，越来越多的创业机构搬进这条小街，3W咖啡、天使汇、黑马会，设施越来越先进，环境越来越好，这条小街也被正式改名为创业街。"我们曾经有一个非常好的想法，手机上的对讲机。后来，你和那蓝在北戴河又碰撞出了更多的想法，这些想法指引我们走出了一条与众不同的道路。"

　　郭鑫年点头承认，却不明白她为什么要说这些。她应该请自己助攻，帮助和卢卡复合。杨洋阳却不急不慌，如同散步："你再也没有这些想法了，我不看好你继续创业。"

　　这是杨洋阳退出的另一个原因？郭鑫年苦笑："好想法可遇不可求，谁也没办法。"

　　杨洋阳停住脚步，这是她的重点。"魔盒应该归功于那蓝，这是她的想法，她帮助我们获得投资。在最后的时刻，我们都放弃了，她仍然坚持。"杨洋阳越来越肯定，必须说出来，"你爱的一直是那蓝，温迪利用了你的糊涂，为了投资获利，她实在不择手段。"

郭鑫年无话可说，这又能怎么样？失去了那蓝，创业只能走向失败吗？微讯接连推出好友圈、游戏和钱包功能，处处抢先，郭鑫年充满失败感，到了绝望的境地。

"我有个主意。"杨洋阳打开手机，展开一幅截图，来自郭鑫年的微博。

"竟敢偷看我的微博！"郭鑫年抗议。

"什么偷看？你自己发的。"杨洋阳和郭鑫年互粉，想不看都不行。

"哦，也是。"郭鑫年惹不起杨洋阳，立场软化。

"我发现一个规律。"杨洋阳手指屏幕，那时，郭鑫年和那蓝每天晚上在微博上聊天，关于那蓝喜欢的音乐、书籍、美剧、旅游，也有郭鑫年喜欢的历史和赛车，关于魔盒的讨论夹杂其间。这些对话被颜色勾画出来，每个迭代都和那蓝反复讨论。直到有一天，对话戛然而止，那时郭鑫年在互联网论坛鲤鱼跃龙门，温迪介入，激情燃烧的夜晚，他被欲望填满。从此之后，再也没有伟大的想法，只有语音广告那种失败的尝试，直到他们在北戴河重逢，涌出更多的想法。杨洋阳指点着颜色框说："那蓝是你想法的源泉，从一开始就是这样，她和你一起碰撞出来。"

"我们是完全不同的人，拥有不同的精神世界。我理性和逻辑，她感性并且充满艺术气息。在那段时间，我们的两个世界被打通了。"郭鑫年和那蓝早就知道了答案，他喜欢历史，懂得技术趋势，注重逻辑，粗线条；她热爱艺术，具有极佳的审美和细腻的情感。

"这是真爱。"杨洋阳语气挖苦，心里却承认，那蓝和郭鑫年正好巧妙地站在科技和艺术的交叉点。他们本来很难相处，互相看不惯，爱却将两人连在一起，越挣扎反而越接近。"她嫁人了，所以你想放弃？"这才是杨洋阳的建议，一辈子让郭鑫年受益。

"什么？"郭鑫年冰封的心底露出一丝春意。

"拆开他们！"杨洋阳说出简单的四个字，啊？郭鑫年惊讶了，当他听说那蓝结婚，就退缩了。

"你介意她曾经离婚吗？"杨洋阳的办法极其简单和直接，只是没人想到。

"不地道吧？"郭鑫年犹豫万分。

"好吧，你就等着她给那个男人生下孩子，后悔一辈子吧，再见！"杨洋阳不多说，跺脚离开。郭鑫年已经呆了，对于他来说，那蓝的感情世界无异于外星人谈恋爱。杨洋阳没走远，看见他拿出手机，猜到他要给那蓝电话，就站在五步之外，准备随时支着儿。

郭鑫年走到西少爷门口的台阶下，抱着脑袋想，杨洋阳说得对，我既然深爱那蓝，为什么不能重新追求她？他拿出手机拨出去，听到了熟悉的声音："是我。"

"嗯。"那蓝从杭州返回北京，即将展开新的旅程。

"想见你。"郭鑫年不知道怎么重新追回那蓝，冲动着提出见面的要求。

"哦，不行，我在机场。"那蓝拎着行李箱，在安检前停下脚步。

"你去哪里？我找你。"郭鑫年顽强地坚持。

"我说过的。"那蓝挣扎，她的心还是放不下郭鑫年。

"我想想。"郭鑫年在记忆力搜寻，那蓝从来说过一遍就不再说，如果郭鑫年走心，自然会记得。

"啊，我要关机了。"那蓝的下一步就是海关，身边传来机场广播的声音，匆匆挂断电话。

"波士顿，你去哈佛？"郭鑫年听到了机场广播，她提过的出国学习，可是电话已经挂断。他满脸悲伤看着旁边的杨洋阳，"她走了。"

"创业失败可以再来，但是人走了，就一辈子追不回来了。"杨洋阳听到了他们的电话，直接说道，"你也去波士顿。"

"公司怎么办？"郭鑫年犹豫着，"而且她和别人领了证。"这才是他的心结。

"那蓝根本不可能爱上那个人，相信我，她爱你。"杨洋阳带着郭鑫年向创业街外走，外面就是北四环。

"好，我去波士顿！现在。"郭鑫年抓起背包，有了这个决定之后，心里亮堂起来。

"有地址吗？"杨洋阳设身处地为他想着。

"有时候，足够二就行。"郭鑫年笑了，伸手去叫出租车。

"这你最擅长。"杨洋阳哈哈笑起来，她情商很高，太在意别人的喜怒哀乐，反而畏手畏脚，"有件事，我想请你帮我。"

郭鑫年停住脚步，猛然想起杨洋阳和卢卡的事情："你和卢卡怎么样了？"

"他要分开。"其实是杨洋阳提出分开，她不肯承认，言外之意就是她不想分开。

"相信我，他爱你的，一辈子。"郭鑫年明白，杨洋阳正在寻求和卢卡复合，一个女孩子能够这样，心意可见，"不就是退掉两张机票吗？再给他一些时间。"

"可是我不想他创业了，我们经历过那样的日子，连家都顾不上。"杨洋阳极为纠结，她不恨卢卡。他在最困难的时候留下来陪伴好兄弟，说明他有情有义。"卢卡是我早就认定了，他还挺帅，是不是？"杨洋阳承包了卢卡的穿着打扮，他戴着酷酷的棒球帽，在街上肯定迷倒不少小女生。

"是哦，你当然有眼力啦。你还不知道吧，他还是个不折不扣的富二代。"这是郭鑫年刚知道的秘密。

"以为我不知道吗？能给他加分吗？杨洋阳心思晶莹剔透，怎么可能不知道卢卡家世？她缓和了情绪，轻轻说："把他还给我，好不好？"

"洋阳，别在这个时候拦着卢卡，他是对的。"郭鑫年跳进出租车，向南直奔金融街。

杨洋阳皱皱鼻头，她和卢卡的感情一向没有波澜，所以他还不懂得珍惜，看来应该用更长的时间来打磨这段情感。她抬头望了一眼车库咖啡，卢卡就在里面忙着，哼，当我独自徜徉在巴黎街头，卢卡肯定哭晕在厕所。她快步回到路边，招来出租车，上车向卢卡发出短信："我去欧洲了，不要联系。"

郭鑫年到达珈蓝国际，三步两步奔向电梯，到了十七层的高摩。他常在这里开会，也不管前台，熟门熟路地跑到那蓝的座位，自己在拉萨的照片，可爱的兔兔，手绘的魔盒界面，一切都述说着她的感情归宿。我怎么这么笨？竟然视而不见！

邮件里肯定有她在波士顿的消息，郭鑫年启动电脑，咔嗒一声，弹出密码界面，糟糕。郭鑫年蹲下来去拉抽屉，糟糕，上了锁，哪里有那蓝的地址？当他急得团团转的时候，瞥见格挡上一张黄色的即时贴，那蓝的笔迹，郭鑫年伸手抓下来，哈哈！哈佛的领导力课程，时间，还有地址！

当郭鑫年做完这些，保安才跑过来，他挥舞着那蓝的纸条，一溜烟跑出高摩的办公室。他钻进星巴克，打开电脑，搜索到那蓝所住酒店的地址，又研究自己的行程。做完这一切，离开星巴克，在电梯厅徜徉，明知不可能遇到那蓝，却舍不得离开。沿着扶梯下楼，她常去的苏浙汇，还有Subway（赛百味），如果中午时间匆忙，她会点一个吞拿鱼的三明治。孤单越发强烈，郭鑫年胸口好像压了石头。他打开那蓝的微博，内容被删除干净，唯有叹气一声。

没有了心灵相通的那蓝，还能有好的想法吗？创意来自心灵碰撞，听起来玄幻，就像杨过和小龙女的双剑合璧，遇强更强，落单的时候，就谁都打不过。郭鑫年孤单地在那蓝曾经停留的地方，百般思念，情感无处安放，什么心情都没有，干脆订了机票，放下这边一切，到西半球寻找失落的感情。

91

莫因心无所恃，随遇而安

夕阳西下，山峰现出娇艳的紫色，海水变成深蓝。那蓝仿佛置身画中，城市的建筑布局匀称，没有摩天大楼，小巧玲珑的房屋被涂成红红绿绿的颜色，在太阳的照射下，五彩斑斓。议会大厅和政府大楼依湖而建，摩肩接踵。成群的野鸭子，在碧蓝的湖水中游来游去。

那蓝没有直飞纽约，而是从地球背面绕过去，只为在冰岛停留。

雷克雅未克，冰岛第一大城市，六万人口。那蓝告诉导游，马连道那片街区就有十几万人口，导游的下巴差点儿掉下来。"公元九世纪，斯堪的纳维亚人乘船驶近冰岛，在船头向岛上眺望，海湾沿岸升起缕缕炊烟，以为一定有人居住，于是把此地命名为雷克雅未克，意即"冒烟的海湾"。事实上这里根本没有农舍和炊烟，那是岛上温泉喷出的水气。"导游是一个二十岁左右的年轻人，脸上还有几颗浅浅的雀斑，为唯一的游客讲解着。

"可以帮我拍照吗？"那蓝举起相机。她放下情感和工作，沉浸在这个国家的历史和文化之中，徜徉在博物馆光洁的地面。抱怨、失眠和焦虑于事无补，唯有放下，将心灵释放出来，内心才能安宁，旅游就是最好的方法。

咔嚓一声，那蓝在博物馆门口的照片被摄入手机，那蓝说了谢谢，与导游告辞，走进街边的咖啡馆，连接网络，打开微博。微讯的好友圈崛起之后，她许久没有更新微博了。她快速注册一个新账号，将照片发上去，留下文字：雷克雅未克的深秋，鸭子湖水暖，归期近，心已远。莫因心无所恃，而随遇而安。

那蓝回到青年客栈，这里有全球各地的背包客，聚集在咖啡厅聊天上网，他们常约好行程，同去某个景点。那蓝刚坐下，一个有地道伦敦腔的英国小伙儿就坐过来，递来一支香烟。那蓝今天牛仔裤和酋长帽很适合香烟，她吸一口吐出，在烟灰缸按灭，这个英国小伙儿并无恶意。

"Coffee or tea？" 英国小伙儿不灰心，笑着露出洁白的牙齿。

"咖啡。" 那蓝用中文回答

英国小伙子殷勤地端来一杯咖啡，伸手自我介绍："I'm Jack，still in university, nice to meet you."（我叫杰克，还在上大学，很高兴认识你。）

那蓝真诚地看着他，眨着眼睛说道："我叫那蓝，来自中国，也很高兴认识你。"

英国小伙儿听不懂中文，耸耸肩膀："Can you speak English？"（你会说英语吗？）

那蓝举起手机看完微博，向他嫣然一笑："不懂中文，凭什么泡中国姑娘？"

"What？"（什么？）英国小伙儿沮丧极了，他连续几天来搭话。那蓝好像能听懂英文，却始终用他听不懂的中文作答。

92

父亲的嘱托

温迪端着一杯冲剂来到少爷床前，轻轻把他唤醒，托他后背起来，用白瓷小勺一口口喂入他口中。少爷喝几口，爆发出猛烈的咳嗽，闭着眼睛感受温迪用纸巾擦拭嘴角，睁眼笑一下，继续喝完，然后靠着床头坐直，目光停留在书桌上的相框。这是他翻箱倒柜找出来的老照片：他坐在两棵大树间的秋千上，老钱在背后拥着他，笑得那么开心和幸福。

"爸爸。" 少爷的胸口一阵抽搐，钻心的痛苦，泪水肆虐，拥着温迪像孩子一样哇哇地痛哭。老钱的所作所为，其实全都为我，我却在见最后一面时狠狠揍他。温迪没有推开，这是一个单纯的拥抱，在他伤心欲绝的时候给予的应有关怀。少爷又闭上眼睛，眼前都是老钱的一言一语。"我忘不掉爸爸的笑容，他看着我的时候那么开心。我就是他的世界，很多事情知道不对，为了我，他都愿意去做。"

"拥有世界怎样，哪比得上爸爸的大手拉小手？" 少爷泪水浸满眼眶，沉默这么多天第一次倾诉，"我是个浑蛋，把爸爸当下人，呼来喝去，最后还狠狠打了他。" 少爷哽咽着，苦涩的泪水顺着鼻腔内流："我多么盼着他能够回来，为他端茶倒水，为他捶腿，多么愿意为他生个孙子孙女，承欢膝下，孩子们喊他一声爷爷。在其他人眼中，他是十恶不赦的坏人，他却是最伟大的父亲。"

少爷起身下床，走出房间。这是山腰脚下的一处村落，只有几十户人家，这是老钱的安排。他亲自为身后挑选的地方，山脚下还有这处小小的四合院。炊烟袅袅，空中充满秸秆燃烧的味道，幽月斜挂枯枝。少爷沿着斜坡向上，来到山腰的平地，从温迪手中接来一块白布，轻轻地将墓碑擦净，盘腿坐在地上，看着老钱的照片发呆。

"萧卷，该回家了。"温迪时不时来看望少爷，这是老钱的临终嘱托，包含着厚重如山的父爱，这座大山突然崩溃和倒塌的时候，少爷的失落和痛苦，温迪可以想象。

"那里，没有了爸爸，还是家吗？"少爷在这个宁静的山村找到了心灵的宁静。

"那里还有妈妈。"温迪坚持着，这是唯一可以唤醒少爷的关系。

"我会去看她，但不回那个地方。那里什么都有，却没有人味儿。那里没人敢说真心话，说出来就是死路一条。"少爷想起老爷子，义正词严，道貌岸然，其实却在演戏。

"今天家宴，家族每个成员都必须去。"温迪专程前来，老爷子知道少爷和老钱的父子关系吗？很可能知道，他只能接受，他这么高的地位，家丑不可外扬。

"替我去，爸爸临走之前告诉我一句话。"少爷停下来，回忆着最后一次和爸爸的见面，他一点儿不生气，反而叮嘱自己。

"什么？"

"他说，外面有一个人，我认识，会替他照顾我。"少爷回忆着，泪水又涌上来，这确是爸爸的最后一句话、最后一个嘱托，父爱深如大海。少爷走回房间，从抽屉里取出红皮证件，打开说："给我剪刀。"

这是少爷和那蓝的结婚证，照片不是标准证件照，那蓝还是一副小青杏的模样，看来有些年头。少爷用剪刀费劲儿地将结婚证切成两半："她既然不愿意复合，这个替我还给她吧。"

温迪拒绝："结婚证不是随便可以剪掉的。"

少爷苦笑着说："我在街边找个小贩，弄出来的。"大家以为他手眼通天，拿到结婚证易如反掌，没想到他竟然伪造了结婚证，温迪哭笑不得："那蓝不在北京，应该飞往波士顿了。"

少爷将胳膊肘盘在脑后，老钱的去世对他打击极大，终于放下那蓝，苦笑一下："想来可笑，人家根本不喜欢我，我还千方百计求复合。"

"你呀，从来是什么都能得到，那蓝越拒绝，你就越要去争。"旁观者清，温迪看得明白。

"嗯，我像一个长不大的孩子。"少爷侧头看着温迪，这是爸爸选定的管家，她会照顾我一辈子。想到这里，少爷嘴角浮现出笑容，抬头枕在温迪腿上，闭上眼睛，温暖和安心扫去了所有的烦恼。

93

抢红包

高管们对着微讯群发呆，这是一个谁都认识，却从来没有在手机里见过的图形，一个大大的红包。一名高管试探地点了进去，红包旋转，显示出一个数字，这是什么？你的现金已经存入钱包。高管们已经被罗维的产品亮瞎了眼睛，这才想起他说过的红包功能。

入口之战注定只是序幕，罗维的攻势如同大海，无边无涯，无穷无尽。

微讯击垮魔盒之后，正面对垒新浪微博。国家正好打击网络虚假信息，薛蛮子、郭美美、秦火火和立二拆四之流被抓的抓，被判的判，名人大V纷纷噤声。好友圈正好上线，以摧枯拉朽之势夺取用户，打得新浪微博毫无还手之力，崩溃的速度出乎预料。罗维断定，微博不会消失，作为公共和开放的平台，还将焕发出持续的生命力。随后，游戏产品舰队借道微讯，大举入侵，游戏公司哀鸿遍野，天翻地覆。

这仍然只是开始，罗维剑锋一转，直指云沧海。

果然，云沧海的反击开始了。没人想到他出手这么蛮横，他根本不屑于在自己的地盘争斗，而是直接持股百分之十八收购估值三十三亿美元的新浪微博，攻入了企鹅技术的地盘。然后发布"往来"，功能与微讯类似。这就是云沧海的风格，你虽然打入我的地盘，我却绝不防守，而是疯狂地进攻，攻入你的心脏。盘踞在电子商务的电猫集团与占领了社交和移动入口的企鹅技术终于正面对垒，巨头之间的战役一举爆发。

"怎么办？"高管们闻风丧胆，云沧海是无人敢直视的对手。

"不理！"罗维春风拂面，毫无惧色，"凡战者，以正合，以奇胜，两军对垒，旗鼓相当，最不怕的就是正面挑战。微讯如同出闸洪水，他们来打，那是找死！"

"听说，云沧海还要收购魔盒。"一名高管提醒，这是生死存亡之大战，没人敢轻描淡写。

罗维不想防守，只想一波一波地进攻："我们打赢入口之战，就像秦穆公占了函谷关，进则叩关攻击，退则闭关自守，谁能奈何？"

"有什么对策？"马幻城安静地看着罗维，此人志向远大，将他招致麾下，实在是最划算的买卖。

"云沧海正面出击的时候，我们的奇兵已经奔赴他的腹心，从意想不到的地方发动攻击，然后是潮水般的后招儿。"罗维打开手机分享了一个链接。

"打车？"没人懂得罗维的招数，打车软件和微讯有什么关系？

"交易宝是一艘战无不胜的巨舰，我们应该从哪里偷袭？"罗维胸有成竹，启发着每位高管。打车的时候，谁也不会带电脑，只会带手机，这是他精心挑选的狙击："击败战舰很容易，只要在陆地！"

众人思路跟不上，罗维打赢入口之战，还想抢夺手机支付，对抗电猫集团的交易宝。云沧海收购新浪微博，又推出来往，不守反攻，欲夺取企鹅技术的大本营。罗维也不应战，反而与打车软件合作，侧面迂回，这是神马逻辑？两人打得你来我往，却连对方衣袖都没有碰到，连这些高管都看不清玄虚。

"来一下。"马幻城站起来，带着罗维从侧门离开会议室，留下高管们捂着脑袋琢磨。

"台风要登陆了，看。"马幻城在这窗口十几年，总期盼台风那一天，完全不同的景观。

天际低沉，乌云中隐约有阳光刺出，大风从低空掠起，雨燕急速飞行。马幻城端来两杯红酒，一杯递给罗维。"刘备曾说，孤之有孔明，犹鱼之有水也。"说话间，远处风卷巨树，暴雨倾盆，台风向陆地发动了猛攻，"我得到你，也是这样，董事会将会给予你特别的期权。"马幻城走回办公桌，取来一份文件。

罗维低头阅读文件，内容极其简单，企鹅技术董事会授予他一千万股企鹅技术的股票，价值超过十亿元现金。他向马幻城举起酒杯："Pony，遇到你，是我一生之幸。"

马幻城拿出第二份文件，又拿出十多亿的股票激励罗维的创业团队，他显然不想夸耀给予罗维的奖励。他打开手机，展现出微讯的开机画面，说道："我忘不了这背后的故事，你代表我参加这届互联网论坛，做主题发言，向每个人讲述这幅图片背后的爱情故事。"马幻城将罗维推上主席台,他将成为中国互联网行业的耀眼明星,这才是更大的奖励。

时间飞快流逝,在上届中国互联网论坛上,罗维跌落谷底,温迪也离开了他。只有一年时间,罗维就冲回巅峰,这是只有互联网时代才能创造的奇迹。"谢谢Pony。"罗维没有推辞,他的确有很多话要说。

"你发言的时候,温迪就在台下。"马幻城笑了,撮合罗维和温迪才是最珍贵的礼物。

"谢谢Pony。"罗维知道,感激不该用嘴巴来说,要用行动来证明。玻璃窗外台风肆虐,天昏地暗,巨树颤抖,风声和雨声笼罩苍茫大地。罗维神色渐渐严肃,放大声音说道:"我正在规划下一波攻势,威力就像这台风,摧枯拉朽,横行无匹!"

"什么?"马幻城站在窗边十几年,大海从来都安静地待在远处,轻柔地拍着沙滩,利万物而不争,今天终于化成台风。马幻城知道,罗维将会与云沧海正面对决。

"云沧海纵横江湖,却有一人与他对垒十年,越战越强。"罗维一步步接近目标,将直捣黄龙。如果世界上有人不怕云沧海,这个人一定是强哥。他人民大学社会学毕业,却跑到一家外企做起了电脑行业的物流,两年之后离职创业,在中关村销售光盘。做了三年,强哥成为光磁产品代理商的老大,他偏要颠覆自己,开通网上购物商城。经过十几年的发展,即将在纳斯达克上市,估值超过三百亿美元,隐隐与互联网三大巨头分庭抗礼,在电商市场越战越强,增速还在电猫之上。

罗维的攻势如同潮水,何小芒被潮水般的业务吞没,披星戴月。

"强哥,周六晚上七点见,我去机场。"何小芒放下电话,这是决定性的战役,购物网凭借迅速的物流、高效的运作和货真价实的产品高速崛起,正面对垒电猫。企鹅技术将和购物网建立联盟,开放微讯一级入口,猛攻电猫最核心的电商业务。

滴滴声音响起,何小芒低头去看手机,如同三伏天掉进冰窟,消息十分简短:记得约法三章吗?每月回北京看小如,在广州不能搞暧昧,不管创业成功与否一年后必须回来。何小芒忙得脚打后脑勺,已经一个月没有回北京,立即回消息:我的错,不解释有多忙,下周回去。

"那就是下个月了。"小如极为坚持。她坚信,在茫茫人海中,会有一个人走过来,紧紧抓住她,一生一世,她不容许感情中一点点儿的杂质。

"强哥来深圳，Pony和罗维都去，我牵的线，搭的桥。"何小芒只好解释，他相信小如可以理解。

"奶茶也去吗？呵呵，难怪不回来看我了。"小如一副找碴儿的语气。

"和奶茶没关系，小如别闹。"

"小芒很忙，顾不上我了，再见。"小如立即挂断电话。

何小芒陷于万难，饭局极为重要，他必须全程跟踪，确保无虞。他又不想破坏约法三章，推开罗维的办公室，坐下来汇报："老大，强哥的事情约好了。"

"好样的。"罗维递来一杯咖啡，事情交给他就万无一失。

"我想请假回北京。"何小芒低头，不敢看罗维。

"哪天？"罗维结盟购物网，向电猫发动攻势，何小芒内外协调，没有他战争机器就不能启动。

"越早越好。"何小芒知道，眼下不是请假的好时机，"老大，我必须回北京。"他执拗地坚持。

"小芒，强哥要来了，你必须在场。"罗维抬起头，语气不容争辩。

"老大，我和小如的约法三章，第一条是每个月回去探望她，第三条是一年之后返回北京。"何小芒最担心的第三条，时间飞快，一年之约马上就要到了。

"回北京？想都不要想，提都不要提，回去打工？那样的日子有意思吗？"罗维说完，将一个信封甩在何小芒面前。何小芒抽出文件，五十万股的期权，中间有一行数字，下面还有几行小字，介绍期权兑现的方式。何小芒目光一扫，就判断出来，这份股票期权价值数千万。可是，如果离开企鹅技术，股票期权就一文不值。何小芒后悔得要死，罗维已经用股票期权将自己套牢。

"告诉我，你打算和小如过一辈子吗？"罗维认真地望着何小芒，他需要确认。

"当然！"何小芒相信罗维，经过同甘共苦的创业，他是最值得信赖的兄长。

"好的，小如的事情，交给我。"罗维站起来拍拍何小芒的肩膀，让他放心。

94

家宴

深宅大院，暖房之中，老爷子闭着眼睛，举着一份资料，深思对策。

"一切都有人在背后谋划。"温迪换了装扮，没有套装和浓妆艳抹，穿着自己喜欢的麻纱长裙，竟显出十分的文艺气质。

"果然如此。"这是老钱留下的最后一份资料，将一切都联系在一起，有人重金收购小模特菲菲和少爷的床照，在幕后主使调查中通电信，抓捕路向东。他们追踪少爷去了香港，通知新闻媒体去捕捉他的八卦新闻，他们审问了少爷。老爷子缓缓睁开眼睛："你说，怎么办？"

"我有三策。"温迪将商业技巧用在政治上，不推销自己的方案，显得考虑全面又公允，让老爷子自己琢磨和判断。

"哦，说来听听。"老爷子看一眼温迪，她这么沉稳，老钱的眼光果然不错。

"上策是反击，针锋相对，坚决不让出家族地盘。"温迪说道，这只是一个挡箭牌，抵挡反对的杂音。

"哦，有何利弊？"老爷子毫无表情。

"杀敌一千，自伤八百。"温迪已经判断出来，老爷子对此没有兴趣。

老爷子排除了这个方案："还有什么法子？"

温迪察言观色，抛出另外一个看似合理的方案："是非成败转头空，撤出这是非之地。"

"能做到吗？"老爷子睁开眼睛，如果彻底认栽，军心不稳，对头乘胜追击，弄不好就要全军覆没。

"老钱不好惹，他以死相谏，又握有足够的资料，对方胆寒，不敢追究。"温迪认识老钱不久，却对这个忠仆极为敬佩，他用性命掩护了家族。说完，温迪靠拢在老爷子身边，把老钱临去之前的活动隐晦说了一遍。

老爷子眼中泪花一闪，追思老钱："这件事没完，要给老钱一个说法，可有他策？"

"结盟。"温迪说出自己的方案，借别人之手反击才是上策。老爷子势力盘根错节，退到幕后暗中指点江山，谁敢小瞧？

"你这小丫头，懂这么多？"老爷子仰天长笑，家族失去老钱，得到温迪，实是塞翁失马，焉知非福。他缓缓站起："老钱和我有约，你不用插手此事，专心打理家族生意。这个周末，家里人聚聚，我有话要说。"

家宴之上，座无虚席。

老爷子兄弟三人还有一妹。老二老实本分，在老家务农。他儿子却不甚安分，在上海滩大展手脚，拿地盖楼，风生水起。老二还有一个女儿，已经成家，贤惠淑良，从不惹是生非。

老三比老爷子小了十几岁，从小机灵，随着大哥在北京闯荡，生意做得极大。老三的儿子却有老爷子之风，儿子在央企供职，踏实肯干，必成大器。老爷子还有个妹妹，在科研单位，她也有一个儿子，在美国读书之后就在那边工作。

主桌之上共有十个座位，老爷子和两弟一妹，各携老伴儿，坐在八个位置。老爷子右侧的椅子以前属于老钱，他与家族交情至深，地位仅次于老爷子，他的位置从来没有异议。另一个座位属于少爷，他是家族长子，是唯一能够坐在主桌的年青一代。去年春节，主桌曾多出一个人，少爷的未婚妻那蓝，这是老爷子特意的安排。她将成为家族的核心成员，而且她待人接物不俗，气质非凡，没有人觉得不满，其他二代只能陪坐次席。婚礼告吹之后，那蓝的椅子自然撤去，主桌又恢复到以往的十位。

老钱出事，座位还在，难道有人替他？

内室门开，老爷子夫妻进入院内。往年必是老钱跟随他们身后，今晚却是一个年轻又陌生的女孩子。她紧走几步，拉开椅子。哦，应是照顾老爷子的工作人员，她气质清雅，不似一般，或者是年轻的大夫？

让家族众人吃惊的是，等老爷子落座之后，她轻盈盈地坐下，为夫妻两人沏满茶水，轻声交谈。老爷子指指点点，似在为她介绍家族成员。她不给其他老人敬茶，摆出平辈相交的姿态，她到底是谁？众人还在仔细琢磨的时候，酒菜布满。温迪吃过点心，举杯相陪，箸不沾碟，留意观察，恰到好处地夹菜，递毛巾，倒酒，照顾得无微不至。老爷子既然不介绍自己，必有用意，她不点破，端茶敬酒之间与家族成员渐渐熟络起来。

"今年没有办过家宴，大家难得一聚，不亦乐乎。"老爷子春风满面，举起酒杯仰脖喝掉，完全不像刚出了大事。

他身居高位又是大家长，在家族的地位无可比拟。两弟一妹端起酒杯喝掉，几桌小辈高高举杯，滴酒不剩。只有侧桌上的一个年轻人笑嘻嘻说道："大伯，我今天开车。"

其乐融融的家宴气氛被破坏殆尽，此人正是老二的儿子，在上海做房地产生意，声名狼藉还在少爷之上。老爷子放下酒杯，一语不发看着二弟。老爷子特意打过招呼，家宴别开车，他这耳朵长到哪里去了？老二耿直憨厚，暗恨儿子不争气，气呼呼站起来，走到儿子身边，举起酒杯塞过去："喝！"

老二儿子苦脸一口喝掉，老二恨儿子扫兴，不肯罢休，又倒了满满一杯白酒："再喝！"儿子不敢放肆，乖乖举起酒杯，赔着笑说："我喝，一会儿叫司机来开车。"

老二不罢休，还要再教训几句，老爷子摆手："今天家宴高高兴兴，来，多喝几杯。"

老二一直在乡下，心思单纯，忍不住问道："萧卷怎么没有来？"

老爷子等的就是这句话，放下筷子，沉声说："这次家宴与往年不同，大伙儿听我说几句。"

在老爷子退位的节骨眼儿上，召集全部家族成员，连美国读书的都飞回来，肯定有大事，众人一起抬头聆听。老爷子声音沉稳，人人都听得清楚："萧卷为什么不来？你们都看过《红楼梦》吧，即使没看过也听说过，那么大一个贾府，号称：贾不假，白玉为堂金作马，风光无限！结局是什么？收尾有首诗，《飞鸟各投林》：为官的，家业凋零。富贵的，金银散尽。有恩的，死里逃生。无情的，分明报应。欠命的，命已还。欠泪的，泪已尽。冤冤相报实非轻，分离聚合皆前定。欲知命短问前生，老来富贵也真侥幸。看破的，遁入空门。痴迷的，枉送了性命。好一似食尽鸟投林，落了片白茫茫大地真干净！"

老爷子轻声朗诵，情真意切，语含悲音，瞬时间把欢乐的家宴推至谷底。他指着身边原属老钱的位置说："老钱的事情，我不多讲。他就像王熙凤，诗里怎么说？机关算尽太聪明，反误了卿卿性命。生前心已碎，死后性空灵。家富人宁，终有个家亡人散各奔腾。枉费了，意悬悬半世心；好一似，荡悠悠三更梦。忽喇喇似大厦倾，昏惨惨似灯将尽。呀！一场欢喜忽悲辛。叹人世，终难定！"

老爷子用王熙凤比喻老钱，大家心里有数。王熙凤弄权贾府，下场凄惨，预示着老钱的结局。老爷子低首许久，说道："我该罪己啊，对家人疏于管束，酿出这么大的事，难辞其咎。我们举杯敬老钱三杯，没他顶上去，这个家族就垮了。"

老爷子话中有话，极为矛盾，举杯三饮："老钱走前和我深谈一次，留下了几句话，建议成立基金，统管家族财产，全体成员退出商业领域。"

老爷子此话一出，全体哗然，议论滔滔，沸反盈天。老二看不过去，拍拍桌子："有没有家规？听着！"

这句话压下议论声音，老爷子继续说："这位是温迪，我请来的基金经理，以前是高摩的投资人，由她负责家族资产。来，温迪，你讲几句。"

哦，她是基金经理，有人恍然大悟，有人更疑惑，基金经理怎能参与家宴？温迪站起来，这些家族的核心成员不好打交道。除了他们，还有老爷子的历任秘书和老部下，有人封疆一方，有人就职核心，都需节制，免得拔出萝卜带出泥。

诱之以利还是威之以棒？

温迪不想疾风暴雨，举起酒杯："初次和大家见面，先敬一杯。"说完规规矩矩喝干，杯口向下表示滴酒未剩，继续说道："我叫温迪，这不是外企的英文名，身份证上就是这个名字。我出生于陕西安康的普通家庭，毕业于西安电子科技大学。这所大学名气不大，最有名的校友就是柳传志。然后，我进入清华读了研究生，毕业后在光大银行的资产管理部工作三年，后来加入高摩，负责风险投资部门，加在一起共五年的投资经验，我很荣幸能够打理家族基金。"

温迪的介绍十分平实，资历却极为扎实，谁都挑不出毛病。她又说道："家族资产是大家辛辛苦苦积攒的，我深感压力。在接下来的日子里，我会和各位逐一见面，了解投资偏好，尽力做好你们的投资幕僚。"

"谢谢各位理解和支持。"温迪霸道地宣布，暗示家族基金的想法不由质疑，她阅读着每个家族成员的表情，这是一个艰难的开始，必须在老爷子退位之前接收他们的财产。老爷子适时开口，坐着说道："大家敬她一杯，从此她也是我们家族一员。"

老二的儿子不满这个安排，他在上海滩风生水起，怎能将资产拱手交出？毫不含糊地问道："她非亲非故，怎么成了家族成员？"

老爷子余威犹在，一抬头喝干杯中酒，吐口气说道："老钱临走之前，把萧卷托付给她了。"

这句话极为模糊，谁也不知道这个"托付"是什么意思，没人敢和老爷子争论，只好举杯喝酒，认了温迪的安排。温迪却能品出其中含义，泪滴往心里流，她不甘心，她的心属于罗维。

95

全面开战

战火全开，全线开战！

"购物网将成为悲剧，这是我第一天就提醒大家的！他们有五万人，我们体量是他们好几倍，才两万多。我不做物流，购物网仓储就有三四万人，一天配送两百万个包裹。十年后，每天将有三亿包裹，你必须聘请一百万人，你养得起吗？五险一金就搞死你了。所以，我一再告诉大家，千万不要碰购物网，别到时候自己死了赖上我们。没事大家喝杯奶茶，好不好？"云沧海一改退出江湖的云淡风轻，面色凝重。微讯推出打飞机游戏，云沧海无动于衷，那是他看不上的小儿科。微讯的好友圈占领社交网络市场，云沧海虽然看不透企鹅技术的布局，却立即出手收购了微博。

别人把电猫、奔狼和企鹅技术放在一起统称三大巨头，云沧海却从来不把另外两家当回事。或许有人觉得他狂妄，事实上，电猫集团上市当天，市值超过企鹅技术和奔狼之和。

电猫集团是航母舰队，微讯只是舰载机。

微讯的抢红包火爆春节档，数亿微讯用户绑定信用卡，直接攻入手机支付市场，云沧海坐不住了，惊呼"珍珠港偷袭"。交易宝是电子商务的核心，是PC时代支付的王者。他本以为交易宝应该顺理成章地统治移动时代，进入每部手机，现在突然杀出了一个微讯，竟然从舰载机升级成了航母，支付、游戏、购物统统搭了上来，抢占手机入口，朝自己横冲过来。

如果抢红包只是"珍珠港"，强哥则是兵临城下。购物网这几年快速崛起，已经成为仅次于三大巨头的老四，携手企鹅技术来老大的地盘叫阵。自己的防线被敌人挤破，攻入敌军阵地的两支军队却毫无进展，并购的微博在社交网络处于颓势，攻入即时通信的来往拼不过微讯，几乎全军覆没。

难道高摩的那蓝一语成谶，微讯就要借助移动浪潮颠覆一切？我一手创造的电商帝国的根基已经动摇，必须采取行动！

"去，请那个高摩的小姑娘来，我和她谈谈。"云沧海左支右绌，招数用尽，挡不住微讯如同潮水般的攻势。他大脑灵光一闪，那蓝早就提醒他今天的局面，或许她有些办法。

96

那蓝的足迹

郭鑫年走得太急，背着双肩挎包，拿着护照走出廊桥，到达纽约的肯尼迪国际机场。他打不通那蓝的手机，魔盒也被拉黑了，消息发不出去，或许她还看我的微博？随手拍一张照片发出去，只有两个字"纽约"，随即登上飞往波士顿的航班。波士顿距离纽约只有三百多公里，飞机刚起飞就埋头钻下云霄，这就是那蓝将要游学的城市。

就是这个酒店，郭鑫年满怀希望来到前台。酒店拒绝提供客人的房间号码，他只好让总机转到那蓝房间，接线员却说，客人没有入住。下周上课，她还没到？她好像几天前就离开了北京。

郭鑫年在酒店大堂狂拍一气，走出宾馆，坐在台阶上发出到网上。她的微博仍是空的，只有二十几个粉丝和关注对象。他逐一研究起来，这是一个浩大的工程。郭鑫年有很多事情，有些名字很耳熟，那蓝提起过，大金？那蓝的摄影师朋友，他有两千多条微博。郭鑫年翻了几页看见一条：朋友孤身前往雷克雅未克，要逃离这个世界。我很矛盾，既盼着她归来，又担心她在北京的处境。

照片上是一张湖水的照片，大金的北京朋友是谁？郭鑫年因为《冰岛攻略》与那蓝相识，对雷克雅未克极其敏感。她去了冰岛？郭鑫年飞快地敲出私信：您好，我是那蓝的朋友，郭鑫年。她去冰岛了吗？

他发完消息，埋头狂刷大金的微博，希望找到更多的信息，却一无所获。很快，大金的私信回来：我知道你，请不要打扰那蓝了，让她缓缓。

郭鑫年愣了一会儿，大金给我答复前有没有问过那蓝？他正在握着手机发呆，突然注意到，大金的关注对象减少了一个，谁？大金的粉丝里有没有那蓝？

他在波士顿？那蓝翻出记事本，取出酒店预订单，对照郭鑫年发出的照片，自己将要下榻的酒店。这个又笨又愚没有情商的香港人，虽然曾经辉煌，现在败得更惨，和温迪乱七八糟，到底哪里打动了我？心灵相通，渐渐交叉的兴趣，共同孕育了魔盒，这是相爱的理由吗？我已经没有可能和他在一起，想到少爷的结婚证，那蓝心里冰凉。

手机滴滴响起，传来大金的私信：他问你的下落，他在波士顿。

那蓝飞快地发出消息：不要告诉他，还有，取消我。

大金不解其意：为毛？

那蓝回答：他会从你的关注对象找到我。

糟糕，他肯定去看评论！以郭鑫年的执着，一定可以找到我，那蓝纤细的手指在键盘上飞跃，删除自己的足迹。

郭鑫年的眼睛花了，大金的微博正在一条条消失！他愣神间就明白，这里面藏着那蓝的秘密。他嘿嘿一笑，从两周前翻阅大金的微博，直奔评论，大金取消关注的一定是她，她有了新的微博账号？

这是一个浩瀚的工程，他不知道那蓝用了什么昵称，必须点击到主页看。他抹汗水揉眼睛，在手机上奋战，忽然，一名酒店保安走到他身边，说道："Excuse me, Sir."（对不起，先生。）

"What？"（怎么了？）郭鑫年抬头看见警察，暗叫晦气，在这个关键时刻，警察偏来捣乱！

那蓝拍拍双手，揉揉酸麻的手腕，她用了很久才删除了在大金微博上的评论。做完这一切，心里失落万分，我能断去和他的联系吗？网络上切断了，心里还连着。那蓝走进邮局，矛盾极了，要不要寄给他？他一定非常喜欢，这是在博物馆买到的一本厚厚的关于冰岛历史的书籍。她打开扉页，取出笔，该写些什么？其实不该寄出！想了许久，轻轻用柳体签下名字，交给邮局，提起背包。

明天，她就要离开这座城市前往美国，在那里能不能避开他？

郭鑫年拿出一堆证件，证明自己不是坏人，重新坐下之后发现，大金的微博少了好几百条。他继续查阅评论，忽然被一条吸引：生如夏花。郭鑫年大脑轰地一响，她说过这句话，这是歌还是诗词？郭鑫年手指触控，进入主页，一个女孩子向着大海迈进，身边是一丛怒放的鲜花。一幅幅图片，瓦特纳冰原、华纳达尔斯赫努克火山、冰河湖、绿色极光，雷克雅未克的鸭子湖，这就是自己在《冰岛攻略》中画出的轨迹。

那蓝！她坐在鸭子湖畔，嘴角是好看的笑容，眼角挂着抹不去的惆怅。郭鑫年点开评论，敲出文字：哭还是笑？又觉得不好，删除重新写出来：又见剪刀手，愁人。也不好，删了文字重新录入：瘦了。还是不妥，改成：我去找你，好吗？再次删除，郭鑫年将手机放在腿上，那蓝去了冰岛，不在波士顿，怎么办？

97

回心转意

这是一个意义非凡的周末，他们相识两周年的纪念日。

小如却在办公室里生闷气，何小芒已经一个月没有来北京，这不算严重，马上就是一年期限，这才是关键。他应该已经向罗维提出回北京的请求，为什么一直没有给我消息？

如果他不能如期返回北京，我该怎么办？这一年里，小如越陷越深，感情难以抑制。她要何小芒天天的陪伴，不能这样远在天边。周围的闺密们都在说，异地恋绝对不能接受，长此以往，异地恋终变炮友。

炮友？小如难过得要哭了。

"你们看，微讯。"一个同事忽然叫起来，"那个地球好像转了一点点儿。"

"大惊小怪，好好上班。"经理正好经过，上班时间为了一点儿小事大呼小叫。而且那个开机界面怎么会变，神经！

"真的，你们看。"那个年轻的同事大学刚毕业，才不管这些。

办公室的同事们打开手机，奇怪的是，有人的开机画面的地球似乎是缓慢地转了一些，也有人纹丝未动，一如既往。小如关了微讯打开，开机界面的地球上竟然显示出了一个倒计时：05:28:08，最后两个数字飞快跃动。小如举起手机，轻轻说道："为什么我的是倒计时？"

"啊，地球真的在动，还有视频。"一名同事低头看着，放大手机的声音，"哈哈，何小芒！"

微讯上的地球旋转过来，果真是何小芒，他似乎不知道为什么要录像，呆萌地望着摄像头：干吗录像？哦，给小如看，好的。今天是 2015 年 6 月 19 号，我们认识的周年纪念日，我第一次违反了约法三章。但是，你看看这是什么？何小芒突然举起期权文件，嘿嘿地笑起来，我们发财啦！说完他又换上苦脸，可是罗维不同意我回北京，要是我走了，这五千万就没了，愁死我了。

同事们哈哈大笑，也有人急不可耐："微讯有视频了吗？我怎么没有？"小如羞得想逃，微讯今天犯病了吗？怎么会把何小芒的视频发给我的同事们？忽然手机不停响起，小如的同学、爸爸妈妈、几乎所有的朋友发来消息：

小如，地球把小芒转过来了！不对，是小芒把地球转过来了。

发财啦，五千万，请我吃大餐。

小芒在表白，快看！

小如抬起头，同事把手机举到她眼前，何小芒在视频中看着她：小如，两年前遇到你，在茫茫人海之中，喧闹的世界就安静了，世界消失了，你眨眼的睫毛，笑容中翘起嘴角，你音调中的波动，这都是全新的世界。直到罗维把我拍醒，将我拉回到现实。他说，我必须去广州，和兄弟们一起创业。他是对的吗？小如，你告诉我，因为我什么也看不见，我眼中只有你。罗大哥说，生命的意义不是只有你和我。他说，我们俩的相遇是一段旅程的开始，我们用一生结伴，去探索和发现这个世界。我们的爱与这个世界不矛盾，不应该筑造一个小窝把世界隔绝。我们应该闯出来，再让世界来丰富我们的爱。

何小芒擦擦眼角，被一个同事拉开，那人挤进摄像头，拢着嘴巴说道："小如，我是你内线，小芒乖着呢，只穿你送的 T 恤。这个杯子是你送的生日礼物，桌子上摆着你的照片，屏保也是你。公司那个九〇后小美女，他从来都不搭理。"那同事举起摄像头，在何小芒的办公桌上扫了一扫，果然如他所说，到处都是小如的痕迹。

摄像头晃动，罗维出现在屏幕上，说道："小如，再给小芒一年时间，我们这些兄弟都需要他。"

"原来是这样！"小如的同事收回手机，低头看着小如，"什么表白？甜言蜜语，就是让你再给他一年时间。小如，不能答应。"

"嗯，不能答应！"办公室里全部的女生都是这个态度。

地球转过来了！小如的办公室里响起一阵惊呼，那幅开机画面显示出地球的那一面，中国地图正好位于中间，地图急剧放大，海洋、陆地、城市、夕阳下的河流，熙熙攘攘的车水马龙。终于，小蛮腰在夜色中闪现，那是哪里？广研所，滑梯、会议室。谁在会议室中间？当摄像头渐渐聚焦的时候，露出三个男人，小芒站在中间，左侧那人是罗维，右边是谁？疯了，马幻城！

办公室里再次喧腾起来，他们虽然在金融行业，却没人不认识马幻城！

"小如，我看过小芒去年的视频，为了断去逃回外企的后路，他在客户办公室把自己脱光，我也看到他在餐厅里向你的表白。知道我看了多少次吗？至少一百次，我向高管们不停地放。我告诉他们，这就是创业精神，这个时代最伟大的精神！他放弃了北京的生活，不得不离开你，他的最爱，追寻内心的小小的想法，他们卧薪尝胆，在这里打磨微讯的每一个功能。小如，你知道小芒有多爱你吗？但他是一个有想法的男人，真的要让他每天陪伴在你身边，不让他展翅高飞吗？我等着你的决定，如果你坚持让他返回北京，我会很遗憾。"

咔嚓一声，视频中断，倒计时结束，闪回微讯的经典开机图片，转眼间风平浪静，微讯恢复正常，就好像魔术一般。

"小如，马幻城！"周围的同事们早已疯狂。

"他是上帝吗？"小如不满意马幻城的最后一句话，好像命令一样，拿起手机用微讯说："小芒，你不回来，我就剪短发。"

98

创业也要爱

"那蓝，真的是你吗？"杨洋阳喜出望外，她独自在欧洲游荡，越来越恨卢卡。这本来是两个人的旅程，全被他破坏，每天都骂臭卢卡坏卢卡一千遍。前几天得到那蓝的消息，就开始盼望，两人终于在埃菲尔铁塔下的咖啡馆相逢，见面竟跳着开心地抱在一起。

"在巴黎遇到，真是太好了。"那蓝也很高兴，有杨洋阳这个旅伴一起徜徉卢浮宫，那是多么难得的体验。

"来，我来点咖啡，点菜，我带着你去吃巴黎的每一道美食，去逛每个博物馆。"杨洋阳拿起菜单，竟向服务员迸起了法语，"大愚说过，你喜欢吃虾。哦，对了，大愚说你喜欢吃三里屯的卡门，地道的西班牙海鲜。我今晚带你去吃那家，一定赛过北京的一万倍，你信不信？"

"当然信，这里是欧洲！"那蓝兴奋地聊起来。她来这里是为卢卡当说客，谁都不希望杨洋阳和卢卡真的分手，可是见到杨洋阳真的喜不自胜，她根本没时间谈卢卡，反而和杨洋阳规划起三天的旅游线路。

"卢卡和郭鑫年这对傻瓜，哈哈。"那蓝喝了咖啡，吃圆了肚肚，又列出满满的行程，由衷说道。

"是啊，我们女人还常闺密喝个酒，他们男人喝酒就为了应酬；我们去健身房，他们在炒股票；我们出来旅游，他们在和团队做拓展训练。"杨洋阳立即噘起嘴巴，显示对卢卡的不满。

"男人挣百分之八十的钱，花了百分之二十，女人偏偏要花百分之八十，哈哈。"那蓝也觉得很有趣，等着杨洋阳的眉头舒展，再说卢卡的事情。"哎，男人们真是奇怪啊，比如卢卡，这么好的良辰美景，美眷如花，咖啡美食，却偏偏退掉机票，窝在车库咖啡加班。"那蓝提起了卢卡，小心地看着杨洋阳的反应。

杨洋阳把头转开，不接这话，显然还在生气。那蓝在来之前先劝了卢卡，再来劝杨洋阳，有了十足的准备："我给卢卡讲了一个故事。"

郭鑫年和卢卡极讲逻辑，大多数时候靠逻辑和推理来解决分歧，逻辑总有行不通的时候。那蓝和杨洋阳不约而同找到一个办法：找到成功案例，尤其是乔布斯的案例，他们便不会争执。所以杨洋阳和那蓝都熟读《乔布斯传》，他们拿乔布斯举例，并非自认为多么伟大，而是出自内心的尊敬。

那蓝在杨洋阳面前复述这个故事，她的声音极好听，连杨洋阳都听呆了："一九八九年十月，乔布斯在斯坦福做一个讲座，遇到了劳伦娜。那天晚上，乔布斯有一个销售会议，那时他被赶出苹果电脑，正在第二次创业，就像卢卡和鑫年一样。演讲结束之后，他走到汽车旁边想，我应该参加那个会议，还是回到劳伦娜身边？"

"他怎么选？"杨洋阳猜到，那蓝在为自己说话。

"乔布斯做了正确的决定，留在劳伦娜身边。"那蓝打开手机，找到劳伦娜和乔布斯在一起的照片，"看看这些图片，他们那么相爱，他们有了一个男孩儿和两个女儿。乔布斯有没有因为家人的牵挂失去创业的热情和时间？恰恰相反，乔布斯随后重返苹果，设计出iPod、iPhone和iPad，改变了我们的世界。乔布斯曾经感言：这些都要感谢我的婚姻，感谢我的妻子，她的到来改变了我糟糕的生活方式，把我引向更好的道路。"

那蓝与郭鑫年和卢卡的沟通方式很特别，最低级的吵架是市井匹夫，嗓门大拳头硬，就是赢家；好些的是讲道理，可是这个世界道理万千条，未必都说得通。那蓝常常引经据典，只要在《乔布斯传》中找到一个案例，郭鑫年便心服口服，除非还能在乔布斯身上找到另外一个案例来推翻前一个。通过这件事，杨洋阳惊叹，那蓝比自己更有能力说服卢卡。她乖巧地举手："我放弃，卢卡可以继续创业。"

那蓝转述卢卡的道歉："他想向你道歉。"

杨洋阳忽然笑了，问那蓝："我应该这么容易接受他的道歉吗？"

"当然不能！"那蓝也笑了，她们都是情商极高的女人，必须将男人折磨到一定程度，他们才会乖乖听话，这个过程就像驯养动物一样。那蓝放下心来，她已经完成了任务，杨洋阳驯化卢卡的过程，就是另外一回事了。

99

法兰克福

雷克雅未克不能直飞纽约，必须从法兰克福转机。那蓝徜徉于机场免税店，为三个月的游学采购。她先选了一支翠绿的Lamy签字笔，既然是学生，应该有支不错的笔，又看见Indigo专柜里的记事本。质感的封面里面只有白纸，没有横线和条纹。上课走神儿的时候，找出老师的特点，夸张地画出来。我要为每位老师画一幅，再随手写一幅中式书法，那些全球各地的高摩高管们一定看不懂。那蓝乐出声来，她常陷于这些生活的小乐趣中不可自拔，这也是她无法创业的原因。可是，创业不是要有好的想法吗？哎，我怎么想到这里？

那蓝逛着，留在欧洲也是不错的选择，这想法在她脑中一闪而过，她舍不得离开爸妈。她最后选了一瓶矿泉水，走到登机口，从纽约飞来的航班已经到达。旅客们正在走出廊桥，航班加油补充之后，就要搭载新的乘客掉头飞跃大西洋。那蓝戴上墨镜，打开手机，里面一堆消息，先回了妈妈的消息，又看完公司同事的邮件，再去刷好友圈。

通通通，异样的声音，谁在喊我？那蓝以为听错，抬头看到了一个挤在玻璃上的熟悉面孔，郭鑫年！他怎么从纽约飞来法兰克福？其他乘客们从飞机出来，提取行李，只有他一个人，向自己喊着。那蓝一阵晕眩，啊，他从波士顿飞来法兰克福，转机去冰岛找我。

两人中间有一道十几米的安全带和两重厚厚的玻璃墙，那蓝走到栏杆前：你，怎么来这里了？郭鑫年喊道：找你，你去哪里？

那蓝：我去纽约。

郭鑫年：我想你。

那蓝：我说过，不再联系了。

郭鑫年把背包放在地上，翻了个天翻地覆，这动作引起机场警察的主意，一名女警过来拍拍郭鑫年，示意他离开廊桥。郭鑫年着急地解释，女警固执地摇头，示意飞往纽约的乘客就要登机。郭鑫年不管，在包裹里翻腾着，电脑、平板电脑、几件衣物，女警沮丧地摇头，取出对讲机，叽里呱啦说着什么。郭鑫年忽然一拍大腿，拉开背包侧面的拉链，取出一个文件袋，举起来猛地站起。这时，两三名警察从廊桥拐弯处过来，用英语说道：请你离开。

郭鑫年将结婚证展开，贴在透明玻璃门上，大喊："结婚证，你和少爷的。"

那蓝走近几步，认出来，他拿着自己和少爷的结婚证干吗？郭鑫年用手机拍照点击发送，几名结实的警察进入三步之内，叫喊声音越来越大，飞机已经清理干净，乘客即将登机，郭鑫年的确不该留在这里。那蓝低头查看，被剪开的结婚证？为什么跑到郭鑫年手中，那蓝敲出简单的文字：不懂。

"少爷把结婚证还给你了。"郭鑫年贴着玻璃门大喊。

那蓝茫然地眨着眼睛："为什么？"

警察接近，强令郭鑫年离开廊桥，他不想再次错过那蓝，大声要求：再给一分钟，警察直截了当地摇头，他们的胳膊力气更大，拖着郭鑫年离开廊桥。乘客们发现了异样，纷纷举起手机拍摄下来。

我再也不错过了！郭鑫年经历了绝无仅有的感情历程，他一年多前在高摩说明会就该遇到那蓝，却阴差阳错认识了温迪，拿到那蓝的名片。他们在网络上心灵相通，共同孕育了魔盒。郭鑫年在互联网论坛上一鸣惊人，却和温迪谈起了恋爱，滚了床单。他和那蓝终在北戴河牵手之后，浓情蜜意只有几天，就被少爷的结婚证打断。今天，郭鑫年从北京飞往纽约、波士顿来到法兰克福，在机场廊桥遇到那蓝，拦在他们面前的障碍不再存在，郭鑫年更不能放弃。

郭鑫年胳膊猛地将警察甩开，双手将另一名警察推出七八步，甩开大步，抓着结婚证，刘翔般越过护栏，直扑那蓝面前的玻璃门，将结婚证重重砸在上面，声嘶力竭喊道："这是伪造的！"

伪造的结婚证？我还没有结婚？那蓝隔着玻璃墙惊恐地看着郭鑫年。在他的背后，警察取出手枪，喝令郭鑫年蹲下，那蓝感到恐惧："鑫年，别动，他们有枪！"

郭鑫年听不清那蓝的声音，身体剧烈冲击玻璃门，金属环扣咣咣震动，连地板都要被扯出："你是自由的，不是任何人的老婆！"

"鑫年，求你，别动，他们要开枪了。"那蓝眼泪流淌，他一点儿没变，还是不管不顾。

"那蓝，我不能离开你，没有你，我一个人怎么过？没人能分开我们。"郭鑫年在两扇玻璃门间挤出了一个巨大的裂缝，只要推开这道门，就可以和那蓝在一起。

门缝越来越大，这不是普通的玻璃门，他没有经过海关，等于强闯德国边界。警察气势汹汹握着手枪，大声警告。那蓝惊恐万分，指着警察的手枪说道："鑫年，别撞了。"

雷鸣般的声音响起，郭鑫年被巨大的能量击中，全身痉挛，身体失去知觉。他用尽全部力气，冲破那道门，却不能到达那蓝的怀抱，踉踉跄跄摔倒在她脚下，抬起头："那蓝，我不想离开你。"

100

总裁降薪

何小芒听见小如要剪掉头发的声音吓了一跳，可是由于接待强哥，他还是没有如期返回北京。他打电话预订了潮汕食府的包间，今晚马幻城将宴请强哥，庆祝企鹅技术与购物网达成协议，明天微讯的一级界面将要植入购物网的购物入口。购物网快速崛起，凭借货真价实的产品和快捷的物流服务，正在挑战电猫的绝对地位，携手购物网，足以挑战云沧海。

你既金盆洗手，我何不兵临城下！

这消息公布之后，将给市场带来什么样的震撼？何小芒没时间想这些，匆匆去贵宾包间踩点儿，布置座位很有讲究。马幻城和强哥坐在主位，罗维自然坐在他们身边，奶茶位置很尴尬，听说两人订婚。如果真是这样就该坐在强哥身边，如果没有只能坐在靠门口的位置，委屈您了。哎呀糟糕，那是我旁边，这算不算暧昧？小如应该不会生气，奶茶是强哥的，算了，别没事惹事了，还是让奶茶坐在强哥身边吧。

何小芒坐在主位，让服务员取来菜单，按照马幻城的口味点了一些。强哥比较麻烦，何小芒将菜单发给了购物网确认。他们的回答很简单，一切都好，既然这样就不管了。京酱肉丝，东坡肘子，嗯，这里奶茶不错，每人一杯。何小芒最后抬头，点了罗维的最爱："老板，再来份砂锅粥。"潮汕食府的老板亲自记下，这顿饭局非同寻常，马幻城是潮汕的骄傲，能够推荐得意的菜品给他，回去在家里足以向那个成天玩网游的儿子自夸。

武则天剃度青丝，等来李治的一世眷爱，甄嬛出家却勾搭了十三爷，小如干吗剪了头发？一年之约将至，约法三章言犹在耳，真要抛下兄弟们返回北京吗？何小芒这一生从来没有过这么精彩，纵横移动互联网之巅，足以笑傲江湖，还有五千万的股票期权。他敢在客户面前脱光，却没有扔掉这笔钱的勇气。可是，他又渴望着小如，她嘴角的细腻，每一根刘海儿。何小芒东想西想之际，电话响起，罗维的声音：我们到了。

何小芒冲出包间，一辆面包车缓缓停下，罗维率先跳下，然后是强哥。他年近四十却只有三十出头模样，一脸柔情伸出右手，扶着奶茶款款下来。何小芒正要转身，又见车厢中露出一只黑色的运动鞋，脚尖一弹，另一脚踏在地上，小如！简简单单的套头衫，蹦蹦跳跳从面包车里跳下来。小如看一眼何小芒，嘟起嘴将帽子一甩，露出齐肩的秀发，算打了招呼，走到奶茶旁边，两人有说有笑走进食府。罗维介绍说："强哥，这是小芒。"

"罗维说过你，飞机上看过你的视频。"强哥哈哈笑着，抬步进了食府。

何小芒叹气一声，他已经被那段视频的光芒掩盖，呵呵苦笑，跟进去。马幻城非常准时，已经从贵宾间来到包间，他与强哥在各种场合常常见面，十分熟悉，稍微寒暄，目光看到了小如："你是？眼熟。"

何小芒站起来介绍："她就是小如。"

马幻城拍拍脑袋，他至少看过十几次视频，竟然没有认出来："啊，抱歉，你剪了短发，我都没有认出来。欢迎你来深圳，小芒，陪小如到处看看，再去趟香港。"

小如言谢，对何小芒无动于衷，坐在奶茶身边聊天。不多时，菜品满桌，企鹅技术和京东的战略合作早已谈妥，今晚把酒尽欢。何小芒无心饮食，时不时抬头去看小如。她酒后微醺，脸蛋红扑扑，不管怎么样，她来深圳绝对不是坏事。

"我们肯定会惹恼一个人，这个人不好惹。"马幻城笑着，大家都知道，此人就是云沧海。

"是啊，我们这次动了人家的奶酪。"罗维发起抢红包强攻手机支付，这次为购物网打开购物通道，消费者从手机就能直接购物，直攻云沧海的大本营。

"云沧海不好惹，可是我惹了他十年，越惹越爽快。"强哥哈哈大笑，他与云沧海打了十几年，越打越强。

罗维当初要与云沧海开战，没人看好，但是他说出与强哥结盟的策略，马幻城就下了决心。如今看来，罗维算无遗策，云沧海要吃些苦头了。他举起酒杯："来，为云沧海干一杯！"

小如目光一扫何小芒，捂着嘴巴起身向外，何小芒心思都在她身上，紧紧跟出来，关上门说道："小如。"

"怎么？"小如停下脚步，走廊里空无一人，正好说话。

"小如，我违反约法三章，你可以生我气，为什么偏要剪了头发？"何小芒走近，大气不敢出。

"呵呵，不好看吗？"小如抬起头，发梢飞扬。

"好看，好看。"何小芒忙不迭说出真心话，喏声问道，"能不能延长一年时间？"

"我不接受异地恋，一年满了，我不想延长。"小如直截了当，没有任何回旋。

"好，我辞职。"何小芒拿出股票期权文件，塞进小如手中，"这五千万，我也不要了。"

"小芒，你这是什么态度？如果强迫你回北京，你会不会一辈子埋怨我？"小如极为聪明，听出了他的委屈和郁闷。

"我哪儿敢啊？能够跟在你屁股后面，是我一辈子的福气，我心甘情愿的。"何小芒不敢跟小如龃牙，乖乖认错才是正道。

"呵呵，我屁股香吗？跟我干吗？你创业那么成功，在广州有这么多好兄弟，好大哥，好老板，我才没那么自私。"小如不冷不热又否定了他的辞职，转身回了包间。她的心思小芒永远猜不到，不延长一年之约，也不让自己辞职回北京，左也不是右也不对，何小芒只好跟着小如返回包间。

强哥见他俩回来，向何小芒说道："小芒，看了你的视频，想了很多，很惭愧啊。我反思自己，创业精神是不是被我扔到一边去了？我和小天真心相爱，可是呢，现在都成了娱乐新闻了，我为员工做了什么榜样？我还有白手起家、跟大家同甘共苦的创业精神吗？"

"是啊，人都有贪嗔痴和爱恨情仇，没人是圣人。我们这些狗屁成功人士所谓成功之后，确实要好好想想，我们还有创业的初心吗？"马幻城也一直思考这个问题，战略、流程、人力资源虽然重要，创业精神才是一切的核心。他回头看着罗维，这是他心目中带领企鹅技术进入移动互联网的领军人物："罗维，你说说。"

"我自己找不到答案的时候，便会以人为镜。"罗维经历了挫折，收获了丰富的精神食粮，"在上一辈企业家中，创业成功仍能保持初心的，至少有两个人。"

"第一个当然是任正非，对不对？"马幻城一语点破，"华为这么成功，高管那么有钱，谁还会艰苦奋斗？任正非自己做出了最好的榜样，两鬓如霜仍然带领这家企业向前奋进。可是，世上又有几人能够达到他的高度？"在一般人看来，马幻城身家名声还在任正非之上，却对他衷心佩服，"我们看起来风光，但若论踏出国门，击败不可一世的跨国公司，我还远远没有做到。"

"第二人是王石。"罗维见马幻城止住感慨，重接话题。

"嗯，红烧肉做得超级好。"小如突然接了话，和奶茶一起带上笑容，酒桌上气氛随意。

"可惜，一世英雄被贴上红烧肉的标签。我反而觉得这才是男人的真性情，远好过满腹肮脏下流，表面道貌岸然。"罗维也笑了，他不怪小如天真烂漫，"王石完成使命，将下一棒交给年轻人，没有凭借名声和财力厮混，一是不断攀登雪山，二是扶笈游学。这就是不忘初心。"

强哥看看身边嫩娇妻，再想想自己刚买的私人飞机，叹气一声："受教了！从今往后，我每月只拿一块钱的薪水，做个表率，戒除骄奢。"

意外的聊天却谈出这么个结果，也让马幻城和罗维意外。三人举杯，贺喜强哥的决定。"互联网论坛又要召开，你不如当众宣布。"马幻城极力赞成。

"哈哈，我倒是愿意，不知道有没有机会。"强哥客套，互联网论坛的主讲嘉宾只有几人，向来是马幻城、云沧海和李无觅这样的巨头才能担任。

"哎！不能这么说，我们早已是明日黄花。这几年，风云人物只有三人，你必是其一。"马幻城兴致极高，举起酒杯却不喝："罗维，你猜猜。"

"宇泰来肯定算一位，他从投资人成为创业者，短短三年公司销售收入达到七百亿，谁能比肩？"罗维说话发自肺腑，直接说道。

"虽然我们创造了几百亿几千亿的销售收入，却远远不如另外一个人。他才真的改变了我们的沟通方式，我们起床第一件事是看他的产品，睡觉之前也看看，没有了他的产品，我们简直不知道该如何打发时间。"强哥接下来说道，"的确，并非赚钱越多越伟大，罗维才是真正改变了我们的生活方式。"

他们聊得起劲儿，小如却不高兴了："你们这些男人，怎么能这样！"

何小芒略觉不妥，轻问道："小如，怎么啦？"

"你俩刚结婚，就拿一元工资，其他都是婚前财产，你还口口声声创业精神，不行，不行！"小如与奶茶聊了一路，极为投机，也不管在座的身份，直言不讳。

众人哄笑，本来严肃的饭局竟被小如推到高潮，罗维笑着说："人家闺房的事情，你哪里知道实情？偏在这里打抱不平。"

"小如年纪不大，新入公司，配合你工作，你要多包涵啊。"强哥似乎不想多说此事，向何小芒说道。

小如新入公司配合我？何小芒一脸茫然，凑到小如身边："你去购物网了？"话音未落，强哥举起酒杯站起来："另外，恭喜小如加入购物网，负责与微讯的商务合作，也希望你能够喜欢上广州这座城市。"他与几人干了杯，向小如说道："说几句吧，小如。"

小如缓缓站起，轻微甩甩秀发，先向何小芒皱了一下鼻子，说道："罗大哥上周打电话劝我来广州，我拒绝了。我喜欢结了冰河面上映射出的故宫的箭楼，我喜欢牛街的聚宝源和羊蝎子，我喜欢四合院和小巷子里举着糖葫芦的孩子们。罗大哥告诉我，他曾经向女友求婚，被她推上创业的道路，她却在罗大哥遇到挫折的时候抛弃了他。罗大哥带着小芒和他的兄弟们来到广州，为了一个小小的想法，卧薪尝胆，日夜不息。在每个辗转反侧的夜晚，罗大哥就像微讯上面的这个小人，望着天空，期待她回心转意。罗大哥告诉我，小芒要辞职回北京，这就像折掉他的翅膀，不让他展翅翱翔，我不该做出那么残忍的事情。小芒没错，他做了那么棒的产品，每个人都在用。我不想像罗大哥的女朋友那样，我愿意来广州陪你，这里有很棒的工作，好吃的砂锅粥，罗大哥和小芒的好兄弟们，还有强哥这么好的老板。互联网行业是完全不同的工作体验，我不该固执己见，我理应为我爱的人改变，而且他也非常非常爱我，这才是最重要的。所以，我来了，地球转过来了，回心转意了。"小如说到这里，轻轻捂着嘴巴抑制住激动，打开微讯，开机画面神奇地转动，将长发的小如从远处旋转过来。"我会永远记得这个画面，办公室里每个人都疯了，连我的老板都让我来广州。他说，马幻城的请求必须答应，谢谢你，Pony，让我拥有那么美妙的瞬间。"

何小芒鼻子一酸，眼泪不争气地流了出来。在他的旁边，罗维难过得心中翻滚。那个开机画面本来是他为温迪设计的，难道我改变了世界，却不能让你回心转意吗？

101

新仇旧恨

"老大，魔盒嵌入凌步了。"何小芒和小如都走到罗维身边。自从来到广州，罗维坚持不要办公室，和工程师们混在一起。

罗维接来手机，打开凌步的界面。他与郭鑫年之间已经不是普通的商业竞争，必须将他彻底击垮，绝不能在对方剩最后一口气的时候松手。自己开发需要时间，而且还要组建地推队伍发展司机，一时三刻肯定来不及。他在办公室踱着两圈："小芒，你去查查，看看有没有合适的公司可以并购进来。"

"这里。"小如递来一张名单，她虽然是购物网的员工，却被派驻到企鹅技术，作为协调人负责与微讯接口。她也不分是购物网还是微讯的事情，小芒的事情就是她的事情。

凌步排名第二，排在第一名的是一家名叫滴哒的公司，两者差距极其微弱，正在市场上激烈争夺。"就这家，并购。"罗维抓起手机，二话不说，叫了司机直奔深圳总部，坐进后座发了消息给马幻城，说出进入打车市场的想法。

"您好，请问是滴哒的创始人吗？我是企鹅技术的何小芒，很高兴通电话。"何小芒联络企鹅技术的投资部门，通过他们约好时间，毫不耽搁，一个电话直接打过去。

"我也很高兴，请问有何贵干。"这名创始人百感交集，刚才企鹅技术投资人已经打来电话，表达了并购意向，没人能和企鹅技术对抗。

"我想确认一下并购意向。"何小芒或多或少知道罗维和郭鑫年的纠结，抢了老大的女人岂能容忍？

"我愿意。"创始人握着企鹅技术的投资条件，估值合情合理，而且他有什么资格讨价还价？除非想走向毁灭。

"事情很急，我把协议发邮件给你，请您签字，然后拍张照片给我看。"何小芒做事毫不含糊，连小如都看呆了，从打电话到找投资部门，联络滴哒，完成谈判，签订协议，数亿元的投资竟然发生在两个小时之内，要是在其他公司，至少要三个月。那边，何小芒通知投资部门发出并购协议，等了十分钟拨给滴哒："协议收到了吗？有没有顾虑？嗯，我请律师给您电话，放心。"

罗维到达总部大厦的时候，先去旁边的茶餐厅吃了一份炒河粉，擦擦嘴巴。何小芒的消息已经发到微讯：并购事宜已经落实，加油。他卷起袖子，噔噔走入电梯，来到大会议室，里面的会议正在进行，他悄悄推开门坐到角落。这是例行的会议，高管们济济一堂。马幻城看罗维进来，打断汇报说道："罗维，说说你的想法。"

凭借微讯的成功，罗维地位稳固，早已不复当初的颓势。他走到前面："诸位，移动互联网的大战已经爆发，但是我们决不当蒋介石。"

"这话哪来的？"马幻城笑呵呵地问。

"蒋委员长领导抗战胜利，与罗斯福和斯大林发表《开罗宣言》，声名鹊起，谁知三年就失去大陆，把一手的绝世好牌彻底打烂。"罗维当然不会说郭鑫年是自己的情敌，才要死磕凌步，"大战拉开序幕，我们的朋友圈虽然占了上风，但是微博也有定位。我们虽然彻底击溃了来往，但电猫又做出了叮叮，意图染指企业级市场。我们必须像潮水般进攻，每一波都应出其不意，让他猜不到落点，彻底击溃对手。"

"所以？"马幻城继续问。

"打车市场。"罗维说出答案，高管们猜不透罗维的招数，这和云沧海好像没什么关系。

"今年中国出租车数量达到 1037061 辆，总收入是 1641 亿元，这是一个千亿级的市场。"罗维打开手机，小如将这些数据发到了他的手机。她很聪慧，小芒有福气。与云沧海大战在即，罗维偏要去不相干的地方烧一把火，没人猜透罗维的真实意图。"我建议收购滴哒。"罗维打开手机，将收购概要文件发到群里。

"估值是不是有些高？"

"能打赢吗？"

罗维不答话，目光扫着每位高管，谁能够明白我的真实意图？终于，有人一拍脑袋，连连呼妙，小声说着什么，这种恍然大悟的情绪在会议室中传播着。马幻城哈哈笑起来："项庄舞剑，意在沛公！"

"哈哈，云沧海肯定想不到，这竟是指向交易宝的杀招。"高管们渐渐明白，乘客们用手机支付，就需要绑定手机，微讯支付的规模就要扩大到数亿打车人群，一举追平交易宝十几年积累的用户。这招出其不意，一招致命，罗维的大脑的确与众不同。

马幻城不说话，他乐意观察高管们的反应，辨别他们的才识。"借用宇泰来一句话，天下武功，唯快不破。我们必须打得云沧海措手不及，将交易宝十几年积累的用户一锅端，断去电猫集团的生机。"罗维的图谋极大。

"可是，乘客会不会只用现金，不用手机支付？"终于一名高管能够提出合理的问题。

"补贴！"罗维笑了，他想出关键。

"怎么补贴？"

"只要使用微讯支付，就给乘客补贴十元钱，给司机补贴五元，不给现金给到微讯钱包里。"罗维点破了关键。

"天哪！打算补贴多少？"

"十个亿，够吗？"罗维的真金白银砸下去，凌步必然被砸死，绝不能给郭鑫年一丝喘息的机会。

"罗维，你是疯子！"一名高管拍案而起，也不知道是反对还是被这个设想惊呆了。

"我们有足够的现金流，抢红包在微讯上积累了多少资金，大家知道吗？"罗维算无遗策，他孤单地待在广州，有足够的时间来谋划，并且乐在其中，"三百八十亿！"

"罗维，有把握吗？"即便马幻城也被这种疯狂惊住了，十亿不是小数字。

"付出十亿，吸纳两百亿的存款。"罗维建立了模型，来评估补贴和存款之间的数学关系，一旦真的吸纳这么多存款，一年的利息就能赚回十亿元。

"好的，速战速决！"马幻城当即拍板。

第十章

互联论坛

102

妈妈的四合院

　　温迪推着轮椅从病房出来。经过肝脏移植手术，妈妈脸色恢复红润，精神也好起来，坐在崭新的轮椅上，好奇地东张西望。一辆丰田房车驶入医院，两名医护人员将轮椅移入车内。房车向城内驶去，进入二环，高楼大厦日渐减少，反而多是低矮的平房。忽然，一片湖水从左侧车窗映入视野，温迪妈妈问："那是什么湖？"

　　"什刹海。"温迪攥着妈妈的手心。手术顺利，她身体恢复。有妈妈的陪伴，我就不再害怕。就像小时候，温迪在门外的冰天雪地中刷碗，小手冻得红肿，偷偷钻到妈妈的被窝里，一点点儿被温暖过来。

　　"这里真好啊。"妈妈侧头看不停，她来到北京城就住进医院，现在头一次看见北京的景色。说话间，房车驶入车库。车库前后两门，后门连着四合院，一间正房两间厢房，中间还有一个花园。温迪妈妈惊讶地看着："这里还能种菜啊？"

　　二环以内的四合院寸土寸金，谁敢用这几十平方米种菜？温迪却顺着妈妈说："能！我种菜，您来炒。"为迎接妈妈，门槛已经被铲去。温迪推车直入正房："妈妈，这是您的房间，那是卫生间，都归您用。"

　　宽宽的大床是温迪妈妈从来没有见过的尺寸，只占了卧室中的一隅。卫生间更加令人眼花缭乱，独立的淋浴旁边还有一个助力扶手，洗手间的镜子足有一张床大小。妈妈惊呆了："小迪，你怎么有这么好的房子？"

温迪急不可耐地推着妈妈参观。她们出了卫生间，拉开一道门："您看，卧室是通的，晚上您要睡不着，我就从这儿跑过来。"

这是温迪从小的梦想，挤在妈妈的怀中睡觉。她推着妈妈进了自己的卧室，没有那么豪华和宽大，仍然附带独立的卫生间，床和沙发上摆放着她喜爱的玩偶。她们穿过院落，进入厨房，妈妈赞不绝口，这里摸摸那里碰碰，和女儿生活在这么好的地方，兴奋不已。

"您先歇歇，一会儿出去吃饭。"温迪扶妈妈下推车，她竟然可以脚底沾地，轻轻挪动，"妈妈，您的脚能用力啦！"

妈妈含笑坐下，泪水在眼眶打转："小迪，我苦一辈子没什么，就觉得对不起你。现在你这么好，妈妈特别特别高兴。"

温迪依偎在妈妈怀抱里，一切都是值得的，只要她陪在身边。可是，当她想起罗维的时候，泪水还是不由自主地流了出来。

103

重返岗位

司机小刘一脚刹车，轿车停在电信部大门口。那蓝爸爸钻出汽车，他病好之后休息了大半年，现在终于身体康复回来上班。他摆手把小刘叫到身边，叮嘱："我这次犯事儿，知道原因吗？"

"公车私用，扯淡！"小刘心里有数，那蓝爸爸向来两袖清风，只心疼女儿，让自己在下雨天接送了几次，便被人搞出事端来。

"有则改之，无则加勉。以后啊，我打算坐公交，搭地铁。你呢，也可以早些回家休息。"那蓝爸爸经此变故，心态又有变化。

"哪用？您这次解决了副部级，坐车名正言顺。"小刘陪着那蓝爸爸进了大门，行人见到纷纷点头。

新老交替之后，局面大变。新领导人一方面鼓励创新创业，另一方面大力反腐，重拳出击，"大老虎"纷纷倒地，气象一新。老爷子也不例外，党羽亲信纷纷被剪除，风声鹤唳，可说是树倒猢狲散。那蓝爸爸因祸得福，他坚决拒绝与老爷子通婚，又斩断大家族与央企间的利益输送，极为明智，使他不仅避开政治旋涡，而且一举解决副部级，仕途正旺。

那蓝爸爸不与小刘多说，上楼来到政策法规司，几十个下属排列在走廊里，鼓掌迎接，两边还挂着鲜红的条幅：欢迎那部长返回工作岗位。那蓝爸爸一一握手，走进大会议室，众人没有散去的意思。他摆手让大家坐下来，自己坐下倒杯茶水，润润嗓子说："同志们好，大家夹道欢迎，让我十分欣慰，谢谢大家，请坐。"

那蓝爸爸休养半年，心中有不少感触，待众人进来坐好，说道："我生病这段时间，一直在考虑一个问题，我们政策法规司的作用是什么？"

那蓝爸爸升任副部长后分管政策法规司，这正是他职责所在。他缓缓说道："我看了不少史书。中国古代的政策法规很先进，天子九鼎，诸侯七鼎，这是吃饭的礼仪。天子驾六，亲王大臣递减，老百姓只能坐牛车。穿衣戴帽也有讲究，你敢戴天子的通天冠，那是大逆不道，杀头之罪。建筑也是这样，你家里的高度要是超过故宫，那是什么罪过？想都不敢想。这些政策法规起什么作用？就是尊卑有序，岂可僭越！"

那蓝爸爸大发感慨，谁也不知道他话中的含义。他也不让众人琢磨，继续说道："结果怎么样？我女儿给我找了一段视频，将中国的历史版图做了一部快速的动画，中国人从中原腹心壮大发展，至秦皇汉武，东至大海，西越戈壁黄沙，北及苦寒之地，南至蛮荒，那股劲头让人敬佩不已。大概从宋朝开始，中国人的创新精神渐渐消失，宋朝两个皇帝被金人抓走，最后一个小皇帝蹈海而亡。明朝朱元璋昙花一现，中国人为什么失去了开天辟地的精神？原因很简单，我们的精神和创造力都被这些政策法规紧紧束缚了。无论衣食住行，无论科技还是军事，绝不可逾越，必须谨守祖制。我们厚古薄今，什么都是老祖宗的好！实际上，我们作茧自缚，将一代代中国人的手脚捆上，任人宰割。今天，我回到这里，用更多的政策法规来束缚企业家吗？我相信，中国有伟大的老百姓和企业家，我们绝不能为了自己的利益，为了稳定，用各种各样的政策法规来限制他们！

"从今天起，我们将仔细审查每一条政策法规，简政放权，能不管的坚决不管，不需要审批的坚决不审批，将创新的权利还给企业和市场！"那蓝爸爸一拍桌子站起来，走到中间："政府没有了权力，就会失去利益，很多人会恨我们。有什么了不起？我给大家当后盾，顶多回家抱孙子！"

一阵掌声响起，那蓝爸爸离开会议室。一般的政府官员从来都说套话虚话，很少有那蓝爸爸这样直言不讳的。那蓝爸爸还有几年就要退休，他抓紧时间，只争朝夕。他刚回到自己的办公室，秘书将一份红头文件放在桌上："您看看，新一届的互联网论坛，电信部是主办单位，需要我们拿意见。"

那蓝爸爸还记得上届的中国互联网论坛，那时魔盒风头正劲。时间好快，新一届世界互联网论坛就要召开，这次层级更高，规模更大。在三年里，互联网江湖发生了天翻地覆的变化，移动浪潮磅礴而至，无可阻挡。一些企业无知无觉，落花流水，颓势尽显。一些企业顺势而为，生存下来。只有极少数先知先觉，预见到浪潮的到来，破浪顶风，在浪潮之巅飞驰。

那蓝爸爸打开红头文件，仔细看去，先是剪彩仪式，自己代表电信部，肯定是主宾。照例还要邀请互联网三大巨头，剩下几人应该邀请谁？然后是主讲嘉宾的名单，李无觅已经答应下来，马幻城不来，云沧海退出江湖，推荐了电猫集团的新任总裁。那蓝爸爸抬起头问道："马幻城不来吗？"

"他答应来，推荐微讯的创始人罗维替他主讲。"助理不满这样的安排，这么高级别的大会，你马幻城凭什么推三阻四？

"也好。"那蓝爸爸没有不满，微讯改变了每个人的生活，罗维当之无愧。

主讲嘉宾分量极重，那蓝爸爸提笔加上宇泰来的名字："上一届他还在低谷，当众受辱，如今形势颠倒，他创造了奇迹，不如让他来讲讲，当之无愧。"那蓝爸爸笑着，那蓝那时就从美国回来，这种盛会岂能错过？

104

课堂争论

那蓝出国前就看过《执行》，柳传志为这本书写了序，在中国曾经风靡一时。这本书的作者拉姆·查兰出生在北印度的一个大家庭，全家的生活来源于一个小小的鞋店。家人都要出力，生意才能运转，于是做鞋、卖鞋和修鞋成了他幼时生活的全部，否则整个家庭将会面临饥馑。这份家庭产业不仅为拉姆·查兰提供了教育费用，也使他具备了商业的敏感。正是这份经验消弭了印度修鞋匠和大公司CEO之间的区别，两者都必须掌握生意场上的普遍规律：现金流、利润、快速周转和稳健发展。四十年后，他拥有了哈佛商学院MBA和管理学博士学位，并留校任教，长期担任通用电气、杜邦、福特汽车和高摩的高级顾问和导师。

拉姆·查兰的学术地位无人能及，与其说他是顾问，不如说他是大师和企业哲人。

"欢迎大家回到校园，我将在'领导力梯队'这门课程中与大家探讨领导力发展的六个阶段，如何从管理自我到管理他人，从管理他人到管理经理人员，从管理经理人员到管理职能部门，从管理职能部门到事业部总经理。"拉姆·查兰带着浓重的印度口音，语速极快，绕口令般的内容让人窒息，"如果你们晋升速度够快，未来几年，你们可以再回来学习如何从事业部总经理到集团高管，从集团高管到首席执行官。"

六个级别？那蓝自从做移动互联网投资之后，很难理解这么大的组织结构，这是巨无霸的企业才需要的层级。

"我请每个人列出一个问题，写在这张白纸上，你自己在领导力转型方面的困难。"拉姆·查兰黑黝黝的皮肤，矮墩身材，眼睛有十足的精神，"我可以给你们一些方向，以下八个方向供你们参考：第一是为企业找到准确的市场定位；第二是预见并带领企业应对外部环境变化；第三是培养令员工齐心协力的企业文化；第四是寻找员工中有潜质的领导者；第五是打造管理团队；第六是设定符合实际的目标；第七是分清企业事务的轻重缓急，制定工作重点；第八是处理对企业造成影响的市场和技术趋势。"

那蓝取出在法兰克福机场买的Lamy笔，扑哧笑出来，这支笔的品牌名称刚好和拉姆的名字差了一个字母。她总这样，在生活的细节中找到乐趣，把自己逗得一塌糊涂。我在转型过程中有什么困难？郭鑫年和程啸虎都是创业者，他们根本不在乎这些。马幻城和李无觅都是中国顶级的企业家，常常说自己是产品经理。云沧海更像成功学大师，与其他两人的风格完全不同。那蓝找不到思路，题目是我自己转型的困难，为什么我想的都是互联网企业？领导力梯队的六个层级，多大的公司才有这么多级别？在中国，政府有科员、科长、处长、厅局长、部长和国家主席，这才六个级别啊，天哪！公司要变成多大的官僚机构？

"这位来自东方的女士，你的问题是？"拉姆·查兰收回了每个同学的白纸，唯独那蓝咬着笔呆笑。

"我的问题是，领导力有必要分六个级别吗？"那蓝脱口而出。天哪，我在挑战世界级管理大师，我怎么比郭鑫年还二，那家伙在干吗？

"你们中国的华为技术，我曾给他们上过课。他们既保持了小团队的灵活性，又能够在战略性项目中投入重兵。比如，他们既有区域市场的铁三角，又有地区总部的重装旅。还有，作战部队中的班、排、连、营、团、旅和师，直到现在仍是作战序列中的核心，无论军队规模多大。"拉姆·查兰的管理经验极其丰富，岂能被一个小姑娘驳倒。

"但是，CEO会不会变成皇帝，高管们会不会变成官僚？"那蓝坚信，高管应该脚踏实地，像乔布斯那样去关心产品的细节，而不应该仅仅负责所谓的战略和组织，就像飘在天空中。

课程开始了许久，拉姆·查兰没开始讲课，却陷入和那蓝的争论，不能不说是尴尬。那蓝似乎要从根本上颠覆拉姆·查兰的六级体系，他的四十年经验非同一般："这是一个很好的问题，我们有两天时间来讨论。这位美丽的小姐，请将这个问题写到白纸上。"

那蓝又被称作美丽的小姐，极为刺耳。这话早不说晚不说，非要在讨论的时候说，似乎在提醒自己依靠的是美丽而非能力和资历来到课堂，联想到高摩传出的各种性骚扰传闻，让那蓝极不舒服。她干脆将纸条折叠起来，抓在手心不交上去。印度教授看出了她的动作，微微皱眉，脸上已经现出不满。

天哪，我什么时候变得这么叛逆？那蓝的心思无法集中在课程内容中，我要在这六级台阶上一步步地向上爬吗？就像爸爸一样，似水流年把小姑娘熬成老婆婆？这份工作即便体面，收入高，让人羡慕，可是人生有什么意义？就像戴着金手铐的囚徒。或许，我应该像林佳玲一样成为很棒的投资人，帮助创业者，不仅是提供金钱，还帮助他们管理，激励他们，陪他们冲锋。那蓝越想越对课程内容没有兴趣，这是极其少见的情况，她向来是很好的学生。

那蓝偷偷低头去看手机，她以前当学生的时候从来没有走神儿。手机中一堆消息涌进来，公司同事的和老板的，她通通略去，先回了爸妈的消息，又看到一条来自程啸虎的，打开去看：听说企鹅技术收购滴哒了，进军打车市场。

那蓝吃了一惊，滴哒是凌步最大的竞争对手，企鹅技术一旦看中，投入巨大的人力和财力，谁也无法与他们为敌。企鹅技术击败魔盒，也要逼得凌步无路可走吗？那蓝立即回了消息：怎么办？

没办法，只有抓紧时间，快速发展用户。程啸虎的消息很快回来，这根本不解决问题。他的第三条消息又跟了进来：什么时候回来？

"还有两周。"那蓝放下手机，看着拉姆·查兰这位印度大师嘴巴在动，也不知道他在讲什么，低头又看见一条来自卢卡的消息：大愚在哪儿，他消失很久了，我们都要报警了。

105

铁窗孤泪

郭鑫年曾经想过，一个月不用手机会怎么样，他终于得到了答案。

他目光呆滞迷离，一只手握着铁栏杆，脑袋卡在铁条之间，另一只手绕到外面，抓托盘里的鸡翅，含在嘴里嚼了三个小时。他一上午都这样吊着，不是在健身，而是无所事事。他在这个卫生间大小的羁押室里被关了三周，罪名是非法越境和袭击警察。郭鑫年没琢磨明白，机场廊桥应该处于德国和美国两不管的地界，越了哪门子的境？袭击警察更是没谱，明明是警察用电击枪射中了自己。他为这事和律师反复沟通了很久，现在羁押期快到了，折腾这事也没有意义了。

他折腾这件事，其实不是为了讨回公道，也不是为了缩短刑期，而是为了用他的手机，可是这个德国老头还用诺基亚功能机，没有魔盒也没有微讯。他给香港的父母打了一个电话，说自己在德国体验断网生活，爸爸问他是不是有了新想法。他都快哭了，哭不是因为被关，而是不能上网。

千万不要犯法，知道原因吗？因为里面不能上网！郭鑫年后来在大学演讲的时候告诫同学们，那些九〇后纷纷点头。这太不人道了，他们可以忍受没饭吃没床睡，却不能忍受没有网络。

郭鑫年胡思乱想的时候，警察和律师出现在走廊。铁门咣当打开，律师展颜一笑："郭先生，您可以走了。"他却愣住了：去哪里？香港？北京？还是去波士顿继续找那蓝？律师耸耸肩膀反问：谁是那蓝，那个害你非法入境的女孩？

　　警局大门打开，郭鑫年抬头遮挡刺眼的阳光，忽然看见一个黑色的麦克风，抬眼才看见摄像头和主持人。穿着火红套装的主持人用英语正在对着镜头说："两周之前，这位来自中国的旅客突破两道障碍，只为见到一个女孩子，在社交网络上轰动一时。在他结束羁押之际，我非常好奇，他为什么要做出那样的事情。"

　　"这里真的不好，不能上网！"郭鑫年嘟囔一句，细微的声音逃不过麦克风。他忽然笑对镜头："如果能够挽回你最爱的那个人，你愿不愿意被关上两周？"

　　主持人茫然看着郭鑫年，看看镜头，对观众承认做违法的事情不太好："不能违法。"

　　"为了扑进她的怀里，我愿意再闯一百次。"郭鑫年说完，离开警局，前往机场。

106

B 轮融资

　　程啸虎签下了昌平的出租汽车公司，别人要红头文件的时候，他就拿这个成功案例说事儿。那个时候，谁也没有想到这小小的打车软件短短几个月竟然发展成漫延全国的打车大战。交管局的领导哪里懂这些，不是他们不管，是他们根本就不知道这事。出租汽车司机常在一起加油、吃饭、打牌，陆续听说了这个神奇的小东西，机场和八达岭这些大活儿不少，真能赚钱，纷纷回去跟公司说，老板当然不会拦着司机赚钱，乐得让程啸虎来安装培训，唯有那些大的出租汽车公司还是水泼不进。

　　几个月的时间，凌步只安装了一千个司机，几万活跃乘客，任何一款App要是没有几百万下载，根本就拿不上台面。程啸虎屈指算着，什么时候才能熬出头啊？卢卡也不明白，当初魔盒三天就有几百万下载，凌步为什么就这么难？

　　更可怕的是竞争，企鹅技术即将启动对滴哒的投资，他们很快就能招募到数以千计的地推人员，散布到全国各地，将所有的缝隙都填满。程啸虎拿不出这笔钱，他只有十几个人，只能在北京和深圳两个城市推广。他每天早早出门，跟出租汽车公司一家一家谈，连卢卡和整个技术团队都跑出来，加入地推队伍，发展速度依然慢得如同蜗牛。

　　终于，让程啸虎窒息的消息传了出来，企鹅技术完成对滴哒的投资，微讯提供手机入口，并将宣布补贴计划，每次打车给乘客补贴十元，司机五元。程啸虎与投资人反复沟通，谁能够拼过企鹅技术？人家拔出几个亿就当根汗毛，程啸虎这边就要卖老婆卖房子了。

他和卢卡在首都机场到达大厅，举着牌子等待那蓝。他要很多很多的钱，投入未来的补贴大战，那蓝才是救星。"你为毛做个牌子，还写着那蓝？"卢卡觉得不对，两人都认识那蓝，而且她气质出众，一到机场就如同明月照繁星，还用举牌子？

"嘿嘿，做个广告，打进机场不容易。"程啸虎指着接机牌让卢卡看，的确与众不同，凌步的标志和广告语又大又明显，那蓝的名字几乎小得看不见。卢卡以前总和郭鑫年混在一起，现在成天跟着程啸虎。杨洋阳通过内线知道了这个消息，严密观察，没有出手打压。

果然，那蓝出来的时候，人群自动分开，这让卢卡始终不明白。气场是需要修炼的。古代帝王生杀操于一念，稍不敬便可以棒杀，他一出现众人立即匍匐，无敢仰视。如果让帝王脱了黄袍混在人群中，绝大多数就销声匿迹，只有雄才大略之主眉宇之间才能恩威并加。那蓝这个小姑娘怎能如此？或者是，西施浣纱，贵妃醉酒，让人心怡，这算不算气场？卢卡凡事总要找出个原因，杨洋阳也好看，却像邻家女孩儿，不会有人自动让路，可见气质不同。那蓝似乎更加尊贵一些，杨洋阳偏向可爱。

"发什么呆？"那蓝不明白，卢卡反戴棒球帽，明明来迎接自己，却托着下巴不来打招呼。

"啊，明白啦！不仅要把产品做到极简，还要做出气质。比如那蓝的尊贵，让人敬仰，洋阳的可爱，让人怜惜，这样的产品才有生命。"卢卡一拍棒球帽的后沿儿，痴了。

这句话其实没有什么特别，或许有人以为卢卡在拍那蓝马屁，程啸虎感动得差点儿哭出来。卢卡当初七天做出产品，让他惊死，产品质量那么高，把他惊活，今天他才知道原因。卢卡生活在产品和设计的世界里，正常人见到那蓝，大脑拼命制造多巴胺，他却想到产品美学。能够遇到卢卡，我多么幸运，瞬间眼睛里冒出爱火来。

那蓝回到北京，如同春风拂槛："洋阳向我诉苦，我不理解，现在明白啦。"

明白什么？卢卡和程啸虎蹦跳着跟着那蓝，她笑着不想揭破。他们走了十几米发现方向不对，这是去哪儿？停车场在那边。"大愚很快就到。"那蓝来到星巴克，买杯咖啡，坐下来看着程啸虎。

程啸虎瞬间明白了那蓝的意思，开始介绍形势："有了卢卡，产品没问题了。可是，咱们中国人又聪明又快，尤其在山寨方面。"他的意思很清楚，卢卡虽然最早做出了界面，却已经被竞争对手抄袭，差距再次缩小，"我们在北京和深圳建立了地推团队，北京已经发展了一千位司机，三万多活跃乘客。"

"速度太慢。"那蓝短短说了一句话。在哈佛的学习让她焕发出高管的气质，加上她在高摩沉淀多年的经验，竟真的如同一位上市公司的CEO。

"瓶颈是资金。"程啸虎说出压在心底的这句话，这是压在他身上的大山。

"多少？"

"三千万。"程啸虎如果在全国每个主要城市投入地推团队，每人五千元，加上运营开支，这个数字只能支撑半年。

"远远不够。"那蓝摇头，程啸虎太乐观了，"我先帮助你募集B轮，不限于高摩。"

"你们三个！"一个声音从耳边炸开，郭鑫年背着挎包出现在星巴克绿伞边，胡子拉碴，衣衫不整。

"鑫年。"那蓝扑进他怀中，郭鑫年在法兰克福机场被电击枪击中，被警察铐走。那蓝延迟航班，与郭鑫年在边境警局的接待室见面，得知他将被羁押一个月，两人匆匆道别，那蓝飞往波士顿。

郭鑫年抚摸着那蓝的头发，回想一年的历程，经历辉煌又极速下坠，却收获了爱情，一切都值得。程啸虎和卢卡不想打扰他们的团聚，两人挤在一起，也不知道嘀嘀咕咕说些什么，要是杨洋阳在场，肯定要醋意大发。他俩正在勾肩搭背聊得热闹，听见咔嚓一声，已经被那蓝摄入手机。她手指一点，发给还在欧洲的杨洋阳："看看，他俩天天在一起。"

107

贪嗔痴

罗维坐镇北京，亲自指挥打车大战。

再过几天才是互联网论坛，罗维将代表马幻城发言。他将要宣布一个重磅的消息，企鹅技术投资滴哒打车，并对乘客和司机进行补贴。

经过 APEC（亚太经合组织）会议，怀柔已从一个小小的县城，发展成一个优山美地的国际范儿小城，在青山绿水怀抱中的怡生园会议中心的大会议室中，两百多名地推团队成员严阵以待。企鹅技术并购滴哒之后，不动声色地在全国四十几个城市大举招募，集中到北京完成两周的训练。冗长的公司和产品培训之后，又有严格考核，每个人都精疲力竭，然后才是罗维的最终总结。他走上来举起麦克风，这将是击垮郭鑫年的最后一战："我是一个产品经理，所以分享一下产品的心得。"

他的发言显得很平实，甚至让人略感泄气。他继续说："我们做产品必须了解人性。人是懒惰的，人是跟风的，人没有耐心，没人喜欢学习，甚至懒得思考。他们永远被屌丝绑架，排斥精英，我们面对的就是这样的用户！别指望他们懂得产品，他们甚至连需要什么都不知道，怎样让他们使用我们的产品？只有三个字，贪嗔痴！"

罗维走到地推团队中间，拿起手机，在群里发了个一千元的红包，走回来看着课堂。学员们看见罗维举起手机，下意识地打开微讯，看见红包，一拥而上，红包一抢而空。手气好的竟然一下领了二百多元，惊呼起来："两百多，红包不是两百封顶吗？"

罗维是微讯之父，别人有限制，谁能限制他？"二十五秒，红包抢完。人是贪婪的，地上油瓶没人扶，地上有钱人人抢！"他扬起声音宣布，"从一月十号起，使用微讯支付的乘客和司机，每单返现十元。"他们从来向客户收钱，罗维竟反其道而行，给乘客和司机派送现金。这种营销模式闻所未闻，地推团队立即炸了锅。

"期限多久？"

"有条件吗？"

"那得拿出多少钱？这可是真金白银。"

罗维漏过了前面的内容，抓住最后一个问题："每天两千万，我们储备了一个月的现金。"他再次举起微讯说道，"我们还有一个好玩的东西。"

地推团队在群里看见一个叫"啊红包"的公众号，立即关注了，首页是抢红包界面，四种红包类型分别叫作"开疆拓土""势如破竹""排除万难"和"成交为王"，体现了发展用户的数量和进展的指标，向前五十人悬赏五万元。手指触控之间，他们渐渐明白，这的确是款发钱的软件，一个过程激励方案，只要按照步骤向下走就能拿钱。罗维没有激动人心的语言，也没有打鸡血的演讲，却拿出实实在在的金钱："大家的工作就是送钱，有信心送出去吗？"

"有！"这是世界上最容易的事。

罗维笑了，没人猜透他的精心布局和动机。微讯团队发展到三千多人，仅仅薪水和奖金每年都烧掉十个亿，但微讯一点儿都不赚钱。在企鹅技术，团队独立核算，比如用户从微讯入口玩斗地主或者打飞机，花钱充钻，收入进入游戏部门的钱包，与微讯无关。

微讯就像航空母舰，每架飞机都有战斗力，航母本身却不能作战。

在罗维看来，这是一个玩笑，不赚钱就要低三下四，必须自己赚钱。他不屑于枪口朝内与自家团队抢饭吃，便将枪口对准了一个没人敢惹的人，云沧海。通过抢红包，微讯获取了大量的现金储备，这笔钱是用户的，不是微讯的。罗维要找到一个出口让他们花出去，微讯便可以收取转账费用。比如，当一位食客用微讯在人人湘点了一份黄鸭叫米粉，微讯便会收取千分之六的费用，这就像银行。在罗维看来，打车、租车、代驾以及专车和快车都是形式，支付才是商业模式的核心。微讯要成为一家超级网上零售银行，这才是最大的宝藏。要知道，中国工商银行去年的净利润高达四百二十七亿美元，是全球赢利最高的企业；第二名才是苹果，净赢利是三百七十亿美元。罗维熟读彼得·蒂尔的《从 0 到 1》[①]，此人在美国首创了 PayPal 的网络支付模式，他们的做法是直接在账户中充值，吸引用户交易，罗维也是这样，在滴哒打车的账户里充值，看你要不要这笔钱。

可是，这是云沧海的地盘，交易宝赚得盆满钵满，绝不会轻易让出。

以正合以奇胜。罗维不走寻常路径，若拼资金，企鹅技术比不上刚刚美国上市储备大把现金的电猫集团，微讯支付不能与云沧海直接对决。罗维选择了出其不意，从打车软件入手，在云沧海意想不到的地方突然出击，将全国数以亿计的乘客纳入微讯支付，在云沧海明白过来之前，微讯支付便要夺走交易宝的用户。

速度才是关键，不出一个月云沧海就会明白，再用一个月就会投入战场，必须两个月内打赢这场战役。

---

① 《从 0 到 1》中文版已于 2015 年 1 月由中信出版社出版。——编者注

108

剪彩仪式

互联网论坛终于召开，这次移师到机场附近的新国展。新国展面积扩大了好几倍，能容纳更多厂家和观众。郭鑫年下了出租车，与那蓝相视一笑。一年前，郭鑫年凭借魔盒成为互联网行业的风云人物，今天魔盒早已从手机上消失，他如同流星划过，再也没人认识。所以，这个上届的演讲嘉宾只得到了一张最普通的大会邀请函，能够再出席开幕式，是借了那蓝的光。

那蓝轻轻靠近郭鑫年，不以他的挫折而改变，将他罩入神奇的气场中。她今天的穿着与以往不同，没有高跟鞋和晚礼服，而是舒适的牛仔裤，简简单单的白衬衣外面套着妥帖的西装外套，头发在脑后挽成马尾，头发帘轻轻斜过，恢复了五年前小青杏的模样，将气场都收敛起来。那蓝轻轻笑着，这样才可以在属于自己的时间散发出来。

如果要给参加大会的嘉宾分级，可以分成三等。最顶尖的是八位参与剪彩的嘉宾，必是德高望重的官员或实力卓越的企业领袖。其次是主讲嘉宾。在开幕式和闭幕式的上午，展览活动都将停止，所有观众都来到大会议中心，每位嘉宾将有三十分钟左右的主题演讲，这样的嘉宾大概有十二位。常常的情况是，剪彩嘉宾很可能会发表主题演讲。第三等级是分会场嘉宾。大会通常有十个左右分会场，同时进行，观众愿意听哪个都行。那蓝将作为投资人主持一个创业论坛，算是第三等级的嘉宾。要知道，剪彩嘉宾和主讲嘉宾都是云沧海、李无觅和马幻城这样的巨头，那蓝这样一个小丫头能够成为分会场嘉宾，也足以骄傲。

巨型剪彩横板前挤满了长枪短炮，记者摆开架势，等候剪彩嘉宾的到来。参展的互联网行业代表们里三层外三层地围拢起来，一起猜测起来，谁是今年的剪彩嘉宾？连郭鑫年也好奇地看着。

"爸爸代表电信部，云沧海、马幻城和李无觅三巨头肯定来。"那蓝一口气猜出了四位，这种猜测已经变成小小的游戏，好像有无穷的乐趣。

"宇泰来，小幂手机突飞猛进，竟然斩落三星和苹果，在中国出货量第一，实在是奇迹。"郭鑫年并没有提起当年幂聊山寨魔盒的过往，那些都是过眼云烟。

剪彩嘉宾每年都是八人，现在只有五人。"若论叱咤风云，还有一家公司刚在美国上市，市值直逼三大巨头，成长势头还在其上。"那蓝吐气如兰又猜出一人，强哥成为剪彩嘉宾，当无异议。

"每年都有国际嘉宾，这次是谁？"郭鑫年很懂得中国国情，可是世界上流量最大的五个网站在中国都不成功，谁会来到中国？难道是娶了中国媳妇儿的扎克伯格？似乎不太可能。说话间，他指尖在手机上找到答案，啊！优泊的创始人在中国。

那蓝心里咯噔一下，凌步举步维艰，跨国打车巨头的创始人来到中国，很可能参加互联网论坛，一定意味着重大的举措。优泊要大举进入中国市场？那么，凌步必然雪上加霜。郭鑫年也是同样心思，却不想让那蓝过于忧心："还有一人，会是谁？"

那蓝和郭鑫年无论如何也猜不出最后那人。忽然人流涌动，簇拥着八位剪彩嘉宾依次从展览大厅走出来，那蓝爸爸当前而行。在这种场合，政府官员当然排在企业家之前，那蓝爸爸代表电信部，当然走在第一。他本来安心于厅局级，现在竟再上一层到了副部级，待遇完全不同。那蓝爸爸自认不是圣贤，乐得享受好一些的汽车，更好的小楼，还有特供的食品和特别的病房。他暗暗笑着，没有既得利益者愿意放弃那些好处，就像自己一样，可是谁也受不了革命。他想着这些家国大事，抬头看见女儿和郭鑫年。郭鑫年条件之普通，实在低于那蓝爸爸的预期，但看见女儿发自内心的笑容，他就心满意足了。他在来到台阶前，向女儿和郭鑫年微微一笑，停住脚步等着其他嘉宾。

他身后本应该是互联网三大巨头，在往届论坛上，三人毫无芥蒂，一般并肩谈笑。如今魔盒挑起入口之战，电猫集团被企鹅技术猛攻，马幻城与云沧海已经是竞争对手，一般场合绝不同台。但是政府的面子不能不给，工作人员明白其中奥妙，尽量将两人分开。云沧海一身中式对襟，来到那蓝爸爸身边，却不敢居前，礼让那蓝爸爸先请。这是一定之规，虽然那蓝爸爸名声地位不如三大巨头，却代表政府，当仁不让第一个走上剪彩台，居中而站。

云沧海不和其他人计较，第二位登上去。他一眼看见那蓝，在这种场合不应有私人交谈，云沧海哪能被这些清规戒律所拦，低声向那蓝爸爸说道："上届互联网论坛，您的女儿向我谈到移动互联网大战即将来，可笑我却金盆洗手，哪想到被人家搞了个珍珠港。"

那蓝爸爸久在官场，最懂人心，哪能听不出言外之意？云沧海提起女儿必有用意，向台下的那蓝招手，这也不太符合流程，毕竟那蓝不是剪彩嘉宾。那蓝爸爸忍不住想和宝贝女儿说话，他心思坦荡，才有此举。他和云沧海在场中地位之高，当然不会有工作人员拦阻。那蓝不想招摇，手指一点，侧身走到剪彩台一角，爸爸和云沧海移步过来，小声交谈。剪彩仪式就要开始，云沧海没有多少时间，直截了当说道："上次论坛，那小姐预言移动互联网大战的序幕已经拉开，时间好快，战火果然已烧到了我的眉毛。"

那蓝不久前刚在杭州见过云沧海，没有打动他收购魔盒，如今凌步危在旦夕，只有云沧海才能出手相援，想想说道："微讯确是珍珠港，您却未必没有中途岛。"

云沧海把微讯比作珍珠港，企鹅技术就好比"二战"时的日本联合舰队，偷袭珍珠港的美军太平洋舰队。半年之后，日军图谋进攻中途岛，美军截获密码，阻击日本联合舰队，击沉日军四艘航母和三百多架军机，成为太平洋战争的转折点。那蓝现在精通历史，与高层沟通极有助益。果然，云沧海听到"中途岛"三字，抬头注视那蓝："我的中途岛在哪里？"

剪彩仪式前前后后就二十分钟，现在哪有时间？云沧海关心则乱，那蓝爸爸打断对话，说道："云总，不如剪彩之后，进去详谈。"云沧海哪会拒绝？叫来助理安排会议室与那蓝会晤。

他们说话之间，第三位剪彩嘉宾已经到来。李无觅依然西装，男神般走上剪彩台，他没有参与入口之战，相对中立，与其他两家井水不犯河水，坦坦荡荡站在中间面向观众，鹤立鸡群，帅死人不偿命。

忽然，观众躁动起来。那蓝刚好回到郭鑫年身边，抬头一看，四位剪彩嘉宾并肩而来。左侧第一人正是宇泰来，他的互联网思维风靡一时，在这面大旗下，小幂手机夺下手机市场份额第一，销售收入达到七百亿，从来没有一家中国企业能在这么短时间做到这么大的规模。不仅如此，宇泰来被选为人大代表，风头一时无二。右侧第一人便是强哥，购物网市值直逼三大巨头，在电商领域与云沧海对垒，不落下风，越战越强。奶茶总裁之恋更是人人皆知，不论名声还是实力绝对有资格成为剪彩嘉宾。马幻城走在中间。企鹅技术早就是互联网的王者之一，他适时并入购物网和孤山的股份，与强哥和宇泰来结成同盟。微讯支付异军突起，抢占支付市场，为购物网打开购物通道，协助强哥力抗电猫集团，他俨然是盟主。

宇泰来、强哥和马幻城三人无人不识，第四个人却没人认识，能够与三人携手并肩的人，怎么会默默无闻？记者们的长短摄像头喊哩喀喳，闪光灯亮起，唯有那蓝认出来，他是罗维！

那蓝当年初见罗维的时候，他极为张扬，拜访竟系了夸张的领结。经过这段时间的洗礼，他将锋芒和气场收敛于内，再不追求外表一鸣惊人，简单的衬衣和舒服的便裤，懒得修剪而略长的头发，透出浓浓的书卷气，未有笑容，嘴角却是笑意。他时不时与身边的宇泰来聊几句，无心周围的观众，忽然感受到了什么，目光抬起，也不扫射便看准了那蓝。

那蓝的感觉很奇异，他们曾是投资人和创业者的关系，后来又变成了商业对手。他亲手击垮魔盒，现在收购了滴哒，要置凌步于死地。那蓝却不怪他，这就是商场，不这么做才会奇怪。她嘴角露出一个微小的笑容，算是打了招呼。

罗维成为剪彩嘉宾，实属意外，当记者知道他是微讯创始人的时候，便没人惊讶。现在，无论宇泰来的手机还是强哥的购物网，都没有微讯那么重要。微讯横扫一切，连接了人与人的生活，对于很多人来说，微讯就是互联网！甚至比互联网更多，红包、社交、购物，微讯成为每个人生活中的一部分，微讯占用的时间甚至比陪家人还多。

最后一位是老外，四十几岁的年龄，大步无痕，轻跳上来，用美国人独有的阳光笑容和每个人认识握手。那蓝注意到，他与其他人都是单手相握，唯独与爸爸和李无觅双手紧握。爸爸是政府官员，应该受到重视。他为什么要和李无觅亲近，她忽然轻轻说了一声："糟糕，奔狼来了。"

凌步正在与滴哒激烈拼杀，优泊总裁来到中国，必然进军中国市场。他们本来不担心这些跨国互联网公司，与奔狼结盟就是另外一回事了。这意味着，三大巨头将在打车市场正面对决，像凌步这样的小蚂蚁会被这些巨头一脚踩死。

八人上了剪彩台，握手之后归位。那蓝爸爸和云沧海聊天。马幻城四人轻声交谈。李无觅与优泊总裁分别站在两边，似乎保持距离，不想让别人看透他们的合作。

嘉宾毕至，乐声起落。那蓝爸爸走到麦克风前，作为主办单位开始致辞："时间如梭，花谢花开，又到了互联网论坛的时刻。上一届论坛上思想的碰撞和激烈的交锋还在耳边，到底谁对谁错？我们大家见证了移动互联网的扑面大潮，事实给我们了答案。然而，这是技术革命浪潮的第一波，我期待本次互联网论坛精彩万分，爆发出卓越的思想火花。"那蓝爸爸的讲话极其简单，先讲一段套话。他经历了宦海起伏，不吐不快。他缓缓从演讲台下面拿出一本古书举起来，说道："这是《晋书》，卷二十五，志第十五，周礼。我给大家念念：弁师掌六冕，司服掌六服，自后王之制爰及庶人，各有等差。及秦变古制，郊祭之服皆以袀玄，旧法扫地尽矣。汉承秦弊，西京二百余年犹未能有所制立。及中兴后，明帝乃始采《周官》《礼记》《尚书》及诸侯儒记说，还备衮冕之服。"那蓝爸爸停了下来，抬头看出观众的不解，解释说："这卷写了什么？礼，礼貌的礼，看起来很枯燥，不像看《三国志》那么过瘾，没有八王之乱的血腥，我却看得心惊肉跳。什么是礼？从衣食住行来规范君君臣臣父父子子的那一套。这段话是什么意思？说周朝有专门的官员来规范大家的衣帽，大概就是现在的政策法规司。秦朝和汉朝撤销了这两个职位，大家就乱穿一气。到了魏明帝的时候，又给皇帝和大臣制定了穿衣的标准，天子有十二套礼服，三公诸侯用山龙图案，有九套，九卿以下用华虫做了七套。帽子也这样，天子的通天冠是秦朝的制式，高九寸，顶少倾斜，乃直下，铁为卷梁，前有展筩，冠前加金博山。"

那蓝爸爸晋升为副部，本来可以分管更多的业务，他却对政策法规情有独钟，看了不少史籍。"如果把《晋书》沿用到现在的移动互联网时代，政策法规会是什么呢？皇帝老子用五点七英寸屏幕，王公诸侯用四点七英寸，官员们用四英寸，老百姓只用三英寸屏幕。而且这是祖制，世世代代都不得违反。这种政策法规好不好？我看很不好，还有什么创新？创新就是叛逆，大逆不道！这些多余的政策法规束缚了我们的手脚、头脑和精神，只为保住一姓一家的封建王朝，曾经热血沸腾的中华民族失去了活力，才有后来的鸦片战争、甲午海战、'九·一八'、卢沟桥。"

这些话十分惊人，政府官员哪会说这些找死的话。那蓝爸爸无所畏惧，他将《晋书》扔到一边："我主管政策法规，将以实际行动来鼓励大众创业、万众创新，简政放权！不该管的坚决不管，把手缩回来，让市场来说话。不合理的法规，过时的政策，都要统统扔进垃圾堆里。我们将迎来前所未有的创新创业的时代，中国人将摆脱三千年的枷锁，充满激情，伟大的思想和自由的精神将会再度照耀这片伟大的土地！"

那蓝爸爸语出惊人，在场的官商巨贾哪能听不出话中之话？只轻轻用手掌一碰，掌声稀里哗啦。后排的年轻人又不懂得他话中深意，应者寥寥。好在乐曲响起，礼仪小姐托来剪刀，八位嘉宾挥剪，新一届互联网论坛正式开幕。

109

补贴大战

程啸虎和卢卡带着几个小姑娘在展馆门口，到处散发传单。这里人多车挤，正是难打车的地方，一个白领接来传单看了一眼，哼一声："凌步，刚删。"

"为毛？"卢卡穿了一身杨洋阳买的阿迪达斯的运动衫，急了。

"滴哒补贴十元，我这里只用三元钱，你说我用什么？"白领说完，屁股一扭腰一挺进了展览馆。

卢卡愣了一下，拉着程啸虎走到树下的马路牙子，用手机登录系统去看数据。一条断崖般的曲线出现在屏幕上，凌步数据猛然间急剧暴跌。程啸虎打开手机，轻轻念出新闻："企鹅技术入股滴哒，宣布向乘客和司机补贴。"

卢卡再看出租车司机的统计数据，活跃量趴在横轴。很显然，乘客卸载了凌步，司机停用了凌步。全部的努力被企鹅技术的补贴废去，这则消息如同当空一拳砸在程啸虎胸口。他哎呀一声，迷茫中只有一个想法："快，打电话给那蓝。"

在互联网论坛的第一天，企鹅技术召开发布会，宣布入股滴哒打车，并补贴司机和乘客，一场前所未有的补贴大战在全国范围内爆发，有人疯狂有人愁。

110

全球市场

剪彩之后便是主题演讲，这是互联网论坛的重头戏，五千观众挤满会议中心。会议布置与往年相同，台下第一排是主讲嘉宾，第二排是次一级的分会场论坛嘉宾，那蓝就坐在这里，第三排向后是普通观众。

那蓝爸爸作为主办单位再次发言，中规中矩，十分简洁，就将舞台还给主持人。主持人也很简短，迅速请出第一位演讲嘉宾：宇泰来。

台下第一排，云沧海招来助理，助理走到那蓝身边，悄悄起身，走进舞台侧面的贵宾室。此时，宇泰来登上讲台，笑着说："诸位，别来无恙。上届情景还在眼前，今年已换了人间！我感谢上次的论坛，让我明白了一个道理，所谓的互联网思维。我后来又说了台风和猪的故事，小幂手机借着新的思维模式，取得不错的发展。可是，没有什么是一成不变的。"

小幂手机成功上市之后，震动了国内的手机厂家，群起模仿小幂的模式，来抢这块蛋糕，让宇泰来压力极大。如今小幂势头不再，华为和Vivo异军突起，宇泰来面临前所未有的压力。他走出讲台说道："现在的情况，让我想起了一家企业，戴尔。这家公司在二十年前风靡一时，凭借什么？直销模式，零库存、低成本和高效率，与我的互联网思维本质上是相同的。戴尔叱咤一时，击败了IBM和康柏，IBM不得不把PC业务卖给联想，康柏被惠普收购。于是，一堆公司出来模仿戴尔，这些公司大家可能都没有听说过，Gateway还有eMachines，结果怎么样？戴尔已经被私有化，退出股票交易，其他公司烟消云散！无论所谓的互联网思维还是戴尔的直销模式，并非什么神仙秘诀，也不是灵丹妙药，没什么了不起。"

那蓝没时间听宇泰来的演讲，她走进贵宾室的时候，云沧海坐在中间，为那蓝递上一杯茶水："你刚才说的中途岛，我很有兴趣听听。"

"当年山本五十六偷袭珍珠港，抢占菲律宾、马来西亚、新加坡、香港，就像微讯的今天，其实这些动作的背后隐藏着他对美军的另一次进攻。"那蓝借着中途岛说眼前事。云沧海非常明白，微讯发动珍珠港偷袭之后，眼花缭乱地做了打飞机、抢红包和购物入口，这都不是中途岛。

"中途岛位于东京和美国本土中间，地理位置十分重要。日本联合舰队希望再次发动偷袭，吸引美军来援，歼灭美军航空母舰。"那蓝曾去过美国的圣迭戈参观"中途岛"号航母，讲述得十分真切："美军截获了日军的密码，得悉了敌军的图谋。"那蓝省略了后面的战况，反问道："微讯的下一击在哪里？"

"你说。"云沧海处处被动，就如同急于得到日军情报的美军海军将领尼米兹。

"用打车软件偷袭交易宝。"那蓝轻轻说完，举起茶杯，这是极好的古树茶。

"打车软件？和交易宝又有什么关系？"云沧海没有看上这个小小市场。

"如果微讯支付给司机和乘客补贴，乘客和司机会不会卸载交易宝，使用微讯支付？"那蓝放下茶杯，拿起手机将新闻放在云沧海眼前，企鹅技术宣布并购滴哒并补贴司机和乘客。

"我断定，手机市场将像PC一样，人手一部手机的时候，市场饱和，从春秋时期进入战国。我奉劝那些门外汉们，你做好视频网站，做好杀毒软件，做好锤子和空调就足够了，手机市场的时机已过，不要来蹚这汪浑水了。这是为你们好，不要血本无归。"宇泰来杀气腾腾地喝阻竞争对手，心里却不把这些厂家放在心上，只有华为和Vivo才是真正的对手。明天他将飞往印度，用英文发言，那才是未来决战的巅峰。"我宣布，小幂手机将进军海外，将中国的产品做到国际上去，这是我的梦想。Are you OK？"

掌声山响，宇泰来曾经挫败，从失败中学习，在投资中尝试，通过幂聊来验证，做出了谈不上伟大的手机，却取得了伟大的商业奇迹。今天他将转战印度，拓展国际市场。与华为相比，他的公司国际化差距极大，他却不得不战。除了苹果和乔布斯，任正非是他最钦佩的商业领袖，华为是他最佩服的科技公司，宇泰来却要对这家伟大的公司开战。华为上半年销售收入就达到一千三百五十八亿人民币，是宇泰来全年收入的两倍，这还不足以体现两家公司的差距，华为的技术沉淀和专利，远远超过任何中国公司。

如果你不在通信行业，你不会知道华为的可怕，宇泰来知道。

"我怎么办？"云沧海虚心下问。如果数以亿计的出租车乘客使用微讯支付打车费，交易宝岌岌可危，这确是偷袭移动支付市场的中途岛。

"我可以承诺，凌步司机和乘客只用交易宝支付。"那蓝不用问程啸虎，便能做出这个决定，"您要帮助我们打赢这场战争。"

"怎么打？"云沧海问，交易宝是他无法放弃的阵地。

"补贴。"那蓝针锋相对，"滴哒每次补贴十元，我们就补贴十五元。"

"需要多少资金？"

"每天三千万。"

"烧多久？"

"这要看企鹅技术能够撑多久。"那蓝给了一个模糊的回答，这将是烧钱的无底洞。

"我想想。"云沧海皱起眉头，花费巨资贸然为凌步开战，他暂时还下不了这个决心。当那蓝离开贵宾室的时候，门紧紧关上，云沧海好似闭关一般，他将做出什么样的决定？

111

惊鸿一现

宇泰来走下讲台，主持人登台宣布下一位演讲嘉宾："我想问一个问题，我们打开手机，最常用的App是哪一个？对，微讯！我们每天和微讯在一起的时间比看书的时间长，比看电视的时间长，甚至比和家人说话的时间都要多。微讯改变了我们的生活，所以，当我们邀请企鹅技术的首席执行官马幻城先生做主题演讲的时候，他推荐了罗维先生，微讯之父。"

掌声证明主办单位和马幻城做了正确的选择，猛烈程度远远超过宇泰来。罗维向来低调，在外面谈不上什么名声，可是微讯人人都用。他从不出头露面，处处透出神秘，难得在互联网论坛做主题演讲，人人都视为难得的机遇。罗维从头排站起，嘉宾一起鼓掌，无论是伙伴还是对手，连李无觅也大度地起身握手。罗维走到侧面，正要登上讲台，忽然从贵宾室出来两人，迎面相遇，躲都躲不开，罗维立即伸手："云总，很高兴。"

云沧海正在琢磨与罗维的竞争，微微一愣，压下声音说道，"罗先生，十分敬佩，洗耳恭听"，说完走回自己的位置。罗维见到那蓝一阵踌躇，内心充满愧疚。那蓝与罗维是对手，即便有芥蒂，仍然保持风度和宽容，看一眼郭鑫年，轻轻与罗维一拥，鼓励道："罗维加油，为你骄傲。"这种善意是那蓝的修养，她没有多想，然而就是这轻轻一抱，竟然温暖了罗维，导致了未来那场惊天动地打车大战的奇妙转折。

那蓝曾在最困难的时候鼓励了他，罗维却一直站在她的对立面，先打败魔盒又要发动补贴大战，摧毁凌步。罗维缓缓走上讲台，抬头去看观众。马幻城告诉他，温迪将会出现，可是黑压压数千观众，哪里去寻？他长吐一口气，不在就不在吧。他调整麦克风的高度，抬起头来："大家好，我是罗维，一个产品经理。大家知道我，都是因为微讯，那么我就谈谈这个产品。"

他的开场十分平淡，不求一鸣惊人。他正要说下去的时候，会议中心远端的大门拉开一道缝隙，距离那么远，没人能够分辨清楚。罗维灵犀一动，一袭红裙闪现。罗维屏住呼吸呆了五秒，想起自己正在主题演讲，哪能走神？他早已准备好了今天的内容，脑子不听使唤，咳嗽一声："那么，我们就谈谈这个产品。"

罗维本来的主题是产品哲学，包括人性、群体心理、生态系统和用户体验这些。他曾经在企鹅技术内部一口气讲了八个小时，熟悉得不得了，可是他的魂儿被抓到了大门的那道缝隙旁。眼明利落的观众回头向后望去，一位美极了的女子从大门进来，静悄悄提着裙角，好像不想引人瞩目的公主。

罗维难以呼吸，她来了。

"温迪。"罗维从嗓间吐出一个轻轻的声音，灯光师捕捉到了这个细微的瞬间，聚光灯转投向温迪。她穿着红色的高跟鞋，就像参加王子舞会的灰姑娘，高昂着胸口，挺拔雪白的脖颈，娇若鲜花的面孔，乌黑如同瀑布的长发，深似星辰的眼眸。一道聚光灯从上射下，娇艳的容颜投射在大屏幕上。她变了，在罗维印象中，温迪向来张扬而夺人心魄，今天却不同，虽然衣裙娇艳，神情却极为含蓄，下巴内敛向下，向摄像头轻轻一笑，夺取全场的吸引力。她缓缓来到中间位置坐下，在一片深蓝和黑色的套装中十分明显，如同黑土壤中盛放的花朵。

"这幅图片，大家能够认出来吗？云层之下是马达加斯加，这是阿拉伯半岛，一个小人站在四万五千公里之外，对着非洲。"罗维眼眶湿润，温迪收到了马幻城的请柬，真的来了。我从低谷翻身，达到了人生的高峰，但是她会回心转意吗？罗维离开讲台，走到讲台最前方，注视着几步之外的温迪："几年前，一个志得意满、充满骄傲的男孩子，遇到了他心爱的女孩。他愿意和她度过一辈子，买了钻戒求婚，她收下钻戒却拒绝了求婚。她说，男人在古代应该如同卫青、霍去病，马踏匈奴，开疆辟土；在现代，绝不能老婆孩子热炕头，应该做出自己的事业。于是，我离开了曾经不错的工作和生活，踏上了创业之路。"

"创业维艰，比难更难！"观众们都知道，罗维讲述自己的故事，他就是图片上那个孤单的小人，观众抬头看着那幅巨大的开机图片，体会其中的爱情。"创业注定不容易，我失去了自我，我被欲望膨胀，我不择手段，就像追逐玩具的孩子，追逐每一个目标，将自己淹没在这个万花筒般的世界之中，这导致了创业的失败。她说，我是扶不上墙面的烂泥，我就像一堆狗屎，这是真的！"

罗维说到这里，回想起那蓝给予的鼓励，向她微微一笑又回到温迪身上："我经历了人生的低谷，离开挚爱的城市，来到两千公里之外的广州，我有自己的骄傲和勇气。我们这群自我放逐的人，与过去告别再次创业。我没有她的消息，我的心灵需要与他连接。我每天都看着这幅图片，希望做出一个小东西与她沟通。微讯就是连接，连接我和她。我努力证明自己不是扶不上墙的烂泥，再也不是了！我为她做了这个开机界面，我希望她能够像现在这样，从地球那边转过来，回心转意，回到我的身边！"

罗维一挥手，全场灯光熄灭，幕布上只有那个熟悉的开机界面，观众席上绿光莹莹，那是手机屏幕。地球轻轻转动，将一个女孩子的头像旋转过来，就是她！那个红衣女子。温迪进入会场的印象那么动人，谁能转眼忘记？这是罗维的梦想，当他从跌倒的地方爬起来的时候，不再是温迪瞧不起的那个人，他才有足够的自信接纳她的回归。图片上的地球完全转过来，灯光亮起，罗维睁开眼睛，她原谅我了吗？我不是烂泥，值得拥有你。罗维缓慢地抬起头，满眼都是泪水，寻找着温迪的踪迹。

座位空空，佳人不在。

112

老天开窗

"啸虎，撑不住了。"卢卡握着手机，断崖般的统计数字向下狂跌，自从微讯实施补贴计划之后，凌步的司机和乘客一泻千里。程啸虎夹着小广告，互联网论坛的上午日程结束，大批观众涌出大门，排了长长的队伍等没有踪影的出租车。有人拿出手机来叫车，程啸虎塞上传单，那人抛到一边说："我用滴哒。"

"啸虎，不用三天，用户就会流失一半，一周我们就死了。"卢卡追着程啸虎，说出判断。

"我们贴不起！"程啸虎猛地转身，三年的努力就要毁于一旦，他怎能不着急？可是企鹅技术随随便便就能抛出几个亿，而自己当猪肉卖也贴不了一天。他仰头望天悲叹："我一直说，努力到无路可走，老天也会打开一扇窗，可是我已经走投无路，老天，你看到了吗？"程啸虎眼睛一眨，冰灵湿润，这是什么？他揉揉眼睛，泪水下来，我流泪了吗？这是雪花！程啸虎高喊一声："下雪了！"

这是他们日夜期盼的时间，下雪后路滑车难行，不少人把私家车放在家中，打车上班，等公交坐地铁的下班族不会吝惜几十元钱。打车回家，找出租车就难如登天。程啸虎打开手机，在微讯群里大喊："北京兄弟姐妹们，老天开窗口了，全体动员出门发传单。三人一组，我、卢卡和小刘在新国展，第一组去火车南站，第二组去西客站，第三组去三元桥，第四组去四惠，第五组去五道口，第六组去六里桥。"他一口气分派完，按着微讯继续安排："立即出发，不得耽搁！"

"我去机场！"郭鑫年从国展出来，带着三个人去首都机场，那是打车软件的禁区，机场警察见一个抓一个。

雪花越飘越密，击打脸面生痛，周围的人群开始跑动。卢卡抓起一把传单："凌步打车，说来就来！"

"我试试。"一个白领接来传单，开始下载，也不管有没有补贴，按着麦克风呼唤司机："您好，我去什刹海，嗯，我就在新国展。"

卢卡偷着笑起来，乘客们终于不在乎那十块钱的补贴了。在这种雪天，打到车就是三生积福。他转念一想，雪过天晴又该怎么办？程啸虎知道他的心思："老天今天开窗了，何必管明天，向前冲就好了。"

113

补贴大战

风雪连天，会场内热气腾腾。第一天上午只有宇泰来和罗维的主题演讲，下午便是展览和分场讨论，第二天上午是李无觅和强哥的主题演讲。那蓝忧心忡忡，没得到云沧海的首肯，拿不到融资，凌步只有死路一条。她走马观花看着展览，静心等待，他什么时候才有答复？

高摩财大气粗，却只是投行，不会领投，遇到企鹅技术这种对手，资金需求便是十亿级别。其他投资人听说这笔钱的用途是加入补贴大战，便纷纷摇头退出，谁敢跟企鹅技术对抗？那蓝等到天色擦黑，贵宾室的大门打开，云沧海的秘书让那蓝进来。云沧海背着双手看着窗外的大雪纷飞："我想看看这个团队。"

"好，我叫他们来。"那蓝看到了希望。

"他们在哪里？"云沧海从雪花中看到了一丝灵感。

"大雪是难得的机会，他们在发传单。"那蓝知道，程啸虎和卢卡就在新国展附近。

"看看去。"云沧海决心打这一战，阻止微讯抢占移动支付，便要看看这个创业团队是否值得托付。

"好，他们在这附近。"那蓝穿上深蓝色大衣，云沧海裹紧外套，随手接来一个棒球帽扣在头上，在一众随从簇拥下走出贵宾室，到了展览中心大门口，云沧海摆手阻止了大队随从。天色昏黄，大片雪花疾如瀑布倾泻，观众早已走空。那蓝找不到程啸虎和卢卡，打开魔盒问道："啸虎，卢卡，你们在哪里？"

"好消息，新注册了一千个司机，三万多乘客！"卢卡没有回答在哪儿，先报出好消息。

那蓝打开魔盒，让云沧海听见，问："加油！你们在哪儿，我去找你。"

"新国展没人了，我们去机场试试运气。"他们难得遇到大雪，不肯收兵回家。这里距离机场极近，听说那里积压了很多乘客，便和程啸虎去那里撒传单，支援郭鑫年。

"去机场。"云沧海的劳斯莱斯就在门口，司机拉开车门，那蓝和云沧海坐进后座。

卢卡拦在出租车停车场的门口，来一辆发一张传单："下载凌步，大活儿、远活儿随便挑。"

今天大雪，路上的活儿特别多，司机摇下车窗问："有补贴吗？"

这种糟糕天气，乘客的下载量暴涨，到处都是活儿。司机没有兴趣用打车软件，乘客就叫不到车，会立即卸载凌步。滴哒有补贴，司机为了十块钱，结果大不一样，此消彼长，凌步越发危险。卢卡叹气一声，走到路边坐下，看着漫天大雪，创业真要用钱来砸吗？或许洋阳是对的，她在巴黎还好吗？打开手机，发出消息："洋阳，你在哪里？我好想你。"

杨洋阳围着厚厚的围巾，正在塞纳河左岸的咖啡馆，极力克制对卢卡的思念。她早就盼望的旅程，被卢卡搞砸。她还计划两人回国之后，暗示卢卡求婚，然后就要成家生子，现在怎么办？卢卡的消息传到手机，她看一眼，关上手机，她不想这样原谅卢卡。

卢卡没有等到消息，全身已经被冻僵。他活动了一下冻僵的膝盖，慢慢站起来，跺跺脚，迎着司机跑去："下载凌步，大活儿、远活儿随便挑。"他又觉得不对，这是什么车，车身比出租车大了一号，定睛看清楚，竟是一辆劳斯莱斯幻影。

"卢卡，我们的CTO。"那蓝在车灯下看得清楚，从后座出来向云沧海介绍。卢卡全身披挂银装，如同雪人。她拍去卢卡身上的雪絮，为他披上大衣："来，上车暖暖。"

"不，如果没有司机，乘客就叫不到车。"卢卡分了一半传单给那蓝，迎着车灯向漫天雪花中走去。

"他们为什么扔了？"一个戴着棒球帽的小个子从后座下来。

"这种大雪天，到处都是活儿，除非有补贴，否则司机肯定不会用凌步。"卢卡在风雪中敞开嗓门儿回答。

"啸虎在哪里？"那蓝问。

"他在T3出租车停车场，支援大愚。"卢卡已经迎到出租车，发出传单。

"去找他们。"那蓝要为云沧海介绍创业团队，拉开车门。

"找他们有什么用？必须先让司机下载安装！"卢卡倔脾气上来，在大雪中徒劳地向一排排出租车喊着："省油省力，不用扫活儿，下载凌步，让乘客找你！"

云沧海走到卢卡身边，他从撒传单的卢卡身上看到了自己当初的影子："你是CTO？"

"是！"

"CTO做技术，为什么来发传单？"

卢卡停住脚步，懒得回答，云沧海摘下帽子，露出面容，卢卡吃了一惊："是您？我们所有人都出来发传单了，哪怕打扫卫生的。"

"你既然是CTO，多久能够打通交易宝接口？"云沧海考校着卢卡。

"接口程序给我。"卢卡伸手。

云沧海看看四周的荒郊野外，没有可以上网的咖啡馆："给我邮箱，我发给你。"他拿到卢卡邮箱，用手机短信转给秘书："你现在收。"

卢卡报出邮箱，翻出背包，掏出电脑："给我撑下伞。"他盘腿坐在雪地上，打开手机热点，笔记本电脑上网，下载邮件。几分钟后邮件进来，他双手如飞，十指电闪，打开Java编辑窗口，开始写代码："你们等着。"

"等多久？"那蓝不知道卢卡在做什么，难道他在写接口程序。

"好，等。"云沧海不信，接口程序极为复杂，尤其涉及支付，绝不可以有任何纰漏，否则被人钻了空子，就会有人刷单领钱，极为可怕。所以接口程序比一般的程序严谨十倍，绝非几天就能做完。云沧海好奇心大盛，想看看这个小伙子在干什么。他拿起一把伞走到卢卡身后，撑起来。他明白，伞不是为了这个年轻人，而是保护笔记本电脑中的程序。

那蓝取出手机，来到卢卡对面，一缕昏黄路灯光线，头顶雪花如同光冕，降落在伞面，背后是无尽的黑暗。卢卡全身沐浴在银白色之中，笔记本电脑搭在膝盖，姿势就像拜观音的童子。那蓝按动快门，一张酷毙了的照片拍摄下来。她打开魔盒，发给杨洋阳："看看，他是不是很帅？"

杨洋阳手机震动，魔盒里传来那蓝的消息，她一直在将卢卡的动态发来，不劝解也不询问。杨洋阳明白其中的含义，那蓝想告诉自己，卢卡是那么不可多得。他坐在雪地上，脸上酷酷的表情，那个棒球帽和阿迪的上衣、裤子和鞋，全是自己买的，他时时刻刻想着我。他身后举伞的又是谁？啊，云沧海！杨洋阳手中的咖啡杯啪的一声坠地，云沧海为卢卡打伞，荒无人烟的郊外的大雪天！

"完了！"卢卡将双手放在嘴边，十指还能活动，手腕已经冻僵，"您得告诉我，接口通了干吗？"

"补贴！"云沧海在卢卡背后，看见一行行代码飞快出现在键盘，编码测试一次通过，这简直是奇迹。

"补贴多少？"卢卡找到那行代码，只需填入一个数字。

"司机补贴二十！"云沧海全部想通，这就是我的中途岛，企鹅技术想偷袭移动支付市场，我便要在这里打这一仗。他以为我没有提防，我却找到了一支足以击败敌手的队伍。

"每个活儿？"卢卡呆住了，如果司机每次拉活儿都能拿到二十元，司机会疯了。

"乘客送十元。"云沧海还不罢休。卢卡恍若梦中，毫不犹豫地在键盘上敲出数字，点击更新，滚动条启动，开始上传。

卢卡的代码向来精简，十几分钟便上传完毕。他猛地跳起来，又头晕目眩重新栽下来，爬起来取来传单迎着出租车冲去，疯狂喊叫起来："下载凌步，每个活儿补贴二十元！二十！二十！"

"真的假的？"司机们纷纷摇下车窗，将信将疑地取来传单，开始埋头下载。

"各位乘客，下载凌步，不用排队。"郭鑫年挥着传单跑到T3航站楼的地下停车场。这里弯弯绕绕有看不到尽头的乘客，一句话便伸来无数只手抢传单。

"有用吗？试试。"一名三十多的乘客来自南方，只穿了一件单衣，在风中哆嗦，早就忍受不了，下载凌步说道，"我在机场，我想去三元桥。"

三元桥距离机场极近，六七十块，司机排了半天，恨不得拉到马连道，没人愿意接这样的小活儿。南方人喊了一遍，把传单向卢卡手中一塞："切，哪有车？"

这种雪夜，满大街都是打不到车的乘客，谁会绕道到机场来拉一趟三元桥？郭鑫年正不知道该说什么，另有乘客用手机喊道："我在机场，去西客站，什么时候到？十分钟，好，出发大厅八号口。"

那人拖着行李去楼上，滴哒有补贴，便有司机抢活儿。南方人看了问道："你那是什么东西？"

"滴哒，下载试试，每次补贴十块。"乘客留下一句话，消失在电梯里。郭鑫年撒传单，替滴哒做广告，乘客扔了凌步的传单，下载滴哒。郭鑫年急忙找来一把椅子，跳上去喊："各位，是凌步，凌步！"

机场停车场排了上千旅客，出租车寥寥无几，乘客翘首以待，冲着郭鑫年喊道："小伙子，别跟我们喊，你能叫来出租车，我给你十块。"这句话引来哄堂大笑，这是实情，郭鑫年毫无办法。

"嘿，这车好。"排在队首的乘客看见一辆坦克般的车开进来。

"靠，劳斯莱斯！"郭鑫年站在高处认出来，他以前在香港见过不少。

"后面还有！"乘客们激动起来，劳斯莱斯背后竟是一溜出租车。

劳斯莱斯的天窗忽然打开，卢卡从里面冒出来，举着传单声嘶力竭地叫喊："来啦，出租车都来啦！大伙儿放心，要多少有多少！听。"劳斯莱斯四扇电动窗摇下来，里面音响声音极大："欢迎下载凌步，有乘客从T3航站楼前往西单，凌步补贴二十元！快装凌步，有车坐，赶紧回家陪父母，别在这儿冻着！"

乘客们开始下载凌步，地图上奇迹发生，无数的出租车正在从四面八方向这里汇聚。后门一开，云沧海走下车来，把一位乘客的行李箱拖进后备厢："你去哪儿？"

"您是云沧海？"乘客下巴已经掉到了肚脐眼。

"嗯，很晚了，家人在等你，快回家吧。"云沧海把乘客推进车中，让司机开动。劳斯莱斯在目瞪口呆的乘客的注视中，缓缓驶出。

"疯了，凌步疯了，用劳斯莱斯接我们！"这个消息通过微讯朋友圈向四面八方快速扩散！

114

看得见的幸福

她为什么来了又走？罗维辗转反侧，难以入眠，披衣而起，拨出温迪的电话，听见熟悉的声音："温迪，你来了，我很高兴。"

"嗯，我也是，为你高兴，你比我想象的还要棒。"温迪答道，语气中却有落寞。

"为什么不留下来？"罗维不关心她的恭维，他不需要。

"我怕控制不住自己。"

"为什么？"

"啊，罗维，那么多人，怎么能不控制？"温迪回想着罗维的主题演讲，那是此生中第二美好的时刻，"罗维，你应该冷静一下，让我考虑一下，好吗？"

"温迪，你是不是有难言之隐？"罗维岂是傻瓜。

"亲爱的，别多心，稍晚再聊。"温迪匆匆挂了电话，从卫生间出来。妈妈坐在沙发上看电视，她已经能从轮椅上下来了。少爷在一边拿着水果刀，正在为妈妈削苹果，看见温迪回来，满脸笑意："小迪，谁的电话？"

"哦，没事儿，一位老友。"温迪轻轻答道。

"嗯，快来看，《爸爸去哪儿》，小甜鑫太逗了。"少爷没看出温迪神态的细微变化，也没有追究谁是那位老友。他真不介意还是装作不介意？只要看得见的幸福，就足够了。妈妈拍拍沙发让女儿过来："小迪，快来。"她的病情渐渐康复，一切都值得。温迪想起失去的友情和爱情，泪水如同珍珠一般滚落。罗维适合我吗？那蓝说过，我们两个都太强了，注定不合适，可是相爱的人，又有什么不能克服？

115

偷袭不成

电话铃声响起，何小芒大声说道："老大，凌步宣布补贴二十元，给每位司机。"

罗维惊起，全国这么多司机，每次补贴二十元，绝对是一笔巨大的开支，其中有什么秘密？"数据有变化吗？"

"下载量减少了百分之八十，开机率降低一半，尤其是北京地区大雪，已有司机卸载滴哒。"何小芒声音急迫，他没有想到凌步发起了这么凌厉的反击。

"将补贴提升到二十一块！"罗维发出指令，绝不能掉以轻心。

"好的，我通知下去，明天开始补贴。"何小芒已经用了最快的速度，这需要升级系统。

"等等，等我确认。"罗维忽然打住，这是一笔极大的开支，需要向马幻城汇报。他推门出来，坐电梯来到更高的楼层，敲开马幻城的房间。

"凌步哪来的资金？"马幻城听完介绍，没有轻易同意补贴计划。

"还不知道。"

"做不到知己知彼，就不宜盲目开战。"马幻城并购滴哒是为了抢占移动支付市场，挑战云沧海，这必须小心翼翼，"补贴绑定交易宝吗？"

"先把补贴提上去吧。"罗维知道，如果不增加补贴，滴哒很快就要落败下来。

"不行！"马幻城断然拒绝，抬头看着罗维，"卧榻之侧岂容他人鼾睡？我们动了云沧海的奶酪！他绝不会善罢甘休！"

云沧海绝不可能放弃交易宝，必然反击，补贴从十元直接跳到二十元，一定财力雄厚，这是只有电猫集团或者奔狼才能做到的大手笔。可是，云沧海的动作怎么可能这么快？如果补贴大战爆发，偷袭变成了围猎，那么在云沧海占据优势的战场，对手重兵埋伏，开始了云沧海最擅长的现金大战！罗维意识到，自己正在踏入陷阱。事到如今，哪有半途而废的道理？就像中途岛战役中的南云中将率领的日军联合舰队，舰载机已经起飞轰炸，突然发现敌军航母已经到达附近，撤退就被追击，只有迎战一路。

116

三巨头之战

互联网论坛进入第二天，气氛被爆发的打车大战冲乱，人人都在议论。

"补贴十元，我从家里到公司不到三公里，可以免费坐车啦！"

"别提了，街边根本打不到车，司机们只接凌步的活儿。"

"听说滴哒也要补贴了，好啊，利国利民。"

当李无觅登上讲台的时候，观众们都在议论打车大战，这并非互联网论坛最大的商业竞争，却是最轰动的。前所未有的补贴惊动了每个老百姓，昨天晚上《焦点访谈》也报道了这场突如其来的大战。

李无觅在这种嘈杂的情况下，开始了主题演讲。他本要阐述奔狼的O2O战略，显然不能吸引话题。他干脆将稿子扔在一边，宣布："从今天开始，奔狼入股优泊，携手进入打车市场。"这句话果然惊人，凌步和滴哒火力全开，奔狼突然加入战团，三大巨头终于在打车软件市场正面开战。"我还宣布，优泊向每位乘客补贴十五元，从今天开始！"

罗维越发坐不住，他打开手机查看数据，各种数据一路下降，不补贴就是死路。他犹豫再三，打开微讯说道："小芒，提高补贴。"他经过一天犹豫，跟进补贴大战，每天烧掉几千万，不知道何时是尽头。有人欢喜有人愁，乘客和司机迎来了节日，天上掉馅饼，地上冒补贴。罗维却苦恼万分，他挑起了大战，却不知如何结束这场没有取胜可能的战争。

"老大，组委会给了一个邀请。"何小芒弯腰走来，轻轻说道，"他们想在最后一天增加圆桌论坛，题目是补贴大战向何处去。"

"不去！"罗维推辞，他向来不喜欢这种场合，争辩毫无意义。

"不去，他们也会举办。"

"还有谁？"

"主持人是高摩的投资人那蓝、凌步创始人程啸虎和郭鑫年，还有优泊CEO，那个美国佬，云沧海和李无觅都会旁听。"何小芒将全部的消息都汇报过来，又补充道，"Pony也去。"

这种情况下，罗维怎么能不迎战？何况那蓝是值得尊敬的对手，不由得顿生豪气："好，我去。"

117

圆桌论坛

"欢迎参加最后一天的互联网论坛，今天本来没有主题演讲，但是观众们都有一个强烈的呼声。所以，我们特别邀请凌步、滴哒和优泊的几位创始人和投资人，举行一个圆桌论坛，聊聊我们都关心的打车的那些事儿。论坛将在会议中心，十点准时开始，欢迎大家！"展览大厅内回响起会议通知，这是恰到好处的论坛。每个人都极为好奇，又与每个人息息相关，时间不到，人流不约而同向会议中心汇聚。

罗维挑起了打车大战，想通过补贴击败凌步，就像以前击败魔盒一样快速取胜。那蓝被迫应战，与云沧海的结盟是唯一的选项。作为投资人，那蓝深知，这场补贴大战违背了传统的商业逻辑，唯有云沧海兴致勃勃地扩大这场战争。他一直被企鹅技术欺负，从来没有一次像样的反击，这次终于狠狠地打中了对手的脸。

其他的投资人却受不了了，云沧海的资金无穷无尽，其他人使出了吃奶的劲儿也拿不出相应比例的资金。连高摩都困惑异常，总部发来邮件，询问要追加多少资金？什么时候才是尽头？彭祖武把邮件转给那蓝，她想了一晚，不知道该怎样回复这封邮件。

程啸虎、卢卡和郭鑫年也很茫然，他们盼来了援兵，不至于重蹈魔盒的覆辙。但是形势已经不同，他们本来是主角，卢卡负责技术，程啸虎带领地推队伍，郭鑫年是产品经理，现在竞争变成了资本的博弈，你十五，我二十，乘客和司机不为优雅的产品兴奋，全被金钱刺激。他们三人坐在休息室，相对苦笑，事情怎么变成这样？

罗维进来，他猜到在这里能够遇到那蓝和郭鑫年，大度地伸出手来："幸会。"

郭鑫年不理睬罗维，那蓝站起来与罗维轻轻一握，又示意郭鑫年来握手。两个男人曾经发生过激烈的争吵，他恨罗维打败了魔盒，罗维更恨郭鑫年抢走了温迪。两个男人不肯伸手，气氛剑拔弩张。那蓝无法让他们和解，只能缓和气氛："今天是论坛，不是辩论。"

"希望我们化敌为友。"罗维始终与那蓝为敌,争取投资、与魔盒竞争、打车大战的时候都是这样。

那蓝没时间回答,向外示意:"各位嘉宾,论坛开始了。"

五位嘉宾走上舞台,那蓝坐在左侧,向右是半圆形散开的四个座位,罗维、程啸虎、郭鑫年和那个叫兰尼斯特的优泊CEO。台下挤满观众,火爆程度超过前几天的主题演讲。新闻媒体闻风而动,麦克风密集得如同丰收的麦穗。打车大战的背后站着三大巨头。云沧海、李无觅和马幻城坐在第一排,其他嘉宾更不会缺席,往年互联网论坛的最后一天都相对平淡,这届反而掀起高潮。

"欢迎大家,这是临时增加的主题论坛,这么火爆,说明大家对打车大战的好奇。今天我们请来三家公司的创始人,还有即将进入中国的优泊首席执行官兰尼斯特先生。我希望一场面对面的交流,能够为大家解开疑惑。"大会主持人走到圆桌前,"高摩的那蓝小姐,是最早关注打车市场的投资人,是这次论坛的主持人,欢迎你。"

掌声响起,那蓝举起麦克风,头像被投射到大屏幕上。她看见第一排微笑的爸爸,缓缓说道:"互联网改变了我们的生活,给我们意想不到的惊喜,比如打车软件。五年前,优泊在旧金山成立,那时还是一家小得不能再小的初创企业,今天已经发展为价值五百亿美元的跨国巨擘。作为联合创始人和CEO,兰尼斯特先生是个有争议的人物。"那蓝说到这里,用英文提醒这是引用了媒体的报道,然后转向观众继续说道,"他将成功归结于冷酷、竞争和不妥协。首先,让我们欢迎兰尼斯特先生来到中国,他开创了一项伟大的事业。"

兰尼斯特站起来向观众致意,他四十岁左右,极有风度,长得又帅,像好莱坞明显一样,自然引起女性观众的整齐掌声。他深深鞠躬之后向观众说道:"谢谢Diva(那蓝的英文名)的夸奖。她说我有争议,我就是火和硫黄,如果这个世界上只有水和岩石,那多么无聊。她说我不妥协,这是很好的夸奖,我永远坚持自己的原则,勇于反抗。总而言之,在企业家中有一类创始人,他们称自己是独狼,我就属于这类人。"

"好的,谢谢独狼先生。"那蓝掌握着节奏,不让兰尼斯特控制局面。优泊席卷全球,带来无数的争议,甚至引起法国的出租司机罢工抗议。她转向程啸虎和郭鑫年:"我想询问中国的凌步,有人说你山寨优泊,是一个抄袭者,你怎么看?"

那蓝立场中立，没有偏向凌步。程啸虎坦然说道："任何产品都是为了满足用户的需求，让我们回归本质，看看出租汽车行业。这是一个传统的地主和长工的模式，从乘客到司机到出租车公司再到主管部门，大家都很痛苦。司机早上一睁眼就欠了两百块的份儿钱，压力谁受得了。我坐过一辆出租车，女司机刚和老公离婚，因为两人都开出租，根本见不到面，这种事情多得不得了。乘客呢？谁没被拒载过？谁没有在车站和机场望眼欲穿？几千公里的火车和飞机都到了，却找不到十几公里的出租车，与家人近在咫尺却不能见面。政府也为难，加价被老百姓骂，不加价被司机骂，出租车行业已经到了必须改变的时候。我们没有山寨任何人，而是借着移动互联网技术，努力解决这些问题。"

观众们都吃过打车的苦，响起掌声。那蓝将话题转给罗维："今天一位观众，早上起来打车，司机问有没有预约，她说没有，司机开车就跑。自从打车的补贴大战爆发之后，在街边打车越来越难。我想问问罗维先生，是不是应该给这些乘客一个说法。"

"对于这位乘客，我很抱歉。有些老人不习惯用手机叫车，他们又最需要出租车的帮助，所以，我们将在主要的社区开展手机打车软件的培训，帮助老年人学会手机叫车。他们会发现，比起在街边等待，用手机叫车更加快捷和方便。其次，我们还将向六十五岁以上的老年人提供额外补贴，在补贴期间，每位老年人都可以几乎免费到达三五公里之内的菜市场买菜，接孙子放学。"罗维运用这种技巧十分纯熟，现在尽管讨厌这些营销把戏，却不得不这样做。

"好吧，我承认补贴受到乘客和司机的追捧。我想问问，补贴大战将持续多久？郭鑫年先生。"那蓝玩着平衡，让每位嘉宾都有发言的机会。她转向观众介绍："郭鑫年先生是魔盒的创始人，现在是凌步的产品经理，联合创始人。"

"补贴大战不是我们挑起的，产品和技术的竞争变成资本的游戏，完全不对。"郭鑫年不理会观众的反应，直接说道。

"这有什么不好？乘客和司机爱极了。"那蓝了解他，引导他说出本质。

"宴席总有散的时候，补贴是吸引用户的噱头，资本是傻瓜吗？很聪明！当用户习惯移动支付的时候，钱已经存进了人家的腰包，你图一时好处，就被别人吃一辈子的利息。"郭鑫年哈哈起来提醒观众，"我给大家个建议，现在有补贴，大家赶紧用，补贴停止之后用现金结账，劫富济贫。"

罗维极不满意郭鑫年的说法，新仇旧恨一起涌来："我不同意这种说法，你存在微讯里的钱并不比银行的利息低，比如购买理财产品。"

"哈，田忌赛马，用理财产品和银行的活期利息比，聪明。"郭鑫年对他也有火气，毫不客气地反驳。

"自己一身毛，还说别人是妖怪。"罗维控制不住脾气，"您这么说，好像凌步不提供补贴。"罗维这话说得在理，其实郭鑫年也参与了补贴大战，观众们笑得东倒西歪。

郭鑫年还要反驳，那蓝的目光注视过去，直到将郭鑫年的目光压到低头的姿势。她不能允许将全国瞩目的互联网论坛变成两个男人之间的争风吃醋，她将话题转开："两位嘉宾是不是都同意，在补贴期间，我们应该享受这种难得一见的促销。我很好奇，你们每天补贴掉多少钱？"

"三千万。"罗维坦率回答，他刚才占了上风，乐得转换话题。

"好，告诉我，你们储备了多少现金？"那蓝一句接一句，直逼答案。

"五个亿。"罗维本可以说无可奉告，面对那蓝却不愿意含糊。

"十六天，你们呢？"那蓝转向程啸虎，"我查了你的融资，大约一亿美元。"

"砸锅卖铁，卖血卖肉，奉陪到底。"郭鑫年抢着回答，他绝不会再被罗维击败。

"投资人陪你卖血卖肉吗？"罗维最受不了他这种语气，轻轻嘀咕一句，"哎，情商有硬伤！"

罗维最后一句话被身边的立式扬声器放大，观众笑得更加癫疯。这引起第一排的一位嘉宾的怒火。那人起身向论坛走来，两名保安前来拦阻，看清来人，立即退到一边，此人正是云沧海。他见郭鑫年在争辩中落了下风，情不自禁走上舞台，向那蓝拱手再转向观众："这次互联网论坛，我不想做主题演讲，因为我说话太多，不像创业者了，反而像个唠叨的机场大师。但既然谈到了打车补贴的问题，我想说几句。"

云沧海是互联网论坛中的翘楚，刚在美国上市，成为中国首富，组委会派了好几组人马前往杭州，云沧海才答应出席，就是不肯做主题发言。今天，他亲自登台，主办单位高兴得两个巴掌都拍不拢。那蓝明白主办单位的用心，当然不会拒绝，站起来说"请"。

云沧海走到立式麦克风前，再向观众拱手："刚才有人问这场打车大战持续到什么时候，我想宣布一个消息，电猫集团已经完成了评估，与软银集团共同向凌步注资六亿美元。"这消息震撼了会议中心，这笔投资至少能够烧几个月。罗维脸色极不好看，有了云沧海这个靠山，企鹅技术几乎没有可能击垮凌步，反而陷入泥潭之中。再看台下的马幻城，他咬紧嘴唇，面沉如一潭秋水。

云沧海还不满足，这是他必须死守的战争，而且他有十足底气。电猫集团去年九月挂牌上市，公开招股价格为六十八美元，首日报收于九十三点八九美元，创下世界上有史以来最大的IPO纪录，公司市值两千三百亿美元，他通过股市一举募集了二百四十亿美元的现金。他走到罗维身边，看着这个厉害的对手，给予坚决的一击："这场补贴大战到什么时候结束？我不知道，但是我宣布，无论你提供什么样的补贴，我们的打车奖励金额永远会比你高出一元钱，奉陪到底！"

那蓝问出这样一个结果，出乎所有人预料。观众们兴奋异常，一起起立鼓掌，差点儿掀翻会议中心的顶棚。罗维脸上血色褪尽，一脸苍白。这场战争他已经输了，他利用企鹅技术的人力财力打败了魔盒，现在想凭借资本的力量绞杀凌步，却败在资本铁拳之下。

云沧海走到程啸虎和郭鑫年的身边，伸出双臂拥抱一下，又回到讲台："程啸虎是我的老部下，有了一个很好的想法，用打车软件改变我们的出行方式。很遗憾，他离开了电猫集团，造了我的反，自己创业。大前天的大雪夜，我来到T3航站楼，看到一幅熟悉的景象，程啸虎没有钱补贴，正在被资本绞杀。他没有等死，他带着兄弟姐妹们冒着雪，穿梭在司机和乘客之间，不畏严寒，不知疲惫，忘却饥饿。此情此景，我熟悉极了，那就是我曾经的奋斗，我的青春和热血，曾经流淌的泪水和挥洒的汗水。这让我反思，我还是那个打江山的创业者吗？我还有创业精神吗？移动互联网大潮袭来，让我明白一个道理，这个世界唯一不会变化的就是变化本身，谁都没有资格高高在上。啸虎，请接受我的鞠躬。我用资本的力量请你回归电猫集团，感谢你让我找回初心，找回青春热血，和一往无前的创业精神，谢谢你！"

"来，金盆。"云沧海早有准备，张开双臂，将双手浸入金盆的清水之中，"上届论坛，我宣布金盆洗手，人家就给来了一个珍珠港。"云沧海双手猛地从金盆中取出，双手端起来，清水仰脖向下灌去。他大口吸着，清水哗啦啦流淌，让他衣襟全湿，他将金盆向地面一扔，擦去湿漉漉的水珠，说道："金盆洗手的水，我喝回肚里。从今天起，云沧海老兵不死，不忘初心，居安思危，如履薄冰，从零开始！"

云沧海说到动情处，泪水四溅，话音一落离开讲台，回归第一排嘉宾座位，身边人拿来毛毯给他裹上。圆桌论坛发展到现在，出乎那蓝预料，她举起麦克风："谢谢几位嘉宾，为我们带来了一场产品、技术和资本的碰撞。也谢谢云总，您让我们看到了互联网老兵的创业精神。现在是观众提问时间，提问的观众将获得三家企业的打车礼券，很多很多，扫描礼券上的二维码，直接存入微讯钱包或者交易宝。"

观众们笑起来，纷纷举手，那蓝忽然吃惊地问道："Pony，您要提问？"

马幻城将主题发言的机会交给了罗维，坐在第一排旁听，也是主办单位的遗憾。他愿意发言，人人都极为欢迎。在互联网论坛的最后一天，竟然精彩纷呈，实在来值了。他走上讲台，来到麦克风前，不慌不忙地说道："我与云总同感，回顾过往，那段创业的艰辛时光是我们最美好的回忆。"

马幻城开始回忆创业的历程以及对移动互联网的看法，忽然一张纸条传到那蓝手中，她低头去看，上面写着：建议休息十五分钟，Pony。啊，原来这样。马幻城短暂的演讲告一段落，那蓝举起麦克风宣布："圆桌论坛进行了一个多小时，大家的手机上一定有很多消息需要回复吧？现在是休息时间，我们为大家准备了咖啡和茶点，一会儿见。"那蓝让兰尼斯特休息，轻声提醒程啸虎和郭鑫年跟她来。

"罗维，打算怎么办？"马幻城判断出来，云沧海全力出击，自己打不赢这一战。

"不知道，我想想。"罗维说了实话，他的确打不赢，又不能这么认输。

"体面地结束这场战争。"马幻城看出罗维不服，提醒他，"我们形势不坏，这波潮水被拦住，还有下一波，怎么不懂这个道理？偏要在这里死战！"

贵宾室中一片欢腾，前几天还被逼到绝处，云沧海一番话已经云散天开。程啸虎和郭鑫年摩拳擦掌，那蓝却充满忧虑，这样下去怎么收场？多少钱都会扔到无底洞之中，云沧海和马幻城背后有无数股东，绝不会同意将现金白白补贴进去。

罗维脸色阴沉进来，他心情极其不好。他以为能够重新赢回温迪，可是她倾听了自己的心声，消失在人群之中，让他情感无归。事业上，他凭借微讯成为风云人物，却意外地栽倒在为对手挖掘的陷阱中，被马幻城勒令停止战争。马幻城也进来，他提议了这次会晤，一声不吭地坐在沙发上。罗维不知该说什么，呆呆看着那蓝，神思凭空消失，懵懂地说道："那蓝，这场打车大战何去何从？"

"我提议，不把打车大战升级，不再提高补贴。"那蓝既是主持人也是凌步的投资人，有资格提议。

"我同意。"罗维求之不得，如果不能停战，至少不要扩大战争规模。

"我无所谓。"云沧海无动于衷,其实他内心知道,补贴大战是打不下去的,他虽然资金比马幻城多一些,但是股东绝不会同意这样花钱。而且现在是好时机,凌步补贴多些,处于优势。

"逐渐降低补贴,缓慢而平稳地结束。"那蓝的第二条提议也合情合理,她寻求合理的商业模式,回归正常行业竞争。

"同意。"罗维感激万分,那蓝再次拯救了自己。

"你们开,我出去一下。"云沧海扳回一阵,见好就收,不愿意参与这些小辈的协商,与马幻城一起出来,正好遇到那蓝爸爸,笑着说:"那部长,首富也不如有个好女儿,来,喝一杯去。"

那蓝爸爸看到女儿如此优秀,心里像吃了蜜一样。他走在云沧海和马幻城中间向餐厅走去:"马总,云总,儿子女儿都是自家的好,要是古代,我们这么投机,就结下儿女亲家,成为一家人,何必打来打去?"

这是私下场合的玩笑话,马幻城脑洞大开,在餐厅门口停住脚步,看着那蓝爸爸:"此话当真?"

云沧海被吓了一跳,这是什么年代,哪有父母订婚这一说,再看马幻城神情,一拍大腿:"太好了,那部长,君子一言,驷马难追!"

那蓝爸爸在政府任职,哪会明白云沧海和马幻城的商业头脑:"马总,云总,我说什么啦?"马幻城和云沧海相视哈哈大笑,终于找到了一种体面又完美的解决方案。

"如果优泊提高补贴,我们怎么办?"罗维找出漏洞反驳回去,他心里极为矛盾,又想了结竞争,又不服输。凌步和滴哒是市场老大和老二,即便不补贴,也会在市场上打得头破血流,何况还有那么多对手虎视眈眈。优泊携手奔狼,还有神舟租车和易到,未必不会杀入战场。

"奉陪到底。"郭鑫年不甘示弱,那蓝好不容易平息的事态又被挑起。

"这是商业竞争,即便减少补贴,竞争只是转了战场,恐怕更加激烈。"程啸虎也怀疑起来,他的兄弟们常常为了发传单和滴哒的团队发生冲突。

"中场休息二十分钟了,观众们都在等待。"一名工作人员来到贵宾室,通知那蓝。谁也想不到最终解决方案,打响补贴大战容易,收尾却难。忽然大门一开,那蓝爸爸居中，云沧海和马幻城一脸笑容，折返回来。云沧海和马幻城也不说话，自顾自坐在沙发上。那蓝爸爸一语成谶，在马幻城和云沧海面前抵赖不了，笑着说："我是官员，本不应该掺和企业之间的事情，可是你们偏偏让我出头。"

"我们企业相信政府，而且政府高明，一句话点醒我们梦中人。"云沧海没有夸张，刚才那蓝爸爸的话的确是高招。

"我刚才说，还不如变成一家人。"那蓝爸爸只好如实道来。

那蓝十分震惊，这果然是最彻底的解决方案，市场的老大老二合并，打走小三，又是当前最佳的竞争策略。"可是，我们必须找到大家都能接受的CEO，既能力出众又要不偏不倚。"那蓝爸爸苦着嘴角，他将女儿推到了前台，"为了中立，无论电猫还是企鹅技术，无论凌步还是滴哒都不合适。"

众人琢磨着，的确，哪方担任CEO都意味着另外一方的认栽，企鹅技术和电猫都不能接受。谁不偏不倚，谁能力出众？谁能被大家接受？大家目光不由自主转向那蓝：天哪，她不是最佳人选吗？那蓝爸爸向女儿耸肩："大宝，你自己拿主意。我是主办单位，是政府，企业之间慢慢商量，我出去一下。"

"爸爸！"那蓝懵了，爸爸怎么不和我商量，就把我推到这个位置？

那蓝爸爸走到门口坐下，他当然不能抛下女儿不管。"这是绝好的主意，那蓝，还记得吗？你投资凌步的时候，赌气说，如果不让我投，我就给你打工，言犹在耳。"程啸虎兴奋地跳起来，那蓝帮助他完成一次次投资，为他找到技术合作人，早是他心中的最佳人选，这是好得不能再好的结果。他想起云沧海在场，收敛兴奋的心情问道，"云总，您同意吗？"

云沧海当然不反对那蓝："当初那蓝说服我投资魔盒，后来劝我并购凌步，我觉得她只是一个好看的小姑娘，凭借父亲是高官，其实没有听进去她的话。哎，我后悔不已，当初我要是收了魔盒，哪有微讯的今天？她说，如果我金盆洗手，对手就要兵临城下，我不信。她说移动互联网大潮来临，三大巨头将为抢占入口而开战，我还不信。结果，我被人打成了珍珠港，哈哈，她呢？给我送来一座中途岛，我有什么资格挡着人家，恨不得将这电猫集团的CEO让给她才对。"云沧海此话一出，那蓝哪儿担得起，头发帘都羞红几缕。云沧海认定那蓝，唯一的阻力来自马幻城，笑着问道："Pony，你看呢？"

马幻城早悟透潮水的力量，哪在乎这一次得失，见罗维痴呆不语，便把难题抛过去：

"你的意见？"

罗维攻势受阻，不得不城下结盟，心里不痛快，听到请那蓝担任CEO，忽觉眼前光明万丈："你曾是我的对手，在我被击垮即将跌落谷底的时候，却伸手拉住，给予鼓励和帮助，让我重新振作。你还曾责备我想找个地缝钻，我却不得不承认你句句在理，我有什么理由反对你来担任CEO？你是最恰当人选。"

"呵呵，这小姑娘有些门道，让对手都心服口服到这个程度，我还没见过第二人。"云沧海猜到那蓝会推辞，忽然举手说道："那蓝，别推辞，我知道你要说什么，你必定要先请示公司，是吧？"投资人跳槽到创业公司，彭祖武一定不舒服，马幻城笑起来："我给彭祖武打个电话，我们一马一云，他总不能不给面子吧。"

那蓝听到马、云二字，不由得笑了，的确，彭祖武不可能不给他俩面子。那蓝担任CEO的障碍全部扫除，云沧海向外一指："观众们还在等我们，那蓝，你去宣布吧。"

"等等，我不同意。"郭鑫年突然说道，他与那蓝心灵相通，早看出她的犹豫："让她考虑一下。"

这个提议也算合理，罗维却不同意："考虑什么？"

"怎样和优泊竞争？"郭鑫年挺身而出，谁也不能强迫那蓝，他身份最为普通，却最懂那蓝。

"我有个建议，发挥本土优势，游击战，拖住他。"那蓝爸爸坐在最远处，情不自禁给女儿出主意。

"那部长，现在不比当初，不是鸦片战争和八国联军的大清朝，也不是'九·一八'、卢沟桥和民国，谁敢在中国地盘上嚣张？那蓝，有我和云总支持，正面拉开架势，歼灭他。"马幻城击败了很多不可一世的跨国企业，一点儿都不怕。

"帝国主义都是纸老虎，拖他两年，他自己会出问题。"云沧海看似附和马幻城，其实却是否定。

那蓝还在犹豫，我是投资人，本来想像林佳玲那样帮助创业团队，现在怎么要变成创业者？这是她从来没有的职业生涯规划。郭鑫年看懂了她的犹豫："补贴大战正酣，突然宣布合并，舆论会怎么评价？"此话有理，全民都补贴刺激得群情激奋，此事只能慢慢缓解，不能操之过急。郭鑫年伸出三根手指，提议："给她三个月。"

这个提议得到大家的支持，那蓝昏然走出贵宾室，观众已经散去小半，她举起麦克风，不想虚言说漂亮话，我怎么能担任CEO？那蓝抿出笑容宣布："观众朋友们，圆桌论坛到此为止，谢谢大家。"观众们都在等着下半场，听见这个消息，爆发出严重不满，过会儿才各自离开去看展览。那蓝放下麦克风，走下舞台，看见郭鑫年靠在门边："鑫年，这不是我的计划。"

118

未知世界

那蓝下不了决心离开高摩，凌步是草根创业公司，与司机和乘客打交道是苦活儿累活儿，未来也有极大不确定性，这是一场赌博。走投无路的人最容易创业，像自己这样向往小资生活，出入五星级宾馆，闲来与音乐美食为伴的人，最难创业。

不知道从什么渠道，高摩听说了那蓝可能离职的消息，从投行到创业公司的人不在少数，那蓝的特殊之处是她的职位极高，付出的代价也最大。彭祖武十分不解，将那蓝请来办公室："那蓝，我们都向往美好的生活，好的酒店、食物和美妙的音乐，我们都想陪伴最爱的人。你必须有足够的时间，你真的愿意将收入减少一半，从头等舱降到经济舱，从四季酒店搬到汉庭酒店吗？连奢侈品牌的皮包也要藏起来，否则就与创业团队格格不入，每天加班到凌晨，没有假期和周末。那蓝，我当然想挽留最好的员工，但是我真的为你在考虑，你愿意一切归零，放弃多年的努力成果吗？"

那蓝与凌步和滴哒的关系都极为密切，如果撮合成功，高摩可以用个好价格投进来，那蓝在三个月内全力撮合合并，第一次谈判在她的主导下进行。那蓝选择了一个奇怪的地点，杭州机场，意味着谈不好就走。两家公司竞争激烈，信任薄弱，对股权比例等问题也达不成共识，合并搁浅，果然各自登机离开。谈判打打停停，补贴大战此起彼伏，

那蓝陷入内心的焦灼和迷茫，她彻夜不眠，回复每条消息，尽量去满足每个人的要求，为了忙而忙。郭鑫年看出来她的不安，早上为她列出最重要的三件事情，克服做事的冲动，寻找工作的节奏感。"这就是做减法，林佳玲教我们的，都忘记了吗？"郭鑫年笑着说。

啊，林佳玲，我曾渴望像她那样成为一个出色的投资人。我为什么改了初心？做投资与经营企业完全不同，投资就像狩猎，几个人骑马出征，完成一个项目再寻找下一个；

经营公司则要精耕细作，才能迎来收获。

在促成两家公司合并的过程中，那蓝看到了旧体制的惊人内幕，出租车行业服务水准极低，司机负担极重。在那蓝的提议下，凌步的触角延伸到专车领域，汽车租赁公司和私家车主成为专车司机，绕过出租车传统行业的管制。"出租车司机睁开眼就要交份子钱，专车司机不用，我们有能力和意愿为乘客提供优质便宜的服务。"那蓝在发布会上这样宣布。

然而，出租车行业认为利益遭到了侵犯，既得利益者展开了疯狂的反攻。那蓝爸爸提醒女儿，"不做改革的牺牲者"。那蓝促请团队保持理性，凌步必须颠覆，却不能与各方势力对抗。借助爸爸的方便，那蓝开始与政府部门沟通，她强调作为技术公司的价值，使用凌步大数据，协助政府规划城市交通的布局。

那蓝关心生意，更关心员工福利，"要问公司市值多少，我其实没有那么兴奋，因为市值高的企业非常多"。她兴致勃勃地为员工设计福利计划，员工的父母到北京看病由公司承担医疗费用，并有专人陪同。"每个人都真心热爱凌步，他们充满创新热情和战斗想象力。我们永远是一支同甘苦的创业的力量！"

凌步的压力是高摩的十倍，团队常常过激反应，员工们焦虑、恐惧和懊恼，体力、脑力和心力面临巨大挑战。那蓝非常关心他们的心情，争吵和冲突在她面前消弭于无形，才有了合作和协同，这是无法想象的。程啸虎很难形容这种场景，这是女性的天性，男人无法做到。在弥漫着雄性色彩的科技界，那蓝这类角色极为稀缺。

当杭州机场的合并谈判受挫之后，那蓝撇开创业团队，直接与云沧海和马幻城沟通。云沧海很直截了当，如果谈判破裂就停止注资，马幻城则给罗维打了个电话。股份、职务和利益的争执在两大巨头的压力下烟消云散，那蓝终于笑了。在合并协议的签署仪式上，那蓝写下两条横幅："打则惊天动地，合则恩爱到底"。在合并一百天的时候，他们完成了产品的排兵布阵，团队完全融合在了一起，管理层没有一人离职。

程啸虎在各种场合赞美她，他有远见、抱负和魄力，愿意为梦想付出，脚踏实地又志存高远，他在格局、心胸、眼光和能力方面都远超过郭鑫年。程啸虎渴求那蓝加入，她一切都非常好，完美。他不敢想象没有那蓝，今天是什么样子。然而，那蓝内心仍然充满恐惧，这是我想要的生活吗？程啸虎极为紧张和犹豫，创业是火坑，真的要把那蓝拉下来吗？

"鑫年。"那蓝抬起头来，她在凌步有了办公室。

"记得那首歌吗？犹豫不决的时候，永远向前。"郭鑫年了解那蓝，知道她的犹豫和徘徊。

"我不知道该怎么选择？"那蓝筋疲力尽，靠在郭鑫年怀中。

"我们去趟拉萨。"郭鑫年感到了她的无力，慢慢说道。

"拉萨？"那蓝实在想不通，期限将到，她必须决定留在高摩还是加入创业队伍。

"寻找内心的答案。"郭鑫年拨给程啸虎："陪那蓝去趟拉萨，今天就走。"

"疯了，今天？你们有没有计划？吃在哪里？住在哪里？"那蓝一脸茫然。

"这段旅程，是关于未知和已知。"郭鑫年带着那蓝下楼，叫了凌步专车前往机场。那蓝想着，留在高摩是已知的世界，熟悉而温暖，创业是未知的世界，陌生而冰冷。

西宁？不是拉萨吗？在那蓝犹豫不决的时候，见到程啸虎和几位高管。他们从市区赶来，几人登上飞往西宁的飞机。那蓝望着脚下的山川，她刚才还在办公室，现在已经飞越了黄河。飞机在西宁降落，那蓝又看见了从上海出发的几位高管。那蓝恍若梦中，他们在机场分工，有人租车有人买来吃的。没多久深圳的航班到了，八位高管到齐。两辆车开进了停车场，这就是团队，那蓝什么都没有做，就已经向青海湖开去。她没有计划，一切都是未知，她不知道拉萨在哪里，也不知道去拉萨做什么，那是一个模糊的目标。

他们行程的第一天到了青海湖，原计划住宿，天没黑就继续往前走，下雨的山路又湿又滑。那蓝体会到很久未有的恐惧，好不容易驶进一个小村庄，黑马河宾馆。那蓝礼貌地敲门，没人反映，她进去之后吓得花容失色，失声地疯跑出来，里面都是狗！那蓝喜欢狗，却没想到遇到这么多，那蓝终于清醒过来。

那天，他们开了一千七百公里才找到住处。开车的程啸虎说，其实他缺氧，早不行了，一路上都是方向盘顶着胸口开过来的。啊，我们竟然忘记买氧气！那蓝没有高原反应，其他人瘫倒在地，拼命吸着氧气，一个晚上吸了八千多元的氧气，吸完之后只会笑不会说话。他们在路上行驶，拉萨是个隐约的目标，却又好像不是，那蓝不想问。

他们到了拉萨，没人告诉那蓝要去哪里。这就是未知的世界，方向不是来自外界，而是内心。终于，一整天之后，汽车绕出山腰停下。那蓝扶着车门下来，迎面一座巨大的山峰，啊，珠穆朗玛！沐浴在金色的光芒之中，雄壮，不可思议！泪水浸满那蓝的眼眶，未知的世界才有绝美的风景。他们从车上下来，搭起帐篷，晚上彻夜地聊天。他们是背景和想法各异的人，一聊人生，自己怎么变成了现在，经历了什么，怎么改变了人生轨迹。那蓝歪在郭鑫年怀里，讲那次撞破少爷的好事儿，取消了婚礼，遇到了郭鑫年，那么美妙的未知的世界。敞开心扉非常困难，一旦讲出来，那蓝发现，和团队的关系就升华了。

离开大本营的时候，那蓝哭了。她给爸爸写了一封很长的短信，最后说：爸爸，我决定了，上路，前往未知的世界。

爸爸的短信很快回来：大宝，你学业那么好，因为放不下爸妈而放弃出国留学，我们常常为此难过。世界很精彩，你应该去看看。大宝，爸妈永远为你保留一个最舒服和安全的房间，等待你回来。所以，你就和爱的人，爱你的人，一起去探索这个奇妙的世界吧。

119

仇恨

一辆轿车从二环下来，黑黢黢的夜中亮起红灯，司机一脚刹车踩稳，等待绿灯。忽然，车窗响起砰砰的敲打声音，司机被吓了一跳，隔着窗户看见一对老人，老头驼着背，苍白的眼珠望着天空，老妇人手里捧着一个破碗，这么晚还在路口乞讨。

萧卷取了十元零钱，摇开车窗，塞进老妇人的碗里："这么晚了，早些回家休息吧。"绿灯亮起，他关上车窗，启动汽车，却从后视镜看出蹊跷，说道："好奇怪，他们为什么看着我们？那个老头不是瞎了吗？"

温迪靠在座椅上，已经睡着，少爷将车停在路边，在她耳边轻轻一吻，替他盖上毛毯，帕萨特飞快驶出。他与老爷子脱离了关系，也算因祸得福，没有受到牵连。老爷子的一众党羽，秘书司机，早已惶惶不可终日。

一个年轻人从路边走出，他穿着帽衫，让人看不出模样："是他吗？"

"是。"老妇人将十块钱放进口袋。

老头从眼珠上抠出白纸片："他们周末晚上都从这里回家，停在这个红绿灯下。"

"嗯，摸准了就下手。"年轻人拍拍背包，里面是把极沉的十字斧。

"小树，那个老钱害死了菲菲，冤有头债有主。"老妇人不忍心，这个少爷其实并没有害死女儿。

"冤有头债有主？没有这个人，菲菲哪会出事？那个老钱只是打手，这些王八蛋才是罪魁祸首。"陈小树带着两位老人来到无人的立交桥黑暗的角落，这是他选好的狙击地点。菲菲的车祸已经过去一年多，没人还会注意这件事，报仇的时间到了。

"你们明天上午回鞍山，这是菲菲的存折。"陈小树从背包中抽出那柄沉重的十字斧，滑动锋刃，塞进立交桥下的一道缝隙之中，明天就是动手之时！他订好机票，做完这件事他就出国，神不知鬼不觉，绝对没人发现。

"小树，停手吧，你还年轻，别做傻事。"菲菲爸爸也劝陈小树，女儿已经不在了，复仇没有意义。

"谁夺取了我的幸福，我就要让他付出代价！有冤必报，以血还血！"陈小树收好十字斧，将帽衫向头上一扣，转入黑暗之中。

2015 年 9 月 7 日，星期一